www.tredition.de

Max Müller

Der Büro-Hippie

zwischen

Märkten und Musik,

Love änd Politik

www.tredition.de

Verlag & Druck: tredition GmbH, Halenreie 40-44, 22359 Hamburg

ISBN
Paperback: 978-3-347-12116-4
Hardcover: 978-3-347-12117-1
e-Book: 978-3-347-12118-8

Vom imaginären „kollektiven Tagebuch“

Der kluge Georg Seeßlen schrieb in *konkret 5/2002* in einer Buchbesprechung über *„Das Echolot: Barbarossa 1941“*:

Walter Kempowski entfaltet in seinem „kollektiven Tagebuch“ eine Polyphonie der Geschichtsschreibung, die beide Formen der Wahrnehmung von Geschichte, Erfahrung und Projektionen ineinander schachtelt. Dabei können wir vor beiden Dingen erschrecken: Wie nahe jemand mittendrin an etwas gelangen kann, was wir später als die objektive Wahrheit begreifen, und wie weit entfernt jemand sein kann, der genauso mittendrin ist. Der Flash der Wahrheit und der Flash der Verblendung sind nur Zentimeter und Sekunden voneinander entfernt. Während Geschichte „gemacht“ wird, befinden sich Täter und Opfer in den verschiedensten Zeiten, in Vergangenheit, Gegenwart und sogar Zukunft. Im kollektiven Tagebuch löst sich die lineare Zeit auf. Kommen wir der „Wahrheit“ dadurch näher? ...“ *

Dies ist ein Buch von Max Müller, über den kleinen M, dessen Leben und dessen Wahrnehmung seiner Zeit.

Es ist ein Beitrag zu dem imaginären kollektiven Tagebuch der Jahre 1950 bis 2017, das sich im Kopf von Leserinnen und Lesern bildet, wenn sie neben den Werken von Wirtschaftsführern, Politikerinnen, Politikern, Film-, Musik-, Theater-, Sport- und TV-Stars jener Jahre auch Geschichten und Ansichten aus dem Leben von fast normalen Normalos kennen.

Zum Beispiel aus dem des kleinen M.

* Zitat mit Genehmigung
vom 29. Oktober 2019

Inhaltsverzeichnis

Lissi **9**

Beate **108**

Ingrid **251**

Heidrun **389**

Anhang „Gegenrede“ 627

Inhaltsverzeichnis Gegenrede 628

Deutschland gestern, heute
(und morgen?) 631

USaah! 661

UhhhSA! 664

Die Menschenrechte
(Auszug) 679

Was tun?

Der kleine M öffnete den Briefumschlag und zog einen Zettel sehr dünnen handbeschrifteten Vordruck heraus: „Rentenpunkte-Nachweis. Unbedingt aufbewahren!"

Er spielte in einer Musikgruppe, die mit deutschsprachigen Liedern, eigenen Texten und einem damals sehr eigenwilligen Auftrittsstil relativ erfolgreich war. Sie hatten einen Plattenverlag, der sie produzierte, waren manchmal im Radio und noch manchmaler im Fernsehen. Einige in der Band träumten von wachsendem Erfolg mit steigenden Gagen und einer dadurch erreichbaren Freiheit in der Lebensgestaltung.

Zum Beispiel der kleine M.
Aber er war auch Sohn einer Sparkassenangestellten. Da war nix mit Abenteuer, Risikobereitschaft und großer Freiheit.

Da waren 50 Pfennige eine halbe Mark!

Da war morgens Dienstantritt und neun Stunden später Feierabend, plus jeweils 45 Minuten An- und Abreise.

Fünf Tage die Woche.

Woche für Woche.

Monat für Monat.

Jahr für Jahr.

Jahrzehnt für Jahrzehnt.

Und da war keine Sorge wegen der Miete …

I. Lissi

The Making of

Die Zeugung des kleinen M muss ein urzeitlicher Akt gewesen sein, wie er mir selbst erzählte: Ein vierzigjähriger Mann und eine 17 Jahre jüngere Frau sanken in einer lauen Sommernacht am Rande des Plöner Sees ins warme Gras. Vermutlich hatten sie Körpergeruch. 1950 war die Dusch- und Deo-Kultur in Deutschland noch sehr schwach entwickelt. Vielleicht spornten ihre Gerüche die Sinnlichkeit der Beiden sogar an? Womöglich riecht der Mensch aus guten Gründen schlecht?

Es muss weiterhin vermutet werden, dass sie sich unter den Rock und in die Hose fassten – in völlig unrasierte Initialbereiche.

Unvorstellbar!

Am Ende, so war das früher eben, wird der erregte Mann wohl in die erregte Frau körperlich eingedrungen sein. Ohne Pipette oder Kühlschrank zwischen dem Austritt des Samens und der Befruchtung des Eis, in dem der kleine M auf Leben lauerte.

Elbabwärts

Am 16. Mai 1951 erblickte mein Freund das Licht des Kreissaales der Klinik Johnsallee in Hamburg. Dort zu gebären war angeblich etwas besonders Feines. Wer etwas auf sich hielt, bekam sein Kind nicht in einem Allerwelts-Krankenhaus, sondern in der Klinik Johnsallee.

Die Eltern des kleinen M lebten damals eigentlich in Lauenburg an der Elbe, aber um die Zeit der Entbindung herum, wohnte Mutter Louisa in einer Wohnung in der Ober(!)straße, nahe besagter Klinik. Das deutet darauf hin, dass es um das Paar zu dieser Zeit finanziell noch recht gut stand.

Wie es um ihre Nähe zueinander stand, ist nicht bekannt.

Jedenfalls trennten sie sich drei Jahre nach der feinen Geburt auf die verbreitete, sehr unfeine Art: Mutter Louisa packte ihr Kind, zog heimlich elbabwärts nach Hamburg und Vater Alfons weigerte sich, den fälligen Unterhalt zu zahlen.

Die Trennung war ein gesellschaftliches Ereignis.

In Lauenburg. 1954!

Erst war da diese skandalöse Ehe zwischen dem 17 Jahre älteren Mann und der jungen Frau - dann deren außereheliche Eskapaden, die hinter zugezogenen Gardinen von der Nachbarschaft bestmöglich überwacht und besprochen wurden - und nun die Scheidung. Konnte ja nicht gut gehen!

Sechs Jahre nach Kriegsende, als die meisten Deutschen noch nicht wieder viele Dinge besaßen, blieb den Einzelteilen eines getrennten Paares jeweils die Hälfte von wenig. Louisa zog mit ihrem Sohn zur Untermiete in ein möbliertes Zimmer in der Hamburger Zimmerstraße 38. Die Straße führte ihren Namen damals vermutlich, weil Familien, die selbst nur zwei, drei Zimmer hatten, eines davon an eine alleinstehende Frau mit Kind vermieten mussten, um finanziell über die Runden zu kommen. Bad und Küche benutzten alle gemeinsam.

Lehre im Inferno

Die Flucht in die Zimmerstraße war machbar geworden, weil Mutter Louisa in Hamburg eine Anstellung gefunden hatte. Auf Anweisung ihres Vaters hatte sie als junges Mädchen eine Lehre bei der Sparkasse machen müssen. Beide hatten vermutlich keine Ahnung, unter welchen Bedingungen die dann ablaufen würde:

Ihr Vater war während des Krieges eingezogen und in Skandinavien stationiert worden.

Louisa war allein.

Allein im Inferno der Bombenhagel auf Hamburg.

16-jährig.

Ihre Mutter war bereits 1931 an einer Lungenentzündung gestorben, da war Louisa keine 4 Jahre alt gewesen.

Wenn nach einem Fliegerangriff die Sirenen Entwarnung heulten, rannte die junge Frau aus dem ihr zugewiesenen Luftschutzkeller zu ihrer Ausbildungsstätte, vorbei an brennenden Gebäudeteilen, in denen manchmal eingeschlossene Menschen um Hilfe schrien. Sie lief durch Straßen, die diese Bezeichnung nicht mehr verdienten, weil von den angrenzenden Häusern kaum mehr eines stand, sondern sich in großen Geröllhalden links und rechts der Fahrbahnen türmten. Trotzdem rannte sie so oft wie möglich zu den Menschen, die sie inzwischen zu ihrer Familie gemacht hatte: Den Kolleginnen und Kollegen der Sparkasse.

Als sie 1954 das Zimmer in der Zimmerstraße mieten konnte, war klar, was die Lehre unter schwierigsten Bedingungen ihr gebracht hatte: Die ökonomische Unabhängigkeit von jedem Mann und die Möglichkeit, sich und ihr Kind allein durchzubringen.

In der Tür-kei

Die Sparkasse verfügte nicht nur über Geld, das sie (zu einem überschaubaren Teil) auch alleinstehenden Müttern als Gehalt zahlte, sie verfügte auch über Wohnungen, über die sie einen guten Teil der ausgezahlten Gehälter wieder einsammeln konnte.

Für Louisa war diese Tatsache der güldene Schlussstein in ihrem inneren Sparkassen-Triumphbogen:

Das Unternehmen war ihr nicht nur Familie, gab ihr nicht nur die ökonomische Unabhängigkeit von ihrem Ehemann, sondern vielleicht auch noch eine eigene Wohnung. Für Louisa war die *Neue Sparcasse von 1864* damit so etwas wie das höhere Sozialamt. Nie ließ sie irgendetwas auf „ihr Unternehmen" kommen!

Nach einem Jahr, 1955, wurde der Traum von der eigenen Wohnung wahr.

Sagte man so.

Es war natürlich keine „eigene", es war eine Mietwohnung. Aber eine für die beiden allein und das Ende des Zimmerstraßen-Zimmers.

Der kleine M hatte größte Mühe den Überblick über die neue Zwei-Zimmer-Wohnung mit etwa 56 quadratischen Metern zu gewinnen. Überall Türen! Hinter der Wohnungstür zum Treppenhaus tat sich ein in seinen Augen sehr langer Flur von etwa vier Metern Länge auf. Gleich links war die Küchentür. In der Küche gab es eine

Tür zur Speisekammer. Neben der Küchentür kam im Flur die Garderobenstange, der die Badezimmertür folgte. An der Stirnseite des Flures war die Besenkammertür. An der rechten Wand folgte die Schlafzimmertür. Rechts neben der Schlafzimmertür war die Wohnzimmertür und hinter der Wohnzimmertür war noch eine Tür zur Loggia.

Der kleine M wähnte sich in der Tür-kei (von der er damals noch nie etwas gehört hatte) und rief in den ersten Wochen oft ängstlich nach seiner Mutter, weil er sie in dem hölzernen Irrgarten nicht auf Anhieb finden konnte.

Eckhaus ohne Ecke

Das tür-ische Paradies befindet sich in Hamburg-Eimsbüttel, Scheideweg 8, Ecke Eppendorfer Weg, IV. Stock links. Damals ein Eckhaus ohne Ecke. Das Gebäude, das einst die Ecke zum Eppendorfer Weg komplettiert hatte, war im Krieg pulverisiert worden.

Das war für insofern von Nachteil, als die Wände von Schlafzimmer, Besenkammer und Badezimmer, die als Innenwände gebaut worden waren, nun als Außenwände dienten. Damit hatte der Frost relativ freien Zutritt. Es gab zwar Kohleöfen, aber wann sollte man die beheizen? Morgens ging Mutter Louisa früh zur Arbeit und ihr Sohn zum Kindergarten. Da lohnte es nicht, vorher noch Feuer zu machen. Abends trafen beide nach 18 Uhr wieder ein. Auch da dauerte es zu lange bis ein Ofen spürbar Wärme abgeben konnte, denn sie gingen nach ihren 12-Stunden-Tagen nicht sehr spät zu Bett.

Wenn das soweit war, krabbelte der kleine M wacker auf die drei tiefgekühlten Matratzen-Elemente, die quer auf den Stahlfedern lagen, und trotz des geringen Gewichts des Jungen sofort die Form einer Hängematte annahmen. So ein Bett nannten die Erwachsenen „Hitler-Pritsche", weil es aus einer Massenproduktion im sogenannten „III. Reich" stammte. Auf ihr zog sich der Junge eine riesige wolkige Plümo-Bettdecke bis unter die Nasenspitze und verharrte steif und mit den Zähnen klappernd, bis sein Körper Laken, Matratzen und Plümo auf eine annehmbare Temperatur gebracht hatte.

Während er darauf wartete, dass seine Mutter zum allabendlichen Gebet kam, fiel sein Blick auf die größer werdenden Muster an der Tapete jener Wand, die, entgegen ihrer Bauart, als Außenwand fungierte. Zuerst war kaum zu sehen, dass einige Stellen der hellgelben Farbe dunkler wurden, aber nach ein paar Wochen bildeten sich dort großflächig grün-weiße Pilze. Sie wuchsen hinter dem Kleiderschrank hervor, den Opa, der Vater von Mutter Louisa, aus Latten und Pappwänden selbst gebaut hatte.

Hin und wieder fegte Louisa den erreichbaren losen Schimmel ab, der dann an der Tapete schwarze Flecken hinterließ.

Wenn sie zur Gute-Nacht-Prozedur erschien, kniete sie vor der Hitler-Pritsche nieder, legte ihre gefalteten Hände um die gefalteten Hände ihres Sohnes und sprach mit ihm das immer gleiche Nachtgebet.

„Müde bin ich geh zur Ruh´,
schließe beide Äuglein zu,
Vater lass die Augen dein,
über meinem Bette sein.
Hab´ ich Unrecht heut´ getan,
sieh es lieber Gott nicht an,
deine Gnad´ und Jesu Blut,
machet allen Schaden gut.
Amen."

War Louisa gläubig?
Sie sagte „Ja".
War ihr Sohn gläubig?
Er war ein Kind.
Kein Kind ist von Geburt an gläubig.
Kinder werden gläubig gemacht.

Und Mutter Louisa arbeitete daran.

Nach dem Gebet gab sie dem kleinen M so viele Küsse auf Stirn, Nase, Wangen und Hals, wie er alt an Jahren war. Diese Übung endete erst an seinem dreizehnten Geburtstag.

Kälte

Die Winter im Schlafzimmer waren so kalt, dass der kleine M seinen Atem sehen konnte, der zwischen Kopfkissen und Plümo aufstieg. Morgens waren die Fenster von innen mit dicken Eisblumen verziert. Wenn er auf die Straße gucken wollte, hauchte er das Eis solange an, bis es milchig wurde. Dann legte er eine Hand auf die angeschmolzene Stelle, bis die Kälte die Schmerzen zu stark werden ließ. Anschließend legte er die andere, noch warme Hand auf die Stelle, wechselte die Hände noch ein paarmal - bis er sich zum Glas durchgeschmolzen hatte und hinaussehen konnte. Das war ein erster kleiner Sieg am Morgen eines neuen Tages.

Im ebenfalls frostigen Badezimmer gab es, außer den Badetagen, nicht das geringste Vergnügen. Mangels Hausschuhen tanzte er auf nackten Zehenspitzen über den eisigen rot gestrichenen Steinfußboden zur Toilette. Wenn er sich draufsetzte, legte er die Hände zwischen Klobrille und Oberschenkel, bis ein gewisser Temperaturausgleich hergestellt war. Die Füße hielt er dabei wie ein Jockey nach hinten.

Anschließend „schwebte" er mit zwei Riesenschritten zum Waschbecken, um weiterhin möglichst wenig Bodenberührung zu haben. Waschen und Zähneputzen waren mit dem „Flüssigeis", das aus dem Wasserhahn kam, nur eine Sache des geschickten Vortäuschens. Meist schmierte er sich nur etwas Zahnpasta in den Mund, damit die Mutti sich über den frischen Atem freute.

Wärme

Schnell entwickelte sich die Küche zum Lebensmittelpunkt. In ihr dominierte ein alter weiß angestrichener Küchenschrank. Er bestand aus einem Unterteil mit drei großen Holztüren, in dem sich ein paar Töpfe befanden. Über jeder Tür war eine Schublade für Besteck und anderes Klöterzeug. Das etwas kleinere Oberteil ließ vorn etwa 20 Zentimeter Auflage frei. In der Mitte hatte es eine große Aussparung für eine Brotdose. Sie hatten zwar keine Brotdose, aber dafür einen festen Platz, an dem sich Gummibänder, Heftzwecken und andere Dinge des täglichen Bedarfs wiederfinden ließen.

Der Schrank stand beim Betreten der Küche links hinter der Tür und verhinderte, dass man diese vollständig öffnen konnte. Dafür blieb am Ende der Wand noch Platz für einen Tisch. Und für einen Stuhl zwischen Schrank und Tisch. Das war der Hauptsitz des kleinen M. Wenn er geradeaus über den Tisch blickte, konnte er aus dem Fenster die Rückseite des Hauses auf der anderen Seite des Innenhofs sehen.

An der Längsseite des Tisches stand der Stuhl seiner Mutter. Wenn man ihn beiseite stellte, konnte man den Tisch ausziehen. Er hatte von oben bis unten geteilte Vorderbeine, von denen die vorderen Hälften auf kleinen Rollen standen. Zog man an zwei Griffen unterhalb der Tischplatte, bewegten sich die Vorderteile der Vorderbeine hakelig und quietschend nach vorne und brachten eine Platte mit zwei eingehängten Emailschüsseln zum Vorschein. Man brauchte dann nur noch Wasser in einem Kessel zu erhitzen - und schon konnte man in den Schüsseln abwaschen. Sehr praktisch!

Das Wichtigste in der Küche sah aus wie eine Bratpfanne, die auf ihrem Stiel balanciert, nur das die Pfanne trichterförmig war. In der Mitte des Trichters befand sich ein grauer Maiskolben. Bei Einschalten des Stroms wurde er glutrot: Er war die Heizspirale einer so genannten Heizsonne.

Die nur einen begrenzten Wirkungskreis hat.

Sie wärmte körperlich spürbar bis auf höchstens zwei Meter Entfernung und fast ausschließlich im Abstrahlbereich des Trichters. Es war eine große Kunst sie so aufzustellen, dass sie beide Personen am Küchentisch gleichstark erwärmte. Oft stand einer der beiden während des Essens auf und justierte die Heizsonne um Zentimeter anders, weil man entweder bemerkte, dass man ungerechter Weise zu viel oder zu wenig Wärme abbekam.

Der Mutter-Strip

Auch das An- und Auskleiden passierte, heizsonnenklar, in der Küche. Dabei war Mutter Louisa schwer gefordert. Weil ihr Stuhl direkt vor dem Fenster stand, musste sie die Küchengardinen zuziehen, um nicht von der anderen Seite des Innenhofes gesehen zu werden. Zum Schutze der jungen Seele ihres Sohnes hängte sie ihren Pullover über die durchsehbare Lehne ihres Stuhls, damit ihr Unterkörper unsichtbar blieb. Dann quälte sie sich bauchtanzgleich aus ihrem Rock, löste die Strapsen, tanzte vorsichtig aus den Perlonstrümpfen, damit es ja keine Laufmasche gab, zog den Schlüpfer aus und befreite sich mit einem erleichterten Seufzer aus dem mächtigen Hüfthalter, der mit seinen Strapsen den Perlons die nötige Verankerung gab, und der Figur, mit seinen Quetschgummis, die gewünschte Form.

Ihre Nachtwäsche hing gleich neben ihr, über dem Türgriff zur Speisekammer. Dort konnte sie die Pyjamahose erreichen, ohne ihre Deckung zu verlassen. Nachdem sie die Hose bestiegen hatte, drehte sie dem kleinen M den Rücken zu, löste den BH-Verschluss, beugte sich leicht vor und lies die Busenformer von den Schultern in ihre Hände gleiten. Mit einem kurzen Sidestep ging es dann wieder zum Griff der Speisekammertür, um das Oberteil des Pyjamas zu pflücken. Dabei wippte ihr rechter Busen wie eine schwere Glocke unter der Achsel hervor, so dass der kleine M eine kurze Rückseitenansicht der geheimnisvollen Klunker erhaschen konnte.

Samstags

Samstags, wenn der Kindergarten geschlossen war, machte Louisa den Wohnzimmerofen an, bevor sie zur Arbeit ging. Sobald der kleine M im Eispalast Schlafzimmer erwachte, schnappte er sich seine Bettdecke und zog ins geheizte Wohnzimmer um, das angenehm nach Brikett und Wärme roch. Dort machte er das Radio an, legte sich auf das neue hellblaue Sofa und sah zu der Uhr auf dem Wohnzimmerschrank hinauf, der an der gegenüberliegenden Wand vom Sofa stand. Die Uhr hatte es ihm angetan. Sie bestand aus einem etwa zehn Zentimeter hohen und 40 Zentimeter waagerechten Brett, das in der Mitte die kreisrunde zirka 25 Zentimeter hohe Uhr hielt. Alles in Nussbaum, dunkelbraun, hochglänzend mit goldfarbenen Ziffern, Zeigern und Zierleisten. Passend zum Schrank auf dem sie stand.

Zusammen mit einem Radio im entsprechenden Design und dem neuen Sofa, zählten sie zu den wenigen Einrichtungsgegenständen, die mehr als Sperrmüllqualität hatten.

Über dem Sofa schwamm ein Kutter in Öl in einem ausladenden goldfarbenen Rahmen.

Schön!

Der kleine M fand die neue Stube schön.

Besonders, wenn sie warm war.

Das Badezimmer war auch schön, wenn es warm war.

Später am Samstag, wenn die Mutter von der Arbeit zurück war, wurde es warm, denn Samstag war Badetag. Jedenfalls meistens.

Geheizt wurden Bad und Badewasser mit einem Ding, das aussah, wie ein senkrecht stehender Torpedo. Komplett aus Kupfer. Etwa zwei Meter hoch und mit vielleicht 80 Zentimetern Durchmesser. Unten hatte das Ding eine kleine Heizklappe. Den dahinterliegenden Heizraum durfte der kleine M den mit altem Stragula befüllen, das sie von einem Nachbarn geschenkt bekommen hatten. Brannte wie Zunder! Obendrauf kamen ein paar Briketts, die er vorher vom Dachboden im VI. Stock holte. Dort hatten die „Kohlenmänner" sie vor Anbruch des Winters hinaufgeschleppt. Kräftige derbe Kerle, die einen groben Lappen über ihr Haar gebunden hatten, der bis zwischen die Schulterblätter hing. Auf diesen Lappen schleppten sie die Jutesäcke mit der schwarzen Pracht. Die Gesichter und Hände waren schwarz vom Kohlenstaub. Sie sprachen nicht, sie lachten nicht, sie stöhnten nicht, sie schleppten die schweren Säcke stumm stampfend unters Dach. Der kleine M beguckte die dunklen Titanen bewundernd und ängstlich.

Das Feuer im Badeofen musste man etwa eine Stunde am Lodern halten - schon hatte man heißes Badewasser. Der Junge ließ es in die Wanne laufen und gab nur so wenig Kaltes hinzu, dass ein Besteigen der Wanne gerade eben möglich wurde. Das Wasser war die reine Lava! Er brauchte einige Minuten, bis er erst Fuß für Fuß und dann den ganzen Körper Zentimeter für Zentimeter in die Wasserglut eingetaucht hatte. So trieb er sich auch die letzte Kälte-Erinnerung aus dem Leib.

Aber es war nicht lange auszuhalten!

Krebsrot stemmte er sich nach kurzer Zeit am Wannenrand hoch und rief nach seiner Mutter, damit sie ihn abrubbeln kam. Anschließend ging es aus dem warmen Badezimmer in die geheizte Stube, aufs hellblaue Sofa. Unter einer Wolldecke versuchte er die Hitze so lange wie möglich zu speichern und hörte *Die Schlager-Parade*. Herrlich!

Da das heiße Wasser nur für eine Wannenfüllung reichte, stieg seine Mutter nach ihm in die nunmehr braune Suppe, die zuvor noch mittels des neumodischen *Badedas'* mit viel Schaum und kräftigem Frischeduft aufgepeppt wurde.

Dabei stand der kleine M vor dem Schlüsselloch, um sie einmal nackt zu sehen.

Doch leider:

Auf der Innenseite der Tür hing stets ein Handtuch über dem Griff, das den Blick aufs Weibliche verhinderte.

Enge

Wer nicht nur seine Wohnungsmiete, sondern auch Möbel, eine Heizsonne, Kohlen, Kindergarten, Essen, Trinken und Garderobe bezahlen muss, braucht eine gewisse Menge an Geld. Mehr Geld als Mutter Louisa damals verdiente.

Es war Samstag.

Ihr Sohn lag im beheizten Wohnzimmer vor dem Radio und entglühte vom Baden und von der Scham, erneut einen Blick durchs Schlüsselloch versucht zu haben.

„Ich muss etwas mit dir bereden."

Das klang nicht gut.

„Wir müssen einen Untermieter in unsere Wohnung nehmen."

Was das war, wusste er natürlich aus der Zeit in der Zimmerstraße. Was das bedeutete, war ihm weniger klar.

„Ja?"

„Ja, mein Junge - und er wird in unserem Wohnzimmer wohnen."

„Nein!! Nicht in unserem Wohnzimmer!"

„Doch mein Sohn, wo sonst?"

Es blieb nicht viel Zeit sich an die Vorstellung zu gewöhnen.

Einige Tage später zog ein Mann namens Siegurt ins Zentrum des Zwei-Zimmer-Paradieses ein. Der Geruch seiner Füße zog unter der geschlossenen Tür hindurch bis in den Flur.

Ansonsten war Siegurt jedoch ein angenehmer Mann. Er nannte den kleinen M „Petrus" und legte ihm freundschaftlich die Hand auf die Schulter. Wie ein großer starker Freund.

Warum er ihn Petrus nannte, hat der Junge nie verstanden. Es war auch nicht wichtig, denn Siegurt hatte ein Auto! Einen weißen Mercedes! Er brauchte das Auto für seine Arbeit als Handelsvertreter - und das Wohnzimmer des kleinen M als Bleibe in seinem Verkaufsgebiet, das fernab seiner Familie lag. Spätere Andeutungen von Bekannten ließen den kleinen M erahnen, dass der fleißige Handelsvertreter wohl auch den fehlenden Ehemann von Louisa vertreten hat, aber nix Genaues weiß man nicht.

Voraussetzung für seinen Einzug war jedenfalls ein Telefon im Haus.

Das sie nicht hatten.

Aber nun bekamen.

In lindgrün.

Es erhielt ein eigenes Regal im Flur und klingelte weniger als selten, denn viele Leute hatten sowas noch nicht.

„Fahn, fahn, fahn auf der Autobahn" (Songtitel der Gruppe *Kraftwerk*)

„Bist du schon einmal in einem Auto gefahren?", fragte Siegurt den kleinen M.

In dessen „Nein?“ schwang hörbar Hoffnung mit.

Zunächst durfte er des Öfteren mitfahren, wenn Siegurt den Wagen aus einer nahegelegenen Tiefgarage ans Tageslicht fuhr - doch eines Tages ging es gemeinsam mit Louisa an die Ostsee. Der kleine M erfuhr, dass die weit weg vom Scheideweg läge und dass es deshalb eine „Autobahn“ dorthin gäbe. Auf der dürfe man so schnell fahren wie man kann. Siegurt versprach sein Auto könne über 100 Stundenkilometer schnell sein.

„Wollen wir mal 80 fahren?“ fragte er, als sie die Autobahn erreicht hatten.

„Oh ja“, freute sich der kleine M, der auf dem Beifahrersitz sitzen durfte. Der Motor des Wagens wurde dröhnend laut und die Landschaft flog immer schneller an ihnen vorbei.

„90?“

„Ja“, antwortete der Kleine tapfer, der sein persönliches Tempolimit bereits deutlich überschritten fühlte. Ein Orkan aus Motor-, Wind- und Abrollgeräuschen dröhnte in seinen Ohren, die Vibrationen von Antrieb, Seitenwind und Straße ließen den Jungen beben.

„100?“

„Hhm ...“, schlimmer konnte es eigentlich nicht werden.

„Jetzt fahren wir fast 110!“ jubelte Siegurt.

Der Junge hatte das Gefühl sich in dem Lärm aufzulösen. Die Landschaft hinter der Seitenscheibe war wie von einem Schwamm verwischt. Kalter Schweiß trat ihm auf die Stirn. Er konnte knapp verhindern sich in das Innere von Siegurts Schönstem zu erbrechen und kotzte aus der offenen Tür, die seine Mutter nach einer Vollbremsung für ihn aufgerissen hatte.

Danach verlor der Mercedes schnell an Bedeutung - Siegurt auch. Er war in Ordnung, aber es war auch in Ordnung, dass er eine Familie hatte, zu der er samstags und sonntags meistens fuhr. Dann stand dem kleinen M das Wohnzimmer wieder zur Verfügung. Mit der Einschränkung, dass der beißende Geruch von Siegurts Füßen immer präsent war.

Zwänge

Kindergarten-Kinder wurden von anderen Kindern und Erwachsenen oft bemitleidet, weil nur entgleiste Familien ihre Kinder in fremde Hände gaben. Es war in kürzester Zeit gelungen, die Frauen, die während des Krieges und in den Jahren danach das Leben in Deutschland am Laufen gehalten hatten, wieder zurück an Heim und Herd zu bringen. Als abhängige Mägde ihrer Ehemänner, die ohne deren Genehmigung nicht aushäusig arbeiten und kein eigenes Konto haben durften.

Hatte man, wie der kleine M, eine geschiedene berufstätige Mutter und war deshalb unter den Kindergarten-Kindern oft derjenige, der als Erster gebracht und als Letzter abgeholt wurde, war man in der Hierarchie ziemlich schnell ziemlich weit unten. Und wenn man dann noch nicht einmal einen Vater oder einen großen Bruder vorweisen konnte, musste man schon aufpassen, nicht zum Deppen gemacht zu werden.

Der kleine M beobachtete, wie die älteren Jungs ihre Machtkämpfe austrugen. Es war ganz einfach: Man brauchte sich nur so lange mit jemandem zu prügeln, bis der heulend aufgab - dann stand man über dem.

Das ließ sich leicht nachmachen.

Und funktionierte wunderbar.

Bis die Unterlegenen ihre Taktik änderten.

Jungs, die nach einer Tracht Prügel vom kleinen M Rotz und Wasser heulten, drohten dann mit einem großen Bruder oder einem starken Vater, der sie rächen würde. Als ob sie ahnten, dass der kleine M da einen mächtigen Schwachpunkt hatte. Einen großen Bruder musste man nicht haben, aber es war von Vorteil. Keinen Vater zu haben - das war ein echtes Problem.

Es musste etwas passieren.

Sein Vater musste ihm beistehen können, ohne dabei sichtbar sein zu müssen ...

Der kleine M wusste, dass sein Papa inzwischen in Berlin lebte und dass Berlin ziemlich weit weg war. Da er seinen Vater nach der

Trennung noch nie wiedergesehen hatte, bestand wenig Gefahr des Auffliegens, wenn er ihn noch größer und stärker machte als die Väter all der Jungs, die ihn mit der Rache ihrer Papas bedrohten.

Und so wurde Uhrmachermeister Alfons zum Polizeipräsidenten von Berlin!

Wenn irgendein heulender Verlierer dem kleinen M mit seinem schlappen Sonstwas-Papi kam, holte er den Polizeipräsidenten raus, der jeden Vater, der sich an ihm vergreifen würde, sofort verhaften könne.

Damit war das Problem des fehlenden Vaters vorerst gelöst.

Jedenfalls nach außen.

Geschrottet und geröstet

In den 1950er Jahren hatte der Scheideweg seinen Namen nicht deshalb, weil er die Stadtteile Hoheluft und Eimsbüttel trennt, sondern weil er so bescheiden aussah. Er ist eine der vielen kleinen Straßen, die den Eppendorfer Weg und die Bismarckstraße verbinden. Das Haus Nummer 8 ist, vom Eppendorfer Weg aus gesehen, das erste auf der rechten Seite. Seine Fassade hatte den Krieg überstanden. Die sechs folgenden Häuser standen auch noch. Oder wieder. Vielleicht war es ihnen ähnlich ergangen wie Haus Nummer 8, das durch eine Brandbombe „entkernt" gewesen war. Hinter den Außenmauern war da nur noch ein großes Loch, vom Keller bis zum freien Himmel. Nach dem Krieg war es aus seinen eigenen Trümmern wieder aufgebaut worden.

Mit dieser Re-Konstruktion wurde dem kleinen M von den Nachbarn die Tatsache erklärt, dass die Wände von so extrem unterschiedlicher Beschaffenheit waren. Beim Befestigen eines 30 Zentimeter breiten Regals brachte er, in höherem Alter, den ersten Nagel nur in mühsamster Klopfarbeit in den Stein: „Von Brandbomben nachgerösteter Klinker", sagten die Alten. Den zweiten Nagel, ein paar Zentimeter weiter, konnte er fast mit dem Daumen in der Wand versenken: „Schutt" hieß die Erklärung.

Der gerösteten Häuserzeile von Nummer 8 bis 18 folgte ein ausgedehntes Trümmerfeld mit den Resten einer alten Fabrik. Der hohe

Schornstein, der noch stand, gehörte in die Treskowstraße, die vom Scheideweg abgeht. Dort stand auch das drei mal drei Meter große Fabriktor aus Eisenstäben, das als Fußballtor diente. Zum Spielfeld wurde die Kopfsteinpflaster-Fahrbahn davor. Die Jungs waren genervt, wenn innerhalb einer halben Stunde mehr als zwei Autos durchfuhren. Mit dem Warnruf „Schrott!“ unterbrachen sie das Spiel unwillig für ein paar Sekunden, bis sie den Ball wieder Richtung Gittertor traten, das bei einem Treffer laut rasselnd erzitterte.

Hinter der Treskowstraße zeigte der Scheideweg erst kurz vor der Bismarckstraße wieder bewohnbare Gebäude. Ansonsten war er eine von Wildkräutern durchwucherte Schuttwüste, die nur hier und da mit ein paar Altbauten garniert war. Dieses Areal war, außerhalb des Kindergartens, der Spielplatz des kleinen M.

Die großen Nachbarjungs fragten ihn ob er sich in den Keller der Fabrik-Ruine trauen würde. Dort könne er noch einige halb verkohlte Leichen finden.

„Wieso denn Leichen?“, fragte der kleine M bange.

„Vom Krieg!“, erklärten die Großen lachend.

„Was´n für´n Krieg?“

„Hast du noch nie davon gehört, dass hier vor ein paar Jahren Krieg war?“

„Krieg? … Hier?! … Nee!!“

Der kleine M glaubte ihnen kein Wort.

Die „Stunde null“

In seine kleine Welt war noch nichts vom großen Krieg eingedrungen. Die „Stunde null“ war eine offizielle Redewendung, die er gelegentlich aufschnappte. Sie suggerierte den Erwachsenen, dass alles, was bis zum 8. Mai 1945 durch sie geschehen war, jetzt hinter der Zeitrechnung lag und keine Relevanz mehr hatte.

Die Deutschen machten sich zu einem Volk ohne Vergangenheit.

Das war der Beginn der „Aufarbeitung“, für die sich viele im Lande so gern selbst auf die Schulter schlagen.

Nachbarschaft

Ganz oben, unter dem Kohlenboden, im fünften Stockwerk vom Scheideweg 8, wohnten die Martensens. Die beiden waren damals wohl so Mitte fünfzig und das Feinste, was Nummer 8 zu bieten hatte. Man traf sie nur selten im Treppenhaus und nie unterhielten sie sich mit Nachbarn. Wenn man auf dem Weg zum Kohlenboden mal einen Blick in ihre offene Wohnungstür werfen konnte, sah man feinste Möbel und schwere Teppiche. Es duftete nach Parfüm und Seife. Herr Martensen war ein untersetzter, schnaufender Dickmops, der seine zwölf schwarzen Haare kunstvoll um die Glatze geklebt trug. Was hatte der für „k"eine Vergangenheit?

Auf demselben Stockwerk, direkt über dem kleinen M und seiner Mutter, wohnte eine derbe alleinstehende Frau um die Vierzig, die sich im Laufe der Jahre noch viel über den kleinen M beschweren sollte.

Im vierten Stock wohnten, außer Louisa und ihrem Sohn, die Heisels. Herr Heisel war vielleicht fünfzig gewesen, ein großer hagerer Mensch, Typ Joseph Neckermann, ritt aber, statt auf dem Pferd zur Olympiade, per Straßenbahn in die Sparkasse. Er war kein direkter Kollege von Mutter Louisa, aber im selben Betrieb. Daheim trat er fast nie aus dem Schatten seiner sehr präsenten Frau. Sie war mehr als einen Kopf kleiner als er, rund, mit schlecht gefärbten Locken, die selten in Form gebracht wurden. Und sie war die freundliche Kommunikationszentrale des Hauses, die dem kleinen M sehr zugewandt war. Dieser war von ihrer Freundlichkeit und von ihren großen platten Busen beeindruckt, die unter einem dünnen, curryfarbenen, üppig bekleckerten Pulli bis auf den runden Bauch hingen. Das Aussehen dieser mächtigen Fleischpfannkuchen wurde alle zwei Minuten dadurch verändert, dass Frau Heisel das Gummi ihrer Trainingshose bis unter die Achseln hochzog.

Warum der große Mann hinter der kleinen Frau „unsichtbar" blieb? Keine Ahnung.

Im dritten Stock, direkt unter dem kleinen M und seiner Mutter, wohnte die Familie Sylmann. „Sylmanns sind Zigeuner, das ist kein Umgang für dich!", mahnte Mutter Louisa den kleinen M wieder und wieder. Aber der mochte den gleichaltrigen und sehr umgänglichen Dorian aber sehr. Dorian war ein bildschöner Knabe mit tiefschwarzem Haar, großen dunklen Augen und schlanker Gestalt. Seine etwa dreißigjährige Mutter könnte das Modell für das „Zigeunerin"-Gemälde gewesen sein, das es vermutlich bei *Karstadt* gab, und damals in vielen Wohnungen vieler Leute hing. Sie war ein Bild von einem Weib.

Immer, wenn Dorians Vater nicht im Haus war und Mutter Louisa es nicht bemerkte, spielte der kleine M mit ihm in dessen Wohnung und auf der Straße. Frau Sylmann war nicht sehr herzlich, aber freundlich und spürbar froh, dass der kleine M die von außen gesetzten Grenzen ignorierte.

Was Familie Sylmann in der Nazizeit erlebt haben könnte, mochte sich der kleine M später nicht ausdenken. Der Opa war ein trauriges verknittertes Hutzelmännchen, das von Zeit zu Zeit im Treppenhaus vor der Wohnungstür hockte und auf Einlass wartete. Der Ehemann der Schönen war einer von denen, die von Alkohol aggressiv werden - und trotzdem saufen. Viele Nächte gellten die Hilferufe von Frau Sylmann durchs Haus, wenn er sie misshandelte. Manchmal rief jemand von den Nachbarn die Polizei. Die sorgte dann dadurch für Ruhe, dass sie das Schreien verbot.

Bis 2004 war es in der BRD straffrei, wenn der Mann „seine" Frau körperlich und/oder sexuell misshandelte.

Der kleine M meinte das Stöhnen und Zappeln von Frau Sylmann gehört zu haben, als sie sich in der engen Besenkammer in der Wohnung unter ihm erhängte.

Vom zweiten Stock blieben die Schraders in Erinnerung. Frau Schrader, sie wird wohl Mitte vierzig gewesen sein, war eine äußerlich freundliche und innerlich wohl sehr traurige Frau. Blond, vollschlank, mittelgroß und, wenn ihn die Erinnerung nicht trog, oft mit Tränen in den Augen. Hinter ihrer Wohnungstür sah man ihren dürren und immer sehr formell grüßenden Mann in einem von Zigarettenqualm völlig vernebelten Flur stehen. Vernebelte Herr Schrader etwas? Er fuhr immer erschrocken zurück, wenn er mal die

Nase aus seiner Wohnung gesteckt hatte und der kleine M im Treppenhaus auftauchte.

Im Hochparterre wohnte eine kleine, schmale, freundliche und alleinstehende Mutter mit ihren zwei Töchtern. Ihr gegenüber wohnte ein altes, krummes, freudloses Männchen namens Sührow, dem man alles andichten könnte, was es Schlimmes aus deutscher Vergangenheit zu sagen gibt. Er war nur am Meckern über den Zustand des Treppenhauses, über zu laute Kinder und über Ballspiele vor der Haustür. Ein Ur-Ekel. Vermutlich ohne Vergangenheit ...

Auf der gegenüberliegenden Straßenseite von Nummer 8 gab es einen Nachbarn, den der kleine M überaus schätzte: Herrn Pahlmann. Er wohnte in dem stehengebliebenen Parterre eines zerbombten Gebäudes. Der kleine alte Mann mit Glatze und grauem Kittel, hatte der Ruine ein Dach aus Teerpappe verliehen und nutzte sie als enges dunkel-feuchtes Lebensmittelgeschäft. Wenn der kleine M von der Loggia guckte, konnte er direkt gegenüber auf Pahlmanns Laden blicken. Der führte so wichtige Lebensmittel wie Salmi-Lolli und Gewürzgurken. Er war für den Jungen die Krönung des Fleckchens Erde, das sich zu seiner Heimat entwickelte.

Speiseplan

Während der Woche aßen Mutter und Sohn Frühstück und Abendbrot gemeinsam. Sie holten dann Brot, Margarine und Aufschnitt aus dem Küchenschrank (einen neumodischen Kühlschrank hatten sie noch nicht), machten sich einen Tee und nahmen am Küchentisch Platz. Auf dem morgendlichen Weißbrot fanden sich des Öfteren kreisrunde grüne Schimmelpilze, auf dem abendlichen Schwarzbrot hatte der Schimmel hingegen einen weißen Mittelpunkt und war nur an den Rändern grün. Solange es nur Flecken ohne zu lange Schimmelhärchen waren, schenkten sie ihnen wenig Beachtung. Mit Margarine und Mettwurst machte man sie unsichtbar und ignorierte den schlechten Geschmack an den getarnten Stellen. Bei groß aufblühendem Schimmel schnitt man diesen kunstvoll aus den Brotscheiben heraus. Dabei fragten sie sich immer mal wieder, ob das Brot schon geblüht hatte als sie es bei Pahlmann kauften, oder ob es erst in ihrem Küchenschrank Bewuchs entwickelt hatte. Die Antwort blieb meistens offen.

Zum Wochenende fand sich oft etwas Leckeres in der Speisekammer. Von Opa Walter. Er wohnte ganz in der Nähe, Hohe Weide 66, und unterstützte seine Tochter so gut er konnte.

Aber er konnte nicht so gut.

Nicht, weil es ihm an Geld mangelte, sondern an einer Frau mit Herz.

Nach dem Krieg hatte Walter die Gretel geheiratet, seine zweite Frau, die allerdings das eigene Konsumieren mehr liebte als zum Beispiel die alleinstehende Tochter ihres Mannes. Insofern war Walter immer in geheimer Mission unterwegs, wenn er Tochter und Enkel frische Leber oder Nieren brachte.

Oh, wie der kleine M das liebte, wenn er sonntagmittags vom Spielen heraufkam und es schon vor der Wohnungstür nach frisch gebratenem Fleisch roch. Er stellte Teller und Bestecke auf die Wachstischdecke des Küchentisches, erklomm seinen Stuhl und genoss bedächtig und ruhig das beste Essen von der besten Köchin der Welt.

„Feisch, Mama, Feisch!, hast du schon als kleiner Junge immer gesagt", erzählte Louisa dem kleinen M fünfzig Jahre lang. „Du wolltest kein Gemüse, du wolltest Feisch!" Schon auf den ersten Fotos aus Lauenburg war der kleine Baby-M ein fetter Moppel. Er sollte den Rest seines Lebens gegen die Vollverfettung ankämpfen – nach seinem dreißigsten Geburtstag weitgehend erfolglos.

Angst

„Ich lass´ im Flur das Licht an und komme nicht so spät wieder", sagte Louisa.

Der kleine M allein zu Haus.

Bei Dunkelheit.

In der Tür zwischen Schlafzimmer und Flur war im oberen Segment eine Riffelglasscheibe. Sie teilte das Flurlicht in Dutzende unterschiedlich große, unscharfe, hellere und dunklere Stellen. In ein Hell-Dunkel-Mosaik, das sich bei Kopfbewegungen veränderte!

Wenn Louisa vor dem Verlassen der Wohnung einen letzten Kontrollblick ins Schlafzimmer warf, tat der kleine M so, als ob er schliefe. Er wusste, dass es keinen Zweck hatte sie anzuflehen bitte doch zu bleiben, und dass sie mit schlechtem Gewissen gehen würde, wenn er noch wach war. Also beruhigte er sie durch seine Schlaf-Show.

Sobald die Mutter ein paar Minuten aus dem Haus war, nahm er sich die Bettdecke von den Ohren, um zu horchen, ob ein bedrohliches Geräusch wahrnehmbar war. Dann hob er den Kopf und starrte auf das Riffelglasfenster. Der Flur schien leer zu sein. Wenn er sich zurücklegen wollte, sah er aus den Augenwinkeln eine Veränderung der Schatten im Glas. Sein Körper wurde starr und er atmete so leise wie möglich. Ein vorsichtiger Blick zur Scheibe: Da! Die dunklen Flächen formten sich zu einem Hut! Er lauschte in Richtung Flur. Ein Geräusch!! Woher war es gekommen? Von den Nachbarn oben? Von unten? Aus dem Treppenhaus? Vom Flur?? Er begann leicht zu bibbern. Der Hut kam näher! Schnell die Decke über den Kopf und abwarten was passiert …

In mutigen Nächten steckte er irgendwann ein Bein aus dem Bett, dann das andere, stand millimeterweise auf, damit die Stahlfedern nicht knarrten, schlich auf Zehenspitzen zur Schlafzimmertür, schaute durchs Schlüsselloch in den Flur, horchte und drückte dann die Klinke so leise wie möglich nach unten. Ein Schauer lief über seinen Rücken. Er zog die Tür einen Spalt auf und linste in den Flur.

Leer!

Unhörbar schlich er zur Haustür, klappte den Sicherheitsriegel vor und raste zurück ins Bett. Jetzt hieß es auf keinen Fall einschlafen!

Seine Mutter machte den Sicherheitsriegel immer vor, wenn sie zuhause war, und hatte diese Maßnahme auch dem kleinen M eingebimst. Aber wenn er in ihrer Abwesenheit eingehakt wurde, konnte sie nicht zurück in die Wohnung. Deshalb hieß es wach bleiben! Erst wenn er merkte, dass seine Müdigkeit so stark wurde, dass sie ihm die Angst nahm, schlich er zurück zur Haustür, öffnete den Sicherheitsriegel, rannte zurück ins Bett, zog sich das Plümo über den Kopf, und schlief manches Mal sogar ein, bevor Louisa zurück war.

Seligkeit

Die angsterfüllten Nächte waren oft Sonnabende, wenn Siegurt bei seiner Familie schlief. Das Gute an den bangen Samstagsnächten war, dass schon damals auf Sonnabende Sonntage folgten - und mit ihm ein Höhepunkt der Woche: abwaschen.

Nicht, dass sie viel abzuwaschen hatten. Frühstück und Abendbrot wurden während der Woche meist von denselben Tellern eingenommen, aber ein paar Bestecke und Tassen sammelten sich doch an. Sie verschwanden in den Schüsseln des ausziehbaren Küchentisches und waren somit unsichtbar. Aber sonntags, wenn es sich nach einem guten Essen aus Pfanne und Töpfen richtig lohnte, dann wurde abgewaschen.

Der kleine M schlug die Wachstischdecke auf dem Küchentisch so weit nach hinten, dass er an die Griffe des ausziehbaren Tischteils herankam. Unter Einsatz aller Kräfte zog er ihn möglichst gerade hervor, damit er sich nicht verhakte, was leider oft passierte. Die winzigen Rollen unter den beweglichen Tischbeinteilen lösten ihre Blockaden halt unterschiedlich gern und nur mit lautem Quietschen, was Entgleisungen sehr begünstigte. Dann war das Ganze nur mit mütterlicher Gewalt wieder in Bewegung zu setzen.

War der Unterbau herausgezogen, konnte die eigentliche Arbeit beginnen. Der kleine M stapelte das schmutzige Geschirr aus beiden Emailwannen auf den Tisch. Seine Mutter goss heißes Wasser in die rechte Schüssel. Vorsichtig wurde so viel kaltes Wasser hinzugegeben, dass der kleine M die Hitze gerade mal aushalten konnte, wenn er seine Finger hineinsteckte. Dann tat er ein paar Tropfen *Pril* ins Wasser. Er liebte den blumigen Duft dieses Spülmittels und seine Mutter liebte die blumigen Plastikblumen, die man von der Flasche abziehen und an zig Stellen in Küche und Bad ankleben konnte.

Zuerst wurden die Gläser versenkt. Die waren langweilig, weil sie eigentlich schon sauber aussahen bevor man sie ins Wasser tauchte.

Dann kamen die Tassen dran, die waren schon interessanter. Er ließ sie eine Weile wie Schiffe treiben, bevor er sie nach und nach mit Wasser vollschippte, bis sie untergingen. Dabei lösten sich dann die Tee- und Kaffeerückstände langsam auf und erzeugten für kurze Zeit eine dunkle Spur im Wasser, bevor er dem verbliebenen Rest mit der Bürste den Rest gab.

Was sauber war, kam auf das Geschirrtuch in der linken Emailschüssel, wo Louisa es entnahm und abtrocknete.

„Was singen wir heute?"

„Ach Kleiner, wollen wir wirklich wieder singen?" Das bedeutete für sie, dass sich die ohnehin endlose Abwaschzeremonie noch länger hinziehen würde, aber fast immer gab sie nach: „Wie wär´s mit *Winde weh´n*?"

„Nöö!"

Winde weh´n fand er zwar schön, aber es tat seine Wirkung nicht so gut wie *Bunt sind schon die Wälder, gelb die Stoppelfelder...* Das funktionierte immer. *Im Märzen der Bauer...* ging auch ganz gut. Es gab nur ein sehr begrenztes Repertoire, das seine Seele mit der seiner Mutter verschmelzen ließ. Eigentlich hätte es immer *Bunt sind schon die Wälder* sein müssen, nur, dass auch das schönste Lied nach dem dritten Mal seine Wirkung verlor. Deshalb brauchte man wohl oder übel mehrere Lieder, weil das Abwaschen sonst immer viel zu früh zu Ende gewesen wäre. Manchmal ließ er sich sogar auf einen von seiner Mutter ernörgelten Kanon ein, der aber weder wirkte noch mehr als drei Durchgänge mit dem richtigen Einsatzpunkt in der richtigen Tonhöhe durchzuhalten war. Aber egal. Hauptsache es war noch nicht vorbei.

In der Erinnerung meines Freundes schien während des Abwaschens immer die Sonne ins Küchenfenster während er die schmutzigen Teller, wie bei einem Stapellauf, voneinander ins Wasser gleiten ließ und die angetrockneten Soßenreste im Rhythmus des aktuellen Liedes abwusch.

Seine Mutter trank dabei zuckersüßen Samos-Wein und ließ ihn gern mal daran nippen. So arbeiteten, sangen und schnasselten sie sich gemeinsam durchs Geschirr und ihre Herzen flogen im Gleichklang über braune Stoppelfelder.

Selten hat er sich seiner Mutter näher gefühlt, als in diesen Momenten.

Auf die Gesundheit!

Louisa wollte vermeiden, dass aus ihrem Sohn ein „Muttersöhnchen“ wurde. Dass ihm für sechs Wochen Kinder-Landverschickung verordnet wurde, entsprang allerdings nicht ihrem Programm. Der Schularzt, der die Kinder vor der Einschulung untersuchte, riet für den kleinen M dringend zu einem solchen Zwangsurlaub, um dem, nach schwerer Erkrankung klapprigen Knaben, ein paar Wochen Kur zukommen zu lassen.

Was für eine Scheiß-Idee!

Eine Verschickung in die gleißende Sehnsucht!

Das erste Mal ohne Mutter.

Für Wochen!

Es wurde eine Reise voller Heimweh, mit Tränen über Tränen.

Der kleine M war längst das Muttersöhnchen, das er nie hatte werden sollen.

Das Schwein

Wenn Louisa mit dem kleinen M über dessen Vater sprach, nannte sie ihn „Das Schwein“. Manchmal musste sie von ihm sprechen; zum Beispiel jetzt, wo sie ihm zum ersten Mal Genehmigung gegeben hatte, seinen Sohn zu treffen.

Beim Abendbrot bastelten sie an ihren Broten, als die Mutter tief aus dem Bauch zu reden begann:

„Ich muss dir etwas sagen.“

Diese Einleitung war für das Verkünden sehr unangenehmer Nachrichten bekannt. Der kleine M sammelte sich.

„Das Schwein ist in Hamburg."

Der Jungen spürte, wie sein Herz aufgeregt zu pochen begann.

„Er will dich treffen."

Ein warmes Gefühl durchströmte das Kind, aber es achtete sehr darauf, seine freudige Erregung nicht zu zeigen, denn das hätte seine Mutter traurig gemacht.

„Morgen."

Glückseligkeit - mit hoffentlich unbewegter Miene.

„Du weißt, dass der Mann ein Schwein ist. Er hat dich und mich sitzengelassen. Er zahlt keine Mark Unterhalt für dich. Er nennt sich dein Vater, aber er ist nur dein Erzeuger."

Das Wort Erzeuger benutzte sie auch öfter. Der Junge war immer froh, wenn sie ihn „Erzeuger" nannte, das fand er weniger schlimm als „Schwein".

„Er ist ein Schwein. Ein gemeines Schwein", fuhr sie fort. „Glaub ihm kein Wort, was immer er dir auch sagt, hörst du?"

Der Junge nickte brav.

„Er wird versuchen dich von mir wegzuholen, aber du wirst mich doch nicht verlassen, nicht wahr? Du wirst bei mir bleiben, oder? Versprich mir das!"

Der Junge versprach es.

Und dann setzte das große Warten ein.

Die ganze Nacht spukte das bevorstehende Treffen im Kopf des kleinen M umher. Er machte sich Sorgen, dass die Lüge mit dem Polizeipräsidenten auffliegen könnte, jetzt wo der Mann plötzlich echt da war. Hoffentlich würde er nicht mit seinen Kumpeln sprechen!

Andererseits bestand die Chance, dass die ihn nur sahen und dadurch mitbekamen, dass der kleine M tatsächlich einen Vater hatte. Das wäre das Optimum.

„Wann kommt er denn?", quälte er seine Mutter am nächsten Vormittag.

„Um zwei."

„Und wie spät ist es jetzt?“

„Elf.“

„Wie lange ist es dann noch?“

„Drei Stunden.“

„Wie lange ist drei Stunden?“

Es folgte die Sache mit dem kleinen und dem großen Zeiger, aber die Dinger bewegten sich einfach nicht.

Dann endlich, die Türklingel!!!

Der kleine M bemühte sich, das Treppenhaus nicht hinunter zu fliegen. Er zwang sich zu einem angemessenen Tempo, bis er hörte, dass seine Mutter die Wohnungstür geschlossen hatte. Dann nahm er jeden Treppenabsatz in zwei, drei Sprüngen und rannte die letzten Meter den Hausflur entlang Richtung Ausgang. Erst als er die Klinke in der Hand hatte, überkam ihn Unsicherheit.

Was würde ihn jetzt erwarten?

Er zog die Tür auf und ein großer Schatten mit Hut und offenen Armen beugte sich zu ihm herunter: „Mein Junge!“

Der kleine M warf sich in die Arme und spürte, dass es sich fremd anfühlte.

Und schön.

Und stark.

Der Mann weinte.

Der Vater

Er war mit dem Auto gekommen. Das schien ihm sehr wichtig zu sein. Jedenfalls sprach er auf dem Weg zum Wagen nur vom Wagen. Das fand der kleine M merkwürdig.

In dem Wagen saß eine Frau.

Sie stieg aus und begrüßte ihn sehr freundlich, ohne aufdringlich zu sein. Sie hieß Inge.

Inge und der Mann hatten für den Nachmittag ein Sensations-Programm ausgearbeitet. Es gab Geschenke, einen Besuch auf dem Hamburger Dom, neue Schuhe und Süßigkeiten.

Und viele Wörter.

Was schwierig war.

Der kleine M wusste nicht, wie er den Mann ansprechen sollte.

Inge nannte ihn bei seinem Spitznamen „Alfi“, aber er konnte den Mann ja wohl schlecht mit „Alfi“ ansprechen. Schon das „Du“ kam dem kleinen M schwer über die Lippen. „Papa“ oder „Vati“ ging gar nicht. Und so umschiffte er den ganzen Nachmittag die direkte Anrede so gut wie möglich. Er konnte ohnehin seit der überschwänglichen Empfangs-Umarmung keine deutlichen Gefühle mehr in sich wahrnehmen. Alles war wie in Watte gepackt: nett aber ohne Vertrautheit.

Als sie wieder am Scheideweg hielten, zog der Mann seinen Sohn zu sich auf den Fahrersitz und forderte ihn auf, einmal auf das Gaspedal zu treten, während der Motor im Leerlauf war. Der kleine M trat zu. Die Maschine dröhnte laut auf, übertönt von einem ängstlichen „Nicht so doll!“ des Besitzers. Der kleine M erschrak, weil der Mann ihn so laut anbrüllte. Er fand, der Schrei sei unangemessen laut gewesen.

Der Mann erklärte dem Jungen, dass das für die Maschine schlecht sei, wenn man die so „hochjubelt“ und beide beruhigten sich. Dann legte der Mann seine Arme um den kleinen M und sprach ihm leise ins Ohr: „Du bist mein Junge, nicht wahr? Du bist mein Sohn. Und wenn du etwas älter bist und selbst entscheiden kannst, dann kommst du zu mir nach Berlin, nä Puschelchen?“

Der Junge nickte.

„Dann machen wir uns das ganz schön, nä Kleener?“

Der Junge nickte wieder.

Der Mann weinte.

Inge brachte den Kleinen bis zur Haustür und drückte ihn freundlich.

Er ließ sich viel Zeit mit dem Wiederaufstieg in die IV. Etage.

Zum Teufel

Als er den lindgrünen Hörer das zweite Mal abhob, ertönte kein Freizeichen mehr.

Der Qualm wurde immer dichter, die Angst größer.

Es war gefühlt schon 15 Minuten her, dass er zum ersten Mal bei der Feuerwehr angerufen hatte, aber sie war immer noch nicht eingetroffen.

Der kleine M war der Erste im Haus gewesen, der gegen ein Uhr nachts aufgewacht war. Dann hatte er seine Mutter geweckt: „Es riecht nach Qualm." Sie gingen in den Flur und sahen durch die Ritzen der Wohnungstür dunklen Rauch in den Flur kriechen. Sie öffneten die Tür und erkannten, dass eine Flucht durchs Treppenhaus unmöglich war, denn es war schwarz vor dichtem Qualm. Louisa wurde aufgeregt: „Wir müssen die Nachbarn warnen, sonst erstickt noch jemand!"

Sie schlossen die Tür, holten tief Luft, rissen die Tür wieder auf und brüllten ins schwarze Treppenhaus: „Feuer, Feuer! Alle aufwachen! Feuer!" Dann knallten sie die Tür wieder zu.

Nicht zuletzt durch diese Aktion war inzwischen so viel Rauch in der Wohnung, dass die Beiden sich trotz der kalten Winternacht auf die Loggia retten mussten, die sie fälschlicherweise immer „Balkon" nannten. Ein Blick am Haus hinunter zeigte, dass viele Nachbarinnen und Nachbarn wach waren und ebenfalls auf ihren Loggien standen; im Pyjama mit Bade- oder Straßenmantel darüber oder auch nur in einem weiten knallrosa Nachthemd, mit eleganter Handtasche unter dem Arm.

Dieser Anblick brachte Louisa zu der Frage „Was soll ich bloß mitnehmen? - Die Handtasche, das ist klar, mit unseren Papieren und dem Geld und ... die Dias!"

„Die Dias?", fragte der kleine M sie ungläubig. „In all den Kisten? Da geht die Feuerwehr mit ihrer Leiter gleich einen Balkon weiter, wenn sie sieht, dass du einen Umzug planst." Louisa lachte.

Lalülala, die Feuerwehr war endlich da. Einige Männer suchten im Schnee nach dem Hydranten, andere forderten die Bewohner auf, zurück in die Wohnungen zu gehen und die Balkontüren zu schließen.

„Das geht nicht, die Wohnungen sind total verqualmt!", rief ein Nachbar.

„Bitte gehen Sie trotzdem in Ihre Wohnungen und schließen Sie die Balkontüren, das Feuer bekommt sonst zu viel Luft von oben und breitet sich aus!"

Widerstrebend gingen alle zurück in ihre verqualmten Buden. Mutter Louisa beträufelte zwei Schals mit ein paar Tropfen Whisky, die sich die Beiden vor Mund und Nase pressten, damit man den Qualm nicht so roch.

Am Ende war diese unvergessliche Nacht nur ein Schwelbrand in den Mülltonnen im Keller gewesen, den wohl der „Eimsbütteler Feuerteufel" gelegt hatte, der seit ein paar Wochen sein Unwesen trieb.

Wiederaufbau

Der Scheideweg und sein Umfeld entwickelten sich vom Ruinenfeld zu einer Wohnwelt. Wenn der kleine M aus dem Küchenfenster nach rechts unten schaute, sah er am Eppendorfer Weg auf das Dach einer Tankstelle, die da war, wo eigentlich das Eckhaus zum Scheideweg 8 hingehörte. Über das Tankstellendach hinaus sah er auf die Kreuzung Eppendorfer Weg, Goeben- und Alardusstraße. An dieser Kreuzung entstand, neben einem neumodischen Gelbklinker-Wohnhaus mit Flachdach, etwas ganz Merkwürdiges: ein Rotklinker-Gebäude, das offensichtlich kein Mietshaus war, mit einer Art freistehendem, sehr breiten, rechteckigen Schornstein in ein paar Metern Abstand.

Der kleine M erfuhr, dass es eine Kirche werden soll. „Komisch", dachte er, „müssen Kirchen nicht immer ganz alt sein? Und Kirchtürme rund? Und muss der Kirchturm nicht direkt an der Kirche stehen?" Seine Mutter regte sich auf: „Das soll eine Kirche sein? So sieht doch keine Kirche aus! Das sieht aus wie eine Fabrik! Das Gemäuer werde ich nie betreten!"

Die Bethlehem-Kirche, die dort entstand, sollte ihr zweites Zuhause werden.

Schaute der kleine M auf der anderen Seite der Wohnung von der Loggia, sah er auf das berühmte Pahlmann-Dach und auf einen Scheideweg, in dem viele neue Häuser entstanden, in dem Bäume gepflanzt wurden und in dem gegenüber der alten Fabrik ein Spielplatz entstand. Er war komplett geteert. Auf dem Teerboden standen zwei Karussells, die durch die Fußtritte ihrer Fahrgäste in Gang gesetzt werden mussten, ein paar Schaukeln und eine Holzhütte mit einem unfreundlichen Wärter. Unter einem Klettergerüst war eine kleine Sandkuhle, aber die Hauptattraktion war die große Sandkiste mit Rutsche. Viele Spiele, die man im Treppenhaus, im Hinterhof oder auf dem Dach der Tankstelle gespielt hatte, verlagerten sich jetzt auf den Spielplatz.

Krämer Pahlmann konnte sich schon bald nicht mehr halten. Gleich links neben ihm, Ecke Eppendorfer Weg, hatte ein Gemüseladen aufgemacht. Auf der dem gegenüberliegenden Seite des Eppendorfer Wegs war ein Fachgeschäft für Milch und Molkereiprodukte entstanden. Dort schickte Louisa den kleinen M regelmäßig mit einer Milchkanne hin, um Frischmilch zu holen. Was nicht ganz ungefährlich war, denn der Eppendorfer Weg war eine Rennstrecke für Autofahrer.

Gewesen.

Am 1. September 1957 wurde das anders.

Die Welt bewegte sich plötzlich in Zeitlupe.

Die Autos, die hier bisher entlanggeflitzt waren und gern in der Kurve zwischen Scheideweg und Mansteinstraße verunglückten, schienen kaum noch voran zu kommen. Ein Tempolimit war Gesetz geworden, das in der Stadt eine Höchstgeschwindigkeit von nur noch 50 km/h erlaubte. „Lustig“, dachte der kleine M, „jetzt kann man über die Straße bummeln, ohne aufpassen zu müssen“.

Am Eppendorfer Weg in Richtung Hoheluft-Chaussee eröffneten mehr und mehr Geschäfte: eine Apotheke, ein Tabakwarenladen, ein Elektro-Fachgeschäft, ein Inneneinrichter, ein Blumenladen, ein

Fischhändler, ein Spielwarengeschäft, ein Pfandhaus und der erste Selbstbedienungsmarkt, den der kleine M erlebte: *Edeka*!

Dort stand man nicht mehr vor einem Tresen, hinter dem ein Herr Pahlmann von einem Regal zum anderen latschte, um die Dinge zusammenzutragen, die man kaufen wollte, sondern man nahm sich einen Einkaufskorb, ging selbst zwischen den Regalen hindurch und legte da alles hinein, was man brauchte. Sensationell!

Gemessen an heutigen *Edeka*-Weiten war der Laden eine winzige Klitsche, aber Ende der 1950er Jahre empfand man ihn als äußerst modern und echt amerikanisch. Und alles Amerikanische war gut in Westdeutschland.

Zwischen den vielen Läden saßen viele Bettler. Der kleine M mochte sie kaum ansehen, aus Scham, sie könnten es bemerken. Man erkannte ohnehin meist schon von Weitem, was ihnen fehlte: ein Arm, ein Bein oder auch beide Beine oder das Augenlicht. Waren es ehemalige Soldaten? Sie saßen in Lumpen, hatten einen Hut vor sich aufgestellt und gehörten zum gewohnten Straßenbild. Genauso wie riesige Haufen Hundescheiße: in original Darmgestaltung oder von Füßen zertreten und auf etlichen Metern breitgelatscht. An manchen Tagen war es eine Kunst zum *Edeka* und zurück zu kommen, ohne in Hundekacke getreten zu sein.

Die andere Richtung des Eppendorfer Wegs benutzte der kleine M nur auf dem Weg zur Osterstraße, denn sonst gab es keinen Grund da entlangzugehen. Die Osterstraße war allerdings sehr wichtig, denn dort gab es *Karstadt* und die Kinos *Roxy* und *Emelka*, in denen Sonntagsmorgens Kinder- und ab Anfang der 1960er Jahre Karl-May-Filme liefen: Der Schatz im Silbersee, Old Shatterhand und Winnetou - mit der unvergesslichen Musik von Martin Böttcher.

„Kaifu"

Bevor der kleine M in die Schule kam, wurde er in seinen dritten Kindergarten umgezogen. Einst, während der Zeit in der Zimmerstraße, von der Spohr- in die Emilienstraße und jetzt in den Weidenstieg. Dort lag eine Kindertagesstätte, die später einem Fitness-Center weichen musste. Sie lag strategisch günstiger auf der morgendlichen und abendlichen Rennstrecke von Mutter Louisa, wenn sie zu Fuß zwischen Scheideweg und S-Bahnhof Sternschanze pendelte. Von dort aus hatte sie eine direkte S-Bahn-Verbindung zu ihrem Arbeitsplatz in der Othmarscher Waitzstraße. Im Weidenstieg konnte sie ihr Kind auf halber Strecke abgeben und auf dem Heimweg wieder einsammeln.

Ein großer Teil des gemeinsamen Weges führte die Beiden am Kaiser-Friedrich-Ufer („Kaifu") entlang, einem Gehweg neben dem Isebek-Kanal („Ise"). Hinter der Holzbrücke, über die man in Verlängerung der Goebenstraße das Kaifu erreichte, stand auf dem großen Platz vor dem alten grauen Gymnasium ein Lager mit so genannten Nissen-Hütten. Sie sahen aus wie große Röhren, die der Länge nach halbiert worden waren und mit dem offenen Teil nach unten auf der Wiese standen. In ihnen wohnten Ende der 1950er immer noch Menschen, die aus dem Osten geflüchtet waren. Mutter Louisa sprach abfällig und warnend über die dort Lebenden, so dass der kleine M stets mit einem unguten Gefühl an den Hütten vorbeiging.

Am Ufer des Ise standen mächtige Trauerweiden. Ihre großen stolzen Kronen machten Eindruck auf den kleinen M. Später wurden auf dem gesamten Weg zwischen U-Bahnhof Hoheluftbrücke und dem Weidenstieg Heckenrosen am Wegesrand gepflanzt. Im Laufe der Jahre lernte er alle Stadien dieser Pflanze kennen und lieben. Insbesondere den betörenden Duft, den sie im Sommer ausströmten und damit viele summende Insekten anzogen. In etwa sechs Jahren Kaiser-Friedrich-Strecke machte der kleine M Trauerweiden und Heckenrosen zu seinen Lieblingspflanzen. Sie wurden später um wenige weitere Gattungen ergänzt.

Am Ende von Kaifu und Isebek-Kanal lag der Weidenstieg mit der Christuskirche und dem neuen Kindergarten. Hier war die morgendliche Rennstrecke für den kleinen M zu Ende, Mutter Louisa überquerte dann noch die Fruchtallee und hastete die lange Weidenallee hinauf – bis zum Bahnhof Sternschanze.

Winter

In den Kinderjahren meines Freundes gab es noch sogenannte „Winter". Sie waren die vierte Jahreszeit, die etwa im Dezember begann und im April endete. Winter waren sehr kalt, manchmal bis minus 10 oder 20 Grad. Bei diesen Temperaturen kam der Regen in weißen Flocken vom Himmel, man nannte das „Schneefall".

Der Schnee blieb auf dem gefrorenen Boden liegen, manchmal wochenlang. Das war eine große Freude für die Kleinen. Wenn er gut klebte, rollten sie ihn zu riesigen Bällen zusammen, die sie zu Schneemännern auftürmten. Nicht ohne zwischendurch immer wieder in Schneeballschlachten auszubrechen, bei denen man sich so lange mit faustgroßen Schneekugeln bewarf, bis einer heulte.

Das Schönste am Winter waren das Glitschen und das Schlittenfahren. Geglitscht wurde auf Glitschen, die auf gefrorenen Pfützen, Teichen oder Kanälen angelegt wurden: Man entfernte den Schnee bis aufs Eis, das man dann mit den Schuhsohlen möglichst spiegelglatt scheuerte. Dann nahm man auf dem stumpfen Schnee Anlauf, sprang auf die Glitsche und versuchte möglichst große Weiten zu erschlittern, ohne hinzufallen.

Herrlich!

Beim Schlittenfahren setzte man sich auf ein Holzgestell mit blanken Eisenkufen und rutschte auf ihm einen möglichst hohen Hang hinunter. Der nahegelegenste Mount Eimsbüttel lag mit 28 Metern Höhe im Schanzenpark. Statt eines Gipfelkreuzes krönte ihn ein Wasserturm, der inzwischen zu einem Hotel geworden ist. Dort fuhr der kleine M nach Neuschnee erstmal ganz spießig aufrecht sitzend den Hang hinunter, um wieder ein Gefühl für das Steuern und das Bremsen zu bekommen. Dann zur Probe noch ein paarmal auf dem Bauch liegend und am Ende, mit Anlauf und dem Kopf voran die vereiste „Todesbahn" hinunter.

Das brachte bei Umstehenden 100 Bewunderungspunkte.

Aufgepasst

1958 kam er in die Volksschule Bismarckstraße, heute „Schule an der Isebek". Nach Schulschluss, der immer zwischen 11 und 13 Uhr lag, ging es in den Kindergarten. Was ein Kindergarten ist, musste er den Mitschülerinnen und Mitschülern erklären. Sie hörten es sich an, aber das machte ihre Toleranz nicht größer dafür, dass er kaum einmal mit ihnen auf der Straße spielte, sondern immer woanders war. Deshalb gehörte er auf dem Schulhof auch nicht zur Clique.

In dem großen Gewimmel der großen Pause war er allein.

Alle lachten und rannten umeinander - er war allein.

Also spielte er „mitspielen".

Er lief, wie die anderen, geduckt zwischen den größeren Schulkindern hin und her, so, als suche er Deckung vor Leuten, die ihn suchten. Leider suchte ihn keiner – und leider fiel das den Größeren auf: „Mit wem spielt der eigentlich?"

Das war natürlich zu peinlich!

Was tun?

Er drohte Außenseiter zu werden und in die Gruppe der Dicken, Unsportlichen und Verfemten zu geraten. Also musste er auch in der Schulklasse zu den Mitteln greifen, die schon im Kindergarten funktioniert hatten: zum rechten Haken, zum Polizeipräsidenten und zum Witz. Vor allem durfte er nicht in jedem Fach schlecht sein, sondern nur in den allgemein unbeliebten. In Sport musste man auf jeden Fall zu den Guten gehören, dann war schon viel gewonnen.

Volksschule

Wenn eine Lehrkraft den Klassenraum betrat, mussten die Schülerinnen und Schüler schlagartig von den Stühlen aufspringen und mucksmäuschenstill sein. „Guten Morgen Klasse 1c", schmetterte dann zum Beispiel Frau Schürze, die erste Klassenlehrerin des kleinen M, in den Raum.

„Guten Morgen Frau Schürze!!!" donnerten die Kinder dann wie mit einer Stimme zurück.

„Setzen!"

Sechsunddreißig Kinderärsche knallten synchron auf sechsunddreißig Stühle.

Eine Schulklasse war ein geschlossener Verband. Die Kinder einer Klasse wurden zusammen eingeschult und blieben, wenn sie weder auf eine höhere Schule wechselten, was damals die Ausnahme war, noch eine Klasse zurückgestuft wurden, die ganze Schulzeit von neun Jahren zusammen. Im Idealfall hatten sie dabei die ganze Zeit ein und dieselbe Klassenlehrerin, die die meisten Stunden unterrichtete und daneben ein paar spezialisierte Fachlehrer oder -innen.

Bis einschließlich der dritten Klasse verlief der Schulbesuch des kleinen M entsprechend. Er war in einigen Fächern gut bis sehr gut, besonders in Sport und Aufsatz, was seiner Reputation in der Klasse zugute kam. In Rechnen war er mittel bis untermittel - was wenig Imageverlust bedeutete, weil er seine Unwissenheit durch viel Kasperkram ausgleichen konnte. Jedenfalls in den Augen der Mitschülerinnen und Mitschüler.

Ende der Dritten gab Frau Schürze die Klasse an einen Herrn Ellendorfer ab, einen Mann, den der kleine M schnell lieben lernte. Er taufte ihn „Elle" - aber nur für sich und die Seinen. Der Mann war ein gütiger schräger Vogel mit Halbglatze, Schwabbelkinn, Lodenjacke, Knickerbockern, deutlich sichtbarem Bauchansatz und einem schelmischen Lächeln. Er hatte eine warme Stimme und viele Geschichten, die den Unterricht mit dem echten Leben verknüpften und deshalb begreifbar machten. Im kleinen M entstanden Bilder von fernen Landschaften mit sanften grünen Hügeln und von Menschen aus vergangenen Zeiten, die in Felle gewickelt in Berghöhlen wohnten.

Wenn der Ellendorfer etwas fragte, wusste der kleine M sogleich die Antwort. Er war ein guter Schüler bei ihm.

Aber Elle kam ins Schleudern.

Erst fehlte er tageweise, dann Wochen, dann Monate. „Krebs" wurde gemunkelt. Das war eine neue Krankheit, über die bei den Erwachsenen viel gesprochen wurde, und die ziemlich furchtbar und irgendwie endgültig zu sein schien.

Täglich kamen Aushilfslehrer in die Klasse und fragten, wo man in welchem Fach inhaltlich gerade sei. Sie setzten dann da an, wo der kleine M garantiert nicht war.

Zudem wurde sein Klassenverband mit einem anderen erst zusammen- dann, in neuer Aufteilung, auseinander- und dann, mit ganz neuen Teilen einer weiteren Klasse, wieder zusammengelegt. Neuer Tag, gleiches Fach, unterschiedlicher Wissensstand im aktuellen „Klassenverband", wechselnde Lehrkräfte, unzusammenhängende Stoffvermittlung, wachsendes Chaos im Kopf. Der kleine M und seine Mitschülerinnen und Mitschüler verloren in vielen Fächern den Faden.

Manchmal tauchte Elle noch auf. Dünn und traurig. Er versuchte das Durcheinander in den Köpfen seiner Leute zu sortieren und gab dem kleinen M stets das sichere Gefühl, er könne den Faden wiederfinden.

Und er gab dem kleinen M Ende der vierten Klasse eine Gymnasialempfehlung.

Das war ein großes Rätsel für den Gekürten, denn er hatte das deutliche Gefühl sehr wenig kapiert zu haben. Und nicht nur das: Er war der Einzige, der aus der Klasse aufs Gymnasium abgeschoben werden sollte. Nein!

Niemals!

Zu mühsam hatte er sich die Anerkennung seiner Mitschülerinnen und Mitschüler erkämpfen müssen. Auf das scheiß Gymnasium brachten ihn keine zehn Pferde, mochte seine Mutter auch noch so zetern: Er blieb da, wo er war!

Und Ellendorfer ging.

Für immer.

Erste Helden

Dank Schlagfertigkeit mit Mund und Faust sowie guter Sportleistungen hatte er sich Respekt verschafft. Deshalb konnte er sich etwas gönnen, was eigentlich allgemein verpönt war: „Reli". Die Teilnahme am Religionsunterricht war freiwillig und aus zweierlei

Gründen nicht angesagt: Erstens Spinnkram und zweitens verlorene Freizeit. Da ging man nicht hin.

Der kleine M log, dass der Kindergarten erst so spät aufmache, dass er lieber noch im Reli säße als vor dem Kindergarten auf Öffnung zu warten. Er fand viele Geschichten aus der Bibel einfach spannend. Am liebsten mochte er die Knaller mit der schönen Menschlichkeit: Die Speisung der 5000 zum Beispiel, oder den barmherzigen Samariter, die Heilung des Gelähmten oder auch den Rausschmiss der Händler aus der Kirche. Sauber Jesus!

Jesus, Winnetou, Old Shatterhand, Sankt Martin und Wyatt Earp zählten zu den edlen Gerechten.

Sie waren so, wie Menschen sein sollen, fand der kleine M.

Spaßzentrale

Die Tatsache, dass er nachmittags nicht bei den Klassenkameraden sein konnte, empfand er zunehmend als unhaltbaren Zustand. Er musste er raus aus dem Kindergarten!

Und übte entsprechenden Druck auf seine Mutter aus.

Sie rettete sich noch bis zu seinem zehnten Geburtstag, dann kündigte sie Siegurt das Wohnzimmer und machte ihren Sohn zum Schlüsselkind.

Ein Schlüsselereignis im Leben des kleinen M!

Er mutierte vom nachmittags Nicht-Daseienden zur Spaßzentrale in eigener Wohnung. Und alle alle kamen.

Jungs und Mädchen.

Zum Beispiel Karin, die schöne Tochter des Gemüsehändlers aus der Goebenstraße. Mit ihr saß er schon bald einen ganzen Nachmittag lang auf dem hellblauen Sofa, um die erste Küssung zu vollziehen. Wie immer, wenn er Besuch hatte, behielt er die glänzende braune Uhr mit den Goldziffern im Auge. Die tickte und tickte und nichts geschah. Beiden war klar, dass es heute geschehen sollte, aber beide trauten sich nicht.

Um sechs musste die Veranstaltung in der Wohnung beendet sein, denn ab Viertel nach sechs war mit Mutter Louisa zu rechnen. Es war schon zehn nach.

Sie gingen unverrichteter Dinge zum Ise, wo zwischen der Holzbrücke und dem Bunker in der Bismarckstraße ein winziger Park mit einem kräftigen jungem Baum entstanden war. In der Krone dieses Baumes geschah es. Karin musste nach Hause und verabschiedete sich mit einem gehauchten Kuss auf die Wange des kleinen M. Obwohl er ihn kaum wahrgenommen hatte, raste sein Herz und er war randvoll mit Seligkeit.

Rainer Voss

Im Sommer fand man den kleinen M und seine Besuchergruppen oft nicht in der Wohnung, sondern auf dem neuen Spielplatz. Die Kleinen, die dort ihre läppischen Sandkuchen backten oder brav auf dem Hintern die Rutsche hinunterrutschten, wurden von Ms wilden Indianerstämmen umtost, die die Rutsche auf der Rutschbahn hinaufliefen, oder sie zumindest, statt auf dem Po, auf dem Bauch runterflitschten. Sie spielten die gerechten Apachen, die gegen die bösen Sioux kämpften, Sheriffs, die mit gezückten Pistolen gefährliche Verbrecher jagten oder sie versuchten einen ausgebrochenen Gorilla zu fangen, der an nur einem Bein am höchsten Punkt des Klettergerüsts hing, sich gegen die Brust schlug und dabei furchtbar bedrohliche Laute von sich gab.

Der kleine M war in diesen Gruppen immer gut zu erkennen: Er war Häuptling, Sheriff oder Gorilla.

Eines Tages raste er mal wieder als oberster Gesetzeshüter die Rutschbahn hinauf, um für Recht und Ordnung zu sorgen, doch oben stand schon jemand, der die dominierende Nutzung der Gerechten sehr ungerecht fand: der kleine Rainer.

„Weg da!" brüllte Sheriff kleiner M auf halber Höhe und war im Begriff Rainer wegzudrängen.

Da machte es Bumm!

Klein Rainer hatte dem großen Sheriff mit einer Schaufel auf den Kopf geschlagen: „Du sollst nicht immer der Bestimmer sein!", schrie er in einer Mischung aus Verzweiflung, Wut und Angst.

Der kleine M war verdaddert.

Noch nie hatte ein gleichaltriges Kind sich getraut ihn zu schlagen.

Geschweige denn ein jüngeres.

Aber der hier, der Kleine, der hatte es gewagt.

Man sah Rainer an, dass er selbst erschreckt war über seine heroische Tat.

War das der Grund, warum der kleine M nicht wütend wurde?

Oder waren es die Wut und die Verzweiflung, die in Rainers Stimme gelegen hatten?

Oder die gespannten Blicke der anderen Jungs?

„Wenn *der* mich schon als Immer-Bestimmer empfindet", schoss es dem kleinen M durch den Kopf, „ein kleiner Junge, der mich kaum kennt, was sollen dann erst die anderen von mir denken? Muss ich immer Leithammel sein?! Brauche ich das?"

Die anderen Jungs verstanden sich untereinander besser als mit ihm, das hatte er schon manchmal gespürt, aber sich nie bewusst gemacht. Jetzt wurde ihm das klar! Sie folgten ihm, weil er die sturmfreie Bude hatte, weil er immer die Ideen hatte was man spielen könnte, weil er ein Inspirator war. Aber in seinem Bemühen, auf diese Weise einer von ihnen zu werden, hatte er sie überholt und sich, bildlich gesprochen, an ihnen vorbei-integriert.

Vorsichtig schob er sich an Rainer Voss vorbei und zielte auf die Bösewichter: „Peng!" Das Spiel ging weiter als sei nichts passiert.

Aber es war mächtig was passiert.

Im kleinen M.

Das *Abendblatt*

Die ersten Nachrichten, die in das Gehirn des kleinen M sickerten, stammten vor allem von den Fußmatten mehrerer Nachbarn. Sie hatten das *Hamburger Abendblatt* abonniert. Es wurde ihnen täglich vor die Tür gelegt – und zwar so, dass die Überschriften und das Titelfoto gut sichtbar nach oben lagen.

Zum Beispiel die Seite mit dem Foto von einem großen Haufen kaputter Stühle. Rocker hatten sie bei einem Bill-Haley-Konzert zu Kleinholz gemacht.

Rocker sind böse, hatte der kleine M schon vorher von seiner Mutter gelernt. Sie warnte ihn beständig vor den jungen Männern, die ihre Haare mit einer wilden Tolle nach hinten klebten und sich abends auf schmalbrüstigen Mopeds vor dem Gemüseladen an der Ecke trafen und so grölten, wie alle jungen Männer aller Generationen grölen.

Meistens ging es auf den Titelseiten aber darum, dass ein gewisser Herr Adenauer sein Amt nicht aufgeben wollte. Das war wohl irgendwie schlecht. Ein gewisser Willy Brandt wurde Bürgermeister von Berlin. Das war wohl irgendwie gut.

Meldungen, die er 1961 wahrnahm

- **Chruschtschow, Regierungschef der Sowjetunion, schlägt vor, Deutschland wieder zu vereinigen, sofern sich ein vereinigtes Deutschland keinem Militärbündnis anschließen, also neutral bleibe würde.**

Diese Meldung registrierte er, weil bei Opa viel darüber gesprochen wurde. Der kleine M erfuhr, dass man Kommunisten nicht trauen könne und dass der Vorschlag nur ein raffinierter Schachzug sei, um uns reinzulegen.

- **Kennedy wird Präsident der USA**

Im Gegensatz zu Chruschtschow hatte der neue Präsident einen Vornamen: John F. Und er wurde, im Gegensatz zum „Russen“, als sehr sympathisch beschrieben. Der Amerikaner, das spürte der kleine M ganz deutlich, war für die Erwachsenen ein Hoffnungsträger.

Hoffnung auf was?

Keine Ahnung; jedenfalls kamen dem kleinen M die Leute seit der Wahl von Kennedy fröhlicher und optimistischer vor - und das fühlte sich schön an.

- **„Die Russen" schießen den ersten Satelliten in den Weltraum: *Sputnik***

Bald darauf machten die USA ihren ersten Versuch mit einer Weltraum-Rakete, aber das Ding wollte nicht fliegen. Jedenfalls nicht ins All, sondern nur bis ins nächste Meer.

- **Ein Parteitag der *SPD* beschließt das *Godesberger Programm***

Damit beschloss die *SPD* etwas, was nach Ansicht des Radios, des *Abendblatts* und Opas längst überfällig gewesen war und was sie nun wirklich zu einer wirklich echten Volkspartei machte.

Turneinlage

Es war wohl wieder der Schularzt gewesen. Diesmal hatte er vorgeschlagen den Jungen in einem Turnverein anzumelden. Turnverein! Geräteturnen!! Sowas Blödes!!! War schon in der Schule doof, aber nun musste er einmal die Woche auch noch zum Emilie-Wüstenfeld-Gymnasium radeln, um sich dort in der Turnhalle vor der Reckstange zu fürchten. Boden, Seile, Kasten bewältigte er mittel bis mäßig, aber Spaß ging anders; Spaß war mit Ball.

Als er eines Tages mit einem Turnkollegen aus dem Scheideweg vor der verschlossenen Halle stand und erfuhr, dass das Turnen ausfiel, beschlossen die beiden nicht gleich wieder nach Hause zu gehen, sondern den Herbstabend mit der früh hereinbrechenden Dunkelheit zu nutzen, um am Kaifu Liebespaare zu belauschen.

Kurz vor seinem ehemaligen Kindergarten am Weidenstieg gab es nicht nur Büsche direkt am Kanal, sondern auch auf der anderen Seite des Gehwegs, hinter den Bänken. Ein prächtiges Versteck! Sie pressten ihre Turnbeutel fest an den Körper und schlugen sich entlang der Wand vom Kaifu-Schwimmbad ins Dickicht. Es dämmerte.

Mit lautlosem Atem harrten sie der erregenden Szenen, die nun kommen sollten.

Leider trat kein einziges Liebespaar zur Vorführung an - vielleicht war es doch schon zu kalt. Auf jeden Fall war es langweilig, aber sie konnten ja schlecht abbrechen und nach Hause gehen, die Turnzeit war ja noch nicht vorbei und man wäre in Erklärungsnöte gekommen.

Also warteten sie bis die Uhr der Christuskirche sieben Mal schlug und trotten im Dunklen zurück zum Scheideweg.

„Tschüß!"

„Tschüß!", ihre Wege trennten sich kurz vor Nummer acht.

Der kleine M stieg in den vierten Stock. Kurz bevor er die Wohnungstür erreichte, flog diese auf. „Wo kommst du jetzt her?!", schrie seine verheulte Mutter.

„Vom Turnen", log er so unschuldig wie möglich.

Klatsch! Das setzte die erste Ohrfeige. „Lüg mich nicht an! Euer Turnlehrer hat angerufen und gesagt, dass das Turnen heute ausfällt!! Wo also warst du?"

„Wir haben Liebespaare belauscht."

Klatsch! „Ihr habt was?!", kreischte sie, immer die ganz Prüde gebend. „War Peter dabei?"

„Ja."

Klatsch! „Seine Eltern machen sich genauso Sorgen wie ich! Ihr Lügner, ihr Betrüger!" Sie brüllte ihre Angst aus sich heraus, zog ihm den Hintern blank, schnappte sich einen Kochlöffel und prügelte damit auf ihn ein, bis der Stiel brach.

Bei dem folgenden beiderseitigen Heulkrampf hatte der kleine M nur einen Gedanken: „Scheiß Telefon!"

Turnauslage

Die ungeliebten Besuche bei Reckstange und Ringen fanden schon bald ein jähes Ende.

In der Elternschaft entstand das Gerücht, dass der Turnlehrer Bräuner ... „andersrum" sei.

„Andersrum!", rief Mutter Louisa mit spitzer Stimme, „ein Homo! Igittigittigittigitt!!"

Warum es ganz doll schlimm war, wenn ein Mann einen Mann liebte, konnte sie dem kleinen M nicht verständlich machen. Fest stand, dass homosexuelle Beziehungen in Deutschland bei Gefängnisstrafe verboten waren.

Um ihren Sohn vor so einem „Kriminellen" und dessen unerwünschter Zuneigung zu retten, meldete sie ihn kurzerhand beim Turnverein ab.

Stattdessen meldete Sie ihn beim *Bund Deutscher Pfadfinder* an.

Was sie allerdings nie erfuhr:

Da war tatsächlich ein Schwuler oder Pädophiler, der den kleinen M auch schon mal zu sich in den Schlafsack lotste. Da er aber spürte, dass der Junge seine Zuneigung nicht erwiderte, ließ er es bei ein bisschen Begrabbeln bewenden.

Gut Pfad!

In der ihm eigenen Art erklärte mir der kleine M: „Sinn und Zweck der Pfadfinderei ist nicht primär das Begrabbeln von zwölfjährigen Kindern, sondern das Finden von gut ausgelatschten Pfaden. In den Harburger Bergen zum Beispiel oder in der Lüneburger Heide, wo wir des Öfteren die Wochenenden verbrachten."

Das ging nicht ohne Uniform, die in diesem Fall „Kluft" hieß. Und nicht ohne Rucksack, der in diesem Fall, „Affe" hieß - wie bei der Wehrmacht. Und nicht ohne „Kochgeschirr", einem dosenhohen gebogenen Blechnapf mit aufklemmbarem Deckel – ebenfalls wie bei der Wehrmacht. Im Dosen-Hohen konnte man kochen, aus dem Abklemmbaren essen. Und, wie es sich bei dieser militärnahen Ausstattung denken lässt: Es ging auf keinen Fall ohne Fahne! Und nicht ohne martialische Lieder: „Wildgänse rauschen durch die Nacht, mit schrillem Schrei nach Norden!"

Es war unbedingt anzustreben vom Nachwuchs-„Wölfling" zum Vollpfadfinder zu werden. Dazu musste man eine „Kothe" aufstellen können. Die Kothe ist gar nicht so scheiße wie man denken könnte. Sie ist die Heimstatt des Pfadfinders: ein Zelt wie das der Indianer in Nordamerika, also ein stumpfer Kegel, oben mit einer Öffnung für den Rauchabzug - nur ganz in schwarz. In diesem Zelt musste man das Lagerfeuer ohne Zuhilfenahme von Papier mit nur einem Streichholz entzünden können, eine Brennnesselsuppe zubereiten, per Fahrtenmesser einheimische Bastelarbeiten verrichten und durch weitere Großtaten nachweisen, dass es eines fernen Tages zum „Vollpfadfinder" reicht.

Leider musste man auch dann noch in ein Erdloch kacken, genau wie die Wölflinge.

Es gehörte zu den ersten Arbeiten bei jedem Zeltlager, ein tiefes Klo-Loch auszuheben und mit einem dicken Ast zu überbrücken. Nie, nie hatte der kleine M auf diesen Balken geschwebt, über den mit weiß gewesenem Klopapier garnierten Ausscheidungen seiner Kameraden! Immer hatte er von Freitagmittag bis Sonntagabend angehalten und dann zuhause ein paar Findlinge geboren. Lebenslänglich blieb ihm wenig so abstoßend, wie ungepflegte Toiletten – mit oder ohne Baumstamm.

Wenn man das Zelt aufstellen, amtlich Feuer, eine Brennnesselsuppe machen und mit dem Kompass eine Karte einnorden konnte, war man praktisch reif für den Vollpfadfinder. Das passierte aber nicht so nebenbei, sondern nach einer weiteren, diesmal mündlichen Prüfung, die abschließend durch eine anständige Zeremonie gekrönt wurde! Letztere begann mit einem ausgiebigen nächtlichen Schweigemarsch, bei dem der Rudelführer seine Wölflinge anhand von Kompass, regelmäßigem Blick zu Mond und im Dunst schlecht sichtbaren Sternen durch einen stockfinsteren Wald führte. Der kleine M fand, dass die Teilnahme an sowas Furchteinflößendem eigentlich schon genug Prüfung gewesen wäre.

Nach einigen Umwegen schimmerte dann ein riesiges Lagerfeuer durch die Bäume.

Auf der Lichtung mit den mannshohen Flammen standen viele dunkle Gestalten in einem weiten Kreis um das Feuer. Ihre mattschwarzen Kluften waren mit der Dunkelheit verschmolzen, die kurzen Lederhosen schimmerten matt und nur die Gesichter, die Hände und die blanken Oberschenkel leuchteten hell im Feuerschein.

Und die großen Pauken, die von außen weiß und mit roten Flammen bemalt waren.

Trommelwirbel!

Dann rauschten Wildgänse mit schrillem Schrei nach Norden.

Dann sprach der Stammesführer wichtige Worte.

Dann wurde ein Wölfling nach dem anderen neben das Feuer an die Stammesfahne beordert, deren Stange ein Kamerad mit waagerecht ausgestrecktem Arm ehrfurchtsvoll in die Nacht hielt. Der kleine M ergriff mit einer Hand das Tuch und hob die andere zum Pfadfinderfindergruß, der Lilie. Dazu hebt man die Hand in Schulterhöhe, streckt die drei mittleren Finger gerade in die Luft und legt darunter den Daumen über den Nagel des kleinen Fingers. Dann spricht man den unverbrüchlichen Schwur, der wohl auch etwas mit „für andere da sein" zu tun hatte. Wusste der kleine M bei meiner Befragung nicht mehr so genau. Feierlich wurde ihm dann das lächerliche Wölflings-Halstuch abgenommen und das echte wahre blau-gelb-gestreifte umgebunden. Mit dem amtlichen „Gut Pfad!" grüßte der neue Voll-Pfadfinder die Stammesbrüder im dunklen Walde und die schmetterten den Gruß inbrünstig zurück.

Leider führte der neue Status nicht dazu, dass der kleine M nachts in der Kothe weniger Angst hatte als früher allein zuhaus. Die nächtlichen Geräusche von Wald und Heide waren sehr bedrohlich! Bei jedem Knacken oder Rascheln schreckte er zusammen und lag bewegungslos und nur ganz flach atmend in seinem Schlafsack. Bloß nichts von sich hören lassen, was wilde Tiere oder böse Missetäter anlocken oder den Kameraden seine Angst verraten könnte.

Verschwommenes

Die Großeltern des kleinen M, Opa Walter und Gretel, die laut Mutter Louisa mit Vornamen nicht Oma, sondern Tante hieß, hatten sich ein großes Möbel aus dunklem Holz mit hochglänzenden Ziehharmonikatüren auf vier zarten Beinchen zugelegt. Schob Tante

Gretel diese Türen feierlich beiseite, kam ein gold-beiges Chassis mit einem grauen, leicht gewölbten Glas in der Mitte zum Vorschein. Drehte sie den Anschalter, konnte man nach der Aufglühphase ab nachmittags bis abends etwa 23 Uhr das Fernseh-Programm der *ARD* flau in grau flimmern sehen.

Auch Tante Taddi hatte schon so eine Kiste. Taddi war eine Schwester von Opa Walter, und lebte in Lauenburg. Dort besuchten sie der kleine M und seine Mutter am 13. August 1961. Als sie die Glotze zur *Tagesschau*-Zeit feierlich angeschaltet hatten, staunten sie nicht schlecht. Die „Ostzone", wie die DDR damals in Westdeutschland genannt wurde, riegelte ihr Gebiet mit Stacheldraht ab und Leute begannen eine Mauer zu errichten.

Quer durch Berlin.

Mitten über Straßen und Plätze.

Der kleine M war erschüttert, weil sich die beiden Frauen so erschüttert gaben.

In den folgenden Tagen und Wochen entstand das, was fortan „die Mauer" genannt wurde. Sie war das Schlimmste vom Schlimmen, das wurde dem kleinen M aus dem Fernseher und von den Erwachsenen sehr klargemacht.

(Mehr in „Gegenrede, Der Bau der Mauer", Seite 634)

Meldungen, die er 1962 wahrnahm

- **Die USA katapultieren, etwa ein Jahr nach der Sowjetunion, einen der ihren aus der Atmosphäre**

Das war wohl irgendwie gut, weil man irgendwarum den Russen im Menschenweitschuss keinen Vorsprung erlauben durfte.

- **Eine große Sturmflut hat Elb-Deiche gesprengt und Teile von Hamburg überflutet. Hunderte sind ertrunken**

Neugierig fuhr der kleine M mit der Straßenbahn Linie 2 von der Hoheluft-Chaussee zum Rathausmarkt und ließ sich dort die Ausläufer des Wassers über die Schuhspitzen schwappen.

- **Die Israelis hatten in Argentinien einen Deutschen geschnappt, der für den millionenfachen Mord an Juden mitverantwortlich war: Adolf Eichmann. 1962 hängen sie ihn auf und verstreuten seine Asche im Mittelmeer**

Das war eine Nachricht, die den kleinen M lange beschäftigte: Lebten die denn noch, die das damals gemacht hatten? Aufgehängt? Brutal. Oder? Aber: Wenn der für die Ermordung ganz vieler Menschen verantwortlich gewesen ist, war Aufhängen dann überhaupt eine angemessene Strafe? Wäre es nicht vielleicht schlimmer lebenslang eingesperrt und täglich von Angehörigen der Opfer angespuckt zu werden?

- **Die „Cuba-Krise" versetzt die Welt in Schrecken**

Der kleine M hörte, dass die Welt vor einem Atomkrieg stünde. Auf der Titelseite der Zeitung seiner Mutter (*Welt am Sonntag*?) sah er eine Karikatur, auf der die Zeigefinger von Kennedy und Chruschtschow bedrohlich über einem Auslöser schwebten, der mit Atomraketen verbunden war.

Der kleine M versuchte sich auszumalen, was ein Atomkrieg für ihn bedeuten könnte... In der Schule hatte er gelernt, dass man beim Abwurf einer A-Bombe am besten unter eine Treppe oder einen schräg gestellten Tisch klettern solle, oder sich zumindest seinen Ränzel schräg über den Kopf halten muss.

- **Charles de Gaulle und die Queen besuchen Hamburg**

Im Spätsommer 1962 wurde der kleine M mit tausenden (?) anderer Kinder aus zahlreichen Schulen an eine große Straße geführt (Fruchtallee?), um einem Mann zuzujubeln, den er nicht kannte, der aber bejubelt werden musste: Charles de Gaulle.

Drei Jahre später wurden sie zum Pflicht-Jubeln für eine englische Königin geschickt.

Meldungen, die er 1963 wahrnahm

- **Das ZDF beginnt zu senden**

Am 1. April 1963 wurde das Fernsehen aufgerüstet: Die *CDU* hatte ein zweites Programm erzwungen. Es sollte ein Gegengewicht zu der angeblich sozialdemokratisch gefärbten *ARD* sein. Die Erwachsenen sprachen viel darüber, ob man das nun brauche oder nicht: Zwei Programme!

- **Kennedy spricht an der Berliner Mauer**

Er sagte viel, aber vor allem diesen einen Satz, der danach noch tausende von Malen auf Zeitungen prangte und aus den Konserven von Rundfunk- und TV-Sendern plärrte: „Isch benn eihn Behliner".

- **Mit 87 Jahren gibt der dürre Adenauer das Regieren auf**

Es kommt der dicke Erhardt mit seiner Zigarrenkiste dran.

Schwarzer Freitag?

Der kleine M lag auf dem blauen Sofa unter dem Kutter in Öl und hörte die aktuellen Schlager.

Mitten in einem Lied stoppte die Musik.

Stille.

Dann wieder ein kurzes Stück Schlager.

Stille.

Er hob den Kopf und sah das Radio ungläubig an. Ist was?

Kammermusik setzte ein.

Und wieder aus.

Das Rascheln von Papier wurde hörbar, ein Räuspern. Offenbar bereitete jemand eine Durchsage vor. Und dann kam sie:

Eine Grabesstimme erklärte, dass ein Attentat auf John F. Kennedy verübt worden sei. Der Präsident schwebe in Lebensgefahr.

„Nein!", dem kleinen M blieb das Herz stehen.

Er mochte den Mann. Kennedy wirkte menschlicher als andere bekannte Politiker. Jünger. Wacher. Lebendiger. Mit einem Lächeln, das Zuversicht verströmte. Er machte den Erwachsenen so viel Hoffnung.

Und er hatte diesen Satz gesagt.

Er durfte nicht sterben!

„Kennedy tot" stand am nächsten Tag in Zentimeter hohen Buchstaben auf der *Bild-Zeitung*. Die kam Mutter Louisa eigentlich nicht ins Haus, das hatte ihr Opa Walter eingetrichtert, der als Korrektor beim Zeitungsverlag Broschek arbeitete. Aber heute war das egal. Sie hatte den kleinen M zum Zeitungshändler geschickt, um eine *Bild* zu kaufen. Vielleicht in der Hoffnung, dass sich doch noch alles als völlig überzogen herausstellte?

War aber wahr:

In den Zeitungen und in Opas Fernseher sahen sie wieder und wieder die Bilder, wie Kennedy im Wagen zusammensackt und seine Frau sich über ihn beugt.

Tante Ursel

Mutter Louisa hatte nicht viele Freundinnen. Eine war die ebenfalls geschiedene und ebenfalls bei der Sparkasse angestellte Ursel mit ihrer Tochter Uta. Bei denen musste der kleine M immer besonders gutes Benehmen vorführen, weil die Uta ja auch so artig war.

Seine Mutter machte ihm vor einem Besuch bei den beiden einen messergeraden Scheitel und legte ihm die feinsten Sachen raus, zum Beispiel die weißen Kniestrümpfe. Dann taperten sie Hand in Hand zur Hoheluft-Chaussee, wo sie Ecke Eppendorfer Weg auf die Straßenbahn Linie 2 Richtung *Hagenbecks Tierpark* warteten. Am Lokstedter Steindamm stiegen sie aus, fast genau vor der Haustür von Ursel und Uta. Auf den letzten Metern wurden die „Notlügen" noch einmal durchgeprobt, die der kleine M abspeichern musste. „Zu lügen ist natürlich etwas Schlimmes, das weißt du ja, aber Notlügen darf man manchmal machen", erklärte Louisa dieses Kapitel ihres persönlichen Christentums. Notlügen waren Standard bei ihr. Wo immer die beiden zu Besuch gingen, wurden vorher ein paar Notlügen einstudiert. Warum das nötig war, sollte sich dem kleinen M erst viele Jahre später erschließen. Dann folgte „Denk dran: Beim

Begrüßen Füße zusammen, rechte Hand vor und Diener bis du deine Schuhspitzen sehen kannst."

Gesagt, getan.

Der kleine M konnte so derartig brav sein, dass niemand der Erwachsenen je auf die Idee kam, dass er sich recht robust durch sein junges Privatleben schlug.

Seine Braver-Junge-Glanznummer war das Ablehnen.

Bescheiden ablehnen.

Und trotzdem reichlich zu bekommen.

Die Frage „Möchtest du noch einen Keks?" konnte er mit einem derart zögernden „Nein Danke" und bescheidenem Blick auf die Füße ablehnen, dass alle verstanden: Eigentlich möchte er noch zehn.

„Na! Ich glaube einer geht noch, oder?" fragte Tante Ursel dann.

„Nein Danke, ich hatte schon zwei" sprach der Knabe dann mit einem fast unauffälligem fragenden Blick zur Mutter.

Diese Nummer spielte er für die Damen bei jedem Besuch aufs Neue und wieder und wieder war Tante Ursel von der Zurückhaltung des Jungen entzückt. „Wie bescheiden!", jubilierte sie, „nun nimm doch noch einen! Ich sehe es dir doch an, dass du noch einen möchtest."

Louisa wirkte hoch zufrieden.

Nach der dritten Aufforderung nahm er dann noch einen.

Und nach der sechsten noch einen.

Und nach der neunten noch drei.

Diese Kekserei konnte er überall vorführen, wo sie gefragt war – und die Erwachsenen taten überall so, als würde er sie damit wirklich begeistern, obwohl natürlich alle wussten, dass das Ganze nur Theater war. Aber Bescheidenheit an den Tag zu legen war ihnen als Tugend der kleinen Leute gepriesen worden – und nun gaben sie diesen hohen Wert an die Kinder weiter.

Das Loch

Es begab sich aber zu der Zeit, dass der kleine M nicht mehr nur Sehnsucht nach den Küssen der Gemüse-Karin hatte. Mädchen lösten neuerdings eine wohlige Unruhe in ihm aus.

Außerdem erfuhr er dolle Dinge über sie: Sie hätten ein Loch! In dieses Loch könne ein Junge seinen Pimmel stecken - und das, das sei das ganz große Ziel, das zu tun.

In Ermangelung von nackten Frauen, Nacktfotos, pornographischen Bildern oder Filmen musste der Jungmann die eigene Phantasie bemühen, um sich vorzustellen, wie das mit dem Loch so aussehen könnte. Er machte sich Zeichnungen und platzierte das Loch eine Handbreit unterhalb des Bauchnabels. Die Dame seiner früherotischen Phantasien hatte also eine Art Doppelpunkt am Bauch: einen für den Nabel und einen für den Pimmel.

Bei den demnächst anstehenden Pettingspielen würde er zwar feststellen, dass er sich geografisch gründlich geirrt hatte, aber es kam lange nicht zu einer ausführlichen Besichtigung der sehr unglücklich gelegenen Zonen. Er fand es peinlich für sich und die Mädchen ihnen zwischen den Beinen zu forschen, zumal in entsprechenden Situationen ja auch das Feuer der Lust am Brennen gehalten werden sollte. Insofern blieben Details der weiblichen Unterwelt ziemlich lange ziemlich geheimnisvoll für ihn.

Mannlos

Als John F. Kennedy starb, war der kleine M 12 Jahre alt und seit gut zwei Jahren Schlüsselkind, quasi ein freier Mann. Ohne Männer.

Eigentlich war da nur Opa und Opa war kein Mann, sondern Opa.

Der Junge lag nach der Schule oft allein auf seinem Bett und schrie verzweifelt weinend nach einem Vater. Es regten sich Gefühle und Fragen in ihm, die er seiner Mutter nicht stellen konnte. Zum Beispiel war mit seinem Pimmel etwas nicht in Ordnung. Und bei einem Krawattenknoten konnte sie auch nicht helfen.

Außerdem spürte er, dass die anderen Jungs eine innere Härte und Kaltschnäuzigkeit entwickelten, der er nichts entgegenzusetzen hatte. Er war weich. In ihm waren Herz und Verstand noch eins. Wie bei Kindern.

Und vielen tollen Frauen.

Jungs werden zu Männern, wenn Herz und Verstand getrennt werden; wenn Männer ihnen erfolgreich eingebimst haben, dass man die Dinge der Welt und des Lebens emotionslos betrachten müsse: „Einfach sachlich und logisch!" Und ohne zu heulen.

Der kleine Weich-M musste sich unter seinen härter werdenden Kumpels neu justieren. Er ließ sie in dem Wissen, dass er körperlich stark war, führte das seit dem Zwischenfall mit klein Rainer aber kaum noch vor, sondern verlegte sich auf Gruppentauglichkeit, Einfallsreichtum und Humor.

Und aufs Rauchen.

Harte Kerle rauchten.

Auf Lunge!

Wenn die harten Kollegen noch bei ihren Muttis zu Mittag aßen und dann Schularbeiten machen mussten, stand der kleine M schon mit Heiner Pölscher auf der Loggia und übte rauchen. Mit Waldorf-Astoria-Zigaretten, die man einzeln kaufen konnte, 10 Pfennige das Stück. Und weil manche noch-nicht-rauchen-könnenden Jung-Männer hoffnungsvoll behaupteten „Du rauchst aber nicht auf Lunge", gewöhnte er sich an, den Qualm für alle deutlich hörbar einzupfeifen.

Rauchen

Rauchen war allgemein sehr modern; es war Ausdruck von genussvollem Lebensstil. Litfaßsäulen und Plakatwände der Stadt waren gepflastert mit Zigaretten-Werbung, in Filmen wurde geraucht, das Kino-Vorprogramm bestand fast nur aus Zigarettenwerbung und in Fernsehsendungen wurde gequalmt, dass die Schwarte krachte. In *Werner Höfers Frühschoppen* konnte man die Diskutanten vor lauter Rauch manchmal kaum erkennen.

Wer etwas auf sich hielt, rauchte.

Die Damen hielten die Zigarette zwischen lang gestreckten Zeige- und Mittelfingern und einer vornehm nach hinten abgewinkelten Hand; die Herren, und somit auch der kleine M, hielten die Kippe gern zwischen Daumen und Zeigefinger, mit der Glut in halb geschlossener Faust. Superlässig und halt „kernig"!

Urlaube

Bei Louisa hatten sich Hunderter gehäuft, jedenfalls genügend, um nun einmal im Jahr in einen Urlaub fahren zu können. Bisher ging es meist zur Insel Sylt, die damals noch kein generelles Snob-Appeal hatte, sondern auch in Sparkassenkreisen als attraktives Ziel galt. Oft reisten sie zusammen mit Tante Ursel und deren Tochter.

Nun aber ging es in die ganz große Welt!

Man hatte Mutter Louisa von einer traumhaft schönen Insel im Mittelmeer vorgeschwärmt: Mallorca. Menschenleer

Sie buchte das Hotel „Lido" in Paguera.

Eine Flugreise ab Hamburg war allerdings nicht bezahlbar.

Sie fuhren gut 24 Stunden in einem Liegewagen der Bundesbahn bis Barcelona. Das war eine berauschende Fahrt, die der kleine M nie vergessen sollte. Eisenbahn war ohnehin faszinierend für ihn. Die riesigen dampfenden und zischenden Kolosse zogen ihn schon immer in den Bann. Aber 24 Stunden Eisenbahn, mit Brücken, Tunneln und vielen Bahnhöfen, mit dem Wechseln von Lokomotiven bei Tag und bei Nacht, waren ein wahrhaft traumhaftes Erlebnis. Am schönsten fand er die Strecke in Spanien, die manchmal direkt am tiefblauen Meer entlangführte, so dass hin und wieder die weiße Gischt der Wogen ans Fenster des Zuges geweht wurde.

Von Barcelona ging es die letzten Meter per Flugzeug nach Palma de Mallorca. Auf dem Weg zur Maschine war der kleine M so aufgeregt, dass der Boden um ihn zu schwanken schien. Es folgten herrliche Tage mit Sonne, Wonne und leeren Stränden. In dem warmen, sanft plätscherndem und gut tragendem Salzwasser des Mittelmeeres lernte er das Schwimmen.

Auf der Rückfahrt, zum Flughafen von Palma, weinte Louisa im Taxi.

„Warum weinst du denn?", fragte er.

„Es war so wunderschön hier."

„Aber deshalb weint man doch nicht!"

„Doch - wer weiß, ob wir uns es jemals wieder leisten können hierher zu kommen."

The Beatles

Der kleine M hatte Lust ein paar Leute zu treffen und ging zum Drachenplatz. Der war vor dem Kaifu-Gymnasium, wo früher die Nissen-Hütten gestanden hatten. Inzwischen war das Gelände zu einer Grünanlage geworden.

Er ging ohne Drachen, die Hände in den Hosentaschen. Zwar konnte er ganz passable Flieger bauen, aber sie brauchten immer viel Gewicht am Schwanz, um gut aufsteigen zu können. Deshalb hatte er sie des Öfteren mit seinen Hausschlüsseln beschwert, was sie in phantastische Höhen klettern und dort gern mal abreißen ließ. Samt Schlüsseln, die dann mit dem Drachen irgendwo auf Hamburgs Dächern, Bäumen oder Straßen niedergingen - ohne dass es die geringste Chance gab, herauszufinden wo. Das hatte schwere Drohungen seiner Mutter zur Folge gehabt (Erziehungsheim!) und so verzichtete er vorübergehend auf eigene Flugobjekte.

Auf dem Platz waren viele Bekannte. Sein Blick fiel auf Michael, einen seiner zeitweiligen Klassenkameraden. Er war mit seinem großen Bruder vor Ort. Sie hatten einen Drachen bei sich, der nicht mit Sonne, Mond oder Sternen beklebt war, sondern mit einer Buchstaben-Kombination, die keinen Sinn ergaben: „Twist and Shout". Twist war bekannt, den hatte Chubby Checker als Musik- und Tanzform gerade groß herausgebracht, „aber was soll der Rest bedeuten?", fragte der kleine M die beiden.

„... änd schaut", sagte Michael auf deutsch-englisch.

„Hä?"

„Das ist der neue Song von den *Beatles*!"

In Michaels Antwort lag etwas, das keine weiteren Fragen zuließ, aber der kleine M bekam sein Gesicht nicht in den Griff.

„Kennst du die *Beatles* nicht?“, fragte Michael besorgt.

Scheiße! Kein Vater, kein großer Bruder und schon hat man keine Ahnung von gar nix: „Nie gehört“, antwortete er so lässig, wie sich das in dieser Situation noch machen ließ und fummelte nach seinen Zigaretten.

„Hörst du nicht *Radio Luxemburg*?“

Er hörte den *NDR* mit Gus Backus´ *Da sprach der alte Häuptling der Indianer*. Aber das schien hier keinesfalls die richtige Antwort zu sein. Also log er vorsichtshalber: „Doch, klar!“

„Und noch nie die *Beatles* gehört?“

„Nee, keine Ahnung“, spielte er mit leichtem Aufwind die scheinbare Bedeutung dieses Mankos herunter und sog den Zigarettenrauch aber mal so richtig gut hörbar ein.

„Mein Bruder meint, die werden größer als Elvis!“

„Wer zum Teufel ist Elvis?“, fragte sich der kleine M, sagte aber lieber „Aha“ und musste dann auch mal los.

Zuhause wurde sofort am Radio gekurbelt. *Radio Luxemburg*? Jeder empfangbare Sender wurde so lange belauscht, bis feststand, dass er nicht *Radio Luxemburg* war. Nach Tagen vergeblichen Suchens hatte er ihn. Total verrauscht, aber nachmittags behauptete jemand auf Deutsch „Hier ist Radio Luxemburg“ und abends auf Englisch. Es war kein Vergnügen, sich die knisternde Rauschorgie für längere Zeit reinzuziehen, aber es musste sein. *Twist and shout* waren die Worte, die er in den ausländischen Songs erkennen musste. Aber sie waren nicht herauszufiltern. *Radio Luxemburg* spielte das Lied nicht, auf das er so sehr wartete.

Am Wochenende ging es zum Sonntagsessen mal wieder in die Hohe Weide 66, zu Opa und Tante Gretel. Sie hatten die *TV Hören und Sehen*, eine Illustrierte, die der kleine M nicht kannte, weil sie zuhause keinen Fernseher und demzufolge auch keine Programmzeitung hatten. „Solange du zur Schule gehst, kommt mir kein Fernseher ins Haus“, war der unverrückbare Standpunkt seiner Mutter.

Trotzdem blätterte er in der Fernsehzeitung und fand im Qualm von Opas Zigarre gleich auf Seite 3 die Skandal-Überschrift: „Vier Pilzköpfe aus Liverpool schockieren England". Über einem kurzen Artikel war das Foto von vier freundlich aussehenden Knaben mit langen ungewöhnlich geschnittenen Haaren. Sie standen hinter einem sitzenden älteren Herrn mit Schiebermütze, zeigten von oben mit den Fingern auf ihn und machten Fratzen. Das war schon ein echter Tabu-Bruch in den Augen aller bescheidenen Keks-Ablehner und deshalb mochte er sie gleich gut leiden.

Als er dann eines Tages im *NDR I want to hold your hand* hörte, schlug ihm das Herz bis zum Hals. Das klang neu, frech, optimistisch. Er schwebte – jetzt waren auch ihm die *Beatles* erschienen!

Am nächsten Tag lief er den Eppendorfer Weg entlang zu dem Plattengeschäft Ecke Roonstraße, in dem er noch nie zuvor gewesen war. Vor dem Laden verlangsamte er seinen Schritt um nicht außer Atem zu sein und möglichst lässig das neue Terrain betreten zu können. Ob die so eine ausländische Platte überhaupt hatten? Ob die die *Beatles* überhaupt kannten? Oder ob er sich als der letzte Depp erweisen würde, der auf einen längst abgefahrenen Zug aufspringen wollte?

Zigarette angezündet, Rauch eingepfiffen, Tür auf und ran: „Ich hätte gern die neueste Platte von den *Beatles*."

„Ha´m wir nich."

„Oh..."

„Wir ha´m nua die hia", drehte sich der lahme Verkäufer mit der Kippe im Mund auf seinem Barhocker nach hinten und holte eine Langspielplatte aus dem Regal.

„Oh..., so´ne große."

„´ne Ell Pie", klärte er auf.

„Was kostet die?"

„18 Mark. Mal reinhör´n?"

Auf dem braunen Holztresen gab es zwei schwarze „Telefonhörer" ohne Sprechmuschel. Sie steckten senkrecht in Löchern, die an den Rändern mit rotem Samt gepolstert waren. Man konnte sie an ziemlich verdrehten Kabeln herausziehen und sich an die Ohren halten. Das war doof, weil beide Hände mit dem Halten der Hörer beschäftigt waren und man ja auch noch rauchen musste!

Außerdem hatte er beim ersten Mal ohnehin nicht den Mut zum örtlichen Abhören. Was hätte man sagen sollen, wenn man kess nach den *Beatles* verlangt hatte und die Scheibe dann nicht hielt, was man von ihr erhoffte. *I want to hold your hand* und *Twist and Shout* waren jedenfalls schon mal nicht drauf.

„Nee danke, ich nehm´ die auf jeden Fall!"

With the Beatles - egal, was da für Stücke drauf waren: Sie waren von den angesagten Boys und versprachen viel Anerkennung als Trendsetter, denn viele hatten immer noch keine Ahnung von den Liverpooler Jungs.

„Hörst du nicht *Radio Luxemburg*?", war dann die erste Frage, die der kleine M stellte. „Ich hab´ die neueste LP, können wir mal hören nach der Schule."

Und so kamen täglich Mitschülerinnen und -schüler, die seine scheinbar unbegrenzte Freiheit, seine Walldorf-Astoria-Lungenzüge, seine *Beatles*-Kompetenz und den alten Plastik-Plattenspieler bewunderten, der im Deckel des braunen glänzenden Radios untergebracht war. Der kleine M avancierte endgültig zum Top-Star von Klasse und Straße.

Aber er benutzte die *Beatles* nicht nur - er wurde Fan. Ein echter heißer Fan. Ihre Musik und die Geschichten über sie schufen in ihm ein Gefühl von freien selbstbewussten jungen Leuten, denen künftig die Welt gehören würde. Eine ohne verlogene Keks-Nummer, ohne Scheitel und Sonntagskleidung. Er fand es prima, wie sich die Medien und deshalb auch die Erwachsenen über die langen Haare, die Musik und das angeblich schlechte Englisch aufregten, während die Vier größer wurden als Jesus Christus, wie John Lennon einmal ironisch sagen sollte.

Schnell konnte der kleine M alle Lieder der *Beatles* mitsingen – in Lautsprache, denn viel mehr als „Billy has a ball" war in Englisch noch nicht dran gewesen. Eigentlich konnte er bald alle Songs aller angesagten Bands in Lautsprache mitsingen. Und er konnte aus ihnen, auch wiss werri littel Englischkenntnissen, die gemeinsame Botschaft herausspüren: Du bist ein freier stolzer Mensch, niemand kann dir vorschreiben wie du zu leben hast - löse dich aus allem, was dich einengt, geh´ deinen eigenen Weg.

In der Schule gab es erste Scherereien wegen seiner immer länger werdenden Haare. Louisa musste regelmäßig beim Rektor antreten und ihre Ohnmacht gegenüber dem aufmüpfigen Sohn zu Protokoll geben. „Lange Haare, kurzer Verstand" war eine gängige Redensart der Erwachsenen. Aber je stärker der Druck wurde, desto mehr wurden seine Haare zur Weltanschauung: Schaut auf den Menschen, nicht auf seine Haare, nicht auf seine Kleidung, nicht auf seine Hautfarbe! Das war das Denken, das sich damals in seinem Umfeld Bahn brach. Und ganz besonders im kleinen M selbst, in dem Jesus und Winnetou schon die Saat gelegt hatten, die jetzt aufging.

1966 sollte er einer der Wenigen sein, der eine Eintrittskarte für das *Beatles*-Konzert in der Hamburger *Ernst-Merck-Halle* ergatterte. Als sich der Vorhang teilte und die Vier leibhaftig auf die Bühne kamen, fielen eine Menge Mädchen um - und der kleine M wackelte auch. Der Anblick war unfassbar.

Es gab sie wirklich!

Idole aus Fleisch und Blut.

Sie bewegten sich wie normale Menschen.

Hier, vor ihm, auf der Bühne.

Zu hören waren sie im allgemeinen Gekreische und Mitgegröle nur wenig, aber das war unwichtig.

Jugendzentrum Scheideweg 8, IV. links

Im Scheideweg wurde es so laut, dass sich der vier Stockwerke tiefer gelegene Gemüsemann von der anderen Straßenseite beschwerte. Der kleine M saß auf der Loggiamauer, seine Beine baumelten zur Straßenseite, er rauchte extrem lässig auf Lunge und sang mit seinen Gästen die aktuellen Songs der Schallplatten auf dem Plastik-Plattenspieler im Hochglanz-Radio. So konnte man die Mädels beeindrucken, die von der Straße heraufguckten und schon bald selbst zu Gast waren.

Zuvor gab es aber erstmal Doktorspiele mit Jungs.

Dann war Wettwichsen - mit leichter Sorge:

Es hieß onanieren würde das Rückenmark schädigen und ein Mann habe nur 1.000 Schuss im Leben. Wenn ein Jahr 365 Tage hat, macht das ... ach du Schreck! Auch als schlechter Rechner kam der kleine M zu dem Ergebnis, dass der Spaß unter Umständen nicht lange währen könnte.

Die nächste Stufe seiner sexuellen Erkundungsarbeit bestand im gemischt-geschlechtlichen Gruppengrabbeln. Etwa ein Jahr später ging es dann in die Einzelerkundungen mit einem jeweils auserwählten Madel: Petting bis die Mutti kommt.

Die alleinstehende und verbittert wirkende Frau in der Wohnung über ihnen beschwerte sich häufig. Sie sprach nie mit dem kleinen M selbst, sondern immer mit seiner Mutter - und eines Tages auch mit der Sittenpolizei. Die marschierte dann in die Sparkassen-Filiale im vornehmen Othmarschen ein, in der Louisa tätig war. Verletzung der Aufsichtspflicht? Missachtung des Kupplungsparagraphen?

Auf jeden Fall ein Mega-Skandal!

Er bewirkte den vorläufigen Höhepunkt der Probleme zwischen Mutter und Sohn: Das Erziehungsheim war ganz nah.

Neues Gerät

Statt des Erziehungsheims gab es erstmal ein Kofferradio, das vornehmlich zur Beschallung der Küche gedacht war. Es bekam seinen Platz auf dem Küchentisch, gleich links an der Wand neben dem kleinen M und spielte meist das normale Programm aus Wortbeiträgen und Musik. Im Gedächtnis blieben meinem Freund die Suchmeldungen vom *Deutschen Roten Kreuz*: „Gesucht wird Wilhelm Koslowski, geboren 1912 in Königsberg von seiner Schwester Martha Koslowski... Bitte melden Sie sich beim Suchdienst des *DRK*." Der kleine M ließ dieses rätselhafte regelmäßig hörbare Programm ohne Fragen an sich vorbeiziehen. Es gehörte halt zum Rundfunk dazu.

Anders war das mit den Berichten von einem gewissen Axel Eggebrecht. Sie fielen wegen dessen dünner Fistelstimme und einer sehr engagierten Sprechweise auf. Eggebrecht berichtete regelmäßig von „Ausschwitz-Prozessen". Der kleine M verstand kein Wort und hätte die Sendungen wohl auch vergessen, wenn seine Mutter nicht jedes Mal erregt gesagt hätte „Ach, die sollen uns doch mit diesen alten Geschichten in Ruhe lassen". Damit drehte sie Herrn Eggebrecht den Saft und dem kleinen M eventuelle Nachfragen ab.

Das Gerät, an dem Louisa die Vergangenheit gern abstellte, wurde ein Highlight für die Gegenwart des kleinen M. Er kämmte seine Haare so in die Stirn, dass er sich wie ein Pilzkopf fühlte, obwohl er wie ein Flachkopf aussah, steckte sich eine Zigarette in die Lippen, nahm den neuen Imageträger in den Arm, marschierte die Straße hinunter und drehte „Musik für junge Leute" gut hörbar auf. Stammsitz der neuen Schallquelle wurde das Straßengeländer vor dem Spielplatz. Ein Riesenerfolg bei der Jugend von Scheideweg und Schule!

Louisa die Keusche

Louisa war schwer besorgt um die Entwicklung des kleinen M, wegen der Sittenpolizei und dem regelmäßigen Vorsprechen in der Schule, wo die langen Haare ein zunehmendes Ärgernis für den Lehrkörper wurden und wegen der ständigen „Jiddelmusik", wie sie die Songs von *Beatles* & Co. nannte. Sie drohte mit Strafmaßnahmen aller Art, aber sie hatte dem kleinen M mit ihrer Liebe zu viel Urvertrauen eingeflößt. Er konnte kaum glauben, dass sie ihn je in ein Erziehungsheim stecken würde, mochte sie auch noch so eindringlich drohen.

Ihn, seinerseits, regte es auf, dass sie mit ihm nicht über Sexualität sprach. Er hatte eine Menge Fragen zu dem Thema. Ein Gespräch hätte ihm eventuell sogar Gelegenheit gegeben, auch das Problem mit seinem Pimmel anzusprechen.

Aber Louisa schwieg zum Kapitel Sex ebenso, wie die ganze westdeutsche Gesellschaft das Thema tabuisierte. Auch wenn er versuchte seine Mutter mit sprachlichen Kunststücken wie „verfickt und zugenäht" aus der Reserve zu locken - die keusche Frau Mama hatte zu diesem Thema nichts zu sagen.

Lissi die Große

Bei den Freunden des kleinen M war seine Mutter sehr beliebt. Sie war herzlich, humorvoll und ließ sich von ihrem Sohn quasi duzen, weil er mit seinen 13 Jahren „Mutti" oder gar „Mama" nicht mehr über die Lippen bringen wollte.

Er traute sich zwar nicht sie beim richtigen Vornamen zu nennen, aber in einer übermütigen Minute hatte er sie „Lissi" genannt – und sie hatte nicht dagegen opponiert, sondern über den neuen Namen gelacht.

Von da an hieß sie Lissi; beim kleinen M, bei seinen Freunden, bei seinen Frauen, bei seinen Kindern und eigentlich überall und für immer. Er fand das richtig groß von seiner Mutter, denn das war äußerst ungewöhnlich damals. Keiner der Altersgleichen sprach seine Eltern mit Vornamen an.

Sex war zwar nicht zu besprechen mit ihr, aber aus bisher ungeklärten Gründen vertraute sie ihm früh ein großes Geheimnis an, das durchaus was mit „unten rum" zu tun hatte: Mädchen bluten gelegentlich aus der Scheide! Man sagt dazu sie hätten „ihre Tage" und viele fühlten sich dann nicht gut.

Es dauerte nicht lange, bis er mit seinem neuen Fachwissen eine schlecht gelaunte Klassenkameradin samt umstehender Bevölkerung beeindrucken konnte: „Hast du deine Tage oder was?" In den Augen der Mädchen meinte er bewunderndes Staunen zu erblicken, in den Augen der Jungs ratlose Fragezeichen. So mochte er die Welt!

Die größte Nummer seiner Mutter fand er die Sache mit dem Rauchen.

Sie kam eines Abends von der Arbeit in die Wohnung, die trotz heftigen Lüftens noch stark nach dem Zigarettenrauch des Jugendzentrumsnachmittags roch. „Hast du geraucht?"

„Nein!", log er.

„Mein Junge“, sagte sie sanft. „Ich finde es nicht richtig, dass du in deinen jungen Jahren schon rauchst, aber noch schlimmer als das Rauchen finde ich es, wenn du mich zudem noch anlügst. Ich möchte nicht von dir belogen werden und deshalb sage ich, wenn du rauchen musst, dann rauche.“

„Auch hier zuhause, wenn du da bist?“

„Auch dann, wenn´s sein muss.“

Es musste sein!

Es war die Ansage zu einer neuen Stufe des Kultstatus´ von ihm und seiner Mutter in den Augen seiner Kumpels: Lange Haare, Parka, *Beatles*-Stiefel, sturmfreie Wohnung, mit der Mutter auf du und du - und beide mit Kippe im Hals!

Mehr lässig war nicht vorstellbar.

Den Bogen gekriegt

In der sechsten Klasse wurde erneut eine Schulempfehlung ausgesprochen. Schon damals, als weder ich, noch der kleine M noch sonst jemand aus dem Klassenverband richtiges Deutsch schreiben konnte und die Mehrheit davon ausging, dass 6 x 6 sechsundsechzig sei, bekam er eine Realschulempfehlung. Gemeinsam mit Harri Lehmann.

„Junge, das musst du machen!“, beschwor ihn seine Mutter. „Wenn schon nicht Gymnasium, dann wenigstens die Mittelschule! Wenn du diese Chance nicht wahrnimmst, wirst du es im Leben zu nichts bringen!!!“

Die Aufnahmeprüfung war der reine Stress.

Er schrieb Lösungen, die ihm auf die eine oder andere Weise plausibel erschienen, aber an jedem Prüfungstag hatte er nach Rücksprache mit den anderen Prüflingen das sichere Gefühl, dass die Vermutungen, die er zu Papier gebracht hatte, nichts mit den Ergebnissen zu tun haben konnten, die man sehen wollte.

Aber, oh Wunder:

Er hatte als einziger der Klasse den Bogen in die Bogenstraße mit der mittelklassigen *Jahnschule* gekriegt, die heute den Namen Ida-Ehre trägt.

Fräulein Grünlich

Seine erste Realschullehrerin, die „Fräulein Grünlich" genannt werden wollte, wird wohl so um Mitte dreißig gewesen sein, als sie 1964 vor die siebte Jungenklasse der *Jahnschule* trat.

Und damit in das Leben des kleinen M.

Er hatte schon zwei Haare auf der Brust und deutlich mehr auf dem Kopf. Die auf dem Kopf trug er meistens wie die *Beatles*, zumindest sollte es so aussehen, obwohl seine dünnen Haare und der rasierte Nacken überhaupt keinen Pilzkopf hergaben. Manchmal trug er sie mit Mittelscheitel, wie Dave Davis von den *Kinks*.

Fräulein Grünlich war von beiden Anblicken entsetzt, insbesondere von dem Mittelscheitel. Aber es reizte den kleinen M immer wieder, die allgemeinen Schönheits-Grenzen zu überschreiten: Wenn er wirklich ein freier junger Mann in einem freien Land war, in dem man (im Gegensatz zur Ostzone) seine Individualität frei entfalten können soll, dann musste auch ein Mittelscheitel möglich sein.

War er aber nicht; jedenfalls nicht bei Fräulein Grünlich.

Sie fühlte sich nicht nur von den Haaren des kleinen M provoziert, sondern sah in den Schulhofpausen, dass er bereits rauchte und, was in ihren Augen die Krone des sittlichen Verfalls darstellte, mit Mädchen flirtete, die im anderen Gebäudetrakt unterrichtet wurden.

Fräulein Grünlich nahm sich den kleinen M auf den Kieker.

Sie nervte nicht nur mit Frisöranspielungen und Sittlichkeitsappellen, sie nervte vor allem mit schlechten Noten. Damals war eine 1 die beste Zensur und eine 6 die schlechteste. Der kleine M stürzte in all ihren Fächern (sie war Klassenlehrerin) ein, zwei Zensuren ab, was zum Beispiel in Mathe eine 7 bedeutete (Scherz!). Selbst in seinem Paradefach Aufsatz, in dem er immer zwischen 1 und 2 gestanden hatte, lag er jetzt bei einer grünlichen 4.

Mutter Louisa musste nun noch öfter antreten als zu Volksschulzeiten, um sich zu Aussehen und Haltung ihres Sohnes zu äußern. Sie fand die langen Haare auch abscheulich und versuchte abwechselnd mit Zuwendung und Strafen die Haarlänge in ihrem Sinne zu beeinflussen. Aber der kleine M verlangte von seiner Weltöffentlichkeit, dass sie gefälligst seinen Anspruch auf Individualität akzeptieren solle. Er betrachtete seine langen Haare als Ausdruck zu einer Gesellschaftsgruppe zu gehören, die Toleranz und Humanität leben will.

Fräulein Grünlich sah statt dieser inneren aber nur äußere Werte - und die gefielen ihr gar nicht.

Was man umgekehrt nicht sagen konnte.

Er mochte einige ihrer äußeren Werte sogar sehr und schätzte es ganz besonders, wenn die Knöpfe unter ihrer Bluse sichtbar wurden oder sie sich mit knielangem Rock aufs Lehrerpult setzte. Dann verschränkte er die Arme auf dem Tisch, legte den Kopf darauf und versuchte die weibliche Bauweise bis in ihre tiefsten Tiefen zu ergründen. Ob sie es bemerkte, konnte nie geklärt werden. Es stand aber fest, dass ihr der kleine M so auf die Nerven ging, dass er in der Schule mit dem Namen von „Turnvater Jahn" schon bald die Rolle rückwärts machen würde.

Aber es gibt ja die Fortbildung!

Nicht nur für Schülerinnen und Schüler, sondern glücklicherweise auch für Lehrerinnen und Lehrer! Lehrerinnen und Lehrer, die Lehrerinnen und Lehrer fortbilden sollen, müssen natürlich ganz besonders gute Lehrerinnen und Lehrer sein. Wie Fräulein Grünlich. Und so trat sie eines schönen Tages unter Tränen vor ihre „geliebte Klasse" und berichtete, dass sie eine einmalige berufliche Chance bekommen habe: Lehrerfortbilderin.

Der kleine M wusste sofort, dass er damit eine zweite Chance an der Schule bekam.

Trotzdem fand er ihr Entschwinden schade, vor allem wegen der prickelnden Erotik, die damit von ihm ging. In seinen pubertären Träumen hatte er sie wieder und wieder von ihrem Fräulein-Sein befreien dürfen und sie war ihm jedes Mal unendlich dankbar gewesen.

Und nun haute sie einfach ab?

Ja - aber nicht ohne sich indirekt noch einmal an ihren langhaarigen rauchenden Mädchen-Betörer zu wenden:

„Und denjenigen unter euch", sagte sie mit einem tiefen Blick in die Augen des kleinen M, der zur Feier des Tages den Dave-Davis-Mittelscheitel angelegt hatte, „die schon in jungen Jahren rauchen und mit Mädchen flirten, möchte ich Folgendes mit auf den Weg geben: Je länger man dürstet, desto schöner der erste Schluck!"

Es ist nicht bekannt, ob Fräulein Grünlich irgendwann verdurstet ist.

Von Griechen und Nazis

Bemerkenswert an der grünlichen Zeit war nicht nur ihre höchst subjektive Zensurvergabe, sondern auch der Unterricht als solcher. Zum Beispiel Geschichte. Fräulein Grünlich hatte es mit den Griechen. Als sie ihren Lehrauftrag am kleinen M und seinen Klassenkameraden übernahm, begann sie mit den Griechen. Als sie die Klasse nach etwa zwei Jahren verließ, war sie bei den Griechen. Das war einer der wenigen Sachverhalte, der Mutter Louisa hinsichtlich der Lehrstoff-Vermittlung auf die Barrikaden trieb: „Griechen, Griechen, immer die ollen Griechen! Kommt ihr in eurer Schulzeit irgendwann noch mal in die Gegenwart?"

Kamen sie nicht.

Und so geschah es, dass für den kleinen M in jungen Jahren die Zeit der Griechen, der Römer, sowie der erste und der zweite Weltkrieg etwa gleichweit weg lagen – halt alles Geschichte.

Erst ganz zum Ende der Schulzeit, als die Grünlich ihr Können schon längst an andere Lehrkräfte weitergab, erfuhr er noch kurz vor knapp, dass es in einer „Weimarer Republik" zu viele Parteien im Parlament gegeben habe, was zum Untergang des demokratischen Staates führen musste. Die Unvereinbarkeit von Demokratie und vielen Parteien hat er nie verstanden. Natürlich sind Regierungsbildungen und Regierungsarbeit mit vielen Parteien schwieriger als mit wenigen, aber je mehr Interessengruppen in einem Parlament offen vertreten sind, desto demokratischer, oder watt?

Schulische Informationen über die Nationalsozialisten, die Interessen ihrer industriellen Finanziers und medialen Unterstützer wurden nicht dargereicht. Dass nach dem Krieg vielfach die selben Personen an den selben Hebeln von Wirtschaft und Staat blieben erst recht nicht. Gewerkschafter-, Kommunisten-, Sozialisten-, Sinti- und Romaverfolgung, Experimente an lebenden Menschen mit körperlichen oder geistigen Schwächen oder anderer Hautfarbe? Nix! No information.

Mit den Juden, da war was! Das war sogar zum kleinen M durchgedrungen.

Den Film „Die Brücke“ haben sie kurz vor der Ausschulung noch gesehen.

Der lehrte den kleinen M, dass Krieg gar nicht schön ist.

Dass der Krieg, der da gezeigt wurde, der Krieg war, den die Opas und Väter seiner Klassenkameraden geführt hatten, ist dem kleinen M während der Schulzeit nie bewusst geworden. Vom eigenen Vater ganz zu schweigen.

In den Familien war das Thema ohnehin tabu. Aus der Nazi-Zeit wurde von Lissi und älteren Verwandten nie mehr erwähnt als „die schrecklichen Bombennächte.“ Damit waren die Bomben auf Hamburg gemeint, nicht die der Deutschen auf Städte in ganz Europa.

Hätte der Schul-Unterricht anders verlaufen können?

Viele Leute, die Mitte der 1960er Jahre in öffentlichen Ämtern saßen, wie beispielsweise den Schulbehörden, waren 20 Jahre zuvor stramme Nazis gewesen. Konnten sie ein Interesse daran gehabt haben, dass die Jugend sich dessen bewusst wurde? Konnten sie die Aufklärung über die Verbrechen, die sie womöglich selbst begangen hatten, in die Lehrpläne schreiben?

(Mehr in „Gegenrede, Entnazifizierung“, Seite 632)

Von den Guten und den Bösen

In Adenauers Westdeutschland wurde verkündet, dass auf unserer Seite die Guten sind, die mit der freiheitlichen Marktwirtschaft und der Demokratie. Die Bösen wohnten auf der anderen Seite, in der Ostzone. Das waren die mit der Zwangswirtschaft und der Diktatur.

Wenn sich nun aber die Guten als die mit den vielen Nazis in Amt und Würden herausgestellt hätten? Mit denselben Bankiers und Industrie-Kapitänen, die noch vor wenigen Jahren als Kriegsverbrecher verurteilt (und kurz darauf wieder freigelassen) worden waren? Deren wirtschaftliche Interessen auch nach dem Krieg keine anderen sein konnten als zu der Zeit, in der sie Hitler unterstützt hatten?

Und wenn sich die Bösen als diejenigen herausgestellt hätten, die von den durch freie Unternehmer und freie Presse geförderten Nazis verfolgt, gefangen und gefoltert oder zur Flucht gezwungen worden waren? Die deshalb versuchten die Lehren aus dieser Vergangenheit zu ziehen und eine „neue Welt" ohne die Dominanz privater Wirtschaftsinteressen aufzubauen?

Wäre die Jugend in ihren kleinen Köpfchen da nicht ganz durcheinandergeraten?

Schlagzeilen, die er 1966 wahrnahm

- ***Die Nationaldemokratische Partei Deutschlands (NPD)* zieht in Bayern mit 7,4 und in Hessen mit 7,9 Prozent der abgegebenen Stimmen in die Landesparlamente ein.**

In den Medien herrschte Aufregung darüber, weil durch solche Wahr(!)ergebnisse das schöne Bild vom ganz neuen Westdeutschland international getrübt wurde - was negative wirtschaftliche Folgen haben konnte.

- In China löst Mao Zedong ein Gemetzel aus, das er Kulturrevolution nennt.

Der Wallenstein

Nach dem Abgang der Grünlich bekam der kleine M Herrn Wallenstein als Fachlehrer in Kunst, Deutsch und Werken. Einen Mann, der schon als Mittdreißiger eine entspannte Halbglatze trug, was man in der damaligen Zeit nur notgedrungen tat. Er trat jugendlich lässig auf, zeigte viel Schlagfertigkeit und Humor.

Für den kleinen M stand fest, dass der seinen ersten Schluck längst genommen hatte. Auf jede lustig vorgetragene Provokation des kleinen M hatte „Walli" eine gute Antwort. Manchmal konnte er Einwürfe auch stehen lassen und einfach nur mit der Klasse lachen. Wenn man ihm aber zu kess kam, wurde man rhetorisch so ausgezählt, dass man wie ein Depp dastand. Also: Vorsicht an der Vorlaut-Kante! Es galt gut zu überlegen, was man Wallenstein als Spaß zumutete. Er war ein Lehrer fürs Leben.

Walli schaffte Unglaubliches, zum Beispiel Textinterpretationen interessant zu machen. Die Jungs erfuhren etwas über den jeweiligen Künstler als Mensch, was den Zugang zu dessen Texten oft leichter und in jedem Fall lebendiger machte. Auch bei der bildenden Kunst konnte er dem kleinen M einen neuen Blick schenken: In der Vor-Wallenstein-Ära fand er den Kutter in Öl über hellblauem Sofa das schönste Bild, das er kannte. Aber festzustellen, dass der „Kritzler und Kleckser", wie Picasso von Groß und Klein genannt wurde, auch konkret malen konnte, mit nur einer Perspektive aber nicht zufrieden war und deshalb mehrere Ansichten von einem Objekt in einem Bild vereinte, das fand der kleine M äußerst lehrreich. Picasso wurde einer seiner Lieblingsmaler.

Fi-Fa-Moses

Sie hörten in der Küche, im Kofferradio, dass Sigmund Freud die Sexualität als den stärksten Trieb des Menschen bezeichnet. Der kleine M hatte erst eine vage Ahnung, wie deutlich er das in seinem Leben noch bestätigt finden sollte.

Lissi empörte sich: „So ein Unsinn" und ihr Sohn empörte sich solidarisch, um ihr zum Gefallen auch mal christlich prüde zu reden.

Aber Petting musste natürlich weiterhin sein.

Und nicht nur das: Als die Fummeleien immer intensiver und erotischer wurden, spürte er, dass die immer reifer werdenden Damen außer einem Finger gern auch einen Watzmann in sich begrüßt hätten. In diesem Fall seinen.

Ging aber nicht - wegen Dauer-Versiegelung.

Was zur Folge hatte, dass der Held der Damenwelt mit zunehmendem Alter zunehmend belächelt wurde – und die weibliche Jugend sich anderweitig die Erfahrungen holte, die er nicht bieten konnte.

Es musste etwas passieren!

Ein Gespräch mit seiner Mutter war undenkbar. Sie tat noch immer so, als sei der kleine M mit dem Klapperstorch gekommen. Und der Junge war seinerseits noch nicht erwachsen genug, um Fragen zu Geschlecht und Sexualität von sich aus ernsthaft anzusprechen.

Mit Freunden?

Gleichaltrigen seine Ahnungslosigkeit, Scham und körperliche Unterlegenheit präsentieren?

Niemals!

Mit Opa? Dafür waren sie sich nicht nah genug.

Er entschied sich für die Rasierklinge.

Die Wochen nach dem öffnenden Schnitt in den zu engen Ring der Vorhaut waren hart. Die Wunde drohte sich schnell wieder zu schließen und musste deshalb täglich mehrfach wieder geöffnet werden. Das schmerzte noch mehr als das Pinkeln.

Just in dieser Zeit hörte er über seinen Klassenkameraden Holger, dass der eine Phimose hätte und im Krankenhaus sei.

„Was ist denn eine Phimose?“, erkundigte er sich ahnungslos. „Wenn die Vorhaut zu eng ist und nicht über die Eichel geht.“ Schluck.

Die Problematik kam ihm sehr bekannt vor.

Die Klassenkameraden sprachen über dieses hyper-intime Thema als sei es die normalste Sache der Welt! „So entspannt über sowas Peinliches zu sprechen, geht wohl nur mit einem Vater“, dachte er traurig.

Der Leck

Die Kombination aller Grusel-Fächer, also Mathematik, Chemie und (die erträgliche) Physik, übernahm ein junger Lehrer namens Leck. Er war das Gegenstück zu der schlanken, feinsinnigen Halbglatze Wallenstein: Klein, wuchtig, mit energisch vorstehendem Kinn und blonden, kurz gestuften Haaren über einem mächtigen Stiernacken, der aus einem breiten Kreuz kam. Die Respekt einflößende Gestalt hatte eine warme und freundschaftliche Art zu sprechen, solange sie ruhig war. Aber wenn der Leck zornig wurde, was recht schnell der Fall sein konnte, wurde er zum gefährlichen Schwergewichtler mit rotem Gesicht und donnernder Stimme. „Kumpelig mit Explosionsgefahr“, war die Einordnung, die dem kleinen M in den Sinn kam.

Und ihm kam vieles in den Sinn, wenn er den Mann ansah: An dem würde seine Mittlere Reife hängen, das war klar.

In Mathe hatte der kleine M null Peilung. Kaum ein Zeugnis hatte eine bessere Zensur als eine 5 gesehen, Grünlich hin oder her. Chemie und Physik waren höchstens mal eine Note besser.

Keiner der beiden neuen Lehrer machte Druck wegen seiner Haarpracht. Manchmal flachsten sie in einer Weise darüber, dass der kleine M mitlachen konnte.

Nach ein paar Wochen fragte ihn Herr Leck ob er Sport machen würde, so richtig, nicht nur kicken auf dem Bolzplatz oder so.

„Nee, ich mache nix“.

Ob er nicht Lust hätte mit ein paar Klassenkameraden mal in seinem Ruderclub vorbeizugucken.

Rudern?

Hirnlos an Holz ziehen? ... Tja, was sagt man da?

Der Sport des kleinen M bestand darin, neben dem Bolzen auf dem Schulhof und auf der Straße, die aktuell angesagten Bands per

Luftgitarre vor dem Plattenspieler zu begleiten: Haare wild geschüttelt, lautmalerisch mitgegrölt, nur unterbrochen von pfeifenden Lungenzügen an image-trächtigen Zigaretten.

Konnte rudern da eine Alternative sein?

„Also...", quälte er sich...

„Du musst dich nicht sofort entscheiden. Überleg in Ruhe. Wir trainieren immer dienstags und donnerstags im *Hamburger und Germania Ruderclub* an der Außenalster."

Damit hatte er mitten in einen Schwachpunkt des kleinen M getroffen: Der Leck machte keinen Druck! Er begegnete ihm auf Augenhöhe, stellte klar, dass, egal wie der kleine M sich entscheiden würde, das weder positive noch negative Auswirkung auf die Schule haben werde, das könne er versprechen: „Wenn du Nein sagst, ist das für mich völlig in Ordnung."

Also ging der kleine M mal hin.

Rudern

„Rudern ist gar nicht so leicht, wie es aussieht. In den schmalen Einern, die nicht viel breiter sind als ein Knaben-Popo, fühlt man sich genauso standfest wie auf einem Schwebebalken. Kein Neuer kam trocken von seiner ersten Fahrt zur Bootshalle zurück. Jeder hatte sich mindestens einmal neben seinem Boot in der Alster befunden", stellte der kleine M nach den ersten Übungseinheiten überrascht fest.

Wenn das unfreiwillige Baden mit einiger Übung weniger akut geworden war, weil man „Bootsgefühl" entwickelt hatte, wurde man Mannschaften zugeteilt. Der kleine M landete in einem Vierer mit Steuermann. Die gab es damals nur als „Riemen"-Vierer; man hatte also mit beiden Händen nur eine Ruderstange zu bedienen. Auf jeder Seite des Vierers planschten demnach nur zwei Riemen im Wasser. Was bei Anfängern stark nachteilig ist, denn sobald man einen Fehler macht und seinen Riemen (beim Vorrollen) ein Stückchen tiefer ins Boot drückt, oder (beim Durchziehen) tiefer durchs Wasser führt als die Kollegen, fängt das Gefährt an zu wackeln. Was zur Folge haben kann, dass jemand mit dem Riemenende (dem Blatt) im

Wasser hängenbleibt (einen „Krebs fängt") und das Boot dem Kentern nahebringt - was schon aus Gründen der Peinlichkeit dringend zu vermeiden war.

Nachdem die Vier im Vierer des kleinen M es geschafft hatten das Schiff ohne seitliche Kippelei zu bewegen (es „zum Stehen" zu bringen) und die Ruder mit etwa gleichem Krafteinsatz genau gleichzeitig einzutauchen und auszuhebeln, begann das Boot „zu laufen". Es bewegte sich nicht nur vorwärts während die Riemen durchs Wasser gezogen wurden, sondern hielt die Geschwindigkeit auch dann, wenn die Knüppel durch die Luft wieder zum Eintauchpunkt zurückgeführt wurden.

Und das war in Kopf und Bauch ein tolles Gefühl!

Aber:

Rudern ist nicht nur anstrengend, sondern auch schmerzhaft.

Zunächst für den Hintern.

Wenn der untrainierte Popo zwei Stunden lang über einen Holz-Rollsitz geritten wurde, war das Teil klinisch tot, der untere Rücken taub und die Beine wie abgestorben.

Problem Nummer zwei: Der Griff am Riemen bestand aus unlackiertem Holz, damit er nicht aus den schweißigen Händen gleiten konnte. Aber schweißige Hände, die stundenlang an unlackiertem Holz zerren, bekommen Blasen, die sich öffnen und irgendwann bluten. Kurz: Die Handflächen waren bei jeder Saisonvorbereitung offene Wunden. Immer wenn es nach dem Hallentraining im Winter wieder ins Boot ging, kam der kleine M die ersten Wochen wie ein Cowboy nach Hause: O-beinig, mit abgewinkelten Armen.

Es gibt nur wenige Muskeln, die beim Rudern nicht beansprucht werden. Und beanspruchte Muskeln brauchen Sauerstoff. Und geteerte Walldorf-Astoria-Lungen liefern davon nicht genug. Und so hörte der kleine M mit 15 Jahren zum ersten Mal auf zu Rauchen. Das fiel ihm nicht besonders schwer.

Schwerer war schon die Sache mit den Haaren.

Der Ruderer als solcher fährt ja rückwärts, also dahin, wo die Haare herkommen. Was zur Folge hat, dass er mit langen Haaren schon nach zwei Metern Seefahrt kaum noch etwas sieht. Weil das unschön ist, macht er sich einen Pferdeschwanz, aber: Ist das Gummiband angenehm locker, klebt es nach einer Viertelstunde im Nacken ohne ein Haar zu halten. Ist es ausreichend fest, holpert es bei jeder Vor- und Rückbewegung übers nasse Hemd und ziept am Haar, was man auch nicht wirklich angenehm finden muss.

Außerdem verstand sich der kleine M jetzt als Sportler.

Und so ging er zur Überraschung seiner gesamten Menschheit zum Frisör: „Einmal Facon-Schnitt bitte."

Haarscharf

Er wusste, dass die nächsten Tage schwierig werden würden, aber sie wurden grausam.

Er zog sich die coolsten Klamotten an, die er besaß, inklusive neuer *Beatles*-Stiefel. Dann schnaufte er noch einmal tief durch und machte sich auf den Schulweg.

Schon beim Anmarsch auf die Lehranstalt sah er, wie Jungs und Mädchen auf ihn zeigten und sich schier ausschütten wollten vor Lachen. Im Treppenhaus des Jungs-Flügels brüllten einige Mitschüler so laut etwas von Rasenmäher, dass sich in allen Stockwerken Knaben über die Geländer hängten und ihn beim Aufstieg zu seiner Klasse auslachten. Beim Betreten des Zimmers spürte er sofort, dass er mit den Haaren auch die Anerkennung vieler Jungs verloren hatte, die er für Freunde gehalten hatte.

Auf dem Schulhof wurde er, diesmal unfreiwillig, der absolute Pausenclown; nur weil er jetzt so aussah wie alle anderen.

Das war bitter.

Keiner der Lacher hatte sich jahrelang so konsequent gegen den Druck von Lehrern, Rektor und Mutter behauptet wie der kleine M. Dafür hatten sie ihn bewundert. Aber nun, wo er freiwillig so aussah wie sie, war das sofort vergessen. Nicht einer fragte, warum er das getan hatte. Alle gingen erleichtert davon aus, dass er kleinbeigegeben hatte, dass er am Ende also genau so ein Weichei war, wie sie selbst.

Meldungen, die er 1967 am Rande wahrnahm

- Nach den Wahlerfolgen vom Vorjahr (in Hessen und Bayern) zieht die neonazistische *Nationaldemokratische Partei Deutschlands (NPD)*, in die Landesparlamente von Bremen (8,8%), Rheinland-Pfalz (6,9%), Niedersachsen (7,0%) und Schleswig-Holstein (6,8%) ein.

- **Am 2. Juni kommt der Schah von Persien auf Einladung des Bundespräsidenten zu einem Staatsbesuch in die BRD.**

Da war der Schah da

Die Massenmedien schauten auf die Frau des Schahs, die schöne Kaiserin Farah Diba. Linke Studentinnen und Studenten schauten auf ihren Mann und seine Folterknechte.

Der von den USA installierte Schah hatte westlichen Konzernen die Ölquellen wieder zugänglich gemacht, die sein Vorgänger verstaatlicht hatte und begann nach dessen Verhaftung, mittels seiner Geheimpolizei SAVAK, mit brutaler Unterdrückung der Opposition. Solche Leute waren in „Deutschlands junger Demokratie" gern gesehene Gäste.

Autobahnen um Bonn und der Schiffsverkehr auf dem Rhein wurden voll gesperrt. In der BRD lebende Perser wurden erstmals polizeilich überwacht, um sie von Aktionen gegen den Staatsbesuch abzuhalten. Persische Sicherheitskräfte unterstützten die westdeutsche Polizei dabei Demonstrierende einzukesseln und zu verprügeln. Benno Ohnesorg wurde gefangen, geschlagen und dann, ohne Not und aus großer Nähe, von einem Kriminalpolizisten hinterrücks erschossen. 2009 stellte sich heraus, dass der Schütze auch Mitarbeiter der Stasi gewesen war. Ob dies für seine Tat eine Rolle gespielt hatte, konnte nie geklärt werden.

Geklärt werden konnte, dass die Polizei den Todesschützen nach allen Regeln des Verbrechens schütze. Man ging, laut einem Bericht in *DER SPIEGEL* soweit, das Loch des Kugeleintritts am Kopf von Ohnesorg aufbrechen zu lassen, sodass als Todesursache zunächst „Verletzung durch einen stumpfen Gegenstand" dokumentiert werden konnte. Der Schütze wurde in zwei Prozessen freigesprochen, obwohl bei seiner Tat eine Reihe Polizisten und Privatpersonen Augenzeugen waren.

Die öffentliche Hinrichtung von Benno Ohnesorg und die Vertuschung der Tatumstände durch die Polizei, waren wesentliche Auslöser für die Radikalisierung der westdeutschen Studentenbewegung. Auch die später gegründeten „Rote Armee Fraktion (RAF)" und die ebenfalls militante „Bewegung 2. Juni" bezogen sich auf diese Tat.

- **Ein Mann namens Rudi Dutschke wird zum Sprecher der rebellierenden Studierenden.**

Der rote Rudi

Die Massenmedien machten aus Rudi Dutschke einen Bösewicht, der „uns" ins Chaos stürzen wolle.

Eines Tages sah und hörte der kleine M ihn bei Opa und Tante Gretel im Fernseher. Dutschke sprach sehr schnell und benutzte Wörter wie Faschisten, Kapitalisten, Kolonialisten, Imperialisten, Sozialisten - Wörter die in der Welt des kleinen M sonst niemand benutzte. Dutschke war sichtlich engagiert, er glühte geradezu vor Erregung. Trotzdem fand der kleine M ihn nicht so schrecklich, wie er ihn sich aufgrund der öffentlichen Meinung vorgestellt hatte.

War nur schade, dass man nicht verstehen konnte, warum der sich so aufregte.

- Die USA erhöhen ihre Truppenstärke in Vietnam auf 525 000 Mann.

- Martin Luther King sagt: „The United States is the greatest purveyor of violence in the world today." (Zitiert nach Prof. Dr. Mausfeld 2016). Zu deutsch etwa: Die USA sind heutzutage das gewalttätigste Land der Welt.

- In den USA kämpfen Schwarze in vielen Städten mit gewalt samen Aktionen gegen Diskriminierung und Armut.
- Der US-amerikanische Boxweltmeister Cassius Clay heiratet eine moslemische Frau, nennt sich ab jetzt Muhammad Ali, bleibt Boxer und wird zugleich Prediger. Er verweigert den Wehrdienst, verliert deshalb seinen Weltmeister-Titel, darf Jahre nicht boxen und muss eine hohe Geldstrafe zahlen, um nicht ins Gefängnis zu müssen.
- In Bolivien wird ein Che Guevara erschossen.
- In Kapstadt gelingt die erste Herzverpflanzung.
- Das deutsche Fernsehen beginnt mit der Ausstrahlung farbiger Bilder.
- Martin Luther King, Baptistenpastor und „Anwalt der Schwarzen", wird erschossen.

Vor Bildern

Der kleine M machte sich nach der Schule das Mittagessen warm, das seine Mutter vorbereitet hatte. Oder er holte sich *Mirácoli* vom *Edeka*-Supermarkt und verschlang eine 4 bis 5 Personen-Portion davon, machte dann hastig seine Schulaufgaben, fuhr per Fahrrad zum Ruder-Training, trainierte, fuhr per Fahrrad nach Hause, aß fleischiges Ruderer-Futter – und fiel ohnmächtig ins Bett.

Manchmal mit einer Zeitschrift namens *konkret.*

Die war spannend, weil sie irgendwie mit den rebellischen Studierenden in Zusammenhang stehen sollte. Er versuchte gelegentlich einen Artikel zu verstehen, zum Beispiel von einer Ulrike Meinhof. Sie hatte etwas über den Schahbesuch geschrieben, was ihm aufgrund fehlender Vorinformationen und derselben Wortwahl wie Dutschke, nur in Ansätzen gelang.

War auch nicht so wichtig!

Er kaufte das Blatt vor allem, weil es als einziges schöne halbnackte Vierfarb-Mädchen zeigte, die einem jungen alleinstehenden Rudersmann das Einschlafen versüßen konnten.

Vor *Bild*

Einmal hörte er im Umkleideraum des Ruderclubs, dass „die verrückten Studenten" am Gänsemarkt wieder ein Auslieferungslager der *Bild-Zeitung* blockierten und die Polizei versuche, eine Gasse für die Pressefreiheit zu schaffen.

Es war kein großer Umweg mit dem Fahrrad über den Gänsemarkt nach Hause zu fahren, wo in einer Seitenstraße ein Lager der *Bild-Zeitung* war.

Als er ankam war die Show schon gelaufen. In ein paar Öltonnen brannte etwas, was die abendliche Szene zumindest ein kleines bisschen schaurig machte. Vor den Absperrgittern standen noch ein paar Dutzend erregte Studentinnen und Studenten von denen einzelne die Polizisten dahinter beschimpften. Der kleine M bekam mit, dass es um „Notstandsgesetze" ging, die die Studierenden ablehnten und um die Art und Weise, wie *Bild* über diese Gesetze und die Proteste dagegen berichtete.

Der kleine M hatte höllischen Respekt vor Studierenden.

Nicht nur vor diesen hier, die er mutig fand, sondern vor Studierenden überhaupt.

Weil sie Studierende waren.

Was Höheres, weit über ihm schwebend, in einer ganz eigenen Welt des Wissens.

Politik-Schulung

Anlässlich irgendeiner Wahl interessierte es den kleinen M zum ersten Mal, welche Partei seine Mutter wählen würde. „Die Mitte, mein Sohn, die Mitte. Nicht links und nicht rechts. Das sagt auch dein Opa immer."

„Was ist denn die Mitte?"

„Die *SPD* ist links, die *CDU* ist rechts, die kommen für deinen Großvater nicht infrage. In der Mitte ist die *FDP*."

„Aha."

Nachdenklich sah er auf die Plakate der *FDP*. Ein merkwürdiger Mensch grinste ihm da entgegen: Erich Mende. Sein Gesicht wirkte holzschnittartig, sein Lächeln gewollt und die mittels viel Pomade angeklatschten Haare ließen ihn aalglatt erscheinen. „Das ist der Mann den Lissi wählt?" wunderte er sich.

Zwei Finales

Vor wichtigen Regatten trainierten sie inzwischen zweimal täglich. Kai Leck, der Lehrer-Trainer des kleinen M, holte die Mannschaft dann schon kurz nach fünf Uhr morgens zuhause ab, damit die Jungs und er nach dem Training pünktlich in der Schule sein konnten. Nachmittags kamen die Knaben per Fahrrad.

Der kleine M ruderte in der Leichtgewichts-Klasse, was das Leben schwerer machte.

Er war 1,78 groß und durfte maximal 67,5 Kilo zum Rennen bringen. Deshalb bestand sein Trainingsbeginn oft aus 7,5 Kilometer „um die Außenalster bückeln". Und zwar mit ein bis zwei Pullovern, langer Hose und Pudelmütze - auch bei 20 Grad im Schatten: „Gewicht abkochen", denn zwischen den Regatten kletterte es gern mal in unerlaubte Höhen.

Alle 14 Tage ging es Samstags zu einem Rennen, irgendwo in Westdeutschland. Zwei davon sind dem kleinen M besonders in Erinnerung geblieben. Erstens das auf dem Baldenei-See in Essen. An einem herrlichen wolkenfreien Sommertag. Nur der Himmel war nicht zu sehen. Eine grau-braune durchgängige Smogwolke über dem gesamten Ruhrgebiet machte ihn unsichtbar. Als die Crew das Boot aus der Halle holte, war das fast nicht möglich, ohne mit der Spitze in eine große Halde Eierbriketts zu rammen. Das Ruhrgebiet war das große Bergbaugebiet des deutschen Kohle-Zeitalters.

Der Baldenei-See ist ein großer, offener See, in den der Wind so richtig reinhauen kann.

Tat er aber nicht.

Der Bootsbauer begann das Boot rennfertig zu machen. Dazu gehörte vor allem die Festlegung, wie hoch die seitlichen Ausleger, durch deren Dollen die Ruderriemen gesteckt werden, über dem Wasser liegen sollen. Bei wenig oder Gegenwind mussten sie möglichst flach über dem Wasser sein, damit die breiten Enden der Riemen, die „Blätter", möglichst wenig Luftwiderstand boten, wenn sie durch die Luft zum Eintauchpunkt zurückgeführt wurden. Bei Rückenwind galt das Gegenteil: Um mit den Blättern in der Luft möglichst viel Schiebewind aufzufangen, wurden die Ausleger dann möglichst hoch eingestellt.

Es herrschte kein Wind und man entschied sich also für eine sehr flache Einstellung.

Aus dem Vierer des kleinen M wog ein Kollege beim Wiegen vor dem Start eineinhalb Kilo zu viel. Er wurde schön dick eingemummelt und zum Laufen geschickt. Der Steuermann wog zu wenig. Er wurde mit Apfelsaft abgefüllt und in den Hosentaschen mit Sand beschwert.

Als beide ihr Renngewicht hatten, bestiegen sie mit der Mannschaft das Boot und legten Richtung Startlinie ab.

Und dann ging´s los.

Mit dem Wind.

Er begann kurz vor Rennbeginn kräftig in die Regattastrecke zu blasen. Das Wasser wurde nicht nur kabbelig, es bekam regelrechte Wellen!

Start!

Die Jungs vom ‚Club', wie der *Hamburger und Germania Ruderclub* in der Szene genannt wurde, machten den ersten Zug. Dann drückten sie die Innenhebel der Riemen ins Boot, um nach vorn zu rollen. Es krachte, klatschte und wackelte an allen Ecken und Kanten. Die Wellen waren so hoch, dass sie die Blätter aufgrund der flach eingestellten Ausleger, kaum aus dem Wasser bekamen. Egal wie tief sie die Innenhebel ins Boot drückten, immer erwischten sie eine Welle, die ihre Hände auf den Bootsrand knallten, auf die Knie oder in die Magengrube. Nach kurzer Fahrt war der Rest des Feldes bereits uneinholbar davon. Der Steuermann der Hamburger schrie sich die Lunge aus dem Hals und die Jungs zogen an den Hölzern was die Körper hergaben, aber auf halber Strecke fingen sie an zu fluchen und „Aua" zu schreien. Sie waren klatschnass, Hände, Knie und

Bauch schmerzten von den ständigen Gegenschlägen. Bei 750 Metern fing der Kollege an zu weinen, der vor dem Rennen noch Gewicht abgekocht hatte. Er brachte keinen Druck mehr auf sein Blatt. Am Ufer tobte der Trainer wie Rumpelstilzchen. Auf der Ziellinie, die bei 1000 Metern lag, plantschten noch drei Mann verbissen um sich und der Steuermann hatte das Ruder im rechten Winkel angeschlagen, um das Boot, trotz des weitgehend ausgefallenen Kollegen, auf Kurs zu halten. (Leichte Übertreibung!) Die anderen Teams waren vermutlich schon beim Duschen, als die vom *Club* total demoralisiert am Bootssteg ankamen.

Eine wesentlich erfreulichere Erinnerung des kleinen M bezog sich auf den Abschluss jener Saison. Er schilderte das Rennen stets wie ein Sportreporter:

„Das große Finale fand in Duisburg-Wedau statt, auf einer künstlich angelegten Rennruderstrecke. Traumhaft. Ein Wasser wie ein Spiegel. Unser Vierer mit Steuermann hatte sich direkt für den Endlauf Booten qualifiziert, ohne in zusätzliche kraftzehrende Hoffnungsläufe zu müssen.

Zu Anfang des Finalrennens gab es zwei Fehlstarts anderer Boote. Unser Schlagmann, Michael Lehmann, spekulierte darauf, dass man den Start nicht noch ein drittes Mal abbrechen würde, weil der Zeitplan der Veranstaltung sonst zu kippen drohte. Das Startkommando wurde, wie immer, auf Französisch gegeben und klang wie: ‚Ett wuh preh – parté!' Bei ‚pa…' zog Michael bereits an und ging auf eine irre hohe Schlagzahl. Schnell konnten wir uns von drei Booten absetzen. Die beiden Mannschaften links und rechts von uns blieben aber fast auf gleicher Höhe, eine halbe Luftkastenlänge, also etwa einen Meter, zurück. Bis 500 Meter verschoben sich die Abstände um keinen Zentimeter. Mein Blick traf den Mann im Backbordboot, der, wie ich selbst, ganz vorn im Bug auf der Eins saß. Unsere Augen saugten sich aneinander fest, während wir mit aller Kraft an unseren Riemen zogen. ‚Augen ins Boot!' grölte der Steuermann mit dem Sand in den Taschen. Unser Boot flog! Es glitt durchs Wasser wie ein Nackter durch Schmierseife. Aber wir kamen nicht weg von den anderen. Bei 600 Meter zog das Backbord-Boot einen

Zwischenspurt an. ‚Zwischenspurt!', brüllte ich um den Vorsprung zu halten, aber der Steuermann, der die Befehlsgewalt an Bord hatte, schrie gegenan: ‚Lang bleiben!' Ich verlor den Blickkontakt-Kollegen aus den Augen, weil sich dessen Boot Schlag für Schlag ein paar Zentimeter nach vorn absetzte. Dann verschwand auch noch der Junge auf der Zwei. Als Platz drei auf meiner Höhe war, konnten wir wieder mithalten. ‚Sie hängen!!' schrie ich euphorisch und riss mit neuer Energie an meinem Holz.

Die Backborder hatten eine halbe Bootslänge Vorsprung. Das Boot an Steuerbord war ein Stück zurückgefallen. Knappe Länge. Die waren raus aus der Entscheidung!

Wir zogen die Knüppel lang und ruhig durchs Wasser, mit allem, was wir in uns hatten. Bei 750 Meter war die Lage unverändert. ‚Sauber Jungs, die schaffen wir!!' versuchte sich unser Steuermann in Optimismus. Ich spürte, dass ich nicht mehr den vollen Druck aufs Blatt brachte. Arme und Beine wurden bleiern. Das Bewusstsein dampfte ein. Ich war zu früh im roten Bereich, konnte das Tempo nicht mehr halten. ‚Ich lass einfach los', dachte ich, ‚wenn´s nicht mehr geht, lass ich einfach los'.

‚Endspurt mit 38er Schlagzahl!!' drang der Steuermann in mein Restbewusstsein. Bei 900 Metern schon den Endspurt anzusetzen war Wahnsinn, das war kräftemäßig nicht mehr drin! Schlagmann Michi bolzte das Tempo nach oben. Ich hatte das Gefühl ich würde meinen Riemen nur noch baden. Hatte ich noch Druck am Blatt? Ich konnte es nicht mehr fühlen. An Backbord tauchte der Junge auf Position Nummer zwei in meinem Augenwinkel wieder auf. Sein Boot versuchte den Vorsprung zu halten und zog ebenfalls den Endspurt an. Trotzdem kam der Junge auf der Zwei zentimeterweise besser in mein Blickfeld. Ich hörte das spärliche Publikum auf den Tribünen johlen. ‚40!', gab der Steuermann die Schlagzahl vor. Wir jagten auf den Rollsitzen vor und zurück. Der Blickkontakt-Mann auf der Eins des Backbord-Bootes wurde wieder sichtbar, wir lagen fast gleichauf, aber das Ziel war schon sehr nah. Zu nah. ‚Das schaffen wir nicht mehr!', blitzte es in meinem Kopf, aber die Tatsache, dass wir fast aufgeschlossen hatten, verlieh mir und der ganzen Mannschaft noch mal ein Milligramm mehr Restenergie im Körper.

Trotzdem – das Ziel war zu nah, um noch an den anderen vorbeizukommen. „Scheiße!", schrie ich enttäuscht und ruderte nur noch mechanisch weiter.

Da fiel an Backbord der Strom aus. - Die Jungs waren platt.

Sie mussten ihren Sprint zwei, drei Schläge vor dem Ziel abbrechen und ließen sich, auf ihren Sitzen zusammengesackt, nur noch über die imaginäre Ziellinie gleiten.

Wenn sie einen Schlag länger durchgehalten hätten, wären sie wohl vorne gewesen. So aber krächzten die *Clubberer*, die vor mir auf dem Rücken lagen, aus trockenen Kehlen und leeren Lungen ‚Ja! Ja!' und reckten die geballten Fäuste gen Himmel.

Wir hatten den inoffiziellen Titel des deutschen Jugendmeisters im Vierer mit Steuermann und eine dicke Medaille an roter Kordel gewonnen.

Das war für uns in diesen Stunden das wichtigste Ereignis im Weltall."

Das dritte Finale

Als die Prüfung zur Mittleren Reife näherkam, konnte der kleine M zwar sehr gut rudern, aber immer noch nicht mathen. Er rechnete zwar, aber nur mit dem Schlimmsten. Der Zug bei Mathe war derart abgefahren, dass ein Wieder-Einsteigen bei voller Lehrplanfahrt einfach nicht gelingen wollte – auch nicht mit Hilfe eines Nachhilfe-Kurses.

Lehrer-Trainer Leck blickte besorgt, wenn der kleine M den Pythagoras an der Tafel zur afrikanischen Riesenschlange erklärte und dann rechnerisch massakrierte. Seinem Jugendmeister und Schüler waren Humor und Schlagfertigkeit nicht abhanden gekommen, sodass er seine peinlichen Pleiten vor der Klasse immer noch mit einem Lacher auflösen konnte - nur die Rechenaufgaben, die konnte er nicht auflösen.

Und so kam er, aller Schwüre des Lehrer-Trainers zum Trotz, zum ersten fetten Privileg seines Lebens: Herr Leck lud ihn zu sich nach Hause ein um Mathe zu üben. Stunde um Stunde paukten sie das (für den kleinen M) sinnlose Zeug. Wofür zum Teufel sollte in seinem Leben der Cosinus jemals eine Bedeutung haben?

Aber sie übten ihn und irgendwelche für ihn funktionslosen Funktionen auch.

Und so geschah es auf diese wenig wundersame Weise, dass der kleine M im Abschluss-Zeugnis der Realschule in Mathematik die beste Note seiner Laufbahn vorzeigen konnte: eine 4.

Die reichte für den angestrebten Abschluss.

Lebensplanung

Es stand nie zur Diskussion, dass nach dem Ende der Schulzeit etwas anderes als das Berufsleben beginnen könnte.

Studieren?

Das war nur etwas für die Höheren. Er kannte in seinem großen Freundeskreis niemanden, der das tat oder auch nur anstrebte.

Lissi hatte zwei Berufs-Vorschläge: Zur Sparkasse oder in eine Bank. Beides war das Letzte was der kleine M wollte. Er fand Sparkassen und Banken muffig und spießig und so grübelten sie am Küchentisch darüber nach, ob es noch irgendetwas Schöneres auf der Welt gäbe, als Sparbücher abzustempeln.

„Da du so ungern rechnen magst, scheidet ein technischer Beruf ja wohl auch aus."

„Hhm…."

„Also bleibt wohl nur ein kaufmännischer Beruf."

„Hhm …?"

„Da muss man aber auch rechnen."

„Hhm …, aber nicht so viel wie bei der Sparkasse, oder?"

„Vielleicht nicht. Was gibt es denn für kaufmännische Berufe in Hamburg?"

„Tja ...?"

„Also das Wichtigste für Hamburg ist ja der Hafen."

„Hhm ..."

„Hättest du Lust, irgendwas mit dem Hafen zu tun zu haben, mit Schiffen und so?"

„Joa ..."

„Wir haben da einen Kunden, der ist Schiffsmakler."

„Was machen die denn?"

„Die haben mit dem Hafen zu tun, mit Schiffen und so."

„Klingt gut."

„Hättest du Lust, das zu machen?"

„Ja, vielleicht?"

Er bewarb sich mal auf Verdacht bei der Schiffsmakler-Firma *Schlottke GmbH* im Großen Burstah, ganz in der Nähe des Hamburger Rathauses.

Und wurde als Lehrling angenommen.

Damit war er ohne schwerwiegende Entscheidungsprozesse und ehe er es selbst so richtig begriff, „Lehrling im Reederei- und Schiffsmaklergewerbe" geworden.

Itakker

Es herrschte Vollbeschäftigung. Alle konnten eine Lehrstelle finden, oder einen Job – und zwar einen relativ gut bezahlten. Wenn man auf einer Arbeitsstelle saß, die schlecht bezahlt war, konnte man zu seinem Arbeitgeber gehen und mit Kündigung drohen, wenn man nicht mehr Geld bekam. Oft bekam man dann mehr Geld, denn der zahlte lieber etwas höhere Löhne, als benötigte Arbeitsplätze unbesetzt zu lassen und den betrieblichen Ablauf zu gefährden.

Diese relativ starke Position der Beschäftigten schmälerte die Gewinne der Unternehmer und war somit ein Problem, das der Politik dringend erschien. Die Zahl der verfügbaren Arbeitskräfte musste wieder größer werden als die Zahl der verfügbaren Arbeitsplätze, nur so konnte die Lohn-Hoheit zurück in die Hände der Arbeitgeber gelangen. Der *Bundesminister für besondere Aufgaben,* Franz-Joseph Strauß, sagte dazu ganz unverblümt: „Eine gewisse Sockelarbeitslosigkeit ist für die Marktwirtschaft gut und wichtig."

Und so begann man eine gewisse Sockelarbeitslosigkeit zu erschaffen.

Man warb „Gastarbeiter“ aus dem Ausland an. In der Erinnerung des kleinen M kamen zuerst die im Volksmund herablassend „Itakker“ genannten Italiener, dann die „Spaniakken“ (Spanier) und dann die „Jugos“(lawen). Westdeutschland schloss Anwerbeabkommen mit Spanien, Jugoslawien, Griechenland, Türkei, Marokko, Südkorea, Portugal und Tunesien.

Zwischen 1960 und 1973 kamen rund 2,6 Millionen ausländische Arbeitnehmer nach Westdeutschland. Sie wurden als „Gastarbeiter“ bezeichnet, aber oft sehr ungastlich aufgenommen: Schlecht bezahlt für schwerste Arbeit; untergebracht in Schlafsälen, Garagen oder Gartenhäusern, die sie häufig auch noch teuer bezahlen mussten. Dabei war die Zeit der Ausbeutung von „Fremdarbeitern“ im Faschismus noch keine drei Jahrzehnte her. Manche Unternehmer waren wahrscheinlich dieselben Personen, die erst die Fremd- und dann die Gastarbeiter wie die, in Nazi-Deutsch „Untermenschen“ genannten, behandelten.

Jedenfalls:

1974 waren schon knapp 600.000 Menschen in Westdeutschland ohne Arbeit und 1978 kam sie dann endlich, die angestrebte ‚Schockmeldung‘: „Erstmals wieder über 1 Million Arbeitslose!“

25 durch 10

Urlaubsmäßig gab es für den kleinen M in der Schulzeit Klassenreisen und nun eine jährliche Wanderfahrt mit dem Ruderclub. Letztere wurde mit dicken Gig-Booten bestritten, auf denen die Sportler sich die Mosel oder den Main oder sonst ein schönes Flüsschen mit der Strömung mehr hinuntertreiben ließen als zu rudern. Viele Tage wurden komplett im Nachtzeug durchlebt und sie holten all das an Alkohol, Zigarren und Schwachsinn nach, was sie sich im Rest des Jahres aus Gründen der Fitness verkniffen hatten. Und auf allen Reisen bewies der kleine M eine besondere Qualität: Er hatte am letzten Tag als einer von Wenigen noch Geld.

Er war eben das Kind einer alleinstehenden Sparkassen-Mutter, die, in ihren ersten Jahren als solche, finanziell nicht auf Rosen gebettet war.

Und beides hatte ihn geprägt:

Zu Beginn einer Reise rechnete er sich aus, wieviel Geld er auf einer zehntägigen Fahrt pro Tag zur Verfügung haben würde, wenn Lissi ihm 25 Mark Taschengeld mitgab. Sagen wir mal 2,50. Wenn er am ersten Tag über die Stränge schlug und 3,50 auf den Kopf haute, musste die Rechnung neu gemacht werden. Das ergab dann entweder einen neuen Tagessatz oder einen Tag mit „Fast-Askese", an dem er mit 1,50 auskommen musste, um wieder beim alten Tagessatz zu landen.

Und das klappte.

Eigentlich immer.

Lebenslänglich.

Und nicht nur auf Reisen.

Rüstzeug fürs Leben

16 Jahre alt, Keks-dressiert inklusive „Bitte", „Danke" und Diener mit geschlossenen Beinen, Voll-Pfadfinder mit für Ältere in der Straßenbahn aufstehen, Realschüler mit Abschluss und einer dicken Ruder-Medaille.

Leben in Hamburg, einer der aufstrebenden Großstädte Europas; in einem vom Westen zum „Schaufenster der Freiheit" hochgepäppelten Deutschland.

Gesund.

Selbstständig.

Sicher im Umgang mit Geld.

Sensibel.

Wortgewandt.

Humorvoll.

Mit Angst vor nächtlichen Schatten und Geräuschen.

Mit 100% Humor und 57,4% Selbstbewusstsein.

Beliebt.

Mit starkem Selbstbehauptungswillen.

Und mit der Gewissheit, dass die Welt Tag für Tag besser wird. Dieser zuversichtliche Blick in die Zukunft speiste sich wesentlich aus US-amerikanischen Quellen. Von dort kamen viele Songs, die damals „sozialkritisch" genannt wurden, dort gab es den großen Widerstand gegen den Vietnam-Krieg und Kriege generell und es gab den Kampf afroamerikanischer Menschen gegen Diskriminierung. All das verschmolz für ihn zu der pazifistischen und antibürgerlichen Flower-Power-Hippie-Bewegung.

Nie wieder erhob der kleine M die Faust gegen jemanden. Er wollte zu denen gehören, die den Alten zeigen, wie man freier und friedlicher zusammenleben kann - ohne die Zwänge, die Wirtschaft, Staat und Kirchen den Menschen auferlegen.

Der kleine M war Hippie geworden.

Im Herzen.

Und stand nun vor dem Start ins Büroleben.

INFO Hippies

Die Hippiebewegung, nach dem US-amerikanischen Dichter Allen Ginsberg auch Flower-Power-Bewegung genannt, ging Mitte der 1960er Jahre von San Francisco aus. Sie ließ die ihrer Meinung nach sinnlos gewordenen Wohlstandsideale der Mittelschicht links liegen und versuchte sich an einer von Zwängen und bürgerlichen Tabus befreiten Lebensweise. Dabei wollten sie sowohl dem allgemeinen Leistungsdruck entfliehen, als auch sich selbst verwirklichen und menschlichere Umgangsformen entwickeln.

Frauen und Männer `67

Wer sehen möchte, wie die Rollen zwischen Frau und Mann in Nazi- und dann im „ganz neuen" Nachkriegs-Westdeutschland verteilt waren, muss sich den Film „Ku´damm 59" anschauen: In der jungen „freien" Bundesrepublik waren Frauen gegenüber Männern rechtlos. Um sie in ökonomischer Abhängigkeit zu halten, durften sie nur mit einer schriftlichen Genehmigung des Mannes einer bezahlten Arbeit nachgehen und sich ein eigenes Konto einrichten. Sie durften geschlagen und in der Ehe vergewaltigt werden, ohne sich juristisch dagegen wehren zu können. Sie mussten die Kinder austragen, die durch Gewalt gezeugt wurden. Sie mussten die Kinder und die gesellschaftliche Ächtung aushalten, die bei einem Seitensprung gezeugt wurden. Sie konnten vom Ehemann und vom Liebhaber verstoßen und mit Kind, ohne jegliche finanzielle Unterstützung, ins Elend gestürzt werden.

Diese Rechtlosigkeit stand in krassem Gegensatz zu den Rechten von Frauen in der „unfreien" DDR – von denen die Öffentlichkeit im Westen allerdings keine Ahnung hatte.

Die Antibabypille

Die Antibabypille war in Labors der USA von Männern realisiert worden, politisch insbesondere flankiert von der Frauenrechtlerin Margaret Sanger*. Dort, ebenso wie in Westdeutschland, war die Pille nämlich sehr umstritten. Sie kollidiert(e) mit den allgemeinen Moralvorstellungen. In der BRD wurde sie deshalb zunächst als „Mittel zur Behebung von Menstruationsstörungen" eingeführt.

Die Pille wurde sowohl in den USA als auch in Westdeutschland zunächst nur verheirateten Frauen verschrieben. Vor allem wohl auf Betreiben mancher Glaubensrichtungen, die, wie die katholische Kirche, eine Verhütung bis auf den heutigen Tag ablehnen. In der „Enzyklika Humanae vitae" (über die Weitergabe menschlichen Lebens) begründete Papst Paul VI. 1968 seine Ablehnung damit, das „jeder eheliche Akt von sich aus auf die Erzeugung menschlichen Lebens hingeordnet bleiben" müsse.

Das Schöne an dieser Enzyklika:
Sexuelle Handlungen mit Kindern sind kein ehelicher Akt.

Fünf Jahre nach der Erstzulassung der Pille, 1965, wurde sie in den USA bereits von 41 % der verheirateten Frauen unter 30 Jahren verwendet. 1972 wurde der Zugang dort auch unverheirateten Frauen ermöglicht. Schon vier Jahre später verhüteten drei Viertel der 18- und 19-jährigen Frauen dort mit Hilfe der Pille.

Und das bedeutete:

Auch Frauen konnten angstfrei kondomlos vögeln, mit wem sie wollten. Konnte die Männerwelt das hinnehmen? Mitte der 1980 wurden die ersten Fälle von AIDS bekannt und die fröhliche sexuelle Unbeschwertheit konnte mit viel Bangemachen wieder eingebremst werden.

INFO Margaret Higgins Sanger

Margaret lebte von 1879 bis 1966 in den USA. Sie war als Krankenschwester Aktivistin der Bewegung für Geburtenkontrolle und Zwangssterilisation – somit eine engagierte Frauenrechtlerin. 1921 gründete sie die „American Birth Control League", aus der später die Organsation „Plannend Parenthood" (Geplante Elternschaft) wurde. Dort hat auch die deutsche „Pro-Familia" ihre Wurzeln, bei der Sanger Gründungsmitglied war.

In den USA ist das Andenken an Margaret Sanger umstritten. Einerseits wird sie als Vorreiterin für das Recht der Frauen auf Empfängnisverhütung gefeiert, andererseits wird sie wegen ihres Einsatzes für die Zwangssterilisation und Eugenik moralisch verurteilt.

Von Gleichberechtigung und Wunschkindpille

Bereits in der ersten Verfassung der DDR, von 1949, wurde die Gleichberechtigung von Frau und Mann festgeschrieben. Sie sicherte Frauen die rechtliche und politische Gleichberechtigung auf allen Gebieten des öffentlichen und privaten Lebens.

Auch im Grundgesetzt der BRD wurde 1949 die Gleichberechtigung postuliert, blieb in der Praxis aber bis auf weiteres dem Familienrecht untergeordnet - und nach dem hatte ausschließlich der Mann in Ehe und Familie zu bestimmen. Die Frau durfte nicht einmal ein eigenes Konto führen, auch nicht, wenn sie selbst Geld verdiente. Der Mann konnte ohne ihre Einwilligung eine Tätigkeit bei ihrem Arbeitgeber kündigen, um ihre Berufstätigkeit zu beenden. Auch in Erziehungsfragen hatte er die alleinige Entscheidungsgewalt.

DDR-Verfassung und öffentliche Gleichstellung der Frau zeigen, dass die Emanzipation für die SED eine große Rolle spielte. Die Gleichwertigkeit sollte gelebt werden, damit jede und jeder Familie und Beruf vereinbaren und sich zusätzlich gesellschaftlich engagieren konnte.

Die klare Distanzierung von der Frauenrolle als Hausfrau und Mutter diente, neben hauptsächlich sozialistischen Idealen, auch als deutliche Abgrenzung vom Hitlerfaschismus und der BRD, die das traditionelle Frauenbild zu einem Großteil übernahm.

Dass man eine lange gelebte Rollenverteilung aber nicht einfach per Gesetz völlig auflösen kann, werden vermutlich viele Küchen in der Deutschen Demokratischen Republik bewiesen haben.

Schon 1960 forderten DDR-Wissenschaftler(innen?) das Recht auf einen Schwangerschaftsabbruch in den ersten drei Monaten. Man(n)(?) entschied sich zunächst für eine Indikationslösung. 1972 beschloss die Volkskammer eine Fristenlösung. Nach dieser erhielten Frauen das Recht, innerhalb von zwölf Wochen nach dem Beginn einer Schwangerschaft, über deren Abbruch eigenverantwortlich zu entscheiden.

In der BRD wurde ein Abbruch zu der Zeit noch mit Gefängnis bestraft. Nach der Wiedervereinigung Deutschlands wurde die Fristenlösung der DDR wieder erheblich eingeschränkt. Bis 2018 ...

1965, rund vier Jahre nach der US-Pille brachte die DDR ihre Eigenentwicklung auf den Markt. Auch dort empfand man, wie im Westen, den Begriff „Antibabypille“ als zu negativ und versuchte es mit der „Wunschkindpille“.

Letztlich wurde es in Ost und West „Die Pille“.

Ab 1972 wurde sie in der DDR kostenlos abgegeben, in der BRD müssen Frauen dafür nach wie vor bezahlen.

Meldungen, die er 1968 wahrnahm

In der Welt passierten Dinge, die in den Medien so intensiv behandelt wurden, dass auch der siebzehnjährige, politisch vollkommen ahnungslose M, sie zur Kenntnis nehmen musste:

➢ **Alexander Dubcek wird in der Tschechoslowakei zum Generalsekretär der KP gewählt.**

Der Name Alexander Dubcek stand für den „Prager Frühling", was damals der westliche Medien-Begriff für einen „Sozialismus mit menschlichem Antlitz" war. Das bekam der kleine M durch einen großen Medienrummel mit, ohne die näheren Umstände zu kennen.

Fünfzig Jahre später habe ich für diesen Biograman recherchiert, dass Dubcek und seine Leute Wirtschaftsreformen und mehr Demokratie anstrebten, mehr als es anderen Staaten des Ostblocks gefiel. Des Blocks, in dem sein Land, die Tschechoslowakei, wirtschaftlich in den *RGW (Rat für gegenseitige Wirtschaftshilfe)* und militärisch in den *Warschauer Pakt* eingebunden war. Der kleine M und ich nehmen an, dass „der Westen" die instabile Situation, die durch die Reformen in der CSSR entstanden war, für den Versuch nutzen wollte, das Land aus dem sozialistischen Block herauszulösen. Das kann man auch dem Brief entnehmen, den die UdSSR, vor der gewaltsamen Niederschlagung der Reformbewegung, an die Führung der Tschechen geschickt hatten*:

... Es war und ist nicht unsere Absicht, gegen die Prinzipien der Respektierung der Selbständigkeit und Gleichheit in den Beziehungen zwischen den kommunistischen Parteien und den sozialistischen Ländern zu verstoßen ..."

„Wir können jedoch nicht damit einverstanden sein, dass feindliche Kräfte Ihr Land vom Weg des Sozialismus stoßen und die Gefahr einer Lostrennung der Tschechoslowakei von der sozialistischen Gemeinschaft heraufbeschwören. Das sind nicht mehr nur Ihre Angelegenheiten. Das sind die gemeinsamen Angelegenheiten aller kommunistischen und Arbeiterparteien und aller durch Bündnis, durch Zusammenarbeit und Freundschaft vereinten Staaten. Das sind die gemeinsamen Angelegenheiten unserer Staaten, die sich im Warschauer Vertrag *vereinigt haben, um ihre Unabhängigkeit, den Frieden und die Sicherheit in Europa zu gewährleisten, um eine unüberwindliche Schranke gegen die imperialistischen Kräfte der Aggression und der Revanche aufzurichten."*

Truppen des *Warschauer Pakts*, darunter neun Verbindungsoffiziere der DDR, besetzten Prag und installierten eine Regierung, die die alten Verhältnisse wiederherstellte. Dabei sollen etwa 100 Menschen ums Leben gekommen und etwa 500 verletzt worden sein.

* URL: https://de.wikipedia.org/w/index.php?title=Breschnew-Doktrin&oldid=97854819 (Abgerufen: 26. August 2020, 10:48)

Meldungen aus 1968

- „Biafra“ wird Synonym für Krieg, Hunger und Elend in Afrika.
- Die *NPD* erhält bei Landtagswahlen in Baden-Württemberg 9,8 Prozent der Stimmen.
- **Frankreich vor der Revolution?**

Die Lage in Frankreich war außerordentlich. Es begann mit heftigen Protesten von Studierenden gegen ihre Lernbedingungen. Der Protest verbreitete sich in der Gesellschaft und ging dann auch gegen Arbeitslosigkeit, Rüstung und Kapitalismus.

Am 13. Mai demonstrieren Hunderttausende in Paris und es begann eine Welle wilder Streiks. Im ganzen Land besetzen Arbeiter Fabriken und setzten teilweise deren Leitung in ihren Büros fest. Am 20. Mai 1968 waren zwischen sieben und zehn Millionen Franzosen im Streik. Busse und Bahnen fuhren nicht, es gab weder Post noch Telefon, kein Benzin und keine Müllabfuhr, die Schulen waren geschlossen. Präsident de Gaulle floh außer Landes.

- Aber es brodelt es nicht nur in Frankreich. Rund um den Globus demonstrieren jungen Menschen gegen Krieg, für Gleichberechtigung, für Demokratie und eine neue Gesellschaftsordnung.

- **Auch in Westdeutschland nehmen die Studentenunruhen, die sich an Benno Ohnesorgs Tod und den geplanten Notstandsgesetzen entzündet hatten, erhebliche Ausmaße an: Zahlreiche Demonstrationen, Sitzblockaden und Hungerstreiks erschüttern die alten Herren des Landes.**

Aber nicht stark genug, um die umstrittenen Gesetze nicht doch zu beschließen.

Der Widerstand des Establishments, angeführt von den Blättern des Springer-Verlags, führt einen Mann aus der rechtsextremen Szene zu einem Attentat auf den Wortführer Rudi Dutschke, welches dieser knapp und schwer versehrt überlebt.

- In Frankfurt legen eine Gudrun Ensslin und ein Andreas Baader außerhalb der Öffnungszeiten in zwei Kaufhäusern Feuer. Sie wollen damit angeblich die Masse der Deutschen aus der Lethargie aufschrecken, mit der sie das US-amerikanische Menschenabschlachten in Vietnam ignorieren.

Bootlose Kunst

Der kleine M hatte keine Ahnung, dass der Sieg in Duisburg-Wedau seine letzte Regatta gewesen sein sollte. Sein Vierer war ein Boot der Jahrgänge 50/51. Für die Saison 1968 waren nur Kombinationen der Jahrgänge 49/50 und 51/52 zugelassen. Damit war seine Mannschaft geplatzt. Er stieg mit einem 52er in den so genannten Doppelzweier, in dem jeder zwei Ruder (Skulls) bedienen muss. Beim Training klappte es von Anfang an hervorragend. Das Boot lief wie geschmiert. Technisch passten die Beiden super zusammen, die Frage war, ob sie körperlich stark genug waren, um Rennen gewinnen zu können. Diese Frage konnte nie beantwortet werden, denn ihre Übungen sollten sich schon bald als bootlose Kunst entpuppen, weil nun Lehre, Liebe und Laster in den Lebensmittelpunkt des kleinen M traten.

Schlottke GmbH

Er begann seine Lehre als „Kaufmann im Reederei und Schiffsmaklergewerbe" am 1. April 1968 bei *Schlottke* im Großen Burstah. Das Interessanteste an der Arbeitswelt waren für ihn zunächst die vielen unterschiedlichen Männertypen, die ihn nun umgaben.

Natürlich gab es auch Frauen in der Firma, etwa zehn an der Zahl, die aber nur als „Tippsen" dienten, wie man allgemein sagte, ohne rot zu werden. Unter den rund 70 Schiffsmaklern war keine

Frau, weder unter den Prokuristen, den Handlungsbevollmächtigten, den Fahrtgebietsleitern noch unter den Sachbearbeitern. Und niemanden regte das auf, weil solche Strukturen in nahezu allen Büros normal waren. Es war nicht einmal ein Gesprächsthema - wahrscheinlich nicht mal unter den „Tippsen".

„Eine Schiffsmaklerei vertritt die Interessen einer meist ausländischen Reederei in dem Hafen, in dem die Maklerei ansässig ist", dozierte der kleine M auf die entsprechende Frage des Berufsschullehrers.

„Und was sind die Interessen einer Reederei?"

„Möglichst viel Ladung auf den Schiffen zu haben."

„Und wie kommt eine Maklerei zu ihrem Geld?"

„Indem sie etwa 5% der Frachtkosten der beschafften Ladung für sich behält."

(Und indem sie ihre Angestellten dazu anhält Speditionskaufleuten und Exporteuren höhere Preise abzurechnen als man der Reederei angibt. Wer dieses „Spiel" am besten beherrschte, der Makler-Firma also die höchsten Schummel-Beträge aufs Konto schaffte, war der beste ehrbare Hamburger Kaufmann.)

Die *Schlottke GmbH* war auf vier Etagen in viele Abteilungen unterteilt, die so genannten „Fahrtgebiete" wie England, Irland, Levante, West-Afrika, Ost-Afrika, Zentral-Amerika, USA Ost- und Westküste, Kanada, Australien, Neuseeland und so weiter. Mehrere Fahrtgebietsgruppen saßen jeweils in einem Großraumbüro, meist in Blöcken von vier zusammengeschobenen Schreibtischen.

Der kleine M spürte, wie man sich in dem neuen Umfeld erfolgversprechend verhält: Erstmal Zurückhaltung demonstrieren; bei Erklärungen aufpassen und den Schnabel halten, beziehungsweise höchstens mal für eine interessierte Nachfrage öffnen; Bereitschaft zu Fleiß erkennen lassen; Witzigkeit antesten und im Erfolgsfall ausweiten.

Das klappte alles sehr gut.

Selbst bei den harten Hunden vom Hafendienst fand er schnell Anerkennung.

Der Hafendienst fuhr zu den Schiffen, die von *Schlottke* betreut wurden. Er begrüßte die Kapitäne, besprach das Lösch- und Ladeprogramm und nahm kranke Besatzungsmitglieder mit in die Stadt. Oft war ein Mann aus der jeweiligen Fahrtgebiets-Abteilung dabei, wenn´s an Bord ging, zum Beispiel der kleine M.

Und da war sie dann, die große weite Welt, die er sich von diesem Beruf erhofft hatte! Sie roch nach Elbe, Schweröl und Schnaps (denn damals wurde noch schwer getrunken im Hafen), sie bestand aus Güterwaggons, Gabelstaplern, Kränen und Männern an und in den Schiffsluken, die Säcke und Kartons schleppten oder an die richtigen Stellen dirigierten. Diese Männer waren in den Augen des kleinen M nicht einfach nur Männer, sondern echte Kerle. Sie hatten einen rauen Witz, der gern auch die „Wichtigtuer" aus den Büros traf.

Jeder Kapitän war bereit bis zur letzten Minute Ladung anzunehmen, aber es kam nicht infrage, lange auf die Ladepapiere (Manifeste) zu warten, die vom Schiffsmakler kommen mussten. Nichts ist in der Schifffahrt teurer, als ein Schiff im Hafen.

Die Manifeste mussten jede Kiste, jeden Sack, jedes Fass, jedes Auto, jede Rolltreppe enthalten, die in Hamburg geladen worden waren, also auch die Güter, die noch kurz vor Abfahrt ankamen. Sobald der Tallymann (der Ladungszähler) aus dem Hafen im Büro anrief und bestätigte, dass die letzte Ladung an Bord sei, wurden für zwei Stunden später die „Fastmoker" (die Leinenfest- und Losmacher), die Schlepper und Lotsen zum Ablegen bestellt. In dieser Zeit mussten die Manifeste vollständig sein, sodass für den ersten Offizier an Bord ersichtlich war, wieviel Ladung in Hamburg für jeden der anzulaufenden Häfen geladen worden war. Es musste ausgerechnet sein, wieviel Geld (Fracht) jede Partie und die Gesamtladung einbrachten. Die Papiere mussten auf einer Matrizenmaschine manuell vervielfältigt, hafenweise zusammengetragen, eingetütet und an Bord gebracht worden sein - wobei mindestens 30 Minuten Fahrzeit einzurechnen waren.

Manche Schiffe konnten den Hafen bereits nach der ersten Schicht wieder verlassen, also gegen 15 Uhr. Andere arbeiteten mit Überstunden, also die erste Schicht plus ein paar Stunden. Das ging aus Arbeitnehmersicht auch noch, weil die Papiere dann so gegen 19 Uhr an Bord sein mussten.

Viele Kähne brauchten aber die erste und die zweite Schicht, die bis 23 Uhr ging und mit Überstunden natürlich noch länger. Das war dann ganz hart für die jeweilige Fahrtgebietsgruppe. Schon im ersten Lehrjahr hing der kleine M manchmal bis zwei oder drei Uhr morgens in der Firma. Sie tranken dann literweise Kaffee um sich wach zu halten und pafften ab 22 Uhr Zigarren, deren Rauch in die Augen stieg und sie tränend offenhielt, während das Gehirn dahinter die Papiere für das Schiff und die Spedi- und Exporteure klar machte (Konnossemente). Schon in den ersten Monaten seiner Lehrzeit kam er auf bis zu 78 Überstunden in vier Wochen.

Natürlich hatte nicht jede Linie an jedem Tag eine Abfahrt. Die kurzen Routen, zum Beispiel nach England und Irland, hatten zweimal wöchentlich ein Schiff. Ein kleines, das meist in einer Schicht fertig war. Die Pötte zur US-Ostküste fuhren wöchentlich, zur Westküste, nach Zentralamerika und Australien 14-tägig. Das waren dann die dicken Schiffe, die mindestens eine zweite Schicht brauchten und manchmal sogar ein paar Tage im Hafen lagen.

Solange eine Abteilung kein Schiff in Hamburg hatte, bestand die Arbeit darin, Ladung zu akquirieren. Im guten Fall klingelten die Telefone und Spediteure erkundigten sich nach Abfahrts- und Ankunftszeiten und vor allem nach Preisen. Im unguten Fall klingelten die Makler ihrerseits bei den Spediteuren an, was die Ausgangslage für die Preisverhandlungen schlechter machte, denn es war dann offensichtlich, dass für ein bestimmtes Schiff noch nicht genug Ladung akquiriert worden war: „Wenn du mir einen guten Preis machst, kann ich noch 60 Tonnen Kanteisen rankriegen."

Ansonsten war das die Zeit der wilden Spielchen.

Das harmloseste war Wettkurbeln.

Die Leute der England-Abteilung benutzten eine manuelle Rechenkurbel, mit der sie auf einfache Weise die Frachtpreise in der nicht-dezimalen Pfund-, Shilling- und Penny-Währung errechnen konnten. Für 40 Sack Dünger stellten sie den Preis für einen Sack ein und drehten dann entsprechend oft an der Kurbel, um das Ergebnis für den Gesamtpreis zu bekommen. Wenn man aber statt des Preises nur eine 1 einstellte, konnte man ablesen, wie oft die Kurbel gedreht worden war - zum Beispiel in 30 Sekunden.

„30 Sekunden! Wer ist dabei?“, schallte es dann durch das mit etwa zwanzig Leuten besetzte Großraum-Büro und sechs bis acht Hände gingen in die Luft. Jeder setzte eine Mark, krempelte einen Ärmel hoch und kurbelte wie um sein Leben. Wer die meisten Umdrehungen in der vereinbarten Zeit geschafft hatte, war um ein paar Mark reicher.

Deutlich wilder waren die Abteilungsschlachten. „Ihr blöden Schweine!“, brüllte Horst Beilke, Fahrtgebietsleiter der Zentral-Amerika-Abteilung dann unvermittelt, und sprang hinter seinem Schreibtisch auf. „Was telefoniert ihr den ganzen Tag in der Gegend herum! Ihr wollt euch doch nur wichtig machen! Nehmt das hier!“ - und schon kam ein Hagel Radiergummis geflogen, denn alle Leute aus seiner Abteilung waren auf den Angriff vorbereitet gewesen und hatten sich mit Gummis versorgt.

Die Radierten ließen sich dann, auch mit einem Kunden am Telefon, hinter den Schreibtisch in Deckung fallen, suchten nach den geworfenen Gummis oder kramten nach eigener Munition. Kurze Entschuldigung ins Telefon, Stummschaltung gedrückt und zurückgefeuert. Gern auch eine Nummer größer, also mit Kuli oder Lineal. Daraufhin kamen von der anderen Seite Locher und Klammeraffen geflogen. Ein Affe klammerte sich mal in der Rigipswand hinter dem kleinen M fest und blieb dort stecken, bis ein Prokurist nach ein paar Tagen meinte, dass es ja nun alle gesehen hätten und man das Ding da wieder rauspuhlen könne.

Ein anderes Mal klatschte ein Apfel ins Griffloch des Telefons vom kleinen M. Natürlich erwartete der, dass der Werfer die Sauerei beseitigen würde. Tat er aber nicht. Das Stück Obst blieb da wo es war und verklebte mit seinem Saft die Telefongabel. In den ersten Stunden kam sie noch in Zeitlupe nach oben, dann blieb sie endgültig kleben und musste instandgesetzt werden.

Unvergesslich blieb auch ein kraftvoll geworfenes Retour-Radiergummi, das auf dem Tisch vor Beilke aufsetzte und ihm von dort direkt unter ein Auge prallte.

Er fiel um.

Ohnmächtig.

Die gute Laune brach für Sekunden ein, bis er die Augen wieder aufschlug und heiter-böse fragte „Weeer war das?!", einen Locher ergriff und ihn mit dem Schrei: „Das waren die Schweine aus der England-Abteilung" in die entsprechende Richtung feuerte.

Das Alles passierte meist nur mäßig alkoholisiert. Man war „angeheitert", wenn man nach zwei Stunden Mittagspause mit ein paar Bier im Kreislauf aus der *Seekiste* wieder ins Büro kam – mehr nicht.

Besoffen war man, wenn man von Bord kam.

Nahezu jeder Kapitän hatte eine gute Flasche für sich und seine Gäste parat. Da die Lehrfirma des kleinen M viele Schiffe von osteuropäischen Reedereien betreute, gab es oft Wodka. In Wassergläsern, die mindestens halbvoll waren. In die andere Hand gab es ein dickes Stück Speck. Es hieß, der Wodka sei besser bekömmlich, wenn man fettes Fleisch dazu äße. Das konnte der kleine M nicht wirklich bestätigen. Ein Wasserglas Wodka am Morgen war für einen 17jährigen mit und ohne Speck nicht wirklich bekömmlich.

Aber für Wasserschutzpolizisten auch nicht. Es geschah durchaus, dass der kleine M und der Hafendienst-Kollege mit dem er an Bord war, einen Hüter des Gesetzes links und rechts stützen mussten, damit er bei Landgang nicht zwischen Kai und Bordwand fiel.

Wie Herr Schürer, Chef des Hafenfahrdienstes.

Er war einer der wenigen, den der kleine M nie einen Schluck Alkohol trinken sah. Wahrscheinlich hatte er, wie so viele, die im Hafen zu tun hatten, das Schlimmste schon hinter sich und war nun trocken. Ausgerechnet Herr Schürer betrat mit seinen 60 Jahren eine Gangway, die, womöglich aus alkoholischen Gründen, nicht ordnungsgemäß befestigt war, kippte, und ihn etliche Meter tief zwischen Schiff und Kaimauer fallen ließ. Da Schiffe an flexiblen Seilen befestigt werden, und nicht an steifen Metallstangen, bewegen sie sich am Kai. Schürer muss eine unglaubliche Panik gehabt haben, wenn der riesige etwa 80 Meter lange und 15 Meter hohe Schiffsleib immer wieder auf ihn zutrieb und ihm von Mal zu Mal mehr Knochen zermalmte.

Er wurde gerettet, kam irgendwann auch wieder zur Arbeit, blieb aber ein Wrack.

Wenn auch ein stolzes.

II. Beate

Eine Erscheinung

Der kleine M klapperte auf der Langwagen-Schreibmaschine an einem Manifest. Lehrlinge mussten selbst schreiben, sie durften sich nur in Ausnahmefällen an „Tippsen“ wenden. Die Tür ging auf und eine besonders schöne Frau betrat eins der mittelschönen Büros von *Schlottke*. Sie schien allgemein bekannt zu sein, denn sie wurde herzlich begrüßt.

Das Erste, was an ihr auffiel, waren die riesigen dunkelbraunen Augen in einem schön geformten ovalen Gesicht mit einer etwas zu breiten Nase. Ihre vollen ebenfalls dunkelbraunen Haare waren zu einem Pferdeschwanz gebunden. Nicht ganz straff, so dass sie vor den hübschen Ohren in weichen Bögen das Gesicht einrahmten. Sie trug einen eng anliegenden dunkelbraunen Pullover, der ihre schöne Figur betonte. Unter dem beigen Rock standen zwei Bilderbuchbeine fest und sicher auf dem Teppich, die dank dunkelbrauner Strumpfhose und halbhoher Pumps prächtig zur Geltung kamen.

Er gaffte sie an.

Sie bemerkte es und nickte kurz zu ihm hinüber. Zu kurz!

„Wer war das denn?“, fragte der kleine M möglichst beiläufig in die Runde, als sie mit einer Kollegin den Raum verlassen hatte.

„Beate Städter.“

„Und woher kennt ihr die alle?“

„Die hat hier gearbeitet und lebt seit einem Jahr mit einer Freundin in Paris.“

In Paris?? Schockschwere Not. Das fand er mutig.

„Vorher hat sie schon ein Jahr in London gearbeitet.“

In London auch noch?

Eine Frau mit so viel Welterfahrung flößte ihm großen Respekt ein. Es war neuerdings angesagt ins Ausland zu gehen, aber für sich selbst hatte er das nie in Betracht gezogen. Es hatte ihm an Interesse und noch mehr an Mut gefehlt. Um das vor sich und anderen zu rechtfertigen, fragte er gern, was im Ausland so anders sein soll als in Hamburg. Geld verdienen müsse man überall, das könne man dann doch auch da machen, wo man Land und Leute kenne.

Trotzdem hatte er eine große Bewunderung für alle, die den Schritt gingen.

Reine Seligkeit

Was bei ihrem Besuch noch keiner wusste: Beate Städter war von Paris nach Pinneberg zurückgekehrt und wollte wieder bei *Schlottke* arbeiten. Und wurde auch wieder angestellt.

Der kleine M begann schnell sie anzugraben.

Humor und Schlagfertigkeit sind zwei schöne Trümpfe beim großen Damenbuhlen und so dauerte es nicht lange bis die beiden ihren Zweier ins Wasser des Lebens ließen – ohne Steuermann und ohne Kurs.

Jetzt war nur noch Musik und Halligalli:

Beate und der erste Joint, Beate und *Jefferson Airplaine* live, Beate und *The Jimi Hendrix Experience* live, Beate und *The Nice* live, Beate und *Black Sabbath* live, Beate und drei Tage Non-Stop-Rockkonzert in der *Ernst-Merck-Halle*, Beate und alle Bands und Rockstars, die man gesehen haben musste, Beate und experimentelles Kochen, Beate und Reisen. Seine Haare wuchsen bis zwischen die Schulterblätter, denn Beate fand seinen Ruder-Facon spießig. Sie rauchte filterlose, schwarze, französische *Gitanes*, er rauchte helle Filter-Virginia. Auf Lunge! Man hörte es am scharfen Einsaugen des Rauches. Es gab *Lambrusco* aus Korbflaschen, die nach ihrer Entleerung mit Tropfkerzen zu romantischen Kerzenhaltern wurden.

Das Leben war ein Rausch.

Dazu gehörte, dass die gefühlte Welt-Stimmungslage des kleinen M immer besser wurde. Die Botschaften, die er verstand hießen Love, Peace, Understanding, Toleranz, let´s work together! Weg mit der Konkurrenz und dem Muff der alten Tage! Lebe wie du magst und lasse andere so leben, wie sie wollen! Trage deine Haare und deine Klamotten wie du willst! Her mit dem ganzen Leben in allen Facetten! Her mit der großen Freiheit, mit der vollkommenen Gerechtigkeit, dem Weltfrieden und der freien Liebe!

Eine herrliche Zeit!

In der Firma begannen die Tage damit, dass Beate morgens in seine Abteilung kam. Er hatte den Kaffee fertig, sie zündeten sich ihre Glimmstängel an und plauschten. Das fanden die Kollegen Tag für Tag weniger witzig. Ihre Bemerkungen zu den endlosen Treffen wurden immer spitzer und dem kleinen M sank sein Lehrlings-Herz ziemlich tief in die Hose.

Aber Beate ließ das kalt.

Sie winkte kurz ab, wenn sich jemand beruflich in ihr Gespräch mit dem kleinen M einmischen wollte und redete weiter als sei nichts geschehen. Da konnte Mann unmöglich sagen, dass man das Gefühl habe, die Kollegen sähen das nicht gern.

Insofern war der kleine M immer erleichtert, wenn sie nach einer halben bis dreiviertel Stunde in ihr Stockwerk abschwebte - der Überdruck seines schlechten Gewissens war dann bereits bei drei Bar.

Da beide noch, beziehungsweise wieder, bei ihren Eltern wohnten, mieteten sie sich ein Liebesnest; eine Ein-Zimmer-Wohnung im Souterrain einer Stadtvilla in der Hamburger Erikastraße.

Dort machten sie das, was man als junges Liebespaar bevorzugt macht.

Bei *Teach your children* von *Crosby, Stills and Nash.*

Bis halb eins nachts.

Dann ging es per Taxi zum Sternschanzenbahnhof, wo um neun Minuten nach Eins die letzte S-Bahn nach Pinneberg ablegte. Wenn die nicht mehr zu erreichen war, fuhren sie gleich durch zur Reeperbahn, aßen *Wimpys,* das waren gegrillte Frikadellen in einem Brötchen mit Ketchup, und gingen in einen Musik-Club.

Bis etwa 5 Uhr morgens die erste Bahn wieder fuhr.

Haarig

„Junge, muss das denn wieder sein? Du hattest zwischendurch so schön kurze Haare!", regte sich Lissi auf. Auch Herr Kröppling, der Chef von *Schlottke,* hatte den Lehrling mit den kurzen Haaren deutlich schöner gefunden als den John Lennon für Arme, der zurzeit in der Kanada-Abteilung saß. Mit jedem Zentimeter, den ihm die Zotteln erst über den Kragen und dann über die Schultern gewachsen waren, war der Druck von Kröppling größer geworden. Mal süffisant: „Brauchen Sie fünf Mark für den Frisör?", mal mit hochrotem Kopf: „Ich guck mir das nicht mehr länger an! Entweder die Haare kommen runter, oder ich schmeiße Sie raus!!!" Lissi trabte auf Anforderung regelmäßig beim Personalchef an und erklärte wahrheitsgemäß ihre Ohnmacht.

Der kleine M fühlte sich frei und in jeder Hinsicht sicher: „Guckt nicht auf mein Äußeres, guckt auf mich. Ich bin okay!"

Leider hatte der Chef so viel Sinn für diese Botschaft, wie einst die Grünlich. Er guckte weder auf das Innere des kleinen M, noch auf dessen Arbeitsleistung, sondern auf dessen Haare ...

Damit war die bekannte haarige Zwickmühle wieder da:

Wenn er die Ideale, die in ihm blühten, nicht zertrampeln wollte, konnte er sich die Haare nicht schneiden lassen, weil andere es von ihm verlangten. Das hatte nichts mit individueller Freiheit und *Do what you like* (von *Cream)* zu tun.

Also rief er, inzwischen Lehrling im Zweiten, alle Mitlehrlinge der Firma zusammen.

Das waren sechs Herren männlichen Geschlechts.

Und jeder mit seinem Problemchen.

Was für den einen die Haare, waren für die anderen die Anzughosen oder die Krawatten. Sie mochten weder die Flatterbüxen, noch den Strick um den Hals und trugen beides nur weil es verlangt wurde.

Der kleine M schlug vor, dass man sich gemeinsam gegen den Schönheitsterror wehren solle: „Ich finde wir sollten einen Lehrlingsvertreter wählen, der der Geschäftsleitung unseren Frust vorträgt."

Alle waren dafür – und er gewählt.

Schon zauberte er einen bereits fertigen Brief aus der Tasche und stellte ihn zur Diskussion.

Die Überschrift hieß: „Schönheit oder Überstunden?" Inhalt: „Wir Lehrlinge leisten zusammen mehr als 100 Überstunden pro Monat - zum Lehrlingstarif - also für sehr wenig Geld. Wenn diese Stunden wegfielen, müsste man zwei Vollzeitkräfte einstellen, um das zu kompensieren. Unser Angebot: Wir Lehrlinge erbringen weiterhin diese (für Auszubildende illegale) Mehrarbeit und haben dafür unseren Frieden, was die Äußerlichkeiten angeht. Sollte es nicht zu dieser Vereinbarung kommen, werden wir künftig pünktlich zum Feierabend nach Hause gehen."

Die Mit-Lehrlinge waren begeistert.

Bis auf Benn Olschewski:

„Du bietest unsere billige Arbeitskraft an, nur damit wir so aussehen können wie wir wollen? Das können wir sowieso! Wir sollten verlangen: 1. Keine Überstunden, 2. keinen Krawattenzwang, 3. kein Haarschnitt-Diktat." Außerdem meinte er, der Lehrlingsvertreter sei gar nichts wert, wenn er nicht fest verbunden mit der Gewerkschaft für ihre Rechte kämpfen würde. „Kämpfen" war sein Lieblingswort. Seine Sprache ging dem kleinen M auf die Nerven und seine Maximal-Forderungen erst recht. Sie waren zwar richtig, aber er wollte nicht für sie eintreten müssen.

„Wieso willst du gleich alles?", fragte er aggressiv. „Man muss doch auch Kompromisse schließen können!"

„Es ist kein Kompromiss, wenn wir für die Rechte, die wir ohnehin haben, unerlaubt viele Überstunden in Kauf nehmen."

„Aber mit meinem Recht auf ein selbstbestimmtes Aussehen bin ich akut vom Rausschmiss bedroht", wandte der kleine M ein.

„Womit wir beim eigentlichen Problem wären", meinte Benn trocken. „Im Grunde sind wir Menschen zweiter Klasse. Wenn wir mit dem Chef gleich wären, könnte der uns nicht mit Rausschmiss drohen. Mir geht es um die Gleichheit aller Menschen! Ich möchte, dass die Macht von Menschen über Menschen gebrochen wird – und da gibt es keine Kompromisse: Entweder wir sind gleich oder nicht. Kein Mensch ist mehr wert als ein anderer und deshalb sollte auch kein Mensch über andere und deren Aussehen bestimmen können."

Diese Sätze machten mehr Eindruck auf den kleinen M, als er in dem Moment gebrauchen konnte.

Er versuchte die Debatte wieder in die Hand zu bekommen und sagte, sie könnten nicht warten bis alle Menschen gleichberechtigt seien, für sie ginge es um das Heute und mit Kompromisslosigkeit würden sie das sicher nicht hinbekommen.

Nach diesem Schlussappell wurde sein Brief von fünfeinhalb der sechs Lehrlinge angenommen.

Er trug ihn wacker ins Sekretariat der Geschäftsleitung.

Und in alle Abteilungen.

Die Kolleginnen und Kollegen mussten ja wissen was los war, wenn die Lehrlinge Punkt 17 Uhr 30 das Haus verließen. Doch die Herren Fahrtgebietsleiter nahmen das Pamphlet kaum zur Kenntnis: „Kinderkram", meinten die einen und „Das kriegt ihr nie durch" die anderen. Und gingen damit zur Tagesordnung über.

Es wurde 17 Uhr 30. Alle Lehrlinge erhoben sich und räumten ihre Schreibtische auf.

„Öj!", riefen die Angestellten. „Was ist denn jetzt los?"

„Feierabend!"

„Ihr könnt doch jetzt nicht einfach abhauen!"

Konnten sie doch.

Zwar drückte wohl jeden eine Mischung aus Angst und schlechtem Gewissen, weil sie die Kollegen mit der Arbeit hängen ließen, aber der kleine M war ja nun der Letzte, der einknicken durfte: „Tut uns leid, aber ihr wisst ja warum!"

Am nächsten Morgen gab es mächtig Ärger: „Warum kommt ihr überhaupt zur Arbeit?" „Bleibt doch gleich ganz zu Hause!" „Lange Haare, kurzer Verstand!" „Was können wir dafür, wenn ihr Ärger mit der Geschäftsleitung habt?" Die Lehrlinge trafen sich in der Mittagspause zum Bloß-nicht-nachgeben-Meeting und gingen erneut um 17 Uhr 30 nach Hause.

Es dauerte ein paar Tage, bis es eines morgens für den kleinen M hieß: „Du sollst zum Chef kommen!" Schluck, schlotter, weiche Knie.

Er betrat das Allerheiligste und sah einen jovial grinsenden Kröppling. Die Fahrtgebietsleiter waren zu ihren Prokuristen gelaufen und die zum Chef. Mindestens sechs Arbeitsstunden weniger pro Tag taten halt weh - zumal für Abteilungen, die gerade ein Schiff im Hafen und entsprechend Druck hatten.

Der Herr Geschäftsführer lächelte den kleinen M mit falschem Grinsen an und meinte, „dass wir das Theater mal beenden wollen." Das mit den Haaren, Hosen und Krawatten sei ja nun wirklich kein Weltuntergang und sie sollten auch mal verstehen, dass das für Leute in seinem Alter erstmal gewöhnungsbedürftig sei. „Aber Schwamm drüber!"

Angesichts dieses triumphalen Durchmarsches legte der kleine M gleich mal nach: Die Lehrlinge hätten natürlich auch noch andere Sorgen als die Äußerlichkeiten und ihn deshalb zum Lehrlingsvertreter gewählt. Als solcher würde er sich wünschen, dass sich die Auszubildenden (wie sie neuerdings genannt werden sollten) einmal monatlich für ein oder zwei Stunden besprechen dürfen.

„Kein Problem! Sagen Sie im Sekretariat ein paar Tage vorher Bescheid, dann können Sie sich im Konferenzraum treffen. Das ist doch selbstverständlich!"

Im kleinen M stiegen so heftige Glücksgefühle auf, dass seine Füße kaum noch den Boden berührten, als er zurück zu den Seinen schwebte: „Alles klar Leute!", rief er etwas zu laut, „Die Haare bleiben dran, die Krawatten kommen ab und die Anzughosen auf den Müll!"

Die Lehrlinge brachen in Jubel aus und hauten ihm anerkennend auf die Schultern. Die Erwachsenen maulten: „Jetzt beruhigt euch mal! Ohne uns hättet ihr das nie geschafft." Was wahrscheinlich stimmte, aaaber: Die hatten für sich selbst noch nie etwas erstritten. Immer nur schön ins Bier gemeckert, aber nie mal den Rücken gerade gemacht. Nee, nee, miesmachen galt nicht.

Dies war ein Sieg! - Ein reiner Weltsieg!

Willy

Ab Sommer 1969 passierte Ungewöhnliches: In der Firma wurde über Politik diskutiert. Die Leute erlebten zum ersten Mal, dass sich zwischen der seit Gründung der BRD regierenden *CDU/ CSU* und der *SPD* zwei deutlich unterschiedliche Wege herausbildeten. Die *CDU/CSU* wollte nach wie vor nicht wahrhaben, dass es eine DDR gab und den Osten durch die Fortsetzung des Kalten Krieges zurückgewinnen, ohne Kompromisse, was *NATO*-Zugehörigkeit und Kapitalismus angeht. Die *SPD* hatte dieselben Ziele, aber - das war das Neue - jetzt per „Entspannungspolitik".

Parole: „Wandel durch Annäherung".

Ferner wollten die Sozis mehr Rechte für Frauen, eine Ausweitung des Sozial- und Wohlfahrtsstaates, die Einführung einer paritätischen Mitbestimmung in den Betrieben und mehr Demokratie in der gesamten Gesellschaft.

Klasse!

Diese Pläne bewegten den kleinen M dazu, sich zum ersten Mal näher mit Politik zu beschäftigen.

Besonders die angekündigte „neue Ostpolitik" war ein heißer Diskussionspunkt in der breiten Öffentlichkeit. Sollte man die Tatsache offiziell anerkennen, dass es eine Deutsche Demokratische Republik gab?

Man sollte, fand der kleine M, denn schon die offizielle Sprachregelung verriet, wie verquer der Versuch war, die Existenz der DDR zu leugnen: In den Nachrichten sprach man von „Deutschland", wenn nur die BRD gemeint war, aber man sprach auch dann von „Deutschland", wenn BRD und DDR gemeinsam gemeint waren. Die führenden westdeutschen Medien nannten das Nachbarland mit eigener Regierung, Gesetzgebung und Währung lange „Ostdeutschland" oder „Ostzone" oder auch nur „die Zone". Dort lebten die „Ostzonalen" oder, wenn´s emotional werden musste, „unsere Brüder und Schwestern im Osten".

Eine DDR gab es nicht.

Westdeutschland nahm sich nicht nur die Freiheit Gesamtdeutschland zu repräsentieren sondern drohte anderen Ländern mit wirtschaftlichen oder politischen Sanktionen, wenn sie die DDR als Staat anerkannten.

Die Befürworter der Entspannungspolitik hofften, dass mit ihr auch die militärische Lage entspannt werden konnte. Immerhin war die Bundesrepublik militärisch gar nicht zu verteidigen, sondern hätte als Grenzstaat zwischen Ost und West, gemeinsam mit der DDR, das Schlachtfeld zwischen *Warschauer Pakt* und *NATO* abgegeben, wenn es zum Krieg gekommen wäre.

Dennoch machten viele Meinungsmacher, wie der Verleger Axel Springer mit seinen Zeitungen, massiven Druck gegen die neuen Ideen. Springer brachte sein Meinungs-Imperium gegen den Mann in Stellung, mit dessen Namen sich die neue deutsche Politik verband: Willy Brandt. *Bild, Die Welt, Welt am Sonntag* und weitere von Springer beherrschten Redaktionen brachten dem Volk den Sozialdemokraten als Alkoholiker und als den Wehrmachts-Deserteur Herbert Frahm nahe.

Vergebens: Bei der Wahl 1969 wurde die *SPD* mit 42,7% der Stimmen stärkste Fraktion und erwählte sich die *FDP* (5,8%) zum Koalitionspartner.

Und dann legte Willy los.

Schon 1970 unterschrieb er den *Moskauer Vertrag über Gewaltverzicht und Unverletzlichkeit der bestehenden Grenzen* und verzichtete auf den Alleinvertretungsanspruch der Bundesrepublik für die beiden deutschen Staaten. „Unsere Nachbarn im Osten dürften sich jetzt deutlich wohler fühlen als mit unseren bisherigen Regierungen, die bereits wieder aufgerüstet und die BRD in die *NATO* integriert haben", hoffte der kleine M.

Noch im selben Jahr fuhr Brandt nach Warschau und unterschrieb dort den *Warschauer Vertrag*. Bei einer Kranzniederlegung am Mahnmal für die im Warschauer Ghetto gequälten und getöteten Jüdinnen und Juden ging Brandt auf die Knie, um seiner Scham für die Taten der Deutschen Ausdruck zu verleihen.

Die Springer-Blätter explodierten vor Empörung.

- Kaufhaus-Brandstifter Andreas Baader wird mit Waffengewalt aus der Haft befreit. Kopf dieser Aktion soll eine Journalistin sein: Ulrike Meinhof, die unter anderem für *konkret* schreibt.

Nanü?

„*konkret*, das ist doch die Zeitung mit den schönen halbnackten Mädchen", dachte der kleine M. „Hab´ ich doch ein paar von zuhause."

Er hatte die Hefte in der Besenkammer versteckt – damit seine Mutter nicht auf richtige Gedanken kam. Nach obiger Meldung tauchte er in besagte Kammer ab, um festzustellen, ob unter den Bekleideten eine Ulrike Meinhof zu finden war.

Sie war.

Er sah ihr ins kleingedruckte Schwarz-Weiß-Gesicht, das von einem langen Pony und dunklem schulterlangem Haar umrahmt war.

Hhm…

Das soll eine Gangsterbraut sein?

Er versuchte noch einmal einen ihrer Artikel zu lesen - ging aber immer noch nicht. Immer noch Dutschke-Sprache. Nix als „musse": Kapitalismus (damals *das* Unwort im westdeutschen Sprachgebrauch), Imperialismus, Faschismus und Gedankengänge, denen er nicht folgen konnte.

Trotzdem spannend einen Artikel von einer Frau im Haus zu haben, die in ganz Deutschland gesucht wurde.

Oswald Kolle

Oswald Kolle schrieb in den 1960er und 70er Jahren Aufklärungsserien für die Illustrierten *Quick* (ohne „*i*" am Ende!) und *Neue Revue*. Damit löste er in Westdeutschland eine Welle der sexuellen Aufklärung aus.

Seine Kinofilme, in denen man Menschen in allen Details, inklusive Querschnittgrafiken, beim Vögeln zusehen konnte, waren echte

Weltbeweger in der spießigen BRD. Bevor sein erster Film „Das Wunder der Liebe" für die Kinos freigegeben wurde, musste Kolle tagelang mit den Zensoren der "Freiwilligen Selbstkontrolle der Filmwirtschaft" (FSK) verhandeln. Dabei fiel unter anderem der denkwürdige Satz: „Herr Kolle, Sie wollen wohl die ganze Welt auf den Kopf stellen, jetzt soll sogar die Frau oben liegen!"

Niemand im Umfeld des kleinen M gab zu, dass er Kolle erregend fand - denn natüüürlich wussten die Jungs längst alles über Penitz und Vegina und konnten nicht zugeben, deshalb ins Kino zu gehen.

Meldungen aus 1969

- Nixon wird Präsident der USA.
- Die Amis schicken drei Astronauten zum Flug um den Mond. Die Sowjets koppeln erstmalig zwei Raumschiffe im Flug aneinander.
- Die Sowjets führen einen bewaffneten Grenzkonflikt mit China, dem anderen großen sozialistischen Staat.
- Gustav Heinemann wird Bundespräsident.
- In Israel wird eine Frau Regierungschefin: Golda Meir.
- Die Amis schicken ein Raumschiff zum Mond, koppeln eine Landefähre ab, nähern diese bis auf 15 Kilometer der Mondoberfläche, koppeln sie am Raumschiff wieder an und holen die Männer heil zurück.
- Die Sowjets schicken eine Rakete zur Venus, die dort weich landet und Daten übermittelt.
- Nach den Wahlerfolgen in Hessen, Bayern, Bremen, Rheinland-Pfalz, Niedersachsen und Schleswig-Holstein gewinnt die neonazistische *Nationaldemokratische Partei Deutschlands (NPD)*, bei der Landtagswahl in Baden-Württemberg 9,8% der abgegebenen Stimmen.
- Eine Reihe von nicht-sozialistischen Staaten erkennt die DDR als souveränes Land an, was in den rechten Teilen der politischen Kaste der BRD für heftige Aufregung sorgt.

1969 *keine* Meldung

- **Verabschiedung des Einführungsgesetzes zum Gesetz über Ordnungswidrigkeiten.**

In einem Gesetzespaket, das mit „Ordnungswidrigkeiten" scheinbar nur Bagatelldelikte behandelt, versteckte der gnadenlose Nazi-Staatsanwalt Eduard Dreher, der nun im Bundesjustizministerium arbeitete, einen Passus, der Mordtaten verjähren ließ, sofern sie politisch motiviert waren.

Das kam einer General-Amnestie aller Nazi-Mörder gleich. Viele Verfahren gegen sie wurden daraufhin eingestellt oder gar nicht erst eröffnet.

(Mehr in „Gegenrede, „2016: Neues zur Entnazifizierung", Seite 632)

Der Mond

Am 20. Juli 1969 war es endlich soweit. Die Menschheit saß mit offenen Mündern vor ihren Fernsehern und guckte dort in den Mond. Die Amis waren im Begriff den Wettlauf zu ihm zu gewinnen und damit ihre technische Überlegenheit gegenüber der Sowjetunion zu demonstrieren.

Ob es wirklich ein Wettlauf gewesen war, ist strittig.

Die Sowjets, die in der „Weltraumfahrt" bis dahin klar führend gewesen waren, hatten stets gesagt, es genüge Mess-Sonden auf andere Himmelskörper zu schicken, weil man mit deren Hilfe alle Informationen bekäme, die man brauche. Aber die Amis und die westlichen Medien wollten einen Wettlauf in Sachen Menschentransportraketen erlebt haben - und waren nun am Siegen:

Verschwommen sah der kleine M, im nun auch im Scheideweg vorhandenen Schwarz/Weiß-Fernseher, die Landefähre Richtung Mondoberfläche schweben. In einer mächtigen Staubwolke setzte sie auf. Stunden später hopsten, noch verschwommener, zwei irdische Mondmännchen im näheren Umkreis der Landefähre herum. Dann bauten sie Mess-Sonden auf und machten Freiübungen vor laufender Kamera. Das Wichtigste kam zum Schluss: Das Aufstellen der US-amerikanischen Flagge! Die Erdmännchen grüßten selbige nicht friedlich, sondern militärisch und hinterließen für weitere Besucherströme auf dem Mond eine Siliziumscheibe mit Botschaften aus 73 Ländern und Passagen aus Reden mehrerer US-Präsidenten …

Woodstock

Ein paar Kilometer unterhalb des Mondes trafen sich auf einer Wiese bei Woodstock (New York State) im selben Jahr etwa 400.000 Menschen zu einem Musik-Festival. Im Schlamm der verregneten Veranstaltung erlebten sie drei Tage lang eine anarchische Hippie-Welt aus Musik, Sex, Drogen, Anti-Vietnamkriegs-Songs und Solidarität. Seither steht „Woodstock" für die anderen USA, für eine Welt ohne Kriege und Rassendiskriminierung, für ein friedliches Miteinander, in gegenseitiger Achtung.

Dem kleinen M ging das Herz auf, als er das alles erfuhr.

Er sah sich den Woodstock-Film im Kino an.

Drei Mal.

Im *UFA-Palast* an der Grindelallee.

In *Cinemascope* - also auf einer 9 x 20 Meter großen Leinwand und sehr schön laut.

Der Büro-Hippie hat das Woodstock-Festival so tief in sich aufgenommen, dass er gefühlt dabei gewesen war …

Der *Werkkreis*

Im Radio hörte er, dass sich eine Gruppe gegründet habe, die es Menschen wie ihm ermöglichen wollte, sich literarisch zu verbreiten: der *Werkkreis Literatur der Arbeitswelt*. In ihm sollte man lernen können, wie man textet, seine Arbeiten zur Diskussion stellen und, wenn man Glück hatte, auch in Büchern veröffentlichen. Das klang reizvoll. Reden und schreiben gehörten zu den wenigen Fähigkeiten, die sich der kleine M zu Gute hielt. Und er hatte schon oft den Drang verspürt Dinge schriftlich zu verarbeiten, die er erlebte und dachte.

Die Hamburger Gruppe des bundesweiten *Werkkreises* traf sich im Gewerkschaftshaus am Besenbinderhof. In einem erschreckend schmucklosen Zimmer saßen etwa zwölf Personen um ein paar im

Rechteck aufgestellte Tische. Die meisten schienen älter als der kleine M, manche sogar schon recht betagt. Sie blickten ihn erstaunt an als er, wie überall etwas zu spät, den Raum betrat. Und schon gab es das erste Erfolgserlebnis! Sie fanden es sehr toll und mutig von ihm, dort allein anzutreten und mitmachen zu wollen. Das fand er dann auch und war sehr zufrieden mit seiner Heldentat.

Knapp zwei Jahre dauerte seine literarische Karriere, die allerdings nicht so recht in Schwung kommen wollte. Es gab merkwürdige Spannungen in der Gruppe, die er sich nicht erklären konnte. Einerseits saßen dort ein paar nette Menschen, die sich ihren Kopf auf Papier zerbrachen, andererseits war da ein Ralf Dinkel, der die Gruppe auf unangenehme Art dominierte, obwohl er selbst keine besonders bemerkenswerten Texte einbrachte. Alle rieben sich an Ralf, der den lokalen Oberzensor spielte, obwohl es dafür eigentlich ein zentrales Lektorat gab, das in Bremen saß.

Der kleine M bekam engeren Kontakt zu einem Hans Beyer. Dieser erhielt schnell den königlichen Zusatz „der I.“, weil der kleine M schon bald darauf einen Hans Baier kennenlernen sollte, der sich zwar mit ai schrieb, aber akustisch nicht unterscheidbar war und demnach den Zusatz „der II.“ bekommen sollte. Hans Beyer I. war schon länger im Werkkreis und sowas von belesen, dass dem kleinen M ganz schwindelig wurde, wenn Hans zu jedem Thema aus zwei oder drei Büchern verschiedener Gehirnakrobaten zitierte.

Neben dem nicht so angenehmen Ralf und dem netten Alleswisser Hans tauchte gelegentlich ein Herr auf, der in der Gruppe scheinbar gut bekannt war: Carl Wüsthoff. Er schrieb an dem Buch „Der rote Großvater erzählt“. Carl war ein alter Mann von geringer Körpergröße, hellwach, warmherzig, humorvoll und angefüllt mit einer unglaublichen Lebenserfahrung und entsprechender innerer Ruhe. Mancher Abend ging literaturlos drauf, weil jemand Carl eine Frage stellte, die er mit sehr bildhaften Geschichten beantwortete.

Unvergesslich ist dem kleinen M der Bericht, wie Carl und seine Kollegen in der Zeit der großen Inflation um 1930 ihren Millionen-Lohn bar ausgezahlt bekamen und damit im Sprint zum Fabrikzaun rannten, durch den ihre Frauen bereits die Hände gestreckt hielten.

Wie bei einer Staffelholz-Übergabe drückten die Männer den Frauen den Lohn in die Hand, die damit dann ihrerseits so schnell wie möglich zum Einkaufen eilten. Die Entwertung des Geldes ging so rasant, dass die Gefahr bestand, dass man für den Lohn, den man gerade erhalten hatte, in kurzer Zeit kaum noch etwas kaufen konnte.

Am meisten bewunderte der kleine M jedoch, wie unsentimental Carl Wüsthoff über all die üblen Erfahrungen in seinem Leben sprach, die er als Kommunist hatte machen müssen. Für ihn schien es der erwartbare Preis zu sein, dass man mit seiner politischen Haltung in einem kapitalistischen Staat diskriminiert, verfolgt, eingesperrt, ausgegrenzt und immerfort benachteiligt wird.

Von anderen Leuten hörte der kleine M viel Gejammer und Gestöhne über die unvermeidlichen Widrigkeiten des Lebens. Allen voran von seiner Mutter. Sie jammerte Jahr um Jahr, dass sie ihre Mutter zu früh verloren habe, dass Tante Gretel ihr kein Mutterersatz sein könne, dass der Erzeuger des kleinen M ein Schwein sei und dass sie Zank mit der einen oder anderen Arbeitskollegin habe.

Carl sprach ohne wahrnehmbare Gefühlsregungen von existenzbedrohender Not, von lebensgefährlichen Widerstands-Aktionen gegen das Nazi-Regime und von seiner Zeit im KZ.

Der kleine M fand den kleinen Opa ganz groß.

Eines Abends erwähnte Carl am Rande, dass seine Genossinnen und Genossen direkt nach Gründung der demokratischen (!) Bundesrepublik Deutschland Berufsverbote auferlegt bekamen, dass dann ein Parteiverbot gegen die *KPD* beantragt und 1956 vollzogen worden war, und dass man viele Kommunistinnen und Kommunisten wieder, wie in der Nazi-Zeit, in Gefängnisse gesteckt hatte.

Der kleine M glaubte nicht richtig verstanden zu haben: „Wie? Wer hat was verboten und wen ins Gefängnis gesteckt?"

„Na, 1933 hatten die Nazis doch unsere *KPD* verboten. 1945 waren wir wieder da und bekamen bei Landtagswahlen zwischen 5 und 11,5 Prozent der Stimmen. Adenauer hat dann bereits 1951 ein erneutes *KPD*-Verbot beantragt, das 1956 umgesetzt wurde und bis heute Gültigkeit hat."

„Die haben die einzige Partei, die geschlossen Widerstand gegen Hitler geleistet hatte, gleich nach dem Krieg wieder verboten?“, fragte der kleine M ungläubig. Er hatte über den Widerstand, der schon lange vor Staufenberg aktiv war, einiges von Beyer I. erfahren. „Die Partei, die viele Leute verloren hatte, weil sie aufgrund ihrer politischen Haltung und ihres Widerstands ermordet worden waren, die Partei, von deren Mitgliedern viele im KZ gesessen hatten und zum Teil gefoltert worden waren??!“

Er guckte fassungslos.

Ihm schien das eine himmelschreiende Ungerechtigkeit zu sein und er spürte eine große Verbundenheit mit Carl, der das alles als zugehörig zu seinem politischen Leben zu betrachten schien.

Sein Herz, das sich aus unschuldiger Hippie-Schwebe gerade sozialdemokratisierte, rückte ein gutes Stück nach links.

Kommunisten

Beyer I. freute sich an dem politischen Interesse des kleinen M und lud ihn zu sich ein. Es gab Tee (!), einen Tisch, ein paar Stühle und sonst nur vollgestopfte Bücherregale rundum. Man plauschte über dies und das und kam auf Ralf Dinkel zu sprechen. Der kleine M erfuhr, dass der *Werkkreis* in Gefahr war von der *DKP* instrumentalisiert zu werden.

DKP? Hatte er noch nie gehört.

Beyer I. erklärte ihm, dass das die *Deutsche Kommunistische Partei,* die Nachfolgeorganisation der verbotenen *KPD* sei, und zwar eine, die höchstwahrscheinlich „von Drüben“ gesteuert würde. Er, Hans, hätte die Information bekommen, dass Ralf Dinkel ein Agent der DDR sei.

Das war für den kleinem M, wie für die meisten Westdeutschen, so ziemlich das Gruseligste, das die sich damals vorstellen konnten: Einen Agenten der DDR!

Beyer I. fand es im Zuge des Ost /West-Konflikts ganz normal, dass es auf beiden Seiten Agenten gab. Schlimm fand er, dass Ralf

Dinkel seiner Meinung nach nur solche Texte ans Lektorat weiterleitete, die in seine politische Weltsicht passten.

„Wieso machst du unter diesen Bedingungen denn noch mit im *Werkkreis*?", fragte der kleine M.

„Weil nicht ich wegmuss, sondern die Strukturen, die es Ralf ermöglichen so zu handeln, wie er es tut."

„Äh, jetzt bin ich verwirrt. Einerseits findest du, dass Kommunisten ungerecht behandelt werden und andererseits verurteilst du einen von ihnen, weil er seine Weltsicht durchsetzen will?"

„Genau. Die BRD nimmt für sich in Anspruch ein demokratischer Staat zu sein und verbietet gleich zu Beginn mal die einzige Partei, die eine andere Welt will, als die vom Großkapital dominierte.

Das finde ich undemokratisch.

Ralf benutzt seine Stellung als Leiter unserer Literaturgruppe ebenfalls, um andere Meinungen auf subtile Art und Weise unterzubuttern. Das ist auch undemokratisch – und ich bin für Demokratie auf allen Ebenen."

„Aber Kommunisten sind doch grundsätzlich gegen Demokratie ..."

„Das ist Propaganda", unterbrach ihn Beyer I. „Es gibt viele Formen von Demokratie, die hier herrschende ‚repräsentative' ist nur eine davon. Ich finde die Analysen von Marx und Engels schlüssig und bin überzeugt, dass der Kapitalismus die Menschen durch Hunger, Kriege und Ausbeutung der Natur von der Erde tilgen wird, wenn wir ihn nicht überwinden können, deshalb bin ich Anti-Kapitalist und stehe den Kommunisten näher als beispielsweise der SPD."

Der kleine M verstummte.

Nicht nur wegen der für ihn nur schwer nachvollziehbaren Antwort, sondern auch, weil er zum ersten Mal vor einem Menschen saß, der Kommunisten nicht mit Angst und Schrecken begegnete. Beyer I. nahm Kommunisten als Menschen mit einer bestimmten politischen Ansicht wahr – aber erstmal als Menschen! Als ganz normale Menschen, die sich teilweise vorbildlich und teilweise übel verhielten.

Das hatte der kleine M noch nie erlebt.

Oder?? ... doch: bei sich selbst - mit Carl Wüsthoff.

Meldungen aus 1970

- Grauenhafte Fotos aus dem Vietnam-Krieg gehen um die Welt. In Washington (USA) protestieren 250 000 Leute gegen den Krieg.
- Die USA weiten ihren Krieg in Indochina auf das Gebiet Kambodschas aus.
- Willy Brandt trifft in Erfurt als erster Kanzler der Bundesrepublik mit Willy Stoph zusammen, dem Vorsitzenden des Ministerrates der Deutschen Demokratischen Republik. Bürger der DDR bereiten dem West-Willy einen begeisterten Empfang.
- Mitglieder der Baader-Meinhof-Gruppe, oder *Rote Armee Fraktion (RAF)*, wie sie sich selber nennen, haben Zeit in einem militärischen Ausbildungslager der Palästinenser zugebracht. Sie sind in die Bundesrepublik zurückgekehrt, um „den Kampf für die Armen, Rechtlosen und Bombardierten der Welt" als „Stadtguerilla" in die Metropolen zu tragen.

Schlagerproblematik

Dem kleinen M war scheinbar ein besonders guter Text gelungen. Beyer I. bescheinigte ihm „stellenweise brechtsche Qualitäten" - und wenn der Hans das sagte ...

Der kleine M trug das Werk im *Werkkreis* vor. Viele fanden es gut - außer Ralf Dinkel. Er wurde überstimmt und der erste Text des kleinen M verließ die Gruppe angeblich in Richtung Lektorat. Dort schmorte er dann so lange, dass der Jung-Autor annahm, dass man ihn verloren hatte.

Aber nach Monaten, kam doch noch eine Antwort: Abgelehnt!

Der Text sei nicht schlecht, aber so, wie in ihm argumentiert werde, dürfe man nicht argumentieren.

Hä?

Was war das denn für eine Begründung zur Ablehnung eines literarischen Textes?

Hatte das kommunistische Komplott wieder zugeschlagen?

Der kleine M war frustriert.

Ohne weitere Ambitionen eigene Texte zu verfassen, ging er noch eine Weile zu den *Werkkreis*-Abenden. Dort tauchte ein paar Mal ein Hermann Peter Piwitt auf, der etwas über professionelles Schreiben erzählte – und öfter kamen auch mal Musiker, die händeringend anspruchsvolle, singbare, deutschsprachige Texte suchten.

Gab es aber nicht beim *Werkkreis*.

Unteren anderen zog Frank Hartmann von der Gruppe *Wandsbek* mit dieser Erkenntnis enttäuscht wieder ab. Schade, dachte der kleine M hinterher, man hätte es ja einfach mal versuchen können.

Als dann Andreas Weinstock von *Poprirock* bei ihnen saß, war er mutiger: „Ich könnte es ja mal versuchen." Sie verabredeten sich zu einem Auftritt seiner Band in der *Fabrik*. Der kleine M war schwer beeindruckt von dem Konzert. Das war eine richtig gute Band. Und der Hammer war: Ihre Sängerin hatte bereits einen echten Hit im Radio. Der kleine M wähnte sich ganz dicht davor, Texter der professionellen Popszene zu werden.

Nie mehr makeln, nur noch krakeln?

Klar war er bereit zu schreiben! Gibt es Themen, die bei der Band besonders gefragt sind?

Das Fernziel, erklärte ihm Weinstock, sei eine Art Pop-Oper in der die Hintergründe zur *Bild*-Schlagzeile „Mutter tötet ihre drei eigenen Kinder!" aufgezeigt werden sollten: „Keine Mutter tötet ihre Kinder aus Sadismus. Es ist immer Verzweiflung. Wir wollen zeigen, welche Lebensumstände die Frau zu dieser Tat gezwungen haben."

Das zu verpoppen fand der kleine M als Einstiegsauftrag unmöglich.

Weinstock auch.

Es sei ja auch nur das Fernziel. Erstmal sollte der kleine M einfach mal anfangen ein paar engagierte Songtexte zu machen.

Er machte.

Weinstock machte Verbesserungsvorschläge.

Die machten die Texte besser.

Weinstock machte freundliche Noch-Weiter-Verbesserungsvorschläge.

Die machten die Texte noch besser.

Weinstock war glücklich!

Leider meinte die bereits erfolgreiche Sängerin, sie müsse Angst um ihren Plattenvertrag haben, wenn sie sowas singen würde, der kleine M solle etwas Politik rausnehmen.

Er nahm raus.

Weinstock machte freundliche Noch-Rausser-Vorschläge.

Der kleine M nahm noch rausser.

Dann kam es raus:

Die Sängerin erklärte, sie würde auch keine anpolitisierten Texte singen – das sei einfach zu gefährlich für ihre berufliche Laufbahn.

Ja, die Meinungsfreiheit ist ein hohes Gut, wenn das Volk gelernt hat sich selbst zu zensieren.

Baier II. und Siebert der Einzige

Obwohl die Schmilinskystraße direkt zur Alster führt, war es eine dunkle Gasse mit alten farblosen Häusern. In einem von ihnen wohnte Hans Baier II., Student. Knapp 1 Meter 70 groß, athletisch mit einem schlanken Gesicht, das von einem dichten Büschel kleiner, natur-roter „Afro"-Locken eingerahmt war. Unter der Nase wurde es von einem mächtigen Schnauzer der gleichen Farbe „verziert". Die lustigen Augen blinzelten durch eine Brille mit kreisrunden Gläsern, wie man sie damals tragen musste, wenn man als intellektuell erkannt werden wollte.

Der kleine M hatte ihn bei *Schlottke* kennengelernt, wo Baier II. in seinen Semesterferien gejobbt hatte. Sie verabredeten sich mit Benn Olschewski zum Musikmachen; der kleine M an Stimme und Bongos, Benn am Bass und Baier II. an der Klampfe. Er meinte: „Kommt doch zu mir, da stört es keinen, wenn wir üben."

Das dunkle muffig riechende Treppenhaus war schwach beleuchtet und die Holzstufen knarzten unter jedem Schritt. Es war auf den ersten Blick zu erkennen, dass hier die ganz große Freiheit zu Hause war: keine spießige Reinlichkeit, aufgebogene Metallbriefkästen mit politischen Aufklebern, die sich an den Haustüren fortsetzten. Statt gravierter oder emaillierter Namensschilder waren handgeschriebene Zettel lieblos an die Tür gebatscht.

Deutlich zu unkonventionell für den jungen Mann aus dem gebohnerten Treppenhaus des Scheidewegs.

Bei Baier/ Siebert drückte er auf den Klingelknopf.

Es passierte nichts.

Nach angemessener Wartezeit klingelte er noch einmal.

„Ja, ja", kam es genervt aus der Wohnung, so nach dem Motto: Nur keine falsche Hast.

Baier II. öffnete die Tür einen Spalt und sein mürrisches Gesicht verzog sich zu einem freundlichen Grinsen indem sein Schnauzer links und rechts der Nase jeweils um zwei Zentimeter nach oben flutsche, als er sah, wer davorstand.

„Moment", sagte er und begann kräftig an der Tür zu ziehen, um sie weiter zu öffnen. Das gelang nicht. „Warte mal!" Die Tür ging wieder zu. Man hörte es rappeln, begleitet von einem leisen Fluchen. Dann ging die Tür so weit auf, dass der kleine M über einen Gebirgs-Ausläufer schmutziger Wäsche in den Flur stelzen konnte.

„Hallo", grinste Baier II. und zeigte auf den riesigen Haufen Hemden, Hosen, Unterhosen und Socken, in dem er bis zu den Knien versunken war: „Wir haben länger nicht gewaschen".

„Macht doch nix", versuchte der kleine M sich in lässig.

„Bin grad am Kochen", meinte Baier II., der jetzt eigentlich zum Musikmachen verabredet war. Er verschwand durch eine offenstehende Tür: „Wenn du willst, kannst du was mitessen." Der kleine M folgte in die Küche und betrat ein Inferno, gegen das der Wäschehaufen hinter der Haustür wie vom Ordnungsamt wirkte. „Musst dir ´n Löffel abwaschen", sagte der Gastgeber und zeigte auf eine Spüle, die 53,2 Zentimeter hoch mit Geschirr vollgestapelt war, das sich untrennbar mit den darauf befindlichen Essensresten vereinigt hatte. „Leider haben wir kein heißes Wasser".

Und der kleine M hatte leider keinen Appetit.

Baier II. schaufelte sich eine Ladung Pasta auf einen Teller und ging löffelnd in den Flur. Am Ende des langen Schlauches stieß er eine angelehnte Tür mit dem Fuß auf und grunzte emotionslos „Essen is fertich". Als er zurückkam, sah er in das fragende Gesicht des kleinen M. „Da wohnt Steffen Siebert", klärte er auf, „der kann ganz toll zeichnen".

„Kannst reinkommen!" rief Steffen, der das Lob gehört hatte.

Das sollte wohl dem kleinen M gelten.

Der guckte in das Zimmer, in dem ein Mann Mitte 20 tief gebeugt über einer Arbeitsplatte saß, die mit Zetteln übersäht war. „Ich mach´ grad ´n Comic", erklärte er. „Versuche gerade Tarzan und Jane beim Bumsen zu zeichnen. Hier..." er zeigte einladend auf das Papier vor sich. Tarzan reckte dem kleinen M seinen nackten Hintern entgegen und hatte seinen Piephahn in Janes Möse. War wirklich lecker gezeichnet und passte voll in die Zeit des Bemühens um allgemeine Entspießung.

Steffen begann sofort die gesamte Story des Heftes zu erzählen, wobei er leicht hektisch in seinem Zettelkram suchte, um hin und wieder eine fertige Illustration zu finden, die den Gang der Geschichte bebilderte.

Entbeatelt

The Beatles lösten ihre Band auf.

Der kleine M hörte es mit Gelassenheit.

Klar war das eine schlechte Nachricht, denn diese Band hatte ihm seine Lebensmelodie eingeblasen, aber die war längst um viele Nebentöne bereichert geworden.

Er hatte die frühen raueren *Beatles* von *With the Beatles, A Hard Day´s Night* oder *Beatles for sale* besonders gemocht, aber die Jungs waren immer lieblicher geworden. Je mehr die Medien *Sergant Pepper* und womöglich *Yesterday* feierten, desto weniger waren es seine *Beatles*. Die *Rolling Stones* hatten ein paar gute Songs, die *Kinks* und zwölftausendreihundertundsieben andere Künstlerinnen und Künstler jener Jahre. Sein neuer großer Hero unangepassten Seins und Musizierens war Jimi Hendrix.

Lissi 1970

„Junge, du bist erst 19 Jahre alt, noch nicht einmal volljährig" (was man damals erst mit 21 wurde) „und schon willst du ausziehen und deine Mutter verlassen! Ich bin damit nicht einverstanden. Du bist viel zu jung …".

Sie weinte.

Er packte.

Norderstedt zum Ersten

1970 kam der kleine M ins dritte Lehrjahr und verdiente 360,- D-Mark monatlich. Zusammen mit den 1.300,- D-Mark von Beate war das genug Geld, um sich statt der Liebeslaube eine eigene Miet-Wohnung leisten zu können. Sollte man denken. Aber wenn in den beliebten Stadtteilen Hamburgs eine bezahlbare Bleibe angeboten wurde, standen 30 bis 50 Leute im Treppenhaus. Da musste man schon richtig viel Geld haben, um beim Makler überzeugend zu wirken - zu viel für die Verhältnisse unserer Beiden. Und so packten sie die Gelegenheit beim Schopfe, als einer der Kollegen von *Schlottke* umziehen wollte, und übernahmen dessen Wohnung für rund 500,- D-Mark warm.

In Norderstedt.

Was heißt „Norderstedt"?!

Sie lag am nördlichsten Ende der just neu gegründeten Stadt, in der Ulzburger Straße 691, kurz vor dem Norderpol! Dort standen mitten im verbreiteten Wenig bis Nichts zwei dreigeschossige Rotklinker-Mietshäuser. Außer dem unbedingten Wunsch endlich zusammen zu wohnen, gab es keinen, aber auch nicht den geringsten Grund, warum man damals da hinziehen sollte.

Sie zogen trotzdem.

Und machten es sich richtig fein.

Nett und ordentlich.

Als sie sich fertig eingerichtet hatten, stand der kleine M oft mit leerem Blick und schwerem Herzen am rückwärtigen Fenster der adretten Dachwohnung und guckte über ein großes Kornfeld, in dessen Mitte ein Umspannwerk stand. Die Überlandkabel des Werks liefen direkt über die Wohnung. In der Stille der Nord-Norderstedter Nächte hörte man sie knistern und singen.

Schweinerei

Beate hatte in der Hamburger Innenstadt zwei Meerschweinchen gekauft. Der kleine M hatte sie während der U-Bahn-Fahrt gen Norderstedt auf dem Schoß, in einem Käfig unter einer Decke. Wenn die Bahn mal schlingerte, spürte er, wie die Schweinchen auf dem Streu, das den vollkommen glatten Plastikboden des Käfigs bedeckte, hin und her rutschten. An der damaligen Endstation Garstedt hieß es dann umsteigen in ein Gefährt der *AKN*, einen alten rostbraunen Schienenbus, der von dort durch ganz Norderstedt bis nach Kaltenkirchen ratterte.

Die beiden setzten sich in die hinterste Reihe und sprachen beruhigend auf die Decke ein, unter der ihre neuen Hausgenossinnen auf das Reiseende hofften.

Zischend schlossen sich die Türen der Museums-Bahn und langsam polterte sie in die dunkle Norderstedter Winternacht. Mit zunehmender Geschwindigkeit schwankte das Gefährt immer heftiger nach links und rechts. Auf müde Menschen konnte das ganz belebend wirken, auf Meerschweinchen mit Streu auf spielglattem Plastik wirkte es traumatisch. Die Tierchen verloren jeglichen Halt und schossen von links nach rechts. Der kleine M hob den Stall von seinem Schoß hoch und versuchte mit den Armen die Querschläge der Bahn auszugleichen. Was ihm leider nicht gelang. Also zurück auf den Schoß. Links, rechts, links, rechts. Die Meer- wurden zu Luftschweinchen und begannen zu hüpfen wie die Flöhe.

Es kam dem kleinen M wie eine Ewigkeit vor, bis der Fahrer nach 15 oder 20 Minuten die obligatorische Frage durch den Waggon rief: „Haslohfurt-Kampmoor, jemand aussteigen?"

„Wir!", rief Beate als Einzige.

Sie waren immer die Einzigen.

Niemand wollte Haslohfurt-Kampmoor aussteigen, schon gar nicht bei Dunkelheit.

Quietschend hielt der Zug an einer schummrigen Laterne. Sie stiegen auf die paar Betonplatten, die eine Art Bahnsteig symbolisierten. Der Zug ratterte wieder los und unsere Beiden standen mit ihren Hüpf-Schweinchen mitten im finsteren Walde. Auf einer teilweise geteerten Geisterbahn mussten sie dann etwa fünf Minuten zwischen zahlreichen Pfützen Richtung Ulzburger Straße Slalom laufen. Der Weg war nur schwach beleuchtet. Aus dem Wald gab es eine Menge Geräusche, die man aus Hamburg nicht kannte und die die Fantasie des kleinen M auf ungute Weise beflügelten.

Zu seiner Erleichterung erreichten sie auch diesmal die „Ulze" ohne von Wegelagerern überfallen oder von herrenlosen Kampfhunden zerfleischt worden zu sein. Jetzt waren es nur noch fünf Minuten entlang der Straße, die dank einiger Einzelhäuser schon einen Hauch zivilisatorischer Sicherheit vermittelte.

Wieder hatte er eine Abenteuerfahrt heil überstanden.

Er jedenfalls.

Und seine Beate auch.

Nur die Tierchen ...

Das junge Paar blickte voller Mitgefühl auf die zoologischen Raritäten, mit denen sie die nächsten Jahre verbringen würden: Die ersten Norderstedter Spring-Schweinchen derer zu Haslohfurth und Kampmoor.

Meldungen, die er 1971 las

- Erich Honecker wird in der Nachfolge Walter Ulbrichts Erster Sekretär der SED.
- Drei sowjetische Kosmonauten sterben nach neuen „Langzeit-Rekorden im All" beim Landeanflug zur Erde.
- **Bombenanschlag auf das Axel-Springer-Gebäude mit 17 Verletzten.**

VerRAFft?

Nach den Informationen des kleinen M (*konkret?*) hatte der Anschlag auf das Springer-Verlagshaus innerhalb der *RAF* zu großen Auseinandersetzungen geführt, weil Anschläge auf unbeteiligte Zivilpersonen eigentlich nur von rechten Gruppen ausgeführt werden. Terroristen, die sich als „links" verstehen, greifen Führungspersonen oder Institutionen des bekämpften Regimes an, aber nicht „einfache Menschen". Die Attentäter*innen behaupteten, dass sie den Anschlag früh genug in Springers Telefonzentrale angekündigt hätten, damit das Gebäude noch geräumt werden konnte. Das sei aber nicht erfolgt.

- Bombenanschlag auf das V. US-Korp in Frankfurt/Main = 13 Verletzte, 1 Toter - Bombenanschlag auf die Polizeidirektion Augsburg = 5 Verletzte - Autobombe vor dem LKA München = Sachschaden - Autobomben vor dem Europahauptquartier der US-Armee = 3 Tote, 5 Verletzte - Anschlag auf den Wagen eines Bundesrichters, dessen Frau schwer verletzt wird.
- Thomas Weisbecker, aus der *Bewegung 2. Juni* (benannt nach dem Tag des Todes von Benno Ohnesorg auf einer Anti-Schah-Demo) wird von der Polizei erschossen.
- **Die größte Fahndung in der Geschichte der BRD setzt ein: Wo sind die *RAF*-Mitglieder?**

Die Bevölkerung wurde durch die Art der Fahndung und der Berichterstattung in Angst und Schrecken versetzt. Die Regierenden nutzten die Gelegenheit, um demokratische und anwaltliche Rechte weiter ab- und den Repressionsapparat weiter aufzubauen.

Nicht nur für die Zeit der Fahndung, sondern lieber schon mal für ewig.

Musterung

„Das Ende der Lehrzeit lachte und die Bundeswehrmacht streckte ihre amtlichen Klauen nach mir aus", erzählte der kleine M gern. Er war wehrpflichtig, wie fast alle jungen Männer. Schon immer mussten die männlichen Untertanen für die Mächtigen in den Krieg ziehen. Das war in Deutschland nicht anders, auch nicht kurz nach zwei verlorenen Weltkriegen. Aber für den kleinen M war eines sicher: Niemals würde er zum Barras gehen!

Dabei standen ethische Bedenken hinten an. Ganz vorne stand die Angst Beate könnte ihm von der Fahne gehen, wenn er zur Fahne ginge.

Ganz schlimm war aber auch das Wissen so lange geschleift zu werden, dass man sich nach links dreht, wenn es brüllend verlangt wird. Auch die Vorstellung, sich nachts aus dem Bett pfeifen zu lassen um in regenfettem Schlamm unter ein 40 Zentimeter hohes Stacheldrahtdach zu kriechen, wann immer das jemandem in den Sinn kommt, machte ihn crazy. Vor Leuten strammstehen, weil die sich ihre Würde hatten abtrainieren lassen und das von ihm auch verlangten?

Das war das hundertprozentige Gegenteil von Woodstock.

Undenkbar!

Bei Widerspruch Knast?

Wahnsinn!

Aber es war ja Demokratie, da durfte man den Wehrdienst verweigern.

Es blieb einer Prüfungs-Kommission überlassen, ob sie die jeweiligen Verweigerungsgründe akzeptierte oder nicht. Für einen positiven Bescheid musste man eine „Gewissensentscheidung" ins Feld führen können. Viele junge Männer verfügten nicht über die rhetorischen Fähigkeiten, die man beim mündlichen Verhör brauchte, um den Wehrdienst abzulehnen. Sie mussten gegen ihren Willen zum Barras, denn so eine „Gewissensprüfungskommission“ war mit Leuten aus Politik, Verwaltung und Kirchen besetzt, unter dem Vorsitz - und nun kommt es - eines Menschen vom örtlich zuständigen Kreiswehrersatzamt, das dem Verteidigungsministerium unterstand! Objektiver konnte man das Gewissen nicht prüfen.

Politisch begründete Verweigerungen waren nicht zulässig.

Läppische Ausreden wie „Ich kann nicht auf andere Menschen schießen“, hatten die Kommissäre in den mündlichen Verfahren zu oft gehört. Sie entwarfen dann im Gegenzug eine Situation, wie zum Beispiel diese:

„Stellen Sie sich vor, Sie sind mit Ihrer Freundin nachts im Park. Drei große starke junge Männer kommen auf Sie zu und Ihnen wird klar: Die wollen meine Freundin vergewaltigen.

Zum Glück haben Sie eine Pistole bei sich.

Zwei der Drei zerren Ihre Freundin ins Gebüsch und beginnen ihr die Kleidung vom Körper zu reißen. Einer hält Sie mit einem Baseball-Schläger in Schach. Wenn Sie den mit Ihrer Pistole unschädlich machen könnten, würden Sie das nicht tun?“

Gern hätte der kleine M zu Beginn eines solchen Verfahrens gefragt „Wäre es nicht logischer nach dem Gewissen eines Menschen zu forschen, der sich zu einem Dienst in einer staatlichen Tötungsorganisation meldet? Womöglich freiwillig?“

Das wäre sehr falsch gewesen!

Soldaten des eigenen Landes töten nicht, sie verteidigen ihre Heimat! In Jugoslawien, in Afghanistan, im Mittelmeer vor Libyen, in der Ägäis vor Libanon/Zypern, in Syrien/ Irak, in Jordanien, in Mali, in Somalia und Marokko.

Unsere Soldaten sind überall die Guten.

Sie kämpfen immer gegen die Bösen.

Selbst wenn bei den Bösen, die „unsere Soldaten“ in deren Land beschießen, Menschen zu Tode kommen, wäre das deshalb kein

Töten, sondern nur das Herbeiführen von Sicherheit. Darum ist es auch verboten, Soldaten „Mörder" zu nennen.

Der kleine M wusste, dass er nicht so argumentieren durfte, fürchtete aber, es könnte aus ihm herausbrechen und deshalb traute er sich das mündliche Verfahren nicht zu.

Er ging stattdessen ganz normal zur Musterung und machte auf krank.

„Migräne" war eine seiner Behauptungen, die weder durch röntgen noch sonstwie widerlegt werden konnten. Und die Sache mit der Migräne war noch nicht mal gelogen. Er hatte die „Familienkrankheit" geerbt, bei der man durch eine verspannte Nackenmuskulatur Kopfschmerzen bis zum Erbrechen zu bekommt. Nicht so oft wie bei den Musterungen angegeben, aber oft genug, um die Zustände sehr genau beschreiben zu können.

Nach langen Monaten von Untersuchungen, Einberufungsbefehlen, Widersprüchen und mehreren Gutachten kam die erlösende Nachricht: „Tauglich II". Sie bescheinigte damals baldiges Ableben (Scherz!) und befähigte nicht einmal zum Zivildienst.

Niemand soll müssen müssen

Da sich der kleine M im Laufe seiner langen Bundeswehrmachts-Migräne mit der anderen Hirnhälfte auch immer schon mit einer normalen „Verweigerung" beschäftigt hatte, die sein nächster Schritt gewesen wäre, wusste er in dieser Frage gut Bescheid. Es ging darum, in der schriftlichen Verweigerung, die der mündlichen Verhandlung voran ging, keine Punkte zu bieten, an denen die Kommission in der mündlichen Verhandlung einhaken konnte. Das Ding musste so aalglatt sein, dass die mündliche Verhandlung bei null beginnen musste, dann bestanden die besten Chancen das Verfahren gedanklich zu überblicken und rhetorisch zu bestehen.

Gern setzte er eine Zeitlang entsprechende Briefe für Freunde und Bekannte auf, die ihre Verweigerung allesamt erfolgreich durchbekamen.

Karriere-Knick

Die Lehre war im April 1971 beendet. Es folgten weder Wehr- noch Zivildienst. Der kleine M wurde einfach echter Angestellter mit 1.500,- DM Bruttogehalt.

Er begann in der West-Afrika-Abteilung.

Sie bestand, wie fast alle anderen Abteilungen auch, aus vier zu einem großen Block zusammengeschobenen Schreibtischen. Oben links saß der „Fahrtgebietsleiter". Er war ein normaler Angestellter, ohne Personalvollmacht, aber mit etwas mehr Gehalt als die anderen am Block. Ihm gegenüber saß der „stellvertretende Fahrtgebietsleiter". Sein „Titel" war nichts als ein Namens-Ungetüm, das ihn verpflichtete, nicht zeitgleich mit dem Fahrtgebietsleiter Urlaub zu machen. Neben dem Stellvertreter saß die „Tippse" und der gegenüber saß ein Lehrling oder (im Fall des kleinen M) neuerdings ein Jung-Sachbearbeiter, der einige deutliche D-Mark weniger kassierte als der Stellvertretende.

Es ergab sich aber, dass der Stellvertreter zu einer anderen Firma wechselte.

Das war die große Aufstiegs-Chance für den kleinen M!

Dachte der Prokurist des Stockwerks.

Er bestellte den Jung-Sachbearbeiter in seinen Glaskasten am Ende des Raumes und eröffnete ihm das Angebot, den Platz als stellvertretender Fahrgebietsleiter der West-Afrika-Abteilung einnehmen zu können. Voraussetzung: Haare runter, Krawatte an.

Was für ein Angebot an einen Herzens-Hippie!

Er sollte die Statussymbole seiner Weltanschauung opfern, um von Karl Arsch zu Karl-Heinz Arsch befördert zu werden?

„Nö", sagte er trocken, „dann behalten Sie ihren Stellvertretenden man für sich. Ich bleibe, wo ich bin."

„Dann kann es auch keine Gehaltserhöhung geben", spielte der Prokurist süffisant seinen vermeintlich großen Trumpf aus.

„Die können Sie auch gern für sich behalten."

Pinneberg

Beates Eltern wollten ihr schönes großes Haus am Pinneberger Hofweg nicht mehr bewohnen und suchten nach Mietern. Wenn den kleinen M die Demenz nicht trog, wollten sie 1.000 D-Mark pro Monat haben. Für ein großes Einzelhaus!

Er kam Beate gegenüber sofort ins Schwärmen: „Mensch, das wär´ doch was: Leben in einer Wohnung, die einem sicher nicht gekündigt wird. Als Wohngemeinschaft! Zweitens könnten wir die 1000 D-Mark durch die Bewohneranzahl teilen, hätten also geringe Mietkosten. Und: Man könnte neue Lebensformen ausprobieren, wie die Studenten! Und: So laut Musik hören wie man möchte. Bitte bitte Beate, klemm dich dahinter!"

Beate war von der Aussicht auf neue Lebensformen nicht sehr begeistert. Sie mochte die alten, aber sie mochte auch nicht als spießig und als Spielverderberin gelten und so zogen sie im Frühjahr 1971 in das Haus am Hofweg ein. Zu viert: Beate und der kleine M, sowie ein befreundetes Paar bestehend aus Christine und Jürgen.

Der kleine M war begeistert! Die Hütte war riesengroß und hatte einen kleinen Garten vor der Küche. Man konnte die Lautsprecher voll aufdrehen, ohne, dass es irgendwo klopfte. Herrlich! Er bastelte für sich und Beate ein selbst entworfenes zwei mal zwei Meter großes Bett aus Spanplatten, die man neuerdings in einem der aufkommenden Baumärkte passend zusägen lassen konnte. Für den Gemeinschaftsraum schuf er ein riesiges Spanplatten-Ecksofa, mit einer Polsterung aus Matratzen, die von den Damen zur optischen Aufmöbelung mit Segeltuch bespannt wurden.

Viele Jahre später wurde bekannt, dass die damaligen Spanholzplatten gesundheitsschädliche Ausdünstungen hatten und der kleine M erinnerte sich an die stechenden Kopfschmerzen, die er im kleinen Schlafzimmer oft bekommen hatte, das fast ausschließlich aus dem Spanplatten-Bett bestand.

Die eierschalenfarbige Küche wurde zeitgemäß grasgrün gestrichen und orange abgesetzt.

Die ersten Norderstedter Spring-Schweinchen derer zu Haslohfurth und Kampmoor erhielten samt Nachwuchs einen selbstgebauten Stall auf dem Küchenfußboden. Offen und ganz nach dem Motto: Freiheit für die Viecher! Sie eierten viel über den glatten Fliesenboden der Küche, der ihnen nur mäßig Halt bot. Besonders lustig war es, wenn sie gerade auf Tour waren und Kater Willy kam in die Küche. Dann kriegten die Hüpfer die Panik und strebten eiligst ihrem Stall entgegen. Was nicht sehr zügig gelang, denn sie ratterten mit ihren Krallen auf dem glatten Boden erstmal im Leerlauf, bevor sie Fahrt aufnahmen. Wie ein Auto, das auf eisiger Fahrbahn zügig anfahren soll. Kater Willy stupste die allmählich in Fahrt kommenden Schweinchen gern mit einer Pfote am Hintern an, sodass sie wie driftende Rallye-Wagen hinten vom direkten Weg wegschlidderten und nur mit noch wilderen Leerlaufbewegungen mühsam wieder auf Kurs Richtung Stalleingang kamen.

Über all dem hoppelte Erna, ein Tier, das sie als Zwergkaninchen erworben hatten, das den „Zwerg" aber schon bald abgelegt hatte. Sie durfte sich, wie Willy, im ganzen Haus frei bewegen und marschierte besonders gern durch den Abwasch in der Küche, der zum Trocknen auf der Arbeitsplatte stand. Dabei kippte ein Glas nach dem anderen in Zeitlupe erst um und dann zu Boden.

Eines Morgens ging WG-Genosse Jürgen in die Küche, um das Frühstück zu machen. Stattdessen machte er einen schrillen Schrei, der so schrill war, dass die drei anderen herbeigerannt kamen:

„Was ist los, Jürgen?!"

Er zeigte wortlos in Richtung Herd.

„Hä?!" Es war nichts zu sehen.

„Dahinter!", er deutete hinter den Herd.

Da sah der kleine M, was passiert war: Die inzwischen fünf Meerschweinchen waren gemeinsam hinter den Herd gekrabbelt, hatten also Körperkontakt zueinander gehabt und mindestens eines hatte das Starkstromkabel angenagt. Sie lagen platt wie Fellpfannkuchen nebeneinander: Massensuizid!

Neue Lebensform

Der kleine M freute sich an der neuen Gemeinschaft. Er konnte es gar nicht gemeinsam genug haben. Was wollen wir heute essen?

Wo wollen wir heute hin? Oder wollen wir heute spielen? „Wir“, das waren immer alle Vier.

Doch Beate fand das Ge-wir-e vollkommen übertrieben und gar nicht schön. Eher nervig. Und so wurde eine angeblich alternative Lebensform bald zu „zwei Paaren in getrennten Räumen unter einem Dach“, mit gemeinsamer Küchen- und Badbenutzung.

Trotzdem bot diese Zeit eine gute Erfahrung, die der kleine M immer gern erinnern sollte: Die gemeinsamen Gespräche. Bei beiden Paaren gab es Konfliktsituationen - und zwar die üblichen: Ordnung, Hausreinigung, Abwasch und so weiter. Die ließen sich zu viert viel besser lösen als zu zweit, weil man angesichts des anderen Paares vorsichtiger und ehrlicher miteinander redete.

Neue Liebesform

Ein besonders wichtiges Thema, das der Gefühlt-Hippie gern mit den Mitbewohnern besprach, war die Treue.

Beziehungsweise: Die Untreue.

Oder, wie der kleine M es hippie-mäßig nannte: Die freie Liebe.

Sie war blieb ein Thema, das ihn sein Leben lang begleiten sollte.

Für ihn stand immer außer Frage, dass die freie Liebe ein wichtiger Meilenstein auf dem Wege zum emanzipierten Menschen ist: Weg mit der Ehe und her mit der Freiheit, dass Jede und Jeder jederzeit lieben kann, wen er oder sie will. Das würde, wenn alle ökonomisch eigenständig sein könnten, Millionen aus den Beziehungs-Knästen befreien, in denen sie vor ihren bunten Bildschirmen versauern, weil sie sich nichts mehr zu geben haben.

Eine allseits mit Freuden gelebte freie Liebe, davon blieb der kleine M immer überzeugt, würde in Stadt, Land und Welt zu Beziehungen neuer Qualität führen. Das Paarleben, wenn es das dann noch gäbe, würde nur so lange halten, wie es gegenseitig als bereichernd erlebt wird. Dann könnte sich die Partnerschaft ohne Verletzungen, Hass oder Rachegefühle in neue Zusammenhänge auflösen, die den aktuellen Bedürfnissen der ehemaligen Partner wieder ganz und gar entsprächen.

Der Kummer von der oder dem Verlassenen wäre nicht sehr groß, denn man hätte schon lange offen darüber gesprochen, dass die Beziehung nicht mehr die ist, die man sich wünscht. Es gäbe also keine heimlich vorbereitete einseitige Trennung, sondern das Paar hätte versucht sich das Leben wieder schön zu machen und dann festgestellt: Wir haben uns (vorerst?) auseinandergelebt.

Ein moderner junger Mann

Lissi besaß keinen Führerschein. Zum Thema eigenes Fahrzeug sagte sie immer: „Auto fängt mit ‚Au' an und hört mit ‚o' auf. So´n Ding ist viel zu teuer, da fahre ich dann lieber mal Taxi." Hingegen ermahnte sie ihren Sohn im Jahre 1971: „Wenn man 20 Jahre alt ist, braucht man einen Führerschein!"

„Was soll ich mit einem Führerschein? Ich hab kein Auto und ich brauche auch keins!"

„Jeder moderne junge Mann braucht einen Führerschein."

„Ich nicht."

„Junge, bitte. Ich bezahl das auch."

„Darum geht´s doch nicht."

„Ich weiß, ich zahl aber trotzdem, weil es mir wichtig ist."

„Na gut, wenn´s dich denn glücklich macht ..."

Die Kosten waren überschaubar: 340 Mark für Theorie und Praxis.

Plus Brille.

Der Sehtest hatte trotz aller Täuschungsversuche ergeben, dass der kleine M eine Brille tragen musste.

Ein altersschwacher VW-Käfer, der dann bald folgte, war auch nicht viel teurer als der Führerschein. Er wurde mit Lackfarbe in schwarz, gelb, rot bepinselt und kurz vor der ersten Urlaubsfahrt nach Frankreich von drei seiner vier Kolben gefressen.

Speisekarte 1970 bis 1979

Beate 66 (Rindfleisch Shop Suey), Lissi 99 (Garnelen süß-sauer) und kleine M nahm gern die 24 (zweimal gebratenes Schweinefleisch). Er hatte „fürs Ausgehen" die neumodischen China-Restaurants entdeckt. Für Lissi gleich mit. Die anfangs fürchterlich skeptisch war („Die essen Hunde!") und dann kaum noch etwas anderes zu sich nahm.

Im Gegensatz zum kleinen M:

Im Großen Burstah hatte ein „Imbiss" aufgemacht. So etwas kannten die Damen und Herren der *Schlottke GmbH* nicht. Und das, was es dort zu essen gab, auch nicht: Currywurst. Sowas Geiles! Alle aßen mittags nur noch „Curry mit Pommes rot/weiß" oder, man soll sich ja nicht einseitig ernähren, Schaschlik mit Pommes rot/weiß.

Zuhause hatte sich der kleine M auf Gulasch spezialisiert. Er würzte es oft so scharf, dass Beate und er es als Einzige zu sich nehmen konnten. Viele Besucherinnen und Besucher machten sich lieber ein Brot. Zu beidem servierte er gern *Zigeunerglut*, einen Rotwein, den er zuvor per Heizung auf knapp 30 Grad erhitzt hatte, weil er sich auskannte: „Rotwein trinkt man temperiert!"

Wolfgang Hastig

Er hatte sich telefonisch angekündigt. Von Andreas Weinstock habe er gehört, dass der kleine M texten könne und wolle mal vorbeikommen.

In der Tür stand ein knapp 1 Meter 70 kurzer schlanker Typ mit schulterlangen strohblonden Haaren, großporiger Gesichtshaut und mächtig ausladenden Nasenflügeln. Unter den fast unsichtbaren Brauen guckten zwei kleine wache Augen lustig in die Welt. Mit ihm kam seine um einen Kopf kleinere schwarzhaarige Freundin Gisela. Sie trug einen zu großen und zu feinen schwarzen Fellmantel, vermutlich ein Erbstück. War damals hipp: Sperrmüllmöbel in der Stube, gebrauchte Soldaten-Parkas am Herrn (gern mit dem Friedenszeichen bemalt) und Omas Pelzmäntel an der Lady.

Die beiden plumpsten auf das Spanplatten-Matratzen-Segeltuch-Sofa im Gemeinschaftsraum: „Mensch, ich muss mich erstmal setzen", war Wolfgangs erster Satz nach der Begrüßung, „wir haben gerade gefickt wie die Blöden!" Gisela ließ sich neben ihn fallen und stöhnte: „So ein geiler Fick. Ich bin total kaputt."

Nachdem das also geklärt war, kam Wolfgang zum Thema:

„Wir brauchen Texte, politische, du weißt schon. Nicht zu verkniffen." Der kleine M versprach, sich an solchen Texten zu versuchen. „Und dann brauchen wir noch einen Waschbrettspieler. Kannst du Waschbrett spielen?"

„Waschbrett? Ich kann Waschmaschine."

Wolfgang erklärte, wie leicht das sei: „Du brauchst nur ein paar Fingerhüte, ein Waschbrett und ´n büsch´n Rhythmusgefühl. Hast du Rhythmusgefühl?"

„Hab ich."

„Okay, wir besorgen dir ein Waschbrett und du kaufst dir Fingerhüte. Wir proben immer dienstags. Wär gut, wenn du gleich einsteigen würdest, wir haben nämlich in zehn Tagen einen großen Auftritt im Curio-Haus."

„Im Curio-Haus?", der kleine M war platt, da gingen ziemlich viele Menschen rein.

„Ja, is´ ne *DKP*-Veranstaltung, bei denen haben wir neulich im CCH auf dem Parteitag gespielt, vor über 1.000 Leuten! Ich hab ´n Tonband mitgebracht. Musst mal hören, war echt der Hammer! Bist du auch in der Partei?"

„Nee ..."

„Macht nix - oder spielst du da nicht?"

„Äh... also erstmal möchte ich ausprobieren, ob ich das mit dem Waschbrett überhaupt hinkriege und wenn ihr damit glücklich sein solltet, würde ich wohl auch bei der *DKP* waschen, warum nicht?" Die Lehrstunden von Beyer I. taten ihre Wirkung.

Offene Partnerschaften

„Wenn mit Beate keine hippie-mäßige Großfamilie, keine Kommune 17 möglich ist, dann will ich wenigstens freie Liebe für Zweierbeziehungen", dachte sich der kleine M als Beitrag zu seiner persönlichen Weltverbesserung. Geschworene Treue, vor allem das Einklagen von geschworener Treue, sei der Anfang vom Ende einer lebendigen Liebe, davon blieb er immer überzeugt: „Liebe lebt von Freiwilligkeit, Freiheit und Austausch, nicht von Treueversprechen, die man sich irgendwann mal gegeben hat und eines Tages einlösen will oder muss."

„Jahaha, mein Lieber, das könnte dir so passen!" kam von nahezu jeder Frau, der er von seinen Träumen erzählte. Ihnen erschien diese Idee wie das reine Männerparadies.

Aber der kleine M glaubte, dass offene Beziehungen gerade auch für Frauen ein großer Gewinn wären:

„Meines Wissens sind sowohl Männer als auch Frauen im Baukasten der Natur so angelegt, dass sie durch wechselnde Beziehungen möglichst viele und dadurch auch möglichst viele gesunde Kinder zeugen können. Männer können diese Konditionierung auch unter heutigen Bedingungen recht bequem ausleben, Millionen Geliebte und Prostituierte sind Zeuginnen. Frauen können das nicht so ohne weiteres. Die ‚Reinheit der Frau' hängt in den von Männern ersonnen gesellschaftlichen Normen immer noch ganz hoch.

Wie viele Frauen stecken in Ehen fest, die längst klinisch tot sind?

Warum halten sie es aus, dass sich die ‚unsterbliche Liebe' des Partners nach erfolgreicher Besteigung von ihnen ab und den beruflichen Zielen und sonstigen Verlockungen des Lebens zuwendet?

Warum bleiben sie bei einem Mann, mit dem sich das Leben so ganz anders entwickelt als einst erhofft? Einem Mann, den sie in ihrer Sehnsucht nach Nähe und Aufmerksamkeit womöglich versuchen umzubauen - wogegen der sich dann wehrt?

Oder den sie nicht versuchen umzubauen, sondern die Entbehrung von Zuwendung und Nähe einfach auf sich nehmen?

In einer Gesellschaft mit offenen Beziehungen hätte jede Frau immer einen Menschen zur Seite, der aktuell genau bei ihr sein will und den sie aktuell für besonders liebenswert hält.

Natürlich ist die finanzielle Unabhängigkeit immer Voraussetzung für ein gleichberechtigtes freies Leben."

Moni

Moni, die Schwester von Christine, der Mitbewohnerin in der Pinneberger WG, senkte bei ihrem Abschied aus dem Hofweg einen bedeutungsvollen Blick in die Augen des kleinen M: „Ich möchte dich gern einmal alleine treffen. Ich bin noch vier Wochen in Hamburg."

Ach du Schreck,

Schock, freu, weiche Knie.

Moni schien eigentlich unerreichbar.

Sie lebte in West-Berlin!

Das war etwas ganz anderes als das vergleichsweise piffige Hamburg geschweige denn Pinneberg!

Und: Moni lebte dort mit Chris.

Sie war mit ihm nach Berlin gezogen, damit er nicht zur Bundeswehrmacht musste. Junge Männer, die nach West-Berlin zogen, waren von der Wehrpflicht befreit. Chris studierte dort an der berühmten *Freien Universität (FU)*. Und zwar nicht Petersilienkunde, sondern Marxismus! Das war in den Ohren des kleinen M was ganz was Hohes. Die Werke von Karl Marx waren für einfache Leute einfach nicht zu verstehen, soviel hatte der kleine M von Marx schon mitbekommen – und Chris studierte diesen Kram!

Wieso bohrte dessen Freundin nun ihn, den kleinen Schiffsmakler aus Pinneberg, an?

War sie, oder womöglich sogar das Paar, auch auf dem Trip der freien Liebe?

Moni war noch schöner als ihre schöne Schwester Christine. Ein paar Zentimeter größer, so bei 1 Meter 72, mit einem fein geschnittenen ovalen Gesicht, dessen durchsichtige Haut fast etwas zu glatt war. Mandelförmige Augen, wasserblau. Mit vollen rosa Lippen. Die strohblonden Haare hingen ihr bis über die Schultern. Der Statur nach war sie ihrer Schwester recht ähnlich: schlank aber nicht mager und an den, für den Mann nicht unbedeutenden Stellen, mit auffällig großen, traumhaft geformten, äußerst wackelarmen Rundungen. Der kleine M konnte das gut beurteilen, weil beide Schwestern unter ihren Männerhemden keinen BH trugen - wie so viele junge Frauen im Zuge der neu aufblühenden Emanzipationsbewegung.

Wie sollte er mit diesem verlockenden Angebot umgehen? Es könnte der Einstieg in die Art Liebesleben sein, die er so nachdrücklich als die einzig wahre verkündete.

Sollte er es Beate sagen, falls er Moni anruft?

Eine offene Beziehung würde das natürlich voraussetzen.

Aber vielleicht würde es ja gar nicht zu dem kommen, was er sich bereits ausmalte.

Und wenn doch?

Könnte er gegenüber Beate ehrlich sein?

Und wäre er den Erwartungen überhaupt gewachsen, die Moni mit ihrem „Super-Chrissi" vielleicht in ihn setzte?

Sie strahlte das volle Selbstbewusstsein aus, von dem ihm 42,6 Prozent fehlten.

Nee, er rief sie lieber nicht an. Vorgestern nicht, gestern nicht und heute lieber auch nicht.

Limmelimmelimm!

Ahnungslos hob er den Hörer ab: „Hej, Moni hier! Wie sieht´s aus?"

Schreck, schlotter, freu: „Gut sieht´s aus, ähhh ..., wo treffen wir uns?"

Tags darauf machten sie einen Spaziergang um die Außenalster. Das Gespräch diente unausgesprochen der Versicherung, dass sie sich tatsächlich so nah waren, wie sie schon bei den Treffen in der Pinneberger WG geahnt hatten.

Baier II. war auf dem Sprung seine Semesterferien bei seiner Freundin in Heidelberg zu verbringen. Sein Zimmer stand also wochenlang leer. Der kleine M fragte ihn, ob er sich in der Zeit mit Moni dort treffen könne. Das war kein Problem. Die Schlüsselübergabe erfolgte prompt. Die Bude sah zwar immer noch ähnlich verwarzt aus wie beim ersten Besuch des kleinen M, aber Moni war hart gesotten. In vielen Berliner WGs sah es sicher ähnlich aus – und überhaupt: Wenn die Hose brennt, ist das Auge gnädig.

Sie trafen und sie liebten sich. Liebten?

Sie vögelten.

Wie die Erdhörnchen – falls die vögeln.

Der kleine M war damals noch recht unerfahren in der Bedienung der weiblichen Einrichtungen, aber es schien der Schönen trotzdem gut zu gefallen. Er hatte etwas, wofür er gar nichts konnte, was aber allen Damen angenehm auffiel, mit denen er es im Laufe des Lebens näher zu tun bekam: Er nahm sie ganzheitlich wahr, mit Haut und Herz. Er wollte, auch beim Sex, der ganzen Frau begegnen und nicht nur ihrer Muschi. Ihm fehlte im Bett der konzentrierte Ernst des bulligen Rammlers und er zelebrierte vorher auch nicht das klebrige Schmachten bei Kerzenschein, Rotwein und Kuschel-Rock. Es gelang ihm oft, eine Begegnung in Leichtigkeit schweben zu lassen. Das mögen viele Girls.

Beichte

Das erste Treffen mit Moni war heimlich geschehen, wie es sich für offene Beziehungen gehört. (Scherz!) Doch anschließend fühlte sich der kleine M durch die Begeisterung der außerordentlichen Frau, Partnerin eines außerordentlichen Mannes, innerlich so stark, dass er beschloss Beate zwar nicht seine Gefühle, aber wenigstens die Fakten zu beichten.

„Du willst beichten?", fragte sie und riss ihre großen braunen Augen noch weiter auf, die sofort leicht feucht wurden.

„Ja..."

„Ist was mit Christine?" – Das war ihre größte Sorge, weil sie mit der schließlich unter einem Dach lebten.

„Nein!", gab der kleine M erleichtert Auskunft, denn nun hatte er die Hoffnung, es würde sie nicht so hart treffen: „Es ist was mit ihrer Schwester, mit Moni."

„Mit Moni, dieser aufschneiderischen Kuh?! Findest du die etwa gut?"

„Ja, was heißt gut? Ich habe mit ihr geschlafen."

„Waaas?!!" Die feuchten Augen begannen in dicken Tränen zu schwimmen. „Mit deeer hast du gepennt?!"

„Ja... und ich will es wieder tun."

„Nein!"

„Doch."

Sie heulten und schrien, beschimpften sich, umarmten sich, belogen sich und sagten sich manch bittere Wahrheit.

Es wurde eine große Machtprobe.

Beate wollte sein jeweils nächstes Treffen mit Moni unbedingt verhindern - er wollte es unbedingt durchsetzen.

Sie saß missmutig in der Ecke und gab ihm zu verstehen, dass er für ihr Glück verantwortlich sei. Er gab sein Bestes um das wahr zu machen – aber zu Moni ging er auch.

Die Machtverhältnisse kippten.

Bisher war Beate die welterfahrene Großverdienerin, der er nicht das Wasser reichen konnte. Nun war er plötzlich derjenige, der entschied ob und wie das Zusammenleben fortbestehen würde.

Dabei spürte er von vorn herein, dass er mit Moni keine Partnerschaft eingehen konnte. Er hatte Angst vor ihr. Vor ihrer Selbstsicherheit. Vor dem wahrscheinlich so viel bunteren Leben, das sie lebte. Er fürchtete, dass sie es mit ihrem Studenten in Berlin letztlich doch viel interessanter finden würde als mit einem Schiffsmakler in Pinneberg.

Nach allem was er gehört hatte nahm er an, dass in Berlin die Zustände herrschten, die er für Beziehungen in Pinneberg so gern proklamierte: Möglichst wenig Verbindlichkeit, möglichst viel Offenheit und null Sicherheit.

Das mit einer Frau zu leben, die er kaum kannte, dazu womöglich noch in einer fremden Stadt ?? Da wurde der ganz große Freiheits-Theoretiker zum sehr kleinen M.

Durch die DDR

Moni war zurück in ihrer Heim-WG. Beim kleinen M wuchs die Verzweiflung darüber, dass er sich nicht von ihr lösen konnte. Er begann ein Leben zwischen dem Hofweg in Pinneberg und der Martin-Luther-Straße in West-Berlin.

Vor der ersten Fahrt durch die DDR gab es die Warnungen der Auskenner: „Die Grenzer sind Kotzbrocken, die nur schikanieren wollen." „Die nehmen einem das ganze Auto auseinander." „Wenn du in der Zone zu schnell fährst, kannst du ganz schnell im Knast landen, erst recht, wenn du von der offiziellen Transitroute abweichst."

Entsprechend mulmig fuhr er zur Grenzstation hinter Lauenburg und stellte sich bei einer der vier langen Warteschlangen an. Die vorderen Fahrzeuge standen neben grauen, trostlosen Grenzerhäuschen, die unter einem riesigen grauen Wellblechdach standen, zwischen denen grau uniformierte Grenzer in betont gemächlichem Tempo Papiere hin und her trugen. Der kleine M versuchte sich den grauen Grenzübergang an einem schönen Sommertag vorzustellen und nicht, wie jetzt, an einem schummrigen nieseligen Dezembernachmittag. Viel schöner wurde er dadurch nicht.

Nach etwa einer Stunde Wartezeit blaffte ein Grenzer in sein Fenster: „Die Papiere!"

Er gab ihm, was er vorher sorgfältig bereitgelegt hatte und sah, dass seine Dokumente in ein weinrotes Etui gesteckt wurden. Weinrot nicht grau! Fiel ihm angenehm auf. Das Etui landete auf einem grau überdachten Schmalspur-Förderband und rumpelte in Richtung einer der grauen Baracken. Der Blaffer befahl ihm die Rückbank hoch- und den Kofferraum aufzuklappen. Brav, und möglichst ohne etwas falsch zu machen, folgte er den Anweisungen. Schlechtes Gefühl mit einem Fuß im Knast zu sein. Ein Kollege des Blaffers guckte mit einem Spiegel wortlos unter das Auto.

Der kleine M hockte sich wieder hinters Steuer und wartete auf Starterlaubnis.

Die kam aber nicht.

Links von ihm fuhren zwei Wagen los, die ihre Papiere eindeutig später abgegeben hatten.

War was?

Rechts von ihm fuhr ein Wagen ab, der ebenfalls später an der Abfertigung eingetroffen war.

Hä?

Er schickte einen vorsichtigen Blick zum Blaffer. In dessen Gesicht war nichts als eine Mischung aus Amtsarroganz und Amtsmüdigkeit zu lesen.

Der kleine M versuchte sich zu entspannen. Schließlich hatte er der DDR nichts getan und auch nicht vor, ihr etwas anzutun. Was konnte eigentlich passieren?

Ein weinrotes Etui mit Papieren kam auf dem Förderband zurückgerumpelt. Der Wagen hinter ihm fuhr in die inzwischen herrschende Dunkelheit - auf nieselnasser Straße.

„Machen Sie mal das rechte Ohr frei“, quakte der Blaffer unerwartet in sein Fenster.

„Das ist mit ein bisschen Aufwand verbunden“, sagte der kleine M lächelnd, denn erstens war rechts die vom Grenzer abgewandte Seite, so dass er sich hinterm Lenkrad erst in die richtige Vorzeigehaltung hüsern musste - und zweitens störte die Menge seiner schulterlangen Haare, die er trotz Brille hinters Ohr bringen sollte. Beides gelang letztlich.

„In Ordnung!“

Er meinte so etwas wie ein leichtes Grinsen im grauen Gesicht des Beamten bemerkt zu haben. „Gute Fahrt“, wünschte der dann auch noch in sachlichem Ton, und der kleine M knatterte in ein schlecht beleuchtetes Land. Ängstlich hielt er Verkehrsschilder und Tacho im Auge. Und die Wegweiser „Transit“ natürlich.

Der Straßenbelag war nicht ganz so schlecht, wie man es ihm angekündigt hatte; etwa so wie 2015 im Westen, also mit jeder Menge fieser Schlaglöcher in der Teerdecke. Streckenweise war dann überraschend gepflastert, was insbesondere das Fahren in einigen Ortschaften heikel machte. Feucht schimmerte dort rutschiges Kopfsteinpflaster in scharfen Kurven und ungewohnter Finsternis. Es gab nur ein paar funzelige Straßenlaternen, keine Leuchtreklame und die grauen Häuserwände reflektierten nichts von seinen teelichthellen Scheinwerfern.

„Bloß keinen Bums bauen", hämmerte es in seinem Kopf, wenn er vorsichtig um eine der 90-Grad-Kurven holperte.

In manchen Orten standen Jugendliche an der Straße und sahen dem Treck der Durchreisenden zu. Selbst bei Nacht und Niesel war zu erkennen, dass die *Beatles* und die Flower-Powers hier nicht angekommen waren: Kurze Haare und spießige Anoraks. Und irgendwie standen die Leute auch altmodisch: Ein Stück vom Kantstein entfernt, kerzengerade und immer einzeln wirkend, auch wenn es eine Gruppe war. Keiner hatte die Hand um die Schulter eines anderen gelegt, niemand hockte auf einem Straßengeländer oder saß auf dem Kantstein. Sie sahen brav aus, die jungen Leute, die der kleine M mehr als Schattenrisse sah.

„Was geht einem wohl durch den Kopf, wenn man so dicht an Menschen aus der anderen Welt steht und sie doch nicht erreichen kann?", fragte er sich. „All die West-Wagen rumpeln hier Tag und Nacht durch. Ob die DDRler neidisch auf westdeutsche Prunkkarossen sind? Oder glauben sie an die Ziele ihres Systems und amüsieren sich innerlich über die autogläubigen Wessis?"

Nach gut drei mulmigen Stunden tauchte das gleiche Modell Grenzstation auf, das er bereits von der Einreise kannte. Hier gab es allerdings ein überraschendes „Schmuckstück": Hoch oben auf einem etwa sechs Meter hohen Betonsockel wurde ein Panzer angestrahlt, ein Panzer mit rotem Stern.

„Merkwürdig", dachte der kleine M, „wie kann man einem Panzer ein Denkmal bauen?" Er hatte halt noch keine Ahnung.

Durchbeißen

Beate begann in die Betten anderer Männer zu steigen, um bei der neuen Lebensform nicht abgehängt zu werden. Offen besprachen sie, wie es ihnen mit den jeweils anderen Partnerinnen und Partnern erging.

Offen?

Sie wollten sich nicht mehr zu verletzen, als unvermeidbar war. Ihre neuen Bett-Partnerinnen und Partner versuchten sie als „auch nicht gerade das Nonplusultra" zu schildern und sich damit die Hoffnung zu bewahren, dass ihre Beziehung die freie Liebe aushalten würde.

Dabei haben sie mehr geweint als gelacht, mehr gelitten als genossen, mehr Angst als Freiheit verspürt.

Es ist halt schwierig, gegen den Strom zu leben - gegen den Strom, der einen selbst geprägt hat und weiterhin durchfließt.

Neue Töne

Der kleine M hatte mit Wolfgang Hastig und seinen Skiffle-Boys vor dem Auftritt im Curio-Haus genau zwei Mal geprobt. Er konnte rhythmisch am Waschbrett kratzen und den einen oder anderen Refrain mitsingen.

Der große Saal war voller Menschen. Sie hatten den ganzen Tag diskutiert. Hastig und seine Band *Wandsbek* waren offenbar als Abschluss-Höhepunkt geplant. Die Jungs betraten die Bühne und wurden mit herzlichem Applaus begrüßt - offenbar war die Kapelle vielen im Raum schon bekannt, nur das Waschbrett war eine neue Attraktion, die grinsend zur Kenntnis genommen wurde.

Die *Wandsbeker* sangen zwei, drei Lieder und kamen dann zu dem Smash-Hit, von dem Hastig schon erzählt hatte. Refrain: „Uns schocken da nicht mehr die 5 Prozent, die *DKP* muss rein ins Parlament!" Oha, ... Das Publikum sang und klatschte den Refrain freundlich mit. Am Ende des Liedes großer Jubel. Einige zeigten auf den kleinen M und sein Waschbrett und hielten den Daumen nach oben.

Dann standen alle im Saal auf und die *Wandsbeker* stimmten Lieder an, von denen der kleine M noch nie einen Ton gehört hatte. Sie klangen finster entschlossen: „Auf, auf zum Kampf zum Kampf - zum Kampf sind wir geboren!" Uhi! Das war harte Kost für einen Herzens-Hippie.

Alle sangen - nur er nicht.

Das war insofern unangenehm, als er als einer von etwa zehn Personen auf der Bühne stand, auf die alle Augen gerichtet waren - und als Einziger weder Text noch Melodie kannte.

Er versuchte sich hinter Hastig unsichtbar zu machen.

Der schmetterte: „Es steht ein Mann, ein Mann, so fest wie eine Eiche, vielleicht ist er schon morgen eine Leiche, wie es so vielen Freiheitskämpfern geht." Hilfe, dachte der kleine M, wie martialisch!! Wie unlocker. Hier ist aber gar kein Hauch von Hippie-Feeling zu spüren.

Der Anführer der Veranstaltung sagte ein paar Abschiedsworte, alle im Saal reckten die geballte rechte Faust zur Decke und sangen: „Völker hört die Signale, auf zum letzten Gefecht ..."

Meldungen aus 1972

- Viele Gründungsmitglieder der *RAF* werden verhaftet: Andreas Baader, Holger Meins, Jan-Carl Raspe; Gudrun Ensslin; Brigitte Mohnhaupt und Bernhard Braun; Ulrike Meinhof und Gerhard Müller; Klaus Jünschke und Irmgard Möller. Katharina Hammerschmidt stellt sich der Polizei.
- Eine Gruppe radikaler Palästinenser nimmt während der Olympischen Spiele in München elf israelische Sportler als Geiseln, von denen zwei sofort erschossen werden. Die Palästinenser verlangen unter anderem die Freilassung von Andreas Baader und Ulrike Meinhof. Bei einem Versuch der Münchner Polizei, die Geiseln zu befreien, sterben die verbliebenen neun Sportler, sowie ein Polizist und fünf Terroristen.

Das Foto

Der Vietnamkrieg tobte weiter. Hunderttausende US-amerikanischer Soldaten waren inzwischen in dem kleinen Land. Täglich meldeten die bundesdeutschen Medien die angeblichen Verlustzahlen beider Seiten. Wer die niedrigeren Verluste hatte, war wohl Tagessieger. Die Völker der Welt wussten, dass die USA mit furchtbaren Waffen kämpften, mit Flammenwerfern, Entlaubungsgiften und Napalmbomben. Man hörte von haarsträubenden Massakern, zum Beispiel in My Lai. Es gab in den USA und überall auf der Welt riesige Demonstrationen gegen das Gemetzel - aber der Krieg ging unvermindert weiter.

Bis das Foto um die Welt ging.

Ein Farbfoto.

In Deutschland erschien es 1972 auf der Titelseite der damals viel beachteten Illustrierten *Stern*: Ein nacktes Mädchen von etwa 12 Jahren, das mit verbrannter Haut und angstverzerrtem Gesicht vor explodierenden Napalm-Bomben davonrennt.

Der kleine M blieb immer überzeugt, dass dieses Foto letztlich zum Kriegsende beigetragen hat. Dieses Foto konnten die Amis nicht mehr umlügen.

Fotografien

Der kleine M ist sicher, dass die beschriebene Fotografie und seine Wirkung die Ursache dafür sind, dass kriegführende Staaten solche Bilder nicht mehr dulden. Die US-„Berichterstattung" wurde nach und nach soweit pervertiert, dass „embedded journalists", also „Journalisten", die in den Panzern der Angreifer mitfahren und ihre Fotos und Berichte von den Militärs absegnen lassen müssen, bevor sie als „Information" in die Welt gehen.

Erst das Internet und die Smartphones, die etwa seit der Jahrtausendwende in vielen Händen sind, ermöglichen es wieder, auch unzensierte Fotos zu verbreiten.

Die „Reise nach Jerusalem" in Pinneberg

In der kleinen Pinneberger Wohngemeinschaft erfasste die Idee der offenen Beziehungen auch das zweite Paar im Hause. Christine hatte sich den Gitarerro Baier II. für neue sexuelle Erfahrungen erwählt und ihr Jürgen musste würgen. Er trennte sich von ihr und zog aus. Kurz darauf packte auch Christine selbst ihre Sachen. Sie hatte nach Jürgen auch Baier II. hinter sich gelassen und zog nun zu ihrer neuesten Liebe Joachim.

Dafür buchte sich eine Christa ein, die große Liebe vom Lehrlingskollegen Benn Olschewski. Aber sie kam ohne ihn, denn auch sie war auf der Suche nach ihrem Glück inzwischen auf einen neuen Galan gestoßen: Tobias! Der von nun an mehr im Hofweg als in seiner eigenen Wohnung leben sollte.

Sie arbeiteten beide für den *Marxistischen Studentenbund MSB*-Spartakus, einer *DKP*-nahen Organisation an Westdeutschen Unis. Und zwar Tag und Nacht. Allerdings: Die Hamburger Uni lag nicht in Pinneberg und so stellte sich ziemlich bald heraus, dass Schleswig-Holstein nicht der ideale Schlafplatz für die beiden war. Sie rollen ihren Flokati zusammen und zogen nach Altona.

Daraufhin zog Beyer I. ein, den der kleine M beim *Werkkreis Literatur der Arbeitswelt* kennengelernt hatte. Ohne Frau und ohne Flokati, aber mit Unmengen an Büchern. Von denen er die meisten auch gelesen hatte. Im Gegensatz zu seinen Vorgängern hatte er sich gerade von niemandem getrennt, weil er seit Jahren nur mit seinen Büchern lebte.

Entsprechend viel hatte er zu erzählen.

Was Beate und der kleine M genossen.

Er beantwortete all die politischen Fragen, die sie ihm stellten. Die drängendsten betrafen die *Deutsche Kommunistische Partei*, die dem kleinen M ja nun schon auf verschiedenen Wegen begegnet war. Und die DDR. Zu beiden finsteren Mächten hatte der kleine M die Verkündigungen der West-Propaganda übernommen: Er hielt sie für Demokratie- und Menschenfeindlich. Außer den Leuten aus *DKP* und *MSB*, denen er schon persönlich begegnet war.

Der Radikalenerlass

Willy Brandt hatte Vieles angekündigt, unter anderem „Wir wollen mehr Demokratie wagen".

Seine *SPD/FDP*-Koalition profilierte sich durch die medial intensiv begleitete Ostpolitik, die unter anderem darin bestand, außenpolitisch offen mit Kommunistinnen und Kommunisten des sozialistischen Blocks zu reden. Die *CDU/ CSU* machte es sich deshalb zur großen Sorge, auch innenpolitisch könnten Leute anfangen „Linksradikale" als normale Gesellschaftsmitglieder zu betrachten. Sie warnte PR-mächtig vor einer roten Unterwanderung: „Keine Extremisten in den Öffentlichen Dienst".

Die Parteispitze der *SPD* fand es nötig zu dokumentieren, dass außenpolitische Realpolitik keinesfalls einen milderen Umgang mit kommunistischer Gesinnung im eigenen Land bedeutete. Deshalb kam es zu einem Abgrenzungsbeschluss der *SPD* (und damit auch der Gewerkschaften) gegenüber jedweder Zusammenarbeit mit Leuten in kommunistischen Organisationen.

Im Januar 1972 wurde dann von der *SPD/ FDP-* Koalition der für die Bundesrepublik Deutschland und West-Berlin geltende *Radikalenerlass* nachgelegt.

Nordrhein-Westfalens Ministerpräsident Heinz Kühn *(SPD)* bewies zu diesem Anlass für wie doof er seine Wählerinnen und Wähler hielt: „Ulrike Meinhof als Lehrerin oder Andreas Baader bei der Polizei beschäftigt, das geht nicht."

Durch den *Radikalenerlass* wurden natürlich nicht die ohnehin im Untergrund lebenden *RAF*-Mitglieder vom Lehramt ferngehalten, sondern friedliche Menschen, die sich für ein anderes Wirtschaften, für eine andere Verteilung von Reichtum, für den Verzicht auf Kriege einsetzten. Sie wurden nicht nur als Lehrkräfte entlassen oder nicht eingestellt, sondern verloren ihre Berufe auch als Briefträger, Lokomotivführer oder Friedhofsgärtner.

Die *DKP*, deren Mitglieder insbesondere betroffen waren, nannte das „Berufsverbot": Arbeitslos gemacht, weil andersdenkend.

Schere im Kopf

Die Folgen des Radikalenerlasses sind aus Sicht des kleinen M bis zum heutigen Tage verheerend für die soziale und ökologische gesellschaftliche Entwicklung unserer Gesellschaft. Es fehlt ein grundsätzlich antikapitalistisches Denken in den Diskussionen, das sich nicht primär an den privaten Interessen Weniger, sondern an den objektiven Bedürfnissen „aller“ Menschen orientiert.

Es entstand die berühmte „Schere im Kopf“: Jede Journalistin, jeder Journalist weiß seit dem Radikalenerlass, wie die Vorgänge in der Welt zu kommentieren sind: Nicht umfassend und objektiv, sondern selektiv und sortiert nach „nützlich für die deutsche Wirtschaft“ oder nicht.

Aber auch für die hartleibigen Fälle unter ihnen, solche mit journalistischem Berufsethos, wurde offenbar vorgesorgt:

Im Laufe der 1980er Jahre sollte der kleine M einen Mann kennenlernen, der bei einer führenden Presseagentur arbeitete. Der erzählte ihm, dass die eingehenden Nachrichten, die nicht ins gewünschte politische Bild passten, angeblich mit „No Go“ gekennzeichnet wurden. Wenn Meldungen antikapitalistische Positionen unterstützen konnten, sollen sie mit „No No Go“ gekennzeichnet worden sein. Entsprechende Hinweise sollen später auch an den Bildschirmen der Computer geklebt haben, von denen aus die Redaktionen von Funk, Fernsehen und Presse beliefert wurden.

Wenn das wahr (gewesen?) sein sollte – und der kleine M hatte keinen Grund dem guten Bekannten zu misstrauen - würde das bedeuten, dass viele Nachrichten die Redaktionen gar nicht erst erreich(t)en. Somit konnte dann ganz sicher niemand mehr einen systemkritischen Gedanken in seine Kommentare einbeziehen.

„Lieber eine schlechte Presse als gar keine.“

Diesen Satz sagte der Volksvertreter Otto Friedrich Wilhelm Freiherr von der Wenge Graf von Lambsdorff (damals führender Volksvertreter der *FDP*) als er in den 1980er Jahren wegen Steuerhinterziehung verurteilt worden war und deshalb eine schlechte Presse hatte.

Und nichts ist wahrer als dieser Satz:

Die *DKP* hatte (wie alle kleinen Parteien, außer der wirtschaftsfreundlichen und von Adel durchsetzten *FDP* und später der wirtschaftsfreundlichen und von Adel durchsetzten *AfD*) in den meinungsmachenden Medien fast nie mehr eine schlechte Presse.

Geschweige denn eine positive Erwähnung.

Ihre Überlegungen und Initiativen kamen in der veröffentlichten Meinung praktisch nicht vor. So wurde die kommunistische Partei erfolgreich totgeschwiegen, die in jenen Jahren wohl mehr Mitglieder gehabt hatte, als die mitregierende *FDP*.

INFO „Vor dem Gesetz sind Alle gleich."

Der erwähnte *FDP*-Volksvertreter (Bundeswirtschaftsminister Otto ... *Graf* von *Lambsdorff)* wurde wegen Steuerhinterziehung rechtskräftig zu 180.000 D-Mark Strafe verurteilt. Die Bundesregierung hat ihm 487.000 D-Mark Prozesskostenhilfe gewährt und seinem mitangeklagten Minister Fridrichs 481.000 D-Mark. *(Laut Antwort der Bundesregierung auf eine kleine Anfrage von DIE GRÜNEN, Drucksache 11/5231.)*

Wandsbek in Wandsbek

Hastig jubelte: „Leute, wir machen ´ne Tournee!" „'Ne Tournee?", fragte die drei anderen erstaunt.

„Ja! In Hamburg und Umgebung!"

„'Ne Tournee in Hamburg? Was soll das denn sein?"

„Wir werden allen *SDAJ*-Gruppen angeboten und kriegen 200 Mark pro Abend! Davon kaufen wir uns ´ne Anlage!"

„*SDAJ*?", erkundigte sich der kleine M.

„Das ist die *Sozialistische Deutsche Arbeiterjugend*, sowas wie die Jugendorganisation der *DKP*!"

„Oh...", schon wieder so ein sprachliches Ungetüm, das den kleinen Hippie im kleinen M erschauern ließ.

Waren es 12 oder 16 *SDAJ*-Gruppen, die *Wandsbek* angeblich hören wollten? Jedenfalls waren höchstens die Hälfte davon am entsprechenden Abend auf das Eintreffen der *Wandsbeker* vorbereitet. Manche reagierten überrascht, einige genervt und andere mit Rausschmiss, weil ihre Gespräche gestört wurden. Und weil sie politische Lieder überflüssig fanden.

Zum Ausgleich waren bei den Gruppen, die *Wandsbek* hören wollten, 100% der Räume zu 100% für Musik ungeeignet: Groß, leer, hell und hallig. Schulzimmer oder Räume in Gemeindehäusern mit kaltem Neonlicht und bestenfalls mit 10 bis 15 Leuten „gefüllt".

Trotzdem fanden viele dieser wenigen die Auftritte gut. Da spielte halt eine echte Band und keine Songgruppe, wie sonst in linken Kreisen üblich. Textlich lagen die *Wandsbeker* mit ihren Aussagen ohnehin richtig in der ausgewählten Hörerschaft. Und so erzählten die Bespielten im Freundes- und Bekanntenkreis von der Kapelle, die auch für Nicht-*SDAJ*ler etwas Besonderes darstellte, weil sie erstens auf Deutsch sang, was damals außer bei Schlagern und Operette sehr ungewöhnlich war, zweitens politische Texte hatte, was noch ungewöhnlicher war und drittens auch noch unterhaltsam, was eigentlich die Höhe für eine Polit-Band war.

Die Auftrittsangebote häuften sich. Mehr und mehr Initiativen und Gruppen wollten *Wandsbek* engagieren – von den *Jusos* bis hin zur *Jungen Union*, die *Wandsbek* versehentlich auch einmal einlud. (Das war übrigens ein Abend, den der kleine M in guter Erinnerung behielt, weil sich interessante und faire Diskussionen entwickelten.)

Und dann meldete sich der Dachverband vieler Gewerkschaften, der *Deutsche Gewerkschaftsbund (DGB)*.

Wandsbek in Dortmund

„Erste bundesweite Großkundgebung gegen Jugendarbeitslosigkeit. In Dortmund. Abschlusskundgebung in der Westfalenhalle. Es spricht der *DGB*-Vorsitzende Heinz-Oskar Vetter." So die Ankündigung.

Die *Wandsbeker* erhielten ein Engagement und sollten, wie andere Musikerinnen und Musiker auch, auf einem der LKW im Demonstrationszug ihre Lieder singen.

Hastig fand die Einladung Weltklasse.

Und den vorgesehenen Auftrittsort unmöglich: „Auf einem LKW? Ohne Strom, also ohne Verstärker-Anlage? Was soll das denn? Da hört uns doch kein Mensch. Wir müssen in die Halle!"

„Das wird wohl nicht klappen", meinte Frank beim Stimmen seines Banjos trocken, denn die sozialdemokratisch dominierten Gewerkschaften hatten seit dem Radikalenerlass damit begonnen Kommunistinnen und Kommunisten auszugrenzen. Und *Wandsbek* galt als *DKP*-nah. Was korrekt war, denn drei der Vier waren in der Partei - aber ihre Lieder richteten sich selten gegen Seen in Privatbesitz, sondern waren überwiegend vertonte Gewerkschaftsforderungen.

Ein paar Wochen später saßen sie in Hastigs Auto, einem *R4*, der die gesamte Band samt Instrumenten aufnahm und gen Dortmund schaukelte. Die Stadt war gerammelt voll mit Menschen, PKW und Bussen. Hastig fuhr nicht Richtung Sammelplatz, wo die LKW auf die Musikgruppen warteten, sondern nahm Kurs auf die Westfalenhalle.

„Ej, du bist falsch", machte ihn der kleine M aufmerksam.

„Abwarten."

Polizeisperre.

„Scheiße!"

Ein Polizist trat ans Fahrerfenster: „Hier geht es nicht weiter!"

Hastig kramte den Auftritts-Vertrag aus dem Handschuhfach und streckte ihn dem Polizisten entgegen. „Wir sind die Gruppe *Wandsbek* aus Hamburg. Wir müssen zur Halle, wir spielen da." Der Polizist sah auf den Vertrag, der erstens amtlich war, zweitens den Namen *Wandsbek* und drittens den Stempel *Deutscher Gewerkschaftsbund* trug. Dass auf dem vierseitigen Papier zwischen diesen Namen etwas von LKW stand, bemerkte er nicht.

„Okay – fahren sie langsam!"

Sie fuhren.

Hastig strahlte.

Zweite Polizeisperre - dasselbe Spiel.

Dritte Polizeisperre - nochmal dasselbe - unglaublich aber wahr!

Und dann waren sie in der Halle.

In der riesigen Dortmunder Westfalenhalle.

Bestuhlt.

Trotzdem gingen da sicher 20.000 Leute rein.

Die Bühne war etwa 12 Meter breiter als Hastig grinste.

Ein dicker glatzköpfiger Bühnenverantwortlicher kam leicht genervt auf die Gruppe zu „Was habt ihr denn hier zu suchen?"

„Wir sind die Gruppe *Wandsbek* aus Hamburg - wir kommen zum Soundcheck."

„Hä?!" Der Meister blätterte seine Papiere durch. „Hab euch gar nicht im Ablaufplan!"

„Das gibt´s doch nicht", beschwerte sich Hastig empört. „Hier ist der Vertrag!"

Der Dicke studierte das Papier so sorgfältig wie die Polizisten: „Tatsächlich! Wie konnte das denn passieren? Ich habe gar keinen Platz mehr für euch auf der Bühne."

„Wir brauchen nicht viel Platz. Wir brauchen nur ein paar Mikrofone, einen Stuhl für den Waschbrettisten und schon geht´s los. Da stehen doch schon jede Menge Mikros rum, können wir die nicht mitbenutzen?"

„Ja, wenn euch das reicht? Für mich wäre das die einfachste Lösung."

„Reicht" tröstete Hastig.

Sie machten einen Soundcheck und klärten, wann und wie lange sie spielen sollen.

Die Massen strömten in die Halle.

Ein paar recht betagte in schwarz gekleidete Herren eröffneten die Veranstaltung gegen Jugendarbeitslosigkeit. (Kein Scherz!) Es war das Hoesch-Werksorchester, so eine Art bayerische Blaskapelle, nur mit anderem Repertoire. Das Steiger-Lied wurde noch wohlwollend aufgenommen, dann begann ein erstes Murren im Publikum. Am Ende von drei Blasungen gab es höflichen Applaus.

Es folgte die erste Rede.

Dann eine Dixieland-Kapelle - höflicher Applaus.

Die nächste Rede.

Dann *Wandsbek*.

Nach dem ersten Song: Jubel in der Halle.

Beim dritten Song: Die Leute klatschten mit und stimmten tausendfach in den Refrain ein. Begeisterung! Die *Wandsbeker* marschierten glücklich zum hinteren Teil der Bühne – sie hatten ihre drei Lieder erfolgreich unters Volk gebracht und konnten sich nun wieder Bier und Zigaretten zuwenden.

Die nächste Rede.

Dann baute sich das Werksorchester wieder auf. Pfiffe!

Die Leute skandierten „Arbeiterlieder".

Noch ´ne Rede und dann machten die Dixieländer sich zum zweiten Mal startklar.

In der Halle ertönte ein gellendes Pfeifkonzert. „Arbeiterlieder, Arbeiterlieder!" riefen Tausende. Die Dixieländer setzten an, „Arbeiterlieder!" und wieder ab, nochmal an, „Arbeiterlieder!", und wieder ab und guckten schulterzuckend Richtung Organisator.

Die Veranstaltung drohte zu kippen.

Heinz-Oskar Vetter, der Große Vorsitzende des *DGB*, eilte zu den *Wandsbekern* am hinteren Rand der Bühne: „War ganz toll Jungs! Los, ab nach vorn, spielt noch einen!

Als sie erneut ins Scheinwerferlicht traten, brandete Jubel auf.

Erste Risse

Mit der wachsenden Bekanntheit und Auftrittshäufigkeit von *Wandsbek* und dazu noch mit Moni in Berlin wurde der kleine M zuhause immer seltener gesichtet. Und Beate wurde immer unduldsamer: „Nee – das ist jetzt nicht wahr, oder? Schon wieder das ganze Wochenende auf Tour? Und was mach ich?"

„Lade dir doch ein paar Leute ein."

„Ach ja – und dann kann ich hier alleine die Leute beglücken, oder wie?"

„Dann geh doch mit Ella ins Kino oder so."

Derartige Gespräche konnten sich bis zu einer Stunde hinziehen, ohne, dass sich an den Grundhaltungen etwas änderte: Sie wollte ihn für sich – und er wollte sich für sich.

Gern gab es diese Debatten auch unmittelbar vor Abfahrt der Kapelle. Die Jungs warteten dann im Auto auf ihn und erkannten spätestens an seinem Gesichtsausdruck, dass der Abschied wieder sehr stressig gewesen sein musste. Dann gab´s Bier und Zigarette – und los ging die Fahrt im „neuen" VW-Bulli.

Neu autorisiert

Der „neue" Wagen war sehr gebraucht gekauft worden und verfügte über kraftvolle 45 PS. Dank dieser wurden sie in den Kasseler Bergen bergauf von allen LKW überholt: Das Fahrzeug selbst hatte sicher um die zwei Tonnen Eigengewicht und transportierte vier Erwachsene samt neuer Lautsprecheranlage, Bassbox und Instrumenten. Das führte vor den jeweiligen „Gipfeln" der Kasseler Autobahnhügel fast zum Stillstand. Bergab kriegten sie die Karre auf 122 km/h, die sie möglichst lange auf der linken Spur beibehielten, um nicht rechts von den LKW eingebremst zu werden, von denen sie just überholt worden waren. Wenn nach ein paar Kilometern eine 2%ige Steigung kam und ihre Höchstgeschwindigkeit gen 90 km/h tendierte, wechselten sie auf die rechte Spur und wurden auf den folgenden Kilometern von 68 Fahrzeugen überholt, deren Fahrer ihnen entweder einen Vogel oder den Stinkefinger zeigten.

Die Schifffahrt packt ein

The times they´re a changin, sang Bob Dylan, was auch auf den Hamburger Hafen zutraf: Kartons und Säcke wurden kaum noch einzeln im Hafen angeliefert, sondern oft schon fabrikseitig auf eine Holzplatte mit zwei Böden gestapelt, auf eine so genannte Palette. Ein Gabelstapler konnte mit seiner Gabel zwischen die beiden Böden fahren und die Palette transportieren. So brauchte man für das Bewegen von 30 Kartons nicht mehr x Männer, sondern nur noch einen auf einem Stapler, der zudem viel schneller ist, als x Männer zu Fuß.

Im nächsten Entwicklungsschritt wurden die Paletten in ihren Abmessungen genormt und damit zu „Euro-Paletten". Das machte es für Transporteure viel einfacher im Vorwege auszurechnen, wie viele Paletten man auf die Grundfläche eines LKW oder eines Schiffsdecks stellen konnte.

Dann begann man Euro-Paletten per Folie mit ihrer Ladung zu einem Stück zu verschweißen, oft schon in der Fabrik, in der die Ladung hergestellt worden war. Aufgeschnitten wurde das Riesen-Paket dann erst wieder beim Empfänger, irgendwo auf der Welt. Das war schon das Container-Prinzip – nur noch ohne die auf 20 und 40 Fuß genormten Stahlkisten.

Mit jedem dieser Schritte wurde der Spaß an der Schiffsmaklerei kleiner.

Es begann damit, dass man sich nichts mehr bestellen konnte.

Als noch lose Kisten und Kartons verschifft wurden, konnte man die Kollegen im Hafen anrufen und ihnen mitteilen, dass in der ankommenden Partie für *Müller & Söhne* Beluga-Kaviar steckt. Und schon konnte es passieren, dass zwei Kartons beim Löschen so unglücklich auf eine Ecke fielen, dass sie aufplatzten. Die Schadensmeldung ging an die Versicherung, ein Teil der Dosen ging ins Büro.

Man ergänzte sie um ein paar schöne Flaschen Krim-Sekt, die es gelegentlich von den Kapitänen als Geschenk gab und machte eine fröhliche und ausführliche Frühstücksrunde á la Neureich mit anschließenden Abteilungsschlachten.

In den Fahrtgebieten, in denen schon in größerem Ausmaß Container eingesetzt wurden, kam man kaum noch an Bord der Schiffe. Es gab weder Stau-Probleme noch ausreichend Liegezeit im Hafen. Da war nix mehr mit großer weiter Welt und Hafenluft.

Insofern war der kleine M ganz froh, in der West-Afrika-Abteilung gelandet zu sein. Hier war die Containerzeit noch nicht wirklich angebrochen, weil es in Afrika an Infrastruktur fehlte. Für die Containerisierung mussten die Häfen mit Containerbrücken ausgestattet sein, die Straßen eine bestimmte Breite und die Brücken eine bestimmte Höhe haben. Insofern waren erstmal nur die Linien nach USA-, Kanada- und Australien von der Containerei betroffen.

In den entsprechenden Abteilungen führten die dramatisch verkürzten Liegezeiten der Schiffe dazu, dass es kaum noch möglich war die Manifeste rechtzeitig zum Beladungsende fertig zu bekommen. Um dafür nicht weitere „Tippsen" einstellen zu müssen, hatte die Geschäftsleitung eine schöne Idee, die Prokurist Clasen seinen Abteilungen wie folgt verkaufte: „Meine Herren, wir werden probeweise einige Computer anschaffen, um herauszufinden, in wieweit wir Ihnen die Arbeit erleichtern können." Es überraschte ihn sicher keineswegs, dass ein deutlich vernehmbares Murren durch eine Reihe von Männerkehlen ging. Auf dem Rückweg zu ihren Schreibtischen fingen sie an zu mosern: „Scheiße!"

„Scheiß Computer!"

„Was soll der Mist, wir sind doch bisher noch immer ohne ausgekommen!"

„Das kostet Arbeitsplätze. Die schmeißen erstmal die Tippsen raus!"

„Und dann können wir selber tippen!"

„Solange ich berufstätig bin, fasse ich keinen Computer an!"

„Genau! Wir stellen uns quer!"

Die Angst vor der Bedienung von Computern und den gesellschaftlichen Folgen der Geräte war so groß, dass alle Kolleginnen und Kollegen, samt dem kleinem M, sehr hofften, noch ohne die

Benutzung der vermeintlichen Scheißdinger durchs Arbeitsleben zu kommen.

Sie schrieben das Jahr 1973.

Rewolluzion

„Wir machen einen Betriebsrat, dann können die sich ihre Computer in die Haare schmieren!“ Die Leute redeten sich in Rage:

„Genau! Gar nix wird hier computerisiert!“

„Wir lassen uns ja viel gefallen, aber irgendwann ist auch mal Schluss!“

„Richtig!!!“, die Widerstands-Euphorie war groß.

Alle waren für einen Anti-Computer-Betriebsrat.

Nur: Keiner wollte den Job machen.

Alle hatten gute Gründe „obwohl ich es eigentlich sehr gern machen würde, weil es ja so wichtig ist.“

Außer Rolf.

Der wollte zwar auch nicht, konnte sich aber am wenigsten gegen das Drängen der Kolleginnen und Kollegen wehren. Rolf war der Held! Er lief mehrere Tage mit stolzgeschwellter Brust und entschlossenem Gesichtsausdruck durch die Firma. Man sah ihn auch des Öfteren in der Glaskabine des Prokuristen. Dann wurde er zur Geschäftsleitung gerufen.

Und kam als neuer Anführer mehrerer Abteilungen und deutlich besserem Gehalt zurück.

Die Computer konnten kommen.

Irgendwie anders

Während man bei *Schlottke* und anderswo anfing sich ein paar Sorgen um seine Zukunft zu machen, tröpfelten stündlich die Nachrichten in westdeutsche Köpfe, dass es in der DDR keine Demokratie und keine freie Wirtschaft gäbe, weshalb man dort viel weniger kaufen könne als im Westen. Demokratie und eine freie Wirtschaft (mit ihrer Warenvielfalt) würden sich gegenseitig bedingen.

Ach ja, na klar! Die Nazis hatten es ja just bewiesen, dass Marktwirtschaft nur unter demokratischen Bedingungen funktioniert …

Und die Marktwirtschaft hatte ja just gezeigt wohin es führt, wenn man sich die Rohstoffe, Märkte und Arbeitskräfte anderer Länder durch Krieg einverleiben will …

Dennoch, die Masse wollte den Mumpitz glauben, denn den meisten ging es ja gut – insbesondere was die Einkaufsmöglichkeiten im Vergleich zu den Leuten in der DDR anging.

Warum die DDR im Vergleich der Demokratie- und Warenangebote so schlecht aussah, interessierte weder die Rechten und leider auch den Großteil der Linken nicht. Genauso wenig wie die viel demokratischeren Rechte der Frauen in der DDR, die lebenslange soziale Absicherung für alle Leute des Landes, inklusive kostenloser Krankenversorgung, niedriger Mieten und karikativer Preise für öffentliche Verkehrsmittel.

Was war das schon gegen einen VW GTi und eine Reise nach Mallorca?

Der Großteil der Linken warb deshalb für einen anderen als den bestehenden Sozialismus.

Es hatte sich ein breites Spektrum von Gruppen und Parteien gebildet, die entweder für Mao und den damaligen chinesischen Weg waren, oder für einen „echten Sozialismus“, oder für einen „demokratischen“ oder für einen in verschiedene Richtungen führenden „dritten Weg“.

Außer in der *DKP* gab es nur wenig geschichtliches Verständnis für die Situation der DDR und ihrer von Deutschland geplünderten Schutzmacht, der UdSSR. Und für deren moralisch über-, aber dynamisch unterlegene Wirtschaftsform.

Man träumte halt den schönen Traum vom idealen Sozialismus. Auch der kleine M träumte ihn.

Ausgeträumt

Viele linke Herzen schlugen damals mit beiden Kammern für die Chilenen. Es sah so aus, als ob dort die neue demokratischere Form von Sozialismus entstehen würde. Ein Wahlbündnis aus Sozialisten, Kommunisten, Sozialdemokraten, Radikalen und Christen hatte sich zur *Unidad Popular* (Volkseinheit) zusammengeschlossen und 1970, mit ihrem Spitzenkandidaten Salvador Allende, die Wahlen gewonnen.

Das Bündnis hatte sich ein 40-Punkte-Programm gegeben, das die typischen Merkmale linker Politik in den ärmeren Ländern trug: Kostenlose Schulmilch für die Kinder, das ABC für alle, Einnahmen aus chilenischen Bodenschätzen für die chilenische Bevölkerung und nicht für ausländische Konzerne.

Die Reaktion auf die Umsetzung dieses Programms war dieselbe, die demokratische und freiheitsliebende Menschenrechts-Regierungen überall auf der Welt an den Tag legen, wenn statt der Reichen die Armen bekommen sollen: Krieg!

Krieg mit Medien, Geld und Bomben. Henry Kissinger, Außenminister der USA und Freund vom kommenden Kanzler Helmut Schmidt, sagte seinerzeit „Ich sehe nicht ein, weshalb es nötig sein sollte stillzuhalten und zuzusehen, wie ein Land durch die Verantwortungslosigkeit seines Volkes kommunistisch wird."

Und weil er das nicht einsah, wurde ein blutiger Putsch gegen die demokratisch gewählte Regierung Chiles inszeniert. Gegen eine Regierung, die den Sozialismus so anging, wie viele Linke der Welt ihn sich erträum(t)en, nämlich mit dem Erhalt vieler bürgerlicher Freiheiten.

Aber genau diese nutzten die USA, um über die großen Medien (die im Kapitalismus natürlich immer Reichen gehören) zu desinformieren und aufzuwiegeln. Sie organisierten und finanzierten Mittel- und Oberschichten-Streiks (beispielsweise durch Fuhrunternehmer und Ärzte) um Chaos, Unzufriedenheit und Enttäuschung zu provozieren und letztlich einem militärischen Putsch Vorschub zu leisten, der alle sozialen Errungenschaften wieder zunichte machte und das Geld aus chilenischem Kupfer wieder in US-amerikanische Taschen brachte.

Der demokratisch gewählte Präsident Allende wurde gestürzt und Pinochet als Diktator installiert. Er ließ sogleich zehntausende Anhänger der gestürzten Regierung ermorden und sorgte damit für Friedhofsruhe in Chile. Anschließend wurde das Land zum Experimentierfeld des unsozialen Neoliberalismus.

Für den kleinen M war die Niederlage der *Unidad Popular* ein Indiz dafür, dass es wohl keinen anderen Weg gibt, als den der DDR, wenn man versuchen will gegen die Interessen einer kapitalistischen Welt ein soziales Wirtschaftssystem zu errichten.

Mittagspause

„Alles klar, ich fahre dich!" Kollege Hartmut hatte Geburtstag und wollte statt Alkohol mal was anderes spendieren: Torte! Die lebte ein paar Kilometer von *Schlottke* entfernt in einer Konditorei beim Fernsehturm. Hartmut hatte den kleinen M gefragt, ob der mit ihm den Kuchen holen würde, in der Mittagspause.

Würde er!

Sie kurvten mit dem neuen knallroten *R4* in die Rentzelstraße - das dauerte keine zehn Minuten. Hartmut legte sich das große Kuchenpaket auf den Schoß und schon ging es zurück Richtung Großer Burstah. Auf dem zweispurigen Linksabbieger am Sievekingsplatz fuhren sie links neben einen Öffi-Bus, der an der Ampel hielt, obwohl sie grün zeigte. „Hä? Panne?", fragte der kleine M.

Die Kreuzung konnte er aufgrund des Busses nicht einsehen. Er rollte langsam an dem Ungetüm vorbei, um zu schauen, was auf der Kreuzung los war.

Was er sah, war eine Wand.

Eine riesige blau-weiße Wand, die auf sein Wellblech-Auto zuflog und es krachend zerlegte.

Noch während der LKW den *R4* überrollte, hörte der kleine M „Idiot!" Es war eines der schönsten Wörter, die er in seinem Leben gehört hatte, denn es versprach noch in der Schrecksekunde, dass

Hartmut okay sein musste, obwohl er auf der Seite saß, von der der LKW gekommen war.

Wären sie eine Sekunde früher hinter dem Bus hervorgefahren, hätte der LKW nicht nur den Kühler bis zur Frontscheibe auf Toastbrothöhe zermalmt, sondern Hartmut und den kleinen M auch.

Sie wankten auf den Gehweg.

Minuten später hörte der kleine M einen Passanten einen anderen fragen: „Wo sind denn die Leichen? Sind die noch drin?"

Der Entertehner

Bei den Auftritten der *Wandsbeker* hatte jeder schon mal den Moderator gegeben, außer dem kleinen M. Nie waren sie mit den Ansagen wirklich glücklich gewesen. Also sollte der kleine M auch mal ran. Klappte schon beim ersten Mal recht gut. Er hatte eine ziemlich entspannte Art politische Zusammenhänge und daraus resultierende Songs verständlich zu machen. Gern auch mit (Galgen-) Humor und fast immer mit guten spontanen Antworten auf Einwürfe aus dem Publikum.

Schnell entwickelte er ein sicheres Gefühl für die Stimmung vor der Bühne und konnte seine Geschichten entsprechend ernster, witziger, kürzer oder länger machen. Für die Vorstellung der vier Bandmitglieder brauchte er an guten Tagen 10 Minuten, an sehr guten deutlich länger, ohne „längweilig" zu werden.

Ein Veranstaltungs-Manager, der ihn damals des Öfteren sah, sollte ihm vierzig Jahre später sagen: „Du warst für mich der erste Comedian in Deutschland, als dieser Begriff und diese Kunstform hier noch völlig unbekannt waren."

Feinripp

„Was dem Einen sein Haar, ist dem Anderen sein Unterhemd", erinnerte sich der kleine M:

Hastig kam in seine Feinripp-Phase.

Gern auch wenn es richtig feierlich wurde.

Bei den Jugendweihe-Veranstaltungen zum Beispiel, zu denen sie mehrere Jahre eingeladen waren.

Jugendweihe ist etwas anderes als Konfirmation, sah aber genauso aus: Mütter im kleinen Schwarzen, Väter mit Anzug und Fliege, Jugendliche, die in Punkto Garderobe kaum von den Eltern zu unterscheiden waren und jede Menge Gladiolen überall.

Im großen Saal des *CCH* zu Hamburg oder auch mal in der Musikhalle, die heute *Laeisz* heißt.

Atemberaubend feierlich!

Festliche Reden, festliche Klänge - und dann *Wandsbek*.

Alle vier mit schulterlangen Haaren, Hastig im Unterhemd und dem kleinen M mit seinem durch Klangholz, Kuhglocken und Hupe hochgerüsteten Waschbrett.

Die Jugendlichen klatschten schon erfreut, wenn die Band noch auf dem Weg zu den Mikrofonen war. Und wenn sie ihre drei Liedchen gespielt hatte, gab es nicht selten unpassende „Zugabe"-Rufe.

Und eine Einladung fürs nächste Jahr.

Weniger erfolgreich war in Hastigs Feinripp-Phase der Besuch in Hamburgs damals feinstem französischen Restaurant.

Sie hatten einen Auftritt weit weg in irgendwo gehabt, der weder Spaß noch richtig Gage gebracht hatte, und beschlossen, die erworbenen Taler zur Frustbewältigung in feinstes Futter umzusetzen.

Das gab es leider nur in Schlips und Kragen.

Nicht im Unterhemd.

Sie wurden der hochkulturellen Speisestätte verwiesen und gingen wieder zu flachkultureller Frikadelle über, an Hopfen und Malz.

Hätte Hastig nicht ein Hemd überziehen können?

No way!

Das öffentliche Unterhemd stand für ihn in jenen Tagen für seine individuelle Note.

Meldung aus 1973

- **Ölkrise**

Vom 6. bis zum 26. Oktober 1973 fand der vierte arabisch-israelische Krieg statt. Die *Organisation der arabischen Erdöl exportierenden Staaten (OAPEC)* drosselte ihre Öl-Fördermengen um etwa fünf Prozent, um die westlichen Länder von der Unterstützung Israels abzubringen. Der Ölpreis stieg in der Folge von rund drei US-Dollar pro Barrel (1973) auf über zwölf US-Dollar pro Barrel im Folgejahr. In Westdeutschland, der Schweiz und in Teilen Österreichs drosselte die Öldrosselung das Autofahren durch ein Sonntags-Fahrverbot für fast alle Fahrzeuge. Eine herrliche Ruhe und eine heftige Wirtschaftskrise legten sich über viele Länder.

Verrückt geworden?

Im kleinen M verfestigte sich eine politische Haltung.

Eine ungewöhnliche, wie er unschwer feststellen konnte.

Was dazu führte, dass er immer wieder überlegte, ob er sich von seinen Freunden hatte manipulieren lassen und wie wohl Kapitalismusbefürworter diese oder jene Frage beantworten würden. Aber soviel er sich selbst immer wieder auf den Zahn fühlte, er kam stets zu dem Schluss, dass die Argumente seiner Freunde meist schlüssig waren. Abgesehen davon, dass Jesus, Winnetou und die anderen Gerechten dieser Welt auch für Solidarität und nicht für Egoismus stehen …

Pinneberg, Santiago, Hamburg

Der Film zeigte den brennenden Regierungspalast in Santiago de Chile, aus dem Präsident Salvador Allende eine letzte Radio-Botschaft an das Volk sandte. Derweil wurde das Haus aus Flugzeugen bombardiert und wenige Minuten später war Allende tot.

Trotz des Putsches und trotz der anschließend planvoll ausgeführten Ermordung tausender Linker entstand in Teilen der *CDU/ CSU* Sympathie mit der Junta in Chile. Andere christliche Menschen übten Solidarität mit den Gefangenen und den Hinterbliebenen des Massakers.

Frank komponierte ein Solidaritätslied, das in linken Kreisen recht bekannt und viel nachgespielt wurde. Der kleine M klebte sich einen Sticker „Solidarität mit Chile" auf die Heckscheibe seines Autos, der Salvador Allende vor der chilenischen Flagge zeigte.

Das war wahren Demokraten zu viel des Übels.

Zum Beispiel dem Vater von Beate Städter.

Das Verhältnis zwischen dem kleinen M und Beate auf der einen und deren Eltern auf der anderen Seite war ohnehin schwierig. Der Vater war konservativ bis auf die Knochen. Die Wohngemeinschaft in dem von ihm vermieteten Haus brachte ihm viele fragende Blicke im spießigen Pinneberg. Die selten geputzten Fenster, die Wäsche, die auch an Wochenenden auf der Leine bummelte, das Alles war schon Schmerzgrenze für ihn. Aber dass sein „Schwiegersohn" dann auch noch einen Solidaritätsaufkleber für den „Verbrecher Allende" am Auto hatte, das konnte er nicht ertragen. Er war strammer Leser von Springers *Die Welt* und fand nicht den Putschisten und für den Massenmord verantwortlichen Pinochet einen ganz üblen Burschen, sondern den demokratisch gewählten Allende:

„Das Schild kommt ab, oder ihr verlasst das Haus!"

... und fuhr zum Tennis.

Das Schild blieb dran.

„Das Schild kommt ab!"

Das Schild blieb dran.

„Ich schmeiß euch raus!!"

„Du willst deine eigene Tochter aus dem Haus werfen, weil ich politisch anders denke als du? Ist das die Demokratie von der du immer redest?"

Hastig rief an: „Ihr habt doch so´n Stress mit eurer Bude in Pinneberg. Bei uns im Haus wird eine Wohnung frei. Frank wohnt ja auch schon hier, wäre doch geil, wenn du auch noch im selben Haus wohnen würdest, oder?"

Das Schild blieb dran und sie zogen zu Frank und Hastig in den dritten Stock der Tegetthoffstraße 5 in Hamburg-Eimsbüttel. Die Straße verbindet den Eppendorfer Weg mit der Bismarckstraße. Wie der Scheideweg, der genau 750 Meter entfernt ist.

Back to the Roots

Mein Freund genoss es, wieder Heimatgefühle zu haben. Auch wenn der Hofweg in Pinneberg und die Tegetthoffstraße nur 17 Kilometer voneinander entfernt sind, so liegen doch Welten zwischen den beiden Adressen:

In Pinneberg regte man sich noch auf, wenn sonntags Wäsche im Garten aufgehängt wurde, in Eimsbüttel regte man sich auf, wenn sich jemand über solche Lappalien aufregen konnte. In Pinneberg kannte der kleine M keine Kneipe mit einem Publikum, das ihm angenehm gewesen wäre, in Hamburg kannte er im Umkreis von 300 Metern seiner neuen Bleibe mindestens fünf. Im Pinneberger Einzelhaus war es nachts so still gewesen, dass er im Bett oft ängstlich auf die Schritte gehorcht hatte, die von der Straße gekommen waren und sich angehört hatten, als ob aus dem Flur kämen. Im dritten Stock des Eimsbütteler Mietshauses kamen die Schritte sicher vom vierten, die schrillen Beischlafkreischer von den Besucherinnen bei Hastig und die angsterfüllten Hilfeschreie von Anke aus dem Hochparterre, wo der besoffene Ehemann sich an ihr verging.

Es war die alte Scheideweg-Szene - nur ein paar Straßen weiter.

Platzangst

Kaum waren sie in seiner alten Heimat gelandet, begannen die Jahre, in denen viele Häuserbesitzer ihre Mietwohnungen in Eigentumswohnungen umwandelten, um noch einmal richtig Kasse zu machen, bevor so alte Hütten, wie die in der Tegetthoffstraße, in großem Umfang sanierungsbedürftig wurden.

Das war etwas, was den kleinen M aber mal so richtig aufregte.

Er empfand es als großes Übel, dass man eine Wohnung zum Kauf anbot, in der Leute teilweise seit Jahrzehnten wohnten, und man ihnen, wenn sie den Preis nicht zahlen konnten, eine „Alternative“ in Sonstwo zumutete.

„Eine Wohnung ist doch nicht nur ein Dach über dem Kopf, eine Wohnung ist doch Heimat!“, regte er sich auf. „Dort kennt man die Menschen, die Läden, das Leben. Da gibt es doch keinen angemessenen Ersatz in Irgendwo! Es muss verboten werden, die Leute aus ihren Wohnungen zu drängen! Wenn hier einer klingelt und sagt ‚Hunderttausend oder raus‘, dann weiß ich wirklich nicht, was ich dem antue!“

Kaufen, davon war der kleine M überzeugt, war für ihn und Beate nicht drin, obwohl er immer ein paar Taler auf die hohe Kante legte. Trotzdem: 100.000, oder etwas in der Größenordnung, schien ihm nicht machbar.

Dafür lebten sie auch zu gut: das neue, von der LKW-Versicherung bezahlte Auto verursachte Unterhaltungskosten, die Reisen nach Frankreich, Schweden, Holland, Griechenland, Dänemark kosteten, die zahllosen Konzerte und Festivals, die sie besuchten, das Rauchen, die Kneipenbesuche, die Chinesischen Restaurants ... Nein, mehr als eine Wohnung zu mieten, ging bei so einem Leben nicht.

In die DDR

Wandsbek hatte eine Einladung in die DDR erhalten: Auftritt im Rahmen der *Ostsee-Woche* in Wismar.

Wie immer waren sie spät dran.

An der Grenze hielt Hastig die Papiere aus dem Bus, als aus einem der grauen Häuschen ein grauer Grenzbeamter mit freudigem Lächeln auf den Wagen zueilte: „Mensch Leute!“, grinste er, „die warten schon auf euch! Rinn mit die Papiere und ab nach Wismar!“

So konnte die Grenz-Querung auch ablaufen.

Deutlich oberhalb der zulässigen Höchstgeschwindigkeit ratterten sie nach Wismar in eine große Halle, die bereits mit hunderten von Menschen besetzt war. In den ersten Reihen saßen die Wichtigen mit ihren internationalen Gästen aus den skandinavischen Ländern.

Die *Wandsbeker* eilten mit Bier und Kippe bestückt über die Bühne und erledigten den Aufbau der Technik und die Vorbereitung der Instrumente. Das dauerte mit Unterstützung der Veranstalter, und in Drucksituationen wie dieser, nicht viel länger als zehn Minuten. Als alles stand, ging der kleine M an eins der Mikrofone, rülpste gut hörbar hinein, grinste und sagte: „Soundcheck!"

Das war endgültig zu viel.

Die Wichtigen, die mit ihren Gästen etwa 30 Minuten auf die Band gewartet und dann noch gut 10 Minuten dem Aufbau zugesehen hatten um dann angerülpst zu werden, verließen die Halle.

Ansonsten war die allgemeine Stimmung prächtig und der Auftritt sehr umjubelt.

Allerdings: Es war die erste und die letzte *Ostsee-Woche* für *Wandsbek*.

Zu Recht, wie man wohl sagen muss, wenn man die politische und wirtschaftliche Bedeutung bedenkt, die diese Wochen für die DDR hatten. Aber so weit dachten die *Wandsbeker* nicht.

L-Papp

Das Spektrum der einladenden Veranstalter wurde immer breiter: *DGB*, Einzelgewerkschaften, *SDAJ*, Naturfreunde-Jugend, Jusos, AStAs mehrerer Universitäten, Kriegsdienstverweigerer, selbstverwaltete Jugendzentren und so weiter. Für Hastig stand der nächste Entwicklungsschritt von *Wandsbek* fest: Eine Langspielplatte musste her! Er verhandelte mit dem *DKP*-nahen Verlag *pläne*. Dort winkte man ab – politisch aufs Feinste begründet.

Hastig fluchte: „Dann machen wir das eben im Selbstverlag."

Sie fanden einen Mann mit 4-Spur-Tonband in einem schlecht beheizten Keller in Hamburg Blankenese. Bei ihm machten sie die Plattenaufnahmen live im Studio. Dann bestellten sie 100 (?) LP-Cover-Kartons – unverklebt! Das war wichtig, weil die geklebten Dinger außen nur mit Hochglanz zu bekommen waren – und darauf ließ sich damals, in der schweren Zeit ohne Permanent-Stifte, schlecht malen. Bedrucken war ohnehin zu teuer.

So klebten sie die nicht-konfektionierten Cover mit der Außenseite nach innen zusammen. Damit war außen der nackte graue Karton. Auf dem ließ sich mit einfachen „Filzern" *Wandsbek* schreiben und ein Pfeil malen, der in Richtung des Wortes *Riffel-Skiffle* zeigte. Auf der Rückseite wurden per Teppichmesser zwei lange Schlitze gemacht, in die ein Zettel mit der Songliste lose eingesteckt wurde.

Die Lieder handelten von der Forderung nach Mitbestimmung in Betrieben, der Geschichte eines legendären Streiks bei den Mannesmann-Stahlwerken, der Solidarität mit Chile und von einem üblen Kriegerdenkmal in Hamburg.

Das rote Label in der Plattenmitte zeigte den Namen des (nicht real existierenden) Verlags: „Hummer und Michel".

INFO Songliste der Papp-LP

A-Seite 01: Lied zur Mitbestimmung, **02** Lied zur Aktion „Hamburg, Stadt mit Herz für Kinder", **03** Lied über einen großen Streik bei Mannesmann in Duisburg, **04** Von privaten Wäldern und Seen, **05** Aufforderung in der Gewerkschaft nicht nur den Beitrag zu zahlen, sondern auch etwas beizutragen, **06** Lied zur Solidarität mit Chile

B-Seite 01 Lied zur Inschrift eines Hamburger Denkmals „40 000 Söhne der Stadt starben für Euch", **02** Zum Auto-Fahrverbot in Westdeutschland (Öl-Krise), **03** Zu den Preisen bei Öffies, **04** Über das Geldverdienen mit Wohnraum, **05** Von Ausbeutung statt Ausbildung, **05** Für mehr „Häuser der Jugend", **06** Über F.J. Strauß im Puff

Die Platte fand hervorragenden Anklang und machte von sich reden. Schon bald nach ihrem Erscheinen rief der Verlag *pläne* bei den *Wandsbekern* an und fragte was das denn für ein Scheiß wäre, dass sie die Platte nicht bei ihnen gemacht hätten.

Genüsslich zitierte Hastig die politischen Gründe, die (laut *pläne*) eindeutig dagegengesprochen hätten.

Meldungen aus 1974

- **Fußball-WM in der BRD. Das Spiel gegen die DDR wird 0:1 verloren.**

Das war eine Sensation, weil die „Individualisten" der (West-) „Deutschen Nationalmannschaft" klar favorisiert waren gegen „das Kollektiv" aus der „sogenannten DDR". Trotzdem verloren die Ballkünstler aus dem Individualisten-Deutschland diesen imageträchtigen Systemvergleich. Die Medien kreierten die Sprachregelung, dass das „DFB-Team" dieses Spiel verloren habe (und nicht „Deutschland"). Allerdings wurde am Ende dann doch wieder Deutschland Weltmeister.

- Der Hamburger Elbtunnel wird eröffnet

- **Die letzte Straßenbahn Hamburgs wird eingemottet**
  Die ganze Stadt dem Automobil!

- **Erste Veröffentlichungen über die Zerstörung der Ozonschicht in der Erdatmosphäre, durch die industriell massenhaft eingesetzten Fluorchlorkohlenwasserstoffe (FCKW)**

Die Ozonschicht schützt unter anderem die menschliche Haut vor zu viel UV-B Sonneneinstrahlung. Unter der immer dünner werdenden Schicht stieg die Hautkrebsrate enorm an, wenn man sich und seine Kinder nicht mit sehr hohen Lichtschutzfaktoren schützte. Reichte zuvor Faktor 6 bis 10, nahm man jetzt Faktor 30 bis 50.

- Die Volljährigkeit wird von 21 auf 18 Jahre herabgesetzt.

- § 218 wird reformiert: Ein Schwangerschaftsabbruch ist jetzt im Westen (wie in der DDR) bis zur 12. Schwangerschaftswoche generell straffrei – aber der Widerstand der verknöcherten Männerwelt gegen diese Lösung erlahmt nicht ...

- Ein *Grundlagenvertrag* BRD / DDR wird geschlossen.

- Erster Hungerstreik der Gefangenen *RAF*-Mitglieder „gegen die Isolationshaft". Als die Bundesanwaltschaft die erhungerten Zugeständnisse nicht einhält, verweigern die Häftlinge erneut die

Nahrungsaufnahme und werden teilweise zwangsernährt. Inge Viett *(RAF)* bricht aus dem Gefängnis Berlin-Moabit aus.

Die Baader-Meinhof-Gruppen-Bande

Die *Rote Armee Fraktion (RAF)* erhielt von den Medien andere Namen: Meist *Baader-Meinhof-Bande* oder *Baader-Meinhof-Gruppe*. Je nachdem welchen der beiden Namen man benutzte, wurde deutlich, wie man zu Baader-Meinhof stand. Wer von „Bande" sprach, wie die *Bild-Zeitung*, beschrieb die *RAF* als reine Verbrecher-Organisation. Wer von „Gruppe" sprach, unterstellte politische Ziele.

Der kleine M sprach von „Gruppe". Er wusste zumindest von Ulrike Meinhof, dass sie sich unter anderem für unterprivilegierte Kinder einsetzte. Die krassen sozialen Unterschiede, die sie dabei hautnah erlebte, und die Aussichtslosigkeit, daran auf politischem Wege etwas ändern zu können, waren womöglich die Zünder für ihren Weg in den bewaffneten Kampf.

Aber der kleine M war vor allem jung und fand vor allem Baader und Meinhof hätten etwas von Bonnie & Clyde. Sie wurden gejagt, wie im Nachkriegs-Deutschland noch nie Menschen gejagt worden waren und konnten doch relativ lange Zeit nicht gefasst werden. Trotz dieser Abenteurer-Sympathie war er sicher, dass diese Art Kampf im Deutschland der 1970er Jahre nicht zu irgendeiner Form von positiver Umwälzung führen konnte.

Für *Wandsbek* ergänzte der kleine M das Hamburger Lied „Anne Eck" um eine entsprechende *RAF*-Spott-Strophe.

- Holger Meins (*RAF*) stirbt an den Folgen eines Hungerstreiks. 28 Stunden später wird Kammergerichtspräsident Drenkmann durch die (*RAF*-nahe) *Bewegung 2. Juni* ermordet.

- Die *RAF*-Mitglieder Christian Eckes, Helmut Pohl, Ilse Stachowiak, Eberhard Becker, Wolfgang Beer und Margit Schiller werden verhaftet. Beginn des dritten Hungerstreiks der Gefangenen „gegen die Isolationshaft". Astrid Proll wird wegen Haftunfähigkeit entlassen und taucht unter.

- In Spanien ermordet die baskische *ETA* „die rechte Hand" von Diktator General Franco.

- Demonstrationen in Athen gegen die dortige Diktatur mit dreizehn Toten.

- **In Portugal putscht die Armee gegen den Diktator Caetano – damit beginnt die „Nelkenrevolution".**

Nelken welken (lassen)

Unter einer „Revolution" verstehen linke Linke etwas anderes als die Ablösung eines Diktators unter Beibehaltung der Eigentumsverhältnisse. Dennoch übernahmen selbst Kommunistinnen und Kommunisten den Begriff von der portugiesischen „Nelkenrevolution". Der Name entstand, weil die begeisterte Bevölkerung den putschenden Soldaten, die nicht länger den chancenlosen Krieg gegen die Befreiungsbewegungen in Angola und Mozambique führen wollten, eine Nelke in die Gewehrläufe gesteckt hatten, das blühende Symbol der Sozialisten.

Zwei der dann führenden portugiesischen Politiker, Mario Soares und Alvaro Cunhal, verlangten eine Regierungszusammensetzung von Parteien der Mitte, der Sozialisten und der Kommunisten (á la Chile): „Unidade" (Einheit) war die Parole der Stunde.

Vor allem dank der deutschen Sozialdemokraten konnten die portugiesischen Sozialisten aus dem Bündnis gelöst und so eine denkbare tatsächliche Revolution verhindert werden. Die Reichen blieben reich, die Armen arm.

- In den USA stürzt Präsident Nixon über die Watergate-Affäre

- **In Wyhl formiert sich Widerstand gegen den Bau eines Atomkraftwerks (AKW)**

Aufgewyhlt!

20 000 Menschen besetzten den Bauplatz für eines der ersten Atomkraftwerke in der BRD, im badischen Wyhl. Sie wurden durch einen groß angelegten Polizeieinsatz geräumt. Daran wollten auch

die großen Medien nicht mehr vorbeigehen - es war die Geburtsstunde zunehmender Bekanntheit der Anti-AKW-Bewegung in Westdeutschland.

Familiensache

Beate bekam durch ihre Kontakte nach England einen Brief mit einem Inhalt, der bei ihr, dem kleinen M und allen die diesen Inhalt lasen, größte Heiterkeit auslöste. Es handelte sich um die britische Zeitschrift *Housekeeping Monthly,* die in ihrer Ausgabe vom 13. Mai 1955 zusammengefasst hatte, wie eine gute Ehefrau sich ihrem Mann gegenüber zu verhalten hat:

INFO Das Handbuch für die gute Ehefrau

Verwöhne IHN!

- Halten Sie das Abendessen bereit. Planen Sie vorausschauend, evtl. schon am Vorabend, damit die köstliche Mahlzeit rechtzeitig fertig ist, wenn er nach Hause kommt. So zeigen Sie ihm, dass Sie an ihn gedacht haben und dass Ihnen seine Bedürfnisse am Herzen liegen. Die meisten Männer sind hungrig, wenn sie heimkommen und die Aussicht auf eine warme Mahlzeit (besonders auf seine Leibspeise) gehört zu einem herzlichen Empfang, so wie man ihn braucht.

- Machen Sie sich schick. Gönnen Sie sich 15 Minuten Pause, so dass Sie erfrischt sind, wenn er ankommt. Legen Sie Make-up nach, knüpfen Sie ein Band ins Haar, so dass Sie adrett aussehen. Er war ja schließlich mit einer Menge erschöpfter Leute zusammen.

- Seien Sie fröhlich, machen Sie sich interessant für ihn! Er braucht vielleicht ein wenig Aufmunterung nach einem ermüdenden Tag und es gehört zu Ihren Pflichten, dafür zu sorgen.

Das traute Heim

- Räumen Sie auf. Machen Sie einen letzten Rundgang durch das Haus, kurz bevor Ihr Mann kommt.

- Räumen Sie Schulbücher, Spielsachen, Papiere usw. zusammen und säubern Sie mit einem Staubtuch die Tische.

- Während der kälteren Monate sollten Sie für ihn ein Kaminfeuer zum Entspannen vorbereiten. Ihr Mann wird fühlen, dass er in seinem Zuhause eine Insel der Ruhe und Ordnung hat, was auch

Sie beflügeln wird. Letztendlich wird es Sie unglaublich zufrieden stellen, für sein Wohlergehen zu sorgen.

- Machen Sie die Kinder schick. Nehmen Sie sich ein paar Minuten, um ihre Hände und Gesichter zu waschen (wenn sie noch klein sind). Kämmen Sie ihr Haar und wechseln Sie ggf. ihre Kleidung. Die Kinder sind ihre "kleinen Schätze" und so möchte er sie auch erleben. Vermeiden Sie jeden Lärm. Wenn er nach Hause kommt, schalten Sie Spülmaschine, Trockner und Staubsauger aus. Ermahnen Sie die Kinder, leise zu sein.

- Seien Sie glücklich, ihn zu sehen.

- Begrüßen Sie ihn mit einem warmen Lächeln und zeigen Sie ihm, wie aufrichtig Sie sich wünschen, ihm eine Freude zu bereiten.

Opfere dich auf - ER ist der Chef!

- Hören Sie ihm zu. Sie mögen ein Dutzend wichtiger Dinge auf dem Herzen haben, aber wenn er heimkommt, ist nicht der geeignete Augenblick, darüber zu sprechen. Lassen Sie ihn zuerst erzählen - und vergessen Sie nicht, dass seine Gesprächsthemen wichtiger sind als Ihre.

- Der Abend gehört ihm. Beklagen Sie sich nicht, wenn er spät heimkommt oder ohne Sie zum Abendessen oder irgendeiner Veranstaltung ausgeht. Versuchen Sie stattdessen, seine Welt voll Druck und Belastungen zu verstehen. Er braucht es wirklich, sich zu Hause zu erholen.

- Ihr Ziel sollte sein: Sorgen Sie dafür, dass Ihr Zuhause ein Ort voller Frieden, Ordnung und Behaglichkeit ist, wo Ihr Mann Körper und Geist erfrischen kann.

- Begrüßen Sie ihn nicht mit Beschwerden und Problemen.

- Beklagen Sie sich nicht, wenn er spät heimkommt oder selbst wenn er die ganze Nacht ausbleibt. Nehmen Sie dies als kleineres Übel, verglichen mit dem, was er vermutlich tagsüber durchgemacht hat.

- Machen Sie es ihm bequem. Lassen Sie ihn in einem gemütlichen Sessel zurücklehnen oder im Schlafzimmer hinlegen. Halten Sie ein kaltes oder warmes Getränk für ihn bereit.

- Schieben Sie ihm sein Kissen zurecht und bieten Sie ihm an, seine Schuhe auszuziehen. Sprechen Sie mit leiser, sanfter und freundlicher Stimme.

- Fragen Sie ihn nicht darüber aus, was er tagsüber gemacht hat. Zweifeln Sie nicht an seinem Urteilsvermögen oder seiner Rechtschaffenheit. Denken Sie daran: Er ist der Hausherr und als dieser wird er seinen Willen stets mit Fairness und Aufrichtigkeit durchsetzen. Sie haben kein Recht, ihn in Frage zu stellen.

- Eine gute Ehefrau weiß stets, wo ihr Platz ist.

Frauen und Männer

Es war der 16. Mai 1973, als der kleine M nach einem langen und sehr männlich-feuchtem Abend mit wilden lauten Debatten aufstand und mit schwerer Zunge sprach:

„Freunde, um es mal ganz vorsichtig und nicht zu pauschal formulieren: Frauen sind Engel und Männer sind Arschlöcher.

Männer machen seit Jahrtausenden Grenzen, Kriege, Blockaden, Folterungen, Vergewaltigungen und Religionen mit männlichen Göttern, männlichen Propheten, männlichen Jüngern, männlichen Inquisitoren, Hexenverbrennungen, Steinigungen (auch von ‚schuldhaft vergewaltigten' Frauen) und Männergesetzen, die beispielsweise festlegen, wie Frauen mit den Föten in ihren Bäuchen umzugehen haben.

Männer unterdrücken Frauen, weil sie Angst vor ihnen haben, denn Frauen können sich emotional endgültig trennen, wenn sie Nase von einem Typen voll haben. Die Männer der Welt tun sich viel schwerer damit ‚ihre' Frau freizugeben und jammern Beziehungen, die selbst vermasselt haben, noch lange hinterher.

Sie geben sich keine Mühe in der Partnerschaft, in der Sexualität und bei der Kinderbegleitung. Deshalb müssen sie Frauen per Ehe und/oder finanzieller Abhängigkeit an sich binden, sie in Harems und/oder unter Schleiern und Ganzkörpertüchern verstecken und/oder ihnen die Genitalien verstümmeln, weil ihnen klar ist, dass der nächstbeste Lover ‚seine' Frau (jedenfalls für die Zeit der Balzphase) glücklicher machen wird als er selbst. Und wenn das dann tatsächlich passiert, bringt er seine Ex-Frau um. Na Mahlzeit.

Ich will nix mehr mit euch zu tun haben, Männer - jedenfalls heute Abend nich - ich geh jetz zuhause!"

Feminus

Wenn man sich internettisch mit dem Thema Feminismus beschäftigt, lernt man, dass es sich dabei um eine akademische und politische Bewegung handelt, die für Gleichberechtigung, Menschenwürde und für die Selbstbestimmung von Frauen eintritt, sowie gegen Sexismus.

Und deshalb stand und steht der kleine M dieser Bewegung sehr positiv gegenüber, was sonst? Obwohl:

Die erneute Welle der Frauenbewegung, die in den 1970er Jahren auch Deutschland erfasste, war für Männer eine Herausforderung – auch für Sympathisanten. Denn, so erfuhr der kleine M in den Eimsbütteler Kneipen: Die Frauenbewegung brauchte keine männlichen Unterstützer! Das waren „Anschleimer, die jetzt einen auf emanzipiert machen, um ihren Arsch zu retten. Geh nach Hause Kleiner, wir brauchen dich nicht!"

Machte Mann dann eine ironische Bemerkung über zu viel Verbissenheit der Damenwelt, gab es vernichtende verbale Attacken in gehobener Lautstärke, die den Betroffenen im ganzen Laden peinlich machten. Hielt Mann einer Frau die Tür auf, konnte die das auch alleine - und zwar ebenfalls laut und deutlich. Wollte Mann einer Frau in den Mantel helfen, hatte er gute Chancen sehr nachdrücklich zu erfahren, dass sie nicht gelähmt sei.

Mann musste seine eigene Haltung zur neuen Haltung der Frauen finden.

Der kleine M beschloss ein höflicher Mann zu bleiben, der künftig bewusst darauf achten will Frauen mit derselben Selbstverständlichkeit zu begegnen wie Männern, aber einer, der die inneren und die äußeren „weibliche Reize" weiterhin anziehend finden wird und will.

Augenhöhe

Der gute Mensch und Schauspieler Hannes Jaenicke sagte in einer Talk-Show zum Thema Sexismus sinngemäß: „Es muss immer gleiche Augenhöhe gegeben sein. Wenn ein Mann eine Frau auf persönliche Weise anspricht und sie ihm signalisiert, dass sie keinen Wert auf einen derartigen Austausch legt, hat er Feierabend. Punkt."

Schlechte Gewöhnung

Beim Thema „sexuelle Belästigung" geht es eigentlich immer um Männer, die sich Frauen in einer Weise nähern, die diese ablehnen. Aber viele Frauen waren das Angraben derart gewöhnt, insbesondere wohl im Geschäftsleben, dass einige im Laufe der kommenden Jahrzehnte fast beleidigt reagierten, wenn der kleine M sie nach einem netten abendlichen Business-Dinner zu ihrem Hotel brachte - ohne den Wunsch anzudeuten, noch mit aufs Zimmer zu wollen. Nicht durch Worte, nicht durch Blicke, geschweige denn durch Taten.

„Ich sagte ein paar nette Sätze zum Abschied und setzte meine Fahrt fort. Manchmal zum erkennbaren Missvergnügen der Ladies, so nach dem Motto: ‚Hallo, bin ich nicht sexy genug, um wenigstens angebaggert zu werden?' Es war halt das normale Spiel, das sie kannten.

Schwierig wurde es für mich, wenn sie beispielsweise beim Abschied durch deutlich zu langes Festhalten meiner Hand andeuteten, dass ein gemeinsames Aussteigen erwünscht war. Oder wenn sie noch nachdrücklicher wurden ..."

Umgewöhnung

Ein paar dieser besonders nachdrücklichen Erlebnisse weiblicher Annäherung werden im Folgenden noch auftauchen, weil sie erstens ungewöhnlich erscheinen, zweitens wahr und drittens Beweis dafür sind, dass auch Frauen ihre Herz- und Hosenwünsche zunehmend deutlich machten.

INFO aus *metallzeitung*, März 2011:
Geschichte der Gleichberechtigung in Deutschland

1900 Frauen dürfen in Preußen frei studieren. **1919** In der Verfassung der neuen Weimarer Republik erhalten Frauen erstmals das volle aktive und passive Wahlrecht. **1933-1945** Die Nazis schaffen das passive Wahlrecht für Frauen wieder ab. Sie konnten also nicht mehr kandidieren. **1949** Die Gleichberechtigung wird in der Verfassung der DDR festgeschrieben. **1955** Das Bundesarbeitsgericht verbietet die sogenannten Frauenlöhne, die Abschläge bis zu 25% vorsahen. **1958** Gleichberechtigungsgesetz in der BRD: Ende männlicher Vorrechte in der Ehe. Bis dahin konnte der Ehemann über die Einkünfte der Ehefrau verfügen und ihre Arbeit fristlos kündigen. Aufhebung des Lehrerinnen-Zölibats. *Einschub vom Autor:* ***1974*** *Ende des Abtreibungsverbots, Einführung der Fristenregelung.* **1976** Der Nachname der Frau kann als Familienname gewählt werden. **1977** Ende der gesetzlichen Aufgabenteilung in der Ehe. **1979** Letzte väterliche Vorrechte des Ehemanns bei der Kindererziehung werden abgeschafft. **1994** Zweites Gleichberechtigungsgesetz: Förderung von Frauen, Vereinbarkeit Familie und Beruf, Schutz vor sexueller Belästigung am Arbeitsplatz. **1997** Die Vergewaltigung in der Ehe wird strafbar, zunächst allerdings nur auf Antrag der Frau, wird erst seit **2004** als Offizialdelikt von Amts wegen verfolgt.

Schmidt, Helmut

Schmidt, der 1974 Kanzler wurde, findet hier nur deshalb Erwähnung, weil er zu Lebzeiten und erst recht nach seinem Tode von vielen JournalistInnen und Journalisten als „Der große weise Mann" dargestellt wird und wurde.

Dem kleinen M fiel kein einziger kluger Satz ein, den Schmidt hinterlassen hat. Auch im Internet fand er nichts Bemerkenswertes. In den Augen des kleinen M war er ein „ausgesprochen weißer Mann". Schon 1981 erklärte er als Kanzler: „Wir können nicht mehr Ausländer verdauen. Das gibt Mord und Totschlag."

Schmidt war ein rechter Sozialdemokrat, der sein Bestes dafür gab die Reichen reich und die wenig Begüterten ruhig zu halten. Er sprach viel von Demokratie, brach schon 1964 erstmals öffentlich die Gesetze, anlässlich der Überflutungen in Hamburg – und wurde Zeit seines Lebens dafür gefeiert. Weitere demokratische Höchstleistungen beschrieb Oliver Tolmein in *konkret* 12/2015 sinngemäß so:

In der Zeit der RAF hatten sich die führenden Medien freiwillig der Regierung unterworfen. Sie hielten sich an die vorgegebenen Nachrichtenmanipulationen und stellten weder den Großen Krisenstab *noch die* Kleine Lage *infrage, die Schmidt ohne gesetzliche Grundlagen als Regierungsersatz installiert hatte.*

Bis heute sind die Protokolle dieser Gremien nicht öffentlich zugänglich. Auch fast 40 Jahre danach.

Später soll sich Schmidt in einem Interview bei „der Justiz" bedankt haben, dass sein Vorgehen nicht vor die Gerichte kam.

Aber er regierte nicht nur unter Bruch von Gesetzen, sondern auch gegen demokratische Mehrheiten „seiner" SPD. Auf dem Kölner Parteitag vom November 1983 stimmten von rund 400 Delegierten nur 14 (!) für eine neue Spirale der Hochrüstung durch den *NATO-Doppelbeschluss*, der von Schmidt dennoch unbeirrt weiterverfolgt wurde. Die Millionärs-Presse, die ihm sehr gewogen war, drehte diesen Fakt um und nannte ihn den richtigen Kanzler in der falschen Partei.

Der kleine M glaubt, dass die Popularität Helmut Schmidts der Sehnsucht Vieler nach dem „Starken Mann" entsprach, nach einem Politiker, der sich ohne viel demokratischen Schnickschnack und Berücksichtigung rechtlicher Schranken durchsetzt.

INFO Schmidt 1958

Nach Gründung der Bundeswehrmacht wurde Helmut Schmidt im März 1958 zum Hauptmann der Reserve befördert. Im Oktober/ November desselben Jahres nahm er an einer Wehrübung in einer Kaserne in Hamburg-Iserbrook teil. Noch während der Übung wurde er vorläufig aus dem Vorstand der *SPD*-Bundestagsfraktion abgewählt. Begründung: er sei ein Militarist.

Das erste *UZ*-Fest 1974

Außer dem kleinen M waren alle *Wandsbeker* Mitglied der *Deutschen Kommunistischen Partei (DKP)*. Und außer ihm kannten alle die Parteizeitung *Unsere Zeit (UZ)*.

„Musst du nicht kennen", beruhigten sie ihn auf der Anreise zum ersten *UZ-Fest* in Düsseldorf.

„Ist nicht besonders gut geschrieben."

„Lesen eigentlich nur Partei-Mitglieder."

„Ist so´ne Art Vereinsblatt."

Dafür war aber verdammt viel los auf der Autobahn!

Die Band überholte einen Reisebus nach dem anderen. In ihnen saßen junge Leute mit selbst gemalten Schildern und roten Fahnen. Sie winkten der Kapelle freudig zu, deren VW-Bus mit der neuen Riesenaufschrift *Wandsbek* jetzt gut erkennbar war. Hastig hatte das Fahrzeug optisch aufgerüstet.

Als sie den Rhein erreichten fiel allen *Wandsbekern* die Kinnlade runter. Auf der gegenüberliegenden Uferseite, auf den Düsseldorfer Rheinwiesen, war eine Zeltstadt in Ausmaßen aufgebaut worden, wie die Jungs sie noch nicht gesehen hatten. Veranstaltungs- und Versorgungszelte, Bühnen, Fahnen, Transparente so weit das Auge reichte.

„Ich glaub´s nich", schluckte Hastig.

Sie rollten auf den Künstler-Parkplatz und reihten sich bei den Menschenmassen ein, die bereits über das Gelände zogen. Musik aus vielen Kulturen erscholl von mehreren Freilichtbühnen und aus zahlreichen Zelten, vermischt mit Wortfetzen von den Diskussionsforen und dem Werbegeschrei für *UZ*-Abos und *DKP*-Mitgliedschaften. Die Nasen füllten sich mit den Düften der Speisen aus aller Welt. Die lange „Straße der internationalen Solidarität" bestand aus Ständen der kommunistischen Parteien zahlreicher Länder. Sie alle boten neben Informationen aus ihrem Land, bei heimatlichen Klängen, gern singend, freundlich und bestens gelaunt, viele damals in Deutschland noch weitgehend unbekannte Speisen aus ihrer Heimat an.

Der kleine M war verzaubert.

Im Land der KPD- und Berufsverbote ein solches Fest, eine solch euphorische Stimmung, ein so selbstverständliches und freundliches Miteinander der vielen Völker und Nationen. Das hatte es in Westdeutschland bis dahin nicht gegeben.

Laut *UZ* waren 700 000 Besucher an den zwei Festtagen zu Gast. Laut Verfassungsschutz 100 000. Es werden also wohl 700 000 + 100 000 : 2 gewesen sein.

Von Kommunisten und echt richtig wahren Kommunisten

Der Frieden des *UZ*-Festes wurde vor allem von kommunistischen Gruppen bedroht. Nur wenige Leute hassten die *DKP* mehr als konkurrierende kommunistische Vereinigungen. Man kreidete ihr vieles an, vor allem, dass sie den „real existierenden Sozialismus" unterstützte und nicht luftige Pläne für einen viel Besseren oder zumindest chinesischen Weg. (Was der kleine M damals nicht wusste, war, dass auch die DKP sich anderen Bewegungen gegenüber als die einzig wahre Linke gerierte.) Die Sicherheitsmaßnahmen auf dem Fest richteten sich jedenfalls primär gegen angedrohte Aktionen so genannter K-Gruppen.

Im Laufe von über 40 Jahren als Polit-Musikant erlebte der kleine M (außer einer Bombendrohung der türkischen Grauen Wölfe) nur einmal direkte Gewalt. Er wurde in Bremen, von ebenfalls echt richtig wahren Kommunisten des *KBW (Kommunistischer Bund Westdeutschland),* an seinen langen Haaren von der Bühne geschleift weil sie „von der revisionistischen Scheiße der *DKP*-Truppe die Schnauze voll" hatten. - Was immer das heißen mochte.

An der Container-Börse

Der Beruf des kleinen M hatte sich stark verändert. Er saß jetzt in der Abteilung „USA Ostküste" an einem Schreibtisch mit drei Telefonen, einer immer vollen Kaffeetasse und einer immer qualmenden Zigarette. Meistens waren alle drei Telefone zeitgleich im Einsatz und manchmal, wenn die Hektik ganz groß wurde, bemerkte er eine Zigarette im Ascher erst dann wieder, wenn er sich schon die nächste angesteckt hatte. Sobald er einen Hörer auflegte, begann der Apparat erneut zu klingeln. Er nahm den Hörer dann zwar wieder ab, legte ihn aber nach einem knappen: „Moment bitte“ zu den beiden bereits dort liegenden auf den Tisch, von denen er sich dann einen schnappte und ans Ohr führte: „Entschuldigung, was liegt an?“

Es lag immer das Gleiche an:

Ein Spediteur oder Exporteur wollte über den Preis für eine Container-Überfahrt von Hamburg nach irgendwo verhandeln. Zum Beispiel nach New York.

Von Nord-Europa nach New York fuhren damals 23 Reedereien (oder deutlich weniger?) jedenfalls so viele, dass man von „ruinösem Wettbewerb“ sprach. Deshalb schlossen sich die Reeder auf solchen Routen, mit behördlicher Genehmigung, zu so genannten „Konferenzen“ zusammen, die sich auf eine gemeinsame Preisliste einigten, den „Tarif“. Er enthielt mehrere tausend Artikel, halt all das, was man von der Haarklammer bis zum Mähdrescher von A nach B verschiffen kann.

Das Schöne am gemeinsamen Tarif war, dass jede Reederei versuchte ihn zu umgehen.

Oder deren örtlicher Schiffsmakler.

Und das ging so: „Ich habe fünf 20-Fuß-Container Präzisionsfräsen nach New York. Mach mal ´n Preis!“

„Was sagt die Konkurrenz?“

„Weiß ich doch nicht, ich spreche nur mit euch.“ (Grins.)

„Laut Tarif macht das 2.300 Dollar pro 20er.“

„Tarif interessiert mich nicht. Ich will ´n Preis!“

„Also, wenn ich statt der Präzisionsfräse eine Werkzeugmaschine nehme, kommen wir bei 2.100 raus.“

„Uninteressant. Über 1.500 geht gar nix.“

„1.500?! Den Preis kriegst du nirgends.“

„Doch – hab ich schon!“

„Von wem?“

„*Holine*.“

„Scheiße. Als was haben die das denn eingestuft?“

„Als Metallbearbeitungs-Maschine."

„Okay, da zieh ich mit."

„Dann bleib ich bei *Holine,* das wäre sonst unfair."

„Bei *Holine* weiß man nicht ob deren Seelenverkäufer die Tour über den Atlantik überhaupt schaffen ..., warte mal ... Holz können die doch sicher auch zerfräsen, oder?"

„Kann ich mir vorstellen."

„Scheiße, bei Holzbearbeitungsmaschinen komm ich auch wieder bei 1.500 raus."

„Alles klar - dann bis zum nächsten Mal!"

„Warte, warte, warte - ich hab noch ´ne Idee. Wäret ihr bereit einfach nur „Werkzeug" in die Papiere zu schreiben?"

„Wir schreiben da alles rein, was den Preis klein macht."

„Gut, dann bin ich bei 1.350."

„Okay, schreib auf: Fünf 20er für die Abfahrt 16.3."

Auflegen, klingeling, abheben: „Moment bitte", Hörer auf den Tisch und einen der bereits dort liegenden gegriffen: „Entschuldigung, was liegt an?"

Tag für Tag.

Richard Kurz

Wenn der kleine M morgens (meist als Letzter) das Büro betrat, riefen die Kollegen freudig grinsend „Mahlzeit!" und „Oben rechts!" Oben rechts befand sich in den damals modernen Schreibtischen ein flaches Fach für Kugelschreiber und Bleistifte.

Und für einen Eine-Mark-Flachmann.

Jägermeister.

Eisgekühlt.

Der kam meistens von Richard.

Richard war Alkoholiker, wie so viele zwischen Schifffahrts-Schreibtisch und Ladeluke. Und da es sich besser trinkt, wenn alle trinken, gab er oft einen aus. Die Kollegen kamen damit ganz gut klar und Richard soweit auch.

Jedenfalls bis zur Mittagspause.

In selbiger gab er sich dann aber so derartig die Kanne, dass er nur mit deutlichen Ahtikuhationswierigkeiten wieder in die „Container-Börse“ einsteigen konnte. Kunden, mit denen er vormittags über Preise verhandelte, sagten ihm oft „Richard! Komm! Mach´s doch nicht so schwierig. Gib mir den Preis jetzt - heute Nachmittag gibst du ihn mir sowieso.“

Was wahwa.

Beten

„Das Intimste, was ich in die Beziehung zu Beate mitgebracht hatte, war das abendliche Gebet“, erzählte mir der kleine M leicht verschämt. „Das aus den Kindertagen - leicht modifiziert. Sie hatte diese Gewohnheit freundlich lächelnd in ihr Leben übernommen. Vor dem Einschlafen falteten wir gemeinsam die Hände übereinander und ich sprach das Gebet.“

Weil es ihm vom Säuglingsalter an eingetrichtert worden war.

Und weil es schwer war von der Gewohnheit zu lassen, Gott zu bitten, schützend über Beate und ihn und die ganze Menschheit zu wachen.

Der Gedanke an den Verzicht darauf machte ihm Angst - auch wenn sein Glaube an einen Gott sich längst an seiner Logik rieb.

Mach mich glücklich!

Heißt Liebe, die Verantwortung für das Glück von jemand anderem zu übernehmen?

Nicht in der Welt des kleinen M.

Aber in der Welt von Beate.

Der kleine M empfand diese Erwartung als Fessel. Er war bereit so ziemlich alles mitzutragen, was Beate neben ihrer Partnerschaft ein eigenes Leben eröffnet hätte - aber sie ging nicht durch diese offene Tür.

Erst viele Jahre später dämmerte ihm, dass sie nicht nicht wollte, sondern, dass sie vermutlich nicht konnte.

Ihr Vater, Fritz Städter, war ein Mann, den der kleine M als puren Egoisten erlebt hatte, der außer sich selbst nur noch sich selbst liebte. Ein großer, schlanker, hyper-adretter Mensch.

Wein-Großhändler.

Betrieb vom Schwiegervater geerbt.

Wohlhabend aber nicht reich.

Tennis spielend.

Tennis war damals die Sportart der kleinen Pupser, die auf dicke Hose machten, weil sie zum Beispiel einen Weingroßhandel geerbt hatten.

In den 1970ern fuhr Fritz Städter einen *Peugeot 504*. Ganz fein - aber nicht zu protzig, das sah man in Pinneberg nicht gern. Er lebte ein paar Straßen von seinem geerbten Haus im Hofweg entfernt, in dem bis vor kurzem eine WG gewohnt hatten.

Beate und ihre Schwester waren in diesem Haus aufgewachsen. Am Ende des etwa 12 Meter langen Flures befand sich eine Glastür mit Durchgang zum Büro des Weingroßhandels. Da hockte Städter den ganzen Tag - und seine Frau hockte bei Fuß. Für die Kinder hatte man eine Haushälterin eingestellt, die im ersten Stockwerk des Hauses wohnte und quasi die Mama gab.

Der kleine M vermutete, dass die richtige Mama, die er sehr gern gehabt hatte, lieber selbst die Mama für ihre Töchter gegeben hätte, aber der Großhändler bestimmte ihr Leben - und das gehörte nach dessen Ansicht in sein Büro.

Als der kleine M sich dieses Elternhaus beim Schreiben unseres Biogramans vergegenwärtigte, konnte er die Sehnsucht der jungen Beate nach ganz viel Zeit und Zuwendung ziemlich anders sehen, als mit Mitte 20.

BanjOh

Wandsbek-Auftritt an einer Bremer Universitäts-Fakultät.

Wie so oft in den Unis fand die Veranstaltung in der Mensa statt. Eine Mensa hat immer einen Tresen, aber nur selten eine Bühne. Für eine solche wurden dann jede Menge Tische zusammengeschoben und an den Beinen miteinander verbunden, so auch in Bremen.

Die *Wandsbeker* richteten sich auf der Tischbühne ein, der kleine M machte seine ersten Sprüche und dann ging es los.

Das Intro für das erste Lied spielte zu der Zeit Hastig auf einem 5-Saiten-Banjo. Im Gegensatz zu Banjo-Frank konnte er es nur im Sitzen bedienen. Also schnappte er sich einen Stuhl, nahm Platz und begann das musikalische Vorspiel.

Dann setzten Gitarre, Bass und Waschbrett ein.

Und taten das auch.

Punktgenau.

Nur, dass das Banjo nicht mehr spielte.

Die drei Einsetzer drehten sich um und staunten nicht schlecht: Hastig war von der Bühne verschwunden, hatte sich vollständig in Luft aufgelöst.

Hä?

Was ist denn nun los?

Leicht lädiert und mit einem irren Grinsen krabbelte er hinter der Bühne hervor, das Banjo am ausgestreckten Arm triumphierend nach oben haltend.

Die Menge tobte. Sie glaubte bei jedem Bühnenunglück der *Wandsbeker* an einen geplanten Gag, aber die Wahrheit hieß:

Das Stuhlbein hinten rechts war zwischen die beiden letzten Tische der „Bühne“ gerutscht, hatte den Stuhl nach hinten wegkippen und Hastig mit einem Salto rückwärts von der Bühne fliegen lassen.

Jorike

Wir sind auf derselben Veranstaltung, gut eine Stunde später. Der kleine M machte wieder ordentlich Show mit seinem Waschbrett. Er hämmerte immer dermaßen darauf ein, dass keines mehr als zehn Auftritte überlebte. Meist wurden sie nach sieben, acht Einsätzen mit einem großen Loch in der Mitte für einen guten Zweck versteigert.

Er hatte sich angewöhnt während eines Auftritts möglichst niemand im Publikum direkt anzusehen, weil es ihn schon einige Male aus dem Konzept gebracht hatte, wenn er wen erkannte, oder wenn jemand während seiner Moderation, aus ihm unerklärlichen Gründen, lachte oder auch nicht.

Heute funktionierte das nur mäßig.

In der Mitte der Zuschauerinnen und Zuschauer leuchtete eine sehr auffällige Erscheinung mit strahlend weißer, sehr voller Bluse, ganz langen pechschwarzen Haaren, blusen-weißen Zähnen und indianisch betonten Wangenknochen.

Ihr Anblick war irritierend, aber nach dem Auftritt vergessen. Da war Erschöpfung, Zigarette, Bier, Schulterklopfen abholen, Platten verkaufen, Autogramme schreiben angesagt. Bis sich aus dem Gewühl eine Hand und ein strahlend weißer Ärmel zu ihm durchschob, ihn sanft am oberen Hemdknopf packte und hochzog: „Komm!“

Verwirrt stand er auf und tappte hinter der schönen Indianerin her.

„Euer Auftritt hat mich ganz wild gemacht. Wie du auf dieses Waschbrett einhämmerst, was da an Energie rüberschwappt – Wahnsinn!“

Sie erreichten eine Tür mit rotem Kreuz.

Sie schloss auf.

Das Erste was er sah war eine Liege.

Dann schloss sie zu und machte Sex.

Nicht unbedingt mit ihm.

Er lag nur unter ihr, groggy vom Auftritt und völlig überrascht von der Entführung mit ihren unmittelbaren Folgen, unfähig den männlichen Pflichten in nennenswertem Umfang nachzukommen.

Sie war lieb. Dabei und danach.

„Ihr seid das ganze Wochenende hier, richtig?"

„Jo."

„Kannst bei mir wohnen, hab auch was Schönes zu essen im Kühlschrank - und kühles Bier!"

„Ja, mal sehen. Gib mal die Adresse, ich muss noch abbauen."

Es trommelte an der Tür. Hastig drängte zur Eile, er wollte schließlich auch mal mit wem auf die Liege.

Dazu muss man wissen, dass Hastig mit jeder Frau jeden Aussehens und jeden Alters kopulierte, die bereit war ihn in sich aufzunehmen. Und das waren sehr viele. Nach fast jedem Auftritt konnte die Band den Bus nicht beladen, weil die schaukelnde Bewegung schon aus der Ferne signalisierte was Sache war.

Heute war Frank schneller gewesen. Der Bus schaukelte schon als sich Hastig mit Gespielin näherte und nun war auch der Sanitätsraum noch besetzt!

Und das vom kleinen M, der nach Auftritten sonst nie etwas mit Frauen hatte!

Klar, manchmal sah der vor einem Auftritt ein interessantes Madl im Publikum, mit dem er gern in Kontakt gekommen wäre, aber wenn sie nicht reagierte, ließ er halt von ihr ab und die Sache war erledigt. Wenn sie ihn aber nach dem Auftritt plötzlich interessant fand, weil sie dann wusste, dass er der Feinwäscher von *Wandsbek* war, hatte er selten Interesse an mehr als einem Gespräch. „Abstauben" fand er total blöd, aber heute hatte ihm die Indianerin keine Wahl gelassen.

Nachdem die Bühne geräumt und der Bus gepackt war, nahm er sich ein Taxi zum Ostertor, wo die Schöne wohnte. In einem Altbau-Mietshaus, mit einer riesigen Wohnung: Wohngemeinschaft!

„Erinnert mich schwer an Monis Bleibe in Berlin" dachte er, ohne Sehnsucht zu fühlen.

Jorike, so der wenig indianische Name, begrüßte ihn mit einem leichten unaufdringlichen Kuss und führte ihn in die Küche. Dort saß Frank Hartmann, der bei seiner Auto-Schaukel-Kollegin ebenfalls Quartier gefunden hatte: „Komm rein – is prima hier", grinste er und öffnete demonstrativ die Tür des mannshohen Kühlschranks, neben dem er es sich bequem gemacht hatte. Der kleine M blickte auf Duzende von Steaks und zig Flaschen kühlen Biers.

Meldungen aus 1975

- **Der Vietkong erobert mit Saigon, die letzte Festung der USA in Vietnam**

Leute aus der US-amerikanischen Botschaft hängten sich an die Kufen überfüllter Hubschrauber. Sie hatten Angst, nach dem Massaker, das die USA mit ihrer Unterstützung hier jahrelang angerichtet hatten, nun selbst ihr Leben zu verlieren.

- Das Bundesverfassungsgericht kippt die bitter erkämpfte *Fristenlösung* (§ 218) zu Gunsten einer *Indikationslösung*, die einem Schwangerschaftsabbruch zwingend eine Beratung voranstellt und es untersagt, ärztliche Hilfe für einen Abbruch öffentlich anzubieten.

- Ytzhak Rabin besucht nach der Schoah als erster israelischer Ministerpräsident Westdeutschland.

- Ein sowjetisches und ein US-amerikanisches Raumschiff koppeln sich im All zusammen.

- **Die *RAF* entführt Peter Lorenz, den Vorsitzenden der Berliner *CDU*.**

Gefordert wurde hauptsächlich die Freilassung von sechs *RAF*-Gefangenen, die nicht zur Führungsgruppe gehörten. Die Regierung Schmidt ging auf die Forderungen ein und ließ die Freigepressten, sowie den freiwillig als Geisel mitreisenden Pastor Albertz, in einem Flugzeug außer Landes bringen.

- ➢ **Ein *Kommando „Holger Meins"* nimmt Mitarbeiter der Deutschen Botschaft in Stockholm als Geiseln um Baader, Meinhof und andere Führungsmitglieder der *RAF* freizupressen.**

Die Regierung lehnte die neuerliche Erpressung ab. Die Terroristen erschossen daraufhin zwei Geiseln und lösten vorzeitig die Sprengsätze im Botschaftsgebäude aus, was bei Geiseln und Terroristen zu schweren Verletzungen führte. Zwei Kommando-Mitglieder verstarben, die anderen Vier wurden auf der Flucht gefasst.

- ➢ Das *RAF*-Spezialgefängnis Stuttgart-Stammheim war fertig, die Prozesse gegen die bereits inhaftierten Gruppenmitglieder begannen.

Hochglanz-LP

„Aber hey; wir wollen doch keine Haarspalterei betreiben. Wenn ihr eine Platte macht, dann macht ihr die bei uns!"

pläne hatte seine Pläne geändert.

Oder die Meinung über *Wandsbek*?

Oder vom Parteivorstand eins auf den Deckel gekriegt?

„Keine Ahnung", konstatierte der kleine M. Jedenfalls wurde in Hamburg das damals berühmte *Windrose*-Studio angemietet, damit *Wandsbek* eine *pläne*-LP einspielen konnte.

Was der Kunst leider auch nicht weitergeholfen hat.

Der kleine M hatte überhaupt keine Idee von Groove. Er war der Meinung, dass ein Lied nur dann richtig losginge, wenn es in Höchstgeschwindigkeit gespielt wird, was zur Folge hatte, dass fast alle Stücke zu schnell und damit am Ende ungenießbar geworden sind.

Aber inhaltlich richtig.

Fanden Leute.

Was für den kleinen M kein Trost war.

INFO Songs auf der LP von 1975

A-Seite **01** Lied über die steigenden Preise bei Öffies (von der Papp-LP)**, 02** Über Kinder-Dressur, **03** Über einen Spielplatz, der keiner ist (von der Papp-LP)**, 04** Über fehlende Soldaten-Solidarität in der Kaserne, **05** Zur Solidarität mit den Opfern in Chile, **06** Instrumental mit einem kurzzeitig mitspielenden Geiger
B-Seite Streik in Duisburg (von der Papp-LP**), 02** Über einen Streikbrecher, **03** Weltverschmutzung(!), **04** Ein „linkes" (?) Liebeslied, das vom Staatfernsehen (ZDF?) verfilmt und gesendet wurde, **05** Traditionelles Hamburger Lied mit neuer Strophe zur RAF, **06** Thema Weltverschmutzung (!)

Stress im Radio

(Aus *www.NDR.de,* vom 22.09.2016:) *Klaus Wellershaus war der Pionier des journalistischen Musikradios im NDR. Innovativ, neugierig, offen, auf Qualität bedacht, tolerant, an Menschen und Musik interessiert - so hat er auf seine Hörer gewirkt, wenn er ihnen seit den 60er-Jahren ohne Schranken neue Klänge nahegebracht hat ...*

Und dank ihm geschah es trotz des Radikalenerlasses, dass Lieder der *Wandsbek*-LPs, in seiner beliebten Sendung „Musik für junge Leute" erklangen.

Was Klaus Wellershaus schnell bereuen sollte.

Er bekam Sanktionsdrohungen aus dem Sender, weil man explizit politische Lieder nicht im Radio spielen könne.

Daraufhin lud er die Band ins Funkhaus ein und besprach mit den Jungs, wie sie ihm helfen konnten: „Organisiert möglichst schnell möglichst viele Hörer-Zuschriften, die sich positiv zu der kritisierten Sendung äußern. Hier läuft das so, dass man den Positiv- und den Negativ-Stapel nebeneinanderlegt und daran bemisst, wie gut eine Sendung angekommen ist."

Er bekam genug positive Zuschriften, um Sanktionen aus dem Wege zu gehen, aber nicht genug, um *Wandsbek* weiterhin auflegen zu können.

Im selben Jahr (1975) wurde der *NDR*-Moderator Wolfgang Hahn vorübergehend suspendiert, nachdem ein *CDU*-Bundestagsabgeordneter sich darüber beschwert hatte, dass Hahn in einer Sendung ein bei Herrn *CDU* unbeliebtes Erich-Kästner-Zitat vorgelesen hatte.

Und dann ging es im ganzen Land „linken" Jugendsendungen an den Kragen. Als „links" galten sie, wenn sie auch über autonome, also nicht von „Parteien der Mitte" oder Kirchen gesteuerte Initiativen berichteten, über bevorstehende Demos und selbstverwaltete Jugendzentren, wenn sie Musik von Bands wie *Wandsbek* spielten und deren Auftrittstermine und -orte nannten.

Die Verbannung solcher Sendungen lief in ganz Westdeutschland unter „Konzeptumstellungen im Programm".

A.M.V.

Lebenslänglich „Container-Börse"? Diese Frage quälte den kleinen M immer mal wieder. Er wollte auch so ein freies Leben führen wie die Studierenden seinerzeit. Ohne Abitur allerdings eine schwierige Sache. Aber da gab es die *Fachschule für Sozialpädagogik* in Lüneburg – da konnte man sich mit *Mittlerer Reife* und abgeschlossener Berufsausbildung bewerben. Das tat der kleine M und seine Bewerbung wurde angenommen.

Er kündigte bei *Schlottke* und jobbte bis zum Studienbeginn in der Poststelle von *A.M.V. (Automatische Mahnverfahren GmbH & Co.KG)*. Das Automatische bestand darin, dass Computer für große Firmen die Zahlungen von deren Kundschaft terminlich überwachten. War das Zahlungsziel abgelaufen, druckten die Maschinen pünktlich erste, zweite und dritte Mahnungen, die den säumigen Kunden und den dazugehörigen Rechtsanwälten und Gerichten zugesandt wurden.

Für die Erledigung dieser Aufgabe, die heute jedes Smartphone meistern würde, bedurfte es gigantischer Anlagen. In einem zirka 12 x 12 Meter konstant temperierten staubarmen Raum, der nur von Fachkräften in weißen Kitteln, so genannten „Operators" betreten werden durfte, standen acht mannshohe Computer. Sie speicherten die Daten auf Platten von zirka 40 Zentimetern Durchmesser, die wiederum in einer Art Tortenschachtel sechsfach übereinander gestapelt auf einer senkrechten Achse steckten. Das war *eine* Speichereinheit!

Um sie zum Einsatz zu bringen, zog ein Operator an einem Rechner eine große Schublade auf, setzte die Tortenschachtel hinein, drehte den Tortenschachteldeckel ab und machte die Schublade mit den nun freiliegenden Platten zu. Schon wurden die paar Daten, die auf den Tortenscheiben gespeichert werden konnten, in wenigen Stunden aktualisiert. Um den Betrieb am Laufen zu halten waren zudem Tag für Tag zwei aufgeregte und oberwichtige Programmierer im Einsatz.

Der kleine M arbeitete in der Poststelle des Unternehmens, in der täglich etwa dreihundert Mahn- und Vollstreckungsbriefe anfielen. Sie wurden auf Endlospapier gedruckt, das der kleine M auf eine Verarbeitungsstrecke schickte, auf der es automatisch unterschrieben, geschnitten, gefalzt, eingetütet und frankiert wurde. Oder werden sollte, denn die komplizierten Mechaniken fungierten gern auch als Schredder.

Etwa ein Jahr nach seiner Bewerbung an der Fachschule Lüneburg erhielt mein Freund die Nachricht, dass sich inzwischen die Aufnahmebedingungen geändert hätten – und er an der Schule nicht angenommen werden könne.

Zeitgleich ging die *A.M.V.* pleite: „Sie können sich aussuchen, ob Sie weiterhin zur Arbeit kommen oder nicht – Gehalt gibt es jedenfalls nicht mehr."

Arbeitslos zum Ersten

Das Geld kam jetzt vom Arbeitsamt. Geil!

Geld für Nichtstun!

Freiheit!

Freiheit?

Der kleine M bemühte sich um anhaltende Begeisterung, aber schnell quälte ihn die sparkasseninduzierte Sicherheitsfrage: „Wie geht es weiter?"

Arbeitslosigkeit ist kein Urlaub.

Urlaub ist Pause mit feststehendem Ende.

Arbeitslosigkeit ist Ungewissheit ohne Ende.

Arbeitslosigkeit ist die ultimative soziale Bedrohung, die Triebfeder der Marktwirtschaft.

Der Blick ins Nichts.

Die große Scheiße!

Klaus Waldmann

Nach gut einem Jahr *A.V.M.* und sechs Wochen Arbeitslosigkeit war er wieder da, wo er eigentlich nicht mehr sein wollte: bei der Schiffsmaklerei. Die Firma *CARGOSHIPS & Co* hatte viele Reedereien von *Schlottke* abwerben können - und viele dazugehörige Mitarbeiter, die den kleinen M noch kannten. Deshalb klappte es mit der Einstellung recht kurzfristig und zwar mit einem ganz guten Gehalt von 3.200 D-Mark (x 13).

Als er zum nächsten Ersten bei *CARGOSHIPS* antrat, begrüßten ihn die alten *Schlottke*-Kollegen mit großem Hallo. Ein ihm Unbekannter meinte freudig überrascht: „Hey, du bist doch der Genosse von *Wandsbek*!"

„Jo, ich bin von *Wandsbek*, aber kein Genosse."

„Also, wenn du kein Genosse bist, dann weiß ich nicht, wer einer ist", strahlte Klaus Waldmann, der führende, weil einzige Betriebs-Kommunist. „Ob man Genossin oder Genosse ist, hat mit einer Parteizugehörigkeit erst mal gar nichts zu tun, sondern nur mit der Haltung, mit der man durchs Leben geht."

Diese Definition gefiel dem kleinen M, man kann sogar sagen, er fühlte sich geschmeichelt: „Hallo Genosse!"

„Du kommst genau zur richtigen Zeit, Mann. Wir bauen hier gerade einen Betriebsrat auf."

„Aha …"

Der kleine M hatte keine Lust auf Betriebsratsarbeit. Schon der gescheiterte Versuch bei *Schlottke* hatte ja gezeigt, wie wenig die Kolleginnen und Kollegen zu solchen Vorhaben standen, wenn es darauf ankam.

Andererseits fand der kleine M es immer eine der größeren Merkwürdigkeiten von Demokratie, dass sie ausgerechnet dort nicht gelebt werden durfte, wo die Menschen sehr viel wichtige Lebenszeit verbringen: am Arbeitsplatz. „Und wenn es nun dank Betriebsverfassungsgesetz die Möglichkeit einer gewissen Mitbestimmung gibt, darf man die im Grunde nicht ungenutzt lassen", wägte er in sich hin und auch wieder her.

„Bist du in der *ÖTV* oder in der *HBV*?", erkundigte sich Waldmann.

„Ich bin in gar keiner Gewerkschaft, ehrlich gesagt."

Jetzt guckte sein Gegenüber aber doch ziemlich erstaunt: „Wie jetzt?"

„War ja klar, dass das kommt", dachte sich der kleine M. Viele Leute in der *DKP* verstanden es, dass man nicht in der Partei sein wollte, aber dass man als Arbeitnehmer nicht in einer Gewerkschaft war, das war ihnen völlig unverständlich. Und dass ein Mitglied aus einer der bekanntesten „Gewerkschaftsbands" nicht in einer Gewerkschaft war, das, konnte man Waldmanns fassungslosem Gesicht entnehmen, hielt er für den schlechtesten Scherz, den er seit langem gehört hatte.

War ja auch blöd, wusste der kleine M selber.

Die Arbeitsgeber waren alle fein organisiert und die Arbeitnehmer taten sich so schwer damit, ein entsprechendes Gegengewicht zu schaffen.

„Okay, also wenn du einen Beitrittszettel …" fing er an.

„Aber immer, Kollege!", strahlte Waldmann schon wieder und zog mit einem zufriedenen Lächeln ein Beitrittsformular der *ÖTV (Gewerkschaft Öffentliche Dienste, Transport und Verkehr)* aus seiner Aktentasche.

Luschi Lissi!

Der kleine M kurvte durch Hamburg und kam zufällig am Scheideweg vorbei. Da er seine christliche Mutter längere Zeit nicht besucht hatte, beschloss er spontan zu klingeln. Seit neuestem war eine Gegensprechanlange im Haus installiert worden, die sie mit großer Begeisterung nutzte, auch wenn sie genau wusste, wer gerade geklingelt hatte, weil man sich verabredet hatte: „Ja hallo, hallo, wer ist denn da, bitte schön?"

Diesmal quäkte nur ein knappes „Ja?" aus dem Lautsprecher.

„Ich bin´s!", rief der kleine M.

„Oh!" Es dauerte einen Moment bis der Summer schnarrte.

Lissi setzte sich unter den Kutter in Öl und sie redeten über und dies und das. Als der kleine M wieder los wollte, fiel ihm ein, dass er schon immer ein Buch aus seiner Jugendzeit mitnehmen wollte und ging zum Regel im Schlafzimmer.

„Hä? - Die Tür ist verschlossen!"

„Ja..."

„Wieso das denn?"

„Da kannst du heute nicht rein."

„Bitte?"

„Da ist jemand drin, der dich nicht treffen möchte."

Beim nächsten Besuch griff der kleine M das Thema nochmal auf.

„Das war Herr Krawczyk. Ich bin seit vielen Jahren mit ihm befreundet."

„Mit Herrn Krawczyk, deinem Chef?"

„Ja", sagte sie schuldbewusst und schlug die Augen nieder. „Er ist zwar verheiratet, aber seine Frau ist schwer krank."

„Und?"

„Und das ist schwer für ihn."

„Und?"

„Und deshalb lädt er mich zu wunderschönen Reisen ein. Er wandert gern."

„Hast du ein Foto von ihm?"

„Na klar." Sie kramte einen Karton hervor und legte ein paar Fotos auf den Tisch. Der Typ sah so derartig scheiße aus, dass der kleine M fast eine Bemerkung darüber gemacht hätte: Nazi-Frisur, also an den Seiten und im Nacken kahl und oben drauf war der verbliebene Rest mit einem Pfund Pomade angeklebt (was damals vollkommen Out war, aber 2016 wieder richtig In ist), mit feinstem Anzug und hartem Steinbeißer-Gesicht.

Für den kleinen M war er rein äußerlich der Inbegriff eines Spießers. Klar, dass der nicht die Courage hatte ihm offen und selbstbewusst als Freund seiner Mutter zu begegnen.

Und irgendwie auch klar, dass der kleine M in der Wohnung seiner Mutter eines Tages einen Briefumschlag von Krawczyk fand, in dem die ersten Pornohefte steckten, die mein Freund zu Gesicht bekam.

Meldungen aus 1976

- **Gustav Heinemann stirbt.**

Heinemann war der einzige Bundespräsident, dem der kleine M Respekt und Anerkennung entgegenbringen konnte. Er war in seinen Augen ein sehr kluger und menschlicher Politiker.

- **Wolf Biermann wird aus der DDR ausgebürgert**

Ausgerechnet *Die Welt*, ein Kampfblatt der Rechten, nannte Wolf Biermann *„die Nervensäge der DDR". Er habe an deren Untergang fröhlich mitgewirkt, sei ein Zugereister aus dem Westen gewesen, der freiwillig gekommen und am Ende unfreiwillig ausgebürgert worden war.*

Biermann war eine zentrale Figur der Westpropaganda, die an ihm vorführte, was sie das in der DDR herrschende „Unrechtssystem" nannte. In dem Maße, in dem die West-Medien Biermann zum Volkshelden des Ostens stilisierten, nahmen die Repressionen gegen ihn zu – die den West-Medien wiederum als erneute Beweise von Unterdrückung und Unfreiheit dienten.

Die DDR wollte den Mann loswerden.

Viele Prominente im Lande warnten die SED-Führung davor, Biermann auszubürgern. Aber die Damen (?) und Herren blieben hart und verweigerten ihm, während einer Reise in den Westen, die Rückkehr in die DDR. Daraufhin unterzeichneten viele DDR-Promis öffentliche Aufrufe, die Ausbürgerung von Wolf Biermann zurückzunehmen. Für sie war es nicht tolerierbar, dass der „sozialistische Arbeiter und Bauernstaat" einen einzelnen aufmüpfigen Sängerknaben nicht aushalten konnte. Aber sie konnte oder wollte nicht.

Die Ausbürgerung von Wolf Biermann erfolgte, als er eine *IG-Metall*-Tournee im Westen antrat, deren Auftakt live und in voller Länge im *ARD*-Fernsehen übertragen wurde. Mit lauter politischen Texten! Allerdings mit den öffentlich-rechtlich gewünschten.

Schon bald, als Bundesbürger, konnte (oder wollte?) Biermann seine Rolle als Freiheitsheld der DDR nicht weiter bedienen. Er war einfach nur noch ein unangepasster Kommunist in Hamburg und damit für „unsere" Medien unattraktiv geworden.

- **Entführung eines Passagier-Flugzeugs nach Entebbe (Uganda) durch palästinensische Männer und Frauen. Ziel: Freipressung von 53 Terroristen aus zahlreichen Ländern – inklusive der Führungsriege der *RAF***

Ein israelisches Sonderkommando beendete die gewaltsame Aktion gewaltsam.

- Ulrike Meinhof stirbt im Gefängnis - nach offizieller Darstellung durch Freitod.

- Der chinesische Staats- und Parteichef Mao Zedong stirbt. Die Kulturrevolution wird offiziell für beendet erklärt.

„Nein..."

Der kleine M fuhr oft nach Bremen – mit und ohne Band, aber immer zu Jorike. Er war schwer verliebt in diese Frau. Sie hatte sich seinetwegen von ihrem Freund getrennt, machte aber keinerlei Druck, diesen zu ersetzen. Sie ließ den kleinen M völlig frei und nahm ihn in großer Liebe auf, wenn er wieder da war.

Schonend brachte sie ihm bei, wie es für Frauen oder zumindest für sie beim Sex besonders schön sei.

Wenn bei seinen Besuchen die jeweils seeehr lange Angelegenheit mit dem Sex erledigt war, blieben sich die Beiden in allem sehr nah und führten viele seichte und viele tiefe Gespräche über alle Bereiche des Lebens.

Das war ganz toll mit dieser klugen Frau.

Sie war so selbstbewusst.

So klug und so stark.

Zu klug und zu stark für meinen Freund, zu jener Zeit.

Er konnte sich nicht vorstellen, ihr auf Dauer genügen zu können. Mit dem Kopf nicht und mit dem Piephahn auch nicht.

Und dann war da ja auch noch Hamburg.

Und die Band.

Und die Freunde.

Die Bekannten.

Und Beate.

Als Jorike ihn eines Tages fragte, ob er Lust hätte in Bremen zu leben, sagte er Nein.

Sie heulten sich die Tränensäcke leer.

Jorike war die Einzige, die er Jahrzehnte später per Internet suchte, um sie nochmal wiederzusehen.

Vergebens.

Bildungsurlaub

Die BRD hat sich im *Übereinkommen Nr. 140 der Internationalen Arbeitsorganisation (ILO)* völkerrechtlich verpflichtet einen bezahlten Bildungsurlaub einzuführen. Er soll der Berufsbildung, der allgemeinen und politischen Bildung sowie der gewerkschaftlichen Bildung dienen. Leider erfolgte außer dieser Unterschrift wenig auf Bundesebene, sodass die Bundesländer im Rahmen der konkurrierenden Gesetzgebung individuelle Lösungen schufen.

Das sind dann überall schöne Gesetze geworden.

Doch leider nicht sehr beliebte.

Bei den Arbeitgebern.

Noch mehr bezahlter Urlaub?

Unmöglich!

Und diese Haltung machten sie ihren „Lieben Mitarbeiterinnen und Mitarbeitern“ klar.

Natürlich unter voller Deckung von *Bild* & Co. Diese Blätter berichteten sinngemäß vom „Bildungsurlaub an der Südsee“ und ähnlichen „Skandalen“, um die neuen Chancen zu ersticken, bevor sie atmen lernten.

Und das klappte natürlich:

Der Bildungsurlaub war schnell so diskreditiert, dass es kaum Leute gab, die sich trauten, ihn zu nehmen.

2015 war dem Internet zu entnehmen, dass „derzeit nur etwa ein bis zwei Prozent aller deutschen Arbeitnehmer*innen den Anspruch auf Bildungsurlaub wahrnehmen“.

„Willst du nicht mal Bildungsurlaub machen?“, fragte Klaus Waldmann viele Kolleginnen und Kollegen im Betrieb. Für ihn war es eine Schande, dass ein so wertvolles Recht nicht genutzt wurde.

Waldmann selbst nahm sich sein Recht. Natürlich!

„Na wie ist es? Fahren wir mal in die DDR?“ hakte er beim kleinen M nach.

„Ach ich weiß nicht, ich bin ja noch so neu im Betrieb.“

Erstens hatte er Schiss Bildungsurlaub einzureichen und zweitens wollte er auf keinen Fall mit Waldmann gemeinsam fahren. Waldmann war okay, aber auch so verbissen, wie man sich den Bilderbuch-Kommunisten vorstellt. Es fehlte ihm an Einfühlungsvermögen für andere. Er hatte seine Weltsicht und die trug er offen, nachdrücklich und kompromisslos vor sich her. Der kleine M wusste, dass er dem wenig entgegensetzen konnte, weil er vieles sehr schlüssig fand, aber er wollte nicht einfach Waldmanns Sichtweisen übernehmen, sondern sich im eigenen Tempo, und nicht nur über den Kopf, eine eigene Meinung bilden. Zum Beispiel über die DDR. Das wäre bei einer gemeinsamen Reise kaum möglich gewesen.

„In der DDR bin ich sowieso öfter mal mit der Band, die interessiert mich nicht so.“

„Und Sowjetunion?! Da würde ich allerdings nicht dabei sein.“

„Schon eher ...“

Zwei Tage später lag der Katalog für *Bildungsreisen mit der ÖTV* auf dem Tisch des kleinen M. Eine Seite war bereits aufgeblättert: 10 Tage Moskau und Taschkent.

Moskau

Im Frühjahr 1976 landete der kleine M mit einer zwölfköpfigen Gewerkschaftsgruppe abends in Moskau. Das Wetter war so, wie man es von der Hauptstadt des Sozialismus erwarten musste: kalt, windig und feucht.

Ungemütlich.

Sie wurden per Bus vom Flughafen abgeholt und in eine alte Villa gefahren. Das Gebäude war so, wie man es im Sozialismus erwarten musste: zu groß, zu kalt, zu ungastlich. Auf der riesigen Marmortreppe, die zu den Zimmern im ersten Stock führte, wurden sie begrüßt. Jeder (es waren nur Männer in der Gruppe) erhielt einen Plastikbeutel mit ein paar belegten Scheiben Brot und etwas Obst. Kaum waren diese Tüten ausgehändigt, wurden sie auch schon wieder eingesammelt, es hatte einen Verpackungsfehler gegeben, man hatte ein Getränk vergessen: „Wir nehmen aus jedem Beutel eine Scheibe Brot raus und tun dafür eine Limonade hinein.“

„Willkommen im real existierenden Sozialismus“, raunte einer der Mitreisenden dem kleinen M zu.

In den Tagen darauf besichtigten sie Fabriken und erfuhren, dass die wirtschaftliche Entwicklung und damit der Sozialismus auf einem guten Wege sei, auch wenn es hier und dort Schwierigkeiten gäbe. Viel Inhaltliches ist beim kleinen M nicht hängengeblieben.

Er erinnerte aber, das es überraschend viele Autos auf den Straßen gab, viel weniger als in Hamburg aber viel mehr als er nach seinen Erfahrungen in der DDR vermutet hätte. Die Metro fuhr zu den wichtigen Tageszeiten im Minutentakt von sehr aufwändig gestalteten Bahnhöfen („Für die werktätige Bevölkerung"). Die Züge waren rammelvoll und die Züge in den Gesichtern der Leute waren so freudlos wie das Wetter, trotz der schönen Stationen.

Niemand war nach drei trüben Tagen in Moskau betrübt, dass die Reise weiterging. Manche wären gern schon nach Hause geflogen - das Leben im Sozialismus wirkte genau so, wie sie es nach den Schilderungen in den großen westdeutschen Medien erwartet hatten. Da brauchte man keinen Nachschlag, zumal niemand das Erlebte in einen historischen Kontext hätte rücken können.

Aber es half alles nichts - die Reise ging weiter.

Taschkent

Taschkent, die Hauptstadt Usbekistans, ist von Moskau noch mal so weit entfernt, wie Berlin von Moskau, zirka 3000 Kilometer. Es hat ein Stück gemeinsamer Grenze mit Afghanistan und ist vermutlich sehr anders, als die Lüneburger Heide, ahnte der kleine M.

Als die Wolken nach einiger Flugzeit unter ihnen aufrissen, starrte er auf eine Wüste. Eine Wüste hatte er noch nie gesehen, auch nicht aus 10.000 Metern Höhe: Sand, Sand, Sand.

Dann ein Meer.

Erdkunde war nicht gerade seine Paradedisziplin gewesen, aber von einem Meer zwischen Moskau und Taschkent hätte er wissen müssen. Obwohl es also peinlich werden konnte, fragte er seinen Sitznachbarn: „Was ist denn das für ein Meer, das wir überfliegen?"

„Das ist kein Meer, das ist der Aralsee."

Sie flogen, flogen, flogen und flogen - und das Wasser nahm kein Ende.

„Das ist doch niemals ein See."

„Doch, doch, der Aralsee!"

Das Wasser endete, der Sand bekam einen grünen Flaum und dann etwas Undefinierbares: Gras? Büsche?

„Baumwollfelder."

„Aha!"

„Bitte anschnallen, wir beginnen unseren Landeanflug auf Taschkent."

Immer noch grüner Flaum mit Undefinierbarem.

„Immer noch Baumwolle?"

„Jo, alles Baumwollfelder."

Als die Kabinentür geöffnet wurde, strömte sehr warme trockene Luft ins Innere der Maschine. Alle norddeutschen Mundwinkel gingen nach oben. Man bestieg den bereitstehenden Bus. Er verließ den Flughafen und bog in eine Palmenallee ein, an der links und rechts Wassergräben verliefen, die einer üppigen, mannshohen Blütenpracht die nötige Feuchtigkeit gaben.

Der Himmel war azurblau.

„Guten Tag, liebe Gäste. Mein Name ist Anna, unser Fahrer heißt Andrej. Wir möchten Sie ganz herzlich in Taschkent willkommen heißen", quäkte es aus den Lautsprechern.

Die seit der Landung aufgestaute Euphorie der Gruppe brach sich in lautem Jubel Bahn. Alle klatschten freudig in die Hände. So muss Sozialismus: warm, sonnig, mit vielen Blumen und einer wunderschönen einheimischen Reiseleiterin, die astrein deutsch spricht!

Das *Hotel Usbekistan* war auch ziemlich wunderbar. Am meisten beeindruckte den kleinen M die Fassade. Sie stand etwa drei Meter vor dem eigentlichen Gebäude und war aus schlanken Sandsteinelementen, die wie Fensterrahmen geformt waren und sich jeweils an allen vier Ecken überlappten. Das machte die Fassade sehr luftdurchlässig und hüllte die eigentliche Fensterfront des Hotels ganztägig in einen kühlenden Schatten, ohne zu viel Sicht zu nehmen. Damit war das Hotel in der knallenden Sonne sehr erträglich temperiert (wobei es in den Zimmern zusätzlich Klimaanlagen gab). Der kleine M fand die Fassadenarchitektur ausgesprochen schön, in seinen Augen so typisch orientalisch!

Der erste Abend war ohne Programmpunkt, man konnte tun und lassen, was man wollte. Die Reiseleiterin schlug als Ziel unter anderem einen nahegelegenen Park vor, in dem es ein Caféhaus gäbe, in dem man auch günstig einen Ankunftssekt trinken könne.

Das klang gut.

Der kleine M war nach dem langen Flug ziemlich auf Turkey. Jetzt einen Sekt und zwei Zigaretten? Seeehr attraktive Aussicht!

Sie latschten zu dritt in die angegebene Richtung. Musik wurde hörbar. Akkordeon? Mundharmonika? Gelächter. Im Park waren viele Bänke besetzt. Vor den Bänken stand immer eine offene Flasche Sekt. Auf den saßen Bänken junge Männer, viele in Uniform. Die meisten hatten ein Mädchen in leichtem Sommerkleid im Arm und gern auch einen Arm im leichten Sommerkleid eines Mädchens.

Ziemlich ungeniert - auch als die kleine Reisegruppe vorbeiging.

Die Musik kam aus dem Café. Es war lindgrün gestrichen, kreisrund und hatte außen eine umlaufende Treppe zum Eingang im ersten Stock, wo es auch eine Terrasse gab. Sie war gerammelt voll mit jungen Leuten. Diskutierend, lachend, Sekt trinkend, rauchend.

Ja, so muss Sozialismus! Sekt, Sex und Musik – bei 22 Grad um 22 Uhr!

Taschkent war eine Stadt mit viel moderner Architektur, die Gruppe staunte über die ansehnlichen Hochhäuser. Auch die auffällig schönen Textilien, die die Menschen dort trugen, fielen sofort auf. Die Baumwollfelder, die der kleine M vom Flugzeug aus gesehen hatte, machten Taschkent zu einer der Textilhochburgen der Sowjetunion. Um den Preis, dass die Bewässerung aus den Zuflüssen des Aralsees erfolgte, dem dadurch zu wenig Wasser zulief, sodass er schrumpfte und versalzte, wie man ihnen das Dilemma schilderte.

Die Gruppe besuchte eine der Textilfabriken, die mehrere hundert Mitarbeiterinnen und Mitarbeiter hatte. Die Chefin nahm sich Zeit und beantwortete bereitwillig alle Fragen.

„Ist es wahr, dass Sie diese Fabrik leiten?"

Die Frau verstand nicht.

„Bei uns in Westdeutschland ist es die absolute Ausnahme, dass eine Frau eine Fabrik führt - wenn es das überhaupt gibt."

„Ach so!", sie lachte. „Ja, ich bin die Direktorin, aber wir haben auch noch zehn Abteilungsleiter hier, überwiegend Frauen, wollen Sie die kurz kennenlernen?"

„Gerne!"

Acht Frauen und zwei Männer stellten sich vor. Die Chefin erzählte ihnen von der Frage ob Frauen Fabriken leiten könnten und alle lachten herzlich darüber.

Tags drauf fuhr die kleine Gewerkschaftsgruppe mit der U-Bahn. Der kleine M fühlte sich beim Betreten des Bahnhofs an seine Hamburger Heimatstation *Schlump* erinnert: weiße Fliesen, breite Rolltreppen, pieksauber und bevölkert mit schönen fröhlichen Menschen, die es am Schlump vielleicht öfter gab als in Moskau, aber wohl seltener als hier.

Die Fahrt ging „Zum großen Denkmal der Stadt".

„Okay", dachte er sich, „ein bisschen Agitation gehört natürlich auch zum Programm."

Als die Rolltreppen am Zielbahnhof sie wieder in die Sonne Usbekistans beförderten, blickte er auf etwas, was er so noch nie gesehen hatte: Eine Denkmalsanlage von gewaltiger Größe. Im Mittelpunkt ein Mann und eine Frau, die einen großen Schritt über eine Erdfalte machen, die sich vor und hinter den Skulpturen über den ganzen großen Platz fortsetzt. Anna, die schöne Reiseleiterin, bekam nicht zum ersten Mal Tränen in die Augen, wenn sie von der Vergangenheit ihrer Stadt sprach: „Am 26. April 1966 um 17.22 Uhr riss ein schweres Erdbeben 16.000 Menschen unserer Stadt in den Tod, 35.000 Gebäude wurden völlig zerstört."

Deshalb gab es so viele moderne Häuser!

„Aber es ist das Gute am Sozialismus, dass wir das, was wir schmerzlich lernen mussten, heute den Menschen zu Gute kommen lassen können."

„Jojo“, dachte der kleine M in sich hineinschmunzelnd.

„Sehen Sie hier das Modell eines modernen Hochhauses.“ Sie führte die Gruppe an eine Glasvitrine. „In der Mitte hat es einen durchgängigen Betonpfeiler, der von ganz oben bis ganz unten ins Erdreich führt. An diesem Pfeiler sind die Böden für die Stockwerke flexibel aufgehängt. Ganz unten im Erdreich sehen Sie, dass der Pfeiler in einer großen Kugel endet. Diese Kugel hält den Pfeiler – und damit das ganze Haus – bei Erdstößen in der Senkrechten. Die Bewegungen, die trotzdem auftreten, werden durch die flexibel eingehängten Etagenböden ausgeglichen. Unsere neuen Hochhäuser sind jetzt also erdbebensicher.“

„Oha, jetzt gibt´s aber nochmal so richtig sozialistische Prosa“, nörgelte einer aus der Gruppe leise.

Direkt nach der Rückkehr in Hamburg las der kleine M eine Schlagzeile auf der Rückseite der *Hamburger Morgenpost*, die sich jemand vor die Nase hielt: Schwere Erdbeben-Katastrophe in Italien! 80.000 Häuser zerstört, viele Menschen tot. Nur zwei Tage später, erneut in der *Morgenpost*: „Schweres Erdbeben in Taschkent. Keine Häuser- und keine Personenschäden, lediglich ein paar Oberleitungen der O-Busse sind gerissen.“

Achte Märze

Jedes Jahr kam Hartmut Waldmann am 8. März, für alle im Betrieb immer wieder überraschend, mit einem riesen Strauß roter Nelken in die Firma und überreichte jeder Kollegin eine Blume: „Herzlichen Glückwunsch zum Internationalen Weltfrauentag.“

Nee war das peinlich!

Kaum ein Mensch im Westen wusste etwas von diesem Tag – das war die reine DDR-Nummer!

Und typisch *DKP*!

Die schreckten vor nichts zurück, was aus dem Osten kam.

Der kleine M lehnte es entschieden ab, bei der Verteilung mitzumachen.

Die Kolleginnen nahmen ihre Nelke befremdet entgegen.

INFO aus *metallzeitung*, März 2011:
Geschichte des Internationalen Frauentags

1909 Frauen der Sozialistischen Partei Amerikas begehen erstmals einen Frauentag in den USA und demonstrieren für das Frauenwahlrecht. **1910** Die Internationale sozialistische Frauenkonferenz in Kopenhagen beschließt auf Initiative der deutschen Sozialistin Clara Zetkin die Einführung eines Internationalen Frauentages, damals noch der 19. März. Für Frauenwahlrecht, gleichen Lohn für gleiche Arbeit, Arbeits- und Mutterschutz. **19.3.1911** Erster Internationaler Frauentag. Mehr als eine Million Frauen gehen in Dänemark, Deutschland, Österreich-Ungarn, in der Schweiz und in den USA auf die Straße. In den folgenden Jahren schließen sich Frauen in weiteren Ländern an. **1914** Mit Ausbruch des Ersten Weltkrieges fällt der Frauentag aus. **8.3.1917** Arbeiterinnen streiken in St. Petersburg und lösen damit die Russische Revolution aus. **1921** Die Internationale Kommunistische Frauenkonferenz verlegt den Frauentag auf den 8. März. **1933-1945** Die Nazis verbieten den Frauentag in Deutschland. **1946** Erster Nachkriegs-Frauentag der Sowjetischen Besatzungszone. In der DDR wird der Frauentag staatlich organisiert. **1979** Erster westdeutscher Frauentag, wiederbelebt durch Gewerkschafterinnen.

Eva?

Nach einem *Wandsbek*-Auftritt in München kam eine junge Frau aus dem Publikum an die Bühne und signalisierte dem kleinen M freundlich, dass der Abend noch nicht zu Ende sein müsse.

„Doch, das muss er, sorry. Ich bin heute 700 Kilometer von Hamburg hier runter gegondelt und habe zudem 90 Minuten Programm hinter mir. Jetzt gibt´s nur noch Currywurst, Bier und Bett."

Als sie versuchte mit in den Bandbus zu steigen, hielt er sie freundlich, vorsichtig aber entschieden draußen.

In der Currywurstbude saß sie neben ihm. Sie war per Taxi gefolgt.

Auch die Strecke zu der Wohngemeinschaft, bei der die Band übernachtete, legte sie hinter dem Bandbus per Taxi zurück. Sie verbrachte die Abschlussrunde in der großen Gesellschaft, aus der sich der kleine M unauffällig verpieselte, um auf sein Nachtlager zu plumpsen.

Kurz nachdem er sich die Decke über die Ohren gezogen hatte, spürte er, dass sie hinter ihm wieder angehoben wurde und eine schlanke, nackte, warme Gestalt sich an ihn schmiegte.

UZ-Feste

Das zweite *UZ-Pressefest* fand am 20. und 21. September 1975 wieder auf den Rheinwiesen in Düsseldorf statt. Allerdings, so besagten Gerüchte, musste die *DKP* diesmal schon gegen die Stadt Düsseldorf klagen, um das Gelände erneut zu bekommen. Das erste Fest war wohl zu groß und zu erfolgreich gewesen.

Die rechtsstaatliche Begründung der Stadtverwaltung war natürlich eine andere.

Wiederum ein Jahr später musste das bereits geplante Fest angeblich wegen erneuter Schwierigkeiten mit der Stadt Düsseldorf zeitlich verschoben und als *Fest der Arbeiterpresse '77* nach Recklinghausen verlegt werden. Es war in der Attraktivität des Geländes, und damit auch des Festes, nicht mit dem auf den Rheinwiesen zu vergleichen.

Dennoch sollen zu jedem *UZ*-Fest der 70er und 80er Jahre zwischen 200.000 und 300.000 Besucherinnen und Besucher gekommen sein.

Sitzengeblieben

UZ-Fest? SDAJ-Festival der Jugend? Jedenfalls war es kurz nach dem Ende des Vietnamkrieges in einer großen Halle, irgendwo in Westdeutschland. Jeder Platz besetzt, überwiegend von jungen Leuten. Einer vom auch noch recht jungen kleinen M.

Vorprogramm mit zwei Musikgruppen.

Pause.

Gespannte Erwartung.

Noch eine Musikgruppe.

Sie machten es wieder ganz schön spannend.

Doch dann kam sie endlich, die erwartete Ansage, mit den bekannten Floskeln von den feurigen Herzen und so, fast geschrien vor Begeisterung:

„… Getragen von unserer Solidarität …“ Ja, ja, is klar!

„Nach langem äußerst entbehrungsreichen aber letztlich erfolgreichem Kampf …“ und so weiter.

Dann öffnete sich der Vorhang einen Spalt.

Heraus traten kleine schmale Menschen, die ihre Handflächen vor der Brust gegeneinanderpressten und sich schüchtern wirkend, milde lächelnd verbeugten. Sie waren Mitglieder der Vietnamesischen Volksarmee *NFB*, die die US-Amerikaner aus dem Land getrieben hatte.

Die Leute in der Halle waren elektrisiert.

Es riss sie von den Stühlen. Sie stellten sich drauf, und skandierten „Hoch - die - inter-natio-na-le Soli-dari-tät!!!“

Der kleine M fühlte einen wohligen Schauer Zeitgeschichte über seinen Rücken rieseln.

Gemischt mit einem Gruseln.

Er liebte die Masseneuphorie im Fußballstadion und das gemeinsame Mitgrölen von Songs bei Live-Bands. Aber hier ging es um Politik. Die Geschichte zeigt immer wieder, wozu euphorisierte Massen bei politischen Veranstaltungen „Ja!“ brüllen.

Er nahm sich vor, solchen bewusst stimulierten Impulsen in Sachen Politik möglichst zu widerstehen.

Und blieb sitzen.

Soweit er feststellen konnte, als einziger in der Halle.

Viele der jubelnden Leute um ihn herum kannten ihn als Mitglied der *Wandsbeker* und sahen, auf ihren Stühlen stehend, fragend auf ihn herab.

Er fummelte nach seinen Zigaretten und steckte sich eine an.

Der Jubel raste minutenlang weiter: „Hoch - die - inter-nationale Soli-dari-tät!“

In seinem Kopf arbeitete es: „Das hier ist auch nur eine Leimspur auf der möglichst viele Jung-Fliegen hängen bleiben sollen“, dachte er. „Egal ob *Jusos, Judos, JU* oder eben *SDAJ*, ob Sportfeste, Zeltlager, Kirchentage oder Polit-Festivals, es sind Veranstaltungen, bei denen viele junge Leute viele schöne Gemeinschaftserlebnisse haben sollen. Und Freundschaften schließen. Erlebnisse und Freundschaften, die sie an den jeweiligen Verein binden sollen. Und bei all diesen schönen emotionalen Bindungen spielt es dann manchmal kaum noch eine Rolle, wofür genau der Verein inhaltlich steht.

Ich finde das Scheiße, auch wenn ich diesen Leim hier nun grad mal gut finde“, dachte mein Kumpel bei sich.

Lissi im Abwärtstrend

Lissi wurde mit zunehmendem Alter zunehmend nörgelig. Nach dem frühen Tod ihrer Mutter, den sie lebenslang ausführlich beklagte, war auch der Vater, Opa Walter, bereits vor 10 Jahren gestorben. Lissi war da noch keine 40 Jahre alt gewesen. Sie haderte mächtig mit dem frühen Verlust ihrer Eltern. Der kleine M meinte zu spüren, dass sie ihn besonders ungerecht fand, weil sie doch an den lieben Gott glaubte und immer so schön betete und trotzdem machte der ihr das Leben so schwer.

Wenn es irgend ging saß er vierzehntägig mit Beate unter dem Kutter in Öl auf einem nunmehr grünen Sofa mit Troddeln, das Lissi von Beates Eltern gebraucht geschenkt bekommen hatte. Nach dem Essen spielten sie Kanaster. Immer Kanaster. Und Lissi spielte mit immer weniger Raffinesse, was regelmäßige Niederlagen zur Folge hatte.

Das fand sie fast so doof, so wie die langen Haare ihres Sohnes, die politischen Ansichten ihres Sohnes, den fehlenden Glauben ihres Sohnes, einige ihrer Kolleginnen, mehrere bisherige Freundinnen, den frühen Tod ihrer Eltern und die schlechten Meldungen der Nachrichten. Alles doof.

Betriebsraterei 1976

Klaus Waldmann setzte eine Betriebsratswahl bei *CARGOSHIPS* durch. Die Anteilseigner versuchten die gleichen Abwehr-Spielchen wie seinerzeit die Herren von *Schlottke,* aber in der Firma steckte auch sowjetisches Kapital und dessen Vertreter konnten sich schlecht gegen die Interessen der bundesdeutschen Arbeiterklasse stellen. Auch wenn die sich die Schiffsmakler-Arbeiterklasse selbst keineswegs als Arbeiterklasse empfand, sondern wenn schon, als „Angestelltenklasse ohne Klassenzugehörigkeit" und damit auf jeden Fall als etwas Besseres als Arbeiter.

Der Betriebsrat kam.

Ohne den kleinen M.

Er war zu neu im Unternehmen, um kandidieren zu können. Und er war alles andere als enttäuscht darüber, denn er ahnte, was kommen würde: Waldmann rannte zwei Stunden nach seiner Wahl mit dem Gesetzbuch unter dem Arm durchs Unternehmen und versetzte den ganzen Laden in Panik. Allen, die mit ihrem Arbeitsplatz eigentlich ganz zufrieden waren, zeigte er auf, dass auch in ihrem Falle Recht und Gesetz mit Füßen getreten wurden!

Leider regte sich niemand darüber auf, aber Waldmann ließ nicht locker: Deckenleuchten wurden ausgewechselt, Schreibtische umgruppiert, er kritisierte, proklamierte, protokollierte und publizierte in regelmäßig erscheinenden Betriebsrats-Infos.

Das Fass kam zum Überlaufen, als Waldmann forderte eine nagelneue, superteure, schrankwandgroße Telefonanlage für weit über 100 Anschlüsse wieder demontieren zu lassen, weil deren Einbau mitbestimmungspflichtig gewesen wäre. Mit ihr konnte man feststellen, wer wann wohin telefoniert hatte und das war eine Überwachungsmaßnahme, die in die Persönlichkeitsrechte der Kolleginnen und Kollegen eingriff.

Was zwar richtig, aber außer dem Betriebsrats-Vorsitzenden allen egal war.

Waldmann organisierte Betriebsversammlungen auf denen sich die Geschäftsleitung mit ihren smarten Anwälten und der Betriebsrat an der Seite eines sprachlosen *ÖTV*- Sekretärs heiße Wortgefechte lieferten, während sich die angestellte Arbeiterklasse langweilte: „Is mir doch scheißegal, ob die wissen, mit wem ich telefoniere." Waldmann schlug eine große Schlacht gegen die Abhörtechnik, ohne nennenswerte Gefolgschaft.

Die Kollegen von *Schlottke*, die jetzt bei *CARGOSHIPS* waren, erinnerten sich an den damaligen Lehrlingsvertreter: „Willst du nicht den Betriebsrat für uns machen?", war eine Frage, die den kleinen M jetzt öfter erreichte.

Nach einem Jahr strengen Waldmann-Regiments standen turnusmäßig Neuwahlen an.

Waldmann redete gefühlte 25 Stunden täglich auf den kleinen M ein, dass er kandidieren und den Vorsitz übernehmen solle, „denn du hast bei den Leuten eine größere Akzeptanz als ich."

Der kleine M hatte sehr wenig Lust auf Betriebsratsarbeit. Paragrafen und Juristerei zählten überhaupt nicht zu seinen Leidenschaften. Er war, wie die meisten Männer seiner Zeit, eher „Generalist", einer der gern das große Ganze im Blick hatte und Details eher nervig fand.

Aber Waldmann im Stich lassen wollte er auch nicht.

Waldmann war ein Guter!

Auch wenn er immer ein bisschen zu hoch tourte, konnte man bestimmt in der ganzen Republik niemanden finden, der sich aufrichtiger für die Rechte seiner Kolleginnen und Kollegen einsetzte als er. Zudem war er einer, der das Betriebsverfassungsgesetz quasi auswendig aufsagen konnte, während alle anderen Kandidatinnen und Kandidaten knapp wussten wie herum man das schöne Buch halten musste, um es lesen zu können. Insofern war man mit ihm auf der sicheren Seite.

Waldmann und der kleine M zogen gemeinsam in den Wahlkampf und verkündeten, dass der eine ohne den anderen nicht zu haben sei.

Grundhaltung

Sie wurden samt einer sympathisierenden Kollegin in den dreiköpfigen Betriebsrat gewählt. Der kleine M erhielt mit Abstand die meisten Stimmen. Waldmann hörte ihm zu, wie er die Gespräche mit Belegschaft und Geschäftsleitung führte und grätschte nur dazwischen, wenn der junge Mann Gefahr lief, „wichtige Positionen der Arbeiterklasse“ aufzugeben.

Ganz gallig wurde er, wenn der Betriebsrat nicht hundertprozentig hinter jemandem stand, der oder die zum Beispiel von Kündigung bedroht war. Der einfache Mensch neigt ja dazu, zur Entlassung von Natalie Nervsack seine eigene Meinung zu haben, zumal wenn ihre engsten Kolleginnen ein leises „endlich“ seufzen.

Aber nicht bei Waldmann!

„Wenn ein Betriebsrat anfängt den Herrgott zu spielen und Kündigungen nach eigenem Gutdünken zu beurteilen, dann ist er verloren. Wir können doch nicht sagen: Natalie finden alle doof, da stimmen wir einer Kündigung zu - und eine andere finden alle nett, die bleibt. Was ist denn das für eine Interessenvertretung? Alle, die ihre Arbeitskraft verkaufen müssen, sind auf ihre Gehälter angewiesen. Da kann doch nicht der Betriebsrat beigehen und diesen Leuten nach eigenem Gutdünken die materielle Basis entziehen! Wenn wir nicht zum Spielball allgemeiner Stimmungslagen werden wollen, gibt es für uns nur das Gesetz und eine eindeutige Position: Immer das Interesse bedrohter Kolleginnen und Kollegen im Auge zu haben, egal wie beliebt oder unbeliebt sie sein mögen!“

Diesen Merksatz schrieb sich der kleine M lebenslänglich hinter die Ohren.

Volker I.

In der Tegetthoffstraße 5 wohnte außer Frank und Hastig noch ein netter Mann: Volker Hahn. Direkt in der Wohnung unter Beate und dem kleinen M. Fan des VFL Bochum. Er bekam den Titel der I., weil bei Hastig bald darauf ein Untermieter einzog, der ebenfalls Volker hieß, also der II., wenn man sich die Nachnamen sparen wollte.

Volker I. war Sozialklempner.

Er schlug sich damals mit einem Projekt herum, das er mit anderen gründen wollte: *Die Boje* – eine professionelle Beratungseinrichtung für junge Leute mit Problemen. Er hatte eine Frau und zwei Kinder. Die Ehe war ungefähr so klasse wie die Beziehung zwischen dem kleinen M und Beate, also untermittel. Auch das war einer der Gründe, warum die Männer sich gut verstanden. Und warum Volker I. dem kleinen M früh anvertraute, dass er eine der Kolleginnen, mit denen er an der *Boje*-Planung arbeitete, besonders toll fand:

Helene

Helene war eine dieser Frauen, auf die der kleine M damals mit mächtigem Respekt blickte: Groß, gerade, mit kräftiger Stimme und mächtiger Aura, mit langen Haaren und kreisrunden Brillengläsern. Sie erschien ihm äußerlich wie ein Ebenbild von Heike Rosendahl, der bekannten Leichtathletin, die er sehr leiden mochte und bewunderte.

Heike und Helene gehörten in seinen Augen zur neuen selbstbewussten Frauengeneration, von der eine nun unter ihm einzog, bei Volker I..

Die Kinder von Helene, Inka und Wolli und die beiden Söhne von Volker I. tobten oft gut hörbar durch die Wohnung und auf der Straße. Sie wirkten auf den kleinen M wie eine freundlich-verschworene Bande. Gelegentlich kam Helenes jüngere Schwester Heidrun zum Einhüten, wie er später erfuhr. Wer weiß, wie sein Leben verlaufen wäre, hätte er das damals mitbekommen.

Neben Stars

Der kleine M hatte auf 3-Tage-Woche umgestellt. Das war alles andere als normal, aber ausreichend für die Kontrolle der Schadensberichte der Container. Er ging dienstags, mittwochs und donnerstags ins Büro, „für die sparkasseninduzierte Grundsicherung“.

Freitags ging es oft auf Tour. Zu einem Auftrittsort, der möglichst nicht weiter als 300 Kilometer entfernt liegen sollte. Samstags konnten sie dann im Süden spielen und sonntags, quasi auf der Heimfahrt, nochmal irgendwo im Ruhrgebiet – ihrer Schwerpunktregion. Dann kamen sie montags um ein oder zwei Uhr nachts wieder in Hamburg an, luden die Anlage aus und hauten sich aufs Ohr.

Dienstags marschierte der kleine M dann ausgeruht wieder bei *CARGOSHIPS* ein: „Guten Morgen Leute, freut euch des Lebens, zweimal noch im Bett die Wende, heißa dann ist Wochenende!"

Wandsbek spielte jetzt oft auf Veranstaltungen, auf denen auch wesentlich bekanntere Künstler auftraten: Franz-Joseph Degenhardt, Dieter Süverkrüp, Knut Kiesewetter, *Lokomotive Kreuzberg,* die später als *Spliff Radio Show* und dann als Begleitband von Nina Hagen bekannt wurden.

Recht häufig gab es gemeinsame Auftritte mit der Skiffle-Band *Heupferd,* bei denen ein besonders toller Musiker mitspielte: Götz Alsmann. Er war sehr offen und nett, wirkte beim Auftritt aber alles andere als lässig und sagte kaum ein Wort. Das war wahrscheinlich einer der Gründe, warum die musikalisch wesentlich schlechteren *Wandsbeker* mit ihrer Waschbrett-Moderations-Mikrofon-verbiege-Show trotz ihrer linken Texte meist deutlich mehr Applaus bekamen als Götz und sein braves *Heupferd.*

Jahre später sah der kleine M Götz Alsmann als TV-Moderator in der Reihe *Zimmer frei* wieder, in der er überraschend wild und frei Kindergeburtstage mit Erwachsenen feierte.

Zwei Abende mit zwei weiteren Stars sind auch erwähnenswert. Der erste fand im Audimax in Hamburg statt. Es war eine Veranstaltung, in der es um soziale Forderungen von Hamburger Kindergärtnerinnen ging, von Guten und von Bösen. Die „Bösen" arbeiteten in staatlichen Kindergärten und wurden von den langweiligen Gewerkschaften unterstützt, die in den Augen der „Guten" zu wenig forderten und zu kompromisslerisch unterwegs waren. Im Saal waren nicht viele von ihnen hörbar.

Die „Guten" waren in alternativen Kinderläden tätig und wollten, wenn die Erinnerung nicht trügt, ihre Forderungen allein, also ohne die sozialdemokratischen Gewerkschaften durchsetzen. Sie bauten insbesondere auf den *Kommunistischen Bund (KB).*

Und hatten Konstantin Wecker zu *ihrem* Star erkoren.

Ob der das wusste, ist unbekannt. Jedenfalls wurde er auf der Veranstaltung mit seinem damals neuen Song „Willy“ frenetisch bejubelt.

Wandsbek war von der gewerkschaftlich orientierten *DKP* ins Programm gedrückt worden, quasi gegen Wecker, als musikalische Vertreter der staatlichen Kindergärtnerinnen. Man hatte dem kleinen M ans Herz gelegt, die knallvolle Halle sehr herzlich von den „Staatlichen“ zu grüßen, die sich solidarisch mit den Zielen der „Unabhängigen“ erklärten, aber nun mal einen anderen Weg gehen würden.

Erwartungsgemäß brach ein Sturm der Entrüstung über die Band herein. Lustig wurde der Auftritt nicht - aber man kann sich ja auch mal am eigenen Mut erfreuen.

Anders lag die Sache bei dem Auftritt mit Wolf Biermann, ebenfalls in Hamburg, im *DGB*-Haus. Es war kurz nach seiner Ausbürgerung aus der DDR, also zu einer Zeit, als Herr Biermann noch hipp war.

Die Veranstaltung wurde von dem ehemaligen Radiosprecher Henry Jeste moderiert. Er brachte eine Reihe von Künstlerinnen und Künstlern über die Bühne, während die *Wandsbeker* Herrn Biermann in der Künstlergarderobe dabei zusahen, wie er sich an seiner Gitarre in Rage zupfte. „Es muss tänzerisch wirken, tänzerisch!“, sprach er wieder und wieder zu sich selbst.

Und dann tänzelte er hinaus auf die Bühne.

Jubel!

Und dann war er fertig.

Zugabe!

Und dann war er wieder fertig.

Noch ´ne Zugabe!

Und dann war er nochmal fertig.

Noch ´ne Zugabe!

Und dann bedankte Henry Jeste sich bei den Besucherinnen und Besuchern für ihr Erscheinen und wünschte allen einen guten Heimweg.

Die Leute erhoben sich irritiert. Viele wussten, dass auch *Wandsbek* auf dem Programm stand und warteten noch ab. Andere verließen den Saal.

Da griff Jeste noch einmal zum Mikrofon: „Und während ihr nun langsam den Heimweg antretet, spielt *Wandsbek* noch ein paar Lieder."

Ja so waren sie, die Biermann einen Freiheitskämpfer nannten, weil er in der DDR Dinge sang, die man dort an offizieller Stelle nicht hören wollte; die aber ihrerseits, wenn eine westdeutsche Band Dinge sang, die man hier nicht hören wollte, die Kapelle einfach mal dezent wegmoderierten.

Wandsbek spielte vor halbleerem Saal und vor Leuten, die bereits in Hut und Mantel waren. Super Auftritt!

Da ging die Post ab

„Die Jugend der Deutschen Postgewerkschaft trifft sich in Weiterstadt bei Frankfurt am Main" verlas Hastig das Reiseziel beim Besteigen des Band-Busses. Außer ihm hatten die anderen oft gar keine Ahnung, wohin die Reise gehen würde.

„Das klingt ja mächtig aufregend", bemerkte der kleine M ironisch. „Frankfurt am Freitag, wo die Autobahnen knallvoll sind, na Mahlzeit."

„Gibt aber 1.200 Mark Gage!", freute sich der oft klamme Student Frank.

„Trotzdem, am Freitag 500 Kilometer, ich wünsche angenehme Reise", nörgelte der Waschbrettist und versuchte eine gemütliche Ruheposition zu finden.

Hastig übernahm die ersten Kilometer und schon kurz nach der Auffahrt auf die Autobahn trafen sie auf eine dieser endlosen Kolonnen von Bundeswehrmacht-Fahrzeugen, die auf der rechten

Spur tuckerten. Viele LKW hatten die Planen hinten offen, so dass man die Soldaten darin auf den seitlich angebrachten Bänken hocken sah. Manche hatten Äste und Blätter in einem Netz auf ihren Helmen klemmen.

„Guckt mal, die sind völlig unsichtbar!" johlte der kleine M. „Wenn die sowjetischen Raketen hier ankommen, wissen die gar nicht wo sie explodieren sollen, weil die Soldaten zugeblättert sind."

„So ein Schwachsinn, dass die im Atomzeitalter hier durch die Heide robben ", kommentierte Frank.

„Abschaffen, einfach nur abschaffen", knurrte Kessel, der Basser.

Sie kurbelten die Scheiben runter und grüßten die Soldaten freundlich grinsend mit der geballten Kommunistenfaust.

Nach endloser Fahrt gelangten sie bei einbrechender Dunkelheit auf einen großen Campingplatz an dessen Rand ein riesiges Bierzelt stand. „Die Busse sind schon alle da", empfing man sie freudig.

„Die Busse?"

„Naja, ist ja ein bundesweites Treffen heute, da kann nicht jeder mit dem Fahrrad anreisen."

„Verstehe, deshalb sind wir auch nicht zu Fuß hier", grinste Hastig.

„Und die Anlage steht?" Frank war nicht nur der beste Musiker der Band, er fühlte sich auch für die Technik zuständig - einen Arbeitsbereich, der den kleinen M nun mal überhaupt nicht interessierte.

„Die Anlage ist so aufgebaut, wie vertraglich vereinbart, ihr könnt direkt loslegen, wenn ihr dran seid. Vielleicht nehmt ihr aber erstmal ein Bier. Die Leute im Zelt stärken sich auch schon mit Pils. Aber bitte lasst euch noch nicht blicken - ihr seid die Überraschung des Abends."

Der kleine M schrieb die Reihenfolge der Lieder auf einen Zettel. Sie war ziemlich anders als sonst, weil sie ihre Texte vor der Vertragsunterzeichnung wunschgemäß eingereicht hatten und eine Reihe Songs den Veranstaltern nicht genehm waren. Das passierte gelegentlich. Meistens verzichteten sie auf so einen Auftritt, aber in diesem Fall hatten sie sich darauf eingelassen, weil Hastig selbst bei der Post arbeitete und den Auftritt bei der gewerkschaftlichen Postjugend unbedingt machen wollte.

Im Bierzelt klampfte derweil der sozialdemokratische Einzelkämpfer *Lerryn*, der immer mal wieder auf denselben Veranstaltungen auftrat wie sie. Als er seinen letzten Song ankündigte sammelten sich die *Wandsbeker* hinter der Bühne. Der Moderator dankte dem Sänger und versprach als nächstes den Knüller des Abends: *Wandsbek!!*

Was dann passierte hat der kleine M vorher und nachher nicht erlebt:

Ein Urschrei der Begeisterung brach aus hunderten von Kehlen. Die Leute sprangen auf Bänke und Tische, reckten ihre Fäuste Richtung Bühne, skandierten „*Wandsbek, Wandsbek!!!*" und brachten das Zelt zum Beben.

Der kleine M bekam eine Gänsehaut und dachte „So ähnlich muss sich das für John Lennon angefühlt haben, wenn er mit den Jungs auf die Bühne ging."

Sie spielten ihre Lieder, die Leute grölten mit und der Jubel wollte kein Ende nehmen.

Nach dem letzten Song machte die Band winke winke und verließ die Bühne.

„Zugabe!! Zugabe!!!"

Was tun?

Wenn sie nicht wieder auf die Bühne kamen, würde man ihnen das übelnehmen und sich Erklärungen ausdenken wie „60 Minuten spielen, Kohle her und nix wie weg."

Das war kein schöner Gedanke, nach dem geilen Gig.

Der kleine M zögerte kurz und ging zurück auf die Bühne.

Großer Jubel.

„Leute", rief er in den Tumult hinein, „Leute, wir würden gern noch spielen, aber wie ihr sicher wisst, mussten wir unsere Liedertexte vorab einreichen – und mehr Lieder sind leider ..."

Weiter kam er nicht.

Das Publikum tobte vor Empörung.

Die Leute schwenkten ihre Bierkrüge bedrohlich in Richtung Häuptlingstisch und buhten, was die Lungen hergaben.

Einer der Verantwortlichen tauchte auf und schrie dem kleinen M ins Ohr „Spielt, spielt, spielt! Spielt was ihr wollt!!"

Und so sangen sie die Lieder gegen die Berufsverbote, gegen die Wiederaufrüstung und all das Unschöne, was man von offizieller Seite der postalischen Gewerkschaftsjugend so gern erspart hätte.

Am nächsten Morgen stand ein junger Mensch mit sorgenzerfurchter Trauermine im Zelt der *Wandsbeker*: „Ihr sollt ins Vorstandszelt kommen! Sofort!"

Die Combo machte sich auf den Weg.

Ein Rat der Rächer hatte sich um einen Tisch versammelt, wies wortlos auf die davorstehenden Stühle während der Sprecher schon mal begann: „Leute, sowas wie gestern, das geht gar nicht! Das war euer erster und letzter Auftritt bei der Postgewerkschaft! Sowas von unsolidarisch hab´ ich noch nicht erlebt!"

„Worum geht es denn?", erkundigte sich der kleine M.

„Worum es geht?!" Dem Redner stieg die Zornesröte ins Gesicht. „Ihr lasst dem gesamten Vorstand in aller Öffentlichkeit die Hosen runter und fragt auch noch worum es geht?!"

„Wir dachten in einer demokratischen Organisation sei bekannt, dass ihr bestimmte Inhalte nicht zulasst." Der kleine M schaute die Inquisitoren aber sowas von unschuldig an.

„Also hier ist die Gage - und jetzt raus!! Raus aus diesem Zelt und runter von diesem Zeltplatz! Und lasst euch nie wieder bei uns blicken!"

In der Tuba der Kapelle

Der kleine M hatte viele Liedtexte für *Wandsbek* geschrieben, die zwar nur selten auf den LPs erschienen, aber den Live-Erfolg entscheidend mitbewirkten. Nun grübelte er, wie man es angehen könnte, die *DKP* auch da zur Sprache zu bringen, wo ihre Nennung seit dem Radikalenerlass nicht mehr gewünscht war, auch wenn sie zu den Veranstaltern und Saalbefüllern zählte.

Ihm kam die schöne Idee, dass das Publikum den Parteinamen ja wohl aussprechen darf, wenn es denn von Seiten der Band nicht erwünscht ist. Dazu diente ihm ein altes Volkslied als Krücke: „Auf der Mauer, auf der Lauer, sitzt ´ne kleine Wanze... Seht euch mal die Wanze an, wie die Wanze tanzen kann, auf der Mauer, auf der Lauer sitzt ´ne kleine Wanze." Der Witz an dem Lied ist, dass man bei jeder wiederkehrenden Strophe Buchstaben weglässt, bis es am Ende heißt: „Auf der Mauer, auf der Lauer, sitzt ´ne kleine Wa, auf der Mauer auf der Lauer, sitzt ´ne kleine Wa, seht euch mal die Wa an, wie die Wa ta kann, auf der Mauer, auf der Lauer sitzt ´ne kleine Wa."

Als sie mal wieder in Hamburg gespielt hatten, bei einer großen Gewerkschafts-Veranstaltung in der Ernst-Merck-Halle, die nicht zuletzt aufgrund der *DKP*-Aktivitäten voll besetzt war, johlte das Publikum „Zugabe!" Er bat die anderen *Wandsbeker*, dass er für die erste Zugabe gern allein auf die Bühne möchte, um mal was auszuprobieren. Wenn es schief ginge, sollten sie ihn bitte retten.

Dem Publikum sagte er, das die Band in der Gewerkschaft sei und nun leider Dienstschluss habe. „Wenn ihr noch was hören wollt, müsst ihr selber singen, habt ihr Lust?" Sie hatten – und er stimmte an: „Auf der Mauer, auf der Lauer..." Alle kannten das Lied, Alle sangen mit. Nachdem sie ein, zwei Strophen gesungen hatten, brach er ab und schlug vor, das Lied mit einem neuen Text nochmal zu singen: „Habt ihr immer noch Lust?"

„Jaaa!" johlte es aus etwa 2.000 Kehlen.

„Okay, der Text geht so: In der Tuba der Kapelle ist ´ne kleine Delle, in der Tuba der Kapelle ist ´ne kleine Delle, seht euch mal die Delle an, mit Kapelle dran, seht sie aus der Nähe an, dann sehr ihr auch, da ist was dran."

Alle waren fröhlich dabei. Vor der letzten Runde rief der kleine M: „Die letzte Strophe müsst ihr ohne mich singen!" Und die Halle schmetterte: „In der Tuba der Kapelle ist ´ne kleine De, in der Tuba der Kapelle ist ´ne kleine De, seht euch mal die De an, mit Ka Pe dran, seht sie aus der Nähe an, dann seht ihr auch, da ist was dran."

Männer im grauen Wagen

Seit Tagen fiel dem kleinen M der graue Wagen auf, der immer gegen Mittag kam und schräg gegenüber von Haus Nummer 5 in der Tegetthoffstraße parkte. Mit vier Männern darin, die nie Anstalten machten, das Fahrzeug zu verlassen.

Er klingelte bei Hastig und Frank und fragte, ob sie den Wagen auch schon bemerkt hätten. Hatten sie nicht.

Sie guckten gemeinsam aus dem Fenster.

„Fragen wir sie doch mal, ob wir behilflich sein können!", Hastig hatte vor wenig Angst.

Die drei schnauften einmal kräftig durch und marschierten aus der Haustür. Hastig hatte einen Fotoapparat mitgenommen. Sie gingen ruhig auf den Wagen zu und Hastig zückte die Kamera. Im Fahrzeug entstand Bewegung. Kurz bevor sie es erreichten sprang der Motor an, die grauen Herren im grauen Gefährt entschwanden und wurden nicht wieder gesichtet.

Wandsbek und Mörfelden

Es gab (und gibt?) ein paar Städte in der Bundesrepublik, in denen die *DKP* immer wieder ins Rathaus gewählt wurde. Zum Beispiel Mörfelden. Und dort gab es traditionell die „Mörfeldener Festzelt-Woche". (2017 findet sich unter diesem Suchwort das „Festzelt an der Commerzbank-Arena".) Und alle Künstlerinnen und Künstler, die der *DKP* nahestanden und da „Kulturschaffende" hießen, wollten dort gerne mal auftreten. Und viele viele wurden auch geladen - aber *Wandsbek* nicht. Zu undogmatisch?

Bis die Einladung eines Jahres dann doch kam.

Das Zelt war groß, nicht besonders schön dekoriert und nur halb voll als die *Wandsbeker* nachmittags wenig inspiriert auf die Bühne gingen. Es war nicht ganz einfach, das Publikum bei Tageslicht im mäßig besuchten Zelt in Fahrt zu bringen. Als die Stimmung so langsam auf Touren kam, erhob sich während einer Ansage jemand aus dem Publikum und rief: „Ihr seid doch von der DDR bezahlt!"

Das war von der *DKP*-Führung immer dementiert worden.

Aber der kleine M sagte: „Das will ich hoffen! Die *CDU/ CSU* unterstützt das Pinochet-Regime in Chile, die *SPD* zahlt gegen einen Sozialismus in Portugal und wir sollen hier mit ein paar Mark Mitgliedsbeiträgen zurechtkommen? Ich weiß, dass die *DKP* verneint Geld aus dem Osten zu bekommen, aber ich hoffe, dass das nicht wahr ist. Wir sind in diesem superkapitalistischen Staat mit *KPD*- und Berufsverbot auf die Solidarität der sozialistischen Länder angewiesen, wenn wir politisch Wirkung entfalten wollen."

Der Rufer war baff, denn er hatte natürlich Widerspruch erwartet.

Er setzte sich schweigend.

Auch sonst war viel Schweigen.

Vor allem in den kommenden Jahren.

Niemand sagte etwas zu dem Gesagten, aber in Mörfelden war *Wandsbek* nicht mehr angesagt.

Auf Sendung

Ruhrfestspiele Recklinghausen 1976. Die eintreffenden Künstlerinnen und Künstler waren ziemlich erschreckt, als sie feststellten: „Hier sind ja nur welche von uns! *DKP*-Sängerinnen und -Sänger, Singe- und Theatergruppen wohin das Auge blickt." Wenn den kleinen M die Erinnerung nicht täuscht, wurde in einer Blutsturz-Aktion noch der sozialdemokratische *Lerryn* herbei-gefahren – für die Ausgewogenheit, die es trotzdem nicht gab.

Wandsbek war einer der Top-Acts.

Sie bekamen die Bühne im großen Saal mit den gepolsterten roten Sesseln. Der kleine M liebte große Säle mit roten Sesseln. Sie dämpfen Störgeräusche, machen den Sound der Band weich und halten das Publikum konzentriert.

Der Raum war übervoll.

Der Waschbrett-Moderator lief zur Hochform auf.

Jemand störte seine Ansagen immer wieder durch eine Art Indianergeheul. Er lud den Störer zum gemeinsamen Friedenstanz auf die Bühne ein und hüpfte schon mal indianerisch um seinen Mikrofonständer. Schon hatte er die Lacher, die sich zunächst über den Zwischenrufer amüsiert hatten, auf seiner Seite. Der Rufer traute sich nicht auf die Bühne und schwieg fortan.

Minuten später quatschte jemand anderes dazwischen, zwar bemüht leise aber dennoch störend.

„Hä?!", horchte der kleine M in den Saal, „sind weitere Indianer unter uns?"

Das Geraune ging weiter.

Es kam nicht aus dem Saal, sondern hinten, von der Bühne. Der kleine M drehte sich um und sah einen Rundfunk-Reporter bemüht dezent in sein Mikrofon sprechen. Er marschierte schnur-stracks auf ihn zu:

„Darf ich fragen, was Sie hier treiben?", begann er ein Interview für die Leute im Saal.

„Ich bin Hans Herrmann Maurer vom Südwest-Funk und mache gerade die Anmoderation zur Live-Übertragung ihres Auftritts."

„Aha?" Der kleine M erbat sich wortlos das Mikrofon des Radio-Mannes und sprach in ähnlich raunendem Tonfall wie der: „Liebe sehr geehrte Südwest-Funker. Ich habe Hans Herrmann seines Mikrofons beraubt, denn wenn hier jemand was Bedeutsames zu verkünden hat, dann sind wir das! Holen Sie die rote Fahne aus dem Keller, machen Sie das Radio lauter und freuen Sie sich auf die Live-Übertragung aus dem Festspielhaus zu Recklinghausen mit der unglaublichen Hamburger Band *WANDSBEK!*"

AKW?

Seit 1975 gab es einen Dauerbrenner in der deutschen Innenpolitik: Atomkraftwerke. Freunde dieser Technologie sagten Kernkraftwerke. Aber Freunde gab es nicht viele, allerdings mächtige, nämlich Siemens, die großen Energiekonzerne und somit auch die Landes- und Bundesregierungen.

Die Gegner hatten Angst vor einer nicht dauerhaft beherrschbaren Technologie, vor Atombomben, die aus Brennstoffabfällen bestimmter Reaktortypen gebastelt werden können und vor der Entsorgungsfrage. Niemand wollte den Jahrtausende strahlenden Müll vor seiner Haustür haben.

Aber das hatte die Politik wenig interessiert. Atomstrom sei „günstig und sicher" log sie und das mit der Entsorgung werde sich schon finden. Bis heute, vierzig Jahre später, weiß niemand wohin mit dem hochgefährlichen Dreck, aber die Milliarden Profite haben die Bauherren und Betreiber längst eingestrichen.

Für die *DKP* war die Anti-Atom-Bewegung eine zwiespältige Angelegenheit. Sie war gegen Atomkraftwerke im Westen, aber für Atomkraftwerke im Osten und in den Entwicklungsländern. Die Argumentation hieß, dass die ökonomisch noch schwachen Industrie- und Entwicklungsländer besonders dringend viel Energie brauchen um wirtschaftlich auf die Beine zu kommen. Der Betrieb sei unter kapitalistischen Bedingungen zwar gefährlich, weil es immer um Maximalprofit gehe, was geringe Kosten bedinge und ein Risiko für die Betriebssicherheit darstelle, aber in sozialistischen Ländern gäbe es diesen ökonomischen Druck nicht, dort könne man die nötige Sicherheit gewährleisten.

Der kleine M hatte weder Lust auf westliche noch auf östliche Atome, fand die Argumentation der Partei aber nachvollziehbar, allerdings nicht so, dass er sie von der Bühne posaunen mochte.

Auf einer großen Demonstration am AKW-Bauplatz von Brokdorf, standen unter anderem *Wandsbek* und Dietrich Kittner auf der Bühne – und zwei Pastoren im Talar auf dem Acker, die versuchten durch Feldgottesdienste die gewaltsamen Auseinandersetzungen zwischen Polizei und Demonstranten zu deeskalieren.

Das gelang nicht nur nicht, sondern die Beiden wurden von Seiten vieler Demonstrierender als „Paffen" verspottet und seitens der göttlichen Verwaltung und anderer Konservativer scharf angegriffen.

Beide „Feld-Pastoren" sollten im Leben des kleinen M noch eine Rolle spielen.

Lokal-Sternchen

Sicher waren es die vielen Auftritte von *Wandsbek*, das kleine Medienecho, das Band-Foto über dem Tresen der Kneipe *Fasan* und die Geschichten über die Gruppe, die dazu führten, dass Leute auf der Straße die Band-Mitglieder registrierten.

Das schmeichelte dem kleinen M, war aber auch nicht unkompliziert: Kamen ihm Leute entgegen, die annahmen, dass er sie kannte weil sie ihn kannten – und er grüßte nicht – fanden die ihn arrogant: „Du hast es wohl nicht mehr nötig." Kamen ihm Leute entgegen, von denen er annahm, dass man sich schon mal gesehen hatte – und er grüßte vorsichtshalber – fanden die ihn auch arrogant: „Der meint wohl, jeder muss ihn kennen."

Schöner war es da schon, wenn er bemerkte, dass Leute von Ferne auf ihn zeigten oder wenn er beim Einkaufen in einem Laden das leise geflüsterte Wort *Wandsbek* vernahm.

Das Beste war es aber immer noch im *Fasan* einzukehren, der ersten irischen Kneipe im „Bermuda-Dreieck Eichenstraße", gegründet von seinem Klassenkameraden Peter Voigt. Da waren die *Wandsbeker* als freundlich und umgänglich bekannt. Man grüßte einmal in die Runde, wenn man reinkam, und alles war in Butter – beziehungsweise in Guinness.

Viel schwerer taten sich die *Wandsbeker* mit Autogrammwünschen, sowohl in freier Wildbahn, wo sie selten vorkamen, als auch nach einem Auftritt, wo manchmal Dutzende nach vorne stürmten. Sie schwankten zwischen der Ablehnung solchen Personenkults, was zu Unverständnis und Enttäuschung bei den Fans führte, und der einfacheren Lösung, zu unterschreiben. Die Tagesform entschied, wie sie sich jeweils verhielten.

Wieder „Live in der Zone"

1976 fand in „Berlin, Hauptstadt der DDR" das „6. Festival des politischen Liedes" statt. Zur Eröffnung wurde unter anderem der

Auftritt von *Wandsbek* „lebendig" im Fernsehen übertragen (die Ostzonalen hatten es nicht so mit den Anglizismen). Ihre Darbietungen entwickelten sich, nach der verrülpsten Ostsee-Woche, zur zweiten Pleite bei DDR-Offiziellen, weil die Anti-Militarismus-Lieder der Band „nicht zwischen den guten Soldaten des Sozialismus und den schlechten des Imperialismus unterschieden". Eine Delegation der *Nationalen Volksarmee (NVA)* erschien nach dem Auftritt hinter der Bühne und bat zur Diskussion.

Rund vierzig Jahre später behauptete jemand, dass die politisch unerwünschten Lieder damals gar nicht über den Sender gegangen seien: „Live-Übertragung hieß bei solchen Anlässen Übertragung mit etwa 15 Minuten Verzögerung, von denen das Publikum nichts wusste. Diese Minuten gaben die Möglichkeit Inhalte herauszuschneiden, die nicht gesendet werden sollten."

War das so?

Ist jedenfalls gut vorstellbar.

Nach dem Auftritt bummelte die Band durch das Ost-Berlin, das es in der DDR nicht gab. Dort gab es nur „Berlin, Hauptstadt der DDR". In einem nahegelegenen Park kam ihnen ein Mann mit einer Handkarre entgegen, auf der er ein großes Fass Brause hatte und becherweise verkaufte. „Oh Fassbrause", meinte Frank zu dem Verkäufer, „da ist gar kein Alkohol drin. Kann man das trotzdem trinken?"

„Doch, das geht schon", grinste der Mann. „Wollen Sie einen großen oder einen kleinen Becher?"

„Ich nehme einen großen."

„Der kostet allerdings 13 Pfennige."

„Wieso allerdings?"

„Naja" sagte der Verkäufer höflich und ganz unironisch, „ich möchte mich für diesen Preis entschuldigen – Festival-Zuschlag." (Anmerkung: Für 13 Pfennige hätte man im Westen wahrscheinlich nicht einmal den leeren Becher bekommen.)

Abends brachten sie dann noch eine führende Frau der *Freien Deutschen Jugend (FDJ)* nach Hause, die sie tagsüber kennengelernt hatten. Kurz vor ihrer Haustür zuckte sie bedauernd die Schultern: „Ihr könnt leider nicht mit `raufkommen, Jungs. Das könnte mir Ärger einbringen."

Okay, Ärger wollten sie ihr nicht machen, also latschten sie weiter zur Mauer, die von ihrer Haustür aus zu sehen war. Auf der Westseite standen Leute auf einer der Aussichtsplattformen, von denen man in den Osten der Stadt, wie in ein Gehege exotischer Tiere gucken konnte.

Die *Wandsbeker* warfen Schokolade in Richtung Plattform und brüllten „Hier! Schokolade! Sowas ist teuer bei euch! Wir haben zu viel davon! Los fangt!"

Sie fanden das lustig, weil die westdeutsche Boulevard-Presse gern von den Versorgungsengpässen und angeblichen „Hungersnöten in der Zone" berichteten.

Kessel oder nicht?

Trotz der Probleme, die manche DDR-Verantwortliche mit den *Wandsbekern* hatten, gab es den nächsten Live-TV-Auftritt. Der kleine M könnte schwören, dass es im Rahmen der beliebten Unterhaltungssendung *Ein Kessel Buntes* gewesen ist – aber das Internet kann das nicht bestätigen. Dann war es vielleicht nicht der *bunte Kessel*, aber der *Friedrichstadtpalast* war es ziemlich sehr sicher.

Jedenfalls verhalf auch dieser Auftritt nicht zu mehr Glorie in der DDR, denn die Band sang ein sehr langes Drei-Akkord-Lied mit einem super-banalen Refrain über einen legendären Streik von Stahlwerkern in Duisburg. Der kleine M rannte durch die roten Sesselreihen und versuchte das Publikum zum Mitsingen zu bewegen, aber er konnte nur die Gnade vereinzelten mildtätigen Mitklatschens ernten. Die Thematik war in der DDR nicht bekannt, in der Bevölkerung vielleicht auch nicht beliebt, weil es den von vielen ersehnten Kapitalismus schlecht aussehen ließ - und letztlich war der Auftritt musikalisch zu banal für die verwöhnten DDR-Ohren.

Es soll aber diese TV-Übertragung gewesen sein, die zu einer DDR-Version von *Wandsbek* führte: Der *Schweriner Skifflegruppe.*

Und es könnte auf diesen Auftritt zurückzuführen sein, dass *Wandsbek* im DDR-Jugendsender *DT 64* dann in irgendeiner Hitparade mit irgendeinem Song auf Platz 4 gelandet sein sollen.

Meldungen aus 1977

- In Spanien wird die Kommunistische Partei wieder zugelassen. (In Deutschland bleibt die *KPD* verboten.)

- **Charlie Chaplin stirbt**

Seine Biografie wurde eines der Lieblingsbücher des kleinen M und machte ihn, über dessen Filme hinaus, zu einem großen Chaplin-Verehrer.

- Generalbundesanwalt Buback, Chef-Ankläger der *RAF,* wird von der *RAF* erschossen.

- Jürgen Ponto, Vorstandssprecher der Dresdner Bank, wird von der *RAF* erschossen.

- **Hans-Martin Schleyer, Arbeitgeber-Präsident, wird von der *RAF* entführt, um gefangene Gruppenmitglieder aus dem Gefängnis freizupressen.**

Als die Regierung die Gefangenen auch nach Wochen nicht freigab, wurde Schleyer erschossen.

In einem weiteren Versuch Baader, Raspe und Ensslin freizupressen, wurde von einer Gruppe Männer und Frauen aus Palästina die voll besetzte Urlauber-Maschine *Landshut* entführt. Baader soll entsetzt gewesen sein, weil wieder Zivilisten involviert waren. Die Maschine landete letztlich in Mogadischu (Somalia). Dort wurde sie von der neu gegründeten Spezialeinheit *GSG9* gestürmt. Fast alle Entführer wurden erschossen, fast alle Geiseln befreit.

- Baader, Ensslin und Raspe sterben in den Zellen des für die Inhaftierung von *RAF*-Mitgliedern gebauten Spezialgefängnisses *JVA Stammheim**. Nach offiziellen Angaben jeweils durch Selbstmord.

Viele Anschläge der folgenden *RAF*-Gruppierungen waren bis 2015 noch nicht aufgeklärt worden, unter anderem neun Morde. Nach drei Mitgliedern wird bis heute gefahndet. 1993 verübte die *RAF* ihren letzten Anschlag und erklärte 1998 ihre Selbstauflösung.

***Nacharbeiten**

Nach der Wiedervereinigung Deutschlands sollen Gefängnis und Umgebung des *RAF*-Knasts in Stammheim nachhaltig aufgehübscht worden sein. DDR-Gefängnisse soll man hingegen original erhalten beziehungsweise zum Teil „nachgeschreckt" haben, indem man beispielsweise Kellerräume einbaute, die zu DDR-Zeiten gar nicht existierten, aber angeblich für das (in den USA rechtmäßige) Waterboarding verwendet worden sein sollen.

Die Neutronenbombe

1977 begannen die USA mit der Entwicklung einer Neutronenbombe. Von ihr wurde behauptet, dass sie Menschen vernichten, aber Häuser und Infrastruktur verschonen würde. Viele Leute empfanden diese angeblichen Fähigkeiten als „Perversion menschlichen Denkens", was zu einem weltweiten Aufschwung der Friedensbewegung führte. Eine typische Protestform gegen die Neutronenbombe wurde das Die-in, bei dem sich die Demonstrantinnen und Demonstranten auf ein Signal hin, plötzlich wie tot auf Straßen und Plätze legten.

Der weltweit wichtigste und wirkungsvollste Protest bestand jedoch in dem Neutronenbomben-Lied von *Wandsbek*. (Scherz!)

Druck

„Du machst nur wozu du Lust hast", nörgelte Beate zum hundertsten Mal.

Er verdrehte die Augen.

Ja, er machte wozu er Lust hatte, warum sollte er Dinge tun, zu denen er keine Lust hatte?

Er war musikalisch stark engagiert und an den drei Berufstagen auch und bekam für beides eine Menge Anerkennung.

Sie war in der Tegetthoffstraße viel allein, bekam kaum Anerkennung und hatte nicht die Kraft sich aus dieser Lage zu befreien. Stattdessen versuchte sie nach wie vor den kleinen M bei sich zu halten indem sie ihm unter anderem die Erfolge mit der Band vergällte.

Stunde um Stunde beriet er mit ihr, was sie tun könnte, um selbst mehr am Leben teilzuhaben. Sie wollte aber nicht mehr am Leben teilhaben, sie wollte mehr an seinem Leben teilhaben.

Um dann aber doch einmal eine Veränderung zu versuchen, gab sie den Job bei *Schlottke* auf und ging an eine Weiterbildungsschule für Sekretärinnen.

Und zurück zu *Schlottke.*

Dann machte sie ein Studium der Sozialpädagogik. Mit Abschluss! Aber ohne sich in diesem Beruf auszuprobieren.

Also zurück zu *Schlottke.*

Und zu den alten Klagen.

In Eimer

Bei den *Wandsbekern* knirschte es nicht viel weniger als in der Beziehung zu Beate.

Sie hatten seit einiger Zeit das Problem, ein neues Programm auf die Bühne zu kriegen. Obwohl sie immer mal neue Songs einbauten, blieben die „Hits" dieselben und die Zuhörerinnen und Zuhörer hatten den Eindruck es entwickele sich nichts. Deshalb ließen sie die Hits dann mal weg und wagten einen Auftritt mit überwiegend neueren Liedern. Die Enttäuschung bei den Fans war dann noch größer: „Warum habt ihr denn eure bekanntesten Songs nicht gespielt?"

Hinzu kam, dass viele Probenabende von Auseinandersetzungen zwischen Hastig und Frank geprägt waren. Sie, die Gründer der Kapelle und tonalen Anführer, konnten sich über die Frage ob ein G-Dur oder ein D-Dur besser wäre schwer in die Haare kriegen. Und so tobten die Diskussionen Probenabend für Probenabend sehr unharmonisch um Harmonien, Songs, Wörter und Akkorde - und vielleicht auch um die musikalische Vorherrschaft in der Kapelle.

Hastig hatte eine Polit-Schlager-Ader, Frank hätte es gern etwas anspruchsvoller gehabt.

Eines Tages packte letzterer mitten in der Debatte sein Banjo und verließ die Veranstaltung. *Wandsbek* war damit nicht mehr in Hamburg, sondern in Eimer (= norddoitsch).

Keine Entlastung

Der kleine M war nicht sehr traurig über die Auflösung der Band, sie war irgendwie auch Erlösung. Die ungute Mischung aus den vielen Auftritten, der Tatsache, dass sie kein neues Programm zustande brachten, aus den Streitereien bei den Proben und dem Stress mit Beate löste sich plötzlich auf.

Er war zuhause!

Bei ihr!

Legte aber Wert darauf, dass das nicht Ergebnis ihres Drucks, sondern der Probleme in der Band war.

Damit gab sich Beate nicht zufrieden.

Es sollte schon ihretwegen sein und er sollte nun ihr Leben beleben. Aber das wollte immer noch nicht gelingen:

Nach gemeinsamen Abenden bei Freundinnen oder Freunden hieß es hinterher entweder: „Na prima! Toller Abend! Ob ich nun dabei war oder nicht spielt keine Rolle. Hat sowieso keiner gemerkt bei der Show, die du wieder abgezogen hast."

Oder, wenn er bei der nächsten Gelegenheit verbissen geschwiegen hatte: „Na prima! Toller Abend! Du warst ja äußerst unterhaltsam heute!"

„Ich habe geschwiegen, damit du den Raum hattest, dich bemerkbar zu machen."

„Du warst beleidigt!"

„Stimmt. Letzte Woche hast du gemeckert, dass ich zu viel gesabbelt hätte – heute ist es zu wenig. Ich habe keine Ahnung wie ich mich verhalten soll, damit es dir recht ist. Ist mir ehrlich gesagt inzwischen auch scheißegal!"

Er hatte das Gefühl, dass sie ihn nach und nach in seine Einzelteile zerlegen wollte, um ihn dann nach ihren Wünschen neu zusammensetzen zu können. Er fühlte, dass er dieser destruktiven Kraft nicht mehr lange standhalten konnte.

Schlagzeile aus 1978

- **Der Pole Karol Wojtyla wird Papst Johannes Paul II.**

Er soll wesentlichen Einfluss auf die politische Entwicklung in Polen genommen haben, um den Sozialismus zurück zum Kapitalismus zu wenden. Der journalistische Vatikan-Berichterstatter, Herr Englisch, berichtete Jahrzehnte später im deutschen Staats-TV: „Der hat sich auch nicht die Entwicklung gewünscht, die Polen Richtung Turbo-Kapitalismus genommen hat."

Wie naiv sind Päpste?

INFO „Staats-Fernsehen"

Der Begriff „Staats-Fernsehen" wurde und wird von BRD-Medien bei Berichten aus ungeliebten Ländern benutzt, um deren Meldungen unausgesprochen als staatlich gelenkt zu diskreditieren. Die „Öffentlich-Rechtlichen" hierzulande wurden und werden, obwohl auch staatlich kontrolliert, nicht entsprechend bezeichnet. Das haben sie nicht verdient, deshalb hat der kleine M auch ihnen den Ehrentitel „Staatsmedien" verliehen.

Allerdings: „Unsere" Staatsmedien sorgen für viel umfangreichere Informationen als das in Ländern ohne Öffentlich-Rechtliche der Fall ist, wie zum Beispiel in den USA. Dort gibt es nur Privat-Medien, die an nichts anderem interessiert sind als am Geldverdienen.

Eine Schlagzeile, die ihn 1978 aufregte

- Deutschlands bekannteste Frauenrechtlerin, Alice Schwarzer, fordert „Frauen in die Bundeswehr"

TV Wandsbek

Frank hatte kurz nach der Auflösung von *Wandsbek* die Country-Kapelle *Late Night TV* gehört. Sehr gute Musiker und Sänger, die ihrerseits *Wandsbek* eine tolle Band fanden. Sie reagierten sofort begeistert als Frank sie fragte, ob sie Lust hätten mit ihm und dem kleinen M eine neue Polit-Band zu gründen: *TV Wandsbek*.

Kurz darauf begannen sie gemeinsam zu proben. Der kleine M wurde ans Schlagzeug beordert: „Wer Waschbrett spielen kann, kann auch Schlagzeug spielen." - Denkste!

Gemacht hat er es trotzdem.

Die Wende?

Beate war schwanger.

Der kleine M war froh.

Bald würde Beate das Kind bekommen, einen tiefen Sinn im Leben finden und nicht mehr so viel Energie für den Veränderungsdruck auf ihn haben. Er selbst wollte dann mal abwarten, was der neue kleine Mensch mit ihm macht.

Erstmal ging er zur *TV-Wandsbek*-Probe.

Sie weinte.

Tom

Anfang 1978 kam Tom im Wandsbeker Krankenhaus zur Welt.

Beate wollte unbedingt ins *AK Wandsbek*, weil es eines der ersten Krankenhäuser in Hamburg war, in dem erstens der Vater im Kreißsaal dabei sein durfte und es zweitens „Rooming in" gab, die Möglichkeit das Neugeborene im Zimmer zu haben, wann immer die Mutter es wünschte.

Eine Frau, die vermutlich kaum erlebt hatte, wie sich liebevolle Eltern anfühlen und ein Mann, der keine Ahnung hat, wie „Vater sein" geht, setzten ein Kind in die Welt. In einer Zeit, in der es in ihren Kreisen nicht modern war, davon groß Aufhebens zu machen. Mütter und Väter, die das Kind in den Mittelpunkt des Lebens stellten, waren „von gestern". Das hieß nicht, dass man sein Kind nicht lieben sollte, es hieß, dass die Gesellschaft ein neues Mitglied bekommen hatte, das Zuwendung brauchte, aber möglichst früh in die Gesellschaft eingegliedert werden sollte, gern per Tagesmutter und repressionsarmem Kinderladen.

Beratungsangebote von staatlicher Seite und häusliche Vor- und Nachsorge durch Hebammen gab es damals leider nicht. Was es gab war viel Ahnungslosigkeit bei Beate und dem kleinen M.

Erdrückender Druck

Beate verband mit dem Kind die Erwartung, dass sie nun endlich besseren Zugriff auf den kleinen M bekommen würde: „Du bist jetzt Vater. Du musst Verantwortung übernehmen, du musst jetzt bei uns sein! Oder liebst du das Kind nicht, das du gezeugt hast?"

Das Kind war zum Druckmittel gegen ihn geworden.

Es sollte nach jahrelangen Kämpfen endlich dazu führen sein Sein so hinzubiegen, wie Beate es schon immer haben wollte.

Aber er konnte sich nicht brechen lassen – und er wollte sein Kind nicht im Stich lassen – so, wie sein Vater es mit ihm gemacht hatte.

Was für eine Zwickmühle.

Was für ein Albtraum.

Ein Albtraum, der ihn im Traum immer wieder heimsuchen sollte:

Er lag auf dem Rücken in einer schönen übervollen Blumenwiese. Auf seine Brust legte sich ein mächtiger Findling, der so groß war wie sein Oberkörper und so schwer, dass er ihn nicht wegdrücken konnte. Er machte ihm das Atmen schwer, drückte mehr und mehr, nahm ihm immer mehr Luft, drohte ihn zu ersticken und begann sich langsam aber unaufhörlich hin und her zu bewegen - und ihn bei lebendigem Leibe zu zermalmen

Nacht für Nacht.

Hochbegabt ☺ (Nahmen damals viele von ihren Kindern sehr gern an)

Wenn der kleine M mit Tom allein war, spürte er eine herzliche Zuneigung zu dem Baby.

Aber der Kleine war ein Schreikind.

Das trieb die Eltern über ihren Paarkonflikt hinaus in zusätzliche Ratlosigkeit und Verzweiflung.

Tom weinte morgens, mittags, abends und nachts. Bekam er die Brust, war er still - nahm Beate ihn ab, begann er wieder zu weinen. Nur wenn der kleine M ihn ins Auto legte und über möglichst viele Kopfsteinpflasterstrecken fuhr, schlummerte Tom friedlich. Kaum zurück in der Wohnung, ging es wieder los. Tag für Tag, Woche für Woche, Monat für Monat.

„Das sind die Dreimonatskoliken", meinten erfahrene Eltern schulterzuckend. Was stimmte! Auf den Tag genau nach drei Monaten hörte Tom mit dem permanenten Weinen auf.

Wenn er nun eine frische Windel bekam und der kleine M sich lustig mokierte, dass Tom dabei gern in hohem Bogen pinkelte, grinste ihn der Kleine zahnlos an und gluckste in großer Heiterkeit.

Als Tom dann das Robben begann, sah der kleine M eine Gefahr in der heißen Nachtspeicherheizung, die schwer und unverrückbar auf dem Fußboden stand. Er wälzte sich auf Babyhöhe zum Heizkörper, streckte eine Hand vorsichtig in Richtung Ofen aus, zog sie sofort zurück, schüttelte sie, pustete sich dabei auf die Finger und sagte „Vorsicht! Heiß!" Tom streckte vorsichtig eine Hand Richtung Heizung, zog sie zurück, ohne die Heizung berührt zu haben und lallte sowas wie „Eisch!" Immer wenn er sich in den nächsten Tagen der Heizung näherte, genügte es, wenn der kleine M sagte „Vorsicht, heiß!"

Nie hat sich Tom an der Heizung verbrannt.

Hochbegabt! ☺

Der Blick

Gestern war er wieder spät aus dem Probenraum nach Hause gekommen.

Heute gab sie am Frühstückstisch wieder die Leidende.

Aber diesmal passierte, was nicht sehr oft passierte: Er brüllte!

Er war mit seinen Nerven am Ende.

Die vielen Jahre des ständigen Bohrens und Nörgelns und die anstrengende Zeit mit dem ständig weinenden Kind hatten die Fäden seiner Geduld durchscheuert. „Lass mich mein Leben leben, verdammt noch mal! Ich kann, will und werde nicht für dein Glück verantwortlich sein, das kannst du vergessen – und das weißt du auch!"

Während er bollerte fiel sein Blick auf den kleinen Tom in seinem Kinderstuhl. Der guckte mit tieftraurigen, angstweiten Augen zwischen Vater und Mutter hin und her.

„Beate, es hat keinen Zweck mehr mit uns", fuhr er bemüht gefasst fort. „Sieh dir an, wie der Junge guckt. Ich möchte nicht, dass er unter diesen Bedingungen aufwächst. Ich schlage vor, wir trennen uns. Erstmal auf Probe."

Sie weinte und sie drohte. Und sie willigte ein.

Sie wollte auch nicht, dass Tom im Hochspannungsfeld ihrer Beziehung blieb.

Aber Trennung nur zur Probe!

Der Junge blieb bei ihr.

Trennungskinder

Gern hätte der kleine M Tom zu sich genommen, aber für ihn haben Mütter in dieser Frage Vorfahrt. Er war und ist der Meinung, wenn es bei der Mutter keine außergewöhnlichen Umstände gibt, muss der Mann ihr das Kind lassen, wenn sie das will: „Es ist in ihrem Bauch gewachsen, sie hat es geboren, sie hat es an ihrer Brust ernährt – es ist ihr Fleisch und Blut. Der Mann kann als seinen Beitrag bestenfalls darauf verweisen, dass die Zeugung auch der Frau Spaß gemacht hat."

Lissis Angebot 1979

„Beate war nicht die Richtige für dich. Ich finde es gut, dass ihr euch getrennt habt – du kannst erstmal wieder bei mir wohnen."

Befreiung

Natürlich erwog der kleine M keine Sekunde, zurück zu seiner Mutter zu ziehen. Innerhalb von Tagen hatte der kleine M eine 30-Quadratmeter-Einzimmerwohnung an der Osdorfer Landstraße gefunden. Vor dem Haus stand ein großes knallgelbes Monstrum mit der Aufschrift „Ich bin zwei Öltanks". Im zweiten Stockwerk des Bürogebäudes gab es vier Mini-Wohnungen – eine davon war nun „seine". Mit romantischem Blick auf das Heizöl-Lager hinter dem Haus.

Was für ein Friede!

Was für eine Freiheit!

Er baute sich ein großes Bett aus giftig dunstenden Sperrholzplatten, an dessen Ende er ein offenes Kellerregal anschraubte. In dieses kamen vorrangig die Stereoanlage mitsamt Boxen und ein Fernseher. Plus Aschenbecher, Zigaretten und kühlem Bier aus der Kochnische um die Ecke. So hatte er in bester Lage (waagerecht) fast alles in Reichweite, was ein freier Mann braucht.

Kindlos

„Du kannst nach Hause kommen, wenn du Tom sehen willst."

Das ging nicht. Das ging überhaupt nicht. Der kleine M wusste genau, was ihn von Beate erwarten würde: Weintraubengroße Tränen aus großen braunen Seelenspiegeln, verknüpft mit der Drohung sich etwas anzutun, wenn er nicht zurückkäme. Es konnte passieren, dass er dem nicht standhalten würde.

Nein - das ging nicht! Er bat sie, den Jungen einfach abholen zu dürfen, doch „Komm nach Hause, wenn du ihn sehen willst."

Er kam nicht.

Damit bewahrte er sich zwar seine neue Freiheit, bezahlte sie aber mit einem neuen Albtraum, der ihn jetzt nachts regelmäßig heimsuchte: Er ging auf dem Fußweg einer schmalen Straße, die der Gartenstraße in Lauenburg sehr ähnlich sah. Tom ging als Jugendlicher auf der anderen Straßenseite. Der kleine M sah sehnsüchtig zu seinem Sohn hinüber, der den Blick kurz erwiderte, aber keine Ahnung hatte, dass der fremde Mann sein Vater war.

„Soll ich rübergehen und es ihm sagen? Was macht das mit ihm? Ist das gut für ihn? Oder ist das nur gut für mich?"

So gingen sie Nacht für Nacht ihrer Wege und würden niemals in Kontakt kommen.

Volker II.

„Ich hab´ einen neuen Lover." Beate sagte es nicht triumphierend, sondern eher entschuldigend ins Telefon.

„Aha?" Der kleine M musste sich kurz sortieren. Die Mitteilung fühlte sich nicht so gut an, wie er sich das gewünscht hätte. „Und? Kenne ich ihn?"

„Es ist Volker. Volker Perscheid. Von nebenan. Weißt doch, der bei Hastig ein Zimmer hat."

„Oh! Äh, aha!" Das war gewöhnungsbedürftig. Wieso denn der übergewichtige Perscheid? Er konnte sich die schöne Frankophile und den moppeligen Perscheid schlecht als Paar vorstellen.

Wollte es aber.

Und wollte es auch gut finden.

Gut! Gut! Gut, verdammt nochmal!

Meldungen aus 1979

- **Super Gau im Atomkraftwerk Harrisburg / USA. Ein Teil der Brennstäbe schmort durch. Radioaktivität wird nach außen abgeführt.**

„Keine gesundheitlichen Folgen" ergab eine offizielle Untersuchung nach 18 Jahren, „eine um 150 Prozent gestiegene Krebshäufigkeit auf der Lee-Seite" eine der Bürgerinitiative „TMI".

- Der *SALT-II-Vertrag* zur Begrenzung strategischer Waffen wird zwischen der UdSSR und den USA geschlossen
- **Die Sowjetunion marschiert in Afghanistan ein**

Der sozialistische Präsident Afghanistans war von Mudschahedin-Kämpfern bedroht, die politisch und militärisch von den führenden Staaten der *NATO* und islamischer Länder unterstützt wurden. Die Sowjetunion musste befürchten, dass nach seinem Sturz die *NATO* einmarschiert und sich (auch dort) direkt an der Grenze festsetzt. Um den Präsidenten zu schützen und eine Stationierung von US-Soldaten an ihrer Grenze vorzubeugen, griff sie militärisch in Afghanistan ein.

Zbigniew Brzeziński, einer der wichtigsten Berater damaliger US-amerikanischer Präsidenten, schrieb in seinen Memoiren sinngemäß, dass die USA unter anderem das strategische Ziel verfolgt hätten, die UdSSR in den Afghanischen Krieg zu ziehen, „um denen auch ihr Vietnam zu bereiten."

Petra Kelly

1979 trat mit Petra Kelly eine Frau ins Bewusstsein des kleinen M, die für ihr von Herzen kommendes Engagement seinen ganzen Respekt hatte. In einem Offenen Brief an Bundeskanzler Helmut Schmidt hatte sie ihren Austritt aus der *SPD* erklärt und eine „neue Form der politischen Vertretung" angekündigt, „in der nicht nur der Umweltschutz und der Frieden endlich Priorität erhalten und wo der Grundsatz von der Gleichberechtigung zwischen Männern und Frauen echt praktiziert wird." Ein Jahr später wurde sie Gründungsmitglied der Partei *Die Grünen*.

Unfassbar großartig fand der kleine M, dass sie einen Ex-Bundeswehrmachtsgeneral zu einer der führenden Stimmen in der bundesdeutschen Friedensbewegung und zu ihrem Lebensgefährten machte.

Der *Hamburger Sportverein (HSV)* wird (West-) Deutscher Fußball-Meister

Auf ihren langen Fahrten war es für drei der nun fünf Musiker von *TV Wandsbek* immer das Highlight, wenn im Radio die Bundesliga-Konferenz lief. Und wenn sie ein Wochenende zuhause blieben, marschierte der kleine M gern mal ins Volksparkstadion zum *HSV*.

Mit Sorge beobachtete er seit 1977, dass die Mannschaft mit den ideenreichen und schnellen Zuspielen eines neuen Stars wenig anzufangen wusste. Kevin Keegan rannte wie einer vom fremden Stern zwischen seinen HSV-Kollegen herum. Als man sich dann aber eingespielt hatte wurde 1979, zum ersten Mal seit Gründung der Bundesliga, die (West-) Deutsche Meisterschaft erreicht.

Endlich war das große Ziel geschafft!!!

Mein Kumpel fand es nur erstaunlich, wie kurz so eine Euphorie anhielt, die man jahrelang herbeigesehnt hatte …

Paradoxe Intervention

„An diesem Wochenende passt mir das sehr gut ohne Tom", sagte der kleine M so lässig wie möglich in die Sprechmuschel des Telefons. „Wir spielen Freitag, Samstag und Sonntag mit der Band. Ich gehe davon aus, dass du Tom auch die beiden nächsten Wochenenden bei dir behältst, wir sind nämlich pausenlos auf Tour und …."

„Moment mal!", versuchte Beate dazwischen zu kommen, aber er fuhr fort: „Können wir vereinbaren, dass ich die Wochenenden immer kindlos sein werde – dann kann ich die Termine längerfristig planen?"

„Nein, das kannst du nicht! Du kannst nicht immer nur deinen Spaß haben und dich nicht um das Kind kümmern! Du bist schließlich der Vater!"

Na bitte, ging doch.

III. Ingrid

Arbeiten bei *CARGOSHIPS*

„Oben rehechts!" Wenn der kleine M nach wie vor etwas spät im Großraum-Büro erschien, schnappte er sich den kleinen *Jägermeister* aus der Schublade oben rechts, prostete in die Runde und begann den Arbeitstag indem er sich eine Zigarette und das Radio anmachte. Das erste gute Lied des Morgens trommelten er und sein Lieblingskollege Jürgen auf der Schreibtischkante mit - und wenn der Text bekannt war, stimmten sie gern auch gesanglich mit ein. Inmitten all der telefonierenden Kollegen.

Und Kolleginnen.

Es gab zwar nach wie vor keine Schiffsmaklerin im Betrieb, aber da, wo außer groß schnacken Zuverlässigkeit gefragt war, saß schon mal eine Frau. Zum Beispiel bei der Containergestellung. Da geht es darum, innerhalb eines festen Kostenrahmens leere Container per LKW und/oder Bahn zeitig in die Fabriken zu lotsen, in denen sie beladen werden sollen. Nach Stunden, Tagen oder Wochen müssen sie dort pünktlich abgeholt und so wieder zurück dirigiert werden, dass sie mit Gewissheit ein Schiff mit einem bestimmten Abfahrts- und Ankunftsdatum erreichen. Das klingt banal, war aber mit reichlich Tücken behaftet, bedurfte sehr guter Planung und eines guten Durchsetzungsvermögens gegenüber den hart gesottenen Truckern.

Diesen Job machte Ingrid Schütt.

Eine Frau von knapp 1,70 Höhe, mit einem runden strohblonden Kopf, etwas zu schmalen und zu eng zusammenstehenden Augen, Wespentaille und herrlichem Hintern in auffällig engen Feincordhosen. Sie fand es gar nicht lustig, wenn ihre Telefonate von Trommelwirbel und „You give me night fever, night fevahaha" begleitet wurden. Insbesondere den kleinen M pfiff sie oft sehr energisch an, wenn der mal wieder über die Stränge schlug. Aber der war bekanntlich nicht auf den Mund gefallen und hatte immer eine schnodderige Antwort, die ihn vor dem 20-köpfigen Abteilungs-Publikum meist als Punktsieger aus so einem Disput hervorgehen ließ.

Überhaupt hatte er zu dieser Zeit ein Selbstbewusstsein, das ihm im Nachhinein selbst das Bewusstsein nahm, wie er mir erzählte.

Zum Beispiel mokierten sich auch ein paar Abteilungsleiter über sein Singen und Trommeln – und zwar öffentlich! Vor der gesamten Abteilung! Das war ein Fehler, den nur Wenige zweimal machten. Wenn der kleine M eines nicht vertrug, dann waren es öffentliche Rüffel. Hätte es sich mit dem Stolz von Winnetou vertragen, sich vor seinen Leuten von einer erregten Kollegin oder einem Prokuristen auf die Trommel spucken zu lassen?

Nie!

Und so hatte er immer eine Antwort, die auch Anführern verbal die Hose runterließ und die Lacher auf seine Seite brachte.

Weshalb das Führungspersonal beschloss ihn nur noch hinter verschlossenen Türen zu maßregeln. Und sie staunten nicht schlecht, dass er da sehr vernünftig mit sich reden ließ. Ihm war klar, dass er sich mit seinem schulterlangen Haar, dem Vollbart, dem gefärbten Bundeswehrmachts-Unterhemd, alkoholisiert singend und trommelnd sehr hart am Rande des Erträglichen bewegte. Aber sein Motto war nach wie vor: „Ich werde nicht für Schönheit und kuschen bezahlt, sondern für die Knete, die ich für die Firma verdiene."

Und die war immer ansehnlich.

Eine Schlagzeile, die ihn 1979 aufregte

- **Die *NATO* fasst einen sogenannten „Doppelbeschluss"**

Am 12. Dezember 1979 fasste die *NATO* einen sogenannten Doppelbeschluss. Er sah auf der einen Seite die Aufstellung neuer Atomraketen in Westdeutschland und (zur Beruhigung der Bevölkerung) auf der anderen Abrüstungsverhandlungen der Supermächte vor. Das Aufstellen von erstschlagsfähigen *Pershing-II- und BGM-109-Tomahawk*-Raketen wurde mit Modernisierung des Arsenals und Ausgleich zu neuen *SS-20*-Raketen der UdSSR begründet. Die britischen und die französischen Atomraketen wurden dabei nicht berücksichtigt.

Imke

Mitten im Großraumbüro bezirzte der kleine M die junge knackige Imke, die, wie allgemein bekannt war, mit ihrem Freund zusammenlebte. Der kleine M umgarnte sie weder peinlich heimlich, noch aufdringlich forsch, sondern so, dass es für Alle im Großraumbüro entspannt unterhaltsam war.

Und für ihn erfolgreich.

Wenn Imke sich, nach ihrer Eroberung, an seinem Schreibtisch auf seinen Schoß setzte und er ihr unter dem weiten Nikki, zwar unsichtbar fürs Umfeld aber doch mit Hingabe den festen Rücken und die BH-losen Brüste streichelte, blieb sie gern ein bisschen länger, selbst wenn er mit der anderen Hand den Telefonhörer hielt und Containerpreise verhandelte.

Noch unverschämter, aber wohl auch unentdeckt, war die wunderbare Tatsache, dass die beiden in den oft sehr langen Mittagspausen, die allgemein zum Saufen und Palavern genutzt wurden, schon bald zu Sebastian Kessel in die Bude fuhren, um zu vögeln. Der kleine M hatte den Schlüssel von Kessel bekommen, weil der während der Woche in Dortmund arbeitete.

Obwohl er sich mit Imke nicht viel zu sagen hatte, lief die Affäre lange, denn er war verrückt nach dem Sex mit ihr. Deshalb war es auch diesmal so, wie bei so vielen Liebschaften davor und danach, dass nicht er die Liebelei zur richtigen Zeit in der richtigen Form beendete, sondern wieder war es die Frau, die irgendwann keine Lust mehr auf „Gespielin" hatte.

Und wie jedes Mal glaubte er, *ihm* würde das Herz brechen.

Wieviel Menschen kann man lieben?

„Ich konnte aufrichtig zwei oder drei Frauen zur selben Zeit lieben und wenn eine Abschied nahm, war ich sehr traurig", erklärte mir der kleine M. „Ich weiß, dass das für viele albern klingt, aber denen sage ich: Denkt doch mal an die Kinder!

Ich weiß nicht, wie viele Menschen ein Kind lieben kann – aber es sind sicher mehr als einer: Mutter, plus Vater, plus Geschwister

(?), plus eine Oma (?), plus eine zweite Oma (?), plus einen Opa (?), plus einen zweiten Opa (?), plus Kindergärtnerin (?), plus die gleichaltrigen Jan-Pierre, Marie, Lisa und was weiß ich wen noch?

Keine Ahnung, wer oder was dann die Liebesbegrenzung einzieht, die dazu führt, dass man neben Familienmitgliedern nur noch einen Menschen lieben soll, will oder kann.

Ich kann viele Menschen lieben, auch wenn es oft nur für eine begrenzte Zeit ist. Ich habe männlichen Kunden gesagt, dass ich sie liebe, weil ich sie liebte. Ich sagte und sage es auch Frau Hinz und Herrn Kunz, wenn ich es fühle. Das hat natürlich überhaupt nicht immer etwas mit Sex zu tun, aber wer für Menschen so offen ist wie ich, kommt sich natürlich auch schneller mal näher mit einer neuen Bekanntschaft.

Und das nimmt ja auch niemandem etwas weg!

Liebt ein Kind Opa Bielefeld weniger, wenn es beschließt seine Kindergärtnerin heiraten zu wollen?“

Gegenentwurf

Warum ausgerechnet Ingrid und der kleine M begannen sich füreinander zu interessieren, war anfangs wohl beiden ein Rätsel.

Auf seiner Seite spielte ihr Hintern eine Rolle.

Und ihre Wespentaille.

Und ihre gradlinige Art.

Wenn ihr im beruflichen Alltag jemand etwas zu Unrecht ankreiden wollte, egal von welcher Hierarchie-Stufe, argumentierte sie beinhart, logisch und scheinbar völlig angstfrei.

Jahre später kam er auf die Idee, dass er außer durch die Wespentaille und die Gradlinigkeit womöglich deshalb auf Ingrid angesprungen war, weil sie den exakten Gegenentwurf zu Beate darstellte: Die eine elegisch und antriebsschwach, die andere energisch, entschlossen und voller Elan. Die eine groß, schlank und brünett, die andere kleiner, runder und strohblond.

Mehr anders als diese beiden Frauen ging nicht.

Die Kellertreppe

Eines Tages kam Ingrid käsig, mit blauem Auge und gebrochenem Arm ins Büro. Sie war die Kellertreppe hinuntergefallen und machte sich selbst darüber lustig.

In einem vertraulichen Gespräch, das viele Kolleginnen und Kollegen immer gern mal mit dem kleinen M führten, erfuhr dieser, dass die Kellertreppe Norbert hieß.

Er kannte ihn vom Sehen. Es war ein adretter, großer, gutaussehender Mann, der Ingrid in Anzughose und Sakko manchmal aus der Firma abholte. Er war seit vielen Jahren ihr Lebensgefährte. Ihr eifersüchtiger, jähzorniger und gewalttätiger Lebensgefährte, wie sich jetzt herausstellte. Er reimte sich aus Angst „betrogen" zu werden, Affären zusammen, die Ingrid nie hatte und prügelte sie aufgrund seiner Phantasien windelweich. Einmal setzte er sie mit nacktem Po auf eine heiße Ofenplatte.

Wieder und wieder schwor sie sich, ihn zu verlassen.

Aber wenn er seine Angst an ihr ausgelassen hatte, weinte er, entschuldigte sich und schwor, es nie wieder zu tun.

Und so blieb sie bei ihm.

Dann er tat es wieder.

Wieder und wieder.

Und sie blieb wieder bei ihm, wieder und wieder.

Bis der gebrochene Arm den Bruch der Beziehung bewirken konnte.

Der kleine Ingridenzier

Ingrid und der kleine M landeten gemeinsam im Bett. Mal in seinem, mal in ihrem. Und in der Küche. Mal in seiner, mal in ihrer. Und vor der Waschmaschine. Mal vor ihrer, nie vor seiner, denn in seiner Miniwohnung war kein Platz für solch ein Gerät.

Im Ergebnis lag das Brot bei ihr, die Mettwurst bei ihm, die Hemden bei ihr und die Hosen bei ihm. Kurz: Man beschloss zusammenzuziehen. Ziemlich genau auf halber Stecke zwischen ihrer Wohnung und seiner Bude fand Ingrid eine sehr schöne 110 Quadratmeter große Wohnung im Dachgeschoss eines Mehrfamilienhauses. Miete: 10 Mark pro Quadratmeter. Das fand der kleine M nicht so schön wie die Wohnung, denn 110 x 10 macht 1.100 plus Nebenkosten. Fast die Hälfte seines Nettogehalts.

„Aber ich verdiene doch auch! Komm! Die ist so schön! Das ist kein Problem für uns, die zu bezahlen!"

„Na gut, wenn du meinst ..."

Eine Schlagzeile, die ihn 1980 beschäftigte

- **Die Arbeiter der polnischen Lenin-Werft streiken**

Das war deshalb eine Sensation, weil Streiks nach offizieller Leseart im Sozialismus nicht vorkommen konnten (und durften), weil sich ja ohnehin alles nach den Bedürfnissen der Arbeiter und Bauern richtete ...

Der *Krefelder Appell*

Am 16. November 1980 startete die westdeutsche Friedensbewegung mit dem *Krefelder Appell* eine breit angelegte Kampagne gegen den *NATO-Doppelbeschluss,* der die Stationierung neuer US-Atomraketen in Europa vorsah. Die Bundesregierung sollte die Zustimmung zur Stationierung zurückzuziehen und innerhalb der *NATO* auf eine Beendigung des atomaren Wettrüstens drängen.

Dieser Appell wurde in rund drei Jahren von gut vier Millionen Bundesbürger*innen unterzeichnet. Das musste damals, mangels Internet, mit Zetteln und Kugelschreibern erfolgen. Auch *TV Wandsbek* sammelte in diesen Jahren bei jedem Auftritt Unterschriften. Sicher hunderte.

INFO Auftrittsfahrplan von *TV Wandsbek* 1979

25.01.**1979** Bremerhaven, 26.01.1979 Hamburg-Uni, 23.03. 1979 Hamburg, 24.03.1979 Hannover, 31.03.1979 Hamburg I, 31.03.1979 Hamburg II, 28.04.1979 Bremen I, 28.04.1979 HB II, 30.04.1979 Hamburg, 01.05.1979 Hagen, 01.05.1979 Dortmund, 01.05.1979 Recklinghausen, 05.05.1979 Hamburg, 12.05.1979 Bremen, 19.05.1979 Harburg, 23.05.1979 Hamburg, 26.05.1979

Hamburg, 27.05.1979 Bremen, 01.06.1979 Walsrode, 02.06.1979 Gevelsberg, 02.06.1979 Hattingen, 03.06.1979 Erkenschwick, 06.06.1979 Hamburg I, 06.06.1979 Hamburg II, 08.06.1979 Hamburg, 23.06.1979 Essen UZ-Fest I, 23.06.1979 Essen UZ-Fest II, 07.07.1979 Bremen, 14.07.1979 Berlin I, 14.07.1979 Berlin II, 01.09.1979 Bonn, 01.09.1979 Friedberg, 15.09.1979 Stuttgart, 22.09.1979 Kiel, 01.10.1979 Bremen, 27.10.1979 Neumünster, 03.11.1979 Oldenburg, 08.11.1979 Celle, 09.11.1979 Osterrode, 10.11.1979 Stadthagen, 23.11.1979 Siegen, 30.11.1979 Hannover, 01.12.1979 Peine, 01.12.1979 Wuppertal, 02.12.1979 Hildesheim, 07.12.1979 Hamburg

Man beachte: Am 1. Mai waren das drei Auftritte in drei Städten. „Nur" drei. Im Jahr zuvor waren es vier gewesen, drei im Ruhrgebiet, einer in Papenburg - viele bunte Kilometer nordwestlich. Dort kamen sie 90 Minuten zu spät an. Die Halle war halbleer - der Veranstalter voll sauer. Die, die geblieben waren, hörten viel heiseres Krächzen von einer aufgeriebenen Kapelle.

17.01.**1980** Kiel, 18.01.1980 Oldenburg, 20.01.1980 Hamburg, 26.01.1980 Köln, 02.02.1980 Duisburg, 11.04.1980 Hamburg, 25.04.1980 Hessen, 26.04.1980 Hessen, 30.04.1980 Detmold, 01.05.1980 Dortmund, 01.05.1980 Hattingen, 10.05.80 Harburg, 24.05.1980 Hamburg, 25.05.1980 Hamburg, 06.06.80 Kassel, 14.06.1980 Wolfsburg, 03.07.1980 Osnabrück, 10.10.80 Stadthagen, 11.10.1980 Nienburg, 12.10.80 Lüneburg, 17.10.1980 Hamburg, 19.10.1980 Kiel, 25.10.80 Lingen, 01.11.1980 Duderstadt, 07.11.1980 Salzgitter, 08.11.1980 Peine, 09.11.1980 Alfeld, 14.12.1980 Hamburg.

Auftritte

Ein Auftritt war für den kleinen M von jeher Sehnsucht und Schrecken zugleich.

Sehnsucht, weil eine Band mit Sendungsbewusstsein aber ohne Auftritte wirkungslos ist. Sehnsucht, weil das Musikmachen vor Publikum viel mehr Spaß macht als im Probenraum. Sehnsucht, weil es schön ist „Star" zu sein.

Schrecken, weil eine Band mit Sendungsbewusstsein und den falschen Botschaften lächerlich ist. Und da er die Auftritte auch bei *TV Wandsbek* moderierte, war er immer sehr bemüht sowohl die Einschätzungen der Massenmedien als auch den jeweils gültigen Blickwinkel von Friedens- und Sozialbewegung zu kennen.

Für´s Große Ganze.

Viel schwieriger war es mit dem kleinen Kleinen.

Überall wo sie auftraten kamen relativ viele Menschen zusammen und die lokalen Polit-Gruppen erhofften sich von dem Auftritt eine Stärkung ihrer Positionen in den örtlichen Auseinandersetzungen. Selten konnte sich der kleine M vor einem Auftritt in Ruhe sammeln. Immer wurde ihm ein Ohr abgekaut, was die Problemlage vor Ort sei, wie seine Gesprächspartnerinnen oder -partner dazu stünden, welche politischen Gruppierungen mit ihnen einig seien und welche nicht und wie der Bürgermeister sich zur Sache verhält.

Zusammen mit der Weltlage ergab das oft erheblichen Kopfsalat beim kleinen M, den er vor Auftrittsbeginn noch verdauen und gedanklich in den Programmablauf einbauen musste.

Dafür wurde er krank.

Eigentlich vor jedem Auftritt.

Meist beklagte er Kopf- oder Magenschmerzen, die er auch tatsächlich spürte, um sich trotz des Trommelfeuers von außen, noch einen Moment in sich zurückziehen zu können.

Mit vielen Zigaretten und ein paar Bieren versuchte er dann die neuen Auftrags-Botschaften mit der allgemeinen Weltlage und dem vorhandenen Songrepertoire gedanklich zu verknüpfen. Danach musste er noch das richtige Verhältnis von Anspannung und Entspannung in sich justieren. Es war ihm nämlich schon passiert, dass er gut sortiert und tiefenentspannt auf die Bühne gegangen war um den Auftritt „professionell" abzuspulen – aber das Publikum sprang nicht an. Es war unglaublich, aber ganz sicher wahr: Die Leute spürten ob er zu 100 Prozent bei der Sache war oder nicht. Deshalb musste er Nervosität aufbauen um die nötige Anspannung zu kriegen – rauchen und Bier trinken um in Stimmung zu kommen –

aber auf keinen Fall einen Schluck Alkohol zu viel nehmen, um die nötige Konzentration nicht zu verlieren.

Es war ein Ritual, das alle Bandmitglieder kannten, akzeptierten und ignorierten, wenn er ihnen sagte „Also echt, heute geht nix. Mir ist so schlecht, ich glaube ich kann wirklich nicht."

Das war die beste Gewähr dafür, dass er beim Betreten der Bühne vor Auftrittslust nur so sprühte.

INFO Songs auf der LP von 1980

A-Seite **01** Intro-Lied**, 02** Song über die Alltagsroutine, der mehrfach im Morgenmagazin von NDR 2 gespielt wurde, **03** Instrumental, **04** Der männliche Versuch eines Emanzipationssongs, **05** Zum Thema: Auch Schlager haben eine politische Wirkung, **06 Nazis raus:** Erläuterung überflüssig

B-Seite **01** Lied auf den Heimat-Stadtteil des kleinen M**, 02** Über die bauliche Modernisierung von Städten, **03** Instrumental, **04** Über den Missbrauch von Wissenschaft, z.B. für die Entwicklung einer Neutronenbombe, **05** Über die Berufsverbote, **06** Geht es uns gut, wenn es den Unternehmen gut geht?

Zum Osdorfer

Schräg gegenüber der neuen Wohnung von Ingrid und dem kleinen M betrieben Ingrids Eltern ein „Kneipen-Restaurant": *Zum Osdorfer*. Das war ein Riesenschuppen mit großer Terrasse, zwei Bewirtungsräumen, herrlichem Tanzsaal im Holz-Look der 1930er Jahre und Parkplätzen für schätzungsweise 50 Autos.

Seine Glanzzeit hatte der Betrieb als Fiete, der Vater von Ingrids Vater, das Lokal bis in die 1950er Jahre als Ausflugsziel für Leute aus Hamburg attraktiv halten konnte. Damals, als Osdorf noch „außerhalb" der Stadt lag.

Inzwischen war das Haus hauptsächlich zum Treffpunkt der Menschen aus „Alt Osdorf" geworden. Es kamen Omas, Opas, Maurer, Maler, Klempner, Sport- und Gesangsvereine, der Taubenzüchterverein, die Feuerwehr, der Briefmarken- und der Heimatverein und alles was sich treffen wollte – nur eben nicht zuhause. Und fast alle gaben an, sie kämen „aus´m Dorf". Wo „das Dorf" anfing und wo es aufhörte, konnte der kleine M nie genau ermitteln. Ihm deuchte, es handelte sich dabei nur um die Häuser rund um die Kreuzung Osdorfer Landstraße, Langelohstraße und Rugenbarg.

Der kleine M liebte *Zum Osdorfer.*

Und die Leute, die da kamen.

Sie machten, neben der altertümlichen Einrichtung mit den halbhohen dunkelbraunen Holzvertäfelungen an den Wänden und den vom Zigarettenrauch ocker gefärbten Tapeten, den Charme des Ladens aus. Die Stammgäste erzählten vollkommen uneitel von den kleinen Erfolgen und den großen Sorgen ihres Lebens. Eheprobleme ausgenommen, versteht sich: „Das geht kein´ was an!"

Der Zustand der Ehe von Ingrids Eltern wurde allerdings täglich öffentlich vorgeführt.

Hemmungslos.

Sie beschimpfte ihn lauthals vor allen Gästen, wenn er beispielsweise rauchte oder einen Schnaps trank. Er machte dann hinter ihrem Rücken den Scheibenwischer und streckte die Zunge raus, wenn sie wieder in Richtung Küche entschwand. Wenn für etwas auf der Welt der Begriff „Hassliebe" passend war, dann für die Beziehung von Hiltraut und Harald Schütt.

Entsprechend wurde der kleine M von vielen Seiten vor seiner neuen Schwiegermutter gewarnt; sie sei eine furchtbare Furie. Aber der kleine M gab wenig auf die Beurteilungen anderer. Er begegnete Hiltraut mit großer Offenheit, hörte sich viel krauses Zeug an, was sie über die Welt, ihre Gäste und ihren Ehemann zu sagen hatte – und machte anfangs nur durch Mienenspiel und kurze Einwürfe deutlich, dass er manches anders sah als sie.

Sie freute sich, dass er ihr vorurteilsfrei entgegentrat, das war sie nicht mehr gewohnt. Besonders glücklich machte es sie, wenn jemand an ihr, ihrem Mann und ihrer Ehe auch Gutes entdeckte.

Und das auch sagte.

Dann wurde sie fast weich. Auch nach außen.

Innen war sie es ohnehin.

Hiltraut hatte ein Riesenherz – der kleine M spürte das sehr früh und zeigte ihr, dass er es spürte.

Schon bald liebte sie ihn.

Und er liebte sie.

Zum Beispiel für die Liebe, die sie zwei, drei Witwern entgegenbrachte, die Stammgäste bei ihr waren – und die sie Heilig Abend in ihr Wohnzimmer einlud, damit die an diesem Abend nicht allein sein mussten.

Mit Harald, in seiner Schwäche als Männlichkeitsdarsteller, kam sich der kleine M auch nahe. Weil er Starkes und Schönes an ihm sah und das auch aussprach: Handwerkliches Geschick und ein gutes Händchen für einen besonders schönen Garten.

Und er sagte auch vor Gästen Gutes über die Ehe seiner Schwiegereltern, wie schön Harald den Garten in Schuss hätte und Hiltraut die Wohnung und dass es ein Wunder sei, wie die Beiden es sich neben dem täglichen Restaurantbetrieb privat so schön machen können.

O Gott, Boykott!

CARGOSHIPS & Co. war eine Hamburger Schiffsmaklerfirma, ein „joint venture", in dem sowohl westdeutsches als auch sowjetisches Kapital steckte. *CARGOSHIPS* betreute unter anderem eine Linie, die von der UdSSR kommend, über Polen, die Bundesrepublik und die Niederlande in die USA schiffte.

Nachdem es den Vereinigten Staaten gelungen war „die Sowjetunion zu einem Einmarsch nach Afghanistan zu nötigen" (sinngemäß nach US-Berater Zbigniew Brzeziński zitiert), war es nun an der Zeit, diesen Erfolg auch zu nutzen: Der Westen boykottierte die Olympischen Spiele in Moskau, was die Kolleginnen und Kollegen des kleinen M wenig berührte. Aber US-Präsident Jimmy Carter verbot auch, dass sowjetische Schiffe weiterhin die Häfen der USA anlaufen durften. Das berührte die Angestellten von *CARGOSHIPS* ganz erheblich - und den Betriebsrat, mit dem kleinen M als Vorsitzendem, noch mehr:

Mit dem Boykott brach eine der wichtigsten Linien des Unternehmens zusammen - und viele Arbeitsplätze gerieten in Gefahr. Die Geschäftsleitung sprach von 80 und legte dem Betriebsrat eine entsprechende Namensliste der zu Kündigenden vor.

Achtzig??!

80? 80? Wie kamen die bloß auf 80?

Klaus Waldmann, erschienen das sofort zu viele. Er hatte den bösen Verdacht, dass eine Gruppe neuer Mitarbeiter, die kürzlich geschlossen in der Rechnungsabteilung angefangen hatte, im Grunde eine bestellte Saniererkolonne war. Ihr Boss war sofort Buchhaltungsleiter und Personalchef geworden. Der wollte, nach Waldmanns Meinung, den Zusammenbruch der Linie dafür nutzen, möglichst viel Personal abzubauen, aber „Das wollen wir doch mal sehen, nicht wahr Herr Vorsitzender?", grinste er den kleinen M an.

„Jo, das wollen wir, mein Assi!", lächelte dieser etwas unsicher zurück, weil er vollkommen abhängig von Waldmann sein würde, weil der sich als einziger im Betriebsrat sehr gut mit dem Betriebsverfassungsgesetz auskannte. Das wussten beide.

Sie hatten drei Tage Zeit um sich über die Arbeit von Jeder und Jedem der 80 Leute auf der Kündigungsliste ein Bild zu machen. Es war klar, dass die Arbeitsplätze, für die keine Arbeit mehr da war, nicht gehalten werden konnten. Aber wie viele waren das jeweils in der Ausgehenden Abteilung, in der Einkommenden, beim Hafenfahrdienst, in der Buchhaltung, bei den Schreibkräften und im Bremer Hafen, in dem *CARGOSHIPS* eigene Kaianlagen und Schuppen hatte?

Erstes Ergebnis: Auf der Liste fanden sich vier Leute, die überhaupt gar nichts mit der boykottierten Linie zu tun hatten. Ihre Kündigung abzulehnen würde leicht sein.

Aber dann wurde es schwierig.

Sie sprachen mit jeder Kollegin und jedem Kollegen über ihren beruflichen Alltag, um herauszufinden, wieviel Prozent ihrer

Arbeitszeit auf die USA-Linie entfielen. Das waren bei den unmittelbar betroffenen der US-Abteilungen natürlich 100 Prozent, aber bei anderen nur zwischen 10 und 60.

Die Betriebsräte addierten die Prozente der verbleibenden Arbeitszeit und stellten fest, dass in den 80 Kündigungen 32 Vollzeitarbeitsplätze steckten. Das war die gute Nachricht.

Die schlechte hieß, dass 48 Arbeitsplätze nicht zu verteidigen waren.

Ob es am Ende „nur" 48 statt 80 Leuten sein würden und wen es dann treffen könnte, war zu diesem Zeitpunkt völlig unklar, weil am Ende so eines Verfahrens auch soziale Auswahlkriterien eine Rolle spielen. Der Betriebsrat beschloss deshalb gegen alle 80 Kündigungen einen jeweils individuellen Widerspruch möglichst so zu formulieren, dass er in gerichtlichen Einzelverfahren Bestand haben konnte.

Die Tage gehörten den Interviews, die Nächte der Schreibarbeit.

Mit verquollenen Augen und stolzgeschwellter Brust legten sie der Geschäftsleitung 80 individuelle Kündigungs-Widersprüche termingerecht auf den Tisch.

Alle an Bord!

Der Betriebsrat rief eine Betriebsversammlung ein, um die Belegschaft über sein Vorgehen in der aktuellen Situation zu informieren.

Und alle alle kamen – aus Hamburg und aus Bremen! Bei anderen Betriebsversammlungen blieb schon mal ein Drittel der Kolleginnen und Kollegen am Arbeitsplatz, weil sie sich für unabkömmlich erklärten oder Angst vor ihrem Abteilungsleiter hatten. Heute waren sie dabei.

Auch die Geschäftsleitung rückte mit drei Personen an, verstärkt durch einen Rechtsanwalt.

„Die haben hier nichts zu suchen", raunte Waldmann dem kleinen M ins Ohr. „Bei einer Betriebsversammlung hat der Betriebsrat das Hausrecht und die Geschäftsleitung kann nur teilnehmen, wenn sie eingeladen wurde – und das ist hier ja wohl nicht der Fall."

Der kleine M begrüßte die Kolleginnen und Kollegen und eröffnete der Geschäftsleitung, dass sie nicht eingeladen worden sei und die Versammlung bitte verlassen möge.

Viele der bedrohten Kolleginnen und Kollegen sprangen auf und klatschten; die nicht bedrohten sprangen noch höher und schrien „Skandal!" Es müsse der Geschäftsleitung doch erlaubt sein, im eigenen Betrieb auf einer Betriebsversammlung zu sprechen.

„Ist es aber nicht", ergriff Waldmann das Mikrofon – und an die Leitung gewandt: „Bitte verlassen Sie unsere Versammlung."

Die Herren erhoben sich mit finsteren Mienen, um der Aufforderung Folge zu leisten.

Einige Kollegen begannen die Ausgänge zu versperren, damit die Geschäftsleitung bleiben musste. Aus der Gruppe der Hafenarbeiter machten sich welche auf, um die Ausgänge von den Blockierern freizuräumen.

Es war Zeit, die Situation zu entschärfen.

Wie sollte man eine gewisse Solidarität unter den bedrohten und den nicht bedrohten Kolleginnen und Kollegen erreichen, wenn gleich am Anfang eine Spaltung der Belegschaft entstand? Der kleine M nahm sich das Mikrofon und schlug vor, dass die Geschäftsleitung ihren Standpunkt vortragen und dann die Versammlung verlassen möge. Der Betriebsrat müsse sich mit den von Kündigung Bedrohten ohne die Anwesenheit der Leitung austauschen können.

Das wurde in beiden Lagern akzeptiert.

Statt nun den eigens angereisten Anwalt ein paar geschliffene Worte sagen zu lassen, ergriff einer der westdeutschen Geschäftsführer das Mikrofon und beschuldigte den Betriebsrat des kommunistischen Aufruhrs. Er machte die drei zu Rädelsführern, die es nur auf „den Untergang der Marktwirtschaft" abgesehen hätten.

Dieser Beitrag wurde im Saal sehr befremdet wahrgenommen. Alle wussten, dass Waldmann Kommunist war und mancher hätte *ihm* so einen platten Angriff zugetraut, aber nicht einem Mitglied der

Geschäftsleitung. Der Mann wurde ausgebuht und mit den anderen Leuten der Führung aus dem Saal gepfiffen.

Die eigentliche Versammlung begann.

Die Betriebsräte erklärten den Kolleginnen und Kollegen in jedem Einzelfall, warum und wie sie gegen eine Kündigung Widerspruch eingelegt hatten und bekamen dafür viel Applaus. Nur Rainer Hartmann, Mitglied der vermeintlichen Sanierergruppe, die die 80 Leute auf die Liste gesetzt hatte, fragte fies: „Und was tut der Betriebsrat für die, die im Unternehmen bleiben?"

„Jetzt geht es um die Verteidigung möglichst vieler Arbeitsplätze - alles andere kommt danach", schmetterte Waldmann ihn ab.

Gräfke

Die Gewerkschaft lehnte die anwaltliche Unterstützung des Betriebsrats ab, weil nur fünf der etwa 140 Büroleute in der *ÖTV* waren. Aber Waldmanns *Deutsche Kommunistische Partei* war noch gut verankert in den Gewerkschaften und wusste auf welche Knöpfchen man drücken musste. Zum Beispiel auf das Kommunisten-Knöpfchen. Jedem Gewerkschafter war damals klar, dass die *DKP* ordentlich Alarm machen konnte, wenn eine Arbeitnehmer-Organisation bei 80 angedrohten Kündigungen nicht juristisch helfen würde.

Nach einigem hin und her wurde die Finanzierung eines Anwalts zugesagt und die Gewerkschaft schickte eine Auswahlliste, die nach Meinung von Waldmanns Partei allerdings keinen geeigneten Kandidaten enthielt: „Alles Kompromissler. Gehen immer gleich auf Abfindung statt auf die tatsächliche Erhaltung der Arbeitsplätze."

Und so bekam es der arme *ÖTV*-Sekretär mit einem Betriebsrat zu tun, der einen Anwalt forderte, der die Arbeitsplätze wirklich verteidigen wollte. Und wenn die *ÖTV* diesem Wunsch nicht Folge leisten würde, dann würden „die Partei" und 80 bedrohte Kolleginnen und Kollegen dies öffentlich machen - darauf könnten sie einen lassen.

Man bekam Waldmanns Wunsch-Anwalt Ralf Gräfke.

Die Geschäftsleitung von *CARGOSHIPS* wurde von ihren Anwälten daraufhin sofort über die bekannt radikal arbeitnehmerfreundliche Weltsicht des Kollegen Gräfke informiert. Als Reaktion wandelte sie die 80 bis dahin fristgerechten Kündigungen in fristlose um:

Die Betroffenen waren ab dem nächsten Tag von der Arbeit freigestellt und durften das Firmengebäude nicht mehr betreten.

Das große Stricken

Die Betriebsräte rasten von Stockwerk zu Stockwerk, um allen Betroffenen dringend zu raten, weiterhin zur Arbeit zu erscheinen. Man könne alle Rechtsansprüche verlieren, wenn man seine Arbeitskraft nicht mehr aktiv anböte. So sei die Gesetzeslage.

Anschließend bat Waldmann den *ÖTV*-Sekretär sofort ein Flugblatt zu verfassen, das alle Leute im Betrieb noch einmal schriftlich über die rechtliche Lage der Betroffenen aufklären sollte.

„So schnell sind wir nicht", zuckte der Gewerkschafter entschuldigend die Schultern.

„Ihr seid schneller als ihr denkt", war Waldmanns trockene Antwort. „Wir fassen mit an!"

„Flugblätter sind in einer Firma gar nicht zulässig."

„Dann verteilt sie doch vor der Firma, bei Feierabend, vor der Tür!"

„Das haben wir seit Jahren nicht mehr gemacht, ich weiß gar nicht, ob ich genug Leute zusammen bekomme."

„Wir verteilen mit."

„Ich weiß nicht einmal, ob unsere Druckmaschine noch funktioniert."

„Dann schreib es 140 Mal mit der Hand, aber schreib es zum Donnerwetter!!", verlor Waldmann die Fassung.

Bei Feierabend standen Betriebsräte und *ÖTV*-Sekretär vor der Firma und drückten jeder Kollegin, jedem Kollegen das Flugblatt in der Hand.

Am nächsten Morgen trafen sich 80 fristlos gekündigte Leute zum Reden, Spiele spielen und stricken in den Hamburger und Bremer Büros der *CARGOSHIPS & Co.*

Erste Runde

Gräfke reichte bei Gericht eine „Einstweilige Verfügung" gegen die fristlose Entlassung von 80 Mitarbeiterinnen und Mitarbeitern ein: Der Betriebsrat stimme den Kündigungen nicht zu. Lediglich 48 Arbeitsplätze seien nicht zu halten und welche Personen das beträfe, sollte idealer Weise in einem Sozialplan geregelt werden.

Wenn das Gericht den Antrag annehmen würde, müssten die fristlosen Kündigungen wieder zu fristgerechten werden - mit entsprechend mehr Zeit für Verhandlungen.

Das große Warten auf die gerichtliche Entscheidung begann.

Die Stunden vergingen quälend langsam.

Spieler und Strickerinnen blickten immer wieder auf die drei vom Betriebsrat. „Wisst ihr, was ihr tut?", war in ihren unsicheren Blicken zu lesen, „oder sitzen wir hier nur auf Verdacht?"

Hätte das jemand laut gefragt - niemand vom Betriebsrat hätte die Antwort gewusst.

Juristerei hat ihre eigenen Regeln.

Ihnen blieb nichts als auf den Anruf von Gräfke zu warten.

Er kam nachmittags um drei:

„Das Gericht braucht drei Tage, um über die Einstweilige Verfügung zu entscheiden. Solange sind die fristlosen Kündigungen erstmal unwirksam."

Außerordentliche Betriebsversammlung (AOB)

Waldmann meinte, es sei jetzt nicht gut genug die Leute noch drei Tage lang Monopoly spielen zu lassen, man müsse sie in die Prozesse einbeziehen.

Der Personalchef hatte inzwischen Auflösungs-Verträge entwickelt, die eine gewisse Summe Geldes versprachen, wenn man vor der Gerichtsentscheidung unterschrieb. Danach würde es dieses Angebot nicht mehr geben, dann ginge man mit leeren Taschen.

Als die Ersten unterschrieben, begannen die anderen noch mehr zu eiern: „Kann der Betriebsrat garantieren, dass wir auch eine Abfindung bekommen, wenn wir zu euch halten?"

Konnte er nicht.

Die nächsten unterschrieben Auflösungsverträge.

Sechs Leute gingen in diesen drei Tagen von der Fahne.

Die Verbliebenen beschäftigte Waldmann mit der Vorbereitung einer außerordentlichen Betriebsversammlung (AOB) für den Tag der Gerichtsentscheidung. Er wollte die Leute an der Entwicklung ihres Schicksals beteiligen und ihnen ermöglichen, dass alle das Urteil des Gerichts vom Anwalt hören und dazu Stellung nehmen konnten.

Die Vorbereitungsgruppe AOB hatte den Saal eines Hotels als Veranstaltungsort gewählt. Viele Kolleginnen und Kollegen, betroffen oder nicht, aus Hamburg und aus Bremen waren Punkt 10 Uhr vor Ort. Sie saßen wie beim Karneval an langen Tischreihen und blickten über die Schultern zum Betriebsrat. Dieser hockte gestresst und übermüdet auf einer Bühne und bot an, die gesetzliche Lage noch einmal zu erörtern.

Es war ein Spiel auf Zeit.

Eigentlich warteten alle nur auf Gräfke.

Würde die Einstweilige Verfügung durchkommen oder nicht?

Der kleine M fühlte mit seinen 26 Jahren mächtig viel Verantwortung auf sich lasten. Er blickte im Saal auf gestandene Familienväter, die Krawatte auch heute korrekt bis zum Adamsapfel hochgezogen. Es war klar, dass sie den Betriebsrat verbal schlachten würden, wenn der sie von der Unterzeichnung eines Auflösungs-Vertrages abgehalten hatte und nun nichts Besseres erreichen konnte. Er schaute auf alleinerziehende Mütter, die ihn hoffnungsvoll ansahen und mehr Vertrauen in ihren Blicken hatten als die Männer, aber er hatte keine Ahnung, ob das gerechtfertigt war.

Man redete hin, man redete her. Was wäre wenn so, was wäre wenn anders.

Gräfke rief nicht an.

„So Leute, dann machen wir erstmal eine Mittagspause", versuchte der kleine M die Zeit mit Essen zu füllen – abgelehnt. Alle blieben auf ihren Stühlen und bei ihren bohrenden Fragen.

Es war wieder gegen 15 Uhr als die hintere Tür des Saales aufflog und Gräfke eine dünne Akte triumphierend in Luft streckte.

In dieser Sekunde brach etwas aus, was der kleine M unter Angestellten nicht noch einmal erleben sollte: Die Leute johlten, klatschten, sprangen auf, lachten, weinten, umarmten sich, reckten geballte Fäuste zur Hoteldecke und waren außer sich vor Begeisterung.

Bevor ein Wort gesprochen worden war.

Die Geste war zu eindeutig: Das Gericht hatte die fristlosen Kündigungen per Einstweiliger Verfügung verboten.

Der kleine M schluchzte Anspannung und Müdigkeit aus sich heraus. Links und rechts von ihm heulten die beiden anderen Betriebsratsmitglieder.

Pokern

Jetzt ging es darum, die 80 Kündigungen als *einen* Fall zu behandeln und damit das Gesamtproblem im Rahmen eines Sozialplans abwickeln zu können. Andernfalls müsste jede und jeder Gekündigte individuell vor Gericht seine Ansprüche geltend machen, was aus mehreren Gründen ein erheblicher Nachteil für die Betroffenen sein würde.

Die Rechtslage war so, dass bei einer bestimmten Prozentzahl an Kündigungen die Angelegenheit als „Massenentlassung" betrachtet werden musste, was, in einem Betrieb mit Betriebsrat, eine Abwicklung im Rahmen eines Sozialplans ermöglichte.

Entsprechend lautete Gräfkes nächster Antrag bei Gericht.

Zwölf Leute hatten inzwischen einen Auflösungsvertrag unterschrieben, blieben noch 68 Betroffene, von denen der Betriebsrat hoffte, 32 im Betrieb halten zu können.

Die Geschäftsleitung verbesserte ihre Auflösungsverträge. Der Betriebsrat redete auf die Leute ein, die „Angebote" nicht anzunehmen. Sie sollten auf den erhofften Sozialplan warten, oder zumindest eine Abfindung für sich erstreiten, die ihrer Betriebszugehörigkeit und ihrer sozialen Situation entsprach. Nach den Berechnungen des Betriebsrates bedeutete das für viele die doppelte und teilweise bis zu zehnfach höhere Entschädigung als von der Geschäftsleitung angeboten.

Die Leute begannen wieder zu stricken und zu spielen.

In den ersten Tagen guter Dinge und dann zunehmend nervöser.

Niemand wusste, wann die Sache „Massenkündigung bei *CARGOSHIPS*" vor Gericht verhandelt werden würde.

Der Personalchef lud Jede und Jeden zum Einzelgespräch und zeigte sich zunehmend großzügig, was die Zahlungen bei Unterzeichnung eines Auflösungsvertrages anging. Wieder unterschrieben Leute und der Zusammenhalt zwischen Betriebsrat und Betroffenen bröckelte spürbar.

Die Saniererkolonne schürte die schlechte Laune nach Kräften: Der Betriebsrat würde sich nur um die Entlassungsfragen kümmern und sich für die anderen einen Scheißdreck interessieren. Im Branchenblatt *Europäische Transportzeitung (ETZ)* erschien ein Artikel über die kommunistischen Machenschaften des Betriebsrats von *CARGOSHIPS*.

Jeden Tag saß der kleine M im Betriebsratsbüro vor Familienvätern und -müttern, die ihm tief in die Augen sahen und fragten ob es nicht besser wäre aufzugeben, das angebotene Geld zu nehmen und die Firma zu verlassen. Jedes Mal drückte ihn die Verantwortung so tief in seinen Stuhl, dass sie ihm fast die Luft zum Atmen nahm: „Jetzt ist Juristerei. Keiner weiß, was dabei herauskommt. Ich würde lügen, wenn ich sagen würde, dass wir unserer Sache sicher sein können. Aber wir haben die Einstweilige Verfügung durchgekriegt. Das war auch Juristerei – und die ist so gelaufen, wie wir das angestrebt hatten. Deshalb hoffe ich, dass wir auch die letzte Runde gewinnen. Für dich würde das, warte mal ..." – und dann sah er nach, welchen Arbeitsplatz beziehungsweise welche Abfindungshöhe der Betriebsrat für ihn oder sie im Auge hatte.

Trotzdem unterschrieben weitere Kolleginnen und Kollegen Auflösungsverträge.

62 blieben.

Sie strickten, spielten Monopoly und Skat.

Vom Gericht kam nichts.

Aber vom Personalchef!

Das Auflösungsangebot wurde erneut verbessert. Wieder unterschrieben drei.

Der Betriebsrat zog die Reißleine:

„Skandal in einem Hamburger Betrieb mit sowjetischem Kapital! Gerichtsentscheid über Massenentlassung wird durch Auflösungsverträge unterlaufen. Pressekonferenz des Betriebsrats." Dieses Flugblatt ging per Post an die Hamburger Medien.

Und, man mag es nicht glauben, einige Journalisten kamen!

Sowjetisches Kapital unsozial? Das zog zu Zeiten des kalten Krieges selbst bei so einer Klitsche wie *CARGOSHIPS*. Live-Interview mit Klaus Waldmann im *Mittagskurier des NDR*!

Als die Betriebsräte nach der Sendung in die Firma kamen, erwartete sie die versammelte Geschäftsleitung, die sich bisher hinter dem Personalchef unsichtbar gemacht hatte.

Die Herren waren äußerst konziliant.

Zwar sei der Betriebsrat mit der Pressekonferenz viel zu weit gegangen, aber man respektiere natürlich den gesetzlich vorgesehenen Gang der Dinge und wolle auf keinen Fall juristische Entscheidungen unterlaufen. Man sei der Meinung gewesen, der Personalchef habe den Betroffenen mit den Auflösungsverträgen ein faires unkompliziertes Angebot gemacht, aber natürlich wolle man einer richterlichen Entscheidung nicht vorgreifen.

Bescherung

Das Gericht akzeptierte erstens die vom Betriebsrat errechnete Anzahl verbleibender Arbeitsplätze und zweitens die Behandlung der Sache als Massenentlassung mit der Notwendigkeit eines Sozialplans.

Mehr Recht konnte man nicht bekommen.

Es bedeutete zunächst, dass von den verbliebenen 59 Kolleginnen und Kollegen 27 die Firma verlassen mussten. Die Abfindungen, die sie erhielten, waren in jedem Fall höher als die Summen der angebotenen Auflösungsverträge, oft wesentlich.

32 Leute, die kürzlich noch auf einer Fristlos-Kündigungsliste standen, behielten einen Arbeitsplatz bei *CARGOSHIPS*. Manche konnten sich die Abteilung aussuchen, in der sie künftig tätig sein wollten. Alle konnten wählen, ob sie mit Rauchern oder Nichtrauchern zusammensitzen wollten. Alle erhielten einen dreijährigen Kündigungsschutz und auf drei Jahre festgelegte Gehaltserhöhungen, damit sie nicht im Nachhinein weggemobbt werden konnten.

Acht von ihnen traten in die Gewerkschaft ein.

Neuwahl

Rainer Hartmann und die anderen Gestalten, die als Under-Cover-Betriebssanierer ins Unternehmen gekommen waren, konnten mit dem Verlauf des Stellenabbaus nur mäßig zufrieden sein; sie machten wieder Alarm: Der Betriebsrat habe sich nur um die Leute gekümmert, die vom Boykott betroffen waren, habe die Beliebtesten gehen lassen und schwierige Leute behalten und sich überhaupt nicht für die Mehrheit der Belegschaft interessiert. Man fordere Neuwahlen.

Er setzte sich damit durch, weil der kleine M einverstanden war, dass der Betriebsrat die Mehrheitsverhältnisse in der neuen Mitarbeiterstruktur widerspiegeln sollte. Er war erschöpft und hatte überhaupt keine Lust nun womöglich auch noch gegen eine Mehrheit der Kolleginnen und Kollegen anzubetriebsraten.

In Firmen, in denen sich viele gegenseitig kennen, wählt man zwischen Personen. Bei *CARGOSHIPS* war die Spaltung zwischen Freunden des Betriebsrates und Freunden der Geschäftsleitung aber so tief geworden, dass es erstmals zu einer Listenwahl kam.

Der kleine M und Waldmann und stellten mit weiteren Kolleginnen und Kollegen die Gewerkschaftsliste.

Rainer Hartmann führte die „Geschäftsleitungsliste" an, wie sie allgemein genannt wurde. Der Personalchef verkündete, dass bei einer Mehrheit für die Hartmann-Liste zwei zusätzliche Urlaubstage gewährt würden.

Dem bestehenden Betriebsrat war klar: Wenn er gegen diese unzulässige Wahlbeeinflussung rechtlich vorgehen würde, wäre das nur eine Stärkung der Gegenseite, die ohnehin „das juristische Bekämpfen der eigenen Firma" anprangerte. Außerdem hätten die Leute, die auf die zwei Tage scharf waren (also im Grunde alle) Waldmann und den kleinen M wahrscheinlich mit einem Aktenordner erschlagen, wenn sie dagegen geklagt hätten.

Die Leute von der Gewerkschaftsliste versuchten klar zu machen, dass Jede und Jeder mal in Schwierigkeiten kommen und dann sicher sein könne, dass sich der jetzige Betriebsrat in gleicher Weise einsetzen würde, wie gerade durchexerziert. Und diese „Arbeitsplatzversicherung" sei doch wohl mehr wert als zwei Tage zusätzlichen Urlaubs, oder?

War sie nicht.

Jedenfalls nicht für ausreichend viele. Die Plätze 1 und 2 der Gewerkschaftsliste gingen an den kleinen M und Waldmann. Platz 1 der „Geschäftsleitungsliste" ging mit den zweitmeisten aller abgegebenen Stimmen an Rainer Hartmann, der damit im neuen Betriebsrat saß.

Das war natürlich ein Ergebnis, das beim kleinen M nur mäßige Begeisterung hervorrief, weil künftig grundsätzliche Auseinandersetzungen im schon Betriebsrat zu erwarten waren. Und auch ohne die, hatte er keinen Bock mehr auf den Job. Er hatte sich nur beworben, weil er nach Ablauf seiner mit dem Amt verbundenen Unkündbarkeit außerordentlich kündbar geworden wäre.

Ob Klaus Waldmann unter den neuen Bedingungen „Bock" auf eine Weiterarbeit hatte, darf bezweifelt werden. Er machte aber natürlich auch weiter, weil „der Kampf für die Interessen der Arbeiterklasse" weiterging, auch wenn viele Stimmen der krawattierten Angestelltenklasse an die „Geschäftsleitungsliste" gegangen waren. Sogar die von einigen Kolleginnen und Kollegen, die nur noch deshalb im Betrieb waren, weil der alte Betriebsrat sich so engagiert für sie eingesetzt hatte. Doch nun konnten sie zum abgesicherten Arbeitsplatz, mit wählbarer Abteilung und festgeschriebenen Gehaltserhöhungen ja auch noch zwei Urlaubstage mehr bekommen.

Der Clou

Der Personalchef und Boss der Saniererkolonne, der den Boykott für eine Massenentlassung hatte nutzen wollen, hatte seine Zeit bei *CARGOSHIPS* vor allem genutzt, um durch eine Massenentlassung von Firmengeldern das eigene Leben zu versüßen:

Während der Auseinandersetzungen, die er „im Interesse der Firma mit dem Betriebsrat geführt hatte", schaufelte er sich im Eigeninteresse viele zigtausend Firmen-Taler auf private Konten, denen er bei Nacht und Nebel in die Schweiz folgte.

Meldungen, die ihn 1980 beschäftigten

- **Franz Josef Strauß wird Kanzlerkandidat der *CDU/ CSU***

Der Refrain des *TV Wandsbek*-Liedes dazu hieß:

> Franz Strauß als Kanzler, oh Jesus steh´ uns bei,
> das ist wie Al Capone als Chef der Polizei,
> das ist wie Gunter Sachs als Emma-Journalist,
> das ist als würd´ ein Zuhälter Sittenpolizist.

➢ **Oktoberfest-Attentat**

Am 26. September 1980 erfolgte am Haupteingang des Oktoberfestes in München der bisher schwerster Terrorakt der deutschen Nachkriegsgeschichte. Durch die Explosion einer Rohrbombe wurden 13 Menschen getötet und 211 verletzt, 68 von ihnen schwer.

Der Attentäter, Gundolf Köhler, der sich selbst (vermutlich versehentlich) mitgetötet hatte, konnte schnell identifiziert werden. Er war Mitglied der rechtsradikalen *Wehrsportgruppe Hoffmann*. Über seinem Bett hing ein Hitler-Poster. Logischerweise äußerten sogenannte Sicherheitsbehörden schnell die Vermutung, dass „Linksterroristen" hinter dem Anschlag stecken. Zudem wurden Spuren am Tatort von Polizeibeamten auf trotteligste Weise vernichtet, später verschwanden Beweisgegenstände und ganze Akten - sicher so versehentlich, wie Jahrzehnte später dann auch beim *Nationalsozialistischen Untergrund (NSU)*.

Wollte Köhler mit seinem Anschlag F. J. Strauß zur Kanzlerschaft verhelfen? Oder war er Werkzeug für einen jener Terrorakte, die von „westlicher Seite" durchgeführt worden sein sollen, um sie der damals sehr starken westeuropäischen Linken in die Schuhe zu schieben? (Bologna?)

Beten

Der kleine M betete inzwischen heimlich. Er traute sich nach wie vor nicht, mit dem abendlichen Anrufen von Gott aufzuhören. Er hatte Angst davor.

Sollte er wohl auch, denn er war schließlich „gottesfürchtig" gemacht worden.

Andererseits war ihm die gefaltete Dreiheiligkeit eines Wesens sehr obskur geworden, das zugleich unsichtbarer Vater, Sohn aus Fleisch und Blut und Geist sein soll. Ein Wesen, das den Menschen über alle anderen Kreaturen stellt, ihn als Teil aus der von ihm angeblich geschaffenen Natur heraushebt, indem es ihn zum göttlichen Ebenbild und zu Etwas macht, das in den Himmel kommen kann (wenn es brav war), während alles andere Leben einfach stirbt, tot ist und bleibt??

Pinkeln

Ein ganz ganz ganz klein bisschen göttlich ist das männliche Pinkelprivileg. Seit der kleine M im Stehen pinkeln konnte, pinkelte er im Stehen. Herrlich!

Die zu neuer Stärke heranwachsende Frauenbewegung fand das unhygienisch – Ingrid also auch.

„Wieso unhygienisch? Ich kann sehr genau zielen!“

„Aber das spritzt!“

„Das spritzt? Das spritzt doch nicht!“

„Kannst dir ja mal die Kacheln und die Fliesen ums Klo herum bei Licht betrachten.“

„Hätte ich doch gemerkt, wenn das spritzen würde!“

„Von mir aus kannst du gerne weiter im Stehen pinkeln, aber dann machst du ab heute das Klo sauber.“

Okay, das war eine gründliche Abwägung wert, die ihn letztlich in die Knie zwang.

Aber: Die Pest griff immer weiter um sich. Toiletten aller Orten zierten nun „Männer-müssen-im-Sitzen-müssen-Schilder“.

Privat und öffentlich.

Menno!

Neuland in Sicht

Mal abgesehen von der Toilettenfrage war der kleine M fasziniert von Ingrids Entschluss- und Durchsetzungskraft. An diesen Punkten waren sie sich sehr ähnlich. Er konnte nicht verstehen, dass Leute etwas anfingen und nicht zu Ende brachten. Oder Aufgaben ewig lange vor sich herschoben und erst in letzter Sekunde angingen – dann, wenn das Optimum bestimmt nicht mehr zu erreichen war, weil dazu auch das Überdenken gehört.

Ingrid steckte ihn in punkto Entscheidungsfreude sogar noch in die Tasche. Sie war angstfreier als der Sparkassen-Sohn, vielleicht im Wissen um ihr eines Tages anstehendes Erbe? Jedenfalls schlug sie ihm recht bald vor, sich doch einfach nach einem anderen Beruf umzusehen, wenn die Schiffsmaklerei so öde für ihn sei.

„Mach doch Werbung!"

„Ich hab´ doch keine Ahnung vom Werbung machen."

„Versuch´s doch mal. Du hast so viele Ideen, du bist so kreativ. Mehr als schiefgehen kann es nicht – und im Falle eines Falles wird *CARGOSHIPS* dich sicher mit Kusshand wiedernehmen."

„Den bösen Betriebsrat?"

„Ich will auch was anderes machen. Hab auch keinen Bock mehr. Vielleicht einen kleinen Laden oder so."

„Also, das finde ich jetzt aber sehr riskant. Wir haben die hohe Miete am Hals und geben beide zur selben Zeit unsere sicheren Jobs auf?"

„Man kann doch mal spinnen. Du guckst dich um, ich guck mich um. Wir sind zu jung, um uns bis zur Rente an der Schifffahrt festzuhalten."

Damals lief alles über Zeitungen: Wohnungssuche, Arbeitssuche, Mitarbeitersuche (immer in der männlichen Form), Partnersuche (auch in weiblicher Form), An- und Verkäufe von Autos, Trödel und so weiter. In Hamburg war die Sonnabendausgabe des *Abendblatts* ein 6-Kilo-Werk (Scherz!), von dem 5 Kilo der Anzeigenteil war, mit all den genannten und zig weiteren Rubriken. Wenn man eine Wohnung suchte, musste man sich den mächtigen Papierhaufen möglichst früh morgens kaufen, direkt studieren und sich sofort ans Telefon hängen, sonst waren die attraktivsten Objekte weg.

Bei Stellenanzeigen hatte man etwas mehr Zeit.

Da der kleine M an den Wochenenden oft mit *TV Wandsbek* unterwegs war, schlug er die Zeitung regelmäßig erst montags oder dienstags auf und las die Stellenangebote zum Thema Werbung, die natürlich all die Voraussetzungen verlangten, die er nicht hatte: Abitur, Studium, praktische Erfahrung und so Sachen.

Doch eines regnerischen nachmittags fand er dies: „Wir suchen den Kaufmännischen mit dem kreativen Touch!"

Hä?! Was war das denn?

Kaufmännisch mit kreativem Touch?

„Die suchen mich! ´ne Hörgeräte-Firma, hahaha! Naja, gucken kann man ja mal."

Der kleine M baute die Schreibmaschine in seinem Zimmer auf und tippte eine möglichst kreative Bewerbung. Ein Problem bei eventuellen Vorstellungen würden seine schulterlangen Haare werden, das war klar. Die Schiffsmakler machten unverändert Druck gegen sie - und deshalb konnte er sie sich nicht abschneiden lassen, das hätte nach wie vor nach Unterwerfung ausgesehen. Also formulierte er am Ende seiner Bewerbung „... und wer sich für kreativ hält, leistet sich gern ein ungewöhnliches Äußeres" (was damals für Werbetreibende noch verbreitet zutreffend war).

Als er den Briefumschlag zuklebte, war er sicher, dass er zum Gespräch eingeladen würde. Es war und blieb so in seinem Leben, dass er Gewissheit fühlte, wenn ihm ein Text gut gelungen war.

Genau wie andersherum: Es gab Arbeiten, da war von Anfang an der Wurm drin. Dann konnte er die Wörter drehen und wenden wie er wollte - der Wurm blieb. Der Wurm, der ihm sagte, dass er die Sache nicht optimal hinbekommen hatte.

Den Bewerbungstext an die Firma *Binaural* hielt er für wurmfrei.

Meldungen, die ihn 1981 beschäftigten

- Der Schauspieler Ronald Reagan wird zum Präsidenten der USA gewählt.
- **Am 31. August 1980 gibt die Regierung Polens dem Druck der Massenstreiks nach und gestattet „unabhängige und freie Gewerkschaften".**

Die Streikenden hatten große Teile der Bevölkerung hinter sich; viele der oppositionellen Gewerkschaftsmitglieder stammten sogar aus der Kommunistischen (Staats-)Partei. Die Proteste der Unzufriedenen wurden vom „Heiligen Vater" und seinen Freiheitskämpfern zur Bekämpfung des Sozialismus instrumentalisiert.

- Am 13. Dezember verhängt die polnische Regierung das Kriegsrecht über Polen.

Zu Gast bei *Binaural*

„Wir bitten Sie zum Vorstellungsgespräch“, die *Binaural GmbH* hatte geantwortet, so, wie der kleine M es geahnt hatte.

Aber die *Binaural GmbH* sah nicht so aus, wie sich der kleine M ein Industrie-Unternehmen vorgestellt hatte.

Die Firma saß in einem eingereihten schmucklosen Flachdach-Gelbklinkerhaus in einer Wohnstraße in Hamburg Altona. Neben dem Eingang, der eine normale Haustür mit gelbem Riffelglas und braunen Holzstreben war, hing ein kleines Schild mit dem Firmennamen. Neben dem Schild befand sich ein einfacher Klingelknopf.

Er betätigte ihn und wartete.

Nach einer für sein Empfinden zu langen Wartezeit summte es. Er drückte die schwergängige Tür auf und stand in einem schmalen Treppenhaus von etwa 1,50 Breite, das an den Wänden halbhoch rosa gefliest war. Eine steile hellgraue Steintreppe führte in einem scharfen Rechtsbogen nach oben, bis vor eine Tür mit dunkelbraunem Holzrahmen und großer Klarglas-Scheibe. Im Inneren, das registrierte der kleine M sofort, ging es braun weiter: Ein goldbrauner Teppichboden trug rüsterbraune Schreibtische und Regale im 70er-Jahre-Stil, der hierzulande „skandinavisch“ genannt wurde. Die vielen unterschiedlichen Bräune passten nicht wirklich gut zusammen.

Er öffnete die Tür und sah links einen länglichen Raum mit drei hintereinanderstehenden Schreibtischen, die mit höchst interessiert und milde lächelnden Frauen besetzt waren, von denen ihm eine die Tür zum Chefzimmer öffnete:

„Ach wie enttäuschend, lange Haare und Bart - ich hatte gedacht, jetzt käme mindestens Demis Roussos zur Tür herein!“ Werner Hachfeld, Geschäftsführer der *Binaural GmbH,* haute laut lachend auf seinen Schreibtisch als der kleine M eintrat. Demis Roussos war ein sehr fülliger griechischer Schlagersänger, der seine Lieder gern in einem weißen Wickelgewand vortrug, in dem er aussah wie eine Fleischroulade in Mullbinden.

„Komm´Se rein, nehm´Se Platz!“ Er wies mit einladender Geste auf den orange-gepolsterten hellbraunen Holzstuhl vor seinem dunklen Rüster-Schreibtisch, hinter dem er, ein kleiner Mann mit großer Nase, in einem obligatorischen schwarzen Wipp-und-Dreh-Leder-Chefsessel versank.

Hachfeld war sehr aufgeräumt. Zwei Stunden unterhielt er sich mit dem kleinen M über die Frage, warum man lange Haare haben muss. Als die beiden sich sicher waren, dass die „Chemie“ zwischen ihnen stimmte, wurde es kurz fachlich.

„Warum suchen Sie den Kaufmännischen mit dem kreativen Touch?“, erkundigte sich der kleine M.

„Weil wir innerhalb von zweieinhalb Jahren drei Werbefachleute auf dem Job hatten, die nicht mit Geld umgehen konnten. Ich bin es leid, dass das Jahresbudget im Juli aufgebraucht ist. Deshalb suche ich jetzt jemanden, der zunächst mal mit dem Budget umgehen kann, bevor er es vorzeitig kreativ versenkt. – Und damit“, fuhr Hachfeld fort, „kommen wir zu dem weniger attraktiven Teil unseres Gespräches - zu den Produkten.“ Er holte einen flachen Mahagonikasten aus einer Schreibtischschublade hervor und klappte ihn mit einer Mine auf als müsse der kleine M sich jetzt auf Einiges gefasst machen.

Dessen Blick fiel auf eine Reihe unschöner, großer beiger Hörgeräte. An ihnen bummelten unansehnliche gelbliche Kunststoffgnubbel: „Das ist die Schallzuführung. Die steckt man sich ins Ohr.“ Hachfeld erklärte knapp die Arbeits- und Anwendungsweise der damaligen Hörgeräte.

Außer den beigen Bananen gab es noch zwei rechteckige graue Apparate in der Größe einer 20er Zigarettenschachtel: „Taschengeräte!“ An ihnen hing ein Kabel mit dem damals für Hörgeräte typischen Knopf im Ohr: „Für die ganz traurigen Fälle. Da kommt mehr Pegel am Innenohr an als wenn man einen Meter hinter einem startenden Düsenflugzeug steht.“

Der kleine M versicherte, dass er das Alles gar nicht so schrecklich fände und dass es ja ein Segen für die Schwerhörigen sei, dass es sowas gäbe.

„Wie Sie unserer Anzeige sicher entnommen haben, sind wir die deutsche Niederlassung des niederländischen Konzerns *Binaural N.V.* Wir machen hier mit 14 Leuten im Innen und fünf im Außendienst quasi Großhandel. Die Produkte kommen von unserer Konzernmutter in Rotterdam und wir verkaufen sie in Deutschland an Hörgeräte-Akustiker, die oft vorrangig Optiker sind. Die Einkaufskosten für die Geräte bekommen sie von den Krankenkassen voll ersetzt. Das hat zu der Situation geführt, dass wir Hersteller Preislisten mit absurd hohen Preisen haben, die unsere Kunden den Kassen zur Abrechnung vorlegen, auf die sie von uns aber bis zu 85% Rabatt bekommen, was sie den Kassen natürlich nicht vorlegen", lächelte er mittelglücklich.

„Ihre Aufgabe als Kreativer bestünde darin, die Akustiker zu motivieren, unsere Geräte in noch größerem Umfang einzusetzen, statt die der gut 20 Mitbewerber. Das ist gar nicht so furchtbar schwierig, denn qualitativ sind wir top. Das ist in der Branche unbestritten."

Man wurde sich schnell einig: Ab 1. Juli 1981 würde der kleine M Werbemann der *Binaural GmbH* sein. Für nur ein paar Mark mehr als er bei *CARGOSHIPS* verdiente, aber um Kohle ging es ja nicht, er wollte wieder Freude am Berufsleben haben.

Die Kunst der Nationalsozialisten

Wie wird ein Schifffahrtskaufmann zum Werber?

Indem er zunächst viel liest.

Der kleine M kaufte sich Fachliteratur und fraß sie in sich hinein.

Zu seiner Überraschung zog fast jedes Buch, das er zur Hand nahm, die Nationalsozialisten als Beispiel für gelungene Massenbeeinflussung heran. Schon das äußere Erscheinungsbild Hitlers sorgte für eine absolute Alleinstellung unter den öffentlichen Personen, es hatte geradezu Signet-Charakter. 2011, fast 70 Jahre nach Hitlers Tod, erschien der Roman „Er ist wieder da". Der Umschlag war weiß und hatte nur zwei vollschwarze Bildelemente: Eine stilisierte Haartolle, die von rechts nach links verlief und ein Quadrat, das von der Platzierung her unter der Nase saß. Mehr braucht es auch heute nicht, um unmissverständlich klar zu machen, wer „er" ist.

Aber das war nur ein kleines Beispiel aus der Trickkiste der Nazis. Sie schufen prägende Gemeinschafts-Erlebnisse in Jugendorganisationen, emotionale Masseninszenierungen, gern auch mal im Fackelschein mit viel Gesang. Sie sorgten für die Verbreitung von Volksempfängern, damit das Volk die „richtigen" Inhalte empfangen und sich als solidarische Einheit empfinden konnte: Gemeinsam gegen die Volksfeinde. Viele Deutsche fühlten sich durch diese Erfahrungen lebenslänglich an die Zeit des „III. Reiches" gebunden, selbst nachdem die entsetzlichen Fakten über jene Jahre bekannt geworden waren.

Erkenntnis: In der Publikums-Werbung geht es darum, die Menschen emotional zu erreichen.

Zweifel

Der Beruf des Werbers war verpönt.

Allgemein und bei Leuten, die sich für eine bessere Welt einsetzten, ganz besonders.

Werber sollen unter anderem die Verkaufszahlen steigern, was regelmäßig neue Modelle voraussetzt, was zu immer kürzeren Produktzyklen führt und damit zu immer mehr Umweltbelastung durch Produktion und Entsorgung. Oder Werber sollen ganz neue Produkte am Markt platzieren, die niemand braucht oder die sogar die Gesundheit belasten undoder die Natur zerstören. Schokoriegel fielen ihm spontan ein, Zigaretten, oder ausgewaschene Jeans ab Werk.

Sein Trost: Er stand im Begriff, sich an Werbung für Hörgeräte zu versuchen. Hörgeräte waren in der öffentlichen Meinung ungefähr so attraktiv wie Inkontinenzbinden. Nie würde er jemandem diese Dinger aufschwatzen können, wenn sie nicht dringend benötigt würden.

Umdekorierung

Die Zeit vor dem Umstieg vom Schifffahrtskaufmann zum Werbefritzen nutzte der kleine M nicht nur zum Büffeln von Fachliteratur, sondern auch, um sich endlich seine langen Haare abschneiden zu lassen.

Mit 30 Jahren!

Das waren ihm selbst einige Jahre zu viel geworden, aber er hatte erlebt wie die Leute reagierten, als er diesen Schritt gegangen war, und keine Lust gehabt, noch einmal als vom Konformitätsdruck Geschlagener dazustehen. Deshalb hatte er während seiner gesamten Schifffahrtszeit an den langen Haaren, den Jeans und den Sweatshirts im Umfeld von Boss-Anzügen und Facon-Schnitten festgehalten. Krawatten, die von allen Kollegen getragen wurden, bezeichnete er als „Unterwerfungsstrick". Eine Krawatte sei das sinnloseste Kleidungsstück der Welt und sowohl am Hals als auch in der Suppe besonders störend. Er sei nur dazu da dem Umfeld seine Angepasstheit zu beweisen.

Eine Krawatte würde er auch bei *Binaural* nur in Ausnahmefällen tragen, aber ein gebügeltes Hemd und ein lässig sitzendes Jackett wollte er der neuen Umgebung dann doch gönnen.

Der Werber

Am 1. Juli 1981 fuhr der kleine M nach Altona, zu seinem neuen Job. Er trug „Ausgeh-Jeans", Hemd und Sakko. Und appe Haare!

Hachdeld, der Chef, führte den Neuen in dessen Büro, etwa 20 qm groß, mit einem riesigen Schreibtisch, einem Besucherstuhl und ein paar Regalschränken voller Aktenordner. Es war per Tür und einer großen Glasscheibe mit dem Raum der drei Empfangs-Damen verbunden, die sich als Telefonzentralistinnen und Buchhalterinnen herausstellten.

„Wir befinden uns hier in Werk I", erklärte Hachfeld.

Das war der erste Tick des neuen Chefs, den kleine M registrierte. Er hatte die paar Räume des Hauses, das eigentlich ein Wohnhaus war, zu „Werken" erhoben. Es war nicht logisch nachvollziehbar, wann man von einem Werk ins andere wechselte, aber die Führung endete in Werk VI, einem größeren Konferenz-Zimmer.

Auf den Ober-Tick von Hachfeld machten ihn die neuen Kolleginnen aufmerksam:

„Sehen Sie die kleine rote Lampe über der Tür des Chefs?"

„Ja?"

„Diese Lampe müssen Sie unbedingt beachten. Wenn die leuchtet, ist der Zutritt absolut verboten!"

„Echt?!", wunderte sich der kleine M.

„Jahaha", lachten die Damen.

„Was passiert denn da bei Rotlicht?"

„Bei Rotlicht ist gut, hahahaha! Das weiß keiner." Aber es verhalf ihm zum ersten kleinen Lacherfolg in der ersten Stunde *Binaural*.

Er nahm an seinem neuen Schreibtisch Platz, auf dem außer einem großen Festnetztelefon lediglich eine Schreibunterlage aus Papier zu sehen war.

Fax? PC? Handy? Smartphone?

Es sollte noch Jahre und Jahrzehnte dauern, bis diese Teile das Neonlicht deutscher Büros erblickten. Papier, Schreiber und Rubbelbuchstaben waren die Werkzeuge dieser Jahre.

Der einzige Computer im Unternehmen hatte die Größe eines extrabreiten Kühlschranks und stand in einem abschließbaren Nebenraum. Er diente der Buchhaltung. Seine Rechenergebnisse wurden auf einem dunkelbraunen Bildschirm mit hellbraunen Zahlen sichtbar. Und auf einem etwa 40 Zentimeter breitem Stoß grün-weißen Endlospapiers, das in einen riesen Standdrucker eingespannt werden musste. Der nagelte die Monatszahlen und Salden etwa drei Stunden lang auf das endlose Papier.

Ein Stapel dieses Papiers wurde dem kleinen M in der zweiten Stunde seines Hör-Seins vom Chef überreicht: „Hier! Hier können Sie sich schon einmal mit dem Budget vertraut machen. Das Gesamtbudget beträgt 80.000 Mark im Jahr und auf diesen Seiten können Sie sehen, wofür wir es im vergangenen Jahr ausgegeben haben."

80.000 D-Mark?

Der kleine Sparkassen-M schluckte. Das war eine Menge Holz.

Dachte er.

Bis er feststellte, dass fast die Hälfte für einen *Audiofond (AFO)* wegging und ein weiterer großer Teil für die monatliche *Binaural*-Anzeige in *Das Hör-Magazin*. Einmal im Jahr gab es eine Fachmesse, für die ein Teilnahmebeitrag und ein Messestand bezahlt werden mussten und der Außendienst brauchte Weihnachtsgeschenke für die Kundinnen und Kunden.

Und dann war auch schon ziemliche Ebbe in der Werbekasse.

Dem Neu-Werber dämmerte, warum vor ihm drei Mann in zwei Jahren an den Finanzen gescheitert waren.

Die neue Agentur

Der kleine M besuchte die Werbeagentur, mit der seine Vorgänger gearbeitet hatten.

Elbchaussee!

Arroganter Chef, der den kleinen M nicht für voll nahm und ihm gleich mal zeigte, wo der Werbe-Hammer hängt.

Der hing danach in der Bernhard-Nocht-Straße.

Dort hatte Konrad, der Gitarrist und Chefsänger von *TV Wandsbek,* mit zwei Kollegen seine Werkstatt. Sie waren Industrie-Designer. Das ist natürlich etwas ganz anderes als eine Werbeagentur, aber sie wussten auf jeden Fall viel mehr von Formen, Farben und Gestaltung als der kleine M. Er fragte sie, ob sie ihm behilflich sein würden, die ersten Hürden des neuen Jobs zu nehmen. - Sie würden.

Es traf sich besonders günstig, dass die Designer-Werkstatt ganz in der Nähe von *Binaural* lag, direkt am Sankt Pauli Kirchhof, anfangs der Bernhard-Nocht-Straße.

Mit Blick auf die Elbe.

Das war damals für ganz normale Kleinstunternehmen mietenmäßig kein Problem und hatte nichts mit Schicki-Micki zu tun, sondern nur mit der unattraktiven Umgebung von Puffs und schedderigen Altbauten.

Der kleine M stellte Konrad und seinen Designern die neuste Ausgabe des *Hör-Magazins* vor: A5, dicke dunkelgrüne Kopfleiste mit schwarzem Titeleindruck über grau-in-grauem kontrastlosem Matsch-Foto, das einen der wichtigen Branchen-Opas zeigte.

Das war die Titelseite.

Die Jungs erschauerten so, wie sich auch der kleine M erschreckt hatte, als er das Heft zum ersten Mal sah. Von innen war es so attraktiv wie von außen, nämlich gar nicht und (schon damals) völlig aus der Zeit gefallen. Dennoch bestand Chef Hachfeld darauf, dort regelmäßig vertreten zu sein, weil es nun einmal das einzige brancheninterne Medium war.

Wir basteln uns eine Anzeige

Das Erste, was der kleine M von seinen Designer-Freunden lernte, war die Neuigkeit, dass auch leere Fläche ein Gestaltungselement ist. Sie rieten ihm, in dem textlich und bildlich übervollen Heft mit viel weißer Fläche zu arbeiten.

Die Entstehung einer Anzeige verlief so, dass Konrad sich einen weißen Reinzeichen-Karton nahm und darauf mit feinen Bleistiftstrichen die Elemente der Anzeige skizzierte: Hier das Foto, dort der Text und da das Firmen-Logo. Diskutier, radier, diskutier, radier. Irgendwann waren alle Beteiligten mit dem Bleistift-Layout zufrieden und es ging daran, die skizzierten Elemente real zu beschaffen.

Dazu fuhr der kleine M zu einem erfahrenen Hobby-Fotografen, den er kannte, und lies ihn das Foto machen. Dieses Foto ging dann an eine Firma, die es für den Druck rasterte und das Ergebnis auf eine klarsichtige Folie kopierte.

Der Text, den der kleine M auf der Schreibmaschine getippt hatte, war von Konrad, statt per Brief, mit einem der neu aufkommenden Kurierdienste zu einem Setzer gebracht worden. Der setzte ihn in der gewünschten Schriftart und -größe und brachte das Ergebnis ebenfalls auf eine klarsichtige Folie, auch „Film“ genannt. Von *Binaural* kam ein bereits fertiger Film mit dem Firmen-Logo.

Nach ein paar Tagen war all das bedruckte Klarsichtplastik bei Konrad eingetroffen, der es dann auf die Stellen des Reinzeichen-Kartons klebte, die laut Bleistifte-Skizze dafür vorgesehen waren.

Dieses Klebewerk, das nun alle Elemente der Anzeige enthielt, ging dann zu einer Repro-Station und wurde dort zu dem fertigen Anzeigenfilm gemacht, der dann per Post an den Zeitungsverlag ging.

So einfach war das alles. (Grins)

Schön & Gut

Ingrid war beflügelt von der Tatsache, dass der kleine M den Berufswechsel geschafft hatte. Statt seine Probezeit durch Festhalten an ihrem Arbeitsplatz vorerst abzusichern, ging sie daran ihre eigenen Pläne zu verwirklichen. Der Traum vom eigenen Laden sollte Wahrheit werden: Hamburgs erstes Geschäft mit echter Naturkosmetik.

Die Industrie durfte damals (?) angeblich Produkte „Naturkosmetik“ nennen, die fünf Prozent natürliche Anteile hatten. Ingrid wollte Naturkosmetik anbieten, die höchstens fünf Prozent nicht-natürliche Zutaten beinhaltete.

Selbst angerührt!

Der kleine M unterstützte sie mit Ideen und einem 20.000-D-Mark-Kredit, den er für die Ladengründung aufnahm, weil sie der Bank ja absehbar kein regelmäßiges Einkommen mehr nachweisen konnte. Er fand das keine besonders erfolgversprechende Investition, sondern nur fair, weil Ingrid ihn zu seinem neuen Beruf und damit zu einem neuen aufregenden Leben motiviert hatte – und er ihr nun auch zur Seite stehen wollte.

Sie entdeckten einen kleinen schlauchartigen Laden in der Grindelstraße. Von irgendwoher bekamen sie die Telefonnummer von einem Ladengestalter, der angeblich Erfahrung darin hatte, einen Schlauch optisch breiter erscheinen zu lassen. Er entpuppte sich als ein Musiker-Kollege, der zudem ein Nachbarsjunge aus der Treskowstraße gewesen war. Er empfahl von Wand zu Wand schräg verlaufende Streifen aus grünem und grauem Linoleum, sowie dreieckig getischlerte Holzregale, die sowohl vom Schaufenster aus als auch beim Betreten des Ladens frontal einsehbar waren. Und so wurde es denn auch gemacht.

Konrad und seine Kollegen ersannen den Geschäftsnamen *Schön & Gut*. Sie entwarfen das Logo und gestalteten die Etiketten für die Flaschen und Tiegel, die es noch nicht gab.

Also es gab sie schon, aber in Essen. Und nur palettenweise.

Damit waren sie 1. ziemlich weit weg, 2. ziemlich viel zu viele und 3. ziemlich viel zu teuer.

Punkt 2. und 3. erledigte Ingrid indem sie den Auslieferungsmeister des Werkes am Telefon dahingehend bezirzte, die Paletten zu öffnen und nur die gewünschte Stückzahl daraus auszuliefern.

Punkt 1., das Abholen, erledigte der kleine M mit seinem *Ford Escort Combi*. Er fuhr nach Essen, um die von Ingrid und ihm erwählten Gläser und Tiegel abzuholen. Vor Ort ergab das ein Bild für die Götterspeise: Zwischen sehr hohen LKW, die über eine Rampe von Gabelstapeln palettenweise beladen wurden, stand ein kleiner roter *Ford Escort Combi* in der Warteschlange, der für die Arbeiter auf der Laderampe unsichtbar blieb, weil er viel zu niedrig war. Der kleine M stieg aus und fragte nach dem freundlichen Ober-Glaser, der eingewilligt hatte, den Routineablauf der Fabrik durch acht Mal je 1000 Tiegel und Flaschen durcheinanderwirbeln zu lassen.

Leider hatte sich Ingrids Bezirzung längst wieder gelegt,zu mal jetzt nicht Ingrid vor ihm stand, sondern der kleine M: „Fahren Sie erstmal Ihren Wagen von der Rampe weg, nach da drüben! Puhlen Sie sich dann aus den Paletten was Sie brauchen und sagen Sie Bescheid, wenn Sie fertig sind."

Der kleine M turnte zwischen den Gabelstaplern, den LKW und seinem *Escort* mit Wäschekörben voller Gläser hin und her. Der Combi wurde voll bis unters Dach.

Er zahlte bar und klingelte gen Norden.

Dass er keinen Tinnitus behielt, grenzt an ein medizinisches Wunder.

Rumms!

Die erste Anzeige war gleich der Hammer.

Sie bewarb die geringe Reparaturanfälligkeit der *Binaural*-Geräte.

Ganzseitig.

Man sah in dem optisch übervollen Heft auf einer schnee-weißen Seite den Abdruck eines kräftigen Schuhsohlenprofils, das zur Hälfte über ein unversehrtes Hörgerät ging. Am unteren Rand der Seite standen zwei Zeilen Text und das Logo von *Binaural*.

Hachfeld erhielt Anrufe aus der Branche, ob er eine neue Werbeagentur habe. Er konnte seinen Stolz darüber kaum verbergen als er dem kleinen M bemüht nebensächlich davon erzählte.

Kritik kam nur von den Damen der Buchhaltung.

Sie waren empört, dass der kleine M seine Ideen nicht mit ihnen diskutiert hatte, so, wie die Werbefritzen vor ihm. Aber der kleine M hatte aus seiner Vorbereitungs-Literatur gelernt, dass jede und jeder zu jeder Werbung eine Meinung hat und man sich nur verzetteln könne, wenn man seine Ideen im Vorwege breit zur Diskussion stelle.

Außerdem sei die Wahrscheinlichkeit gering, wenn nach vielen Diskussionen und Änderungen intern ein Konsens erzielt wurde, dass eine Anzeige nach außen noch Wirkung entfalten könne, weil ihr dann alle Ecken und Kanten genommen wären.

Er glaubte an diese These.

Außerdem hatte er die Verantwortung für diesen Job übernommen und war auch bereit, sie zu tragen. Gern auch ohne den Segen der kollegialen Damenwelt.

Win win

Es gab und gibt sicher nicht viele Auftraggeber von Werbung, die für den Job Industrie-Designer engagieren. Im Gegenteil: Viele zahlen viel Geld für eine möglichst anerkannte Agentur damit sie sich gut verteidigen können, falls eine Kampagne fehlschlägt: „*Fritz & Fratz* ist eine der renommiertesten Agenturen auf dem Gebiet. Es war einfach nicht damit zu rechnen, dass sie unsere Sache nicht zum Erfolg führen würden."

Der kleine M gab kein Geld für so eine Absicherung aus, sondern nur für die von Konrad & Co. geleistete Arbeit, an deren kreativem Teil er ganz wesentlich mitwirkte. Das machte Spaß, hielt die Kosten für *Binaural* relativ gering, ergab für Konrad und seine Jungs aber eine Honorarhöhe, die sie bisher nur aus Zeitungsartikeln kannten.

Mit diesem Prinzip: günstig für *Binaural* und üppig für begabte Neueinsteiger, baute er in den kommenden Monaten und Jahren ein sehr gut funktionierendes, freundschaftlich kooperierendes Netzwerk auf.

Gut und schön

Der kleine M rief zweimal täglich bei *Schön & Gut* an, um sich danach zu erkundigen, ob Kundschaft käme. Das war für ihn nicht nur hinsichtlich der Tilgung des Kleinkredits interessant, sondern auch als Werbemann - denn natürlich machten Konrad und er die ökonomisch auf Schmalspur laufende Werbung für Ingrids Laden.

Zu sagen, er sei gestürmt worden, wäre leicht übertrieben: „Zwei", war in den ersten Tagen die Antwort auf seine Frage, wie viele Kundinnen denn schon da gewesen wären. „Tageskasse 25 Mark und 30 Pfennige."

Der kleine M sah mit ganz neuem Blick auf die vielen kleinen Einzelhandelsgeschäfte. Er hatte jetzt eine Ahnung davon, mit wie viel Arbeit, Euphorie, Kreativität, Geld und Risiko man dort oft ans Werk und leider oft auch in die Pleite ging.

Von seinen 3.200 D-Mark brutto, die er bei *Binaural* verdiente, blieben etwa 2.400 netto, minus 1.000 D-Mark Wohnungsmiete, minus Nebenkosten, minus Essen und Trinken, minus neuer Garderobe für den neuen Job, minus Autokosten. Da war am Monatsende nicht so sehr viel nach, womit man einen 20.000 D-Mark-Kredit abstottern konnte. Und bei anderen Leuten war die finanzielle Basis ja oft noch wesentlich dünner. Er konnte sich ausmalen, was es für sie bedeutete, wenn sie ihre neu eröffnete Boutique nach ein paar

Monaten wieder schließen mussten. Das war für viele sicher der Beginn eines schmalen Lebens mit langem Schuldendienst.

Bibo

„Zwölf", hieß es nach ein paar Wochen auf seine tägliche Anfrage bei Ingrid: „Zwei davon Männer, die Geschenke suchten." Der Umsatz pendelte sich bei durchschnittlich 250 D-Mark pro Tag ein. Macht 5.000 brutto, was auch nach Abzug von Ladenmiete, Nebenkosten, Materialeinsatz, Werbung, Steuern und Tilgung immer noch ein zweites Gehalt bedeutete.

Was zu einem neuen Lebenswandel führte.

Direkt neben *Schön & Gut* war die Pizzeria *Culinaria*. Sie gehörte Bibo, einem gebürtigen Algerier, der einen Jugoslawen als Koch und einen Mann aus Duisburg als Bedienung hatte. Es war also ein „rein italienischer Betrieb", mit überdurchschnittlich gutem italienischen Essen. Und einem Besitzer mit überdurchschnittlich großem Herzen.

Sein Restaurant öffnete um 18 Uhr, aber ab 12 Uhr mittags wurden in der Küche die Messer geschwungen und Bibo war dann meist auch schon vor Ort. Während der Koch die aufwändigeren Gerichte des Tages in Angriff nahm, machte Bibo Pizza, Spaghetti oder Salate und marschierte mit einer Ladung davon zu Ingrid in den Laden. „Damit meine neue charmante Nachbarin auch mal Pause macht!"

Mit anderen Worten: Die mittägliche Versorgung war an vielen Tagen im Monat geschenkt. Nicht nur für Ingrid, sondern auch für ein schlecht gekleidetes klapperdürres Kinderpaar, das nachmittags auf dem Gehweg spielte. Mit einem freundlichen Kopfnicken in Richtung Restaurant-Eingang signalisierte Bibo ihnen, dass sie in die Küche gehen und sich etwas zu essen holen konnten. Sie rasten stets freudig kreischend hinein.

Am „Jahrestag der Befreiung" (Algeriens von französischer Kolonialherrschaft) blieb das *Culinaria* geschlossen und im Garten hinter dem Haus, der auch *Schön & Gut* zur Verfügung stand, wurde ein üppiges Grillfest mit Wein und Schnaps zelebriert. Dazu lief auf einem winzigen transportablen Schwarz-Weiß-Fernseher ein grau-in-graues Schneegestöber, das angeblich Bilder vom Befreiungskampf zeigte.

Bibo hatte jedes Jahr Tränen der Freude und der Rührung in den Augen.

Er war ein Schatz.

Und ein Geschäftsmann.

Wenn Ingrid ihren Laden geschlossen, die Abrechnung gemacht, unterstützt vom kleinen M die Regale aufgefüllt und den Fußboden gefeudelt hatte, fehlte beiden die Lust noch selbst zu kochen. Zumal das *Culinaria* seine Düfte verströmte – und man es Bibo irgendwie auch schuldig war, die Mittagsversorgung durch bezahltes Essen und Trinken zu kompensieren.

Und das war nicht billig.

Die leckeren Gerichte, die außerhalb der Karte angeboten wurden, hatten ihren Preis. Und der Wein sowieso. „Flasche Mineralwasser dazu?"

„Na klar."

Soweit alles in Ordnung.

Unübersichtlich wurde es, wenn Bibo gegen Ende des Abends mit einer Flasche Champagner winkte: „Noch´n Gläschen?"

Nach norddeutschem Verständnis war das nach Vorspeise, Hauptgericht, einer Flasche Wein, Mineralwasser und drei Schnäpsen auf der Rechnung (einer für Bibo) erstens eine Einladung und zweitens auf ein Gläschen. Leider fand sich dann aber doch oft der Posten „1 Flasche Champus 100 D-Mark" am Ende der Rechnung.

Tja – Geben und Nehmen …

Gern kamen auch Gäste ins *Culinaria,* die am Essen kein Interesse hatten. Einige waren Spieler der Bundesliga-Mannschaft des *HSV*, andere bekannte halbseidene Damen aus den Klatschspalten der bundesdeutschen Presse und wieder andere, besonders einer, ein sehr berühmter Schlagsänger. Meist verschwanden sie mit Bibo im Keller, in dem sich Kartons mit Garderobe befanden, die das damals sehr angesagte Krokodil auf der Brust hatte. Es gab auch exklusive Lederwaren und begehrte Marken-Uhren – zu Preisen, die bei einem Gläschen Champagner, an einem der hinteren Restauranttische, sehr leise besprochen wurden.

Speisekarte 1982 bis 1988

Antipasti, Spaghetti mit Meeresfrüchten, schwarze Spaghetti mit Tintenfisch, rosa Spaghetti mit Shrimps, weiße Spaghetti mit Trüffeln und Sahnesauce, Pizza, Scalopine, Tiramisu, Nero Davola und Averna.

In *Binaural*

Das Einzige was Hachfeld außer einer vernünftigen Budgetverwaltung wirklich erwartete, war Pünktlichkeit am Morgen. Die morgendliche Gleitzeit begann um sieben Uhr und endete um neun. Dann sollte man aber auch eingestempelt haben. Danach war vieles egal, zumindest für den neuen „Sachbearbeiter Werbung".

Nach seiner Ankunft marschierte dieser, Kippe im Hals, durch die verschiedenen Abteilungen und grüßte. Waren ja nicht viele: Buchhaltung, Werkstatt, Versand und Audiologie. Letztere war, wie die Werbung, eine Ein-Mann-Abteilung. (Audiologie ist die Wissenschaft vom Hören.) Insgesamt waren sie 14 Leute plus Chef. Nachdem er die begrüßt hatte, außer dem Chef unter seiner roten Laterne, bog er in die Küche, um sich einen Kaffee zu holen. Danach ging´s in sein Büro.

Dort zündete er sich die nächste Zigarette an und kramte in den Papierstapeln auf seinem Schreibtisch nach dem „To-do"-Zettel, der unter dem neuen Posteingang begraben lag. Es gab viel „to-duhn": Messestand planen, Anzeigen entwickeln, Artikel schreiben, Geräteprogramm systematisieren, Packungen und Datenblätter konzipieren. Ab und zu bat Hachfeld den kleinen M zu einem Gespräch, was selten zu inhaltlichen Diskussionen führte, sondern meist zu einem längeren Klönschnack. Eines Tages lud er dazu ein, hin und wieder für eine Schachpartie unter die Laterne zu kommen. Der kleine M erschrak: „Nein … also nee, das möchte ich nicht – da stelle ich mich ja völlig außerhalb des Kollegiums, das kann ich nicht."

Auch dafür hatte Hachfeld Verständnis.

Umso überraschter war der kleine M bei einem seiner ersten „Werkstatt-Bierchen".

Wie der Name schon sagt, waren das Biere, die es in der Werkstatt gab – und zwar fast jeden Abend, nachdem Hachfeld pünktlich um 17 Uhr 30 das Haus verlassen hatte. Trotz Anwesenheit des neuen Werbemenschen redete sich Marita Krohn, Telefonzentrale und Buchhaltung, in Rage. Mit jedem Bier ein bisschen mehr. Sie schimpfte über Hachfeld und alles was er tat und was er nicht tat, besonders sauer war sie auf ihr niedriges Gehalt und den wenigen Urlaub: „Das ist ein totaler Egoist und Geizkragen!"

Anke Biross, Buchhaltungs-Chefin und einzige Handlungsbevollmächtigte der Firma, stimmte ihr voll zu. Sie fragte den kleinen M erregt: „Wie finden Sie denn das?" (Alle duzten sich – nur die wichtige Frau Biross lehnte dies kategorisch ab.)

„Ich finde", begann der kleine M, „dass man die Person Hachfeld und ihre Funktion getrennt betrachten muss."

Fragende Blicke richteten sich auf ihn. Es schien allgemein anerkannt zu sein, dass Hachfeld ein Arsch sei – und nun kommt der Neue und meint was?

„Ich habe Herrn Hachfeld bisher als netten Menschen kennengelernt ..." „Nein!", entfuhr es Marita und ihre Augen wurden feucht.

„... aber von Beruf ist er Geschäftsführer. In einem Konzern. Also genauso abhängig beschäftigt wie wir."

„Nein!!" Marita guckte den Neuen entsetzt an.

„Er wäre der ideale Geschäftsführer, wenn es ihm gelänge uns alle ganz ohne Gehalt und ganz ohne Urlaub arbeiten zu lassen. Das wäre für die Konzernkasse das Optimum. Ist aber schwierig, Mitarbeiter ohne Gehalt zu halten, also muss man was ausspucken und zwar so viel, dass die Leute möglichst nicht so schnell wieder weglaufen, aber auch so wenig, dass die Leitung der Geschäftsleitung noch fröhlich ist."

„Ich will das nicht hören!", kreischte Marita und verließ den Raum mit einem vernichtenden Blick auf den Neuen.

„Das Dumme ist", fuhr der kleine M fort, „dass wir diesen Chefs, zum Beispiel bei Gehaltsgesprächen, immer allein gegenübersitzen und uns Geschichten von viel niedrigeren Gehältern und schlechteren Bedingungen in anderen Firmen anhören, die wir kaum überprüfen können. Deshalb bin ich seit vielen Jahren in der Gewerkschaft, denn nur wenn wir den Arbeitgebern als Gruppe gegenübertreten, haben wir so viel Wissen und Gewicht, dass wir Tarifvereinbarungen durchsetzen können, die Urlaub und Gehalt auf ein besseres Niveau heben."

„Ja ...", wägte Frau Biross nachdenklich ab und fand manches offenbar gar nicht so abwegig.

„Ist denn jemand in der Gewerkschaft?", fragte der kleine M.

„Nee, keiner."

INFO Gerechtigkeit

Schon in der Lehrzeit war dem kleinen M aufgefallen, dass die meisten Leute falsch herum argumentieren, wenn es um Gerechtigkeit bei Lohn und Urlaub geht, zum Beispiel: „Wieso kriegt der 26 Tage Urlaub, ich habe ja auch nur 24!"
Hat man etwas gewonnen, wenn andere auch schlechte Konditionen bekommen? Nein. Der Satz müsste deshalb heißen: „Ach, das ist ja prima, dass es jetzt zwei Tage mehr Urlaub gibt, ab wann gilt das?"

Die erste Messe

„Die Zeit der Messevorbereitung ist die härteste im Jahr", hatte der kleine M von den Kolleginnen und Kollegen gehört. Die Sache wurde nicht dadurch leichter, dass er seit einem Jahr, als er noch nichts von *Binaural* geahnt hatte, einen Vertrag für die vierwöchige Jugendtournee der *IG Metall* in der Tasche hatte. Kreuz und quer durch ziemlich große Hallen in Deutschland. Mit *TV Wandsbek* und der noch bekannteren Band *Floh de Cologne*. Die Tour sollte kurz vor der Hörgeräte-Messe beginnen und etwa drei Wochen danach enden. Hachfeld hatte bei der Einstellung des neuen Werbe-Onkels in diesen Spagat eingewilligt.

Aber ausführen musste ihn der kleine M.

Das holländische Mutterhaus hatte ein neues Hochleistungsgerät entwickelt, das auf der Fachmesse in Nürnberg vorgestellt werden sollte. Die Vorbereitungen für die Ausstellung waren gut gelaufen, der kleine M hatte sich bei der Werbung auf die erfahrene Agentur seiner Vorgänger verlassen. Auch für den Aufbau des 12-qm-Stands (!) vertraute er der Messebaufirma, die diesbezüglich seit Jahren für *Binaural* arbeitete.

Die Konzeption für den Stand hatte er selbst gemacht.

Sie war eigentlich sehr praxisgerecht - wenn Schmutzke nicht gewesen wäre:

Der Eingang zu einem 12-qm-Messestand kann nicht sehr breit sein. Wenn sich in diesem Eingang der zirka 150-Kilo-breite Außendienstler Schmutzke mit seiner ewig qualmenden Zigarette so hinstellte, dass er sich links und rechts auf die Tresen-Enden stützten konnte, war der Stand praktisch geschlossen. Der kleine M war den ganzen Tag damit beschäftigt erst Schmutzke auf die Problematik hinzuweisen, dann Schmutzke wortlos aus dem Eingang zu schieben und letztlich Schmutzke anzupflaumen ob er gekommen sei, um Besuche auf dem *Binaural*-Stand zu verhindern.

Die Außendienstkollegen fanden den neuen Werbefritzen streberhaft.

Ein noch dickeres Problem als Schmutzke wurde dann die Zeitgleichheit von Messe und Tournee: 7 Uhr aufstehen, 9 Uhr Messehalle, 16 Uhr zum Bahnhof oder Flugplatz, Reise nach irgendwo in Deutschland, 19 Uhr Soundcheck, 20 Uhr gut eine Stunde Auftritt vor jeweils ein paar hundert Jugendlichen, gegen 22 Uhr wieder auf Bahn oder Flugzeug und zwischen 23 und null Uhr Rückkehr ins Messehotel. Oder um 7 Uhr morgens vom Auftrittsort direkt zum Messestand.

Das war nicht nur stressig, das war auch die reine Persönlichkeitsspaltung: tagsüber mit (auf der Messe unvermeidbaren) Schlips und Kragen am Stand stehen, abends in T-Shirt und Jeans auf der

Bühne wälzen. Tagsüber gedanklich in der Business-Welt der Kunden und Kollegen, abends Kopfstand gegen den Kapitalismus.

Nase voll

Einer der körperlichen Schwachpunkte des kleinen M waren seine Nasen-Nebenhöhlen: Je Stress, desto voll. Nach vier Tagen Messeaufbau, Messe und Tournee waren die Dinger schon morgens sowas von zu, dass er es vor Druck und Kopfschmerzen nicht mehr aushielt.

HNO-Arzt.

Meißel ins linke Nasenloch.

Hämmerchen.

Klopf.

Knack.

Au!

Eiter, Blut und Erlösung auf links.

Dann noch knack rechts und der kleine M fühlte sich wieder wie ein Mensch – allerdings wie einer, dem sie gerade zwei Löcher in den Schädel geklopft hatten. Kreidebleich und mit Wattebäuschen in den Nasenlöchern wankte er zurück an den Messestand.

Nur selten hatte er Hachfeld so entsetzt sehen: „Gehen Sie sofort ins Hotel und legen Sie sich hin, Mann."

Abends, ohne Wattebäuschchen, Auftritt in Irgendwo.

Die Tournee

Samstags war der Abbau-Tag der Messe. Gegen 16 Uhr war das soweit erledigt, dass der kleine M abschwirren konnte. Er bestieg ein Flug- oder Gleisgerät, um den Rest der Tournee mit den Bands zu verbringen, soviel steht fest. Wohin die Reise von Nürnberg aus ging, wie lange sie dauerte und in welchen Städten er auftrat, ist in einem rosaroten Wachkoma von Bier, Witzen, Korn, Curry-Würsten und Zigaretten versunken. Eines bleibt jedoch unvergessen: Das Finale.

Es war üblich, wenn mehrere Bands zusammen auf Tournee waren, dass man sich am letzten Tag gegenseitig einen Streich spielt. Keinen, der den Auftritt nachhaltig stört, aber einen, der möglichst vom Publikum unbemerkt, das Leben nicht leichter macht.

Die Band *Floh de Cologne* hatte zur Wickelnummer gegriffen. Mit dünnen Drähten hatten sie die Saiteninstrumente von *TV Wandsbek* an den Instrumentenständern festgebunden, natürlich ohne das Wissen der Jungs. Das war insofern fies, als der kleine M nach der Ankündigung von *TV Wandsbek,* noch im Begrüßungs-Applaus, auf seinem Schlagzeug mit einem Train-Shuffle begann, zu dem dann ein Mitmusiker nach dem anderen einsetzte.

Aber diesmal eben nicht.

Der kleine M trommelte und trommelte, aber der Einsatz der Gitarre kam nicht. Stattdessen sah er Hastig fluchend am Gitarrenständer fummeln und Frank kurzzeitig mit Banjo samt Instrumentenständer vor dem Bauch. Schnell wurde ihm klar was hier Sache war und so konnte er mit einem albernen Schlagzeug-Solo die Zeit überbrücken, während die anderen ihre Instrumente entdrahteten und Sprüche machten, wie: „Der Zug hat Verfrühung!" oder „Naht der Winter im Kalender, spielt man Banjo mit ´nem Ständer".

Die *Flöhe* sollte es härter treffen.

Ihre Auftritte waren Inszenierungen von Musik und Theater mit Ton- und Film-Einspielungen. Dazu hatten sie hinter sich eine riesige Leinwand gespannt, auf der die Projektionen abliefen. Ihr anti-militaristisches Programm, das sie in Uniformen spielten, gipfelte darin, dass sie sich ihre Helme mit der offenen Seite nach oben zwischen die Beine legten, die Hosen fallen ließen, ihre blanken Hintern dem Publikum zuwandten und sich dann über die Helme wie über Nachttöpfe hockten. Dazu donnerte ein krachendes Playback aus der Anlage.

Neu war für die *Flöhe,* dass die Leinwand sich diesmal bewegte.

Nur ein wenig.

Ganz unten.

Und: dass da etwas schimmerte:

Fünf Wasserpistolen, jede auf die nackten Eier von einem der Musiker gerichtet.

Und dann hieß es: Wasser marsch!

Die *Wandsbeker* schossen sehr gezielt.

Die *Flöhe* konnten ihre heruntergelassenen Camouflage-Hosen nicht loslassen und mussten wehrlos erleben, wie sich diese mit dem Wasser von ihren tropfenden Geschlechtsteilen vollsogen. Da sie ja abgewandt vom Publikum hockten und aufgrund des lauten Playbacks im Saal nicht hörbar waren, lachten sie sich kaputt und schrien in ihrer hilflosen Haltung „Ihr Schweine!", „Das kriegt ihr wieder!"

Playback-Ende.

Die nassen Hosen hoch, zum Publikum umgedreht und den Schluss-Song intoniert.

INFO Songs auf der LP von 1981 (!)

A-Seite **01** Über Kriegsspielzeug, **02** Über Neonazis und deren Verharmlosung, **03** Gegen militärische Drohgebärden der USA, **04** Appell an eine Frau, ihren Widerstand nicht aufzugeben, **05** Ein Mann aus dem Hafen blickt zurück auf sein Arbeitsleben
B-Seite **01** Über Radfahrer in der Stadt, **02** Über Aussperrung, **03** BRD: Keine Lehren aus der Nazis-Zeit? **04** Die Großen lässt man laufen und die Kleinen sperrt man ein, **05** Ist es sinnvoll „politische" Musik zu machen?

Schlagzeilen aus 1982

- In Polen wird die „päpstliche Gewerkschaft" *Solidarnosc* unter Kriegsrecht verboten

- **Helmut Kohl wird Bundeskanzler**

Zu Beginn der Kanzlerschaft von Willy-Brandt (1969) setzte die *SPD* in vielen Feldern auf fortschrittliche gesellschaftliche Veränderungen: Paritätische Mitbestimmung in Betrieben, mehr Rechte für Frauen, eine realistische Ostpolitik usw. In dieser Phase hatten die Sozialdemokraten nicht nur die Bundestagswahl gewonnen, sondern auch viele Parlamente in den Bundesländern. Leider ging dieser progressive Zwischenschwung schnell wieder verloren und viele Wahlen damit auch.

Die *CDU* hatte schon bei den Wahlen 1976 deutlich mehr Stimmen bekommen als die *SPD*, aber es reichte noch nicht, um die sozialliberale Koalition abzulösen. 1982 gelang ein Misstrauens-Votum gegen Kanzler Schmidt, das die *CDU/ CSU* an die Regierung und Helmut Kohl ins Kanzleramt brachte. Dank einer von sozial- zu wirtschaftsliberal gewendeten *FDP*, die der SPD den Laufpass gab und nun mit der *CDU/ CSU* koalierte. Kohl versprach den Schmidt-Kurs der Nachrüstung gemäß *NATO-Doppelbeschluss* fortzusetzen, „den Leistungsgedanken stärker zu betonen" und „eine geistig-moralische Wende" einzuleiten – also die gesellschaftlichen Veränderungen, die seit 1968 realisiert worden waren, so weit wie möglich wieder zurückzudrehen.

Den „Leistungsgedanken" hat dann der *FDP*-Volksvertreter Otto Friedrich Wilhelm Freiherr von der Wenge Graf von Lambsdorff mit der Einleitung einer neoliberalen Wirtschaftspolitik stärker betont. Sie ging mit immer weniger staatlichem Personal, immer weniger Sozialstaat und immer mehr Privatisierung von ehemals staatlichen Leistungen einher.

Eine weitere Höchstleistung dieses Volksvertreters bestand darin, sich für eine zunehmende Privatisierung der Rentenversicherung engagiert zu haben, wobei man munkelte, dass er insbesondere das Volk eines Interessenverbandes von mehreren Versicherungen vertrat ...

Ferner sei hier noch einmal an die phantastische Leistung erinnert, wegen Steuerhinterziehung zu einer Strafe von 180.000 D-Mark verurteilt worden zu sein und von seinen Regierungskollegen 487.000 D-Mark Prozesskostenhilfe einzustreichen. (Siehe Seite 158)

Ja, die geistig-moralische Wende hat Deutschland viel besser gemacht!

Sie führte unter anderem auch dazu, dass die (aus Sicht der Liebe) widersinnige Ehe emotional wieder aufgeladen werden konnte. Ging man einst, zumindest im Umfeld des kleinen M, zum Standesamt und danach `ne Wurst essen, sind seither oft wieder

„Kirche in Weiß", aufwändige und teure Zeremonien zum „schönsten Tag im Leben" angesagt und Schwüre „bis der Tod uns scheidet" - auch beim dritten Mal.

Autos hatten für viele Leute ihre Bedeutung als Statussymbole verloren, seit Kohl lassen sich Männer ihre Lieblingsmarke wieder auf den Schwanz tätowieren.

Paritätische Mitbestimmung und Bildungsurlaube sind in ihrer politischen Weiterentwicklung und Durchsetzung bei kleinen und mittelständischen Betrieben zum Stillstand gekommen. Insgesamt ist jede politische Maßnahme, die mit „Reform" bezeichnet wird und früher einen Schritt zu mehr politischer und ökonomischer Teilhabe darstellte, zu einer Bedrohung bestehender Rechte „verkohlt" worden.

Das Ehrenwort

Auch der Kanzler selbst, nicht nur sein Graf, war ein leuchtendes Vorbild für die neue Moral:

Helmut Kohl wurde im November 1999 überführt, dass er Spenden in Höhe von 2,1 Millionen D-Mark jahrelang nicht im Rechenschaftsbericht der CDU angegeben hatte, wie es im Parteiengesetz vorgeschrieben ist. Nach der Entdeckung des Skandals lehnte er es öffentlich ab, die Namen der Spender zu nennen, da er ihnen Verschwiegenheit mit seinem Ehrenwort zugesichert hätte. Damit verstieß er gegen ein Gesetz, das er selbst unterschrieben hatte. Diese Haltung führte zu heftiger öffentlicher und partei-interner Kritik.

Für die fällige Strafzahlung, in dreifacher Höhe des strittigen Betrags an den Bundestag, stellte er 700.000 D-Mark aus seinem Privatvermögen zur Verfügung und organisierte eine Spendensammlung, die 6 Millionen D-Mark einbrachte.

Eine schrecklich normale Ehe

Am 3.8.2001 schrieb Andrew Gimson in der *taz* einen Nachruf auf Hannelore Kohl. (Originalzitate in *kursiv*.)

Während Kanzler Kohl in Berlin war, nahm sich seine Ehefrau Hannelore im gemeinsamen Haus in Ludwigshafen das Leben. Die Art und Weise, wie Kohl dann die *Beerdigung organisierte, war mit einer Mischung aus Verlogenheit, Frechheit und der Fähigkeit, die Umgebung zu dominieren, charakteristisch für ihn. Er versammelte das gesamte deutsche Establishment zu einem Requiem in einer römisch-katholischen Kathedrale (!), ein Requiem für eine Protestantin (!), die Selbstmord (!) begangen hatte.**
Hannelore Kohl sei eine von Millionen westdeutscher Frauen gewesen, die den Versuch unternahmen, ein seinerzeit gesellschaftlich vorbildhaftes Leben zu führen: Kuchen mit modernen Küchengeräten zu backen, sich „um der Harmonie willen" vom Ehemann schikanieren zu lassen und sich an jeder kleinbürgerlichen Banalität festzuklammern.

Man könne Helmut Kohl nicht vorwerfen zu seiner Frau so abscheulich gewesen zu sein, wie viele Männer abscheulich zu ihren Frauen waren. Schlimm sei nur, dass er ihre Untertänigkeit ausbeutete und sie, bei allem vermeintlichen Unglück in der Ehe, die gediegene Kanzlergattin geben zu lassen.

* Zitat mit Genehmigung
vom 26. September 2020

AIDS

Es passte wunderbar ins Kohl-zept, dass eine bis dahin unbekannte Krankheit in die Schlagzeilen kam: AIDS. Nachdem das seinerzeit meist tödliche Siechtum dieser Erkrankung zunächst nur bei homosexuellen Männern bekannt geworden war, sprach man bald darauf von Infektionen, die alle Menschen bedrohten, insbesondere bei intimen Kontakten.

Damit konnte man die dank „Pille" neuerdings lebbare Idee einer befreiteren Sexualität entsorgen, ohne geistig-moralisch werden zu müssen. Man stelle sich vor, Jeder würde mit Jeder und Jede mit Jedem intim werden können, ohne Angst vor ungewollter Schwangerschaft! Was für ein Durcheinander! Die Leute würden ihre Kraft nicht mehr in zementierte Zweierbeziehungen investieren, sondern mit Leichtigkeit in Richtung neuer Freiheit schweben. Himmel, Herrgott bewahre!

Wie schön hätte beispielweise das Leben von Hannelore Kohl sein können …

Trauerfeiern

Vor Trauerfeiern hatte er sich lange gedrückt. Lissi hatte ihn nie genötigt mitzukommen, nicht einmal beim Tod ihres Vaters. Und so saß der kleine M mit Anfang 30 zum ersten Mal in einer Kapelle vor einem Sarg.

Der Raum war zu groß für die kleine Gruppe Trauernder. Dem kleinen M, der um seine Fassung fürchtete, war es ganz recht, dass er sich mit Ingrid einen Platz mit gebührendem Abstand zu den anderen und zum Sarg suchen konnte. Er hatte sich diese Zeremonie als Übungseinheit ausgesucht, weil er keinen besonders engen Kontakt zu der verstorbenen Tante von Ingrid gehabt hatte und deshalb glaubte, sich ohne viel Heulerei auf Trauerfeiern vorbereiten zu können, die zwangsläufig kommen würden.

Verglaubt!

Der Ehemann der Tante schluchzte die Anwesenden in Grund und Boden. Der kleine M bohrte sich die Fingernägel ins Fleisch seiner Hände um nicht laut mitzuweinen.

Das tat weh.

Nicht nur an den Händen, sondern auch in Brust und Hals.

Eigentlich war ihm nach Schreien zumute, um die Traurigkeit, die er so stark mitempfand, aus sich herausbrüllen zu können – aber das war offensichtlich ziemlich sehr unüblich. Also kämpfte er gegen Tränen und Schluchzen an, was ihn innerlich weidwund werden ließ, weil der seelische Druck keinen Ausgang fand. Er dachte an die Bilder aus anderen Ländern, in denen die Trauernden sich zu Boden stürzen und ihrem Kummer schreiend und klagend freien Laufen lassen können. Das muss sehr befreiend sein.

Aber dann kam der tröstliche Satz von der Pastorin, den er bei solchen Anlässen künftig noch öfter hören sollte: „Solange wir die Erinnerung an sie im Herzen tragen, ist sie nicht tot.“ Ein schöner Gedanke, fand der kleine M, und beschloss die Tante noch lange zu erinnern.

Dann wurde der Sarg mit allen Kränzen, Schleifen und Gestecken zur offenen Grube gefahren. Die Gäste latschten hinterher und die frische Luft kühlte die wallenden Gefühle.

Nach wenigen Metern begannen die ersten angeblich Trauernden zu plaudern.

Über sehr alltägliche Dinge.

Der kleine M fand das pietätlos.

„ … Da musst du nur genug Hefe ranmachen, dann geht das wunderbar!“

Einige Gespräche wurden kurzzeitig zu laut, andere zu heiter, stellte er unangenehm überrascht fest. Hä? Sind die Trauernden gar nicht traurig?

Die Grabstätte war erreicht.

Routiniert wurden die Gespräche eingestellt, denn jetzt war die Pastorin noch mal mit „Asche zu Asche“ dran. Dann gab es drei Schippen Sand auf den Sarg und man kondolierte dem Ehemann und anderen Familienmitgliedern.

Die Ersten, die das erledigt hatten, stellten sich hinter den tieftraurigen Ehemann und nahmen die Problematik mit der Hefe wieder auf.

Der kleine M war platt über die scheinbar schmerzfreie Beerdigungsroutine der Älteren. Ob er da auch mal hinkommen würde?

Schnuffer

Steffen Siebert war inzwischen der bekannteste Karikaturist der *DKP* geworden. Er zeichnete Aktuelles für die *UZ*, war berühmt für seine politischen Wimmelbilder, malte Poster und Plakate. So um 1982 hatte er die Idee, der *UZ* einen regelmäßig erscheinenden Comic anzubieten. Seine Hauptdarsteller hießen Schnuffer, natürlich aktiver Kommunist, dessen Frau Lela und „Mozart", ein türkischstämmiger Werftarbeiter.

Da Steffen sich so gut wie gar nicht in der Welt der abhängig Beschäftigten auskannte, rief er den kleinen M an, den er aus seiner einstigen Wohngemeinschaft mit Beyer I. kannte, zu dem er bisher aber wenig Kontakt gehabt hatte.

Er fragte, ob der kleine M Lust hätte, mit ihm einmal in der Woche einen Comic-Strip zu machen. Er meinte sie hätten einen ähnlichen Humor. Für den kleinen M stellte sich schnell heraus, dass das nicht der Fall war - aber davon wollte Steffen nichts wissen.

Er schrieb und malte seine Strips und meinte, weil der kleine M oft daneben saß, sie hätten das zusammen gemacht. Dabei war höchstens jede siebzehnte Folge nach einer Idee des kleinen M - was dem aber kaum wehtat.

Was ihn an der „Zusammenarbeit" mit Siebert wirklich begeisterte, war dessen Toleranz. Weil der kleine M wusste, dass er für *Schnuffer* im Grunde gar nicht gebraucht wurde, war er (ganz entgegen seiner sonstigen Art) sehr unzuverlässig. Oft blieb er beim Werkstatt-Bierchen hängen oder bei *Emil* der Kneipe auf der gegenüberliegenden Straßenseite von *Binaural.* Da gab es einen Flipper und *Budweiser* vom Fass. Das erste Glas war meist verpilzt, denn der teure Stoff lief viel nicht in der Knollen-Kneipe. Nur ein paar *Binaural*e tranken es. Und wenn die drei Tage nicht da gewesen waren, stand das Bier halt solange im Hahn - und schmeckte anfangs richtig mies. Schon deshalb musste man mindestens zwei Gläser nachgießen, um den Geschmack vom ersten *Bud* wieder loszuwerden.

Aber egal! Ob nun in der Werkstatt oder in der Kneipe - es gab fast immer einen Grund nach Feierabend noch einen zu trinken - und statt um 19 um 21:07 Uhr bei Siebert in Finkenwerder einzutreffen.

Nie hat der auch nur eine Miene verzogen.

Immer hat er sich gefreut, dass der kleine M überhaupt noch an den Laden kam.

Bei der Arbeit am Comic gab es dann natürlich auch nicht Mineralwasser zu trinken, so dass mein Kumpel am Ende eines solchen Tages schön dun in sein Auto stieg, um Osdorf anzusteuern. „Komm gut durch die Breitenkontrolle!", rief Siebert ihm dann hinterher, denn der kleine M musste durch den Elbtunnel, der jedenfalls eine Höhenkontrolle hat …

Ironie-Vertretung

Steffen Siebert war neben seiner Zeichnerei auf unbekannten Wegen in eine regelmäßig ausgestrahlte Radiosendung geraten. In irgendeinem *NDR*-Sender. Es war der gewagte Versuch, in einem spontanen Gespräch alle Wortbeiträge ironisch zu formulieren. Der kleine M war von seinem Freund gebeten worden, ihn dort zu vertreten, hatte die Sendung aber noch nie gehört. Man säße in einer Runde mit vier weiteren Typen und würde vor sich hinspinnen, erklärte Siebert.

Das klang nach einer Menge Spaß.

Vor dem Studio traf der kleine M vier verbissen vor sich hinstarrende Männer seines Alters, die ihn weder freundlich geschweige denn fröhlich empfingen. Alle hatten mindestens ein paar Zettel in der Hand und einer hatte sogar einen großen Ordner unterm Arm: „Ich hab da mal was vorbereitet", meinte er verlegen lächelnd, als sie vor den Mikrofonen Platz nahmen.

Die Sendung begann und der Vorbereitete fing an seine seitenlangen Texte zu verlesen. Es war fast unmöglich etwas einzustreuen. Manche versuchten es nassforsch, denn wenn man schon im Radio war, wollte man auch zu hören sein.

Einen Faden im Gespräch, geschweige denn Ironie, konnte der kleine M nicht wahrnehmen. Er war ziemlich überfordert mit der Situation und entsprechend schweigsam. Als die Vorlesung bei der Behauptung angelangt war, dass Autos keinerlei Statuswert mehr hätten, schaltete er sich ein, denn das sah er überhaupt nicht so. Nach den 70er Jahren hatte es die geistig- moralische Wende mit sich gebracht, dass das Automobil sehr wohl wieder Statuswert bekam – vielleicht sogar einen höheren als je zuvor.

Und das sagte der kleine M auch sehr ernsthaft, bevor ihm einfiel, dass die Aussage des Verlesers vielleicht ironisch gemeint gewesen sein könnte.

Siebert rief nach der Sendung an und fand den Beitrag seines Stellvertreters den absolut lustigsten.

(Nicht zuletzt deshalb ist in diesem Buch gelegentlich angemerkt, dass etwas ironisch, scherzhaft oder sarkastisch gemeint ist.)

Der *Hamburger Sportverein (HSV)* wird erneut (West-) Deutscher Fußball-Meister

Es ging wieder mal nach Dortmund. Wie immer wurden im Bandbus von *TV Wandsbek* die Spiele der Fußball-Bundesliga verfolgt. Kurz vor dem Erreichen des Ziels stand fest, dass der *HSV* wieder Erster geworden war.

In seiner Begeisterung war das auch das Erste, was der kleine M von der Bühne ins Publikum johlte.

Die Freude der Zuschauerinnen und Zuschauer hielt sich deutlich in Grenzen.

Was ihn überraschte.

Erstens waren sie im Ruhrgebiet, wo es vor Ort genügend Vereine gab, deren Fan man sein konnte – und zweitens waren sie auf einer linken Veranstaltung, auf der damals viele Kämpfer für die Arbeiterklasse Fußball als „Proletensport" verachteten. Das Alles hatte er im Siegestaumel nicht bedacht.

In Altona im Wagen

Ingrid und der kleine M waren früh der *AgA (Altonaer gegen Atomraketen)* beigetreten, einer der ersten Hamburger Bürgerinitiativen gegen die „Nachrüstung" gemäß *NATO-Doppelbeschluss*. Die *AgA* war sehr aktiv und wurde deshalb ziemlich bekannt. Ihr fiel eines Tages die Aufgabe zu, eine Großdemonstration mit zu organisieren, die in Hamburg auf der Straße Palmaille starten sollte.

Der kleine M wurde gebeten in dem Lautsprecherwagen, der dem Zug voranfahren würde, die Ansprache an die Passanten und Anwohner zu übernehmen. Die Texte würden im Organisations-

Komitee vereinbart - und er müsse vieles einfach nur vorlesen und ansonsten wisse man ja, das er keinen Quark erzählen würde.

Am Tag der Veranstaltung musste er früh in den Lautsprecherwagen klettern, um ankommende Demonstrationsteilnehmerinnen und -teilnehmer zu begrüßen und die Künstlerinnen und Künstler anzusagen, die die Menschheit bis zum Abmarsch unterhalten wollten. Man bat ihn dabei die Ohren offenzuhalten, denn es gab das Gerücht, dass zur Demo in ganz Hamburg Kirchenglocken läuten würden. Das sollte nicht übertönt werden.

Der kleine M konnte er sich kaum vorstellen, dass „die Kirche" die Glocken bei einer *gegen die Regierung* gerichteten Friedensveranstaltung läuten lassen würde. Außer in den sozialistischen Ländern standen alle (?) Kirchen fast immer und überall an der Seite der Reichen und Mächtigen, gern auch der Diktatoren und Menschenschlächter – und nun sollten sie hier für den Frieden bimmeln, gegen die Pläne der Regierung?

Auf der Bühne wurde gezupft und gesungen und Reden gegen den *NATO*-Beschluss geredet, deren Inhalte alle auf der Palmaille längst kannten, denn schließlich waren sie wegen dieses Beschlusses vor Ort. Aber das ist so ziemlich auf jeder Demo das gleiche Spiel: man erfährt noch vier bis acht Mal warum gekommen ist.

Dann aber: Elf Uhr, es konnte losgehen.

Mein Freund schnappte sich das Mikrofon des Lautsprecherwagens und bat die Leute sich langsam für den Abmarsch zu sortieren.

Aber, was war das?

Zunächst schlecht hörbar, dann aber immer mehr und immer deutlicher wahrnehmbar:

Die Kirchenglocken läuteten.

Es war nicht zu fassen.

Wohin er sich auch drehte: überall läuteten die Glocken.

Der Widerstand gegen die neue Rüstungsrunde ging also tatsächlich durch alle gesellschaftlichen Gruppen und Schichten.

Volksvertretung 1983

Die Proteste gegen den *NATO-Doppelbeschluss* wuchsen immer weiter an, weil bekannt wurde, dass die US-amerikanischen Mittelstreckenwaffen, die hier stationiert werden sollten, in der Lage waren, die sowjetische Hauptstadt faktisch ohne Vorwarnzeit zu treffen. Viele befürchteten, die USA könnten einen Atomkrieg auf Europa begrenzen um ihr eigenes Territorium auszusparen. Tatsächlich gab es im Pentagon solche Pläne, die beispielsweise der Militärstratege Colin S. Gray ausgearbeitet hatte.

Der Widerstand nahm europäische Ausmaße an:

Juni 1981: Große Friedensdemo beim Deutschen Evangelischen Kirchentag in Hamburg. 10. Oktober 1981: Mehr als 300.000 Menschen demonstrierten im Bonner Hofgarten; am 25. Oktober 1981 demonstrierten 200.000 Menschen in Brüssel, am 21. November desselben Jahres 400.000 Menschen in Amsterdam. In Bonn und Berlin fanden anlässlich eines Staatsbesuches von US-Präsident Ronald Reagan am 10. und 11. Juni 1982 Friedensdemonstrationen im Bonner Hofgarten mit ca. 400.000 und in Berlin mit 50.000 Menschen statt. Die Ostermärsche mobilisierten 1981–1984 regelmäßig Hunderttausende in zahlreichen Städten und Regionen Westdeutschlands. Beim Deutschen Evangelischen Kirchentag 1983 in Hannover waren es wieder Hunderttausende, und am 22. Oktober 1983 demonstrierten in Bonn, Berlin, Hamburg sowie zwischen Stuttgart und Ulm insgesamt 1,3 Millionen Menschen! Dabei entstand zwischen Stuttgart und Ulm eine durchgehende Menschenkette. Weitere Großdemonstrationen folgten am 23. Oktober 1983, mit 400.000 Menschen in Brüssel und am 29. Oktober mit 550.000 Menschen in Den Haag. Abschließend präsentierte die deutsche Friedenbewegung vier Millionen Unterschriften unter dem *Krefelder Appell*, gegen die Stationierung neuer US-amerikanischer Mittelstrecken-Atomwaffen in Europa.

Am 22. November 1983 stimmte die „Volksvertretung" im Bundestag der Stationierung zu.

Pershing time

Als er den Fernseher anmachte, sah er Kanzler Kohl geschäftig über die Mattscheibe trampeln und sich um neue Autobahnen kümmern.

„Absurd", dachte der kleine M, während in seinem Körper Trauer, Verwunderung und Hoffnung um die Vorherrschaft rangen. Das machte doch überhaupt keinen Sinn mehr.

Ungeachtet des Widerstands von Millionen Menschen in Europa und der Bevölkerungsmehrheit in Deutschland trafen die ersten *Pershing-II-Raketen* in der Bundesrepublik ein; die Erstschlags-Waffen, die seitens der US-Amerikaner schon bald für einen Angriff auf die UdSSR genutzt werden würden, wie der kleine M überzeugt war. „Und heute unterschreibt der Kanzler Papiere für Autobahnen der Zukunft? Glaubt der wirklich, das Leben ginge ganz normal weiter? Ist der jetzt verrückt oder ich?"

Die Hoffnung auf die eigene Verrücktheit gewann für Sekunden die Oberhand:

„Aber wenn das Leben jetzt ganz normal weiterginge, dann .... dann hätten sich meine Freunde alle geirrt. Unsere Experten, die die großen strategischen Vorträge gehalten hatten und die ich für ihr militärisches Wissen so bewundert habe."

Hatten die sich alle verrannt?

Dazugelernt

Die Raketen kamen, aber der Krieg blieb kalt.

Dass ihm das passiert war!

Dass er von einer Entwicklung absolut überzeugt gewesen war, die dann nicht eintrat.

Er hatte sich von den großen Welterklärern der Friedensbewegung kirre machen lassen. So etwas sollte ihm möglichst nicht noch einmal passieren, das nahm er sich fest vor.

Obwohl: Die Angst vor einem bevorstehenden Krieg war keineswegs nur in die Großhirne der aktiven Rüstungsgegnerinnen und -gegner gefahren: Viele wohlhabende Deutsche aus Wirtschaft und

Politik hatten sich vor dem Eintreffen der Raketen einen atombombensicheren Keller unters Haus oder in den Garten bauen lassen.

Auch sie hatten reale Angst gehabt.

Heute werden dort wahrscheinlich die besten Weine bombensicher gelagert.

Resignation

Er machte sich ein Bier auf: „Aber es bleibt wahr, dass sich die vom Volk gewählten Parteien souverän über den Souverän hinweggesetzt haben. Angeführt von *SPD* und *CDU/ CSU* drücken sie jetzt nicht nur die neue Umdrehung der Rüstungsspirale durch, sondern sie werden damit auch große Teile unserer großen außerparlamentarische Bewegung für viel Jahre schachmatt setzen.

Wenn die Bevölkerung nicht einmal dann ihren Willen bekommt, wenn sie eine von allen Meinungsforschungsinstituten bestätigte Mehrheit in einer bestimmten Frage erreicht hat – welchen Sinn soll ein außerparlamentarisches Engagement dann noch haben?"

Keinen,

fanden denn auch Viele viele Jahre ...

Fettflecken

Nach etwa zwei Jahren *Schön & Gut* kam auf seine Frage wie viel Kundschaft im Laden gewesen sei, meist „Keine Ahnung". Oft war es viel. Manchmal kam der kleine M kaum durch den Laden in die ganz hinten liegende Küchen/Büroraumkombi, wenn er nach seiner Arbeit eintraf. Der durchschnittliche Tagesumsatz hatte sich bei etwa 600 Mark eingependelt, das ergab am Monatsende etwa das Doppelte vom Gehalt des kleinen M.

Sie hatten also viel Geld zur Verfügung.

Was Ingrid gut gebrauchen konnte, um es in vielen anderen Geschäften zu verteilen.

Der kleine M verarbeitete seinen Teil der Geldmenge gekocht, gegrillt, geröstet, flambiert und gebacken. Gern mit viel Wein und ein zwei Abschluss-Schnäpsen; na gut: drei. Und vielleicht noch etwas aufgenötigtem Schampus.

Er ging so derartig aus den Fugen, dass Bibo ihn bei 100 Kilo Lebendgewicht und nach wie vor nur 1,78 Größe fragte, ob er eigentlich regelmäßig zum Arzt ginge.

„Wieso Arzt? Ich bin doch gesund."

„Du bist jetzt Mitte dreißig, da ist es wichtig, dass man sich immer mal durchchecken lässt", raunte ihm der Wirt in Verhandlungslautstärke zu. Und (ganz geheim!): „Ich habe da einen Top-Arzt in der Oberstraße."

Das war dem kleinen M herzlich egal.

Die Gesundheits- und Fitness-Industrie erklärte ohnehin das ganze Leben für lebensgefährlich: Rücken, Leber, Lunge, Darm, Muskeln, Blutwerte, Zähne. Alles war in höchster Gefahr und konnte nach deren Meinung nur durch teure Sportgeräte, Fitnesscenter, Vorsorge-Untersuchungen, Tabletten und schräge Ernährungsformen intakt gehalten werden.

„Vorsorge, wenn ich das schon höre! Wenn ich Aua habe, gehe ich zum Arzt. Wenn ich kein Aua habe, gehe ich nicht zum Arzt", tönte der kleine M deshalb.

Nun ist manch Nordafrikaner beharrlicher als manch Norddeutscher, besonders, wenn er es gut mit dem Bleichgesicht meint. Nach 75fachem Drängen fuhr der kleine M in die Oberstraße zu Bibos Geheimarzt. Dort machte er seine erste Erfahrung mit der „Großen Hafenrundfahrt". Sie besteht aus einem fetten Männerfinger, der dem Patienten im Enddarm kreist, um die Prostata abzutasten.

Na super!

Eine Woche später sagte ihm der Arzt, dass bei der Messung der Blutfettwerte leider ein Fehler aufgetreten sei – man müsse das wiederholen.

In der Woche darauf guckte der Onkel Doktor den kleinen M ungläubig an: „Es war kein Messfehler, Sie haben ein Gesamt-

Cholesterin von 1.000. Das ist mehr als das Dreifache des Zulässigen. Und Ihre Triglyzerid-Werte sind genauso aus der Bahn!"

„Na, dann kann der Infarkt ja kommen", grinste der kleine M. „Wenn ich Sie richtig verstehe, bin ich messwerttechnisch tot, oder?"

Es gibt Ärzte-Mienen, die nimmt man lieber ernst.

Schließlich ist man ja nicht nur lebenslustig, sondern auch noch Vater. Deshalb folgte er dem dringenden Rat des sehr ernsten Arztes und ging zur „Fettstoffwechselstörungsstelle" des *Universitäts-Krankenhauses Eppendorf (UKE)*.

Dort setzte man ihn auf Diät.

Und riet ihm zu joggen.

Alles was Spaß macht war ab jetzt verboten: Rauchen, saufen, Scampis, Muscheln, Eier und so weiter. Zwölf Monate machte er den Zauber mit. Ergebnis: Sein Gesamtcholesterin sank auf etwa 320, wobei das böse Cholesterin das gute immer noch überbot. Er fand das gut genug und begann wieder das zu leben, was er für ein gutes Leben hielt und hält.

Herma

Trotz seiner wenig athletischen Weinfass-Figur fand der kleine M nach wie vor mächtig Anklang bei der allgemeinen Weiblichkeit.

Zum Beispiel bei Herma.

Fast alle Männer bei *Binaural* machten ihr schöne Augen – und viele Männer außerhalb der Firma wohl auch. Wie soll frau da verstehen, dass einer, den man selbst toll findet, sich zwar nett aber vollkommen zölibatär verhält? Immer wieder baggerte sie den kleinen M an – ohne Erfolg.

Auf einer Weihnachtsfeier drehte sie dann durch:

Nach zu viel Alkohol in zu kurzer Zeit schmiss sie sich in einem feinen und krache vollen Restaurant lautstark an ihn ran und saugte sich seine rechte Wange auf die Mandeln. Jedenfalls fast.

Er versuchte freundlich, sie wieder auf Abstand zu bringen.

Sie fing an ihn zu schlagen und zu beschimpfen.

Die Leute im Lokal blickten auf, der kleine M blickte runter - auf die Tischkante.

Dann schlang sie ihre Arme wieder um ihn.

Er konnte sich kaum wehren ohne grob zu werden und sie öffentlich bloßzustellen.

Hachfeld schritt ein: Er bat zwei Kollegen aus dem Versand, den kleinen M aus der misslichen Situation zu befreien und die Kollegin in ein Taxi zu setzen.

Herma schrie Zeter und Mordio.

Sie krallte sich am kleinen M fest, der ihre Hände vorsichtig aus seiner Garderobe löste. Die beiden Kollegen hoben die kleine Frau unter den Achseln an, um ihre Fußbremsen zu lösen und sie in Richtung Ausgang entschweben zu lassen. Herma zappelte wild mit den Beinen, schlug mit den Armen gefährlich um sich und schrie immerzu, sie wolle zum kleinen M, man solle sie sofort zum kleinen M lassen.

Dieser hatte die Tischplatte wieder fest im Blick und fummelte an seiner Zigarettenschachtel – auch nachdem Hermas Geschrei nur noch von außerhalb zu hören war. Er spürte die Blicke der anderen Gäste auf sich gerichtet und wartete ab, bis die Leute ihre Gespräche wieder aufnahmen.

Unter den Kolleginnen und Kollegen wurde so getan, als sei nichts gewesen.

Herma blieb noch Jahre am Ball, bis er mit ihr ins Bett stieg. Das war natürlich großer Unsinn, denn an seinen Gefühlen für sie hatte sich nichts geändert. Nach ihrem bald darauf folgenden Abschied von *Binaural* hörte er noch 30 Jahre lang von ihr.

AFO

Man musste nicht Kaufmann gelernt haben, um mit Blick auf das Werbe-Budget der deutschen *Binaural* feststellen zu können, dass der mit Abstand größte Einzelposten *AFO* hieß. „Das ist der *Audiofond*", erklärte Geschäftsführer Hachfeld dem kleinen M. „Industrie und Handel zahlen da gemeinsam ein, um eine gemeinsame bundesweite Werbung zu finanzieren. Und einen Abgeordneten der *CDU*, der unsere Interessen im Bundestag vertreten soll."

„Und welchen Einfluss haben die einzelnen Geldgeber auf diese Werbung?"

„Also wir haben da gar keinen Einfluss, wenn Sie das meinen", lächelte der Chef leicht amüsiert über die naive Frage. „Das macht ein paritätisch besetztes Gremium aus vier großen Händlern auf der einen Seite und den beiden großen deutschen Elektronik-Konzernen und dem französischen Pendant dazu auf der anderen. Der vierte Industrie-Vertreter ist der Ableger eines großen dänischer Herstellers in Deutschland - da haben so Firmen wie wir keine Chance. Wir haben ja nur einen Marktanteil von knapp sechs Prozent."

„Und der Marktführer hat?"

„Vierundzwanzig!"

Okay, sie waren also kein Branchenriese, aber trotzdem: Ein Drittel seines Budgets ging für eine Gemeinschaftswerbung drauf, auf die er keinen Einfluss nehmen konnte? Trotz Anzeigen, bei deren Anblick ihm Haare zu Berge standen, weil sie so verstaubt und altmodisch daherkamen wie die Branchenzeitung.

Das musste sich ändern.

Beides.

Die Einflussnahme und damit die Werbung.

Die Alternative, ein Ausstieg aus der Gemeinschaftswerbung, kam für Hachfeld überhaupt nicht infrage, „weil wir uns damit von der Branche distanzieren würden, die wenig bekannten ausländischen Unternehmen ohnehin nicht besonders zugetan ist."

Der kleine M studierte die Artikel im Branchenmagazin, die sich mit dem Für und Wider der *AFO*-Werbung auseinandersetzten. Im Wesentlichen war da ein Akustiker aus Siegen, der das entscheidende Wort führte. Der kleine M fand einige von dessen Positionen gut, andere weniger. Er verfasste seine eigene mehrteilige Artikelserie, die er für den Rest seines Lebens für das Beste hielt, was er diesbezüglich je zuwege gebracht hat. Seine Serie fegte auf heitere und entspannte Weise über all den Kleinscheiß hinweg, der das Magazin bezüglich Gemeinschaftswerbung seit Monaten füllte.

Da wurde neu gedacht!

Da wurde ein neues Bild in die Gedankenwelten gemalt, das noch Jahrzehnte später in mancher Hinsicht inspirierend wirken sollte.

Über den Artikeln prangte das nassforsche Foto des Autors, der in hellblauer Strickjacke mit rosa Krawatte den Kopf schief hielt und ein Auge zukniff.

So ein Foto und so eine kesse Artikelserie hatte es noch nie im *Hör-Magazin* gegeben.

Der Wortführer aus Siegen rief an und testete vorsichtig seine Bedeutung bei dem Neuen, der offenbar sehr viel von (Gemeinschafts) Werbung verstand. Dieser begegnete ihm respekt- aber nicht hochachtungsvoll. Und mit Ansichten aus einer Welt, die nicht aus dem Sumpf der bracheninternen Empfindlichkeiten kamen, sondern den Blick von außen mitbrachten.

Das reichte.

Der Anrufer gratulierte dem kleinen M zu dessen Überlegungen und verzichtete fortan auf weitere Verlautbarungen zum Thema AFO.

Die Präsentation

Wie kann man über die Verwendung des Geldes mitbestimmen, das man in einen Fond einzahlt?

Indem man ein Mitbestimmungsrecht bekommt.

Und das bekommt man nur, wenn man Mitglied in dem Gremium ist, das da entscheidet.

Das war in diesem Fall der *Werbebeirat* des *Audiofonds*.

Selbigen bat der kleine M, der innerhalb eines Jahres in der Branche schon recht bekannt geworden war, eine Präsentation seiner Ideen in Wort und Bild machen zu dürfen.

Es dauerte Wochen, bis er eine Antwort erhielt.

Wie er später erfuhr, gab es sehr unterschiedliche Auffassungen zu seinem Ansinnen. Am Ende hatte sich dann ein Thomas Gründel, einer der Hörgeräte-Akustiker mit den meisten Filialbetrieben, mit der Meinung durchgesetzt, dass die Kritik des Neuen nicht unberechtigt und zudem konstruktiv sei und es auf keinen Fall schaden könne, sich dessen Ideen einmal zu Gemüte zu führen.

Und so flog der kleine M in Begleitung von Werner Hachfeld im Herbst 1982 nach Frankfurt am Main, ins Gebäude des *Zentralverbandes der Elektroindustrie (ZVEI)*, Zimmer *Werbebeirat des AFO.*

Und da saßen sie dann in großer Runde, auf Akustikerseite die Uropas des Handels, außer Thomas Gründel, und auf Industrieseite die Vertreter der übermächtigen Großindustrie und der Kollege von dem dänischen Ableger.

Man kann nicht sagen, dass die Begrüßung überschwänglich freundlich war, nein, sie war eher reserviert – eigentlich eiskalt. Der kleine M konnte körperlich spüren, wie unerwünscht er hier war. Aber das war ihm schnuppe. Er hatte so lange gebohrt, um hier einmal seine Ideen präsentieren zu können, dass er völlig ruhig ans Werk ging.

Während er sprach und die Pappen mit seinen Ideen hochhielt, schauten die meisten aus dem Fenster.

Oder auf die eigenen Schuhe.

Hachfeld hielt diese Drucksituation nicht lange aus.

Er stieß den kleinen M unter dem Tisch an und raunte „Hören Sie auf, das hat keinen Zweck hier!“

Der kleine M sprach in aller Ruhe weiter.

„Ich bitte Sie!“, wurde Hachfeld eindringlicher, „hören Sie auf!“

Der kleine M sprach bemüht ruhig weiter.

Er fühlte es in sich kochen.

Wenn sein Chef ihn noch einmal irritieren würde, dann würde er ihn öffentlich auszählen. Ihm lagen die Wörter schon auf der Zunge: „Bitte lassen Sie mich! Wir sind hierhergekommen um unsere Vorstellungen zu präsentieren und nicht um schon vor dem Start zu kapitulieren!“

Hachfeld spürte diese Gefahr wohl - und verstummte.

Die Präsentation war dann beendet.

Schweigen.

Blicke aus dem Fenster.

Mildes Lächeln.

Alle Signale auf Abfuhr.

„Sehr interessant. Wir sollten uns näher mit Ihren Ideen beschäftigen. Hätten Sie Interesse bei uns mitzuarbeiten?“ Thomas Gründel fragte es ganz ruhig und freundlich.

Die Wahl

Trotz der Gründelschen Quasi-Einladung zur Mitarbeit, hörte der kleine M nichts mehr von dem Gremium. Er stellte Nachforschungen an und erfuhr, dass man nicht einfach mitarbeiten könne, sondern bei einer Wahl der 28 in der Branche tätigen Industriefirmen die nötigen Stimmen bekommen müsse. Der Beirat solle aber nicht größer werden als bisher, also müsse ein Neuer entweder einen Vertreter der Weltunternehmen verdrängen – oder draußen bleiben.

Der kleine M schrieb alle Hörgeräte-Hersteller an, außer die im Beirat vertretenen Großkonzerne, und schlug vor, ihn „zur Stimme der Kleinen“ zu machen. Es sei doch unerträglich, dass sie, die Kleinen, zusammen etwa die Hälfte zur Finanzierung der Gemeinschaftswerbung beitrügen – und dabei ohne jeglichen Einfluss auf die angestaubte Werbung seien. Ob man das wohl genauso sähe und gegebenenfalls bereit wäre, ihn bei einer Wahl zu unterstützen.

Man war.

Jede der 28 Firmen hatte vier Stimmen für die vier zu vergebenden Industrie-Plätze – aber es gab jetzt fünf Bewerber. Die vier Unternehmen aus dem Beirat würden den kleinen M sicher nicht wählen = 16 Stimmen, die er nicht bekommen konnte. Wenn die 24 anderen Firmen ihre vier Stimmen nach Herzenslust unter den fünf Kandidaten verteilen würden, konnte beispielsweise ein Ergebnis von 28, 24, 23, 21 und 16 herauskommen. Und wenn er nicht derjenige mit 16 Stimmen sein wollte, musste er sich kümmern:

Bei den Gesprächen nach seiner Frankfurter Präsentation waren ihm zwei Herren aufgefallen, die offenbar nur aufgrund ihrer Zugehörigkeit zu einer weltbekannten Firma „Anerkennung" in der Beirats-Runde genossen. Sie waren die Vertreter von einem Unternehmen in Berlin und einem in Frankreich. Letzterer war in einer Niederlassung in Hamburg tätig und deshalb mit Hachfeld und dem kleinen M in derselben Maschine zurückgeflogen.

Und hatte von Abfahrt Zentralverband Frankfurt bis zur Ankunftshalle Hamburg gequasselt. Schlichtes Zeug.

Diesen Herrn fand der kleine M wertvoll für sich, denn dem konnte er mit geschickten Fragen sicher jede Information aus der Nase ziehen, die er brauchte.

Der Schlichte aus Berlin war unnötig weit weg, für den kleinen M schlechter greifbar und wurde somit sein Angriffspunkt.

Rundruf an alle kleineren Firmen: „Wenn wir gewährleisten wollen, dass meine Wahl klappt, müsste es einen Kandidaten geben, der sicher weniger Stimmen erhält als ich. Ich habe mich entschieden den Kandidaten aus Berlin nicht zu wählen ..."

Der kleine M bekam die nötige Stimmenzahl, im Gegensatz zu dem Herrn aus Berlin.

Damit wurde er einer der vier Industrievertreter im Werbebeirat.

Dachte man.

Aus Berlin kam das Schreiben einer Rechtsanwaltskanzlei, dass es im *Audiofond* gar kein Regelwerk gäbe, das eine Wahl vorsähe. Insofern seien die Ergebnisse obsolet und das Gremium bestünde in der bisherigen personellen Zusammensetzung weiter fort. Mit freundlichen Grüßen.

Daraufhin forderten die 24 kleinen Firmen die Einführung von Statuten, inklusive Regularien für Wahlen. Es bedurfte viel Guerilla-Arbeit des kleinen M, bis rund ein Jahr später die Satzung stand.

Dann wurde die Wahl zur Besetzung des *Werbebeirats des AFO* satzungsgemäß durchgeführt.

Im Ergebnis erhielt der kleine M eine Stimme mehr als im Vorjahr – und der Berliner eine weniger. (Aus Berlin?)

Unter Millionären

Der kleine M war nicht nur im Werbebeirat gelandet, sondern auch in einem Kreis von sehr reichen Männern und einigen Millionären. Die drei Angestellten der Industrie waren monetäre Normalos, allerdings bekamen die beiden Kollegen aus den verbliebenen Großkonzernen damals wohl mindestens das Dreifache an Gehalt, wie der kleine M. Der vierte Industrie-Vertreter, Herr Herrlich, war Mitinhaber des Ablegers eines dänischen Herstellers und wahrscheinlich fast so reich wie die Akustiker in der Runde. Jedenfalls hatte der kleine M noch nie ein so beeindruckendes Riesenhaus betreten, wie das des Herrn Herrlich, das in dem umgebenden Waldgebiet ein eigenständiges Gebäude mit wettkampftauglicher Kegelbahn hatte.

Dem kleinen M fiel auf, dass manche aus der Gruppe gelegentlich mit geringschätzigem Blick auf sein Karstadt-Jackett und die Salamander-Schuhe guckten. Diesbezüglich war er nie auf der Höhe seiner beruflichen Position. Er war einfach nicht im Bilde was man da so trug und wo man es kaufen konnte. Zu seinem großen Erstaunen sahen seine Außendienst-Kollegen hingegen auf zehn Meter Entfernung „Der Anzug ist von *Armani*. Kostet ´n schlappen Tausi."

Der kleine M konnte *Armani* nicht von *C&Armi* unterscheiden – auch nicht aus zehn Zentimetern Nähe.

Am meisten beeindruckte ihn von den Beirats-Mitgliedern die entspannte Selbstsicherheit von Thomas Gründel.

Er war vermutlich der Einzige in der Runde, der schon als Jugendlicher sicher sein konnte, sein Leben finanziell sorglos verbringen zu können. Dem kleinen M verschlug es den Atem, was das für positive Auswirkungen auf die Persönlichkeit eines Menschen haben kann.

Gründel schien vollkommen angstfrei zu sein.

Während der kleine M sonst durchaus mit Autoritätsängsten zu kämpfen hatte, kam die alles überstrahlende Selbstsicherheit von Gründel warm und freundlich daher. Er ruhte in sich selbst. Da war nichts von der lauernden Unsicherheit der neureichen Wadenbeißer, die auch in der Runde saßen. Er war alles andere als ein Angeber, aber er hatte auch keinerlei Scheu von Dingen und Ereignissen in seinem Leben zu erzählen, die nun mal ohne sehr viel Geld nicht zu haben sind. Wie zum Beispiel die komplett aufgefrischte Harley-Davidson aus seinem Geburtsjahr, die seine Eltern anlässlich seines 40. Geburtstag in den USA hatten herrichten und dann als Geschenk nach Deutschland transportieren lassen.

Wenn der Beirat mal länger als einen Tag zusammen sein musste, mietete man sich in feinsten Hotels ein. Gründel legte Wert darauf, dass die Zimmer eine Terrasse hatten und das Hotel ein Schwimmbad, einen Spa-Bereich, eine Kegel- oder Bowlingbahn und gern auch einen Schießstand. (Hachfeld war begeistert von Gründels Bruder Xaver, der einen Schießstand in seinem Büro hatte und vor geschäftlichen Gesprächen gern erstmal ein Wettschießen mit den Besuchern durchzog.)

Zum Abendessen gingen die Herrschaften dann nicht ins hoteleigene Spitzenrestaurant, sondern fuhren in einer Taxikolonne zu einem Geheimtipp am Rande der Stadt, wo an dem Abend dann nur für die Mitglieder des Werbebeirats und deren Gäste gekocht wurde. Bei solchen Anlässen war er froh, dass Lissi ihm „Benimm" beigebracht hatte (wie sie es nannte) und er sich angemessen verhalten konnte. Bei der Auswahl der erlesenen Weine, den Gesprächen über die Qualität der servierten Austern, über die besten Restaurants in Hong Kong und die schönsten Strände von Hawaii war er dann ein ganz ganz kleiner M, was aber überhaupt kein Problem für ihn war.

Ein Problem für ihn war es, wenn die neureichen Wadenbeißer in der Runde über Politik sprachen. Sie fuhren die dicksten Autos, aßen die teuersten Köstlichkeiten, flogen zum Bärenschießen nach Kanada und bezeichneten die Bedürftigen in Deutschland und der Welt als Parasiten. Zum Kotzen.

Tagsüber, abseits von Hong Kongs Restaurants und Hawaiis Stränden, fühlte er sich der Runde gewachsen. Die Jungs von der Industrie hatten ihn ohnehin schnell akzeptiert: Wen du nicht besiegen kannst, nimm in deine Mitte auf.

Die alten Männer vom Akustik-Handwerk waren da weniger abgeklärt. Zwei nahmen es dem kleinen M ewig übel, dass er statt des

Berliners in den Beirat gelangt war und nun in seinen Salamander-Schuhen auch noch anfing die Richtung vorzugeben. Eine Richtung, die ihnen nicht passte – denn ihrer Ansicht nach konnte alles so bleiben, wie es die letzten Jahrzehnte gewesen war.

Höhepunkt einer inhaltlich kontroversen Arbeitsdiskussion, die zugunsten des kleinen M ausgegangen war: „So – nun haben Sie es geschafft! Keines meiner Geschäfte wird noch ein einziges Gerät von *Binaural* bestellen!"

Und diese Drohung wurde wahr gemacht.

Über Jahre.

Relativ zügig stellte sich heraus, dass der wahre Anführer im Beirat nicht Thomas Gründel war. Ihm war die Zukunft der Gemeinschaftswerbung weitgehend schnuppe, der passte nur auf, dass nichts verabschiedet wurde, was gegen seine Interessen lief. Der unaufdringliche Bestimmer in der Runde war der feine Herr mit dem Riesenhaus in Stuttgart: Gerd Herrlich, Mitinhaber der Firma *Mini-Elektronik*.

Herrlich hatte sich vom kleinen M überzeugen lassen, dass der werbliche Auftritt der Hörgeräte-Branche deutlich offensiver und zeitgemäßer werden musste, wenn man aus der Ecke mit den Bruchbinden und Toilettenstühlen herauskommen wollte. Er beschloss, dessen Initiative zu unterstützen.

INFO Stigmatisierung

Stigmatisierung ist ein anderes Wort für Diskriminierung. Die gibt es halt auch bei bestimmten Produkten, die beispielsweise nicht mehr modern sind oder „alt sein" oder „behindert sein" signalisieren – wie einst Brillen und in den 1980ern beispielsweise Hörgeräte.

Die neue Kampagne

Mehrere Werbeagenturen wurden vom kleinen M im Auftrag des *Werbebeirats* darüber informiert, was man von einem neuen Werbekonzept erwarten würde.

Doch alle präsentierten wenig Überzeugendes.

Das stärkte die Gruppe der Wadenbeißer so sehr, dass der kleine M sich entschloss, hinter den Kulissen mit den Leuten zusammenzuarbeiten, die er für die besten hielt.

Er lieferte das nötige Hintergrundwissen und eine Strategie für die optimale Präsentationsform in der nächsten Runde: Ihn nervte es, dass alle Agenturen mehrere, sehr unterschiedliche Lösungen für die gestellte Aufgabe präsentierten. Das war so üblich, damit die Kunden ein bis zwei Ideen zum Abschießen hatten und am Ende glaubten, die Lösung selbst herbeigeführt zu haben.

Der kleine M fragte dann immer: „Wir haben das Problem, dass unsere Produkte stigmatisiert sind und suchen Beratung zur Lösung dieses Problems. Sie präsentieren hier völlig unterschiedliche Ansätze, von denen wir uns einen aussuchen sollen. Nennen Sie das Beratung? Welcher ist bitte der von Ihnen präferierte Weg und warum?"

In der zweiten Präsentationsrunde traten zunächst die verbliebenen Agenturen wieder mit einem Strauß bunter Vorschläge an, die ganz unterschiedliche Ansätze hatten. Die meisten Werbeagenturen sind halt auch nur plumpe Mainstreamer, die in erster Linie Geld verdienen wollen und sich deshalb nicht trauen neue Wege zu gehen.

Dann kamen die vom kleinen M präferierten Leute an die Reihe, mit denen er sich vorbereitet hatte. Ihre Vorstellung war kurz und lösungsorientiert. Die Beirats-Runde schien sehr angetan.

Der kleine M fragte: „Sie präsentieren nur diesen einen Weg? Jede andere Agentur hat uns mindestens drei Lösungsansätze gezeigt. Hatten Sie keine Zeit oder keine weiteren Ideen?"

„Ihre Branche hat ein Image-Problem und sucht eine Lösung. Da wir uns als Berater verstehen, haben wir uns bemüht die eine Lösung zu erarbeiten, die wir beim Thema Entstigmatisierung für die richtige halten."

Die Jungs bekamen den Auftrag für die neue Kampagne „Besser Hören". Sie gewannen damit so ziemlich alle Auszeichnungen,

Medaillen und Pokale, die die deutsche Werbewirtschaft zu vergeben hatte.

Nachspiel

„Die Pokale sind schön für die Schrankwand, aber die Kampagne wird nicht verkaufen, die muss weg. Ich verkaufe nicht Entstigmatisierung, ich verkaufe Hörgeräte. Machen Sie entsprechende Werbung, sonst stelle ich meine Zahlungen an den *Audiofond* ein."

Ein neuer Hörgeräte-Akustiker war in den Beirat gekommen – und zwar der mit dem (seinerzeit?) größten Filialnetz in Europa: Max Mann. Er war gekommen, um die neue Kampagne zu stoppen und durch eine Verkaufswerbung zu ersetzen. Damit war der vom kleinen M initiierte Neuanfang nach etwa sechs Monaten schon wieder am Ende. Es begann ein jahrelanges Tauziehen und testen neuer Inhalte und Medien bis zur vorübergehenden Auflösung des Beirats, aus dem sich der kleine M zu dem Zeitpunkt schon lange frustriert zurückgezogen hatte.

Meldung aus 1983

- **Der Staat will eine Volkszählung durchführen, bei der die Bürgerinnen und Bürger einen umfangreichen Fragenkatalog zu ihren Lebensumständen beantworten sollen.**

Das Vorhaben scheiterte an dem Widerstand breiter Schichten, die den „Gläsernen Bürger" befürchteten.

Dufte!

Mitte der 1980er legte sich ein atemberaubender Duft-Gürtel um die Männer Westdeutschlands. Seine Zutaten bestanden aus Duschgel, Badeschaum, Haarspray, Mundspray, Rasierwasser, Bodylotion, Achselspray, Intimspray, Fußspray und Parfüm. In diesen Jahren konnte man die Herren des Westens auf drei Meter Entfernung über die Nase auf der Zunge wahrnehmen.

Stinker!

Bei *Schön & Gut* wurde geraucht. Zwar nur im Büro, ganz hinten im Laden, aber doch im ganzen Geschäft wahrnehmbar, wie der kleine M feststellte: „Naturkosmetik und Zigarettenqualm, das geht gar nicht."

Ingrid und er warfen die Zigaretten zugunsten des Ladens weg.

Wie leicht es plötzlich sein konnte das Rauchen aufzugeben!

***HSV* wird schon wieder**
(West-) Deutscher Fußball-Meister

Ja, ja – die Gnade der frühen Geburt. Sie ließ den kleinen M die großen Jahre des *HSV* miterleben – so oft wie möglich live im Volkspark Stadion.

Bis etwa zum Jahre 2000.

Dann verging langsam die Lust auf mindestens vier Stunden Zeiteinsatz für 90 Minuten schlechten Fußball - und das oft bei Eiseskälte. Er verfolgte die Spiele seither überwiegend im Fernsehsessel – seit 2010 aber nur noch mit einer Familienpackung Herztropfen, denn ab dann ging es mehr oder weniger gegen den Abstieg, der 2018 wahr werden sollte.

Auch ´ne Form von Erlösung.

Sendeschluss

TV Wandsbek bekam Sendeschwierigkeiten. Erstens war da, besonders beim kleinen M, der große Frust über die Niederlage der Friedensbewegung. Zweitens standen sie vor der Frage, die auch ihre vorherige Band nicht beantworten konnte: Wie bringt man ein neues Programm auf die Bühne? Das Publikum liebt die alten Lieder. Also spielt man die und baut nach und nach neue ein. Wenn das zu langsam passiert, sagen die Leute: „Ich kann den alten Kram nicht mehr hören, könnt ihr nicht mal was Neues bringen?" Wenn es zu schnell passiert, sagen die Leute: „Ich fand das alte Programm besser." Zudem gab es Streitereien über Melodien und Texte und der kleine M war genervt, weil er am Schlagzeug immer nur das

Country-Bumm-Klack machen sollte und sich nicht entwickeln konnte. Achtens benutzten sie typisch US-amerikanische Musik, um die Politik des Westens zu kritisieren. Er empfand das als einen Widerspruch, den er zunehmend schlechter aushalten konnte.

Und überhaupt hatte der kleine M keine Lust mehr auf all die Bands und Einzelkünstler, die auf der Bühne das schöne Lied der Solidarität sangen und sich zuvor untereinander gestritten hatten wie die Kesselflicker: Neben Fragen zu Technik und Licht ging es hauptsächlich darum, in welcher Reihenfolge die Auftritte erfolgen sollten. Niemand wollte als Erster auftreten, quasi als „Vorgruppe" der anderen. Alle wollten als Letzte auftreten, also als Top-Act des Abends. Da ging es richtig zur Sache und der kleine M konnte sich nicht rühmen, an diesen albernen Debatten nicht heftig beteiligt gewesen zu sein, bevor auch er mit den *Wandsbekern* das hohe Lied der Solidarität von der Bühne schmetterte.

All das ergab in Summe viele gute Gründe, den Sendebetrieb von *TV Wandsbek* einzustellen.

„Zugabe!"

Eine Geschichte der Band muss allerdings noch erzählt werden.

Manchmal bedurfte es keiner Diskussion, wer als Letztes spielt: Bei gemeinsamen Veranstaltungen mit Franz Joseph Degenhardt, Hannes Wader oder *Floh de Cologne* zum Beispiel. Bei einem großen kühlen Herbst-Event des *DGB* im Hamburger Stadtpark wurde extra eine riesige überdachte Bühne mit Heizschlauch aufgebaut, weil am ersten Tag Bongi Makeba und am zweiten Hannes Wader die Top-Acts waren, die man nicht erfrieren lassen wollte.

Direkt vor Wader war *TV Wandsbek* dran.

Der kleine M war in Hochform. Er war immer besonders gut, wenn er Zurufe oder Gesänge aus dem Publikum aufgreifen konnte und dies war das erste Konzert, auf dem er die später typischen „Ooo-ho-ho-hoho"-Gesänge hörte, die allerdings oft an sehr unpassenden Stellen ertönten. Statt sich davon aus der Moderations-Bahn werfen zu lassen, stimmte er erst selbst mit ein und dann, während seiner Ansagen, initiierte er das Gebrüll auch seinerseits.

Damit bekam er die Sache nicht nur in den Griff, sondern auch das Publikum auf große Fahrt.

Als ihre Zeit abgelaufen war, kündigte er Hannes Wader an.

„*TV Wandsbek! TV Wandsbek!*" kam es aus dem Publikum.

Kurzer Blick zum Bühnen-Management. Nicken.

Also noch ein Song - und dann: „Jetzt viel Spaß mit Hannes Wader!"

„*TV Wandsbek! TV Wandsbek!*"

So ging es sicherlich 20 Minuten von einer Zugabe zur nächsten. Dann griff sich der Bühnen-Manager das Mikrofon: „Ich mache folgenden Vorschlag: Wir freuen uns jetzt auf Hannes Wader und danach kann *TV Wandsbek* dann nochmal spielen, einverstanden?"

Die Menge johlte zustimmend.

Für die *Wandsbeker* war klar, dass der Auftritt damit zu Ende war, denn nach Wader konnte nichts mehr kommen. Der kleine M ging in den Wohnwagen des Troubadours, nahm noch ein Gläschen Korn mit ihm und wünschte einen schönen Auftritt.

Und der Auftritt wurde schön.

Sang er 45 Minuten? 60? Man weiß es nicht. Jedenfalls sang er nicht kurz und wurde schwer umjubelt. Als er sein letztes Lied geschmettert hatte, kam aber nicht, wie üblich „Zugabe", sondern „*TV Wandsbek! TV Wandsbek!*"

Es war unglaublich.

Die Kapelle wartete eine ganze Weile, ob sich die Rufe legen würden, taten sie aber nicht. Die Leute hatten sich in Euphorie gegrölt und Wader sagte ins Mikrofon: „Los ihr *Wandsbeker*, lasst euch nicht lumpen!"

Also gingen sie nochmal auf die Bühne und legten eine übermütige Zugabe drauf.

Dieses Konzert war vom *NDR-Fernsehen* mitgeschnitten aber nie gesendet worden. Jahrelang hielt sich das Gerücht, dass einer der Veranstalter eine Kopie des Films bekommen hätte, mit der er so manche Fete bestritten haben soll.

Trallalala, hopsasa und Tutti Frutti

Wer die Medien beherrscht, beherrscht das Volk. Deshalb sprach der spätere Bundeskanzler Schröder den schönen Satz: „Zum Regieren brauche ich nur *Bild* und die Glotze."

Recht hatte er, denn Internet und Soziale Medien waren damals noch nicht einmal ein Traum von irgendwem. Deshalb war wichtig, wer in den öffentlich-rechtlichen Rundfunkräten saß - und welche Politik die da betrieben. Nach Ansicht der *CDU* hatten ihre politischen Positionen in der *ARD* zu wenig Gewicht gehabt, weshalb man vor Jahren die Gründung des *ZDF* erzwungen hatte.
Aber auch das *ZDF* erfüllte die Erwartungen der *CDU* scheinbar nicht. Man beschloss per 1984 dem Blöd-Fernsehen den Weg zu ebnen: Private Anbieter versprachen nicht nur den ersehnten Dünnsinn in die Hirne zu bringen, sie machten auch mehr Hoffnung auf „Kooperation" in ihrer redaktionellen Arbeit. Schließlich wollen die mit Fernsehen Geld verdienen.

Und das läuft vermutlich so, wie bei Zeitungen:

Hast du keine Werbekunden, hast du keinen Profit für die Besitzerinnen und Besitzer.
Willst du Profit für die Besitzerinnen und Besitzer, musst du für das richtige redaktionelle Umfeld von Werbekunden sorgen - und das ist seeehr selten links. So empfiehlt es sich für ein privates Medienunternehmen beispielsweise nicht, einen Textilbetrieb für Sozial- und Umweltschäden anzuprangern, wenn dessen Inhaberin für hunderttausende schöner D-Mark Werbung im Blatt oder Sender schaltet. Viel zielführender ist da die Story, dass die Besitzerin des Textilbetriebes eine ganz moderne homöopathische Klinik für herzkranke Hundewelpen gegründet hat.

Laut Internet erklärte Edmund Stoiber 1988 gegenüber Franz Josef Strauß schriftlich: *„Unsere Politik bezüglich RTL-plus war immer darauf ausgerichtet, eine Anbindung von RTL an das konservative Lager zu sichern beziehungsweise ein Abgleiten nach links zu verhindern"*.

In *Binaural*

Das Gegenstück zum Abendbierchen war das „Türkenfrühstück“, eine Erfindung, an der der kleine M entscheidend beteiligt war.

So ein Frühstück war allerdings nur mit dem Segen der handlungsbevollmächtigten Buchhaltungs-Chefin Frau Biross möglich gewesen, die aber glücklicherweise auch für jede Form von Exzess zu haben war.

„Türkenfrühstück“ gab es nur, wenn der Geschäftsführer Hachfeld morgens tatsächlich mal eine berufliche Verabredung hatte, was nach allgemeiner Ansicht viel zu selten der Fall war.

Aber wenn, denn!

Vorangestellt sei die Beobachtung des kleinen M, dass die Große Bergstraße an ihrem unteren Ende, ganz in der Nähe von *Binaural*, immer mehr herunterkam. Anfang der 1980er Jahre waren dort feine Geschäfte mit guter Garderobe und viel Schnick und Schnack, aber dann verschwand ein Laden nach dem anderen. Und blieb leer. Die öffentlichen Grüncontainer verkamen mehr und mehr zu Toiletten von Hund und Mensch. Der Wind blies Müll in die leeren Eingänge. Ein Obdachloser, dem die Beine amputiert worden waren, wurde regelmäßig von seinen Kumpeln im Einkaufswagen eines Supermarktes in die Kneipe mit dem abgestandenen *Budweiser* gerollt.

In dieser trostlosen Szene hatte ein türkischer Gemüseladen eröffnet. Sein Sortiment war den *Binuaralen* nicht vertraut und so konnte der kleine M eine echte Sensation landen. Statt der bisher üblichen Edamerkäse- und Mettwurstbrötchen mit Bier besorgte er Sucuk-Wurst, sahnigen Schafskäse, Fladenbrot, Oliven, Peperoni, Wasser und Rake-Schnaps. Das brachte 100 Punkte in der Anerkennungsskala der Kolleginnen und Kollegen.

Gegen 10 Uhr war der Tisch gedeckt und nicht selten wankten die Letzten gegen 22 Uhr aus dem Büro. Manche kamen sich sehr nahe. Es gab unerklärliche hellgraue Flecken auf einem dunkelbraunen Cord-Sofa in den hinteren Räumen, mit denen der kleine M nichts zu tun hatte, wie er mir glaubhaft versicherte!

Kundschaft, die anrief, was gelegentlich der Fall war, hörte lautes Gelächter und gern mal ein fröhliches Lied im Hinter(?)grund.

Was auf unterschiedliches Echo stieß.

Hans Schöller

Anruf beim Werbesachbearbeiter: „Ja hallo, guten Tag. Hier ist Hans Schöller. Du kennst mich nicht, aber ich kenne dich von *TV Wandsbek*."

„Hallo Hans."

„Ich hatte eine Blindbewerbung an *Binaural* geschickt und bin jetzt zu einem Bewerbungsgespräch eingeladen worden. Wollte mal hören, was du über die Firma sagst."

Als der bisherige Audiologe Armin Goldbach kündigte, hatte Hachfeld den kleinen M zum Gespräch gebeten. Er las ihm aus drei Blindbewerbungen vor, die für den Job eigentlich alle nicht infrage kamen. Keiner der Herren hatte auch nur im Entferntesten etwas mit Hören zu tun gehabt. Der eine hatte wenigstens ein „Bio" vor seinem Ingenieur und mit Behinderten gearbeitet: Hans Schöller. Gemeinsam hatten sie sich entschieden, den Mann mal für ein Gespräch anrücken zu lassen – und der erkundigte sich nun vorab per Telefon.

„Es ist eine Firma wie viele andere", antwortete der kleine M, „mit netten Kolleginnen und Kollegen und einem Chef der eben chefft. Auf jeden Fall lohnt es sich mal vorbeizukommen."

Hans kam.

Und blieb.

Für immer.

Bei *Binaural* und im privaten Leben des kleinen M.

35 Stunden

„Ein wesentliches Merkmal der kapitalistischen Marktwirtschaft ist die Tatsache, dass man mit ihr nicht alle Arbeitswilligen in Beschäftigung bringen kann - und auch gar nicht will", dozierte mein Freund, der kleine M, auch mir gegenüber gern.

„Man *kann* es nicht, weil nicht gesamtgesellschaftlich gedacht und gehandelt wird. Jede Unternehmerin, jeder Unternehmer muss an den eigenen Erfolg denken – egal, was er für die Gesellschaft bedeutet. Und Löhne und Gehälter sind nun mal Kosten, die man möglichst klein hält, um den Gewinn möglichst groß zu machen. Und wenn deshalb ein paar Millionen Leute keine Arbeit haben, ist das dann Sache des Staates.

Man *will* keine Vollbeschäftigung, weil man das Personal dann nicht mehr mit sozialem Absturz bedrohen kann und, im Gegenteil, deren Gehaltsvorstellungen erfüllen muss. Wenn aber alle Leute Gehälter bekämen, mit denen sie gesichert ein gutes Leben führen könnten, dann wäre das nicht mehr Kapitalismus. Der basiert darauf, dass Menschen Menschen maximal effektiv für sich arbeiten lassen und sie am Gewinn nur soweit teilhaben lassen, wie unvermeidbar."

Was zu der absurden Situation führt, dass Millionen Menschen eines Landes (und vermutlich Milliarden weltweit) gar keine bezahlte Arbeit ausüben können, während für die Menschen mit einer Arbeitsstelle der Zeit- und Erfolgsdruck immer größer wird.

Da kann eine Gewerkschaft schon mal auf die Idee kommen, die Arbeitszeit für alle Arbeitenden bei unverändertem Lohn zu verkürzen, um ihnen mehr Zeit „zum Leben, Lieben, Lachen" (*IG Metall*) zu verschaffen – und die dadurch entstehenden Arbeitsplätze mit bisher Arbeitslosen zu besetzen. Was Unternehmerinnen und Unternehmer noch nie schön fanden.

Ab dem 14. Mai 1984 streikten Mitglieder der *IG Metall* für das Ende der 40- und den Beginn einer 35-Stunden-Woche. 57 500 beschäftigte Männer und Frauen in 23 Betrieben legten die Arbeit nieder.

Die Arbeitgeber konterten mit Aussperrung, das heißt, sie setzten ihrerseits die Nicht-Streikenden vor die Tür, wo sie weder Lohn bekamen, weil sie ja nicht arbeiteten, noch Streikgeld, weil sie nicht Mitglied in einer Gewerkschaft waren. Durch diese Zwangslage sollten sie Druck auf ihre streikenden Kolleginnen und Kollegen ausüben, den Ausstand möglichst schnell zu beenden.

Zuerst waren es 155 000 Ausgesperrte in den umkämpften Tarifgebieten, also knapp drei Mal so viele, wie Streikende. Dann begannen die Arbeitgeber auch mit Aussperrungen außerhalb der Tarifkampfgebiete. Bald standen 500.000 Ausgesperrte irgendwo in Deutschland vor den Toren der Fabriken - zehnmal so viele wie Streikende! Das war nicht nur unverhältnismäßig, sofern eine Aussperrung überhaupt verhältnismäßig sein kann, das ergab einen gewaltigen Druck auf die gewerkschaftlich Aktiven.

Nach sieben Wochen Streik und Aussperrung akzeptierte die *IG Metall* für viele Sparten vorerst eine 38,5-Stunden-Woche, die natürlich kaum Arbeitslose in Beschäftigung bringen konnte, denn die Arbeitgeber verlangten nun, die Arbeit künftig in 1,5 Stunden weniger zu schaffen und stellten kaum neue Leute ein.

Bis 1995 wurde die Arbeitszeit für viele Sparten dann noch einmal um 1,5 auf 35 Stunden verkürzt – und mit ihr der Lohn. Was wieder kaum Beschäftigungseffekte brachte, sondern vielmehr dazu führte, dass viele Arbeitnehmerinnen und Arbeitnehmer begannen Überstunden zu machen, um wieder auf ihr altes Gehalt zu kommen.

Soweit zur „Sozialpartnerschaft“.

Das erste Mal

Ingrid fand das mit „mein Geld, dein Geld“ nervig. Außerdem könnten sie Unmengen an Steuern sparen, wenn sie heiraten würden.

„Okay“, willigte der kleine M widerstandslos ein, „wenn´s der Kohle denn nützt, dann eben Heirat.“

Er war froh, dass nicht falsche Träume vom schönsten Tag des Lebens damit verbunden wurden oder irgendwelche absurden Veranstaltungswünsche. Er fand heiraten wegen des Heiratens doof. „Bis dass der Tod euch scheidet“, wer verspricht sich denn sowas, wenn er es ernst meint? „Ewige Treue? Das ist doch Kindergeburtstag!“ Nee, nee – wenn schon Heirat, dann zum Beispiel wegen der Steuern.

Ingrid hatte das Standesamt im alten *Altonaer Rathaus* ausgesucht – einen Bau im Stil des Weißen Hauses in Washington: *Das Standesamt Altona befindet sich im Südflügel des Altonaer Rathauses und ist aufgrund der nahen Elbe ein beliebter Ort für Eheschließungen. Das große Trauzimmer ist zum Innenhof gelegen, mit herrschaftlich antiken Möbeln ausgestattet und bietet einen entsprechenden Rahmen für eine stilvolle Trauung,* so die Eigenwerbung des Hauses. Und die Erkenntnis des kleinen M, dass es Ingrid angesichts dieser Wahl wohl doch nicht nur um den reinen Verwaltungsakt ging.

Eingeladen waren Lissi, seine angehenden Schwiegereltern Hiltraut und Gerald, Tom und zwei Trauzeugen: eine Freundin von Ingrid und Frank von *Wandsbek.* Man traute sich und knipste anschließend ein paar Fotos vor der gediegenen Fassade. Anschließend ging es zum Dinieren ins *Culinaria,* wo Bibo alles an Leckerlies, Herzlichkeit und Verwöhn-Feeling gab, was ihm möglich war. Und das war sehr viel: Lissi war verzaubert!

Ingrid bekam in der Ehe freie Hand, auch was die gemeinsamen Finanzen anging, alles andere läuft einer gleichberechtigten Beziehung zuwider, fand der kleine M.

Was ihm dabei nicht gefiel, war seine Ummeldung von der staatlichen in eine private Krankenversicherung, „weil man da richtig Kohle sparen kann". Aber er ließ es geschehen – ganz entgegen seinen Vorstellungen von einer solidarischen Gesellschaft.

Sterntaler

Ingrid hatte neue Pläne: ein Wochenendhaus.

„Ein Wochenendhaus?", fragte der kleine M überrascht. „Wozu das denn?"

Die wahre Antwort wäre gewesen, damit Ingrid ein neues Projekt hat.

Geantwortet hat sie irgendetwas anderes.

Er beschloss auf Zeit zu spielen und abzuwarten bis sich die Idee in Hamburger Luft auflöste.

Aber wer die Idee vergaß, war er.

Und so geschah es, dass ihn Monate später die folgende Anfrage ganz ahnungslos traf: „Ich finde der Weg von Osdorf in den Laden ist echt nervig. Wollen wir nicht hier in die Nähe des Ladens ziehen, in deine alte Heimat?“

„Öööh …“, wollte der kleine M seinen Abwägungs-Apparat in Gang setzen.

„Ich hab´ da was gefunden, gleich um die Ecke, Kippingstraße. Ist auch zu *Binaural* viel näher!“

„Aha …?“

„Guck mal hier, ich hab´ mir den Grundriss kommen lassen. Da könntest du ein Arbeitszimmer einrichten, hier machen wir die Stube, dort das Schlafzimmer und das hier ist eine ziemlich große Wohnküche. Geil oder? Und kostet nur die Hälfte wie unsere jetzige Wohnung. Und ich bräuchte kein Auto mehr.“

„Ja …, klingt nicht übel, muss mich nur noch kurz an den Gedanken gewöhnen.“

„Toll, ich wusste, dass du mitspielst und von dem Geld, das wir dann sparen, kaufen wir uns ein Wochenendhaus!“

„Bitte?!“

Wäre er glücklicher geworden, wenn er „Nein“ gesagt hätte?

Nein.

Sie mieteten eine Wohnung in der Kippingstraße 32. Zugleich hatte Ingrid auch ein Wochenendhaus gefunden, das infrage kam: Nordseenähe, direkt am Deich, Kronprinzenkoog, 100.000 D-Mark.

„Los, da fahren wir gleich morgen mal hin und schauen es uns an!“

Sie war begeistert.

Nullnulli & die Saubermänner

Ein Jahr lang hatte er für eine neue Band Texte geschrieben und sich ein Auftrittskonzept ausgedacht. Es gab nur ein Problem: Knud Voss, der Bassist, war als Sänger seiner bisherigen Band ebenso „bekannt“, wie der kleine M. Die Frage war, ob Knud damit leben können würde, nicht mehr Frontmann zu sein. Sie besprachen die

Sache im Vorbereitungsjahr mehrfach ganz offen und es erwies sich als kein Problem für ihn, als Bass- und Hintergrundstimmenmensch mitzumachen, der auch ein paar Solostücke bekam.

Der kleine M nannte die Kapelle in Anspielung auf *Null Null,* einen im TV stark beworbenen Toilettenreiniger, *Nullnulli und die Saubermänner.* Nach einem der ersten Auftritte kam Manni, der E-Gitarrist von *TV Wandsbek,* an die Bühne: „Jetzt verstehe ich, warum du bei uns aufgehört hast. Einfach toll, was ihr macht."

Das war echte Größe und machte den kleinen M sehr stolz.

Aber: Knud Voss konnte dann doch nicht damit leben die zweite Geige zu spielen und kratzte zusammen mit dem Schlagzeuger die Kurve. So machte *Nullnulli* seinem Namen alle Ehre und verschwand nach einem Jahr Vorbereitung und vier Auftritten im Kultur-Lokus der 1980er.

INFO „CD" *Saubermänner* (aus dem Probenraum von 1984)

03 Apokalypso: Zur Lage der Welt, **04 Auch mal das Gute sehen:** Ironisches Umwelt-Lied, **05 Alles käuflich:** Mettwurst, Frauen, Politiker usw., **06 Eine Pflaume namens Kohl (wird Birne genannt):** Über Kanzler Kohl, **07 Schauspieler:** Über den US-Präsi Ronald Reagan, **08 Wenn diese Freiheit (weltweit siegt):** Vision einer zunehmenden Faschisierung der kapitalistischen Welt, wenn die sozialistischen Länder untergehen sollten, **09 Bitte recht freundlich:** Zum Vermummungsverbot bei Demonstrationen, **10 Die Nation hat Sorgen**: Z.B. wenn *Bild* groß über den bösen Durchfall eines Fußballspielers berichtet, **11 Schmuselied:** Erste Version des Liedes über einen gescheiterten Sexualkontakt, **12 Entsorgungsparks:** Über die schöne Wortschöpfung für Atommüllanlagen (später in diesem Buch noch zu lesen), **13 Alles geht so schnell voran:** Ironisch über die Entwicklung des gesellschaftlichen Fortschritts, **14 Ungebraucht:** Über Arbeitslosigkeit, **15 Kommunia:** Über die Traumwelt des kleinen M, **16 Danke!:** An alle, die in humanitären Bewegungen mitmachen.

Schlagzeilen aus 1985

- **Michael Gorbatschow wird Generalsekretär des Zentralkomitees der Kommunistischen Partei der Sowjetunion**

Am 11. März 1985 wurde Michael Gorbatschow zum Generalsekretär der *Kommunistischen Partei der UdSSR* gewählt. Mit seinen 54 Jahren zum zweitjüngsten aller Zeiten und mit seiner entspannten freundlichen Art auch zum sympathischsten - fand nicht nur der kleine M. Er begann seine Amtszeit mit der größten Anti-Alkohol-Kampagne, die es jemals in der UdSSR gab. Das fanden Russlands Wodka-Freunde einen sehr unfreundlichen Akt. Dann führte er als De-facto-Herrscher über die Staaten der Sowjetunion und des *Warschauer Pakts* die Konzepte Glasnost (Offenheit) und Perestroika (Umstrukturierung) in die politische Arbeit ein. Später distanzierte Gorbatschow sich von der *Breschnew-Doktrin* und ermöglichte damit, dass die Staaten der Sowjetunion respektive des *Warschauer Pakts* ihre Staatsform nun selbst bestimmen konnten.

Am 7. Dezember 1988 hielt er eine Rede vor der 43. UN-Generalversammlung in New York, bei der er einseitige Abrüstungsschritte in Aussicht stellte.

Gorbi

Die Wahl von Gorbatschow, oder „Gorbi", wie ihn seine Anhänger im Westen nannten, löste Jubel bei vielen aus – auch bei einem Teil der *DKP*-Leute.

Und beim kleinen M.

Es gab die Hoffnung, dass mit dem sympathischen Neudenker die Zeit der knarzigen wenig reformfreudigen alten Männer endlich vorüber sei und der real existierende Sozialismus attraktiver würde.

Ein anderer Teil der *DKP* sah Gorbatschows Amtszeit aus denselben Gründen mit Schrecken entgegen. Sie befürchteten eine Aufweichung der Strukturen, die inzwischen fast 70 Jahre Sozialismus gesichert hatten. In der Partei bildeten sich zwei Strömungen, die sich zunehmend feindlich gegenüberstanden: Die Gorbatsch-Hoffer, „Neuerer" genannt, und die Gorbat-Schocker, „Bewahrer" genannt.

Radlerinnen ohne Fahrrad

Es muss in diesen Jahren gewesen sein, als eines Sommers die sogenannten „Radlerhosen" bei der Damenwelt in Mode kamen. Sie waren knielang, aus sehr dünnem Stretch-Stoff und knall eng. Es war ein Leichtes, sich über den Unterbau der Kolleginnen einen bildhaften Eindruck zu verschaffen. Eine Freundin meinte im Rückblick: „Man konnte den Frauen von den Lippen lesen."

Entsprechend groß waren die Augen, mit denen sich der kleine M und seine Kollegen an den neuen Darbietungen erfreuten, denn es gab schon zwei bemerkenswert formschöne Poschies im Betrieb.

„Glotzt doch nicht so!", empörten sich Radlerinnen ohne Fahrrad.

„Entschuldigt mal", würgte sich der kleine M aus trockenem Hals, „wer sich so anzieht, will doch wohl die Blicke auf sich ziehen, oder?"

„Wir sind überhaupt nicht scharf darauf angeglotzt zu werden, wir kleiden uns einfach nur so, wie es uns gefällt."

Am nächsten Tag (Hachfeld war in Rotterdam) erschienen der kleine M und Hans in ungewöhnlich modischer Form: Der kleine M trug eine hellblaue Damenstrumpfhose mit Punkten und darüber eine sehr kurze, knall enge Cordhose. Auch Hans hatte sich im Strumpfhosen-Sortiment seiner Gemahlin bedient und zeigte Beule.

Den Radlerinnen fielen fast die Augen aus dem Kopf.

„Glotzt doch nicht so, wir kleiden uns einfach nur so, wie es uns gefällt" kam es trocken von den Herren.

Man einigte sich darauf, sich aneinander zu erfreuen, statt sich mit Blickkontrollen zu belegen.

Mittags erschien der externe IT-Supporter für den Computer. Er hatte unter anderem auch ein paar Fragen an die Führungskräfte Hans und den kleinen M. Als er die beiden erblickte, heftete er seinen Blick wie zur Hypnose in deren Augen, um sich nicht mit Dingen beschäftigen zu müssen, die mit IT wenig zu tun haben.

Das *Wandsbeker Staatskabarett*

Er konnte das Kultur-machen nicht lassen. Nach der kurzen Episode mit *Nullnulli* hatte der kleine M von Musikbands die Nase voll. Er und sein Freund Konrad, ehemals an der akustischen Gitarre bei *TV Wandsbek* und nun *Binaurals* „Werbeagentur," beschlossen ein Projekt zu zweit zu machen: Kabarett.

Mit viel Lust und Liebe gingen sie an die Arbeit. Konrad baute die Hardware, der kleine M die Texte und eine Reihe akustischer Einspieler auf seinem Revox-Tonband, die auf der Bühne per „Tretminen" gestartet werden konnten.

Ihr Programm *So lustig wie das Leben* kam gut an. Es brauchte nur wenige Auftritte bis sie im *Mon Marthe* spielen durften, dem damals angesagten Kabarett-Lokal in Hamburg. Es wurde von dem Duo *Alma Hoppe* betrieben, das bis heute (2017) das *Lustspielhaus* in Hamburg betreibt.

Die Proben fürs Programm hatten viel Spaß gemacht. Sie lachten sich kaputt über die schrägen Ideen, die ihnen kamen.

Aber die Auftritte empfand der kleine M als anstrengend.

Jedes Stichwort musste sitzen, damit sie ihre Einsätze fanden, jede „Tretmine" musste auch im Dunkeln gefunden werden, damit der richtige Einspieler startete und/oder das Licht an- oder ausging, jedes neue Kleidungsstück musste in der Pausen-Finsternis zackig richtig herum angezogen werden.

Aber: Im sehr gut besuchten *Mon Marthe* fühlte sich das Publikum bestens unterhalten.

Bis auf einen der beiden Besitzer.

Er setzte sich nach der dritten Aufführung neben den kleinen M und meinte: „Das, was ihr da macht, ist kein Kabarett."

Wahrscheinlich hatte er Recht.

Aber es war natürlich ganz egal wie das hieß, was sie da machten. Heute würde man es vielleicht Comedy nennen. Auf jeden Fall jagte es dem kleinen M einen großen Schrecken ein, dass der bekannte Kabarettist ihr Wirken als nicht-kabarettistisch bezeichnete.

Zusammen mit dem geringen Spaß an den Auftritten führte dieser Satz dazu, dass er Konrad früh, wahrscheinlich zu früh, sagte, dass sein Bedarf an „Kabarett" gestillt sei.

Nicht komisch

Steffen Siebert hatte sich bei einem der Auftritte vom *Wandsbeker Staatskabarett* gut amüsiert, aber nach der Aufführung noch eine Lebensweisheit für den kleinen M, an der dieser einige Zeit kaute, bevor er sie verstanden und als richtig anerkannt hatte: „Im Gegensatz zu dir ist dein Kumpel echt komisch – Komik liegt dir nicht, du bist nur witzig."

Das Haus am Deich

Das Haus in der Straße Schadendorf, auf dem Kronprinzenkoog, war alles andere als ein Prunkstück: klein, Rotklinker, Eternit-Dach, zu große zu moderne Fenster. Es klebte an einem uralten Stall, dessen weiß verputzte Findlingswände bedenklich schief und feucht aussahen. 2.000 Quadratmeter Grundstück gehörten dazu, die weitgehend dem Gemüseanbau gewidmet waren.

Für den kleinen M waren die schönsten Pflanzen in dem Garten ein großer alter Apfelbaum nahe der Straße und zwei Weiden am anderen Ende, am Rande des großen Ackers des lokalen Großbauern.

Die Lagebeschreibung „Direkt am Deich" war zutreffend; leider handelte es sich um den Sommerdeich. Wenn man ihn bestieg, konnte man zu beiden Seiten viel flaches Land sehen. Von Meer keine Spur.

„Toll, ich finde das nehmen wir", jubilierte Ingrid.

„Echt? Das Meer ist ja noch kilometerweit weg."

„Ach Meer, Meer. Iss doch herrlich hier!"

Sie löste seine Lebensversicherung und sein Sparkonto auf, dann kauften sie das Häuschen. Es gehörte einer alleinstehenden Frau, die beschlossen hatte ins Altersheim zu ziehen. Der kleine M spürte wie schwer ihr der Abschied fiel.

„Wir werden Ihr Haus kaufen“, sagte er, „aber wir wollen es Ihnen nicht nehmen. Es ist Ihr Haus. Sie haben es mit Ihrem Mann erbaut, das kann und das will Ihnen niemand nehmen. Sie können jederzeit kommen und schauen, wie es um Ihr Haus steht.“

Die kleine schmale Frau packte den kleinen M mit beiden Händen am Arm, nickte und weinte leise.

AKW? - Nee!

In den 1980er Jahren stand die im bayerischen Wackersdorf geplante Wiederaufbereitungsanlage im Mittelpunkt der Anti-Atom-Proteste. Der Bund für Umwelt- und Naturschutz *(BUND)* und zahlreiche Bürgerinitiativen, kirchliche Gruppen und Kommunen setzten auf friedlichen und fröhlichen Widerstand während die Staatsmacht Wackersdorf in ein Heerlager von Polizei und Bundesgrenzschutz verwandelte. In seltener Eintracht fanden hier Demonstrationen von örtlicher Bevölkerung und Aktiven aus dem ganzen Bundesgebiet statt. Mit bis zu 80.000 Menschen.

Alle christlichen Feste wurden hier nun am Bauzaun gefeiert.

Buntes Flimmern

So um 1985 legten sich Männer, die technisch besonders interessiert waren, die ersten Home-Computer zu. Die konnten nix.

Gesteuert wurden sie über DOS-Befehle, also Tasten-Kombinationen und Zeichensätze.

Mit ihnen gelang es, bei einigem Aufwand, einen Einkaufszettel zu schreiben und auf einem Nadeldrucker auszuhämmern. Was dem kleinen M im Verhältnis von Geld, Zeit und „Nutzen“ absurd erschien.

Etwas später sah er den ersten Farb-Bildschirm und hörte von dem begeisterten „Nutzer“, dass das Ding in der Lage war, innerhalb von drei Tagen eine vierfarbige Grafik auf den Schirm zu zaubern.

Mehr sinnlos ging nicht.

Fand der kleine M.

Meldungen aus 1986

- Das US-Raumschiff *Challenger* explodiert beim Start.
- USA bombardieren Städte in Libyen.
- Ein Gipfeltreffen zu einer weitreichenden Abrüstung zwischen US-Präsident Reagan und dem sowjetischen Parteichef Gorbatschow scheitert an der Weigerung der USA ihr geplantes SDI-Raketenprogramm auf Laborversuche zu begrenzen.
- **Am 26. April 1986 explodiert Block 4 des Atomkraftwerks Tschernobyl in der Ukraine. Sehr viel Strahlung wird frei und verbreitet sich über weite Teile Europas.**

Versuch macht huch

Im sowjetischen Atomkraftwerk von Tschernobyl (Ukraine) sollte ein Test bestätigen, dass der Generator allein durch seine mechanische Tätigkeit kurzzeitig genügend Leistung liefern kann, um wichtige Systeme zu versorgen. Auch dann, wenn er sowohl vom Netz als auch von der Dampfversorgung abgekoppelt ist. Deshalb wurde der Reaktor vorschriftswidrig auf nur sieben Prozent seiner Nennleistung heruntergefahren. Dadurch, in Kombination mit Bedienungsfehlern, stieg die Leistung innerhalb von Sekunden auf das Hundertfache derer an, für die das Werk ausgelegt war. Eine manuelle Notabschaltung kam zu spät und der obere Teil der Schutzhülle des Reaktors wurde weggesprengt. Atomare Brennelemente und Teile des Kerns wurden in die Luft geschleudert.

Zensiert

Millionen Menschen lebten in Angst vor den Folgen des AKW-Super-Gaus.

Auch in Deutschland.

Nach der Explosion in der Nähe von Kiew, herrschten hier Ostwind und Regen, was bedeutete, dass viel Radioaktivität nach Deutschland geblasen und abgeregnet wurde. Kinder und Weidevieh konnten kontaminiert werden. Aber: Die Unbedenklichkeitswerte für Wasser, Milch und andere Lebensmittel wurden von den

Behörden nach oben gesetzt, damit sie weiter als „unbedenklich“ verkauft werden konnten.

Natürlich griffen Siebert und der kleine M das Thema in ihrer *UZ*-Comic-Reihe auf. Man sah *Schnuffer* und seine Familie am Frühstückstisch darüber rätseln, ob man sich Milch in den Kaffee tun könne oder nicht. *Schnuffer* horchte an der Milchkanne, meinte ein leises Knistern zu hören (wie von einem Strahlungs-Messgerät) und fand auf einmal, dass man guten Kaffee nicht durch Milch verpanschen sollte.

Die *UZ*-Redaktion fand, dass man eine pro-sozialistische Zeitung nicht durch so einen Strip verpanschen sollte. Und druckte selbigen nicht ab.

Ohne Rücksprache mit den Autoren.

In der *DKP* galt die Denke, dass Atomkraftwerke im Sozialismus sicher seien und im Kapitalismus unsicher. Aber nun war so ein Teil in einem sozialistischen Land explodiert. Darüber auch noch Witze zu machen, kam nicht infrage.

Das wiederum ließen sich die Comic-Macher nicht gefallen. Sie stellten die Produktion der beliebten Serie sofort ein und verlangten, dass entweder der Milch-Strip gedruckt werden sollte oder eine Begründung für die Nicht-Veröffentlichung.

Was beides nicht geschah.

Und vermutlich eine Menge Fragen und Klagen von Leserinnen und Lesern zur Folge hatte, denn *Schnuffer* war sehr beliebt.

Jedenfalls rief nach ein paar Wochen die *UZ*-Redaktion bei Siebert an und bat um ein Gespräch beim Parteivorstand. Dort wurden viele Worte gewechselt, die der kleine M mit mittlerem Interesse und noch weniger Erkenntnis verfolgte.

Heraus kam der Kompromiss, dass der kritisierte Strip zwar nicht erscheinen würde, aber eine gemeinsame Erklärung, warum die Serie sechs Wochen nicht zu sehen gewesen war. Der kleine M war nicht glücklich mit dieser Übereinkunft. Er hatte zunächst auf einem Erscheinen des Strips beharrt, denn nur dadurch konnte die Zensur keine Zensur mehr sein. Aber Siebert war Mitglied der Partei und die Zeichnerei war sein Beruf, sodass der kleine M sich letztlich dessen politischen und materiellen Interessen fügte.

Die vereinbarte Erklärung führte bei Kennern der Parteisprache dazu, dass *Schnuffer* ab sofort den „Neuerern" zugerechnet wurde, die, entgegen der DDR- (und damit auch der *DKP*-) Führung, für den Kurs von Gorbatschow standen.

Hau drauf!

Nach der ukrainischen Reaktor-Katastrophe vom am 26. April 1986 gab es in Deutschland am 7. Juni sowohl eine Großdemonstration gegen die in Bau befindliche Wiederaufarbeitungsanlage Wackersdorf als auch gegen das fast fertige Kraftwerk in Brokdorf. Obwohl beide Kundgebungen gerichtlich verboten wurden, demonstrierten an beiden Orten Hunderttausende gegen den Einsatz von Atomenergie, was zu massiven Polizeieinsätzen führte. Beim Anmarsch auf Brokdorf kam es nach Berichten von Betroffenen zu Hubschrauber-Tiefflügen, zum Einschlagen von Autoscheiben, dem Aufschlitzen von Reifen, Schlagstock- und Tränengaseinsätzen. Den Widerstand der Bevölkerung gegen AKWs sowie das Vorgehen der Staatsmacht gegen diesen Protest schildert der im Jahr 2012 veröffentlichte Film „Das Ding am Deich". Den man gesehen haben sollte. Am Tag nach der Brokdorf-Demo kam es in Hamburg zu einer Protestdemonstration gegen die dort ausgeübte Polizeigewalt, die im „Hamburger Kessel" endete:

> Fast 900 AKW-Gegnerinnen und -Gegner, die am nächsten Tag in Hamburg gegen die polizeiliche Gewalt beim Anmarsch auf die Brokdorf-Demo protestierten, wurden von den „Gesetzeshütern" eingekesselt und 14 Stunden lang auf offener Straße festgehalten. Wer raus wollte, bekam den Schlagstock zu spüren.

Lissi zieht um

Lissi verließ die legendäre Wohnung im vierten Stock links und zog eine Etage tiefer, in den dritten Stock rechts. Die Wohnung ist besser geschnitten und vor allem eine Etage tiefer: „Ich werde nächstes Jahr 60, da muss man ja auch schon mal ans Alter denken."

Der Landmann

„Wahnsinn."

Der kleine M stand auf dem Stück Land, das nun Ingrid und ihm gehörte, und blickte auf den grünen Deich mit gelben Butterblumen und einem blauen Himmel darüber, der, wie es sich für Schleswig-Holstein gehört, auch an diesem Sonnentag ein paar weiße Wolkentupfer hatte. Seine Hände steckten tief in den Hosentaschen.

Der Mann, der auf 55 gemieteten Quadratmetern im vierten Stock aufgewachsen war, stand auf 2.000 Quadratmetern „eigener" Welt.

Unfassbar.

Ein paar schwarze Schwalben kurvten wild am blauen Himmel über dem grün-gelben Deich, flogen übermütig dicht an ihm vorbei und wieder hinauf zu den weißen Wolkenflocken.

Nachbarschaft

Wo immer der kleine M einzog, lud er die Nachbarschaft ein, um sich vorzustellen. In Schadendorf war das besonders wichtig, weil die Einheimischen mit schrägen Blicken auf Neue guckten. Auch über Ingrid und den kleinen M hieß es „Datt sünd Millionähre!"

Wahrscheinlich glaubten die Schadendorfer nicht wirklich, das die beiden Millionäre waren, aber für sie war es unvorstellbar, dass man sich ein Haus kauft, in dem man nicht lebt.

Ein Ferienhaus!

Fürs Wochenende!

So´n Quatsch!

Außerdem zerstückelten die oft lange ungenutzten Feriengrundstücke das Kommunikationsnetz der Einheimischen. Normalerweise „schnackte man über´n Zaun", aber jetzt wohnte der nächste Nachbar in Hamburg oder Frankfurt und die Schnackkette war unterbrochen.

Aber auch, wenn die Ferienhäusler mal vor Ort waren, blieben viele von ihnen den Einheimischen fremd. Oft wurden die Leute aus den großen Städten als arrogant erlebt, weil sie den Menschen vom

Lande nicht auf Augenhöhe begegneten. Den Verdacht, zu denen zu gehören, wollte der kleine M gar nicht erst aufkommen lassen. Er lud alle Bewohnerinnen und Bewohner von Schadendorf ein, also etwa 16 Personen, zum „Kennenlern-Kaffee".

Aber niemand kam.

Er guckte alle fünf Minuten aus den Fenstern: Links Deich und rechts Deich aber keine Leute auf der Straße davor.

Zwei Minuten vor Drei bekam er dann einen kleinen Schrecken: Eine dunkle Menschengruppe schob sich hinter dem Nachbarhaus hervor. Sie kamen alle gemeinsam! Es wirkte wie ein kleiner Demonstrationszug. Als er das Haus erreicht hatte, quollen die Leute herein. Freundlich, unsicher, zurückhaltend.

Ingrid und der kleine M hatten eine lange Tafel vorbereitet. Die Gäste nahmen Platz, alle miteinander in ein intensives Gespräch vertieft. Die Gastgeber wurden nach einem kurzen Begrüßungs-„Moin!" nicht weiter zur Kenntnis genommen. In unbekannten Sphären hält man sich erstmal an die, die man kennt.

Ingrid und der kleine M servierten Kaffee und Kuchen und nahmen ebenfalls an der Tafel Platz. Die Gäste schnatterten unbeirrt weiter.

Der kleine M stand auf: „Liebe Nachbarinnen, liebe Nachbarn!"

Sofort herrschte ehrfürchtige Stille.

Dass einer aufsteht und sein Wort an eine größere Gruppe richtet, nötigt vielen Menschen Anerkennung ab. Schadendorfern besonders.

Er freue sich, dass alle gekommen seien. Dann stellte er sich und Ingrid als das vor, was sie waren: kleine Leute. Aus dem vierten Stock in Eimsbüttel und einer Kneipe in Osdorf. Und dass das Haus nicht ihnen, sondern der Bank gehöre. Und so weiter.

Es war körperlich wahrnehmbar, wie die Leute die Neuen zunehmend akzeptabel fanden.

Als er seine Rede beendet hatte, fragte ein Aufgetauter: „Und? Gibt´s keinen Schnaps auf das neue Haus?!" Die anderen Männer johlten zustimmend.

„Na klar doch", beeilte sich der kleine M und spülte sich mit den Gästen und ein zwei Schnäpsen die Zäpfchen. Die Einheimischen grinsten danach so, als wollten sie sagen „Ihr habt das Herz am rechten Fleck", standen auf und verließen nach exakt einer Stunde alle gemeinsam das Haus.

Kaffeezeit ist von Drei bis Vier!

INFO Dithmarscher Zeiten

In Dithmarschen ist Frühstück um sieben Uhr, Mittag um 12, Kaffeetrinken um 15 und Abendessen um 18 Uhr. Nicht davor und nicht danach. Wer einlädt, braucht keine Uhrzeit anzugeben, sondern lediglich „Zum Kaffee" zu sagen, damit steht fest: 15 Uhr. Bei „zum Kaffee und Abendbrot", kann man nach der Torte noch bleiben.

Schadendorfer

Wenn man von der Hauptstraße zwischen Marne und Kronprinzenkoog-Spitze rechts in die Straße Schadendorf einbog, passierte man erst den unromantisch-zweckmäßig gestalteten Hof des Großbauern Kai. Dann kam ein altes Reetdachhaus, das eine Familie aus Frankfurt am Main gekauft hatte, die nur zweimal jährlich für ein oder zwei Wochen kam. Dann folgte das Häuschen von Ingrid und dem kleinen M und dann eine Schäferei:

Frau und Mann, 600 Schafe, zwei Söhne, ein Hund und 15 Hühner zählten zur Familie Hansen.

Das Haus war in bemitleidenswertem Zustand. Einen Garten gab es nicht, ihn ersetzte eine zerbröselnde Betonplatte. Das kaputte Toilettenfenster war mit einem Kochtopfdeckel verschlossen. Fehlende Fensterscheiben in Nebengebäuden wurden durch Säcke ersetzt, die auf den Rahmen genagelt worden waren. Das Haus war, wie alle Häuser hier, nicht unterkellert. Wenn da die Drainage nicht mehr dicht ist, zieht die Nässe des fetten Kleibodens direkt in die Wände. Im Haus der Hansens waren die Tapeten bis gut einen Meter über dem Fußboden fast so braun wie die Erde auf dem es stand.

Die Zimmer drohten am dumpfen Geruch von moderndér Nässe zu ersticken.

Und die Bewohner rochen wie ihr Haus.

Mehrere Leute, die der kleine M in Dithmarschen kennenlernte, rochen wir die Hansens. Es ist der Geruch der armen Dithmarscher, die zwischen den großen Höfen wohlhabender Bauern und den polierten Ferienhäusern der Großstädter um ein lebenswertes Leben kämpfen.

„600 Schafe?", fragte der kleine M Herrn Hansen, „Und damit kannst du kein Geld verdienen?"

„Gegen die Billigimporte aus Neuseeland kommen wir nicht an."

Da die Hansens keine eigenen Weideflächen besaßen, mussten sie Land für ihre Schafe pachten. Um dafür möglichst zu wenig bezahlen, nahmen sie gern die Wiesen um das Atomkraftwerk Brunsbüttel in Anspruch. Von dort kam dann das Fleisch, das womöglich irgendwo als „Dithmarscher Deich-Lamm" auf der Speisekarte stand.

In einem der nächsten sechs acht Häuser, die hinter der Schäferei noch zu Schadendorf gehörten, wohnte Manfred mit seiner Familie. Manfred verklinkerte Häuser. Oft in der Nordheide. Er wurde morgens um vier mit einem *Ford-Bus* eingesammelt, in dem schon drei Kumpels dösten. Sie wurden in einer zweistündigen Anfahrt zu ihrem Arbeitsplatz gebracht. Dort verklinkerten sie dann acht Stunden lang schöne neue Häuser und wurden anschließend zurück nach Schadendorf gekachelt.

Manfred fand das Leben ungerecht.

Im Paradies

Der kleine M gab alles, damit Schadendorf für sich, Ingrid und den kleinen Tom ein Herzensort werden konnte. Er teilte den Garten in drei Bereiche auf: Vorn, beim Apfelbaum, blieb der alte Ziergarten mit Grillplatz und Bauernrosen hinter der Hecke zur Straße erhalten. Dann schuf er auf dem Gemüseacker ein großes Stück Fußball- und Tobe-Rasen. Das letzte Drittel wurde mit einem von Büschen bepflanzten Erdwall umgeben. Die Erde stammte aus dem neu angelegten Teich mit 70 Quadratmetern Wasseroberfläche. Daneben pflasterte Konrad mit alten Steinen eine kleine Fläche, auf die der kleine M eine weiße Bank stellte, umgeben von einheimischen Blumen und Büschen.

Diese Bank wurde der Fixpunkt in seinem Paradies.

Oft saß er auf ihr, glotzte in das Leben im Teich, sah den Schmetterlingen, Bienen und Hummeln zu, den Schwalben und den Staren, die unter dem Schuppendach nisteten.

Es war unglaublich, wie wahrnehmbar diese vielen Leben in Stille wurden. In einer Stille, die den Flügelschlag der Vögel hörbar machte. Und in der Abenddämmerung das Flattern der Fledermäuse. In einer Stille, die in windlosen Nächten das ganze Dorf in wohlige Watte packte.

„Hier wurde der Frieden geboren", dachte er dann.

Wenn sie Freitagabends aus Hamburg ankamen, sprang Tom schon aus dem Auto, bevor es richtig eingeparkt war. Er rannte in den Garten, kletterte in den Apfelbaum, blieb eine halbe Stunde dort sitzen und ließ seinen Blick über das Grundstück und die angrenzenden Felder schweifen.

Am nächsten Morgen kamen dann die Kinder aus der Nachbarschaft um mit ihm und seinem Vater Fußball zu spielen. Oder Badminton. Oder zu toben.

Beim Toben mochten Tom und sein Vater das Reiterspiel besonders, wenn Papa das Pferd gab, das Tom abwerfen wollte. Dieser klammerte sich nach Kräften in den Klamotten des Gauls fest oder warf sich, nach einem Abwurf, mit wildem Sprung wieder auf dessen Rücken: „Hüh! Galopp! Vorwärts du lahmer Gaul!". Tom freute sich wenn auch die anderen Kinder das wilde Pferd reiten wollten, denn trotz des Getümmels, das dadurch entstand, war die besondere Nähe zwischen ihm und seinem Vater bei diesem Spiel immer gegenwärtig.

Dann ging es zum Angeln.

Es ging immer zum Angeln.

Ob Tom in den Entwässerungsgräben des Koogs seine Regenwürmer ertränkte oder in den Seitenarmen der Elbe – er liebte das Angeln und der kleine M kutschierte ihn kreuz und quer über die Köge zu den gewünschten Plätzen. Der Junge hatte immer ein paar Würmer in den Hosentaschen, die er bei Bedarf mit den Fingern in angeltaugliche Stücke zerteilte.

Die Einheimischen erzählten, dass sie in ihrer Kindheit oft zum „Butt petten" waren. Sie gingen damals mit ein paar Eimern ins Watt, guckten nach Plattfisch („Butt"), traten („petteten") einem gesichteten Tier auf den Schwanz, damit es nicht entwischen konnte und sammelten es dann mit der Hand ein. Pro Stunde wollen sie 30 Stück gefangen haben. Damals, als im Meer noch Fisch für alle war.

Auf Abwegen

Ingrid und der kleine M sagten sich, dass sie sich lieben.

Und glaubten das auch.

Für die Beiden begann der Tag morgens um halb acht in der Kippingstraße, führte zu *Binaural* beziehungsweise *Schön & Gut* und endete abends um halb acht gemeinsam im Laden. Dann ging´s nach nebenan ins *Culinaria*. Dann, gern gegen 22 oder 23 Uhr, ziemlich angeschiggert nach Hause.

Unter Ingrids duftendem Naturkosmetik-Laden tanzten derweil die Ratten im muffigen Keller. Ein Zustand, den sie durch eine fest verschlossene Kellertür aus ihrem Leben ausblenden konnten – bis der Raum dort unten gebraucht wurde. Die Produktionsfläche in der winzigen Büro-Küche am Ende des Ladens reichte einfach nicht mehr aus für die Mengen, die inzwischen verkauft und an andere Läden vertrieben wurden.

Also wurde die schwarze Muffbude entrattet und am Boden und an den Wänden mit weißen Fliesen verzaubert. Der kleine M baute Arbeitstische, Regale und Küchenmaschinen ein.

Im neuen Keller produzierten drei Frauen, die das in Teilzeit und in Absprache miteinander so erledigten, dass immer ausreichend

Ware vorhanden war. Sie übernahmen zunehmend auch den Verkauf, denn Ingrid versuchte das Angebot um Indische Blusen, Bademäntel, Handtücher und Accessoires zu erweitern. Zum Erwerb dieser Artikel streifte sie viele Stunden durch anderer Leute Läden, durchwühlte Kataloge und fuhr zu Messen.

Der kleine M reagierte befremdet auf Ingrids zunehmende Abwesenheit in ihrem, auch ohne indische Blusen, prächtig florierenden Laden. Das Geschäft lebte von ihrer Art und von ihrem Wissen über die Produkte, das für die kritische Kundschaft äußerst wichtig war. Aber gnädige Frau war zunehmend nicht vorhanden. Bei *Schön & Gut* übernahmen die Frauen den Verkauf, die auch die Produktion machten.

„Darf ich dich fragen, wieso du heute nicht im Geschäft warst?", begann er vorsichtig.

„Ich war bummeln. Hab ´ne ganz tolle Jacke gefunden, guck mal! Von 216 Mark auf 160 herabgesetzt, 60 Mark gespart!"

„Klasse, dann können wir die ja aufs Sparbuch legen!"

So ging das täglich:

„Darf ich dich fragen, warum Annemarie den Laden heute betreut hat?"

„Ich war shoppen."

„Und wieviel haben wir gespart?"

„Bist du sauer?"

„Was heißt sauer? Ich verstehe nicht, wieso man jeden Tag durch Geschäfte läuft, obwohl man nichts braucht."

„Ich habe heute nichts gekauft. Nur diesen kleinen Bären hier, der hat keine 5 Mark gekostet."

„Mir geht es nicht um das Geld. Ich frage mich aber w a r u m du jeden Tag ziellos in irgendwelche Geschäfte gehst, wenn du nichts brauchst? Da stimmt doch irgendetwas nicht!"

Shoppen

Kaufen macht Spaß und ist eine Selbstbelohnung für die Mühen, mit denen man sein Geld verdienen muss. Manche Leute verwechseln shoppen aber mit Kreativität.

Deshalb und überhaupt sahen schon damals viele Menschen mit Herz und Verstand eine gesellschaftliche Entwicklung kommen, in der es nur noch ums Ein- und Verkaufen, ums Schnäppchen-jagen, ums permanente Konsumieren geht. Sie hatten Sorge, dass der „Konsumterror" kritisches Denken hinsichtlich Ressourcennutzung und Umweltzerstörung unmöglich machen könnte, dass die Gehirnwindungen mit Marken-Logos verstopft würden, dass Selbstkontrolle, Zwischenmenschlichkeit und die Hoffnung „auf ein besseres Leben für alle Menschen" in einem Überangebot an Waren und Billigreisen versinken könnte.

Dass es also so wird, wie es schon bald darauf war.

Kinder

strömten vor der Zeit von Ganztagschulen nach dem Unterricht nicht auf Spielplätze, sondern in Einkaufszentren. Sie zogen sich dort Garderobe an, die sie zwar nicht bezahlen, mit der sie aber voreinander posieren konnten. Sie gingen an Spielkonsolen, die in Läden zugänglich waren. Da wurde virtuell gehüpft, gesiedelt und geballert – aber manches Kind konnte nicht rückwärts gehen.

Junge Leute

unterliegen den jährlich wechselnden Mode"zwängen" in ungeahntem Ausmaß. Allein die Jeans müssen mal hell, mal dunkel, mal stone-washed oder ab Werk zerrissen sein. Ihr Blick ist permanent auf das angesagte Smartphone gerichtet und das Gehör mit Kopfhörern verstopft.

Erwachsene

daddeln morgens in der U-Bahn Spielchen auf ihren Telefonen, chatten in den (Un-)Sozialen Medien, kaufen sich ein belegtes Brötchen zum Frühstück, kaufen sich Fast-Food zum Mittag, kaufen sich Fertiggerichte zum Abendbrot, Chips fürs abendliche Serien-Glotzen. Sie träumen vom Kauf eines neuen Autos, Smartphones oder Tablets, von neuen Schuhen oder einem Urlaub in der Ferne, wo sie dann mit einem Eis in der Hand über die Shopping Mall bummeln und sich einen Salzstreuer in Windmühlenform mitbringen können.

„Lieber Tom"

Etwa ums Jahr 1986 erschien es dem kleinen M sinnvoll, sich den ersten Computer zuzulegen.

Er schrieb nämlich.

Ein Buch.

Für Tom.

Das Gerät: ein Atari 1040 ST. Es bestand aus einem Monitor und einer dazugehörigen Tastatur, in die man seitlich erst die Floppy-Disc einlegte, um das System zu starten, und dann die Speicher-Diskette, um das Geschriebene zu speichern.

Er hatte sich bereits vor Jahren ans Schreiben gemacht, weil Tom sich bei Gesprächen über Fühlen und Denken verschloss. Der kleine M hatte aber den Eindruck, dass Tom trotzdem nach Antworten suchte, zum Beispiel zur Trennung seiner Eltern und zu seinem eigenen Weg ins Leben. Deshalb krakelte er seit geraumer Zeit handschriftlich auf vielen vielen Zetteln mit zig fliegenden Zwischen-, Einschub- und Ergänzungsblättern an seinem Werk für Tom. Nun versprach die Neuzeit ein besseres Arbeiten.

Fünf Mal löschte er versehentlich an die 100 Seiten, die er schon zu Diskette gebracht hatte, bis er die Maschine beherrschte. Als das technisch endlich der Fall war, wurde das Schreiben deshalb schwieriger, weil er seit seinem Berufswechsel nun den ganzen Tag kreativ arbeitete. Da war die Birne dann schon ziemlich dunkel, wenn er nach Hause kam. Es floss einfach nicht mehr so, wie zu Schiffsmaklerzeiten.

Aber der kleine M war ein zäher Knochen. Er wollte seinem Sohn unbedingt ein Buch schenken, das die Entwicklung von dessen Vater schilderte, mit allen Umwegen, Schwächen, Ängsten und offenen Fragen. Es sollte Tom zeigen, dass sein Vater durch viele

Irrungen und Wirrungen gegangen war und dass jeder Weg zu einem lebenswerten Leben führen kann: als Hetero-, Homo- oder Bisexueller; katholisch, evangelisch, anders oder gar nicht gläubig; im Büro, auf dem Bau oder künstlerisch; konservativ oder rebellisch; strebsam und fleißig oder entspannt und stressarm.

Als das Werk eines Tages endlich fertig war, verschlang der Junge die rund 250 Seiten in kürzester Zeit und hatte danach alle Details im Kopf gespeichert.

Ob es gut war ihm so viel Freiraum beziehungsweise so wenig Orientierung anzubieten, ist ein Punkt, den der kleine M mit zunehmendem Alter immer mehr hinterfragte. Er wollte sein Kind halt nicht indoktrinieren, ihm nicht seine Weltsicht aufdrängen. Es sollte die maximal mögliche Freiheit für seine Entwicklung haben.

Eine gute Absicht - aber auch die richtige?

Krieg?

Herbst 1986. Es war kühl. Dicker Nebel hing in den Straßen. Auf dem gesamten Arbeitsweg des kleinen M herrschte Stopp and Go. In mühsamer Prozession war er bis auf die Königsstraße vorgezuckelt, dort kam der Verkehr völlig zum Stillstand.

Jede Menge Polizisten in schwerer Kampfkleidung waren schemenhaft zu erkennen.

Und dutzende Mannschaftswagen.

Blaulichter schraubten sich durch die dicke Luft.

Polizeisirenen heulten in einiger Entfernung.

Hubschrauber im Tiefflug ließen Auto und Herz des kleinen M vibrieren.

War Krieg?

Ja.

Es war mal wieder Krieg zwischen der Hansestadt und ein paar Leuten, die militant und deshalb (?) erfolgreich um den Erhalt von ein paar Häusern in der Hafenstraße kämpften. Häusern, deren Eingänge in der Straße sind, in der auch die „Agentur" von Konrad lag.

Irgendwann gegen 10 Uhr konnte der kleine M bei *Binaural* einstempeln. Trotz der erheblichen Verspätung gab es keinen Ärger, denn auch der Chef war in dem Chaos hängengeblieben. Nur die Frauen in der Werkstatt, die am Liebsten schon um 5 Uhr morgens mit der Arbeit begonnen hätten (aber erst ab 6 Uhr durften) waren noch problemlos angereist.

Konrad erschien.

Unangemeldet.

Er brachte einen Passierschein.

„Wieso Passierschein?", staunte der kleine M.

„Die Leute aus den besetzten Häusern haben das Straßenpflaster vor unserer Tür aufgenommen und daraus eine riesige Barrikade gebaut. Wenn du von hier kommst, ist an der linken Seite ein kleiner Durchgang. Da zeigst du diesen Passierschein vor, dann lassen sie dich durch zu uns."

Was wahwa.

Prince

Die Welt feierte seit zwei Jahren seinen Welthit *Purple Rain*. Der Song hatte beim kleinen M Interesse, aber keine Begeisterung ausgelöst. Jetzt, 1986, kam *Kiss* – ein Groove-Hammer der sowohl den Puls als auch die Laune des kleinen M jeweils um zwei bis drei Meter anhob. Obwohl:

Prince war ihm nicht angenehm.

Das erste PR-Foto, das er von ihm gesehen hatte, zeigte den Meister wie er mit seiner ellenlangen Zunge den Hals seiner Gitarre abschleckte. Seeehr unangenehm. „Aber wenn man die Augen schloss und bei vielen Geschichten über *Prince* weghörte, konnte man sich an manchen seiner Songs nicht satthören", erzählte mir mein Freund mit leuchtenden Augen.

Also Zunge hin, Geschichten her: Er wurde ein richtig echter, dicker, fetter, missionarischer *Prince*-Fan.

Meldungen, die ihn 1987 erfreuten

- **Der zweite Versuch einer bundesweiten Volkszählung wird wieder kein Erfolg.**

Weder das neue Datenschutzrecht noch eine 46 Millionen D-Mark teure Werbekampagne der Bundesregierung schafften diesmal mehr Vertrauen als vier Jahre zuvor. Es kam erneut zu Boykottaufrufen und Demos im ganzen Land, weil die Menschen den Staat nicht in ihrem Privatleben schnüffeln lassen wollten.

Fragebögen wurden in öffentlichen Aktionen vernichtet.

Trotz Strafandrohungen reichte der zivile Ungehorsam bis tief in die gesellschaftliche Mitte. Im Herbst 1987 zählte die Republik 1.100 Bürgerinitiativen gegen die Volkszählung. Es gab 1,1 Millionen unausgefüllte Meldebögen und eine nicht quantifizierbare Anzahl mit bewusst falschen Angaben. Der Wert der gewonnen Daten blieb immer umstritten.

- **DDR-Häuptling Honecker kommt nach Bonn**

Diese Meldung war deshalb eine Sensation, weil zum ersten Mal ein Staatsratsvorsitzender der DDR zu einem Staatsbesuch in der BRD empfangen wurde. Es schien eine weitere Normalisierung der Beziehungen zwischen beiden Ländern einzutreten.

- Die Leute, die seit 1982 gegen alle staatliche Gewalt die Häuser in der Hamburger Hafenstraße gegen die Abrissbirne verteidigt hatten, bekommen einen Pachtvertrag von der Stadt.

Personal gesucht

Schön & Gut brauchte eine weitere Mitarbeiterin. Erstens, weil der Laden so gut lief und zweitens, weil Ingrid immer mehr Zeit damit verbrachte durch anderer Leute Geschäfte zu streifen.

Der kleine M fragte Freunde und Kollegen ob sie eine Frau kennen würden, die Lust auf einen ziemlich frei gestaltbaren Teilzeitjob hätte.

„Eine Freundin von mir will stundenweise arbeiten. Sie hat ein kleines Kind. Die sucht sowas. Soll die sich mal euch melden?", fragte Kollege Hans.

Sie sollte.

Bald darauf vernahm der kleine M von Ingrid, dass die Neue Heidrun hieße, schwer in Ordnung sei und demnächst bei *Schön & Gut* anfangen würde.

Gänsestieg

Hiltraut und Gerald Schütt waren nach rund 40 Jahren täglichem Restaurantbetrieb fix und fertig mit ihren Kräften.

Der *Maserati*-Händler von der anderen Straßenseite wollte das Grundstück gern kaufen, obwohl klar war, dass er seinen Betrieb nicht über die Straße erweitern durfte. Auch nicht, wenn er eine Brücke bauen würde, wie er es geplant hatte.

Trotzdem vereinbarte er mit dem kleinen M, der den Verkauf für die Familie regelte, einen sehr freundlichen Kaufpreis: „Ich kenne da Leute in den Behörden, die gern gute Autos fahren."

Es dauerte nicht lange und das dann leerstehende Traditionslokal *Zum Osdorfer* ging in Flammen auf. Der Autohändler stellte seine Betriebs-LKW auf den Platz.

Die alten Schütts bauten sich von dem Geld für ihr Grundstück ein Haus, in dem sie unten einzogen und oben die jüngere Tochter mit ihrem Freund. Für Ingrid (und damit auch ihren Ehemann) kauften sie einen Bungalow im Gänsestieg in Hamburg Lurup.

Der Vorbesitzer des Hauses bat den kleinen M am Einzugstag auf die Fahrbahn vor dem Haus. Er kniete sich auf die Straße, kniff ein Auge zu, streckte den rechten Arm in Richtung Grundstück und fragte: „Sehen Sie was?"

„Nee, was sollte ich denn sehen?"

„Da vorne, das ist der Grenzstein zwischen ihrem und dem Nachbargrundstück. Fällt Ihnen jetzt etwas auf?"

„Nee, ehrlich gesagt weiß ich nicht, worauf Sie hinauswollen."

„Sehen Sie das nicht?"

„Neihein!!"

„Zaun und Hecke des Nachbarn stehen etwa 10 Zentimeter auf Ihrem Grundstück. Das sind etliche Quadratmeter, die Ihnen da verloren gehen."

Der kleine M lächelte: „Naja, das Grundstück hat rund 2000 Quadratmeter, da kommt es auf ein paar Zentimeter mehr oder weniger doch nicht an!"

„Bitte! Sagen Sie das nicht!", flehte der Vorbesitzer. „Ich führe seit Jahren Klage gegen diese Leute, das müssen Sie fortführen! Ich habe vor deren Wohnzimmerfenster einen alten Flechtzaun aufgestellt, um ihnen den Ausblick zu versperren und sie so zur Einhaltung ihrer Grundstücksgrenze zu zwingen, aber die rühren sich nicht! Versprechen Sie mir, dass Sie meinen Kampf fortsetzen!"

„Wir werden es uns überlegen."

Am nächsten Tag baute der kleine M den Flechtzaun vor dem Wohnzimmerfenster der Nachbarn ab, klingelte an deren Tür und wünschte beiden Seiten eine gute Nachbarschaft.

Die sich dann auch einstellte.

Kellerkind

Ingrid war vom neuen Haus noch begeisterter als von dem in Schadendorf.

Sie löste die noch vorhandenen Geldbestände auf und verwandelte sie in Tapeten, Vorhänge und Teppiche von *Laura Ashley*.

Herrlich!

Das Shoppen machte jetzt nicht nur Spaß, sondern auch noch Sinn!

Leider fand sie in dem riesigen Haus, das allein auf einer Ebene schon vier ansehnliche Zimmer hatte, keinen Platz für Tom. Für ihn wurde ein Raum im Keller vorgesehen. Der kleine M verstand das nicht, meinte aber es akzeptieren zu müssen. Er dachte an Gleichberechtigung und ahnte nichts von Eifersucht.

Liebe?

Die Arbeiten an zwei Häusern, in zwei Gärten und in ihren Berufen führten dazu, dass Ingrid und der kleine M sich zunehmend aus den Augen verloren. Sie trafen einander zwar mehr als genug, aber kaum als Paar, sondern mehr als die gemeinsamen Manager ihrer bunten Leben.

Sie waren immerfort mit irgendetwas beschäftigt. Aber weder mit sich selbst noch miteinander.

Obwohl so manches auf den Tisch gehört hätte, insbesondere Ingrids Ausgrenzung von Tom.

Der kleine M litt darunter, dass er den Jungen nicht zu sich ins Bett holen durfte, wenn der das wollte, er fand es befremdlich, dass dessen Zimmer in allen Wohnungen stets möglichst weit weg von den Zimmern der Erwachsenen liegen sollten, aber er fand auch, dass Ingrid das Recht hatte so zu handeln - Tom war ja nicht ihr Kind.

Erst war es nur manchmal, dass der Beischlaf nicht klappen wollte.

Dann wurden die Zeiträume länger.

Sie besorgten sich „Spielzeug", aber auch das führte nur an gesetzlichen Feiertagen zum gewünschten Erfolg.

Was war los?

Sie sagten sich, dass sie sich lieben und sie glaubten das auch.

Liebten sie sich?

Die Kurve gekriegt

Der kleine M verbrachte viele Wochenenden und Urlaube mit Ingrid und Tom in Schadendorf. Manche Aufenthalte waren gnadenlos, was das Wetter betraf. Im Winter blies der Sturm oft eiskalt und gelegentlich so heftig, dass sogar die Ölheizung ausging. Und es gab „Sommer" mit 12 Grad „Wärme". Besonders unschön war es im Spätherbst, wenn Büsche und Bäume ihre Blätter verloren hatten, die Äcker in Schlammwüsten verwandelt waren und es bei dichtem Nebel nieselte.

An so einem Herbsttag war der kleine M mit Tom in Marne gewesen und nun auf dem Rückweg nach Schadendorf. Am Ortsende von Marne nahmen sie eine junge Tramperin mit und fuhren hinaus ins graue Nichts. Traktoren hatten die Fahrbahn mit einer dicken Schicht Schlamm bedeckt, aber sonst war verkehrsmäßig nichts los.

Nach kurzer Fahrt tauchte dicht vor ihnen ein mit Stroh beladener Hänger auf, der von einem Traktor in langsamer Fahrt vermutlich zu einem der großen Schafställe gezogen wurde, die es auf den Kögen überall gab. Schlamm, Nebel und Nieselregen wurden von den Scheibenwischern zu einem kaum durchsehbaren Brei verschmiert. Der kleine M starrte angestrengt nach vorn, um nicht auf den Hänger aufzufahren.

Nach zwei Minuten im Blindflug verlor er die Geduld.

Er scherte vorsichtig nach links aus und glotzte durch den Scheibenbrei, am Traktor vorbei, ob auf der langen Geraden ein Licht entgegenkam.

War nicht der Fall - also Gas!

Als er auf der Höhe zwischen Traktor und Hänger war, starrte er ungläubig nach vorn: War da was?

Aus Nebel und Scheibenschleim schälte sich schemenhaft ein dunkel gekleideter Motorradfahrer - ohne Licht. Und ohne Anstalten sein Tempo zu drosseln.

Die Katstrophe war unausweichlich - auch mit einer Vollbremsung würde er es nicht mehr schaffen, den Aufprall zu verhindern, dafür war das Motorrad zu schnell.

Er trat mit aller Kraft auf die Bremse, riss das Steuer nach links und lenkte seinen Wagen in einen Graben neben der Straße. Der Motorradfahrer brauste in voller Fahrt an ihnen vorbei und ward nicht mehr gesehen.

Beten

Der kleine M war für sich zu der Überzeugung gelangt, dass die Bibel nicht „heilig", sondern ein Märchenbuch ist, in dem einige Geschichten über Jesus Jahre und Jahrzehnte nach dessen Leben gesammelt und erfunden worden waren. Er hatte gehört, dass es unterschiedliche Stammbäume für Jesus gibt und dass der Heilige Abend weder am 24. Dezember, noch in Bethlehem noch in unserem heutigen Jahre Null stattgefunden hatte und dass keineswegs drei Könige gekommen waren. Er sollte glauben, dass der HERR zu Jesus gesprochen hatte, der ja selbst der HERR in Menschengestalt und auch noch sein eigener Geist war.

Der kleine M ließ seine heimlichen Abendgebete probeweise ausfallen, um zu schauen, ob etwas Ungewöhnliches passiert.

Passierte nicht.

Und so konnte er eines Tages das Beten endgültig einstellen und sehr zufrieden damit sein, in dieser Frage endlich Verstand und Handeln in Einklang gebracht zu haben.

Glaube

Sein Glaube an die christlichen Werte, die er für die Wurzeln des Humanismus hält, blieb immer ungebrochen.

Ganz obenan stand und steht für ihm dabei der Gedanke der Liebe der Menschen zueinander - wie man es von einem Büro-Hippie erwarten darf.

Rumms!

„Bin zur Agentur!", rief der kleine M in den Buchhaltungsraum, durch den er *Binaural* verlassen musste. Er schwang sich in den Firmenwagen, den er seit ein paar Wochen auch privat fahren durfte und kurvte nach irgendwo. Oft tatsächlich in die „Agentur" zu seinem Freund Konrad und dessen Kollegen oder zu einem anderen beruflichen Termin - aber keineswegs immer. Manchmal musste er sich um eine neue Stereoanlange kümmern oder ähnlich wichtige Dinge.

Das interessierte niemanden.

Zwar musste er bis 9 Uhr einstempeln, konnte als Werbemensch dann aber tun und lassen was er wollte.

Und der kleine M wollte mehr tun als lassen.

Er war begeistert von seinem neuen Beruf und halste sich jede Menge Projekte auf, die er mit Freude und Leichtigkeit und meist mit viel Anerkennung von vielen Seiten bewältigte. Besondere Komplimente bekam er für seine neueste Anzeigenserie in der Branchenzeitung. Statt mit Produkten warb er mit seinen Außendienst-Kollegen.

Das gab es noch nie.

Kundinnen und Kunden fanden es bemerkenswert, „ihren" Außendienstler in der Zeitung zu sehen. Und die Vertreter selbst waren noch nie so glücklich mit einer Kampagne: „Ich werde immer mit einem breiten Lächeln und dem Satz empfangen, dass man mich bereits in der Zeitung gesehen habe."

Die Kollegen, die noch nicht an der Reihe gewesen waren, berichteten: „Ich werde überall gefragt, ob auch noch eine Anzeige mit mir kommt."

„Genau! Mich fragen sie auch schon immer."

Was kann einem Vertreter Besseres passieren als von seiner Kundschaft freudig begrüßt zu werden?

Das Telefon klingelte und der Beirats-Kollege aus der Hamburger Niederlassung des französischen Konzerns rief an: „Also ich finde das ist fast unlauterer Wettbewerb, was du da machst. Ich habe sämtliche Außendienstler und die Vertriebsleitung am Hals, die mich fragen, warum wir nicht mal so eine Idee hatten. Aber ich kann das doch jetzt nicht mehr machen! Das wäre ja total nachgeäfft. Also echt, da hast du mir wirklich ein dickes Problem eingebrockt. Hättest ja wenigstens mal vorher Bescheid geben können."

Lissi rentiert

„Ich hab´ keine Lust mehr", quengelte Lissi seit ein paar Jahren. Die *Hamburger Sparcasse von 1827* hatte vor 16 Jahren mit „ihrer" *Hamburger Sparcasse von 1864 (Neuspar)* fusioniert und den Laden zur *Hamburger Sparkasse (Haspa)* gemacht. Während die *Neuspar* in den Augen von Lissi eine soziale Einrichtung gewesen war, betrachtete sie die *Haspa* als geldgierig: „Ich muss jetzt Leuten Kredite aufschwatzen, von denen ich weiß, dass sie die nie zurückzahlen können. Dazu haben wir jetzt ein Punktesystem: Je mehr Kredite eine Filiale abschließt, desto mehr Punkte bekommt sie. Und alle Filialleiter wollen natürlich gut dastehen, deshalb kann man sich gar nicht entziehen, wenn man nicht als unkollegial gelten will. Schrecklich!"

Der kleine M fühlte mit ihr.

Immer hatte sie auf „ihre Sparkasse" geschworen und jeden zeitlichen Einsatz gebracht, der ihr erforderlich schien. Oft hatte sie dabei Angst vor Überfällen gehabt, wenn sie früh morgens als Erste oder abends als Letzte in einer Geschäftsstelle werkelte.

Sie war aus ihrer geliebten Othmarscher Waitzstraße in Filialen versetzt worden, die sie als unter ihrer Würde empfand. Dadurch, und durch den wohl immer härter werdenden Abschlussdruck, hatte sie gegen Ende ihres Berufslebens mit jedem Jahr mehr unter ihrer Arbeit gelitten.

Als sie mit 60 Jahren in Rente ging, das war 1987 das normale Eintrittsalter für Frauen, sagte sie „Endlich hat dieser Scheiß ein Ende." Ein Ende, das Brutto mit etwa 4.000 D-Mark staatlicher Rente plus etwa 2.600 D-Mark Firmenrente so bemessen war, wie man es, in Relation zur jeweiligen Zeit, jedem Menschen gönnt.

Nachdem sie ihren Arbeitsplatz bei der *Haspa* geräumt hatte, machte sie dem kleinen M noch ein Geständnis: „Mit meinem Ex-Chef habe ich auch Schluss gemacht. Ich finde Sex mit 60 widerlich!

Das erste Mal Hauptquartier

Für den kleinen M ging es zwei- bis dreimal jährlich in die Konzernzentrale nach Rotterdam. Mit unterschiedlich kleinen Flugzeugen. Und da der kleine M immer fand, dass der Mensch nahe der Stratosphäre nichts zu suchen hat, fand er eigentlich alle Flugzeuge zu klein, besonders die, die nur 30 bis 50 Passagiere mitnehmen konnten – so, wie die Maschinen nach Rotterdam.

Bei seiner ersten Reise dieser Art setzte der dröhnende Propeller-Flieger gut eine Stunde nach dem Abheben in Holland auf. „Du brauchst den Taxi-Fahrern nur zu sagen, dass du zu *Binaural* willst, dann wissen die schon Bescheid“, war die Information der holländischen Kollegen gewesen.

„I want to go to *Binaural*“, bat der kleine M den Taxifahrer empfehlungsgemäß.

„What?“

„I want to go to *Binaural*.“

„Where?!“

„To *Binaural*!“

„Is that the name of the street?“

„No, it´s the name of the company.“

„What is the name of the street?“

„I show you the ... Briefkopf of the company“, erklärte der kleine M, der plötzlich bemerkte, dass er zwar von jedem Ding, das verschifft werden kann, den englischen Begriff wusste, aber „Briefkopf“, wie zum Teufel hieß man noch Briefkopf?

„Ah, Blekerhof“, nickte der Fahrer beim Blick auf den Firmenbriefbogen zufrieden, „do you know the way?“

„No, I am in Rotterdam for the first time.“

Der Fahrer griff sich seinen Stadtplan.

Es entpuppte sich als Nachteil, dass die angeblich berühmte Adresse in keinem Stadtplan zu finden war. Nicht in seinem und nicht in keinem. Er hielt mehrere Kollegen an, um in deren Karten den Blekerhof zu finden – erfolglos.

Bis sich einer erinnerte da schon mal gewesen zu sein.

Nach einer einstündigen Irrfahrt erreichte der kleine M sein Ziel. Schwer gestresst!

„Tut mir leid, dass ich so spät komme“, entschuldigte er sich.

„Wieso spät?“

„Naja, ich wollte ja schon vor gut einer halben Stunde hier sein.“

„Halbe Stunde, halbe Stunde!“, lachten die holländischen Kolleginnen und Kollegen, „was ist schon eine halbe Stunde?“

Sie waren einfach nur erfreut den neuen Werbemenschen aus Deutschland kennenzulernen, ob eine halbe Stunde früher oder später war ihnen mehr als egal. „Schön, dass du da bist! Darauf einen *Genever*!", das ist ein gewöhnungsbedürftiger Wacholderschnaps, der ab dem zweiten Glas schon besser schmeckt und ab dem vierten lecker.

Nach einer Stunde kennenlernen ging´s in die Kantine. Für den Weg gab es erstmal einen *Genever*. In der Kantine sah er viele der etwa 100 Gesichter, die im Hauptquartier tätig waren.

Außer denen des Top-Managements.

Es war bekannt, dass die kaum mal im Hause waren, sondern viel mit Golf spielen und segeln zu tun hatten. Hachfeld hatte ihm erzählt, dass einer von denen ein großer Liebhaber von *Jaguar*- Autos war und eine entsprechend dicke Karosse fuhr. Dann hatte sich einer der nationalen Geschäftsführer einen noch dickeren *Jaguar* geholt. „Das war natürlich unmöglich", kommentierte Hachfeld, „der wurde sofort entlassen. Zu Recht! Das gehört sich einfach nicht."

Nach dem Essen lehnte der kleine M den nächsten *Genever* ab, er wollte ja noch arbeiten. Man präsentierte ihm die Werbewerke der vergangenen Jahrzehnte.

Und denn?

Nach unendlich vielen Bildern und Anekdoten von früher saß der kleine M wieder im Taxi Richtung Flughafen.

Merkwürdige Reise.

Sie hatten ihn nur mal kennenlernen wollen.

Wahrscheinlich war man so entspannt, weil man weltweit so erfolgreich war.

Binaural war Weltmarktführer.

Kim

Sie war in der Rotterdamer Werbeabteilung von *Binaural* tätig und er hatte sie bei einem seiner nun regelmäßigen Besuche dort persönlich kennengelernt und danach telefonisch viel mit ihr zu tun gehabt. Sie lachten und sie flachsten oft und arbeiteten gut zusammen. Insofern fand er es nett und irgendwie holländisch, dass sie ihn bei seinem dritten Besuch in Rotterdam nicht in ein Restaurant führen, sondern privat bekochen wollte.

Sie aßen ihr Essen und Kim ging zur Toilette.

Dachte er.

Zurück kam sie, ohne jegliche Vorankündigung und ohne, dass es zuvor irgendeine auch nur im Ansatz intime Annäherung gegeben hätte, splitternackt - und bat den kleinen M ins Bett.

„Äh ..., äh ..."

Was tun?

Sich selbst zum Nachtisch machen?

Sie vor den Kopf stoßen?

Wie hättest du dich entschieden, liebe Leserin, lieber Leser?

Auf der Flucht

Sie sagte, er sei das Beste, was ihr in diesem Bett passiert sei.

Er fragte, ob das Bett neu sei.

Sie schnappte ein.

Sie hatte sich ihm zum Geschenk gemacht und das schönste Kompliment ausgesprochen, das eine Frau, ihrer Meinung nach, einem Mann machen kann – und der machte einen Witz daraus.

„It´s not funny", beklagte sie sich.

Die Sache begann noch anstrengender zu werden als sie ohnehin schon war. Er blieb noch ein paar Anstandsminuten im Bett, dann begann er seine Klamotten einzusammeln.

„What are you doing?"

„Ich zieh mich an, ich kann ja schlecht nackt ins Hotel zurück."

„Du gehst gar nicht ins Hotel, du bleibst bei mir", sagte sie Böses ahnend und stieg hastig ebenfalls in ein paar Klamotten.

„Nee, nee, ich geh ..."

„Nein!!“ Entsetzt und beleidigt schnappte sie sich sein Hemd, bevor er es anziehen konnte. Er hielt es an einem Ärmel fest: „Kim, bitte!“

„Nur wenn du bleibst.“

„Nein, ich gehe - und zwar jetzt.“ Er ließ das Hemd los, griff sich sein Jackett, zog es übers Unterhemd, wehrte Kims Klammerversuche ab und öffnete die Wohnungstür.

„Nein!“ kreischte sie und versuchte die Tür wieder zu schließen.

Er zog die junge Frau energisch von der Tür fort und schlüpfte ins Treppenhaus. Sie hinterher: „Entschuldigung, ich wollte dich nicht einsperren.“

„Alles klar, danke für den Abend und tschüss!“

„Du Chauvi-Schwein, bleib stehen!“

Er rannte auf die Straße, sie, mäßig bekleidet, schreiend, schimpfend und mit seinem Hemd in der Hand, hinter ihm her. Er hatte keine Ahnung wohin er laufen sollte, denn er kannte sich überhaupt nicht aus. In der Ferne sah er eine gut beleuchtete Hauptstraße und lief darauf zu, sie hinter ihm her. Eine Straßenbahnhaltestelle kam in Sicht, die Rettung? Er drehte sich keuchend um und stellte fest, dass sie stehengeblieben war.

Nie wieder hörte und sah er etwas von Kim und seinem Hemd.

Max Mann

Geschäftsführer Hachfeld hatte überhaupt keine Lust Kunden zu besuchen. Sie bezeichneten ihn als „Lieferanten“ und behandelten ihn auch so. Das war für einen Mann von etwa 1 Meter 60 Größe trotz eines 7er BMW und eines Großunternehmens von Werk I bis VI schwer erträglich.

Deshalb besuchte er, wenn auch schweren Herzens, nur potenzielle Großabnehmer; die hatten mehr Stil. Sein wichtigster Wunschgroßkunde war Max Mann, der nach wie vor fast nichts bei *Binaural* bestellte.

Den wollte Hachfeld beliefern!

Herr Mann wollte auch etwas.

Er und der kleine M kannten sich aus dem Werbebeirat. Mann war derjenige, der mit so viel Nachdruck „Verkaufswerbung" forderte, „statt Aufklärung". Jetzt stellte er für eine Kooperation mit *Binaural* eine überraschende Vorbedingung: „Ich möchte, dass Ihr Werbemensch mir ein Marketingkonzept erstellt."

„Mach ich!" sagte der kleine M, der sich ziemlich sehr geschmeichelt fühlte und immer Lust auf neue Aufgaben hatte. „Aber nicht umsonst. Ich bin mit meinen Jobs für *Binaural* mehr als ausgelastet, deshalb muss ich das in meiner Freizeit machen – und die ist kostbar. Ich bitte um eine fünfstellige Summe – wer sie zahlt, ist mir egal."

Max Mann war bereit, die Kosten zu übernehmen.

Und der kleine M legte los.

Aus Sicht von Herrn Mann gab es drei Aufgaben, mit denen sich der kleine M auseinandersetzen sollte: Er brauchte erstens mehr Meisterinnen oder Meister für seine vielen Geschäfte, zweitens ein durchgängiges Schaufensterkonzept und drittens einen griffigen Werbeslogan: „Sowas wie Fielmann!" Der „große deutsche Optiker" warb mit dem damals innovativen und äußerst erfolgreichem Spruch „… und mein Papi hat keinen Pfenning dazu bezahlt."

Nach ein paar Wochen präsentierte der kleine M seine Ideen:

1. Meistermangel.

Man muss wissen, dass die Meisterkurse sehr teuer waren. Viele konnten oder wollten sie sich nicht leisten, obwohl man am Ende viel Geld mit dem Titel verdienen und sich auch selbstständig machen konnte.

Der kleine M schlug vor, Interessierten die Kurse zu finanzieren, wenn die sich im Gegenzug verpflichteten nach bestandener Meisterprüfung noch eine bestimmte Anzahl von Jahren im Betrieb zu bleiben.

Diese Idee wurde sofort umgesetzt, war erfolgreich und wurde (oder wird?) zig Jahre beibehalten.

2. Schaufenstergestaltung.

Der kleine M empfahl die Fenster mit großen modern gestalteten Postern zu versehen – so großen, dass man nur mit Mühe in den

Laden schauen kann (wegen der Diskretion, die Herr Mann für seine Kundschaft wünschte). Dann würden die Schaufenster modern und offen wirken und zugleich wie Werbeplakate. Auf den Postern sollten zufriedene Kundinnen und Kunden mit entsprechenden Zitaten zu sehen sein.

Das klingt heute nach „viel langweiliger geht nicht“, war aber 1987 ziemlich wild. Klassische Schaufenster von Hörgeräte-Instituten („Läden“ zu sagen, war seitens der Innung unerwünscht) waren mit Senkrechtlamellen verhängt (wegen der Diskretion) und hatten damit den Charme von damaligen Beerdigungsunternehmen. Ganz Kreative bauten unter den Lamellen, am Schaufensterboden, eine elektrische Eisenbahn auf, die mit ihren Güterwägen zwischen Staubwölkchen und toten Fliegen Hörgeräte im Kreis transportierten.

3. Der Slogan.

Sein Vorschlag: „Ich hab ´nen kleinen *Mann* im Ohr!“

Die Führungsriege klatschte begeistert in die Hände: „Das isses! Das sind die Ideen, die wir gebraucht haben!“

Realisiert wurden sie nicht.

Jedenfalls nicht in den nächsten 25 Jahren.

Blitzschlag

Feierabend bei der *Binaural GmbH*. Der kleine M packte seine Sachen zusammen und machte sich auf den Weg zu *Schön & Gut*. Er hatte mit Konrad eine neue Anzeigenserie für den Laden entworfen und wollte sie mit Ingrid diskutieren. Und Kartons in den Keller schleppen. Und das Schaufenster neu dekorieren. Er fuhr zur Grindelstraße und suchte einen Parkplatz. Das war damals keine besonders mühsame Aufgabe.

Der Laden war voller Kundschaft. Angesichts seiner geringen Größe konnte das bereits bei sechs Kundinnen gesagt werden. Der kleine M schlängelte sich zum Tresen und begrüße Ingrid, die tatsächlich persönlich anwesend war und gerade einige Geschenkverpackungen fertigmachte. Er setzte sich auf den Wartestuhl für männliche Begleiter.

Aus dem Büro kam die Neue, um bei der Bedienung zu helfen. Sie war etwa 1,75 groß, kerzengerade, schlank aber nicht dürr, blond, mit vollem Haar und auffallend schönen Zähnen, trug eine weite weiße Bluse, durch die ihre schlanke Gestalt ein wenig durchschimmerte, und eine enge blaue Jeans. Sie musste im Gedränge den Stuhl des kleinen M so nah umtanzen, dass er kurz in ihre Aura eintauchte.

Er war wie vom Blitz getroffen.

Ihre körperliche Ausstrahlung entsprach ihrem Aussehen: frisch, aufrecht, stolz, freundlich, weiblich.

Sie grüßte ihn im Vorbeigehen und wandte sich der Kundschaft zu: nicht anbiederisch, nicht verkaufsorientiert, sondern beratend, ohne ins Schwafeln zu geraten. Der kleine M staunte, wie gut sie über die Zusammensetzung und Wirkung der Produkte nach so kurzer Zeit Bescheid wusste.

Bei Feierabend kam sie mit ihrem netten Lächeln erneut auf ihn zu: „Hallo, du kennst mich nicht, aber ich kenne dich. Ich bin Heidrun und du bist der kleine M von *TV Wandsbek*. Ich bin ein großer Fan eurer Band. Habe euch schon ein paar Mal live erlebt."

Vergolft und versegelt

„Kommen Sie mal in mein Büro und machen Sie die Tür zu."

Anke Biross, die Buchhaltungs-Chefin von *Binaural*, machte es nicht besonders spannend: „Sie leisten hier eine sehr gute Arbeit. Der Chef ist äußerst zufrieden. Ich möchte Ihnen sagen, dass Sie dafür zu wenig verdienen. Ihre Vorgänger haben über 1.000 Mark mehr an Gehalt gehabt – da müssen Sie mindestens auch hin. Das nur als vertraulicher Tipp."

Hachfeld willigte in die neue Gehaltshöhe ein.

Darüber hinaus erteilte er dem kleinen M Handlungsvollmacht und ernannte ihn zum „Werbeleiter". Das war insofern ein bemerkenswerter Aufstieg als er als Werbesachbearbeiter allein in der

Abteilung war und als Werbeleiter auch. Er leitete sich also selbst – was zutreffend und qua Titel nun auch amtlich war.

Allerdings: Man weiß nicht, wie lange es Hachfeld mit diesen Entscheidungen gut ging. *Binaural* in Westdeutschland rauschte bergab. Sogenannte Im-Ohr-Geräte eroberten den Markt und *Binaural* hatte so etwas nicht. Auch im Hinter-dem-Ohr-Segment hatte man immer weniger Produkte, die hier gefragt waren. Rotterdam produzierte für den Weltmarkt – und der war scheinbar ganz anders strukturiert als der Markt in der BRD. Zwar konnten die Stückzahlen gehalten werden, aber nur durch immer niedrigere Preise. Der Gewinn tendierte gegen null.

Hachfeld ging auf Sparkurs.

Zunächst entließ er zwei von sechs Leuten im Außendienst.

Was einen weiteren Rückgang der Stückzahlen zur Folge hatte.

Dann kündigte er einigen Leuten in Werkstatt, Buchhaltung und Versand.

Was eine Verschlechterung der Service-Qualität zur Folge hatte.

Die Verbliebenen meinten scherzhaft, er würde bald alle nachhause schicken und sich dann mit Frau Biross, die ihm die schlechten Zahlen immer so schön aufbereitete, in Werkstatt und Versand ablösen.

Es zeigte sich schon bald, dass die Probleme, die *Binaural* in Hamburg hatte, auch global eintraten.

Das Management hatte die Produktentwicklung vergolft und versegelt.

Und wurde nun rausgekegelt:

„Wir müssen aus einer aristokratischen wieder eine dynamische Organisation machen!", erklärte der neue „Präsident" van Eck. Er schmiss das gesamte Führungspersonal in Rotterdam mit Yacht und *Jaguar* raus und kam selbst mit dem Fahrrad.

Er stellte den ganzen Laden derart spektakulär auf den Kopf, dass die *Tagesthemen* der *ARD* rund fünf Minuten über seine neue „Chaos-Organisation" berichteten.

Eine seiner ersten Reisen führte ihn nach Hamburg. Man hatte ihm erzählt, dass dort ein Werbeleiter tätig sei, der ähnlich unkonventionell dächte, wie er selbst.

The Agency in the Company

Wie immer, wenn es die Möglichkeit gab Entscheidendes zu verändern, durchdachte der kleine M die Dinge von Grund auf: *Binaural* war in rund 100 Ländern mit drei unterschiedlichen Marktstrukturen engagiert: in voll reglementierten Märkten mit staatlicher Gesundheitsversorgung (wie in Dänemark, DDR, England, VR Polen), in halb reglementierten, mit freien Akustikern und gesetzlichen Krankenkassen (wie in der BRD) und mit unreglementierten, wie zum Beispiel den USA.

Vorschlag des kleinen M: „The Agency in the Company", also „Die Werbeagentur innerhalb der Firma."

Es ging ihm darum, den Unsinn zu beenden, dass nahezu jedes der 100 *Binaural*-Länder sein eigenes Werbematerial erstellte, obwohl überall die gleichen Geräte eingeführt wurden. Oft mit der Unterstützung einer Werbeagentur, die ihrerseits um Unterstützung durch Begleichung ihrer Rechnungen bat.

Die interne „Agentur", die sich der kleine M ersann, sollte für jedes neue Produkt zunächst einmal das Fachmaterial liefern, das in allen Märkten gleichermaßen gebraucht wurde. Die halb reglementierten, die darüber hinaus Werbemittel benötigten, sollten künftig mit international einheitlichem Material beliefert werden und die unreglementierten Länder möglichst auch. Da letztere aber auch Verbraucherwerbung benötigten, die oft sehr landesspezifisch sein muss, sollte die gegebenenfalls lokal produziert werden können.

Alle zentral verfassten Texte sollten im jeweiligen Land frei „übersetzt" werden, denn in jedem Land gab es Markt-Besonderheiten, die sprachlich zu beachten waren. Der ganze Kram sollte dann in Rotterdam produziert und in der Welt verteilt werden.

Der kleine M war sich sicher, eine gute Lösung für einen global einheitlichen und dabei finanz- und zeitökonomisch sinnvollen Auftritt des Unternehmens in den verschiedenen Märkten gefunden zu haben.

Van Eck war nicht begeistert.

Er wollte in Rotterdam und allen Niederlassungen eine Mitarbeiterstruktur schaffen, in der viele an vielem mitwirken sollten, zum Beispiel Ingenieure an der Buchhaltung. So sollten alle eine Gesamtübersicht über das Unternehmen bekommen und nicht nur ihre Fachgebiete im Auge haben. Die Idee einer zentralen „Agentur in der Firma“ verurteilte er als Spezialistentum. Die Märkte sollten sich gegenseitig darüber informieren, was sie demnächst an Werbung planten.

Wer wusste, mit welch engen Zeitplänen zwischen Produktfreigabe und Markteinführung die nationalen Kampagnen entstehen mussten, wusste auch, dass van Eck hier einen Traum träumte, der schon geplatzt war, bevor er begann.

Auge um Auge, Stuhl um Stuhl

Mit dem neuen Präsidenten kamen nicht gleich neue Produkte. Mit anderen Worten: *Binaural* schlitterte weltweit weiter bergab – gern auch in der BRD.

Hachfeld hatte alle gefeuert, auf die er meinte verzichten zu können, nur an einem hielt er lange fest, obwohl der zu den Teuersten gehörte: am kleinen M. Jetzt hatte sich die finanzielle Schieflage der Hamburger *Binaural* aber so zugespitzt, dass Hachfeld in dem Werbefritzen einen Luxus sah, den er sich nicht mehr leisten konnte:

„Wir werden uns trennen müssen.“

Schluck!

Nicht, dass der kleine M sich Sorgen um seine finanzielle Zukunft machen musste. Er war noch keine 40 Jahre alt, gehörte also am Arbeitsmarkt noch nicht zum angerosteten Eisen. Außerdem hatte er tolle Angebote von anderen Firmen im Köcher – zum Beispiel aus Erlangen. Mit etwa 120.000 D-Mark Jahresgehalt, also dem Doppelten von dem, was er zurzeit verdiente.

Aber was sollte er in Erlangen außer viel Geld erlangen?

So sehr er die Werbe-Arbeit liebte, seine Freundinnen und Freunde liebte er mehr. Außerdem stand für ihn fest, dass er weder seine Mutter noch seinen kleinen Sohn in Hamburg zurücklassen würde.

Auch Stuttgart reizte ihn nicht.

Von dort kam ein besonders freundliches Beschäftigungsangebot von Gerd Herrlich, dem „Anführer" des Werbebeirats und Mitinhaber von *Mini-Elektronik*. Aber was zum Teufel sollte der kleine M in Stuttgart?

Eine Frage, die Gerd Herrlich gut verstand. Er war bereit, seine Marketingabteilung nach Hamburg zu verlegen, wenn der kleine M bei ihm anheuern würde.

Aber der kleine M wollte nicht.

Nicht weil er nicht wollte, sondern weil ihm klar schien, dass das auf Dauer keine Lösung sein konnte: Ein Werbefritze, der 700 Kilometer entfernt vom Ort des Geschehens residiert? Das hielt er schweren Herzens für nicht machbar und Herrlich stimmte schweren Herzens zu.

In Hamburg gab es sonst nur noch ein industrielles Hörgeräte-Kleinunternehmen, das nicht infrage kam und die nächst größere Firma saß in Bremen.

Deshalb wollte sich der kleine M an *Binaural* festhalten.

Er schrieb einen Brief an van Eck, schilderte die Lage bei *Binaural* Deutschland und begründete, warum er seines Erachtens wichtig für den Verbleib in der Firma sei; womöglich wichtiger als jemand der gar nicht mehr nach vorne, sondern nur noch an Konsolidierung dachte.

Hachfeld bekam eine neue Aufgabe im Konzern.

Die operative Geschäftsführung der Hamburger GmbH wurde einem Triumvirat aus der Buchhalterin Anke Biross, dem Audiologen Hans Schöller und dem kleinen M übertragen. Als „echter" Geschäftsführer wurde ein holländischer Kollege bei der Handelskammer eingetragen, der einmal in der Woche zur Besprechung kam und die Briefe unterschrieb, die während seiner Abwesenheit entstanden waren. Die wichtigste Aufgabe, die er für das Hamburger Dreier-Team hatte: „Sucht euch einen Chef, der zu euch passt. Wir steuern das Headhunting von Holland aus – und ihr müsst entscheiden wen ihr näher anschauen und letztlich als neuen Geschäftsführer haben wollt."

Prima Wetter!

Feierabend an einem dunklen Winternachmittag. Heidrun und der kleine M schauten aus dem Schaufenster von *Schön & Gut* hinaus auf die Grindelstraße. Hochgradige Ungemütlichkeit. Regen wurde von heftigen Böen fast waagerecht an die große Scheibe gepeitscht.

Sie kannten sich nun schon mehrere Wochen und er wusste, dass sie wegen ihres kleinen Sohnes immer schnell nach Hause wollte. Meist per Fahrrad und Öffies. Angesichts des Wetters bot er ihr deshalb an, sie samt Rad zur nahegelegenen U-Bahn-Station Schlump zu fahren.

„Das würde ich total nett finden."

„Na, denn mal los!"

Sie legten das Fahrrad in den Laderaum von *Binaurals* hellblauem *Opel Omega Caravan* und nahmen auf den vorderen Sitzen Platz. Ihre Nähe war ihm sehr angenehm und er spürte, dass es ihr nicht anders ging. Als er von der 800-Meter-Reise mindestens 150-Anstands-Meter mit ihr zurückgelegt hatte, fragte er: „Hast du Lust, dass wir uns mal privat treffen, auf ´ne Currywurst mit Bier?"

„Gern – aber nix mit anfassen oder so. Ich bin verheiratet und habe ein kleines Kind – da läuft nix dergleichen", erwiderte sie freundlich und entschieden.

Ich kann mir nicht vorstellen, dass der kleine M nicht wenigstens ganz am Rande auch „dergleichen" im Sinn hatte, aber das Interesse an ihr war eindeutig erstmal nicht zweideutig: „Nee, nee, keine Bange. Ich bin schließlich auch verheiratet. Ich finde dich einfach nett und interessant und würde mich gern mal ausführlicher mit dir unterhalten."

„Okay, können wir ja mal im Auge behalten."

Viel auf Lager

Der kleine M bemerkte an sich selbst, dass er versuchte an den Tagen, an denen Heidrun im Laden arbeitete, möglichst vor ihrem Feierabend einzutreffen. So sahen sie sich öfter.

Allerdings nicht zu Currywurst und Bier.

Alle paar Wochen machte er, außerhalb der Hörweite von Ingrid, einen Scherz darüber, aber es drängte beide nicht zur Eile.

Schön & Gut expandierte immer noch. Weitere Läden in Stadt und Land hatten die Produkte ins Sortiment aufgenommen und einige Leute bestellten auch schon per Postversand, so dass die Regale im neu gefliesten Keller als Lagerfläche nicht mehr reichten. Im Nebenhaus wurde eine Parterre-Wohnung frei.

Gemietet!

Als Lagerraum.

Heidrun bot sich an, dem kleinen M beim Umbau zu helfen.

Das war noch besser als Wurst essen.

Viele Tage standen sie von morgens bis abends Schulter an Schulter, holten alte Tapeten von den Wänden, klebten neue, abwaschbare dran, legten Linoleum aus, stellten Regale auf und befüllten diese mit den Flaschen und Tiegeln von *Schön & Gut*. Munter über viele Themen des Lebens plappernd.

Heidrun hatte das mit der Wurst scheinbar abgehakt.

Oder war auch ihr klar, dass der Charakter eines privaten Treffens nach der Renovierungszeit ein anderer wäre als zu der Zeit, in der man sich vage verabredet hatte?

Meldungen aus 1988

- **Beginn des Abzugs von etwa 115.000 sowjetischen Soldaten aus Afghanistan.**

Sie hatten den Krieg ebenso verloren, wie alle Staaten und Allianzen vor und nach ihnen. Dafür hatten die USA viele Afghanen und eine Unzahl von Söldnern aus aller Herren

Länder bis an die Zähne bewaffnet. Diese hatten nun die Sowjets vertrieben - und ihre Waffen behalten ...

- US-Militär schießt ein iranisches Passagierflugzeug ab.
- US-amerikanisches Passagierflug wird in der Luft gesprengt.
- Das US-Patentamt erlaubt erstmals gentechnische Versuche.
- George Bush (Senior) wird zum 41. Präsidenten der USA gewählt.
- **EG-Gipfel leitet Währungsunion ein**

Man legte ein „Bekenntnis zur Verwirklichung eines europäischen Binnenmarktes" ab. Im Vordergrund standen dabei

- Abbau von Beschränkungen auf dem Kapitalmarkt
- Liberalisierung verschiedener Branchen (also Aufhebung von Arbeitnehmer-Schutzrechten)
- Abschaffung von Grenzkontrollen für Waren.

Ach ja: und für Menschen.

Spaßterror

Es war nun etwa ein Jahr her, dass der kleine M Heidrun nach Wurst und Bier gefragt hatte. Seither waren sie sich oft begegnet und es war spürbar, dass sie sich an ihren Treffen erfreuten.

Und so hob er eines Tages den Hörer von der Gabel und rief sie zum ersten Mal bei ihr zuhause an:

„Wir hatten uns doch kürzlich zu Wurst und Bier verabredet, ich hab´ den Termin vergessen."

Sie lachte schallend. War offenbar nicht böse, dass er sie zuhause angerufen hatte, dort, wo sie mit Kind und Ehemann lebte. Man scherzte noch ein Weilchen, dann legten sie auf.

Minuten später war er wieder am Draht. Sie hätten beim ersten Gespräch vergessen den Termin zu besprechen.

Wieder lachte sie herzlich, plauderte und legte auf.

Minuten später war er wieder am Draht. Ob sie Currywurst lieber scharf äße oder mild.

Scherzchen, Scherzchen - aufgelegt.

Anruf: Welches Bier es denn sein dürfe.

Da sie sich immer noch köstlich amüsierte und keineswegs genervt wirkte, spielte er das Spiel wohl zehn Mal.

Dann hatte er einen Termin, eine Uhrzeit und einen Ort.

In ein paar Wochen.

Gorbi

Der kleine M verfolgte mit Schrecken, wie der Glanz Gorbatschows verblasste. Er hatte den Eindruck, dass Gorbi zu viel auf einmal angezettelt hatte: die unpopuläre Anti-Alkohol-Kampagne, die schwierige Glasnost-Initiative für mehr Demokratie, die Perestroika, für große Umstrukturierungen im politischen und wirtschaftlichen System der Sowjetunion sowie die „quasi Auflösungen" des *Rates für gegenseitige Wirtschaftshilfe (RGW)* und des *Warschauer Pakts*.

All diese Veränderungen gleichzeitig anzugehen, schien für die Sowjetunion und für ihn persönlich gefährlich zu werden. 1990, während der traditionellen Maiparade in Moskau, die bisher als Jubelveranstaltung organisiert worden war, wurden er und die sowjetische Staatsführung ausgepfiffen.

Auch die Anführer der DDR machten ihre Distanz zur Politik Gorbatschows deutlich, aber große Teile der Bevölkerungen beiderseits der Mauer verbanden viele Hoffnungen mit ihm.

Seelnot

„Um 19 Uhr in der *Titanic*", lautete die Verabredung, die sie vor ein paar Wochen getroffen hatten, das war eine Kneipe an der Stresemannstraße, „direkt gegenüber von Gurken-Kühne".

Der kleine M hatte zuvor Volker Perscheid besucht, der sich schon vor längerer Zeit von Beate und damit auch von Tom getrennt hatte und jetzt 100 Meter entfernt von der *Titanic* wohnte. Kurz vor sieben trat der kleine M aus dessen Haustür und sah Heidrun auf die Kneipe zusteuern. Er winkte. Sie winkte.

Und dann war Hollywood in Bahrenfeld!

Die beiden gingen stracks aufeinander zu, fingen an zu laufen, breiteten, wie von höheren Mächten getrieben, die Arme aus und fielen sich um den Hals. So, als wäre es das Normalste der Welt. Sie hielten sich einen Moment lang an einander fest und sogen den Duft der Nähe von einander ein.

Es folgte ein sehr vertrautes Gespräch ohne Wurst aber mit Bier und ein paar vorsichtigen Küssen.

Als sie die Kneipe verließen, war das letzte Eis geschmolzen.

Sie waren in der *Titanic* ineinander versunken.

Michael Jackson 1988

Mit der aktuellen Hit-Musik hatte der kleine M wenig am Hut. Er liebte damals Bluesgrass, Country, Westcoast Rock und die Songs aus seinen Jugendtagen. Ein neues Stück fand er allerdings richtig gut: „Bad“ - von Michael Jackson, für den er sonst nichts übrighatte.

Abgedrehter Ami.

Und dieser Abgedrehte hatte aufgedreht.

Im Volksparkstadion.

Live.

Sie hatten im Luruper Gänsestieg selten mal etwas von dem Fußballgegröle aus der nahegelegenen Arena gehört - aber Herr Jackson war auf der Terrasse gut wahrnehmbar.

„Gar nicht so schlecht“, dachte der kleine M ein wenig überrascht.

Das Geständnis

Nach dem ersten Untergang in der *Titanic* hatten sich Heidrun und der kleine M dort noch ein-, zweimal getroffen. Sie sahen sich auch tagsüber immer mal kurz, wenn er nun, statt zur Agentur, auf einen Kaffee oder Spaziergang zu Heidrun fuhr.

Es wurde Zeit:

„Ingrid, wir müssen reden."

„Ja?"

„Ich habe mich verliebt."

„Nein! - In wen?"

„In Heidrun."

„In Heidrun, dieses falsche Luder? Macht mir gegenüber auf Freundin und gräbt meinen Mann an?!"

„Sie hat mich nicht angegraben ..."

„Geht das also von dir aus?!"

„Auch nicht, es hat sich im Laufe des letzten Jahres einfach so ent..."

„Es hat sich einfach so entwickelt?! Ein Jahr lang? Und warum erfahre ich erst jetzt davon?!"

„Weil bis jetzt außer ein paar Kneipenbesuchen nichts gewesen ist, aber nun ..."

„Aber nun ist was gewesen?! Fickt sie besser als ich?! Die soll sich bloß nicht wieder im Laden sehen lassen, diese Schlampe!"

Ingrid war nicht mehr einzukriegen, auch nicht durch die Mitteilung, dass mit Heidrun sexuell überhaupt nichts am Laufen war. Sie wurde laut, bitter und ordinär. Nicht nur an jenem Sonntagmorgen, sondern auch Montag, Dienstag, Mittwoch, Donnerstag und Freitag.

Woche für Woche.

Beide fingen nach sieben Jahren Pause wieder an zu rauchen und begannen noch mehr Alkohol zu trinken als ohnehin schon. Der kleine M schaute fassungslos auf seine rasende, grenzenlos hassende Frau, die nicht zu einem einzigen konstruktiven Gedanken in der Lage war.

Heidrun machte alles so viel besser als Ingrid.

Und als der kleine M.

Sie hatte ihrem Mann schon nach den ersten Treffen gesagt, dass sie nun wisse, dass Liebe ein nach oben offener Gefühlszustand sei, den sie jetzt, mit einem anderen Mann, in neuen Höhen erreicht habe. Sie wisse, dass sie die Ehe nicht fortsetzen wolle, egal wie alles weiterginge.

So weit war der kleine M noch lange nicht.

Voll beschäftigt mit *Binaural*, *Schön & Gut*, Schadendorf, Gänsestieg, Tom und Lissi waren seine grauen Zellen nicht wirklich bereit, sich mit der größten Umwälzung zu beschäftigen, die eigentlich anstand.

Außerdem war mit dem geschenkten Haus in Lurup gerade die von ihm lang ersehnte Zukunftssicherheit eingetreten ...

Zerrissen

Ultimaten konnte er noch nie leiden.

Ingrids Forderung, er solle Heidrun nicht mehr treffen, konnte er schon aus Prinzip nicht folgen. Deshalb bat er seine neue Herz-Dame immer erst dann, wenn Ingrid gerade weniger Druck machte, dass sie vorerst bitte keinen Kontakt mehr haben sollten. Am Telefon ging das verhältnismäßig leicht, jedenfalls, wenn man es mit einem Abschied im persönlichen Gespräch verglich: Kaum war der Wunsch nach einer Kontaktsperre ausgesprochen, fielen sie sich in die Arme und heulten aus tiefster Seele. Aber: Von Heidrun war dann nichts mehr zu hören und zu sehen.

Einen Tag, zwei Tage, drei Tage – bis der kleine M wieder zum Hörer griff: „Currywurst?"

„Ja, gern!"

Es gab immer ein freundliches „Ja, gern." Keine Anfragen, keine Vorwürfe, nur ein „Ich freu mich." Vielleicht auch deshalb, weil ihr der kleine M seine innere Zerrissenheit immer ganz ehrlich schilderte. Die Zerrissenheit zwischen ihr und seinem aktuell als so gut empfundenen Leben.

Heidrun teilte ihr Reihenhaus in ein Herrenstockwerk und ein Damenparterre, dazwischen, im ersten Stock, lagen Kinderzimmer und Bad. Sie beendete also ihre Ehe und hätte guten Grund gehabt mal anzufragen, wie der kleine M sich die Zukunft so vorstellen würde.

Aber nein, das waren für sie zwei getrennte Dinge:

In erster Linie war da diese Liebe. Sie machte ihr klar, dass das, was sie die Jahre zuvor gelebt hatte, nicht das war, was sie weiterhin leben wollte.

In zweiter Linie war da dieser Mann, der verheiratet und damit unter Umständen nicht zu haben war.

Eheberatung

Die quälenden Streitereien in Alkohol und Zigarettenqualm zogen sich seit vielen Wochen.

„Lass uns zu einer Eheberatung gehen", schlug der kleine M vor. Er hatte die Hoffnung, dort würde er sich sortieren und seine Ehe retten können.

Ingrid willigte ein.

Bei *profamilia* gerieten sie an eine sehr einfühlsame Frau. Sie empfahl den beiden sehr offen und direkt mit einander zu reden, musste aber feststellen, dass sie das bereits direkter taten als gut war. Gegen den eingeschlafenen Sex empfahl sie Streicheleinheiten auf dem Bett, die nicht notwendiger Weise in einen Beischlaf münden müssten – aber die beiden hatten sich schon lange vor seinem Geständnis erfolglos wundgestreichelt,.

Da war die nette Beraterin denn auch beratlos.

Sie suchten sich einen niedergelassenen Therapeuten, einen Mann, der die Beiden viel provokativer anging als *fraufamilia*. Das gefiel ihnen gut, brachte sie einander aber auch nicht wirklich näher. Nach jeder Sitzung fing Ingrid schon auf dem Heimweg wieder mit den bekannten Vorwürfen und Beschimpfungen an.

Kassetten-Schwüre

Seit der Erfindung des Tonbandgerätes liebte es der kleine M Musiktitel nach eigenem Geschmack zusammenzustellen. Damals riefen ihn Freunde „Käpt´n Revox". Inzwischen war das Kassetten-

Zeitalter angebrochen, was nur das Speichermedium, aber nicht seine Leidenschaft verändert hatte.

Heidrun bekam Kassetten, die nicht einfach nur Lieblingslieder enthielten, sondern eine Musikmischung, die nach Ansicht des kleinen M die reinsten Sehnsuchts- und Liebesbekundungen waren.

Heidrun konnte diese Botschaften sehr gut verstehen und begann mit eigenen Zusammenstellungen zu antworten.

Die Liebe und das liebe Geld

Inzwischen waren es fast zwei Jahre, die sie sich kannten. Das erste hatten sie mit tapezieren und flirten zugebracht. Das zweite stand im Zeichen der *Titanic.*

Mitte dieses zweiten Jahres hatten sie angefangen miteinander zu schlafen.

Hallo: Mitte des zweiten Jahres!

Sie waren bereits viele Monate heillos ineinander verliebt, bevor sie zum ersten Mal Sex miteinander hatten! Wo gibt´s denn sowas? Bisher ließ stets der Beischlaf neue Beziehungen erwachen – und hier gab es erst die Liebe und dann den Sex ...

Leider geriet Heidrun wirtschaftlich in schwere See.

Ihr Mann war aus dem geteilten Reihenhaus ausgezogen und überließ es Mutter und Kind. Auch sonst verhielt er sich ihr gegenüber sehr fair und zahlte freiwillig Unterhalt – aber natürlich keine Miete mehr. Heidrun hatte nach *Schön & Gut* inzwischen einen Teilzeitjob in einem Reisebüro bekommen, aber mehr als ein paar Stunden die Woche wollte sie den dreijährigen Sohn nicht in fremde Obhut geben. Es waren also keine Reichtümer zu verdienen.

Vom kleinen M wollte sie ohnehin keinen Pfennig und so begann sie nach einer Untermieterin zu suchen, was irgendwie auch blöd war, weil der freie Platz in dem kleinen Haus, den ihre neue Liebe hätte einnehmen können, dann durch eine Mieterin belegt sein würde.

Steffen Siebert

Das Comic-Projekt mit dem kleinen M war seit einiger Zeit beendet, aber Siebert hielt den Kontakt aufrecht.

Was der kleine M nicht wirklich verstand.

Steffen Siebert war aus feinem Hause, gut gebildet und sehr belesen. Der kleine M konnte ihm kein gleichwertiger Gesprächspartner sein. Er konnte nur darüber staunen, was Steffen ihm alles erzählte und der erzählte sehr viel. Eines Tages fragte der kleine M ihn deshalb ganz direkt, was er eigentlich von ihren Treffen hätte.

„Du bist der erste Mann, der nicht in Konkurrenz mit mir geht - und deshalb kann ich bei dir darauf verzichten mich aufzublasen, was im Grunde ja ohnehin lächerlich ist, wozu ich aber neige. Außerdem bist du einer der Wenigen, die ich kenne, die abhängig beschäftigt sind. Ich finde die Geschichten aus deinem Leben mindestens so interessant wie du meine."

Neben der Bildungs-Schieflage irritierte den kleinen M Sieberts Kampf mit seiner Kindheit und den Folgen für sein Leben. Der kleine M war der Ansicht, mit vierzig sollte man die Sachen mit Vati und Mutti erledigt haben.

Steffen nannte das Verdrängung.

Erst viele Jahre später kapierte der kleine M, was sein Freund und dessen Bruder in der Kindheit durchgemacht hatten, dass sie seelisch so erschüttert worden waren, dass sie ihr ganzes Leben damit zu tun haben würden.

Siebert fing immer wieder an von seinen vielfältigen psychotherapeutischen Erfahrungen zu erzählen und der kleine M begann davon zu profitierten - im Grunde wider Willen. Er bemerkte nach den Treffen, dass er selbst anfing sich und seine Gefühle und sein eigenes Erleben bewusster zu beachten.

Und in Worte zu fassen.

Bis er seinem intellektuellen Freund eines Tages sagen konnte: "Du bist der wichtigste Mann in meinem Leben."

Tränen

Ingrid pütscherte im Haus herum, Siebert und der kleine M machten ihre erste gemeinsame Runde durch den Garten am Gänsestieg. In der Hand ein Glas Riesling. Dann setzten sie sich auf der vorderen Terrasse in den abendlichen Sonnenschein. Steffen fand es „Ein sehr schönes Plätzchen hier."

Der kleine M blickte um sich, so als würde er das auch zum ersten Mal bemerken. Er hielt das Gesicht abgewandt, denn dicke Tränen traten ihm in brennende Augen. Als er sich wieder zu Siebert umdrehte, tropften sie groß und nass auf Tisch. Mit trockenen Stimmbändern krächzte er so leise, dass Ingrid ihn im Haus nicht hören konnte: „Ja, aber ich fürchte nicht mehr lange – jedenfalls nicht für mich."

„Bitte?"

„Ich habe mich in eine andere Frau verliebt und kriege das hier mit Ingrid nicht wieder auf die Reihe."

Jetzt bekam auch Steffen feuchte Augen.

Er erzählte von einem jungen Mädchen, das er kennengelernt hatte. Sie war so viel freier und unkonventioneller als er und seine Frau im Laufe vieler Jahre geworden waren. Die junge Frau hatte ihn mit zu sich genommen, in eins der besetzten Häuser der Hafenstraße, und mit ihm geschlafen. Bei sperrangelweit offener Tür zum belebten Flur.

Dieses Erlebnis hatte ihn durchgeschüttelt.

Nicht weil er sich in die junge Frau verliebt hatte, sondern weil er seither mit anderen Augen auf sein eigenes Leben sah. Auf all die geschlossenen Türen – auch in seiner Ehe. „Ich weiß auch nicht, wohin mich diese Erfahrung noch führen wird", schniefte er ahnungsvoll und wischte sich mit dem Unterarm über die nassen Augen.

Nach einer Minute hatten sie sich wieder im Griff – aber diese eine Minute war Steffen Siebert so tief unter die Haut gegangen, dass er in den folgenden Jahren immer mal wieder darauf zu sprechen kam: „Wir haben zusammen geweint, weißt du noch? Du bist der einzige Mann, mit dem ich weinen konnte, das bedeutet mir unendlich viel."

Symbiotisiert!

„Wissen Sie was eine Symbiose ist?", fragte der Eheberater im Spätherbst des Jahres 1988.

„Nicht so genau. Ist eine voneinander abhängige Lebensgemeinschaft, oder?"

„Wir sprechen von einer Symbiose, wenn zwei Leben so miteinander verschmelzen, dass der eine ohne den anderen nicht leben kann. So etwas gibt es bei Pflanzen, bei Tieren und bei Menschen – und in meiner Wahrnehmung leben Sie beide in so einer Symbiose."

„Aha?" Ingrid und kleine M sahen sich etwas ratlos an.

„Wann ist eine Liebe Ihrer Meinung nach besonders intensiv?", fragte der Berater.

„Tja ..., wenn man sich gerade kennengelernt hat, denke ich", löste der kleine M diese nur mittelschwere Frage.

„Und warum ist das wohl so?"

„Naja, weil man sich noch nicht so gut kennt und eine Menge neuer Erfahrungen miteinander machen kann."

„Richtig! Weil zwei zu dem Zeitpunkt autonome Menschen bereit sind, einen Teil ihrer Autonomie zugunsten der neuen Beziehung aufzugeben. Der Kern der Sache ist also, dass sie unabhängig voneinander sind. Und das wissen. Und positiv registrieren, wenn ihr Gegenüber aus Zuneigung ein Stück Autonomie aufgibt. Bei Ihnen habe ich den Eindruck", wandte er sich an den kleinen M, „dass Sie in Ihrem Bemühen um ein gleichberechtigtes Leben für Ihre Frau nicht nur ihre eigenen Interessen, sondern Ihre gesamte Autonomie aufgegeben haben."

„Ui", staunte der kleine M.

„Ja – und das vermutlich in bester Absicht! Was Sie nicht hinbekommen, junger Mann, ist die Unterscheidung zwischen dem Anspruch Ihrer Frau auf ein gleichberechtigtes Leben – und Ihrem eigenen Recht, Ansprüche haben zu dürfen! Ansprüche, die den

Interessen Ihrer Frau womöglich sogar entgegenstehen können, zum Beispiel was Tom betrifft. Aber Sie sind zu konfliktscheu und zu harmoniesüchtig, um das austragen zu können."

Der kleine M wurde richtig klein.

Ihm dämmerte, dass da viel dran sein konnte - aber der Psychologe war noch nicht fertig:

„Hier", sagte er und reichte ein Taschenbuch, „das tut man eigentlich nicht in meinem Beruf, aber nehmen Sie dieses Buch mal mit, dann werden Sie mich noch besser verstehen."

Er drückte dem kleinen M eine Bibel in die Hand, die nicht Bibel hieß, aber für den kleinen M zu einer wurde: *Das Nein in der Liebe.*

Es werde Licht!

Das Nein in der Liebe.

Er verschlang das dünne Büchlein wieder und wieder. Außer dem Titel, der eigentlich schon alles sagt, fand er noch einen zweiten Satz, der ihm im Hinblick auf die Rettungsversuche seiner Ehe sehr bedeutsam schien:

Noch nie hat ein Argument die Liebe gerettet.

Was für ein Satz!

Wenn die Liebe nicht mehr da ist, ist es zu spät, um mit viel Gerede über die schönen Jahre, die man hatte, oder das gemeinsame Haus, das man besitzt, die Liebe wiederzubeleben. Man muss die Liebe lebendig halten, solange sie ihren Namen verdient. Sie darf nicht dem alltäglichen Pensum untergeordnet werden. Sie muss ihre Zeit bekommen – immer und immer wieder.

Ist die Liebe erst gestorben, kann kein Argument sie wiederbeleben.

Bei Ingrid und dem kleinen M war sie im Laufe fleißiger Jahre still und leise in Aktivitäten untergegangen.

„Waren sie nicht gut, die letzten Jahre?"

„Doch."

„Haben wir uns nicht gegenseitig zu neuen Berufen verholfen?"

„Doch."

„Sind sie nicht erfüllend?"

„Doch."

„Verdienen wir nicht sehr gutes Geld?"

„Doch."

„Haben wir nicht zwei schöne Häuser?"

„Doch."

„Schaffen sie nicht eine Menge sozialer Sicherheit?"

„Doch."

Alles richtig - und alles nicht tauglich, die verstorbene Liebe zu reanimieren.

Es war vorbei.

Lissis Angebot 1988

„Du kannst ja erstmal wieder bei mir wohnen. Ich finde es sehr gut, dass du dich trennen wirst. Ingrid war überhaupt nicht die Richtige für dich. Vollkommen herzlos. Kalt wie eine Hundeschnauze."

Und nu?

Am 06.12.1988 stand der kleine M mit einem Koffer und einer Reisetasche im gläsernen 50er-Jahre-Vorbau des kleinen Reihenhauses am Ginsterring in Norderstedt.

Er drückte auf die Klingel.

Eine junge Frau öffnete und erstarrte.

Für Sekunden.

Ihr Blick fiel auf sein Gepäck:

„Kommst du jetzt zu uns?"

„Ja, wenn du das nach all dem, was gewesen ist, immer noch willst?"

„Ich freu mich so.

Ich kann kaum sprechen.

Komm rein!"

IV. Heidrun

Heilige Nacht

Ein Partnerinnenwechsel zur Weihnachtszeit bringt besondere Herausforderungen mit sich. Lissi, Ingrid und der kleine M waren am 24. meist bei den Schütts gewesen, bei Ingrids Eltern. Lissi war damit im Grunde nie einverstanden gewesen. Viel lieber hätte sie ihren Sohn bei sich am Scheideweg gehabt – ohne die in ihren Augen herzlose Schwiegertochter. Aber wenn sie den „Heiligen Abend" mit ihrem Sohn verbringen wollte, war ihr nichts anderes übrig geblieben, als zu den Schütts zu fahren. Allerdings nie ohne vorher eine ihrer bitteren Weisheiten zu wiederholen: „Wenn sich ein Paar findet, bekommt die Familie der Braut einen Sohn hinzu und die Familie des Sohnes verliert ihr Kind."

Nun war der Sohn an eine andere Familie verloren und Ingrid hatte Grusel vor dem ersten „Heiligen Abend" ohne den kleinen M.

Dieser schlug seiner Mutter deshalb vor, dass sie den Abend noch einmal so verbringen sollten, wie in den letzten Jahren: mit Ingrid, bei den Schütts.

„Um Gottes Willen, keinen Fuß setze ich mehr über deren Türschwelle, schon gar nicht am Heiligen Abend!", entrüstete sich Lissi.

„Aber die Schütts haben uns doch nichts getan, ich bin doch derjenige, der weggegangen ist. Ich finde das total nett von der Familie, dass wir trotzdem willkommen sind."

„Ohne mich!"

„Heißt das, wir feiern getrennt?!"

„Das will ich nicht hoffen. Du wirst doch deine Mutter nicht wegen *der* am Heiligen Abend allein lassen, oder?"

„Lissi, du bist doch Christin. Am ‚Heiligen Abend' bittet Ingrid noch einmal um die vertraute Runde. Das ist doch fast wie das Anklopfen in Bethlehem. Da kannst du doch nicht ernsthaft Nein sagen."

„Doch, kann ich!"

Diesmal gab er nicht Ingrid, sondern seiner Mutter nach und entschied sich für das Angebot, das Heidrun gemacht hatte: Mit Lissi zu Familie Börner, denn allein mit seiner Mutter tränenselig vor dem Fernseher kam für ihn überhaupt nicht infrage.

Der kleine M und Mutter Börner kannten sich bereits aus dem *Osdorfer,* bevor der kleine M und Heidrun sich überhaupt zum ersten Mal gesehen hatten. Sie waren sich lange vor diesem Weihnachtsfest schon sehr sympathisch und nun, 1988, feierten sie den „Heiligen Abend" gemeinsam mit Mutter Börners erwachsenen Kindern Heidrun, Helene und Dietmar, mit Heidruns Sohn Klaas, ihrem neuen Freund, dem kleinen M, und mit Lissi.

Lissi war begeistert von der neuen Familie!

Sie empfand Heidrun als herzenswarm und Frau Börner so christlich wie sich selbst.

Für sie wurde es eine wahrlich heilige Nacht.

Klaas

Der kleine M war nicht nur bei Heidrun eingezogen, sondern auch bei Klaas, ihrem fast vierjährigen Sohn. Klaas war ein willensstarker kleiner Kerl. Wenn ihm mit dem neuen Mitbewohner etwas nicht gepasst hätte, wäre es schwierig für die Drei geworden. Aber Klaas kletterte schon bald auf die Knie des kleinen M und nuckelte zufrieden an seinem Schnuller.

Was auch seinen Eltern zu verdanken war.

Die beiden gingen nach wie vor sehr fair miteinander um. Sie behielten das gemeinsame Erziehungsrecht für ihren Sohn und nahmen es beide ernst. Zum kleinen M sagte Heidrun: „Ich bin überzeugt, dass du deinen Weg mit Klaas findest. Ich erwarte da gar nichts von dir. Mache es so, wie es für dich und für euch gut ist."

Und so war vom ersten Tag an klar, dass kein neuer Vater eingezogen war, sondern ein neuer Mann der Mutter.

Aber auch der musste natürlich getestet werden.

Während einer langen Autofahrt, bei der der kleine M am Steuer saß, bewarf ihn Klaas von der Rückbank mit Spielsachen.

„Hör bitte auf damit Klaas, das tut erstens weh und ist außerdem gefährlich beim Autofahren."

Zack, das nächste Teil traf den Kopf des kleinen M.

„Klaas bitte! Lass das!!"

Zack und zack und zack, es flog ein Teil nach dem anderen.

Der kleine M stieg auf die Bremse, aus dem Wagen, öffnete die Tür neben Klaas, packte ihn fest an beiden Ärmchen, sah ihn sehr zornig an und sagte mit lauter fester Stimme: „Das lasse ich mir nicht von dir gefallen! Wenn du mir absichtlich wehtust, tue ich das auch!" Sprach's und drückte noch ein bisschen fester zu.

Klaas flossen sehr dicke Tränen aus sehr erstaunten Augen.

Der kleine M schwor mir, dass es der erste und der letzte Streit der beiden war, der mit Anfassen ausgetragen wurde.

Natürlich bekamen sie später auch all die Probleme, die Erwachsene und Jugendliche unter einem Dach bekommen, aber zuvor gab es manche Belohnung für ihr geglücktes Zusammenleben: Der kleine M bekam all die Freuden mit, die es man erleben kann, wenn Kinder Leute werden. Zum Beispiel wenn plötzlich das Licht ausgeht und der Knabe vermutet, dass die Versicherung rausgesprungen sei. Oder wenn er mal wieder Salagne zu essen wünschte.

Die schönste Belohnung gab es für den kleinen M als Klaas etwa 8 Jahre alt war: „Es ist so nervig in der Schule zu erklären, wer du bist. Kann ich nicht einfach sagen, dass du mein Vater bist?"

„Klaas, die Frage macht mich ganz stolz. Wir beide wissen ja, dass Joachim dein Vater ist, aber wenn du das mit den beiden Männern nicht immer erklären willst, dann sage gern, dass ich dein Vater sei. Ich freue mich darüber." Mein Freund war also zum zweiten Mal Vater geworden.

Klaas seinerseits hatte im kleinen M einen Beschützer bekommen, den er genauso brauchte, wie der kleine M einst den Polizeipräsidenten von Berlin. Und einen Mann, der mit ihm vieles besprach, was so besprochen werden muss. An dem er sich aber auch reiben konnte. Und der bei Konflikten mit Heidrun als Doppelagent diplomatisch hilfreich war.

Meldung aus 1989

- **In Polen wird die seit 1982 verbotene „päpstliche Gewerkschaft" *Solidarnosc* wieder zugelassen.**

Diese Wieder-Zulassung hatte sicher nichts mit demokratischen Entwicklungen im sozialistischen Polen zu tun, sondern war ein taktisches Manöver, der infolge der von Streiks und großem Widerstand geschwächten Regierung.

In diesem Zusammenhang darf sich die katholische Kirche über den Lacher des Jahrtausends freuen, wenn sich im Internet folgendes Zitat findet:

„Johannes Paul II. wird ein großer Einfluss auf die Demokratisierung seines Heimatlandes Polen zugeschrieben."

Jaaa! So demokratische Institutionen wie der lebenslängliche Papst und die frauenlose katholische Kirche sind natürlich prädestiniert dafür, Staaten zu demokratisieren!

China

Seit Beginn der Wirtschaftsreformen von Deng Xiaoping ab 1978 hatte sich China stark verändert. In dem bis dahin egalitären sozialistischen Staat war es aufgrund von neuen Sonderwirtschaftszonen, mit marktwirtschaftlichen Mechanismen, zu Gewinnern und Verlierern also zu erheblicher Ungleichheit gekommen. Inflation und Korruption hatten sich ausgebreitet.

Man darf unterstellen, dass „der Westen" diese Konfliktherde in alter Manier nutzte, um Unruhen zu verschärfen, den Staat zu zerlegen und dann in einem Gebiet mit damals 1,1 Milliarden Konsumenten, den Segen des Kapitalismus zu verbreiten.

Jedenfalls kam es Ende der 1980er Jahre zu Unruhen sozial Benachteiligter und zeitgleich forderten Studierende mehr Demokratie. Es entwickelte sich eine regierungsfeindliche Massenbewegung, die auch gewalttätig wurde und beispielsweise Polizisten an Straßenlaternen aufgehängt haben soll. Bei den dann folgenden Auseinandersetzungen um den besetzten Tian´namen-Platz beendeten Soldaten das Ganze in einem Blutbad, dessen Ausmaß von vielen

Seiten sehr unterschiedlich beschrieben wird, und zum Ende der Unruhen führte.

Am Ende des Gänsestiegs

Für die Renovierung des neuen Hauses im Gänsestieg hatten sie ihre Konten geplündert - 60.000 D-Mark - und damit alles verspachtelt und verklebt, was noch drauf gewesen war.

Rein juristisch hätte dem kleinen M bei der Scheidung wohl die Hälfte des Hauswerts zugestanden, auch vom Wert der 2.000 Quadratmeter Hamburger Bodens, aber keine Sekunde hatte er die Absicht, sich „sein" halbes Haus zu nehmen, es hätte Ingrid zum Auszug gezwungen, wenn sie ihn hätte auszahlen müssen. Vor allen Dingen dachte er aber an seine Schwiegereltern, die ihr Leben lang dafür geschuftet hatten, ihren Töchtern eine ökonomisch gesicherte Zukunft zu verschaffen. Nein, moralisch stand ihm vom Gänsehaus nichts zu.

Was er mitnehmen wollte waren 20.000 D-Mark für seinen Neustart, die leider nicht mehr auf den Konten waren.

Ingrid war empört über diese unverschämte Forderung. Sie begann im gemeinsamen Bekanntenkreis die Geschichte vom geldgierigen Weiberhelden zu erzählen. In Osdorf berichtete man sich, er sei mit ihrer blutjungen Frisörin durchgebrannt.

Trotz dieser Giftschleuderei, und der anfänglichen Weigerung ihm auch nur einen Bruchteil des gemeinsamen Eigentums zu überlassen, war Ingrid beim anwaltlichen Scheidungstermin klug genug die Zahlung der 20.000 D-Mark zu akzeptieren - in Raten von 500 Mark monatlich. Bei Verzicht auf das Haus in Schadendorf und auf Rentenansprüche gegenüber dem kleinen M, die nach nur sechs Jahren Ehe ohnehin nicht unermesslich waren.

Gemessen an der Aufteilung vom Gänsehaus und dem florierenden Laden *Schön & Gut*, war diese Vereinbarung ein purer Hauptgewinn für sie.

Und für ihn:

„Wie hätte ich mit dem Wissen fröhlich werden können, Ingrid ihr neues Zuhause und ihren Eltern die Belohnung für 40 Jahre

Küchen- und Kneipendienst genommen zu haben? Lebenslänglich hätte mich das belastet – nun konnte ich unbeschwert in eine neue Ära starten."

Sie war bei einer Freundin, als er seine Sachen packte.

Er hatte Heidruns Schwester Helene an seiner Seite, die er ja schon als Nachbarin aus der Tegetthoffstraße kannte.

Heulend baute er einige der Garderobenschrank-Elemente ab, die er erst kürzlich aufgebaut hatte, nahm einen fetten Sessel, ein paar Gartenstühle, etwas Klöterkram und seine persönlichen Unterlagen an sich.

Als die beiden abfahrtbereit im gemieteten Transporter saßen, schlug Helene ihm vor: „Dreh dich nochmal um und sage Tschüss, es war eine gute Zeit, aber nun ist sie zu Ende."

Schluchzend und mit bebender Stimme folgte er der Empfehlung und hatte tatsächlich das Gefühl, dass ihn dieses Ritual stärkte.

Norderstedt zum Zweiten

Wenn ein geborener Hamburger irgendwo ganz bestimmt nicht wohnen will, dann sind das Pinneberg und Norderstedt. Das ist alles „ganz weit draußen" und „mausetot".

Meint „der Hamburger".

Und der kleine M war schließlich einer.

Schon wenn er sich mit dem Auto gelegentlich die Langenhorner Chaussee hochmanövriert hatte, eine zweispurige Straße, die damals vierspurig befahren wurde, dachte er „Nee, die Fahrerei nach Norderstedt ist mir echt zu stressig. Ein Glück, dass ich hier nur alle Jubeljahre mal längs muss." Nun musste er öfter mal.

In Norderstedt selbst sah er dann überall kleine weiße Reihenhaus-Siedlungen mit braunen Dachziegeln, die wie ein Ei dem anderen glichen: Auf der Eingangsseite mit engen Riffelglasvorbauten, der Rückseite mit schmalen Terrassen, die durch Mauern aus rauteförmigen 50er-Jahre-Glasbausteinen getrennt waren und handtuchgroßen Gärten in Jägerzäunen.

Der Inbegriff von Oberpiff!

Jetzt zog er mit seinen Schrankelementen in dieses Norderstedt, in ein kleines weißes Reihenhäuschen mit braunen Dachpfannen, Riffelglasvorbau, raute-förmigen 50er-Jahre-Glasbausteinen auf der Terrasse und Jägerzäunen in der Nachbarschaft.

Wie das Leben so spült.

Schickimicki?

Heidrun war gelernte Erzieherin.

Ihre Wohnung war im IKEA-Kellerregal-plus-Nostalgiemöbel-Look gestaltet. Durch diese Phase mussten damals alle mal durch, weil´s „in" war. Dank seiner Jahre mit Ingrid lag diese Art der Möblierung lange hinter ihm, aber trotzdem enthielt er sich jeglichen Kommentars, denn Heidrun war in sich so schön eingerichtet, dass die Möblierung des Hauses wurscht war.

Unter seinen Mitbringseln fand sich ein kleiner Bilderrahmen, in dem ein rotes Herz prangte auf dem stand: *Noch nie hat ein Argument die Liebe gerettet.* Eine wenig schöne aber höchst bedeutsame Arbeit des kleinen Meisters. Heidrun hatte nichts dagegen, dass er sie aufhängte: Im Wohnzimmer – an prominentester Stelle, über dem Matratzenlager, das ihr seit der Aufteilung des Hauses in den Frau- und Mann-Bereich als Bett und Sofa diente.

Als sie es sich mit dem kleinen M dort zum erstmal gemütlich gemacht hatte, kam sie mit zwei vollen Biergläsern aus der Küche zurück. Statt verführerischer Dessous, die er weder gewünscht noch erwartet hatte, gab es trotzdem eine Überraschung: Sie trug ein blaues Schlapper-Lapper-T-Shirt und eine viel zu weite, braun-weiß gestreiften Schlafanzughose ihres Opas, die ihr bei jedem vierten Schritt vom Körper rutschte, kurz vor dem Totalabsturz mit den Ellenbogen gerettet und per Bauchtanz wieder auf Hüfthöhe gebracht wurde. – Fernsehreif!

Eine Liebe und zwei Leben

Der kleine M ging davon aus, dass er die gemeinsamen Einkünfte mit Heidrun teilen würde. Er hatte es immer noch nicht kapiert, dass man nicht alles verschmelzen muss, nur weil man sich liebt.

Für seine gut sieben Jahre jüngere Heidrun schien hingegen völlig klar zu sein, dass für die beiden jetzt zwei Leben unter einem Dach stattfanden und nicht ein gemeinsames: „Du verdienst so viel mehr Geld als ich, davon sollst du dir ein schönes Leben machen. Ich werde immer darauf achten, dass ich mich und mein Kind aus eigener Kraft versorgen kann - dafür bist du nicht zuständig."

„Man muss das Prinzip der getrennten Kassen ja nicht bei jeder Gelegenheit ausleben," relativierte der kleine M mir gegenüber die Regelung. „Zum Beispiel bei Urlauben". „Aber", sprach er mit leuchtenden Augen weiter, „mit dieser Regelung war nicht nur die Finanzsymbiose verhindert, es war auch ein großes Stück Freiheit gewonnen! Plötzlich hatte ich den Luxus, mein Geld nach eigener Lust und Laune verprassen zu können. Oder es zu sparen. Außerdem griff man nicht mehr ins gemeinsame Familien-Portemonnaie, wenn man eine Freude machen wollte, sondern ein Geschenk war wieder ein Geschenk.

Wie der Einstieg in das Leben mit dieser Frau!"

Home-Studio

„Ich möchte mir einen alten Traum erfüllen - dafür hätte ich gern das Dachzimmer für mich, wenn das möglich wäre."

„Kein Problem. Darf man fragen, was der alte Traum ist?"

„Ein eigenes Ton-Studio. Ich bin nicht glücklich mit den LPs der *Wandsbek*-Gruppen. Wir hatten immer viel zu wenig Zeit, um etwas Gutes zu produzieren, und da ich jetzt in keiner Band mehr bin, habe ich die Zeit und die Ideen mich an eigenen Produktionen zu versuchen."

„Ich freu mich, dass du das jetzt und hier probieren willst."

Er kaufte sich eine gebrauchte 16-Spur-Tonbandmaschine, die vorher von der damals sehr bekannten Band *Truck Stop* genutzt worden war. In Kombination mit einer digitalen Drum-Maschine der ersten Generation und seinem Atari-Rechner gelangen zwar keine Klangwunder, aber eine Reihe von CDs, die er lebenslänglich in Ehren hielt.

Die erste Produktion war mit Freunden und Bekannten, die jeweils ihren Lieblings-Hit einsingen konnten. Das Werk hieß „Just for Fun". Es folgte „Einerseits + Andererseits", ein Versuch, Themen „Einerseits" aus weiblicher und „Andererseits" (im folgenden Lied) aus männlicher Perspektive zu betrachten.

INFO Songliste der CD von *Se Bürotiks*

Einerseits + Andererseits (ca. 1991) **01 Auf kurzer Reise:** Sie will sich entwickeln, in der kurzen Lebenszeit, die Menschen haben, **02 Komm lass mich hier:** Er hat keinen Bock auf Entwicklung, **03 Du müsstest stärker sein:** Sie wünscht sich von ihm mehr innere als äußere Stärke, **04 Hängepartie:** Er beklagt einen gescheiterten Sexualkontakt (zweite Textversion des Liedes), **05 Leere Worte**: Sie findet „Worte können alles was man tut so gut verdreh'n", **06 Wolkenschlösser:** Er singt von Erfolgsmenschen, die nicht loslassen können, **07 Doktor Chaos**: Sie meint „Ich bin hier nicht das Ordnungsamt", **08 Prinzessin Saubermann:** Er zum Aufräum- und Putzfimmel einer Frau, **09 Großfahndung:** Sie nimmt jeden Mann, der noch was fühlen kann, **10 Louise:** Er ist gerührt von der kleinen Tochter eines Kollegen

Dann kam die CD „Rinderwahn und Schweinepest und Freie Fahrt für alle", eine CD, die der kleine M mit seinen sehr begrenzten instrumentalen Möglichkeiten fast allein einspielte. „Freie Fahrt für alle" bezog sich auf die damals sehr umstrittene Kampagne des *ADAC**: „Freie Fahrt für freie Bürger", gegen eine Geschwindigkeitsbegrenzung auf deutschen Autobahnen.

**(Allgemeiner Automobilclub Deutschlands)*

INFO Songliste der CD

Rinderwahn und Schweinepest und freie Fahrt für Alle 1995 **01 Menschliches Versagen:** Sex im AKW, **02 Klons:** Ein Lied über die Technologie des Klonens, **03 Rettet die Natur:** Doppeldeutiges Lied über die Wärmeabgabe einer „heißen" Frau und die Lust des eines Mannes, **04 Täxmän:** Nach Text und Musik der Beatles, **05 Wir kommen:** Erste Version von „Früher", einem Lied über deutsche Militäreinsätze, **06 Für nichts:** Antikriegslied nach Waders „In der Champagne", **07 Schräge Vögel:** Für die Aufrechten in Deutschland, **08 It´s a B.G.´s world:** Lied mit Anspielungen auf damals gängige Werbeslogans , **09 Wählen macht Sinn:** Oder nicht? **10 Wenn ich richtig reich wär:** Fantasie nach dem Titel aus „Anatevka", **11 Stärker als Daimler-Benz:** Plätschernder Bach mit Vogelgezwitscher, **12 Das Märchen vom bösen Onkel Karl**: Was der kleine M über Marx zu wissen glaubte.

Dann durfte „Agentur-„ und Musik-Freund Konrad sich verwirklichen und schuf die CD „Country Käse", die, wie sich aufgrund des Titels denken lässt, ungefähr so inhaltsschwanger war, wie „Just for Fun". Aber mindestens genauso gut.

Im Laufe der folgenden Jahrzehnte entstanden für Freundinnen, Freunde und besonders nette Leute, um die 50 Produktionen im *Magic Carpet Studio* mit dem knallroten Teppich. Wer richtig schön humanistische Inhalte hatte, brauchte nichts zu zahlen.

Eine ganz besondere Produktion, aus vier CDs bestehend, war „Kommunisten aus drei Generationen berichten aus ihren Leben". Die Idee entstand als Heidrun und der kleine M eine Kassette in miserabler Ton- aber toller Erzählqualität in die Hände bekamen, auf der ein Kommunist aus seinem Leben erzählt. Seine Geschichte begann im Jahr 1918, Achtung!: mit einem Gammelfleischskandal in Hamburg! Das Thema wurde in den folgenden 100 Jahren immer wieder mal aktuell, weil irgendwelche Verbrecher mehr Geld mit Fleisch verdienen wollten als am Knochen war.

Diese Kassette, und damit auch die erste der vier CDs, endet 1945 mit Berichten von Widerstandsaktionen gegen die Nazis.

Auf den CDs zwei und drei berichtet ein Ehepaar, das die Nazi-Zeit als Kinder erlebt hatte, über die Jahre 1933 bis 2003. Sie war sogenannte „Halbjüdin" und er Sohn linker Sozialdemokraten. Nach dem Krieg traten beide in die *KPD* ein und er ging in der jungen BRD dafür gleich mal in den Knast. Seine Frau erzählt auf der CD unter anderem, wie sie ihn dort besuchte und ihr gemeinsamer Sohn auf dem Tisch zwischen ihnen seine ersten Gehversuche vorführte.

Auf der vierten CD (1960 bis 2004) ist ein Interview mit einem Kommunisten, der rund zehn Jahre jünger ist als der kleine M. Er berichtet unter anderem, dass sich seine politische Einstellung ursprünglich aus dem christlichen Gedankengut gespeist hat.

Nach Winnetou und Wyatt Earp hatte der kleine M ihn leider nicht gefragt.

Bindungsangst?

Das Leben mit Heidrun war leicht.

Federleicht.

Sie ließ ihn in jeder Hinsicht gewähren.

Wenn er in Norderstedt eintraf sagte sie manchmal: „Schön, dass du dich entschieden hast, wieder hierher zu kommen."

„Wo soll ich denn sonst hin, ich habe doch alle meine Sachen hier?"

„Klar hast du deine Sachen hier, aber die müssen dich ja nicht davon abhalten, diese Nacht woanders zu verbringen."

Womit sie leider nicht Unrecht hatte.

Seit der Trennung hatten Ingrid und er ihre Autonomie wiedergefunden – und damit auch das lange vermisste Begehren.

„Es tut mir leid, dass ich dir damit wehtue."

„Es tut gar nicht so weh, es macht nur Angst. Angst, dass du wieder gehen könntest."

„Ich kann nicht versprechen, dass ich für länger bleiben werde, aber ich weiß sicher, dass ich nie zu Ingrid zurückgehe."

Zu allem Überfluss hatte er zeitgleich auch noch etwas mit einer sehr jungen Kollegin bei *Binaural* am Laufen. Das hatte wenig mit Liebe zu tun, aber sehr viel mit Lust. Und darum fiel es ihm auch in diesem Fall wieder schwer, die Angelegenheit zu beenden.

Zwei Nebenfrauen fand selbst Heidrun dann doch ein bisschen anstrengend und machte das auch klar. Sie beklagte sich nicht und stellte keine Ultimaten. Sie war eine souveräne Frau, die in einer so schwierigen Situation natürlich sagte, dass sie schwierig sei, die aber nicht drohte, nicht die beleidigte Leberwurst gab und keine Ansprüche formulierte.

Es war schließlich sein Leben - und es war an ihr, zu entscheiden, ob das mit ihrem so zusammenpasste, wie sie das gehofft hatte.

Auf die Socken

„Würdest du deine Wäsche bitte in den Wäschekorb stecken, wenn du sie nicht mehr tragen willst?"

„Warum?"

„Ich finde es nicht schön, wenn die alten Socken im Wohnzimmer `rumfliegen."

„Bitte mach mir nicht die Mutti."

„Stört es dich nicht, wenn überall getragene Wäsche liegt?"

„Nö."

„Du erwartest hoffentlich nicht, dass ich hinter dir herräume."

„Nö."

„Hhm...", sie war selten ratlos und er mal wieder wild und frei:

„Für mich gibt es zwei Arten von Ordnung, deine und meine. Die Frage ist, welche unser Zusammenleben bestimmen soll. Ich schlage vor du lebst deine und ich meine."

„Meinetwegen, dann müssen wir das so machen."

Seine getragenen Sachen blieben im Haus verteilt, ihre Wäsche landete im Wäschekorb.

Jahre später fragte er sie, wie sie das alles ausgehalten hatte, die anderen Frauen und die schmutzige Wäsche im Haus.

„Ich habe gespürt, was du für ein Mensch bist – da war es nicht so wichtig, was du mit deinen Socken machst."

Eine von x Gesundheitsreformen

Der bundesdeutsche Hörgeräte-Markt war wie folgt reguliert: Wenn man ein Gerät brauchte, bedurfte es zunächst einer ärztlichen Verordnung und dann der Anpassung in einem Hörgeräte-„Institut". Bezahlen taten das Ganze die Krankenkassen. Lange Zeit zu 100 Prozent. Deshalb hatten sie ein Interesse daran, dass die Preise gesenkt wurden. Obwohl der Anteil der Hörgerätekosten an den Gesamtgesundheitskosten verschwindend gering war.

Trotzdem reiste Delegation für Delegation von Kassenvertretern und Politikern durch Europa, um sich anzusehen, wie das mit den Hörgeräten in anderen Ländern behandelt wurde. Was da im Laufe von Jahren an Reisekosten, Spesen, Arbeitszeit und Gehältern verknallt wurde, um ein Sparpaket zu schnüren, geht auf kein Trommelfell.

Die unglaublich sparsame Idee, die dann geboren wurde, war die einer Zuzahlung der Kundschaft zur Kassenleistung. Die Kassen zahlten also nicht mehr den vollen Preis, sondern die Verbraucherinnen und Verbraucher mussten sich beteiligen. Dies führte zu einer ersten erheblichen Veränderung des Marktes, weil die Kundschaft in den Akustikläden jetzt plötzlich mitredete:

Wer (zu-)zahlt will auch Einfluss nehmen.

Kein Hersteller war auf die Wünsche der Hörgeräte-Anwenderinnen und -Anwender vorbereitet: Sie wollten möglichst kleine und farblich attraktive Geräte haben.

Huch!

Dann kam man seitens Krankenkassen und Politik auf die nächste völlig neue Idee, den Wettbewerb zu verschärfen, um die Preise weiter in den Keller zu drücken. Eine Verschärfung des Wettbewerbs konnte man zum Beispiel dadurch erreichen, dass man neben den damals rund 800 Akustikläden auch den damals rund 3.000 HNO-Praxen die Anpassung von Hörgeräten ermöglichte.

Diese Idee löste Panik aus:

Die Akustiker befürchteten, dass viele Ärztinnen und Ärzte ihnen keine Kundschaft mehr überweisen, sondern das Geld lieber selbst verdienen würden. Die Industrie hätte plötzlich ihre Außendienste vervierfachen müssen, wenn auch die HNO-Praxen besucht werden mussten! Und 22 der inzwischen nurmehr 25 Hersteller hatten das Problem, dass die Ärzte nur zwei von ihnen kannten: *Siemens* und *Bosch*. Alle anderen, mit Ausnahme der Franzosen, waren rein audiologische (= hörtechnische) Fachunternehmen und in der Öffentlichkeit unbekannt, also auch bei Ärzten.

Man beschloss deshalb im *Zentralverband der Elektroindustrie (ZVEI)* aus dem Werbebeirat des *Audiofonds AFO* eine vierköpfige Kommission zu bilden, die im Bundesgesundheitsministerium vorstellig werden sollte, um den Vertrieb über Ärzte möglichst zu verhindern. Einer der Vier war der kleine M.

Zu Gast bei *Siemens*

Es dauerte nur ein paar Wochen, bis der Termin im Gesundheitsministerium stand. Die vier *ZVEI*-ler verabredeten eine Gesprächsstrategie, die verhindern sollte, dass die großen Elektrokonzerne den Hörgeräte-Markt, über den Weg der Ärzteschaft, unter sich aufteilten.

Gemeinsam marschierten sie ins Ministerium, in dem ein freundlicher, nicht mehr ganz junger Herr, sie begrüßte: „Peinemann, guten Tag. Ich begrüße Sie im Namen des Gesundheitsministers und der Firma *Siemens*." Vier Augenpaare weiteten sich fragend – auch die des Kollegen aus derselben Firma. „Ja, Sie wundern sich, aber ich bin einer der Mitarbeiter von *Siemens*, die hier im Hause tätig sind."

Wie das Gespräch verlief?

Der Bundes-*Siemens* ließ keinen Zweifel daran, dass künftig auch die HNO-Ärzte Hörgeräte verkaufen sollten.

Nach höchstens 30 Minuten traten vier Beiräte die Heimfahrt an.

Zurück bei *Binaural* setzte der kleine M sogleich ein Schreiben an die Kommissionsmitglieder auf, in dem er unterstrich, dass man gar nicht mit dem Ministerium gesprochen habe, sondern mit *Siemens*: „Wir brauchen einen neuen Termin, bei dem wir mit einem Gesundheitspolitiker sprechen können, der nicht von einer Firma im Ministerium installiert worden ist."

Dies war der einzige Brief im Leben des kleinen M, der bei keinem der Empfänger eine Antwort oder sonst eine Reaktion auslöste. Die gewählte Kommission trat nie wieder zusammen – jedenfalls nicht mit ihm.

Verschönerungen

Nach vielen Monaten des Zusammenlebens fing der kleine M allmählich an zu glauben, dass Heidrun wirklich so großherzig, so lässig, so ernsthaft, so witzig, so erwachsen und so mädchenhaft war, wie sie war.

Längst tat er seine schmutzige Wäsche in den Wäschekorb oder feuerte sie zumindest die Kellertreppe hinunter, Richtung Waschmaschine. Heidrun hatte ihn nicht zu dieser Veränderung genötigt, ihm selbst war seine Sturheit irgendwann auf die Socken gegangen.

Er glaubte sich inzwischen, dass sie ihn so lassen würde, wie er war.

Und er wollte *sie* so, wie sie war.

Ihre Freundlichkeit, Zugewandtheit und Liebe hatte auch seine Anfälligkeit für verbreitete Sexualität dauerhaft in Wohlgefallen aufgelöst.

Und es folgten noch ein paar weitere Knötchen, die er an sich auflöste. Zum Beispiel das Diskussionsknötchen.

Sie hatten eine Meinungsverschiedenheit über irgendwas. Der kleine M konnte mir nicht einmal mehr sagen, worum es dabei gegangen war.

Die Debatte ging hin und her.

Sie fingen an, sich zu wiederholen und mein Freund kam richtig in Rage. Irgendwann sagte er dann entnervt und deutlich zu laut: „Ich habe meinen Standpunkt jetzt zum dritten Mal erläutert und ich werde das kein viertes Mal tun!“

Sie ließ ein paar Sekunden wirkungsvoll verstreichen, bevor sie ganz ruhig sagte: „Ja stimmt, aber das Problem ist doch nicht gelöst, oder?“

Äh, was?

Sie hatte leider Recht.

Er hatte nur noch diskutiert, um seine Sicht durchzusetzen, aber nicht um das Problem zu lösen. Das wurde ab diesem erhellenden Moment in 97,3 Prozent aller Fälle anders.

Und auch sie fand in seinem Spiegel ein bis zwei Knötchen, die sie an sich auflöste. Und so kam der Tag, an dem der kleine M ihr sagte: „Ich finde, wir haben uns geholfen noch mehr in Harmonie mit uns selbst zu kommen. Wir haben uns gegenseitig menschlich verschönert."

Frauenfragen

Mehrere Frauen fragten Heidrun in Gegenwart des kleinen M „Wo hast du das Prachtexemplar denn her?" „Hat der noch einen Zwillingsbruder?" „Gibt´s noch einen zweiten davon?" „Kann man den klonen?"

Stell dir das mal andersherum vor!!!

Speisekarte 1988 bis 2000

Körnerfrikadellen, Gemüsepfanne, Vollkornbrot, Instant-Ei (wegen seiner hohen Cholesterinwerte, für die damals unter anderem natürliches Eigelb verantwortlich gemacht wurde), Pfannkuchen, Spaghetti, Braten mit Gemüse und Kartoffeln, Obstsalat und vieles was sonst noch lecker und möglichst gesund ist.

Sowie herrliche Sünden.

Gisela Börner

Wenn die tolerante, geduldige und großherzige Heidrun mit irgendwelchen Menschen ein größeres Problem hatte, dann waren es ihre Eltern. Der jähzornige Vater war am Herzinfarkt gestorben, als sie erst neun Jahre alt gewesen war. Seine oft ungezügelte Wut hatte ungute Erinnerungen in ihr hinterlassen. Noch unguter war, dass ihre Mutter darauf bestanden hatte, den Toten beim Abschied zu berühren. Das führte zu einem erschreckenden Körperkontakt, den Heidrun nie vergessen wird.

Und die Mutter? Spießig! Immer auf die Anerkennung der Nachbarschaft bedacht! BDM-Mädchen gewesen und sich nie entschieden gegen die Nazi-Zeit geäußert! Mit zunehmendem Alter auf „forever young" gemacht, die Tochter mit ihren Moralvorstellungen genervt und „Lebst du auch noch?" gefragt, wenn sie anrief.

Das war in etwa das Bild, das Heidrun von ihrer Mutter hatte.

Überaus herzlich, verständnisvoll und Mutter von drei außergewöhnlich einfühlsamen, mental starken und freiheitslebenden Kindern.

Das war das Bild, das der kleine M von Gisela Börner hatte.

Meldungen aus 1989

- **Die DDR öffnet die Mauer**

Die westdeutschen Medien schäumten über vor Jubel, als die DDR die Mauer öffnete. Die Menschen, die man per TV an den Grenzübergängen sehen konnte, jubelten auch.

Aber sonst kannte der kleine M niemanden, der oder die sich besonders freute. Alle, die er auf Arbeit und privat kannte, nahmen die Grenzöffnung zur Kenntnis.

Er selbst sagte direkt nach der ersten Radiomeldung zu Heidrun: „Nun muss sich der Kapitalismus aus sich selbst heraus beweisen. Der Systemvergleich in PS und Wurstsorten ist nun passé. Sicher werden viele Sozialleistungen abgebaut. Ich fürchte die ganze Menschheit geht schweren Zeiten entgegen."

Hirnlose Träumer phantasierten von krieglosen Zeiten oder dem Ende der Geschichtsschreibung. Bei einem weltweitem Kapitalismus, bei dem praktisch jedes Land mit jedem in Konkurrenz steht? Bei dem alle Länder an die wenigen Bodenschätze in anderen Ländern heran wollen, die überall gebraucht werden? Bei dem sich die Unterschiede zwischen arm und reich immer mehr verschärfen werden?

Wie naiv kann man sein?

Der kleine M schnappte sich reichlich Bierflaschen und eine Menge Zigaretten, stieg unters Dach in sein Studio und bastelte die ganze Nacht an dem Lied, das ihm selbst immer eines der liebsten blieb: *Sozialonen ohe (es muss noch nicht vorbei sein)* – auf die zerschredderte Melodie von *La Paloma.* Er hat sich nie getraut, es öffentlich zu machen, es existiert nur auf einer Home-Brew-CD.

(Mehr in „Gegenrede, Ein Sieg der Freiheit", Seite 638)

Vor der Mauer gab´s auch schon Menschen

„Wer der DDR *nicht* gerecht werden will, beginnt ihre Geschichte mit dem Bau der Mauer. Die meisten Berichte über die DDR beginnen jedoch mit dem Bau der Mauer. Oder mit dem Leben in dem Staat mit der Mauer. Für mich beginnt die Geschichte der DDR spätestens 1933“, nörgelte der kleine M.

- **Am 3. Oktober 1990 wird die Einheit Deutschlands durch den Beitritt (!) der Deutschen Demokratischen Republik zur Bundesrepublik Deutschland „vollendet“. Führende Politiker der DDR werden inhaftiert.**

Bei Wiedervereinigung sollte ein Friedensvertrag mit den von Deutschland überfallenen Ländern geschlossen werden, es sollten Reparations- also Schadenersatzzahlungen erfolgen und die Erarbeitung einer gemeinsamen Verfassung für Gesamtdeutschland beginnen. Darum wurde der *Zwei-plus-Vier-*(Wiedervereinigungs)-*Vertrag* ausdrücklich "anstelle eines Friedensvertrages" geschlossen. So kam es weder zu Reparationszahlungen an beispielsweise Griechenland, Italien und Russland, noch zu einer gemeinsamen Verfassung für Ost- und Westdeutschland. Stattdessen gilt das westdeutsche Grundgesetz seither auch auf dem Gebiet der ehemaligen DDR.

Es soll nichts bleiben

Die Führung der Deutschen Demokratischen Republik hatte sich bei Gründung des Staates vorgenommen, allen Bewohnerinnen und Bewohnern ihres Landes ein Leben in sozialer Sicherheit und Frieden zu gewährleisten.

Dieses Angebot war offenbar auch für eine halbe Million Westdeutsche so attraktiv, dass sie es gegen das Warenparadies des Westens eintauschten. 2016 hörte der kleine M in den Staatsmedien zum ersten und einzigen Mal davon, dass in den Jahren von 1949 bis 1989 rund 500.000 Menschen von der BRD in die DDR umgesiedelt waren.

Die Erinnerungen an die humanen Errungenschaften der DDR kann den Eliten eines Siegersystems nicht angenehm sein, dessen Fundament auf Angst vor sozialer Zweitklassigkeit und Armut basiert.

Folglich wurde gleich nach der Wiedervereinigung alles darangesetzt, die DDR nicht nur weiterhin zu verunglimpfen, sondern möglichst alles, was positiv an sie erinnerte, zunichte zu machen.

Geblieben sind das Fernseh-Sandmännchen und zwei (?) Verkehrszeichen.

Keine Ideale, keine Gesetze, keine Symbole.

Karl-Marx-Straßen wurden zu Adenauerchausseen.

*Die Scheinheiligen und der unheilige Frauenstolz**

(Auszüge aus: *UZ* 16. Oktober 2009 von Maxi Wartelsteiner)

... Am 3. Oktober 1990 (mit der Wiedervereinigung*) begann für die Frauen östlich der Elbe ein strammer Marsch zurück in die Barbarei: Kein Recht auf Arbeit mehr, und die wenigen, die welche haben, klagen über ausbeuterische Arbeitsbedingungen und bekommen dafür noch 20 Prozent weniger Lohn als die Männer. Schon in der ersten Verfassung der gerade gegründeten DDR von 1949 war mit dieser Ungleichheit zwischen Mann und Frau aufgeräumt worden, die fortan vor dem Gesetz als gleichberechtigt galten. Ein weiterer Paragraph regelte den gleichen Lohn beider Geschlechter bei gleicher Arbeit. (...)*

Wer heute schamlos mit unterbezahlten Minijobs abgespeist wird, unterliegt zudem dem Zwang zu unbezahlten Überstunden. Nicht einmal über ihren Bauch darf Frau mehr allein bestimmen (das Nachwende-Drama, den DDR-Frauen den § 218 gänzlich wieder überstülpen zu wollen, genügt, bundesdeutsche „Frauen- und Familienpolitik" zu entlarven). Hinzu kommen aus politischen Erwägungen reihenweise plattgemachte Kindergärten und -krippen. Die bestehenden mutierten zu Killern knapper Familienbudgets. (...)

Gute Schulbildung zieht sich zunehmend auf Privatschulen zurück. Die schier ins unermessliche steigenden Haushaltskosten bauen sich zu einem nicht unwesentlichen Liebestöter auf. Dazu Gewalt gegen Frauen, ausgerottet geglaubter Rassismus und alltäglicher Faschismus. Kriege, die unsere Söhne zu Mördern machen. Offene Pornografie, die nicht nur Frauen diskriminiert, sondern Männer verkrüppelt ... Die Bilanz der neuen Ängste ist lang. Sie taucht in allen soziologischen Erhebungen über heutige Probleme und Ängste von Ost-Frauen in dieser oder ähnlicher Reihenfolge auf. ...

... sekundiert von der Klage des seinerzeitigen Ministerpräsidenten, König Kurt Biedenkopf über die „überhöhte Erwerbsneigung" der Frauen, die die Situation auf dem Arbeitsmarkt nur verschärfe. ...

Und dieses verdorbene System will mir sagen, Frauen wären in der DDR nicht frei gewesen? Sogar unser Sex war freier. Auch weil er frei war von entwürdigender Anbiederung und politisch kalkulierter Männerdominanz. (...)

* Zitat mit Genehmigung
vom 25. August 2020

Wo sind denn alle hin?

Der Westen hatte den Propaganda-, Rüstungs- und Wirtschaftskrieg gegen die DDR gewonnen. Und wer gewinnt, nimmt sich das Recht, die Welt so zu beschreiben, dass der eigene Sieg auf jeden Fall „für das Gute" war. Er ist dann auch nicht mehr das Ergebnis eines jahrzehntelang so bezeichneten „kalten Krieges", sondern (in diesem Fall) der wirtschaftlichen und moralischen Schwäche des Feindes.

Herausgestellt wird seither, was auch vor dem Anschluss schon weitgehend bekannt war, dass nämlich viele Menschen der DDR genötigt oder bereit gewesen waren, dem Staatssicherheitsdienst („Stasi") Informationen über eigene Familienmitglieder, Kolleginnen, Kollegen, Nachbarn und Vereinsmitglieder zu liefern. Dass viele DDR-Bürger ihr Land verlassen hatten und es noch mehr wollten. Dass an der deutsch/deutschen Grenze Flüchtende erschossen worden waren (laut *Stiftung Berliner Mauer* durchschnittlich drei pro Jahr). Dass auch die DDR-Medien versucht hatten, die Bevölkerung zu manipulieren. Dass die *DKP* von der DDR finanziell unterstützt worden war ...

Waren es diese Informationen, die zur Entvölkerung der *DKP* führten?

Hatten die Genossinnen und Genossen all die Jahre wirklich geglaubt, das alles gehöre nur zur Propaganda des Westens? Oder bekamen sie Angst, nach Jahrzehnten in denen sich weltweit immer mehr Staaten dem Sozialismus verschrieben hatten, jetzt auf der Verliererseite der Geschichte zu stehen?

Soweit der kleine M das ermitteln konnte, schrumpfte die Partei auf ein Viertel ihrer Mitglieder und vermutlich auch ihres Umfeldes. Er hat nie verstanden warum, allerdings:

Er selbst trat auch aus. Nach rund sechs Monaten Mitgliedschaft.

Steffen Siebert hatte ihn gedrängt doch bitte endlich einzutreten, weil es darum ginge eine Mehrheit für die „Neuerer" (also die Gorbatschow-Anhänger) in der Partei zu schaffen. Das fand der kleine M einen guten Grund, das rote Mitgliedsbuch zu beantragen.

Zuvor war es trotz all der Jahre, die er zum Sympathisantenkreis gehörte, nie gelungen, ihn von einer Mitgliedschaft zu überzeugen. So richtig er die Weltsicht der Partei fand, so viele nette und kluge Leute er ihn ihr kennenglernt hatte - eine Mitarbeit kam nicht infrage. Er mochte die Atmosphäre auf den Gruppenabenden nicht, da war keine Spur von Happy-Hippies. Er hatte Probleme dem „Demokratischen Zentralismus". Er fand viele Diskussionen zu theoretisch. Angestellte kamen gar nicht vor im Weltbild der Partei; die Arbeiterklasse, das waren nur die mit Helm. In den Gruppen wurden Leuten Aufgaben zugeteilt, die diese ganz offensichtlich nur sehr ungern übernahmen, wie zum Beispiel den Straßenverkauf der *UZ*. Sie machten es dann trotzdem - aus Parteiräson.

Und für Parteiräson war der kleine Büro-Hippie aber sowas von überhaupt nicht gemacht.

Trotzdem: Er wandte sich nach dem Untergang der DDR nicht von der *DKP* ab, sondern blieb der Überzeugung, dass der Kapitalismus in die Barbarei führe - und dass man sich deshalb für eine Alternative engagieren müsse.

In seinem Fall überwiegend in G-Dur.

Sozialpartnerschaft

Im Westen gab es kein Oben und kein Unten, sondern nur Arbeitgeber (das sind die, die Arbeitsleistung anderer in Anspruch *nehmen*) und Arbeitnehmer (das sind die, die ihre Arbeitskraft *geben*). Sie arrangierten sich sozialpartnerschaftlich.

So lange es die DDR gab.

Die war nun besiegt.

Damit war die soziale Konkurrenz zwischen Sozialismus und Kapitalismus entfallen.

Die Arbeitgeber begannen, aus den sozialpartnerschaftlichen Tarifverträgen mit den Gewerkschaften auszusteigen, tariflos weiterzumachen oder mit Haustarifen. Selbst Bundesländer, Städte und Gemeinden verabschiedeten sich aus den sozialpartnerschaftlichen Vereinbarungen, um die Löhne und Gehälter senken und die Arbeitszeiten verlängern zu können.

INFO „Die Menschenrechte"

„Die Menschenrechte", deren Einhaltung einige Regierungen gern bei einigen anderen Regierungen anmahnen, bestehen aus 30 Artikeln. Sie wurden in den *Vereinten Nationen (UN)* nach dem 2. Weltkrieg verhandelt und schriftlich festgehalten. Am Ende dieses Buches haben wir ein paar Menschenrechts-Artikel aufgeführt, die in besonderer Beziehung zu den Inhalten dieses Buches stehen. Meines Wissens gibt es keine Regierung auf der Welt, die alle Artikel erfüllt (zum Beispiel „Das Recht auf Arbeit). Wenn also beispielsweise die Bundesregierung von anderen Regierungen pauschal die Einhaltung „der Menschenrechte" fordert, erhebt sie einen Anspruch, dem sie selbst nicht genügt.

(In „Gegenrede: Auszüge der Menschenrechts-Charta", Seite 680)

Platzangst

Mit Einführung der West-Mark in den Bundesländern, die vormals zur DDR gehörten, wurde der Zusammenbruch der dortigen Wirtschaft vollkommen. Die Kundschaft im Osten konnte nicht in Devisen zahlen und brach abrupt weg.

Und mit ihr zigtausend Arbeitsplätzte.

Menschenmassen strömten nach Westen.

Für den kleinen M war klar: Das wird zu Wohnraum-Mangel und erheblichen Mietpreis-Steigerungen führen.

Seine alte Angst kam wieder hoch, aus Geldgründen aus dem gewählten Zuhause vertrieben zu werden. Deshalb hatte er schon kurz nach dem Mauerfall bei der Vermieterin von Heidruns Reihenhaus angefragt, ob sie es nicht kaufen könnten.

Die Antwort war Nein gewesen.

Heidrun und er verfassten daraufhin eine nicht eben kurze Mängelliste der Hütte - mit der Bitte um zeitnahe Reparaturen.

Von da an ging es nur noch um die Höhe des Kaufpreises.

Mit Anspannung verfolgte der kleine M die weiter wachsende Zuwanderung aus dem Osten. Ob die Vermieterin das wohl auch im Auge hatte? Dann würde das Haus unbezahlbar werden.

Sie hatte nicht.

1990 zahlte der kleine M 220.000 DM für das Reihenhäuschen, das ihm, Heidrun und Klaas ein dauerhaftes Zuhause bleiben sollte.

Nur Monate später folgte die Unterzeichnung des Vertrages zum „Wirksamwerden des Beitritts der Deutschen Demokratischen Republik zur Bundesrepublik Deutschland“ und aus Haus- wurden Mondpreise.

Meldungen aus 1990

- **Nelson Mandela wird aus dem Gefängnis entlassen**

Mandela hatte sich in seinem Heimatland Südafrika seit 1944 gegen die dort herrschende Apartheit engagiert. Dafür saß er von 1963 bis 1990 im Gefängnis. Internationale Proteste trugen zu seiner

Freilassung bei. Von 1994 bis 1999 wurde er zum ersten schwarzen Präsidenten seines Landes. Für seine Beharrlichkeit und seine Humanität wurde er dann auch von den Staaten weltweit gefeiert, die mit dem Apartheitsregime prima kooperiert hatten.

- **Michael Gorbatschow wird Staatspräsident der Sowjetunion**

Er war von März 1985 bis August 1991 Generalsekretär des Zentralkomitees der Kommunistischen Partei der Sowjetunion und wurde nun, ab März 1990, Staatspräsident. 1989 hatte er Deutschland den Weg zur Wiedervereinigung freigegeben und wurde dafür hierzulande aufs Äußerste bejubelt. Spätestens nach seinem Sturz im Dezember 1991 sollte es medial jedoch sehr ruhig um ihn werden.

- **In Polen ist der Sozialismus am Ende. Lech Walesa, der Wortführer der „päpstlichen Gewerkschaft" *Solidarnosc*, wird am 9. Dezember 1990 zum Staatspräsidenten Polens gewählt.**

Mit Walesas sofortiger Einführung der freien Marktwirtschaft verschärften sich die wirtschaftlichen und sozialen Probleme in Polen erheblich. Schon bald wurden er und die Gewerkschaftsbewegung von Teilen der Bevölkerung dafür verantwortlich gemacht. Drei Jahre später musste er die Regierung wieder verlassen und die polnische Gewerkschaftsbewegung brach weitgehend zusammen.

Dazu fand ich am 1.8.2017 auf der Internet-Seite des *Handelsblatts*:

... Als zweites diagnostizierte (der spätere Papst) *Ratzinger in den Folgejahren – kongenial mit Johannes Paul II. – die Marktwirtschaft in den ehemaligen Ostblockstaaten. Beide zeigten sich enttäuscht, dass nach dem Marxismus ... nun ein „Kapitalismus pur" (Johannis Paul II.) um sich greife.*

Nochmal: Wie naiv sind Päpste?

„Ich muss jetzt mal los"

Heidruns Ex-Mann hatte Verwandte in Neumünster, die sowohl den Kontakt zu ihm als auch zu ihr hielten – trotz des neuen Mannes an ihrer Seite. An einem schönen Tag im Jahre 1990, direkt nach dem Kaffeetrinken auf der kleinen Terrasse des Reihenhauses im Ginsterring, stand einer der Neumünsteraner auf: „Ich muss jetzt mal los."

„Was hast du denn vor?", erkundigte sich Joachim, Heidruns Ex-Mann .

„Muss zur Arbeit."

„Hallo, ich denk du hast Urlaub?!", wunderte sich Heidrun.

„Ja, aber heute muss ich kurz ins Werk."

„Hä?"

„Darf ich eigentlich gar nicht drüber reden."

„Eigentlich?"

„Heute ist CO_2 abblasen."

„Ah! Bekommt ihr einen Filter in den Schornstein?"

„Nein," lachte er, „im Gegenteil. Heute ist der Stichtag von dem aus sich die CO_2-Reduzierungserfolge der nächsten Jahrzehnte berechnen werden. Wir müssen heute alles rauspusten was geht – ihr versteht?"

Der Sinn des Lebens

„Hast du dich eigentlich mal nach dem Sinn des Lebens gefragt?"

„Nee, hab´ ich nicht."

Heidrun stellte sich solche Fragen nicht.

Nicht weil sie oberflächlich war, ganz im Gegenteil, sondern weil sie sich in einer tiefen Harmonie mit sich und ihrem Leben befand.

„Aber ich habe eine schöne Antwort gelesen."

„Und die wäre?"

„Also, wie gesagt, die ist nicht von mir."

„Wenn sie gut ist, nehme ich sie trotzdem."

„Der Sinn des Lebens ist zu leben."

Die Mark fiel in Pfennigen.

Aber das Nachdenken zahlte sich aus:

„Heidrun, das ist gut! Das ist sehr gut. Danke mein Schatz, das nehme ich!“

Ein aussichtsloses Produkt

Der kleine M war dem großen *Binaural*-Präsidenten wichtig geworden. Er flog jetzt monatlich für mehrere Tage nach Rotterdam und arbeitete mit René van Eck und einem kleinen Team an der Einführungsstrategie für ein neues Produkt.

Für ein aussichtsloses Produkt, weil nicht In- sondern Hinter-dem-Ohr, weil zu groß und zu beige.

René (in der Zentrale duzten sich alle) hielt die neue Riesenbanane fragend in die Luft und schaute auf den Ingenieur in der Runde: „Was kann man zur Technik sagen?“

„Es ist das erste echte Zweikanal-Gerät auf dem Markt. Hohe und tiefe Töne werden bei etwa 1.000 Hertz getrennt und jeweils in einem eigenen Kanal bearbeitet. Das hat den Vorteil, dass tiefe Töne die hohen nicht mehr überdecken. Damit wird sowohl der Klang als auch das Verstehen deutlich verbessert. Der Feldtest hat ergeben, dass die Benutzer kaum noch am Lautstärkesteller drehen müssen, weil die Kompressoren in beiden Kanälen sehr gut aufeinander abgestimmt sind.“

Schweigen.

Dann ein mühsames: „Klingt gut“.

Und dann ein realistisches: „Macht es aber weder kleiner, noch bunter, noch zu einem Im-Ohr-Gerät.“

Der kleine M fragte: „Was heißt das: Die Benutzer müssen den Lautstärkesteller kaum noch bedienen? Wie oft ist kaum?“

„Naja, das haben wir nicht konkret gemessen ...“, zuckte der Ingenieur mit den Schultern.

„... konkret messen!“, bat René, der den Gedanken des kleinen M sofort verstanden hatte. „So schnell wie möglich!“

Und an den Mann von der Produktion gewandt: „Sofort prüfen wieviel Zeit wir verlieren, wenn wir ein Gehäuse ohne Lautstärkesteller haben wollen!"

„Ganz ohne wird es nicht gehen", wandte der Ingenieur ein.

„Gut, dann machen wir zwei Modelle, eins mit und eins ohne", meinte René.

„Das finde ich nicht", meldete sich der kleine M wieder zu Wort. „Wenn das Teil überwiegend automatisch funktionieren sollte, dann lasst uns das Gerät nur ohne Poti auf den Markt bringen: ‚Das erste Hörgerät ohne Lautstärkeregler'. Das wäre doch ein überzeugendes Alleinstellungsmerkmal!"

„Sehr gut", lobte René, „aber das Wort ‚ohne' gefällt mir nicht, wir müssen es positiv wenden."

Nach ein paar weiteren Sitzungen und guten Rückmeldungen vom Poti-Feldtest wurde für die unverkäufliche Riesenbanane der Slogan „Das erste vollautomatische Hörgerät der Welt" beschlossen.

Der neue Geschäftsführer

Die vorübergehende Dreier-Leitung der *Binaural GmbH,* Anke Biross, Hans Schöller und der kleine M, hatte drei Bewerber für den Geschäftsführerposten zum persönlichen Gespräch geladen. Sie entschieden sich einstimmig für Hans-Jörg Dreher, einen offen wirkenden jungenhaften Mann, der nach Meinung des kleinen M dem lybischen Machthaber Gaddafi sehr ähnlich sah: groß, breitschultrig, mit vollem schwarzen Kraushaar, das sich auf dem Kopf und als dunkle Schatten im rasierten Gesicht zeigte, das sich in den Ohren und an heißen Tagen aus dem obersten Hemdknopf ringelte. Anfang vierzig, verheiratet, vier Kinder.

Der kleine M reiste mit dem neuen Geschäftsführer nach Rotterdam, um ihn dort vorzustellen. Als sie zurückkamen, schlug Dreher dem Dreier-Team vor, dass sich auch in Hamburg künftig alle duzen sollten: „Ich hatte den Eindruck, dass die Holländer meinten es stimme zwischen uns etwas nicht, weil wir uns als einzige in der gesamten *Binaural*-Welt siezen."

Und so wurde aus Herrn Hans-Jörg Dreher schlicht Jörg und aus Frau Biross wurde Anke – was ihr nicht leicht fiel.

Die nächste Überraschung von Jörg ging so: „Ich habe mir mal eure Gehälter angesehen. Und ich finde, das geht gar nicht. Ich schlage vor, dass wir alle mal um etwa 10 Prozent raufsetzen."

Anne, die Chefin der Zahlen, guckte irritiert, doch Jörg fuhr fort: „Am Schlimmsten finde ich es beim Außendienst. Deren Festgehalt ist viel zu niedrig, der Provisionsanteil zu hoch. Ich möchte nicht, dass unsere Leute vor den Schreibtischen der Kunden knien müssen, damit sie sich eine Mettwurst verdienen können. Sie sollen von ihrem Gehalt gut leben können. Die Provision ist eine Belohnung für besonders gute Ergebnisse."

Mutig!

Das letzte Geschäftsjahr der GmbH war mit 750.000 DM Miesen abgeschlossen worden.

Die Firma hatte dem deutschen Markt außer superstarken Riesen-Bananen (in schönstem Beige) nichts mehr zu bieten.

Der neue Trend

Mini-Elektronik, die Firma des netten Gerd Herrlich, hatte ein Hörgerät mit Fernbedienung auf den Markt gebracht und einen prominenten Verleger gewinnen können, diese Kombination im Rahmen einer beliebten TV-Talk-Show wie zufällig vorzustellen.

Alle Schwerhörigen horchten auf und alle Akustiker wollten das Ding.

Herrlich strahlte.

Er hatte eine Technologie in der Hand, die ihm auf Jahre einen erheblichen Marktanteil und viel Geld sichern würde: Fernbedienbare Hörgeräte.

Schade(n)dorf

Heidrun, Tom und Klaas liebten das Haus in Schadendorf.

Der kleine M auch – aber er wollte weg von der mentalen und organisatorischen Belastung mit zwei Häusern und zwei Grundstücken, die 100 Kilometer auseinander liegen. Er verkaufte an eine Frau von Happel, deren Familie Häuser bei Stuttgart und irgendwo in den Bergen und in irgendeinem Wald von Niedersachsen hatte - aber noch keins in der Nähe irgendeines Meeres.

Unterm Strich kam er mit einer roten Null raus - und mit zwei verständnislosen Söhnen.

Meldungen aus 1991

- Krieg! „Der Westen" greift zum zweiten Mal militärisch in der Golfregion ein, diesmal um den Irak aus dem besetzten Kuwait zu vertreiben.

- **Einführung des Solidaritätszuschlags.**

Da die Wirtschaft in den Gebieten der ehemaligen DDR nicht investierte, beschloss die Regierung 1991, das Volk investieren zu lassen. Per *Solidaritätszuschlag* – also durch höhere Steuern.

Für ein Jahr, also bis 1992.

1995 wurde der dieser Zuschlag auf unbegrenzte Zeit verlängert, weshalb er auch heute (2018) noch güldet.

- In Jugoslawien erklären die Teilstaaten Slowenien und Kroatien ihre Unabhängigkeit. Die jugoslawische Regierung setzt die Bundesarmee ein, um die Abspaltungen zu verhindern.

- In Deutschland beginnt die rechtsradikale Welle der (Mord-) Anschläge auf Ausländer. Wohnheime werden angezündet, Menschen werden bei Hetzjagden zum Teil in den Tod getrieben.

Das ohrale Wunder

1991 hatte das internationale Marketing-Team, mit René van Eck und dem kleinen M, die Kampagne zur Einführung der neuen Riesen-Banane fertig: 1. Der vertraute Begriff „Hörgerät" blieb und wurde nicht, wie bei Mitbewerben, in „Hörsystem" umbenannt. 2. Das Gerät bekam einen richtigen Namen. Bis dahin hießen die Apparate X 37 oder AZ 48 P. Die erste vollautomatische Riesen-Banane wurde *Talkman* getauft. 3. Weil sie sogar besonders groß war, entschied man sich für eine besonders große Verpackung mit viel Beiwerk, in dem das Gerät vergleichsweise moderat wirkte. 4. Das Hauptfoto für die Verbraucherkampagne wurde auf Vorschlag einer neuen holländischen Agentur ein See mit Ruderboot in der Abenddämmerung. Ein Foto, das der kleine M zwar sehr ästhetisch aber überhaupt nicht verkaufsfördernd fand. Doch der Chef der Agentur war so überzeugt und René war so angetan, dass der kleine M nicht opponierte, zumal er sich wieder erinnerte: Publikumswerbung sollte emotional sein.

In Hamburg gab Hans-Jörg Dreher, also Jörg, für die Einführungskampagne die Parole „Klotzen" aus: „Pleite sind wir sowieso. Also alles oder nichts."

Der kleine M schätzte die Lage so ein, dass sie mit dem derzeitigen Image von *Binaural* kaum eine Chance hatten, die beliebten kleinen Fernbedienungsgeräte von *Mini-Elektronik* anzugreifen. Der Fachhandel schätzte die lukrativen und gut verkäuflichen Apparate und hätte keinen Grund stattdessen nun den *Talkman* zu kaufen. Man musste von der anderen Seite kommen, von der Nachfrage durch Schwerhörige

Das hatte es bei Hörgeräten allerdings noch nie gegeben.

Der kleine M wandte sich an den neuen TV-Sender *Sat1*, der die äußerst erfolgreiche Sendung *Glücksrad* ausstrahlte. In ihr gab es viele Möglichkeiten der Produktplatzierung. Er wählte eine der günstigsten, informierte die Akustikerinnen und Akustiker über die erste Fernsehwerbung der Branche und bot ihnen eine unbegrenzte Zahl von *Talkman* als Kommissionsware an, damit sie für den erhofften Ansturm gewappnet seien.

Das führte zu einer gewissen Anzahl Bestellungen.

Und dann ging die Werbung über den Sender:

„Wenn sich die Lautstärke ändert, nicht lange nach einer Fernbedienung suchen, sondern den Pegel vom Gerät vollautomatisch regeln lassen. Im Bruchteil einer Sekunde. Das macht der *Talkman.* Man erkennt ihn ganz einfach daran, dass er das einzige Hörgerät ohne Lautstärkesteller ist."

(Der letzte Satz musste sein, entgegen der Vereinbarung mit van Eck, weil in den Akustik-Läden sonst womöglich andere Geräte als angebliche *Talkman* verkauft worden wären.)

Leider konnte man *Sat1* damals noch nicht überall in Deutschland empfangen, aber dort, wo der Sender bereits etabliert war, standen am nächsten Morgen Kunden Schlange vor Akustik-Geschäften.

Die Bestellungen häuften sich, aber zur Stabilisierung musste der nächste Treibsatz gezündet werden: Die erste Promi-Werbung für Hörgeräte musste her, beschloss der kleine M. Wer ist im richtigen Alter, sympathisch, glaubwürdig, beliebt und prominent?

Die Wahl des kleinen M fiel auf Jürgen Brinkmann, einen so genannten Volks-Schauspieler aus Berlin.

Der kleine M fragte den Hamburger Beiratskollegen aus dem französischen Konzern, wie seine Firma es anstelle, einen wie Brinkmann zum Beispiel zu einer Werbung für eine Kaffeemaschine zu gewinnen.

Der Kollege war stolz, dem kleinen M mal so richtig was aus der großen Welt der Markenwerbung erzählen zu können. Er hielt Rücksprache in seinem Konzern und kam mit der Auskunft: „Den kriegt man nicht. Bei dem entscheidet alles die Ehefrau – und die entscheidet immer mit Nein."

Also schrieb der kleine M einen frauenfreundlichen Brief an die Ehefrau des Promis.

Und die rief an und fragte, was *Binaural* denn für ein Laden sei, hätte sie noch nie was von gehört.

Der kleine M charmte nach Kräften und erhielt eine Einladung ins Grunewalder Privathaus „zu weiteren Gesprächen".

Als Frau Ehefrau die Tür öffnete, stand sie vor einem phantastisch üppigen Blumenstrauß. Dahinter schnurrte der kleine M: „Mein Dankeschön an Sie, dass ich kommen durfte."

„Aber ich bitte Sie, das ist doch eine Selbstverständlichkeit, dass man sich mal näher unterhält."

Nach gar nicht einmal so langen Verhandlungen stand der Vertragsrahmen fest. Es wurde vereinbart, in welcher Form und an welchen Orten Jürgen Brinkmann mit welchen Aussagen zu sehen sein durfte. Und für welches Honorar.

Deutsche Hörgeräte-Läden bekamen das Angebot für das erste Werbepaket mit Promi.

Kostenlos - bei Bestellung von entsprechend vielen *Talkman.*

Als eine Auflage von sieben Millionen Prospekten ausgeliefert worden war, stoppte Geschäftsführer Jörg die Kampagne.

Der Hörgeräte-Markt mit Fernbedienung war tot.

Vollautomatische Hörgeräte, die nicht nur in der Handhabung bequemer sind, sondern viele Schwerhörige schon damals auch akustisch begeisterten, dominieren seither den Markt in Deutschland und der Welt.

Verwünscht im Radio

Ein Hamburger Radiosender strahlte mittags ein sehr beliebtes Programm aus: *Meine Platten – Hörer machen ein Musikprogramm.*

Viele Leute bemühten sich über Monate, einmal ihre Lieblingssongs im Radio präsentieren zu können.

Der kleine M schrieb dem Sender, dass er in Verbindung mit seinen Liedern das erste vollautomatische Hörgerät der Welt vorstellen könne.

Kurz darauf saß er im Studio.

Seine Songliste hatte er im Vorwege einreichen müssen – und nun, kurz vor der Sendung, bekam er die Titel zu sehen, die sich der Sender daraus ausgesucht hatte: Keinen.

Jedenfalls keinen von seinen:

„Wir müssen auf eine bestimmte Klangfarbe achten, um unseren Sender sofort erkennbar zu machen. Deshalb haben wir einige der Interpreten genommen, die Sie sich gewünscht hatten – nur mit anderen Liedern.“

Das war schon wieder eine der besonderen öffentlich-rechtlichen Demokratie- Erfahrungen.

Was diesmal egal war, weil er ja vor allem seine Werbung unterbringen wollte – und konnte.

Sich regen, bringt (manchmal) Segen

Ende 1991 muss dem Chef-Buchhalter in Rotterdam das Herz stillgestanden haben. Um die vor Einführung des *Talkman* wenig motivierte Truppe in Deutschland in Schwung zu bringen, hatte Geschäftsführer Jörg sich und anderen bereits ab 80 Prozent Planerreichung Provisionen zugesichert.

Jetzt, nach gut einem halben *Talkman*-Jahr, lag man am 31.12. rund 350 Prozent über Plan.

Die Legende sagt, Hans-Jörg Dreher hätte im ersten Jahr seiner Geschäftsführung bei der *Binaural GmbH,* eine siebenstellige Provision erhalten.

Keine Legende ist die Tatsache, dass der kleine M mit 75.000 Extra-Talern dabei war.

Und dass alle Arbeitsverträge auf Druck aus Rotterdam sofort geändert werden mussten.

Das doppelte Mchen

Nach seinem ersten Jahr bei *Binaural* stellte Hans-Jörg Dreher die Arbeit weitgehend ein. Dafür gingen auf dem neumodischen, einzigen und zentral aufgestellten Fax-Gerät die Angebote und Ergebnisse der Spekulationsgeschäfte ein, die er seit seiner Groß-Provision betrieb.

Die Zusammenstellung der Hörgeräte-Palette, die Preisgestaltung und die Betreuung etlicher „Schlüsselkunden" übertrug er dem kleinen M.

Dieser war kurz stolz auf seine neue Wichtigkeit, musste aber schnell feststellen, dass er sich mehr Arbeit aufgehalst hatte als Spaß macht. Dazu noch die falsche. Er liebte die Anzeigen- und Postergestaltung, das Texten, das Konzipieren und Realisieren von Audio-

und Videokassetten, hatte aber wenig Freude am Zahlendrehen, am vielen Reisen und am Kunden Honig-um-den-(Damen)-Bart zu schmieren. Insofern hatte er zum falschen Angebot Ja gesagt und musste nun sehen, wie er da wieder rauskam.

Er war zu loyal, um „seinen Schlüsselkunden", zu denen er schnell eine persönliche Beziehung entwickelt hatte, grundlos oder gar stillschweigend den Rücken zu kehren. Er brauchte eine plausible Ausrede für seine Business-Freunde und -Fans, warum er sie künftig nicht mehr betreuen würde.

Die fand er in seiner Familie mit Lissi und Tom.

Er behauptete beide bräuchten mehr Zeit mit ihm, deshalb müsse er seine Arbeitszeit verkürzen und könne nicht mehr reisen, weil er in seiner verbleibenden Arbeitszeit mit Werbung ausgelastet sein werde.

Jörg war mit einer Arbeitszeitreduzierung und der Konzentration auf Marketing einverstanden. Er stellte dem kleinen M frei, ob er vier oder drei Tage die Woche arbeiten wolle – bei entsprechender Gehaltseinbuße, versteht sich.

Der kleine M entschied sich für eine Vier-Tage-Woche, mit verkraftbaren 20 Prozent weniger Brutto-Gehalt. Unter dem Strich blieben immer noch rund 5.000 netto mal 13,2 im Jahr plus Firmenfahrzeug zur privaten Nutzung. So konnte man sich gut 20 Prozent mehr Freizeit leisten.

17 Jahr – dunkles Haar

„Was meint ihr", fragte Jörg das ehemalige Führungs-Trio, das immer noch eine Sonderstellung genoss„ „wollen wir nicht mal anfangen junge Leute auszubilden?"

Klar! Die Drei waren einstimmig dafür. Und angenehm überrascht, wie schnell sich eine 17jährige vorstellte. Sie erhielt einen Vertrag nach dem so genannten *Hamburger Modell*, das Studium und Praxis verband.

Die Praxis sah dann so aus, dass das recht attraktive Hamburger Modell morgens im Chefbüro verschwand und abends wieder herauskam. Man hatte sich bereits im Vorfeld studiert, wie schnell deutlich wurde.

Zur nächsten Messe reiste Jörg gemeinsam mit ihr an.

Sie bauten sich als Empfangskomitee vor dem Stand auf. Kundinnen, Kunden, van Eck und viele internationale *Binaurale* schüttelten den beiden herzlich die Hände und freuten sich, einmal eine der Töchter von Hans-Jörg Dreher persönlich kennenzulernen. Zu ihrer Überraschung erhielten sie die Antwort: „Das ist keine Tochter von mir, das ist eine gute Bekannte."

Was für viele schwer verdaulich war.

Auch für van Eck.

Stand auf der wichtigsten europäischen Hörgerätemesse der verheiratete Vater von vier Kindern mit einer 17jährigen „Bekannten" vor dem offiziellen Messestand von *Binaural*?

Gegen 12 Uhr mittags verabschiedeten sich Jörg und sein Hamburger Modell. Sie würden zum Shoppen in die Stadt gehen und gegen 15 Uhr zurück sein.

Dummerweise kam kurz nach 12 van Eck wieder an den Stand und fragte wo der Geschäftsführer sei.

„Der ist in der Stadt."

„In der Stadt?!"

„Jepp."

„Wann ist er wieder hier, bei unseren Kunden?"

„Er will gegen 15 Uhr zurück sein."

„Was macht der während der Messe stundenlang in der Stadt?"

„Erledigungen."

„Was für Erledigungen?"

„Das wissen wir auch nicht genau."

„Wo ist seine Begleiterin?"

„Vermutlich bei ihm."

Man sah das Fallbeil in van Eck förmlich nach unten rauschen.

Sie + Er

Der kleine M schrieb seit Jahren Leserbriefe. Nachdem er damals von Klaus Wellershaus gelernt hatte, dass positive viel mehr bewirken als negative, schrieb er ausschließlich zu Beiträgen, die ihm besonders gut gefallen hatten. So auch an die Redaktion von *Sie + Er*, einer Fernsehsendung die im *3. Programm der ARD* lief.

Heute würde man sagen, es war eine Art Talkrunde, in der, geleitet von einer Psychologin und einem Psychologen, über sehr persönliche Dinge gesprochen wurde. Der kleine M hatte aufgrund einer Sendung zum Thema „Scheidung“ geschrieben. Im Ergebnis erfolgte eine Einladung zum Thema „Treue“.

Denn:

Aus seinem „Scheidungs-Brief“ ging seine bekannte Haltung hervor: Geschworene Treue würde nur freie Entscheidungen behindern, Lebendigkeit lähmen, Enge schaffen, die Liebe bedrohen. „Echte Treue“ könne seiner Ansicht nach nur in Freiheit entstehen.

Genau das sollten denn auch seine Aussagen in der TV-Sendung sein. Er sollte den bösen Onkel geben, der die gängigen und allseits beliebten Treue-Schwüre samt der eingeforderten Treue angreift.

Die Sendung begann. Live.

Die drei Frauen, die mit ihm in der Runde saßen, schworen auf Treue-Schwüre.

Der kleine M sagte, was er davon hielt.

Die Frauen waren entsetzt: Typisch männlich! Will nur seine Freiheit haben!

Die Moderatoren waren begeistert – so hatten sie sich die Sendung vorgestellt.

Die Frauen formulierten ihre Empörung, eine nach der anderen. Der kleine M unterbrach sie nicht.

Das war allerdings nicht vorgesehen.

Die Moderatoren gaben ihm abseits der Kameras heftige Zeichen, er solle sich verbal dazwischenwerfen. Aber er warf sich nicht.

Er hatte von Heidrun gelernt, dass es eine weibliche und eine männliche Diskussionsform gäbe. Die männliche sei von viel Dazwischenreden und lautem Übertönen gekennzeichnet. Männer würden Frauen oft einfach akustisch niedermachen.

Also tönte er nicht.

Nahm aber auch nichts zurück, allein schon deshalb, weil die aufgeregten Frauen ihn kaum noch zu Wort kommen ließen, was nur durch ein energisches Dazwischengehen zu ändern gewesen wäre – was er sich ja verboten hatte.

Die Sendung endete mit dem Eindruck vom kleinen M als großem Macho.

Die Psychos, die die Sendung moderiert hatten, baten die Gruppe zur Nachbesprechung. Die Frauen waren aufgewühlt und warfen dem kleinen M vernichtende Blicke zu.

Die Psychos lasen den „Scheidungs-Brief" vor, in dem der kleine M seine Meinung zu „Echter Treue" ausführlich begründet hatte.

Die weiblichen Blicke wandelten sich von Verständnislosigkeit zu Verständnis, von hart zu weich, von vernichtend zu anerkennend.

Eine nach der anderen nahm ihn zum Abschied in den Arm.

Meldung Anno 100

- Tacitus (römischer Senator um 100 n. Chr.) über die Germanen: „Starrsinn in falscher Sache nennen sie Treue".

Überbevölkerung

Der „große weiße Mann", wie der kleine M Helmut Schmidt, den einstigen Kanzler der Republik hämisch nannte, führte die enormen Armuts- und Hungerprobleme der Menschheit nicht auf deren Not durch den unsozialen Kapitalismus zurück, sondern auf die Überbevölkerung.

Jedenfalls in einem TV-Gespräch in seinen letzten Lebensjahren.

Er machte sich Sorgen, dass man die wachsende Menschheit weder mit ausreichend Nahrung noch mit Medikamenten werde versorgen können und sah nur einen Ausweg: Weniger Nachwuchs.

Das forderten viele!

Für Inder, Türken, Kongolesen

und für and´re bunte Wesen.

Derweil ersinnt die Politik in Deutschland immer neue Anschübe zur Kinderproduktion: Erhöhung des Kindergeldes, Herdprämien für Mütter, die nicht zur Arbeit gehen, „Garantien" für Kindergartenplätze, Ganztagsschulen und so weiter.

Ist ja auch klar: Eine Welt mit sehr vielen Menschen ist schwierig - eine Welt mit wenigen Deutschen ist unvorstellbar!

Dienstag, 10. September 1991

Wiedermal klingelte der Wecker zu früh.

Wiedermal zu viel getrunken, gestern Abend.

Wiedermal zu viel geraucht.

Wiedermal zu lange Hausmusik gemacht.

Wiedermal viel Spaß gehabt.

„Also, was soll´s?", dachte sich der kleine M und steckte sich die Zahnbürste in den Mund.

Wenigstens kein Bürotag heute. Bürotage sind superstressig, mal gucken, wie es sich als Aushilfs-Vertreter lebt.

„Wieso dürfen Vertreter überhaupt krank werden?"

Die Firma, die es zu umgarnen galt, saß in Münster.

In 300 Kilometern Entfernung.

Und zurück wollte er schließlich auch.

Am selben Tag.

Er entschied sich für Jeans mit Krawatte - alles hat seinen Preis.

Eigentlich war es schon zu spät für ein gemeinsames Frühstück mit Heidrun, aber ohne sie und ein paar ihrer Lacher, war der Tag gleich im Eimer.

Käse, Kaffee, kurze Worte.

Küsschen, winke, winke und rein ins Auto.

Zigarette.

Alle Unterlagen an Bord?

Auf nach Münster.

Uhrzeit? - Zu spät!

Er musste Gummi geben.

Zehntausend LKW waren dagegen.

Er stellte um auf Rallye-Stil.

Nach 180 Kilometern schien die Verspätung eingeholt.

Er musste pinkeln.

Stieg aus dem Auto. Machte sich gerade. Der Kopf war berauscht von 180 km/h und der Körper steif von der Konzentration.

Ob´s in einem Oberklassewagen wirklich weniger anstrengend wäre als in einem *Opel Omega*?

Die Sonne wärmte seine verspannte Nackenmuskulatur auf den 50 Metern zum Urinal.

Am Becken wich der Druck aus der Blase und aus dem Kopf.

Unausweichlich kam der Kondom-Automat in den Blick, auf dessen Packungen sich Frauen ekstatisch wanden, weil nicht die richtigen Menschen, sondern die richtigen Kondome sie fliegen ließen. Neu für den Herren: Die *Travel-Muschi* - was das wohl ist?

Abschütteln, einpacken, ausparken und weiter ging die wilde Jagd. Zu spät kommen, wäre gleich ein übler Tiefstart bei seinem ersten Gespräch mit den beiden Geschäftsführerinnen der Einkaufsgemeinschaft *Hörkauf*.

2 vor 12 war er da.

Zigarette aus, Blick in den Rückspiegel, Haare in Handarbeit nachgestylt, Unterlagen gegriffen, lang ausgeatmet, geklingelt, gegrüßt.

Er hatte zwei Produkte auf dem Zettel, die er hier platzieren wollte - sollte - musste - also: wollte, sonst wäre er ja gar nicht hierhergefahren

Höchste Konzentration beim Gespräch. Zu bedenken waren Produktausstattung, Service, EK-, VK- und Konkurrentenpreise, Sonderkonditionen, Werbeunterstützung, industrielle Mitbewerber und Mitbewerber der Kundinnen, besondere Animositäten der beiden Gesprächspartnerinnen und eigene Schwächen.

Nach zwei Stunden nickten sich die Frauen entschlossen zu - das erste Produkt war gelistet.

Jetzt aber Vorsicht mit dem zweiten! Nur nicht überziehen. Kundinnen kommen lassen und auf einen guten Anknüpfungspunkt warten.

Gut eine Stunde später: Eine der Beiden zuckte erschöpft mit den Schultern und wackelte abwägend mit dem Kopf. Das sah nach mindestens 55 Prozent Zielerreichung aus. Mehr war heute nicht drin, das spürte der kleine M ganz genau.

Ladengestaltung noch ein bisschen loben, Gespräch und Gebäck auch, Diener machen, Versprechen versprechen.

Wieder ins Auto.

Zigarette.

300 Kilometer nachhause.

„Ganz ruhig angehen", nahm er sich vor.

Nach 50 Kilometern hatte sich das Gesetz der Autobahn wieder durchgesetzt: Entweder mit knapp 100 km/h rechts hinter den LKW hängen oder mit zu schneller Fahrt auf der linken Spur dabei sein.

Augen müde, Angst vorm Crash, Gedanken in Münster:

„Den einen Satz hättest du so nicht sagen dürfen", hämmerte es in seinem Kopf, „da haben sie ziemlich verdaddert aus der Wäsche geguckt."

Vollbremsung.

Beschleunigung von 90. Bleifuß! Bloß dran bleiben an dem *BMW*, der mit seiner Lichthupe die linke Spur so freihielt, dass man ziemlich sorglos folgen konnte.

„Wieso hast du das bloß gesagt?

Ach, egal.

Ist schließlich nur der Job. Entweder die beißen an oder eben nicht."

Radio an.

Nachrichten: „Das vereinte Deutschland..."

Radio aus.

Zigarette an.

Musikkassette rein, um diesem Ausflug noch etwas Schönes abzugewinnen. Sang gleich beim ersten Lied mit. Eine Strophe lang. Aber ihm war nicht wirklich nach singen. Sein Gehirn kurbelte wieder und wieder das Verkaufsgespräch durch. Hatte er dem kranken Kollegen etwas kaputt gemacht? Er fühlte eine große Leere und einen leichten Schleier von Traurigkeit in dem Basisglück, das er seit seinem Leben mit Heidrun in sich trug.

Weiter Richtung Hamburg. Linke Spur. Um im Verkehrsfluss bleiben zu können, musste er immer etwas schneller fahren, als er eigentlich wollte.

Anfahrt auf den Elbtunnel.

Heimat.

Er spürte nichts, heute.

Heute war es erstens taghell und zweitens war er nicht lange genug weg gewesen. Also rein in den Tunnel, raus aus dem Tunnel, Nordwestkreuz Richtung Flensburg, Ausfahrt Schnelsen Nord.

B 432.

Norderstedt.

Segeberger Chaussee, bei den Hochhäusern Max und Moritz links rein, dann rechts in den Heidehofweg.

19 Uhr 20.

Zigarette ausdrücken.

Mit wackeligen Beinen stakste er aus dem Wagen.

Der Körper fuhr noch 170 km/h, die Gedanken waren noch in Münster, die Augen müde.

Erstmal strecken und die feuchte Luft des Nordens tief in die verräucherten Lungen saugen. Dann ruhigen Schrittes die 150 Meter durch die Siedlung bis zum eigenen Reihenhaus genießen. Er bemerkte die Veränderungen in den Gärten, die heute passiert waren, hörte die Kinder auf dem Spielplatz und roch die Düfte aus den benachbarten Küchen.

Seine Füße bekamen wieder Gefühl.

Heidrun werkelte in dem kleinen Gärtchen, das zum Haus gehört. „Guten Abend, gnädige Frau!", rief er ihr zu und sah schon aus 20 Metern Entfernung, wie sie erstrahlte.

Er nannte sie Sonne.

Nicht besonders originell, wie sich im Laufe der Jahre herausstellen sollte, aber auf jeden Fall besonders passend. Diese Frau war die Sonne seines Lebens.

Als er das Haus erreichte, stand sie schon in der Tür und fiel ihm freudestrahlend um den Hals. Das erste Echte, was er seit dem Frühstück erlebte.

„Ich brauch ´ne Schorle."

Sie lachte und machte sich auf den Weg. Serviert wurde auf der Terrasse.

Der Macho und seine Hausfrau?

Er war kaputt - sie wusste das.

Deshalb bekam er Service.

Wer schlapp oder lustlos war, bekam Service.

Heute war er das.

Meistens war er das.

Aber nicht immer - und schon gar nicht aus Prinzip.

Er wusste, dass sie wusste, dass er momentan zu viel Kraft in seine 4-Tage-Woche steckte, aber sie würde sich da nie einmischen.

Sie ließ ihn, wie er war.

„Und? Ist es nach wie vor okay für dich, wie wir so leben?“, fragte er aber vorsichtshalber doch noch mal.

„Es ist viel mehr als okay, ich war noch nie so glücklich.“

Klaas, ihr kleiner Sohn, krabbelte dem kleinen M auf den Schoß. Er ging seit kurzem zur Schule, konnte seit heute „Fu ruft Farah“ schreiben und musste das natürlich vorführen.

Der kleine M war gerührt, wie das linke Händchen den Zettel auf dem Tisch festkrampfte, während das rechte den Schreiber umklammerte und mit Unterstützung der Zungenspitze die Kurven der Buchstaben nach und nach auf das Papier krakelte.

Und dann, nach Fertigstellung, der triumphierende Blick!

Super Klaas!!

„Ich hab´ noch was für dich.“ Sie hielt ihm die neue CD von Mark Knopfler unter die Nase.

Mark Knopfler war schon lange ein alter Freund von ihm: In Cal, Local Hero und auf vielen anderen CDs hatten seine Gitarre, manche Texte und seine warme unaufdringliche Stimme dem kleinen M den Glauben geschenkt, dass Knopfler ein nachdenklicher, sanfter, weitgehend uneitler und mitteltemperamentvoller Mensch sein-müsse. Da stimmte das „Gesamtpaket“. Er war immer auf der Suche nach solchen Männern. Am liebsten im echten Leben.

Heidrun brachte Klaas zu Bett und eine halbe Stunde später spielte sie im Wohnzimmer ein wenig Gitarre. Dann hörten sie gemeinsam die neue CD, tranken Soave und rauchten *Marlboro.* Anschließend übte sie den Song „Iron Hand“ vom neuen Tonträger. Nach 20 Minuten spielte sie ihn fast so gut, wie der Meister selbst. Der kleine M begleitete sie rhythmisch an der Tischkante. Gesanglich konnte er nur die Hauptstimme übernehmen. Sie nahm die zweite. Klappte leider nicht, denn er konnte die Hauptstimme nicht halten.

Sie probierten noch ein paar andere Lieder und ob die zweite Flasche Wein so gut schmecken würde wie die erste. Tat sie.

Und die scheiß Zigaretten gingen auch wieder viel zu gut weg.

Gegen 24 Uhr hielt er die Hauptstimme zum ersten Mal durch. Sie freuten sich wie die Kinder.

Dann schenkten sie dem Tag noch eine Stunde zum Ausklang.

Halb zwei ging es zu Bett. Morgen früh würde er wieder denken:

Wiedermal zu früh, der Wecker.

Wiedermal zu viel getrunken, gestern Abend.

Wiedermal zu viel geraucht.

Wiedermal zu lange Hausmusik gemacht.

Wiedermal schön schön gelebt.

AD/ CD

Seine Vertreter-Vertreter-Fahrt nach Münster hatte ihn auf eine neue Idee gebracht.

Seit Jahren versuchten Geschäfts-, Verkaufs- und Marketingleitung den Außendienstlern auf so genannten Verkäufertagungen Daten, Fakten, Argumentationsketten und Verkaufsstrategien in die Hirne zu hämmern.

Von denen die aber nix wissen wollten.

Jeder Verkäufer war der festen Überzeugung, dass „meine Kunden" nur deshalb bei *Binaural* kaufen, weil er so smart sei.

Also redeten die Anführer zwei drei Tage lang in taube Ohren, die sich erst beim gemeinsamen Abendbesäufnis wieder öffneten.

Das war sinnlos.

Der kleine M hatte schon lange gegrübelt, wie man die Informationen so an die Leute bringen konnte, dass sie sie gern aufnahmen. Jetzt brachte ihn die Fahrt nach Münster auf die AD/CD-Idee, die „AußenDienst-CD".

Er stellte in seinem Home-Studio Grüße von Kolleginnen und Kollegen, Witze und locker dargebotene Fach-Informationen mit Musik zusammen und schickte sie den Herren, die mindestens 50 Prozent ihrer Arbeitszeit in ihren Autos verbrachten. Und die hatten inzwischen alle einen CD- statt einen Kassetten-Player. Sie konnten ihre Fahrten also nutzen, um die „EnterTrainment"-CDs der

Marketing"abteilung" (die inzwischen aus zwei Personen bestand) zu hören.

Und das taten sie auch.

Neue Nachbarn

Das Reihenhaus im Ginsterring war vier Meter fünfzig breit. Von der Mitte des Wohnzimmers waren es also zwei Meter fünfundzwanzig bis zu den nächsten Nachbarn links und rechts.

Und die waren sehr nett.

Aber nicht unsterblich.

Nach dem Tod der Nachbarin rechts zog dort eine dreiköpfige Familie ein.

Das erste, was der kleine M von ihr wahrnahm, war ein dezenter Hinweis der Mutter an ihren etwa fünfjährigen Sohn, der, vom Garten kommend, das Haus betreten wollte: „Zieh die Schuhe aus wenn du reinkommst, oder ich krieg einen Blutrausch!"

Neben dem eigenen Sohn wurden auch Heidrun und der kleine M als sehr störend wahrgenommen. Die sangen in ihrem Haus, teilweise auch spät in der Nacht. Das war mit dem Leben der Neuen nicht vereinbar, denn die betrieben ein Hausreinigungsunternehmen und mussten morgens sehr früh aus den Federn.

Also sangen unsere beiden kaum noch nach Sonnenuntergang. Außer zum Beispiel mit Klaas und Gästen am „Heiligen Abend", was seitens der neuen Nachbarn, nach heftigem Klingeln an der Tür, zu so heftigen Beschwerden führte, dass kleine M zum ersten Mal wieder die Faust ballte.

Was der Nachbar sah.

Und das Weite suchte.

Was für beide Herren ein Glück war.

Dann gab es Ärger, weil Heidrun und der kleine M auf der Terrasse in der Abendsonne ein Glas Wein tranken und dabei herzlich lachten. Als sich die neue Nachbarin von ihrem Balkon zur Terrasse der beiden hinunter beugte, war sie mit ihrem Mund fast über deren

Gläsern - und in diese kreischte sie: „Seien Sie doch endlich mal leise, Sie wissen doch genau, dass wir morgens früh raus müssen."

Dann lief Klaas´ Katze durch den Garten der neuen: „Die trampelt unsere Blumen nieder! Haben wir per Video aufgenommen und dem Rechtsanwalt übergeben!" Dann grillte der kleine M im Garten: „Der Rauch ist direkt zu uns ins Haus gezogen. Haben wir per Video aufgenommen und dem Rechtsanwalt übergeben!"

So entstanden viele attraktive Filme, die zwar nie zu einem Rechtsstreit, aber doch zu erheblichem Frust bei Heidrun und dem kleinen M führten.

Meinhardt live

Der Fernsehauftritt bei *Sie + Er* hatte Folgen. Ein Mann, der das Casting für *Meinhardt Live,* die bundesweit quotenstärkste Talkshow machte, fragte an, ob der kleine M mit der Frau in die Show kommen wolle, die er im Büro kennengelernt hatte.

Mit Ingrid also!

Heidrun hatte keine Einwände, dass er mit seiner Ex-Frau nach Köln fliegen, dort in einem Hotel übernachten und dann mit ihr auf den TV-Schirm wollte. Sie kannte seinen missionarischen Eifer und unterstützte ihn darin, der Welt in diesem Fall zu erklären, dass „Liebe im Büro" (so der Titel des geplanten Beitrags) ganz prima sein könne. - Im Gegensatz zur allgemein herrschenden Meinung.

Ingrid und der kleine M waren sich fremd geworden. Es fühlte sich merkwürdig an, mit ihr zu fliegen, zu essen und den nächsten Tag zu planen. Der Casting-Mensch hatte sich vor dem Abflug noch zweimal gemeldet und irgendwie nervös gewirkt. Ob sie wirklich bereit seien, über ihr Kennenlernen öffentlich zu sprechen? Ja, sie waren!

Ein Auto mit großem *TV*-Logo holte die beiden vom schönen Hotel ab und brachte sie ins Studio. Sie wurden zusammen mit den anderen Gästen in eine halbwegs gemütliche Kantine geleitet, in der es ein großes Buffet und reichlich Getränke gab. Am Fernseher konnte man zusehen, wie ein Gast nach dem anderen von Frau

Meinhardt interviewt wurde. Dann erfolgte der Aufruf für Ingrid und den kleinen M.

In einem engen Raum aus einfachen Holzwänden, der zwischen Kantine und Studio klemmte, wurden sie mit Mikrofonen und Sendern ausgestattet. Während dieser Prozedur sah der kleine M zufällig einen Monitor, auf dem ein Paar zur Musik von *Je t`aime* auf einem Schreibtisch vögelte. Bevor er das gedanklich sortieren konnte, kam der Zuruf „Und los!"

Sie traten ins helle Scheinwerferlicht und nahmen bei Frau Meinhardt und einer weiteren Frau Platz. Die fremde Frau erzählte von ihrem Verhältnis mit ihrem Chef. Sie sparte nicht mit durchaus intimen Details. Auch bei den Fragen, die Frau Meinhardt ans Publikum richtete, war erstaunlich Offenes zu hören.

Als sie sich unseren Beiden zuwandte, wurde der kleine M gleich einmal seine Botschaft los, dass man in Discos nur das Äußere des anderen sehen könne, in Büros hingegen erlebe man den ganzen Menschen, auch in schwierigen Situationen. Deshalb sei es ganz prima, wenn Liebe im Büro entstünde; eigentlich optimal.

Applaus!
Anknüpfend an die intimen Details der fremden Frau, erging die Frage an Ingrid: „Sind Sie denn auch gleich auf dem Schreibtisch übereinander hergefallen?" Ingrid fühlte sich überrumpelt und brachte keine Antwort hervor. Sie bat den kleinen M dies zu tun. Aber auch der war erschreckt über diese niveaulose Frage und eierte nur mühsam ein paar Wörter hervor.

Damit stand für Frau Meinhardt fest, dass sie nicht das glitschige Gespräch bekommen würde, das hier vorgesehen war. Sie fertigte den kleinen M kurz als Macho ab, der bestimmt noch viele Frauen im Büro angehen würde und verabschiedete das Paar.

Nachspiel

Kurze Zeit später erzählte man dem kleinen M, dass er schon wieder mit Ingrid im Fernsehen gewesen sei. Und zwar in einer Sendung (mit Jürgen Fliege?), die bestimmte Tricks der Fernseh-Macher offenlegte. Da sei auch die bewusste Sendung von *Meinhardt live* dabei gewesen. Man hätte gezeigt, dass die junge Frau mit dem Chef-Geständnis und die beiden Befragten aus dem Publikum bezahlte Schauspieler gewesen seien, die nur die Aufgabe gehabt hätten, das Gespräch auf die gewünschte Ebene zu bringen und damit Ingrid und den kleinen M zu Geständnissen auf ähnlichem Niveau zu animieren.

Dienstag, 17. Dezember 1991

Gisela Börner, die Mutter von Heidrun, wohnte in Hamburg Osdorf, keine 200 Meter von der ehemaligen Wohnung des kleinen M entfernt. Am 17. Dezember 1991 wurde sie 70 Jahre alt. Der Osdorfer Heimatverein beschloss, dass man dies in großem Rahmen im Heidbarghof feiern wolle.

Heidrun und der kleine M überlegten, was man Omi schenken könne, die keineswegs wohlhabend war, aber doch mehr hatte als sie brauchte. „Musik zum Fest!", schlug der kleine M vor. „In den Heidbarghof passen an die 200 Leute. Es wäre doch schön, wenn wir Omi und den Heimatverein mit ein paar plattdeutschen Liedern beglücken könnten."

Die spontan gegründete Kapelle bestand aus Heidrun, Klaas, Helene und Heidruns alten Freunden Hans Schöller (der inzwischen Audiologe bei *Binaural* war) und Jan Willund, sowie dem kleinen M. Im Repertoire hatten sie Smash-Hits wie „De Möhl", „Dat du mien Leevsten büst" und „Anne Eck".

Die Leute des Heimatvereins waren begeistert von der Darbietung. Auch der Redakteur des lokalen Anzeigenblättchens. Er wollte gern von dem Ereignis berichten und fragte nach dem Namen der Gruppe.

„Äh", sie sahen sich ratlos an.

„Äh ..."

Nach kurzem Hin und Her kam die Antwort: „Wir sind die *Omi Börner Band*".

Die *Omi Börner Band (OBB)*

Die musikalische Einlage bei Omi Börners Geburtstag hatte zur Folge, dass der Kern der singenden Gruppe Lust bekam, mit dem plattdeutschen Programm hin und wieder aufzutreten.

Nachdem sie hin und wieder mal aufgetreten waren, entwickelte sich der Wunsch statt Volks- doch mal wieder „politische Lieder" zu machen, die fast allen Bandmitgliedern noch in der Blutbahn waren. Nnicht nur der kleine M hatte diesbezüglich eine Vergangenheit, sondern auch Heidrun und ihre Freunde Hans Schöller und Jan Willund.

Sie begannen zu proben.

INFO Politische Lieder

„Politische Lieder" steht in Anführungszeichen, weil alle Musik eine politische Dimension hat, nicht nur solche, mit explizit politischen Texten.

Jan Willund

Das Beste, was Jan dem kleinen M schenkte, war der Satz: „Musik muss in erster Linie Spaß machen!" Das hatte der kleine M noch nie so gesehen: „In erster Linie Spaß?"

Für ihn war die Form des Musikmachens, die er jahrelang ausgeübt hatte, in erster Linie politische Arbeit gewesen. Mit dieser Einstellung hatte er alle Bands und auch das Kabarett betrieben, das keins gewesen war. Auch die sich jetzt zur Polit-Gruppe entwickelnde *OBB* verstand er primär als singende Info-Plattform - bis Jan ihm half auch den Spaßfaktor, der natürlich nie bei null gewesen war, viel bewusster zu leben und zu erleben.

Auch sonst hatten Jan und der kleine M an den gleichen Tätigkeiten Spaß: Rauchen, trinken, essen, Gespräche, Sex, Fußball, Musik hören, Spiele spielen und nun auch Musik machen.

Die Beiden begannen sich für einander zu interessieren.

Hanna

Jan war verheiratet mit Hanna - und Hanna war eine der langjährigen und besten Freundinnen von Heidrun.

Mit der Musik und etwas Zeit wuchs der kleine M in die Freundschaften mit Hanna und Jan hinein. Schon bald fuhren Heidrun, Klaas und er einmal jährlich mit den fünfköpfigen Willunds in ein gemeinsames Ferienhaus in Franken. Die Geburtstage der Erwachsenen und der Kinder wurden gemeinsam gefeiert und man überlegte, ob man zusammenziehen sollte.

Von Gorbi zu Gorbatschow

Der kleine M erlebte, dass die „Bewahrer“ in der *DKP* sich in ihren schlimmsten Befürchtungen bestätigt sahen. Gorbatschow hatte den real existierenden Sozialismus europäischer Prägung an den Rand des Abgrunds geführt.

Vorsätzlich?

Leichtfertig?

Der kleine M glaubt bis heute an seine eigene Version, der zufolge Gorbatschow mit Glasnost (Demokratisierung), Perestroika (wirtschaftlichem Umbau) und dem Ende der Breschnew-Doktrin *(„Die Souveränität der einzelnen Staaten findet ihre Grenze an den Interessen der sozialistischen Gemeinschaft“)* zu viele systemische Halteseile gleichzeitig gelockert hatte.

Vermutlich in bester Absicht.

Die Konservativen in der sowjetischen KP versuchten einen Putsch gegen ihn, der sehr wenige Unterstützer fand und schnell zum Stillstand kam. Der Volksdeputierte Boris Jelzin nutzte diese Gelegenheit, um vor laufenden Kameras einen Panzer zu besteigen, den Putsch für gescheitert zu erklären und sich selbst mit großer Geste als neuen starken Mann in Szene zu setzen.

Bald darauf sollte er tatsächlich zum Präsidenten Russlands gewählt werden, der das Land zurück in den Kapitalismus führen würde.

Umverteilung

In den Augen des kleinen M war nicht Gorbatschow, sondern dessen Besieger und Nachfolger Boris Jelzin ein ganz ein Schlimmer! Ein skrupelloser Unmensch, der nicht nur den sozialistischen Staatenbund endgültig zu Grunde richtete, sondern der dem Volk Renten, Gehälter und Wehrsolde nicht mehr überweisen ließ, aber sich und seine Komplizen über Nacht zu Milliardären machte.

Susanne Spahn schrieb dazu bei *Zeit online vom 12.6.2011*, dass viele Jelzins Regierungszeit mit der „Smuta" in Verbindung bringen, mit einer Zeit, in der die staatliche Ordnung fast zusammenbrach. Jelzin würde vielerorts als Zerstörer der Sowjetunion gelten und eine Menge Leute im russischen Establishment würden sich seither die Sowjetunion zurückwünschen.

Globalisierung?

Der große sozialistische Staatenblock, der die halbe Welt umfasst hatte, war also zurück zum Kapitalismus gewendet worden. China und die kleineren verbliebenen antikapitalistischen Länder spielten noch keine wesentliche Rolle in der internationalen Politik. Die „freie und soziale Marktwirtschaft" konnte sich also fast grenzenlos ausbreiten.

Aber das mochte man so nicht sagen.

Der Begriff der „Globalisierung", bereits in den 1960er Jahren entstanden, fand jetzt Eingang in den täglichen Sprachgebrauch der Medien: „Die Globalisierung greift um sich", „die Globalisierung erfasst immer mehr Länder". Es handelte sich also scheinbar um eine Art Naturereignis und nicht um den Siegeszug des Kapitalismus´.

Meldungen aus 1992

- Bill Clinton wird Präsident der USA.
- In Deutschland feiern zwischen 1989 und 2001 neue rechtsradikale Parteien Landtagserfolge mit teilweise zweistelligen Prozentanteilen.

- Mit dem Vertrag von Maastricht wird am 7. Februar 1992 die Europäische Union gegründet. Er wird am 1. November 1993 in Kraft treten.

Deuropa

Aus der *Europäischen Wirtschaftsgemeinschaft (EWG)* wurde die *Europäische Gemeinschaft* (englisch: *European Union, EU*). Die Streichung des Begriffs „Wirtschaft" war in den Augen des kleinen M eines der immer wiederkehrenden Manöver, um den eigentlichen Zweck allen Regierens in den Ländern des Kapitalismus zu kaschieren: Die Förderung der Wirtschaft zum Wohle der Wirtschaftsführer und der politisch für sie Tätigen.

Die Bevölkerungen der Mitgliedsstaaten sind da vor allem ein Reservoir an viel zu vielen Arbeitskräften, die man gut gegeneinander ausspielen kann, um Löhne und Sozialleistungen zu senken.

Zum Plan einer angestrebten Einheitswährung erklärte der kleine M, wo immer man es nicht hören wollte: „Wenn das klappt, gewinnt Deutschland diesen Tagen den ersten und den zweiten Weltkrieg".

Kaum jemand verstand diese Äußerung, denn man war sich in weiten Teilen der deutschen Öffentlichkeit trotz all der „Nazi-Aufarbeitung" wenig bewusst, dass es bei den deutschen Kriegen um die Gewinnung der Ressourcen der überfallenen Länder gegangen war: um billige Zwangsarbeiter, um Öl, Gas und Absatzmärkte ohne Grenzen, am liebsten wohl um einen eurasischen Binnenmarkt – der einfach Deutschland heißen sollte.

Zumindest dem Ziel des viele Länder umfassenden Binnenmarktes würde die deutsche Wirtschaft nach Ansicht des kleinen M mit der Einführung der geplanten Einheitswährung ein gutes Stück näherkommen. Die Staaten, die sich bisher durch Abwertungen ihrer Währungen gegen den deutschen Exportdruck wehren konnten, würden sich mit der Währungsunion wehrlos machen.

„Den Menschen" wurde die *EU* als Friedensprojekt verkauft: „Noch nie hatten so viele europäische Länder so lange Frieden miteinander."

„Das ist wahr", moserte der kleine M, „weil es für Deutschland keinen Sinn mehr macht Länder militärisch anzugreifen, die sich anhand von Römischen, Maastrichter, Dubliner und sonstigen Verträgen schon unterworfen haben."

Deutlich weniger polemisch formulierte es Günter Verheugen, ehemaliger Vizepräsident der *Europäischen Kommission*, gegenüber … Joachim Starbatty im *ZDF*… bei Maybrit Illner… (Zitat aus *konkret* 2010) *„…Wir sollten bitte nicht vergessen: Dieses ganze Projekt Europäische Einheit ist wegen Deutschland notwendig geworden. Es geht immer darum, Deutschland einzubinden, damit es nicht zur Gefahr wird für andere. Das dürfen wir in diesem Land nie vergessen. Wenn irgendjemand glaubt, wenn Sie, Herr Starbatty, glauben, dass das 65 Jahre nach Kriegsende keine Rolle mehr spielt, dann sind Sie vollkommen schief gewickelt. Ich kann Ihnen nach zehn Jahren Brüssel sagen: Das spielt jeden Tag, jeden Tag eine Rolle, und die Art, wie Deutschland in Europa auftritt, wird anders beurteilt als die Art und Weise, wie Luxemburg in Europa auftritt, und das aus guten Gründen."*

Let´s go east! (Abwandlung des Slogans einer Zigarettenwerbung)

„Es ist wenig passiert in Richtung blühender Landschaften auf dem Gebiet der ehemaligen DDR? Wirtschaftlich blühender Landschaften, so, wie Kanzler Kohl sie versprochen hatte? Tut mir leid Leute, aber das zu glauben, war echt naiv!" Der kleine M klugscheißerte wieder, leicht verbittert.

„Die BRD hat die DDR doch nicht geschluckt, um die Menschen dort glücklich zu machen, sondern um einen größeren Binnenmarkt für die Wirtschaft zu schaffen. Und genau das passiert jetzt: Es entstehen keine neuen Produktionsstätten im Osten, sondern man verlängert lediglich die Autobahnen in die neuen Absatzgebiete hinein."

Michael Jackson 1992

Tom, inzwischen 17jähriger Sohn des kleinen M, war glühender Michael Jackson-Fan.

Seine Mutter Beate, ihr Lebenspartner Claus, Heidrun und der kleine M beschlossen ihm die Freude zu machen und mit ihm zum Jackson-Konzert im Hamburger Volkspark-Stadion zu gehen. Sie sagten sich, sie würden da schon durchkommen durch das Gedröhne der Bässe und das Getanze des Meisters.

Der „King of Pop“ hatte angekündigt, mit einem Raketenstuhl auf die Bühne zu fliegen! Wie albern ist das denn?!

Hauewwer: Das Konzert haute Tom aus den Socken.

Heidrun und den kleinen M auch.

Es war musikalisch mitreißend, der Sound war klasse und nicht zu laut, die Tanzeinlagen oft passend - nur warum sich der Meister 17 Mal ans Gemächt fasste, blieb unerklärlich. Ganz toll waren die Botschaften, die er mitgebracht hatte: Liebt euch alle! Kinder aus dem Publikum, kommt zu meiner Kinderseele auf die Bühne und tanzt mit mir! Menschen, haltet Frieden!

Der Höhepunkt war für den kleinen M die USA-kitschige und doch so bewegende Szene, in der ein Panzer auf die Bühne fuhr, der von einem kleinen Mädchen mit Blumenstrauß angehalten wurde, was den Fahrer zum Aussteigen nötigte. Sie schenkte ihm die Blumen, er verneigte sich vor ihr und verzichtete darauf, seine Kriegsmaschine wieder zu besteigen.

Der kleine M wurde ein Jackson-Fan.

Für immer wird er beispielsweise den später erscheinenden *Earth-Song* und das dazugehörige Video verehren.

Prince 1992

Jackson war bezaubernd, Prince war ekstatisch.

Alsterdorfer Sporthalle.

Alles pechschwarz auf der Bühne, alle Metallteile kupfern, der Meister im weißen Strampelanzug.

Der erste Ton, der erste Groove. 80 Minuten und die x-te Zugabe später, der letzte Ton und der letzte Groove. Jedes Molekül in rhythmischem Aufruhr: im kleinen M und in der Halle.

Sein Fazit (auch 25 Jahre später noch): „Das geilste Live-Konzert meines Lebens".

Tom als Schüler

Trotz all der chaotischen Beziehungsverhältnisse, durch die er mit seinen Eltern gehen musste, marschierte Tom locker und flockig in Richtung Abitur. Der kleine M merkte gar nicht, dass sein Sohn zur Schule ging und auch Beate äußerte sich in dieser Hinsicht nie kritisch.

Bis kurz vor Schulende.

Da wurde es nervig.

Beate bat den kleinen M des Öfteren um ein Gespräch, damit sie sich über das zunehmend merkwürdige Verhalten von Tom austauschen konnten. Der kleine M hatte stets den Eindruck, dass es dabei immer eher um sie selbst ging als um Tom. Was sie über den Sohn erzählte erschien ihm zwar sonderbar, aber doch sehr übertrieben.

Tom macht Abi

Toms bester Freund, der bis dahin in der Schule auch so gut klarkam wie Tom selbst, wurde kurz vor dem Abitur zwangsweise ausgeschult, weil er zu oft nicht zum Unterricht erschien.

Zu seinem Schrecken erfuhr der kleine M, dass Tom dasselbe bevorstand.

Sie trafen sich und er redete mit Engelszungen auf seinen Sohn ein, die Schule doch bitte unbedingt noch bis zum Abitur durchzuziehen.

Er zog.

Zwar war sein Abschluss mit 2,x etwa eine Note schlechter als das möglich gewesen wäre, aber er hatte sein Abi.

„Das ist wichtig, für dein weiteres Leben",

dachte der kleine M ...

Klaas als Schüler

Schon am ersten Schultag, den die meisten Kinder herbeisehnen, hatte Klaas keine Lust auf Schule gehabt: „Ich will nur lesen und schreiben lernen, das kannst du mir beibringen", sagte er zu Heidrun, „dafür brauche ich nicht zur Schule zu gehen."

Leider (?) sahen die deutschen Gesetze das anders.

Es bedurfte sehr viel Überredungskunst, den kleinen Freigeist, eingeklemmt zwischen seiner großen Schultüte vorn, dem riesigen Ränzel hinten, Heidrun links und dem kleinen M rechts ins Schulgebäude zu lotsen.

Die Aula war krache voll mit Mamas, Papas, Omas, Opas, Onkeln, Tanten und ein paar ABC-Schützen.

Die Kinder wurden nacheinander aufgerufen, um sich auf der Bühne in Reihe aufzustellen. Als der schmächtige Klaas seinen Namen hörte, erhob er sich tatsächlich und stelzte auf zu dünnen Beinen mit einem zu breiten Ranzen brav nach vorn, um sich dort bei den anderen Kindern einzureihen. „Scheiße, jetzt wird er formatiert", dachte der kleine M

Das stellte sich als Irrtum heraus.

Er wurde keineswegs formatiert.

Nicht in der ersten Schule, nicht in der zweiten und nicht in der dritten. Er stellte sich solange quer, bis er am Gymnasium die achte Klasse dreimal wiederholt hatte und an einer Realschule landete. Das allerdings schätzte er selbst noch im selben Jahr als bösen Fehler ein, denn er wusste so gut wie alle Erwachsenen um ihn herum: Klug genug war er, er hatte nur einfach keinen Bock auf Schule gehabt.

Christen-Lissi reist an

Etwa alle 14 Tage kam Lissi zu Besuch nach Norderstedt und begrüßte die Familie gern mit „Oha, oha, das war wieder eine U-Bahnfahrt! Schrecklich! Drei Neger waren in meinem Abteil! Ich habe meine Handtasche die ganze Fahrt über mit beiden Händen festgehalten!"

Sie blieb ein Kind ihrer Zeit: Homosexuelle waren igittigitt, beim Thema Juden war eine deutliche Zurückhaltung zu spüren, Ausländer waren bedrohlich - je dunkler desto mehr.

Aber einen auf christlich machen!

Die Liebe zu seiner Mutter nahm von Jahr zu Jahr um zwei bis drei Prozent ab.

Tolle Nachbarn

Auch 1993 war es im Winter längst dunkel, wenn Lissi gegen 20 Uhr das Norderstedter Reihenhaus wieder verließ. Der kleine M ging dann mit ihr durch die Siedlung in Richtung Auto, um sie nach Hause zu fahren. Auf dem Weg dahin machte ein Bewegungsmelder nach dem anderen die häusliche Laterne an. Das freute Lissi: „Ich finde es immer wieder nett, dass eure Nachbarn Licht anmachen, wenn ich im Dunkeln nach Hause gehe. Das ist wirklich sehr freundlich!"

Wunder der Technik

Etwa 1994 kamen in Deutschland die ersten tragbaren Telefone auf den Markt: Riesenklopse von etwa acht Zentimeter Dicke und 25 Zentimeter Länge, mit ausziehbarer Antenne. Aber drahtlos!

Wundersame Tode

Petra Kelly stand nach mehreren Morddrohungen auf der polizeilichen Liste gefährdeter Personen. Obwohl sie große Angst gehabt haben soll, lehnte sie einen Personenschutz ab.

Kelly wurde, unter nicht völlig geklärten Umständen, angeblich von ihrem Lebensgefährten General Gert Bastian mit dessen Pistole im Schlaf getötet. Anschließend soll er sich selbst erschossen haben. Die Leichen wurden am 19. Oktober 1992 gefunden - mehrere Wochen nach der Tat.

War es eine Vereinbarung zwischen den Beiden? War es Mord? Auf jedem Fall war es eine Riesen-Tragödie.

Wahrscheinlich für ganz Deutschland.

Vielleicht darüber hinaus.

Schlagzeilen aus 1994

- Männliche Homosexualität ist nicht mehr strafbar. Der § 175 des deutschen Strafgesetzbuches existierte vom 1. Januar 1872 bis zum 11. Juni 1994.

- Die Norweger erteilen der Mitgliedschaft in der EU eine Absage.

Meldung aus 1995

- Tödlicher Anschlag auf Yitzhak Rabin, den israelischen Hoffnungsträger auf einen friedlichen Ausgleich mit den Palästinensern. Todesschütze war ein rechtsradikaler Israeli.

Wehrmachtsausstellungen

„Wehrmacht" war die Bezeichnung der deutschen Armee unter Hitler. In der Bundesrepublik wurde die Wehrmacht als „Bundeswehr" reaktiviert. Das war der Versuch, wie so oft, mit neuem Namen alte Kontinuität unsichtbar zu machen. Weil er das so sah, weigerte sich der kleine M die neue Bezeichnung zu übernehmen und sprach stets von der „Bundeswehrmacht". Das habe ich für dieses Buch übernommen, wie schon des Öfteren zu lesen war.

Die „Wehrmachtsausstellungen", von denen hier die Rede ist, handelten von der Wehrmacht im II. Weltkrieg. Es waren zwei Wanderausstellungen des *Hamburger Instituts für Sozialforschung*, die von 1995 bis 1999 und von 2001 bis 2004 zu sehen waren. Durch sie wurden einer breiten Öffentlichkeit Gräueltaten der Wehrmacht bekannt gemacht, vor allem im Krieg gegen die Sowjetunion. Gräueltaten, die von der Nachkriegspropaganda verschwiegen und sogar geleugnet worden waren. Es hieß, Kriegsverbrechen seien nur von Nazi-Verbänden, aber nicht von der Wehrmacht verübt worden.

Eine brutale Lüge.

Die Ausstellungen dokumentierten die Kriegsführung der „verbrannten Erde", sowie die Beteiligung am Holocaust und am Porajmos, dem Versuch der industriellen Vernichtung der Roma.

Du wirst dir vorstellen können, auf wie viel Widerstand diese Ausstellungen bei den Konservativen und Rechten stießen.

Das elektronische Fenster

Die Absicht sein Berufsleben ohne Computer hinter sich zu bringen, scheiterte für den kleinen M etwa 1995, da hatte er noch gut 20 Arbeitsjahre vor sich. Nach den umständlichen *DOS*-Dosen kam so etwas Modernes wie *Windows ´95* auf den Markt. Eine Software, die man nicht mehr über komplizierte Tasten-Kombinationen steuern musste, sondern einfach per Mouse-Klick auf die gewünschte Aktion. Das machte Klein-Computer massenkompatibel und es sollte nicht mehr lange dauern, bis der kleine M von morgens bis abends vor dem PC saß, um seinen Beruf auszuüben.

Tag für Tag, Monat für Monat, Jahr für Jahr.

Sozialpartnerschaft

1995 hatte die IG Metall in Verhandlungen mit dem Unternehmerverband einen guten Tarifabschluss durchgesetzt. Aus Sicht der Unternehmer im Unternehmerverband einen zu guten. Half aber nichts, sie waren daran gebunden, weil ihre Verbandsleitung unterschrieben hatte.

Oder?

Wenn man den Unternehmerverband auflösen würde, hätte die Gewerkschaft einen Tarifvertrag ohne Tarifpartner (also einen wertlosen) und die Unternehmer hätten wieder freie Hand die Arbeitsbedingungen nach alter Gutsherrenart allein zu bestimmen. Also drohte der Unternehmerverband mit seiner Selbstauflösung.

Die Vorstellung ganz ohne Tarifvertrag dazustehen schreckte die Gewerkschaft derart, dass sie die bestehende Vereinbarung durch „Härtefallklauseln“ und „Betriebliche Beschäftigungsbündnisse“ nach und nach aufweichen ließ. Der Staat tat durch Leiharbeit, Minijobs, verschärfte Zumutbarkeitsregeln für Arbeitslose und Hartz IV das Seine, die Ware Arbeitskraft für Unternehmer immer erschwinglicher zu machen, zumal in Relation zu den Produktivitätsfortschritten.

Meldung aus 1997

- **Beginn der Asienkrise**

Im März 1997 begann in Thailand die so genannte Asienkrise. Der Finanz-, Währungs- und Wirtschaftseinbruch griff schnell auf mehrere ostasiatische Staaten über. Neben Thailand waren insbesondere Indonesien und Südkorea betroffen, aber auch Malaysia, die Philippinen und Singapur litten erheblich - im Unterschied zu China und Taiwan.

Damit passierte in Asien das, wovor sich der kleine M stets fürchtete: Kleine Mse hatten sich einen gewissen Wohlstand und die Illusion einer sozialen Sicherheit erarbeitet, dann macht es peng - und zehntausende mittlere Mittelschichtler stehen mit nix auf der Straße.

Weil der kleine M bei weitem nicht der Einzige war, der sich vor solchen unvermeidbaren Eskapaden des Kapitalismus fürchtete, wurde die Thematik in den deutschen Mainstream-Medien wenig behandelt. Sowas ist ein Thema, das Schatten auf die sonnige Ahnungslosigkeit marktgläubiger Mitbürgerinnen und Mitbürger werfen könnte, und wird deshalb gern vermieden.

Das männliche Sehvermögen

Männliche Menschen können schlecht gucken: Sie stehen beispielsweise vor dem offenen Kühlschrank, die Butter liegt direkt vor ihrer Nase, sie starren angestrengt nach links und rechts und hinten und ganz hinten, um dann zu fragen: „Haben wir keine Butter mehr, Schatz?“

Heidrun und der kleine M hatten es die „Kühlschrankblindheit des Mannes“ getauft, denn nicht nur der kleine M war von ihr befallen, sondern auch der heranwachsende Klaas.

Leider beschränkte sich diese Sehschwäche der beiden Herren nicht nur auf Kühlschränke, sondern auf ganze Wohnungen. Auf verschmutzte Teppiche zum Beispiel, auf Wäscheberge vor Waschmaschinen und ganz extrem auf Fenster, die aufgrund ihrer optischen Undurchdringlichkeit ihren Namen kaum noch verdienten.

Im Gegensatz zu den Männern litt Heidrun unter dieser Teilerblindung: „Warum könnt ihr nicht einfach mal die Wäsche in die Waschmaschine stecken und das Ding starten?"

„Oh, haben wir gar nicht gesehen, den Berg."

„Da muss man drübersteigen, wenn man durch den Keller will, den kann man gar nicht übersehen."

„Sag uns doch einfach wir sollen die Wäsche waschen, dann machen wir das auch."

„Ich will euch das nicht sagen und dann als Meckerziege abgestempelt werden. Ich wünsche mir, dass ihr selbst einen Blick dafür entwickelt, was im Haushalt getan werden kann. Guckt euch doch bitte mal den Teppichboden an."

„Hä?"

„Der ist doch total vollgekrümelt", sagte sie und zeigte Richtung Esstisch.

„Ach so, ja, da beim Tisch. Ein nettes Wort und wir sorgen dafür, dass sich die Krümel verkrümeln."

„Leute! Ich lass mir nicht die Mecker-Mütze aufsetzen. Bitte macht eure Augen auf und übernehmt Verantwortung für das Haus, das wir gemeinsam bewohnen."

Es war schwer, aber der kleine M begann mit Sehübungen.

Wenn er eine fällige Hausarbeit entdeckt und erledigt hatte, freute er sich an Heidruns Blick, der ungläubig und mit einem inneren Lächeln auf den ausgeräumten Geschirrspüler fiel. Sie freute sich still, ohne in Lobeshymnen auszubrechen, schließlich war sie auch nicht gefeiert worden, wenn sie wieder Nahrungsmittel eingekauft hatte.

Ihn freute es jedenfalls, wenn er an kleinen Zeichen bemerkte, dass sie sich freute. Er liebte diese Frau und es machte ihm Freude, ihr Freude zu bereiten.

Und so verbesserte sich seine Sehfähigkeit im Laufe der Jahrzehnte sehr nachhaltig – ein Triumph männlicher Willenskraft!

Tom allein zu Haus

Kein Antrieb für gar nichts.

Kein Schwung sich um Freunde zu kümmern, keine Bewerbung für ein Studium, keine Bewerbung für eine mittlerweile ohne Gewissensprüfung wählbare Zivildienststelle. Sofern man den Wehrdienst abgelehnt hatte. Beate konnte Tom, kurz vor der sonst fälligen Einberufung durch die Bundeswehrmacht, noch als „Zivi“ im *Albertinen Krankenhaus* unterbringen.

Dies war der Tiefpunkt von einigen Jahren schwierigen Zusammenlebens. Beate war mit ihren Nerven am Ende und verlangte, dass Tom aus der gemeinsamen Wohnung mit ihr und Claus ausziehen solle. In rund 200 Meter Entfernung hatte sie eine neue Bleibe für ihn gefunden.

Sie, Claus und der kleine M halfen Tom eines dunklen Winterabends beim Umzug. Weit nach Einbruch der Dunkelheit und bei einsetzendem Regen schleppten sie die letzten Kleinteile in die neue Bude.

Der Regen wurde stärker und trommelte gegen die großen leeren Fenster von Toms Ein-Zimmer-Wohnung im ersten Stock eines Hochhauses. Eine kleine Schreibtischlampe, die in einer Ecke des Raumes bereits funktionierte, tauchte das Zimmer in schemenhaftes Licht mit langen Schatten. Große Umzugskartons standen kreuz und quer auf dem Boden, so, als wären auch sie vom Himmel geregnet. Sie dienten den Vier als Sitzplätze. Ein schwerer, süßlicher Geruch von gegorenem Abfall hing schwer in der Luft – der Müllschlucker im Treppenhaus war verstopft.

Sie saßen wortlos.

Und traurig.

Nach längerer bedrückender Stille sagte Tom zu Claus und seiner Mutter: „Ich möchte, dass ihr geht.“

„Was?!“

„Ihr sollt gehen!“

Der kleine M sah seinen Sohn fragend an.

„Du kannst bleiben.“

Der kleine M solidarisierte sich nicht mit den Hinausgebetenen, er blieb.

Er hatte das Gefühl, dass er noch gebraucht wurde.

Nicht zum Packen, sondern zum Reden.

„Wie geht es dir mit dem Umzug? Hast du ihn gewollt?"

„Nicht unbedingt."

Schweigen.

Ratlosigkeit.

Trauer.

Wieso denn Trauer?

Der kleine M spürte den zunehmenden Überdruck in seiner Brust, im Hals, im Kopf, das Brennen in den Augen. Sein Blick verschwamm.

Heiß und schwer lösten sich die ersten dicken Tränen.

Er schluchzte, hob den Blick und sah durch den Schleier zu Tom.

Der weinte auch.

Hatte er Tom als jungen Mann vorher je weinen gesehen?

Warum heulten sie?

Es gab keinen erkennbaren Grund.

Eine Minute? Fünf Minuten? Zehn Minuten? Länger?

„Warum?", hörte sich der kleine M mit tränenerstickter Stimme krächzen. „Warum sind wir bloß so abgrundtief traurig?"

Tom wischte sich mit dem Ärmel übers Gesicht und zuckte die Achseln.

Sie wussten nicht, warum sie so weinten. Warum sie so weinten, wie sie noch nie in ihrem Leben geweint hatten.

Sie konnten nicht aufhören.

Schließlich stand der kleine M kraft- und wortlos auf, nahm seinen Sohn in die Arme und verließ die Wohnung.

Auf der Fahrt nach Hause schrie er in tiefer Verzweiflung gegen die Windschutzscheibe seines Autos „Warum???!"

„Warum bin ich denn bloß so furchtbar traurig?!"

„Was zum Teufel ist bloß los?!!!"

Ein paar Wochen später hob Tom sein Telefon nicht mehr ab.

Dann leerte er seinen Briefkasten nicht mehr.

Dann öffnete er die Wohnungstür nicht mehr für Besucher.

Die Familie beschloss täglich an seiner Tür zu horchen ob es Lebenszeichen in der Wohnung gab, zu klingeln und, wenn er nicht öffnete, Nahrung und Getränke an die Tür zu hängen. Er hörte Radio, aber öffnete nicht, und so richteten sie einen täglich wechselnden Lieferservice ein: Beate, der kleine M, Claus, Heidrun und Lissi.

Eine Bekannte von Beate meinte, sie habe schon von einem ähnlichen Verhalten gehört, da habe der junge Mann unter einer seelischen Störung gelitten.

Das war zu viel für Beate. Die letzten Jahre mit Tom in einer Wohnung waren extrem anstrengend für sie gewesen. Jetzt bestellte sie noch den Sozialpsychiatrischen-Dienst für ihren Sohn, dann gab sie die klare Botschaft an Toms Vater: „Jetzt bist du mal dran, ich kann nicht mehr."

Die freundliche Frau vom Sozialpsychiatrischen Dienst stand bei jedem Kontaktversuch zu Tom vor verschlossener Tür. Sie riet den Eltern dringend dazu, ihn aus der Wohnung holen zu lassen, „bevor er sich etwas antut". Dazu gab Tipps, wie man das vor Gericht begründen müsse.

Der kleine M schrieb einen entsprechenden Brief - und die freundliche Psycho-Frau machte ihn juristisch passend.

Trotzdem verweigerte die zuständige Richterin eine gewaltsame Wohnungsöffnung. Im Abstand von jeweils 14 Tagen erschien sie zweimal persönlich unter dem Fenster von Tom und klingelte sich am Eingang die Finger wund, um selbst ein Bild von ihm gewinnen zu können.

Er zeigte sich nicht.

Niemand ahnte, dass der sanfte Tom seit Jahren tief im harten Drogensumpf steckte.

Meldung aus 1998

- Nach der NPD und *Die Republikaner (*REP*)* feiert zwischen 1991 und 2004 eine dritte rechtsradikale Partei Wahlerfolge - den höchsten 1998 mit 12,9% der Stimmen in Sachsen-Anhalt: die *Deutsche Volksunion (*DVU*)*

Omi kommt in Fahrt

Die *Omi Börner Band* war inzwischen eine heitere, unterhaltsame und kompromisslos antikapitalistische Band geworden. Die Wahlerfolge der Rechtsparteien, das verbreitete Aussteigen der Arbeitgeber aus Tarifverträgen, die drohende Klimaveränderung und die zunehmende Konzentration des Reichtums in wenigen Händen hatten die Bandmitglieder in ihrer linken Haltung bestärkt. Mit der Erlaubnis von Hastig, Frank und Konrad hatte der kleine M viele der Melodien, die sie für die *(TV-)Wandsbeker* komponiert hatten, mit zeitgemäßen Texten versehen. Angesichts von wenig Probenzeit der berufstätigen Bandmitglieder, war dies der effektivste Weg, um schnell ein buntes Programm auf die Beine zu bekommen.

Die Band wurde von vielen unterschiedlichen Organisationen zu vielerlei Anlässen engagiert, zum Beispiel von der Gewerkschaft *Ver.di* anlässlich einer zentralen Streikveranstaltung in den Hamburger Messehallen, mit dem Chef Frank Bsirske als Hauptredner; regelmäßig zum *Ver.di*-Hoffest in Hamburg; zum 20jährigen *Ver.di*-Jubiläum in der *Fabrik;* von einer Bürgerinitiative, die in Berlin die *OBB* für den zweiten Platz in ihrem Anti-Nazi-Song-Wettbewerb ehrte, vom Organisationskomitee einer Anti-Bush-Demo in Elmshorn, bei eiskalten Temperaturen, Schneeregen und ohne nennenswerte Teilnehmerzahl; vom *Kabarett Wendeltreppe* im Kulturkeller unter dem Hamburger Rathaus; von der *DKP* für einen Auftritt anlässlich des LLL-Treffens in der *Urania* in Berlin; von mehreren Musikkneipen im Großraum Hamburg; von den Sozialdemokraten in Norderstedt; vom sozialistischen *Sozialen Zentrum* in Norderstedt; von der Organisationsgruppe für die Hauptbühne des *UZ*-Festes und zu zahlreichen großen und kleinen 1. Mai-Auftritten.

Und einige Überraschungen sollten noch folgen.

Der Pastor vom *Casibiero*

Heidruns Freunde Hans und Jan lebten in Eversen, ein paar Kilometer südlich von Hamburg. Dort hatte Heidrun sie kennengelernt, als sie selbst dort gewohnt hatte. Der Ort beherbergte eine aktive Gruppe aus Kommunisten, unorganisierten Linken, Sozialdemokraten, Grünen und Christen, die sich für die Belange sozial schwacher Einwohnerinnen und Einwohner einsetzten.

Und somit auch für den Frieden.

Heidruns Freunde hatten sie und den kleinen M schon vor der Gründung der *Omi Börner Band* gefragt, ob sie anlässlich des traditionellen Eversener Ostermarsches mit ihnen im *Casibiero*, der Kultur-Kneipe der Stadt, Musik machen würden. Die beiden hatten es damals zugesagt und führten es nun mit ihren Freunden als *OBB* weiter.

Unter den vielen interessanten Gästen fiel dem kleinen M ein Mann besonders auf. Er war so lang, dass er sich unter den niedrigen Türen des alten Hauses bücken musste. Er war hager, heiter, trug als einziger einen dunklen Anzug und war frei genug, bei dem spontanen Ringelreihen der weiblichen Tanz- und Trommelgruppe mitzumachen.

Im dritten Jahr kamen der lange Dürre und der vergleichsweise kurze Dicke näher ins Gespräch. Der Dürre entpuppte sich als Konrad Lübbert, einer der Pastoren, die beim AKW Brokdorf ihren Talar gegen den Wind und die Gewalt gestellt hatten. Heidrun und er kannten sich aus der Zeit, in der sie in Eversen gewohnt hatte. Sie mochten sich sehr. Etwa so sehr, wie die beiden Männer jetzt auch. Jedenfalls gipfelte das Gespräch in der Bitte von Konrad: „Wenn ihr euch jemals dafür entscheidet zu heiraten, dann möchte ich bitte die Trauung vornehmen. Muss auch nicht in der Kirche sein."

Zeit der Erbsenzähler

Binaural war inzwischen zu einem Aktien-Unternehmen gemacht worden und man begann personalmäßig, wie in vielen Firmen Ende der 1990er Jahre, den Wechsel von den Innovativen zu den Zahlendrehern zu vollziehen - zwecks verschärfter Profitmaximierung.

Stichwort „Shareholder Value". In Rotterdam wurde dem überaus kreativen van Eck ein phantasieloser Kostenreduzierer an die Seite gestellt: Mats de Boer. Ein Tölpel, wie er im Buche steht, schwer übergewichtig, peinlich ungehobelt im Umgang mit Kundschaft und mit öffentlichen Witzen aus der untersten Schublade.

Aber eine Konifere der Finanzakrobatik!

Der Nächste bitte

Auch bei *Binaural* in Hamburg war Schluss mit lustig. Für den vierfachen Vater mit dem 17jährigem Hamburger Modell kam ein Holländer als Geschäftsführer geflogen. Erstmal für den Übergang, dann aber doch schnell für „ewig". Er war schon auf verschiedenen Posten des Konzerns tätig gewesen. Kollegen aus seinen vorherigen Stationen warnten die Hamburger: „Vorsicht an der Bahnsteigkante! Der ist extrem ehrgeizig und knallhart! Der wird euer Kuschel-Team aufmischen."

Flemming de Graaf war gut 1,80 groß, breitschultrig, schlank, aber mit einer halben Fußballkugel im zu engen Hemd. Auch sein Schädel war fußballrund und von ähnlich wenig Haaren gekrönt, wie das Spielgerät. Das brachte seine leicht abstehenden Ohren gut zur Geltung. Wimpern und Augenbrauen sind vom kleinen M nie wahrgenommen worden, sind da welche gewesen? Zu sehen waren die leicht braunen Mäusezähnchen, die ungefähr so groß waren, wie bei einem Dreijährigen. De Graafs Fingernägel waren bis zu den Nagelbetten abgekaut.

Leider besaß er keinen Spiegel und hielt sich deshalb für so unwiderstehlich, dass er schon bald diversen Damen gegen deren Willen an die Brüste ging.

Fairerweise muss hier erwähnt werden, dass auch der kleine M die Glanzjahre seiner relativen Schönheit hinter sich hatte: Aus dem Ruderer, der höchstens 67,5 Kilo wiegen durfte, war ein Schluderer von 102 Kilo geworden. Sein großer Kopf war alkoholtechnisch kugelrund aufgeschwemmt und die Fotos dieser Jahre zeigen statt des stattlichen Athleten einen auf dem Sofa gestrandeten Pottwal.

De Graaf, der gemäß „Firmen-Duz-Gesetz“ natürlich Flemming war, kannte Hamburg, seinen neuen Wohnort, überhaupt nicht. Er war erstmal ohne seine Freundin gekommen, die in Holland nicht so schnell aus ihren beruflichen Verpflichtungen verschwinden konnte, kurz: Er war ziemlich allein. Und sowas kann der kleine M schlecht mitansehen. Er führte Flemming durch verschiedene Restaurants und Veranstaltungen, lud ihn zu sich nach Hause ein und half bei der Wohnungssuche in Chef-gemäßen Stadtteilen.

War das ein Fehler gewesen?

Hatte der Neue das als „anködeln“ gedeutet?

Er war sehr angenehm im privaten Umgang und man war sich ein wenig nähergekommen, aber für den kleinen M war das immer „Nähe auf Zeit“, denn Chef war Chef – da konnte er nicht aus seiner Haut.

Flemming hatte da wohl eine andere Vorstellung.

Jedenfalls saßen die beiden Prachtmänner mal wieder gemeinsam im Chef-Büro und qualmten um die Wette.

„Wir krempeln hier den gesamten Markt um!“, kam Flemming zur Sache. „Ich mache dich zusätzlich zu deiner Marketingleitung auch zum Verkaufsleiter. Du bekommst ein Schweinegehalt und dann zeigen wir Deutschland und der Welt was *Binaural* drauf hat. Voraussetzung ist natürlich, dass du die Vier-Tage-Woche aufgibst, aber ich denke, das war ohnehin nur eine Phase.“

Was jetzt kam, war der wahrscheinlich größte Fehler, den der kleine M in den Augen von de Graaf machen konnte, denn: Der geneigte Geschäftsführer moderner Bauart liebt keine spontanen Entscheidungen – und Flemming schon mal gar nicht.

Ein business man, als den er den kleinen M wohl ansah, findet erstmal alles prima: Die Idee, das Angebot und überhaupt das Ganze irgendwie.

Dann wird der business man Bedenkzeit für das fantastische Angebot erbitten.

Dann wird der businessman um einen neuen Gesprächstermin ersuchen und dem Chef sagen, dass er schon sieht, dass man ihm mit dem Angebot im Grunde neue Chancen eröffnen möchte.

Dann wird der Chef den Braten riechen und eine Befürchtung äußern.

Dann wird der businessman andeuten, dass diese Befürchtung nicht völlig zu Unrecht bestünde …

Der kleine M hingegen reagierte sofort und deutlich: „Nein, nein, das mit der Vier-Tage-Woche ist keine Phase. Jörg hatte mich auch schon mit der Leitung beider Abteilungen beehrt und daher weiß ich, dass ich das nicht noch einmal machen möchte. Ich genieße den zusätzlichen freien Tag in jeder Woche aufs Neue. Und ich verdiene so gut, dass ich viel Zeit brauche, um das Geld ausgeben zu können. Vielen Dank für das Angebot, aber ich würde die Dinge gern so lassen, wie sie sind."

Zum ersten Mal sah der kleine M nun das, was er noch oft erleben sollte: Das Gesicht von Flemming versteinerte sich und die Augen wurden feucht. Nicht aus Traurigkeit, sondern von dem Teil der Wut, der nicht mehr durch die Poren passte.

Modern Times

Binaural zog in ein neues Gebäude mit Großraumbüros. Diese Räumlichkeiten waren erschaffen worden, weil sie besonders für „flache Hierarchien" gut geeignet waren. Der Chef saß nicht mehr altmodisch im eigenen repräsentativen Salon, sondern ganz modern und kumpelig so, dass er alle Bildschirme, die ihm wichtig waren, im Blick und alle dazugehörigen Telefonate im Ohr hatte.

Das bewährte sich beispielsweise bei Natalie. Natalie war die Lieblings-Marketing-Kollegin des kleinen M, dessen Abteilung inzwischen drei Personen umfasste. Natalie war clever, schnell und sehr kollegial. Sie machte ihre Arbeit zuverlässig wie ein Uhrwerk und wann immer sie Zeit hatte, forstete sie den Unerledigt-Stapel auf dem Schreibtisch des kleinen M durch, wedelte mit ein paar Papieren und sagte: „Das mach ich mal, okay?"

Aber, wie das Drama des Lebens so spielt: Auch Frauen wie Natalie verlieben sich mal.

Sie war, wie sie eines Tages erzählt hatte, eigentlich wegen großer Sympathie zum kleinen M zur Firma *Binaural* gewechselt. Die Beiden hatten sich bei der PR-Agentur kennengelernt, die der kleine M beauftragt hatte. Was Natalie bei ihrem Wechsel sicher nicht geahnt hat, war die Tatsache, dass der kleine M für sie und die weitere Weiblichkeit unantastbar war, denn er war heidrunifiziert.

So verliebte sie sich eines Tages in einen anderen Herrn, einen *Binaural*-Kollegen aus Rotterdam.

Mit dem sie dann öfter mal telefonierte, wie auch gerade eben. Anschließend verließ sie den Raum.

„Was macht Natalie gerade?", trat der flach-hierarchische Flemming neben den kleinen M.

„Sie ist zur Toilette, glaube ich."

„Ich meine arbeitsmäßig."

„Keine Ahnung, was sie in diesem Moment in der Mangel hat."

„Du weißt nicht, woran sie arbeitet?"

„Nein - ich weiß nur, dass sie zuverlässig dazu beiträgt, dass unsere Projekte seit Jahren gut und pünktlich fertig sind."

„Ich will, dass du immer weißt, was sie gerade tut. Von beiden Frauen in deiner Abteilung musst du das immer wissen. Jederzeit! Du hast hier die Verantwortung - und wenn ich dich frage, woran jemand gerade arbeitet, will ich künftig eine Auskunft haben."

„Kannst du sie nicht selbst ...?"

„Außerdem telefoniert Natalie zu viel privat. Sag ihr, dass sie das unterlassen muss."

Damit ging er zurück auf seinen flach-hierarchischen Beobachtungsposten.

Natalie kam zurück und der kleine M dachte nicht im Traum daran Flemming nun vorzuführen, wie schön er gehorchen kann.

Er sagte nichts.

Eine Stunde, zwei Stunden.

Denn auch Chefs haben eine Blase.

Als Flemming das Büro verlassen hatte, schlug der kleine M Natalie vor, dass sie ihre Privatgespräche künftig einfach aus einem anderen Raum führen solle.

Kaum hatte sie ihren Platz mal wieder verlassen, trat der mutige und hierachielose Flemming an die Seite des kleinen M: „Ich warte darauf, dass du es ihr sagst! Wenn du …"

„Ist längst passiert." (Grins. Innerlich.)

Tage später.

Der kleine M packte seine Sachen, um nach Hause zu fahren.

„Wo willst du hin?!" Flemming, der die Antwort natürlich kannte, fragte es mit versteinertem Gesicht und feucht werdenden Augen.

„Nach Hause. Ich mach Gleitzeit, ich habe 17 Plusstunden."

Seit fast 20 Jahren ging das so bei *Binaural.* Man stempelte bei Arbeitsbeginn ein und am Ende des Arbeitstages aus. Daraus ergab sich die geleistete Stundenzahl. Lag sie über den tarifvertraglichen 37,5 Stunden die Woche, konnte man die Überstunden abbummeln oder an den Urlaub dranhängen.

Mit dem gefrorenen Gesicht, blass werdenden Lippen und den inzwischen ganz schlimm doll feuchten Augen brauchte Flemming gar nicht mehr zu formulieren, wie absurd er das fand.

Der kleine M ging nachhause.

Die frohe Botschaft folgte am nächsten Tag mutig und hierachielos in schriftlicher Form: Alle Führungskräfte wurden ab sofort vom unwürdigen Stempeln an der Gleitzeituhr befreit und mit „Vertrauensarbeitszeit" beschenkt. So wurden, wenn man nicht standhaft war, innerhalb kürzester Zeit aus 37,5 Wochenstunden 50 und mehr – ohne jede Kompensation. Denn niemand konnte jetzt noch geleistete Mehrarbeit beweisen.

Tage später.

„Wieso kann ich Fromann nicht erreichen?!", brüllte der Hierachielose durch den Raum.

„Der ist doch im Urlaub, Flemming", rief irgendwer.

„Der ist mit einem Firmenhandy im Urlaub und das verpflichtet ihn, für die Firma erreichbar zu sein!"

Auch neu.

Mal abgesehen davon, dass es die ersten Handys noch nicht lange gab, geschweige denn Regelungen für ihre Nutzung, war Urlaub immer Urlaub gewesen. Von allen respektiert. Eine Zeit, die, pervers genug, laut Gesetz dazu dienen soll, seine Arbeitskraft wieder aufzutanken.

Aber nach Ansicht von Flemming brauchte niemand zu tanken. Ab sofort hatten alle Führungskräfte jederzeit erreichbar zu sein.

Außer dem kleinen M.

Der hatte das freundliche Angebot für ein kostenloses Firmenhandy gar nicht erst bekommen.

Dann erging eine neue Hausordnung:

Auf den Fensterbänken darf nichts liegen; die Schreibtische sind tagsüber von Papier weitgehend und abends vollständig frei zu halten; es sollen keine eigenen Kaffeebecher mehr verwendet werden, die Firma stelle einheitliche zur Verfügung; es sollen keine privaten Fotos auf den Schreibtischen stehen; Luftbefeuchter seien nicht mehr erlaubt; helle Jeans verboten.

Begründung?

Ich will das so!

Erlaubt war hingegen Kopfarbeit in einem Großraumbüro, in dem in etwa sechs Meter Entfernung etwa sechs Personen den ganzen Tag die Telefonzentrale bedienten. Da war das mit der Konzentration gar nicht so leicht. Mehrere Kopfarbeiter beklagten sich im Laufe der Zeit über Tinnitus oder andere krankhafte Erscheinungen, die durchaus auf die beschriebene Arbeitssituation zurückgeführt werden konnten. PR-Mann Frank Schmitt, der die inzwischen nach Holland abgewanderte Natalie ersetzte und von Flemming enorm unter Druck gesetzt wurde, die Quote seiner Abdrucke messbar zu erhöhen, hatte sogar ein fettes *Burn Out* erlitten. In den Monaten seiner Behandlung hatte man ihm eingeimpft, dass er seine Arbeitssituation verändern müsse, wenn er nicht bald wieder krank werden wolle.

Aber nichts konnte Flemming weniger interessieren als die amtlichen Vorgaben dazu.

Monatelang krank sein und dann noch Extrawürste erwarten? Soweit kommt es noch!!!

Die Arbeitszeit erst innerhalb von Wochen wieder auf 37,5 Stunden bringen?

Absurd!

Für eine bessere akustische Abschirmung in eins der kleinen Besprechungsbüros umziehen??

Das ist dein Recht, Frank?!

Kündigung!! Das ist mein Recht, Frank!

Geht nicht so einfach?

Dann eben mit Abfindung!

Der Mann ist schwerbehindert?

Mehr Abfindung!

Frank Schmitt wurde mit einer scheinbar prima Abfindung im Alter von mit Mitte vierzig dauerarbeitslos und psychisch krank.

Planerfüllung (Das Zauberwort der angeblich untauglichen Planwirtschaft)

Flemming hatten das digitale Netzwerk auf direkte Ergebnislieferung frisieren lassen. Er konnte nun stündlich kontrollieren, wie sich die Verkaufszahlen jedes Außendienstlers entwickelten. Die Verkaufszahlen von Männern, deren festes Einkommen er noch hinter die Vor-Jörg-Dreher-Ära zurückgeschraubt hatte – bei höheren Provisionen für eine Plan-Übererfüllung.

„Nichts ist im Berufsleben schlimmer als die Zählbarkeit der Vorgaben, die andere dir machen“, fand der kleine M: „Nach reiner Akkordarbeit kommen da für mich die Verkaufszahlen des Außendienstes. Jedes Jahr drei bis fünf Prozent Steigerung – ob du willst oder nicht. Heiner verkauft zurzeit 30 Stück am Tag, du nur 26. Was ist los? Keine Motivation? Du bist weiter hinterm Plan! Wenn das so bleibt, müssen wir über deine Bezahlung sprechen. Wieso hast du zuhause geschlafen, bei den Zahlen die du produzierst? Du musst deine Reiserouten optimieren!"

Ende mit Schrecken

„Was wollen Sie denn hier?", fragte der alte Mann Beates Lebensgefährten Claus und den kleinen M, während er mühsam dem Polizeifahrzeug mit den verdunkelten Scheiben entstieg.

„Ich bin der Vater und er der Stiefvater. Wir wollen unserem Sohn zeigen, dass er in dieser schlimmen Stunde nicht allein ist", antwortete der kleine M tapfer.

„Guter Mann. Sie tun weder Ihrem Sohn noch sich einen Gefallen, wenn Sie dabei sind. Setzen Sie sich hier unten ins Café und besuchen Sie ihn in einer Stunde in der Psychiatrischen Abteilung des *Universitätskrankenhauses Eppendorf*." Er sagte das so herzenswarm und wissend, dass die Beiden dem Ratschlag widerspruchslos folgten.

Sie warteten im Café unter Toms Wohnung.

Oben hörte man es krachen.

Die Wohnungstür...

Zehn Minuten später gingen Claus und der kleine M in die aufgebrochene Wohnung, um das größte Chaos zu lichten und Kleidung für den Krankenhausaufenthalt zu holen.

Als der kleine M eine Stunde später im *UKE* eintraf, wirkte Tom ruhig und freundlich. Sein Vater sagte ihm, dass er verantwortlich dafür sei, dass man ihn mit Gewalt aus seiner Wohnung geholt habe und dass es ihm leidtäte, dass es zu so einer Aktion kommen musste.

Toms Gesicht wurde hart: „Bitte geh und lass dich nicht wieder blicken - du bist nicht mehr mein Vater!"

Miau

Tom hatte zwei Katzen bei Beate zurückgelassen, die er sehr liebte. Deshalb versuchte der kleine M mit diesen Brief das Verhältnis zu seinem Sohn wieder in Ordnung zu bringen:

„Stell dir vor, deine Katzen würden sich eines Tages plötzlich in einem Zimmer verbarrikadieren. Du könntest sie wochenlang nicht sehen und nicht sprechen. Du wärest voller Sorge, was mit den geliebten Tieren los ist. Würdest du ihr Recht auf Autonomie unbegrenzt respektieren? Würdest du riskieren, dass sie vielleicht schwer krank daniederliegen, ohne dass du den Versuch gemacht hättest ihnen zu helfen? Oder könnte deine Liebe deinen Respekt überfluten und du würdest nach gebührender Zeit die Tür gewaltsam öffnen, um zu sehen, wie es um sie steht?"

„Ich habe deinen Brief verstanden. Du kannst mich gern wieder besuchen kommen."

Gebleicht

„Das war für uns alle eine schwere Zeit", sagte der kleinen M über jene Wochen und Monate – und mit dem ihm eigenen Galgenhumor fügte er hinzu: „Das Gute daran war, dass meine Haare ohne jegliches Färbemittel innerhalb eines Jahres statt brünett schneeweiß wurden."

Die Psyche

Die Ärzte sagten, Tom sei psychisch krank.

Der kleine M ergänzte: „So, wie fast alle Menschen in der heutigen Welt. In unterschiedlichem Ausmaß."

„Wann ist psychische Erschöpfung ein *Burn out*? Wann ist Antriebslosigkeit eine Depression? Wie psychisch gesund ist jemand, der täglich 30 Zigaretten raucht? Zwei Flaschen Wein trinkt? Eine Tafel Schokolade konsumiert? Wie psychisch gesund ist jemand der mit 60 km/h durch eine Tempo-30-Zone mit Kindergarten, Schule oder Altenheim fährt? Wie krank ist jemand, der einen Obdachlosen zusammenschlägt, weil der noch schwächer ist als er selbst? Wie heißt dessen Krankheit? Hat sie einen Namen? Braucht sie einen Namen?

Braucht eine Mischung aus Antriebslosigkeit, Angst und Halluzinationen einen Namen – oder stigmatisiert der nur?"

Mobbing?

Die Hauszeitung *BiNews* war ein Werbemittel, das viele Kundinnen und Kunden schätzten. Es war ein A4-großer Vierseiter, der das Budget des kleinen M kaum belastete. Jedes Unternehmen der Branche hatte so eine Hauszeitung, in der vor allem die kleinen Stöpsel, Knöpfchen und Filterstückchen kommuniziert wurden, die als Zubehörteile für verschiedene Geräte verfügbar waren.

Entsprechend „interessant" fand die Kundschaft diese Blättchen - nämlich gar nicht: „Ich fliege da kurz drüber und dann ab in die Tonne - bis auf die *BiNews*! Die nehme ich mit auf die Toilette, um sie in Ruhe zu lesen. Wenn meine Frau mich dort lachen hört, fragt sie direkt: Liest du die *BiNews?*", erzählte zum Beispiel Herr Klüntjes aus Köln, ein Mensch, der vielen als weitgehend humorbefreit galt.

Die Zeitung war natürlich kein Witzblatt, aber sie hatte neben den fachlichen Informationen auch Unterhaltungswert - damit man sie erstens überhaupt und zweitens gern liest!

Humor und sprachliche Leichtigkeit waren allerdings etwas, was nach Ansicht von Flemming de Graaf überhaupt gar nichts in der Kommunikation eines Weltunternehmens zu suchen hatte.

Nur sagte er das nicht.

Er gab die letzte Ausgabe der *BiNews*, die vor seiner Übernahme der Geschäftsführung erschienen war, zehn Kolleginnen und Kollegen zur kritischen Durchsicht und legte das Ergebnis dem kleinen M auf den Tisch: Ein über und über mit kritischen Kommentaren versehenes Exemplar: „So etwas schicken wir nicht noch einmal an die Kunden!"

„Aber Flemming", meinte der kleine M, „gib doch mal einen Text von Shakespeare an deine Bewertungsrunde, ich wette, der kommt genauso zurück. Denen geht es doch nicht um die Attraktivität beim Kunden, sondern darum dir zu liefern, was du offenbar haben wolltest."

„Sowas geht nie wieder bei uns raus!"

Stattdessen entstand unter der Regie des hierachielosen Erbsenzählers ein A2 großes Hochglanzprodukt, das erstens eine Unsumme kostete, zweitens, trotz entsprechender Mechaniken null Rücklauf produzierte und drittens nach der zweiten Ausgabe eingestellt wurde. Nach 25 Jahren sehr beliebter *BiNews*.

Auch bei allen anderen Arbeiten grillte Flemming den kleinen M nach allen Regeln der Kunst: „Überarbeiten!"

Viele Arbeiten, die nun alle vorgelegt werden mussten, wurden negativ kommentiert - aber es wurde nie genau gesagt, warum etwas nicht gut war.

Der kleine M musste eine Version nach der anderen vorlegen und aufgrund von „schon besser" oder „das geht in die völlig falsche Richtung" raten, was der große Meister wünschte.

Er bat um ein klärendes Grundsatzgespräch, das abgelehnt wurde.

Daraufhin schickte er seine Anfragen per Mail an den Chef und erhielt die Mitteilung, dass interne Mails nicht gelesen würden.

Die Kommunikation mit der holländischen Zentrale hatte ihm Flemming ohnehin längst aus der Hand genommen. Aktuelle Informationen leitete er oft so lange nicht weiter, bis der kleine M ihm eine neue Arbeit vorlegte und dann erfuhr „Das ist nicht mehr Stand der Dinge, die Lage ist jetzt soundso. Da müsst ihr einen ganz neuen Ansatz finden."

Mit anderen Worten: der kleine M war komplett von der Marketingleiter geschubst worden und auf dem Boden neuer Tatsachen gelandet.

Werner

In dem Versuch, auch bei jüngeren Menschen die Akzeptanz von Hörgeräten zu verbessern, hatte der kleine M Ende der 1980er, also kurz vor der Ära der Erbsenzähler, bei den damals sehr beliebten Comic-Machern von *Werner* angefragt, ob er ein Sonderheft konzipieren dürfe, das die *Werner*-Macher dann zeichnerisch umsetzen müssten.

Er durfte – natürlich gegen Bares.

Das Heft wurde ein Knaller in der Hörgeräte-Szene. Die Titelseite zeigte Meister Röhrich, der an einer laut zischenden Heizung horcht und denkt „Eigentlich müsste es zischen".

Ein ehemaliger Kollege einer anderen Hörgerätefirma, der inzwischen als Finanz-Jongleur bei *Werner* im *Achterbahn-Verlach* gelandet war, erinnerte dieses Werk. Er fragte an, ob der kleine M mit seinem Witz und seiner Kreativität nicht Interesse hätte, am nächsten *Werner*-Kinofilm mitzuarbeiten. Der letzte sei ein ziemlicher Flopp gewesen, man brauche frisches Blut.

Der kleine M war entzückt von der Anfrage.

Erstens konnte ihm damit die Flucht vor Flemming gelingen und zweitens hätte er dann eine Arbeit, die ihm aber sowas von aufs Zwerchfell geschneidert war …

Er fuhr nach Kiel, sprach mit den Verantwortlichen und erhielt den Auftrag fünf Filmszenen zu schreiben. Leider wurde ihm vorgegeben, dass er *Werner* kein Stück in Richtung Neuzeit mitnehmen durfte, mit Handy und so: „*Werner* ist eine Figur der 80er und das wird immer so bleiben."

„Schade", dachte der kleine M bei sich, „das kann eigentlich nicht gutgehen."

Trotzdem konnte er sich vor Ideen kaum bremsen.

Innerhalb kürzester Zeit hatte er die Szenen fertig und präsentierte sie einer Runde, die aus dem Bruder vom kreativen Chef bestand, dem Geschäftsführer, dem Marketingleiter und zwei Zeichnern.

Alle waren schwer begeistert.

Sie waren so begeistert, dass sie sich nicht trauten, die Entwürfe dem kreativen Chef des Hauses, zu zeigen. Es bestand die Sorge, dass er sehr verletzt reagieren könnte, weil da plötzlich ein halber Zweit-*Werner* aufgetaucht war.

Wochenlang quälten sie sich und den kleinen M mit der Frage, ob man dem Chef die Szenen nun zeigen sollte oder nicht.

Sie zeigten sie ihm nicht.

Sie zahlten dem kleinen M das vereinbarte Honorar und ließen seine Vorlagen ungenutzt.

Das war schlecht für den kleinen M und schlecht für die *Achterbahn*er. Sie schafften es nicht, *Werner* wieder witzig zu machen, geschweige denn ihn mit seinem Motorrad ein Stück in die Neuzeit knattern zu lassen.

Sie ließen ihn in den 1980ern hängen.

Bis zum baldigen Ende des *Achterbahn-Verlachs.*

Das Frauen-Gerät

„Die Alte hat echt Haare auf den Zähnen - da fahre ich nur wieder hin, wenn ich muss." Diesen Satz hatte der kleine M von fast allen Außendienstkollegen über fast alle Geschäftsinhaberinnen gehört. Die Männer kamen einfach nicht klar mit den selbstsicheren Frauen, denn der Mann an sich ist ja Techniker. Er kann drei Stunden ohne Punkt und Komma über das Ein- und Ausschwingverhalten der 360 Kompressoren in einem Hörgerät räsonieren.

Und tut das auch.

Was Geschäftsfrauen meist weniger als gar nicht beeindruckt.

Eines schönen Tages rief mal wieder ein Produktmanager aus Rotterdam an. Mal wieder wollte einer die Konzeption eines neuen Gerätes im deutschen Markt besprechen: „Aber nur mit Frauen!"

„Bitte?!"

„Ich möchte die Idee gern nur mit Frauen besprechen. Männer in unserer Branche sind alle bessere Ingenieure als unsere Spezialisten hier - meinen sie jedenfalls. Sie reden immer über einzelne technische Details, von deren Zusammenwirken mit anderen Komponenten sie oft keine Ahnung haben.

Frauen sind hingegen kundenorientiert: Hilft ein bestimmtes Gerät in einem bestimmten Fall oder nicht? Hat jemand die nötige Fingerfertigkeit, um bei einem Mini-Gerät die Batterie zu wechseln? Hat jemand ausreichend Sehkraft, um Mini-Geräte für links und rechts nicht zu vertauschen und so weiter.

Wir haben ein neues Produkt in Vorbereitung, das vom technischen Datenblatt her keine Sensation ist, aber bezüglich Akustik und Handhabung schon! Ein Produkt, das eher Akustikerinnen begeistern wird als Akustiker."

Der kleine M beobachtete auf der Tour, ob der Kollege Recht behalten sollte.

Er sollte.

Und damit war auch erklärt, warum viele seiner Außendienstkollegen Probleme mit weiblicher Kundschaft hatten:

Erstens verwechselten sie Desinteresse an sinnlosen Technikdetails mit Desinteresse an sich und ihren Produkten. Zweitens machten sie sich in der Folge dann zu klein vor den Frauen, weil die sie mit ihrer Glanznummer „Technik" abblitzen ließen.

Männer die erst uninteressante Dinge erzählen und dann devot daherkommen, waren noch selten erfolgreich bei Frauen. Und schon mal gar nicht bei Geschäftsinhaberinnen.

Da blieb dann nur noch die Frauen zu bezichtigen, sie hätten „Haare auf den Zähnen".

Klingelstreiche

Natürlich besaßen fast alle männlichen Hörakustiker eins der ersten Handys. Von *Nokia*. Alle hatten Handys von *Nokia*. Mit dem *Nokia*-Klingelton. Das führte dazu, dass sich auf dem Messestand, sobald ein Handy klingelte, alle gleichzeitig in die Jackettasche fassten und nachsahen, ob es ihr Telefon war, das geklingelt hatte.

Und weil sich nicht nur Akustiker ins Handy-Zeitalter stürzten, sondern die halbe Menschheit, geschah es, dass Vögel in den Norderstedter Bäumen das *Nokia*-Klingelsignal zwitscherten.

Ruhe bitte

„Ach du Schreck", entfuhr es Tom als er mit seinem Vater auf den Hof des *Landhauses* fuhr. „Hier ist ja echt der Hund begraben."

„Soll er ja auch. Du brauchst eine reizarme Umgebung – und die hast du hier."

„Reizarm scheint mir leicht untertrieben …"

Das *Landhaus* war eine Dithmarscher Einrichtung für Menschen, die dem Lärm und dem Trubel einer größeren Stadt nicht gewachsen sind.

Beim *Landhaus* gab es keine Stadt.

Gar keine.

Kein Dorf.

Kein Nachbarhaus.

Es war ein großer einsamer Hof mit Pferden und Katzen, abseits allen Trubels.

Hier würde Tom jetzt wohnen.

Der kleine M war heilfroh, dass das geklappt hatte. Nach seinen Ermittlungen war diese Einrichtung die beste, die er seinem Sohn beschaffen konnte. Hier hatte er die nötige Ruhe, hatte psychologische Betreuung und die Chance, zwischen vier Berufen wählen und gegebenenfalls eine Lehre machen zu können.

Schlagzeile aus 1998

- Der Sozialdemokrat Gerhard Schröder wird Bundeskanzler in einer Koalition mit den Grünen.

Friede

Die neuen Nachbarn im Ginsterringer Reihenhaus machten Heidrun und dem kleinen M das Leben zur Qual. Sie selbst veranstalteten ordentlich Radau mit Oldie- und Schlagermusik, reichten gegen Heidrun und kleinen M aber angeblich eine Klage nach der anderen ein: wegen der Katze in den Beeten, dem Qualm vom Grill, dem Gesang im Haus, dem Lachen auf der Terrasse und so weiter.

Leider war das Häuschen mit Hilfe der dicken *Talkman*-Tantieme von *Binaural* gerade abbezahlt und erheblich renoviert worden, aber der kleine M erklärte trotzdem mannhaft: „Wenn man Frieden für Geld haben kann, dann kaufen wir uns Frieden."

Im November 1998 zogen sie in eine Doppelhaushälfte im Zentrum Norderstedts. Kostenpunkt 450.000 Mark plus 50.000 für

Renovierung. Nach Abzug der Einnahme vom Verkauf des Reihenhauses saßen sie wieder mit rund 150.000 Mark in der Kreide.

Und hatten den ersehnten nachbarschaftlichen Frieden.

Meldung aus 1999

- In China ist die Anzahl der Menschen, die unterhalb der Armutsgrenze leben, von 250 Millionen (1979) auf 45 Millionen gesunken.

  INFO Qualitätsmedien

  Im aufkommenden Internet verbreiteten sich Meldungen und Meinungen, die von den Mainstream-Medien nicht oder nicht so verbreitet worden wären. Damit verloren sie die „Informations- und Interpretations-Exklusivität". In dem Versuch beides zurück zu gewinnen, erklärten die Mit- und Zuarbeiter*innen dieser Organe ihre Arbeit zu „Qualitäts-Journalismus" und ihre Werbeträger zu „Qualitätsmedien". Der kleine M hat diese Begriffe immer mit satt ironischem Unterton verwendet und so halte ich es in diesem Buch auch.

- **Die *NATO* greift Jugoslawien an, Deutschland ist dabei**

Krieg!

Dem kleinen M wurde erschreckend deutlich, wie gnadenlos auch im demokratischen Nachkriegsdeutschland desinformiert wird, wenn es beispielweise um die Rechtfertigung eines illegalen Angriffskrieges geht. Es war ihm immer wichtig, dies seinen gutgläubigen Mitmenschen vor Augen zu halten, die sich von den angeblichen Qualitäts- und den Staatsmedien bestens informiert wähnten und wähnen. Deshalb hat er sich gewünscht, dass ich diesen Krieg am Ende des Buches recht ausführlich dokumentiere.

Hier ein paar Auszüge vorab: …

Die **UÇK** (Kurzform für **Ushtria Çlirimtare e Kosovës** = ‚Befreiungsarmee des Kosovo') war eine albanische Kampf-Organisation, die militärisch für die Unabhängigkeit des Kosovo von Jugoslawien kämpfte. Sie wurde von der Jugoslawischen Regierung mit militärischen Mitteln bekämpft, so, wie überall auf der Welt Regierungen bewaffnete Verbände bekämpft, die Teile aus dem von ihr beherrschten Staat herauslösen wollen.

Die sozialdemokratische Bundesregierung und die „Friedens"-Grünen wollten aber nicht den Kampf einer Regierung gegen bewaffnete Separatisten sehen, sondern ethnische Säuberungen, die der jugoslawische Staatspräsident Milosevic zu verantworten habe. Als Beispiele nannte man exekutierte Menschen in Rugovo, ein Massaker in Srebrenica und einen *Hufeisenplan*, der Massenvertreibungen und Pogrome in weiten Teilen Jugoslawiens zum Ziel haben sollte.

Man griff an – im Namen der Menschenrechte, versteht sich.

Mit der *NATO*. Inklusive Deutschlands. Wieder Serbien.

Das war der dritte deutsche Angriff in weniger als 100 Jahren.

Ohne ein Mandat der Vereinten Nationen.

Und, wie sich später herausstellte, ohne, dass der in hiesigen Medien mit Hitler verglichene Präsident Milosevic für einen der genannten Angriffsgründe verantwortlich war …

Gegrillte Föten

„Verteidigungs"minister Scharping (SPD) hatte da so einiges gehört, was den „Menschenrechtskrieg" zur guten Tat machte: *"Wenn beispielsweise erzählt wird, dass man einer getöteten Schwangeren den Fötus aus dem Leib schneidet, um ihn zu grillen und dann wieder in den aufgeschnittenen Bauch zu legen; wenn man hört, dass systematisch Gliedmaßen und Köpfe abgeschnitten werden; wenn man hört, dass manchmal mit den Köpfen Fußball gespielt wird, dann können Sie sich vorstellen, dass sich da einem der Magen umdreht."*

Der Feind als Bestie, die das gute Deutschland besiegen muss.

(Mehr in „Gegenrede, Der Jugoslawien-Krieg", Seite 645 - 652)

Die Lehre

„Die deutsche Außenpolitik ist von großer Beständigkeit, über alle Regierungen hinweg, das habe ich aus diesem Krieg gelernt", erklärte mir der kleine M. „Staaten, in denen größere Gruppen am deutschen Nazi-Terror mitgewirkt haben, bleiben Freunde. Sie werden beispielsweise aus dem Länderverbund Jugoslawiens heraus zur Unabhängigkeit geführt und ohne großes Federlesen in die *EU* und den Euroverbund aufgenommen.

Staaten, die einmal Feinde waren, bleiben Feinde - es sei denn, sie können aktuellen deutschen Interessen dienen oder wandeln sich zu Feinden aktuellerer Feinde."

Was näher zu untersuchen wäre.

Asche zu Asche

Einen Monat nach Beginn des *NATO*-Bombardements auf Serbien starb der „Friedenspastor" Konrad Lübbert 67jährig. Heidrun und der kleine M hielten es für denkbar, dass der Mann, der den beiden noch ein ganz dicker Freund hätte werden können, auch am Kummer über den neuerlichen Angriffskrieg mit deutscher Beteiligung gestorben war. Der kleine M hat ihm, zu einer Melodie von Frank Hartmann, einen sehr persönlichen musikalischen Nachruf geschrieben:

Konrad

Hey, du warst smart,
warst im Weltfriedensrat
in Kirche und Versöhnungsbund
hieltst du den Kurs und nicht den Mund
Hey, ein richtiger Held
und ganz von dieser Welt,
du hast gequalmt und gut gelebt
und nun bist du zu früh entschwebt

Refrain
Als ich in Brokdorf auf der Bühne stand,
hieltst du ´ne Predigt auf freiem Land,

wir ha´m uns damals noch nicht gekannt
und gingen doch schon Hand in Hand
Später wolltst du mich und Heidrun trau´n
und auf dem Balkan neue Brücken bau´n,
das hat nun leider nicht mehr hingehau´n,
da musst du jetzt auf uns vertrau´n

Es ist wie es ist,
ich bin nun mal kein Christ,
ich weiß, das war dir immer gleich
und ich wünsch´ dir dein Himmelreich
Konrad ich weiß,
du machst auch da kein´ Scheiß
und diskutierst mit deinem Herrn,
warum die Menschen so schwer lern´

Refrain

Popoleer

Alle Mitglieder der *Omi Börner Band* hatten im Laufe der Jahre eine musikalische „Zweit-Karriere" in Oldie-Bands begonnen.

„Damit halbiert ihr eure knappe Freizeit für die *OBB* nochmal", bejammerte der kleine M Jan und Hans, die nach Drummer und Bassist nun auch ihre Liebe zu alten Gassenhauern entdeckten.

„Quatsch, das kostet die *OBB* keine Minute", konterte Jan.

„Wie jetzt? Wenn ich eine Stunde Zeit fürs Musikmachen habe, kann ich diese Stunde entweder ganz in eine Kapelle investieren oder ich kann nur je eine halbe Stunde für zwei Bands einplanen."

„Unsinn, unsere Zweitband kostet die *OBB* gar nichts", beharrte Jan - ohne diese Behauptung irgendwie zu begründen. Er war, wie Hans, in der Führungsriege „seines" Unternehmens, was beiden ohnehin nicht viel Zeit zum Musikmachen ließ.

Jan und Hans machten nun also auch in Oldies.

Vor allem in Eversen und Umgebung.

Was der kleine M besonders schade fand, weil Eversen so etwas wie die künstlerische Heimat der *Börner* war. Jan und Hans lebten dort und Heidrun hatte auch einige Jahre in dem Städtchen gewohnt. Da alle drei schon als Jugendliche politisch sehr aktiv waren, kannten sie die „linke Szene" der Stadt und die „Szene" kannte sie. Dadurch ergab sich eine Gesamtlage, wie sie der kleine M am Liebsten hatte: „Kultur als Werbe-Veranstaltung um Menschen zu gewinnen, bei bestehenden Parteien oder Projekten für eine humanere Welt mitzuwirken". Das ging am einfachsten dort, wo es bereits viele verschiedene solcher Gruppierungen gab. Wie zum Beispiel in Eversen.

Dass seine beiden *OBB*-Kumpels ausgerechnet dort öffentlich Schlager sangen, wollte der kleine M anfangs gar nicht ernst nehmen, aber sie begannen ihre Kapelle *Früherwarsschöner* ernsthaft musikalisch aufzurüsten: Mit allen Mitgliedern der *Omi Börner Band* - außer Heidrun:

Gitarre, Mandoline, Bass und Schlagzeug probten Lieder von Rex Gildo & Co. und nicht neue Polit-Songs. Statt der Frage wieviele Menschen weltweit hungern, fragte die neue Kapelle das Publikum wieviel Hits Drafi Deutscher insgesamt hatte - mit derselben Instrumental-Besetzung, denselben Sprüchen und demselben Auftrittsstil, wie die *Börner*.

Zunächst hatte der kleine M versucht das Ganze locker zu sehen. Er machte den Live-Mix für *Früherwarsschöner* und spielte ein zwei Proben mit. Gerade als er enttäuscht feststellte, dass sich da etwas Dauerhaftes anbahnte, fragte Peter, der musikalische Kopf der Band, ob er nicht bei den *Börnern* mitspielen könne.

Das machte den kleinen M sehr glücklich.

Aber Jan lehnte ab: „Dann kann keiner die Gruppen mehr unterscheiden."

Was richtig und ohnehin schon der Fall wahr, was Jan aber ebenso abstritt, wie den zeitlichen Aufwand für die neue Kapelle. Er war halt der Star bei *Früherwarsschöner*. Er gab da „den kleinen M 2.0" - nur auf schlagerisch. Und Schlager sind für viele Leute nun mal leichter verdaulich als Lieder mit explizit politischen Texten - und somit der größere Publikumsmagnet.

INFO Inhalte der CD von 1999

01 Intro-Song, **02** Was Wahlen alles ändern, **03** Über die neuen Ich-AGs, **04** Über Arbeitslosigkeit, **05** Über die Kanzlerin, **06** Über keine Zeit sich zu für die eigene soziale Lage engagieren, **07** Anti-Kriegs-Song, **08** Über Rassendiskriminierung in den USA, **09** Über Hunde in Kindersandkisten, **10** Über die Zeit, die zu schnell vergeht, **11** Über Nahrungsmittelskandale, **12** Über Einwanderer, **13** This Land is your land, this land is my land

Gesetze?

Der kleine M war von Flemming als Abteilungsleiter faktisch abgesägt worden. Er durfte nichts mehr selbst gestalten oder entscheiden - und es war ihm verboten worden weiterhin als Handlungsbevollmächtigter zu unterschreiben. Was juristisch gar nicht per Ansage möglich war, aber der kleine M konnte Flemming nicht den Gefallen tun und um diesen Titel kämpfen - den er dann am Ende doch verlieren würde. Also tat er so, als wäre ihm nichts gleichgültiger als das.

Was Flemming nicht ahnte: Der kleine M hatte schon vor vielen Jahren einen Betriebsrat in der *Binaural GmbH* auf die Beine gestellt. Sobald sie damals genug Angestellte geworden waren, hatte er es geschafft, die Kolleginnen und Kollegen von der Sinnhaftigkeit einer Arbeitnehmer-Vertretung zu überzeugen.

Ohne, dass er selbst im Gremium sein musste.

Im Fall der Fälle stünde er beratend zur Seite.

Das lief fast 20 Jahre so, ohne dass die mittlerweile mehrfach durchgewechselten Chefs viel von einem Betriebsrat bemerkt hätten.

Jetzt standen Neuwahlen an und der kleine M dachte sich, angesichts der vom Chef gesetzes- und arbeitsvertragswidrig durchgesetzten Veränderungen, es sei an der Zeit, aus dem vorhandenen einen arbeitenden Betriebsrat zu machen. Unter anderem durch seine Mitarbeit.

Flemmings Gesicht versteinerte sich und seine Augen wurden sehr feucht als er von der bevorstehenden Wahl eines neuen Betriebsrates erfuhr. Er drohte den Kandidatinnen und Kandidaten mit Konsequenzen und beschwor den Rest der Belegschaft sich gut zu überlegen ob sie ihre Arbeitsplätze verlassen sollten, um zur Wahl zu gehen. Er drohte mit dem Entzug des kostenlosen Kaffees, rannte zur Handelskammer und zum Unternehmerverband. Die dortigen Rechtsanwälte mussten ihm schonend beibringen, dass es in Deutschland auch in Betrieben einen Hauch von Demokratie gibt.

Obwohl der faktisch abgesägte kleine M in den Augen der inzwischen rund 80 Kolleginnen und Kollegen immer noch „Führungskraft" war, erhielt er nur eine Stimme weniger als Frederike Dehn aus der Telefonzentrale - mithin die zweitmeisten.

Das neu gewählte Gremium traf sich zu seiner ersten Sitzung. Es war klar, dass es Frederike zur Vorsitzenden wählen würde, aber bevor das passieren konnte flog die Tür auf und ein wutschnaubender Chef fragte mit hochrotem Kopf, sehr feuchten Augen, schneeweißen Lippen und bebender Stimme: „Was ist das für eine Besprechung hier?!"

„Hier tagt der Betriebsrat", antwortete die designierte Vorsitzende tapfer.

„Der Betriebsrat tagt nicht während der Arbeitszeit!"

„Doch Flemming, wir können uns jederzeit treffen, wenn Bedarf ist."

„Es ist aber kein Bedarf!!"

„Doch, auf jeden Fall. Wir sind neu gewählt worden und müssen uns jetzt als Gremium konstituieren und besprechen, wie wir unsere Arbeit angehen wollen. So steht das im Gesetz." Sie sagte das mit sehr freundlicher, kaum zittriger Stimme.

Die Tür krachte zu.

Flog aber bei der nächsten Sitzung wieder auf und ein völlig durchgedrehter Typ brüllte in den Raum: „Hier sitzen fünf gut bezahlte Leute und denken sich Probleme aus, die es nicht gibt! Ich richte in der Bilanz eine Kostenstelle für Betriebsratsarbeit ein, dann kann das Management in Rotterdam sehen, wieviel Geld ihr hier verbrennt!"

Krach – zu die Tür.

Das war schon angsteinflößend.

Aber Frederike, inzwischen Vorsitzende, lud unverdrossen zu Sitzungen ein, versuchte dem Schreihals entspannt zu antworten und erreichte, dass der Meister nach den ersten sechs Sitzungen bebend an seinem Arbeitsplatz sitzen blieb und den Betriebsrat tagen ließ.

Aber nie ließ er sich zu einer konstruktiven Zusammenarbeit bewegen.

Er war der Chef und der Chef und der Chef. Und der Chef bestimmt und sonst keiner, das ist so in flachen Hierarchien! (Scherz) Er hielt die Gleitzeitabschaffung, die Arbeitszeitverlängerung, die Forderung nach Handyerreichbarkeit im Urlaub und seine neue Hausordnung weiter aufrecht.

„Flemming, das geht nicht", erklärte der kleine M, „du kannst nicht einfach bestehende Betriebsgewohnheiten einseitig abschaffen. Dazu und zur Arbeitszeitregelung gibt es Gesetze."

„Gesetze muss man kreativ anwenden!"

Er machte was er wollte.

Der Betriebsrat beschloss sich Geltung zu verschaffen.

Ein Mann wurde gekündigt. Nicht weil er seine Arbeit schlecht machte oder nicht mehr gebraucht wurde, sondern weil der Chef ihn nicht leiden konnte.

Der Betriebsrat nahm das nicht hin.

Viele in der Belegschaft hatten Angst vor wilden Reaktionen des Chefs und beknieten ihre Arbeitnehmervertretung, sich nicht zu stark zu wehren und den Kollegen keinesfalls bei einem gerichtlichen Vorgehen gegen die Kündigung zu unterstützen.

Der Betriebsrat ging aber vor und arrangierte das Widerspruchsverfahren des Kollegen. Der gewann und marschierte bei *Binaural* wieder an.

Nicht nur er, sondern einer nach dem anderen, denn bei weiteren Verfahren knickte Flemming mit seiner Entourage schon auf dem Flur vor dem Gerichtssaal ein, weil sie gelernt hatten, dass sie ohnehin auf die Nase kriegen würden.

Beflügelt von diesen Erfolgen ging der Betriebsrat die Arbeitszeitregelung an. Er wollte die in einer alten Betriebsvereinbarung festgelegte Gleitzeit von 37,5 Stunden nicht einfach zugunsten einer unendlichen „Vertrauensarbeitszeit" herschenken. Aber das Rad der Ereignisse ließ sich zumindest für die Führungskräfte nicht mehr zurückdrehen. Die hatten alle begonnen „unendlich" zu arbeiten, denn sie hatten Häuser gebaut, die noch bezahlt werden mussten und Kinder in die Welt gesetzt, die noch nicht flügge waren. Dafür hatten sie ihre Freiheit aufs Spiel gesetzt und Flemming kassierte diese nun ein - und sie konnten sich kaum wehren, ohne ihr festes Einkommen zu riskieren.

Auch die Leute in Werkstatt und Versand waren längst eingeknickt. Der Betriebsrat bestand darauf, dass sie im Rahmen der für sie verbliebenen Gleitzeitregelung nicht vor 7 Uhr morgens mit der Arbeit beginnen und das Haus nicht nach 19 Uhr verlassen durften. Das führte dazu, dass die Kollegen vom Versand zwar weiterhin zwischen 5 Uhr und 7 Uhr mit der Arbeit begannen – nun allerdings erst um 7 Uhr einstempelten. Sie arbeiteten in dieser Zeit also kostenlos, denn sie hatten zu viel Angst vorm Chef, der erwartete, dass bestimmte Aufgaben bis zu seinem Eintreffen um 9 Uhr erledigt waren.

„Ich brauch dich nicht"

Wer sich traute bei Flemming irgendetwas anzufragen, was auch nur im weitesten Sinne mit den Positionen des Betriebsrats zu tun haben konnte, hörte die immer gleiche Frage: „*Binaural* braucht dich nicht, brauchst du deinen Arbeitsplatz?"

Er haute diese ultimative Hammer-Bedrohung schon bei kleinsten Anlässen raus.

Und hatte Erfolg damit:

Außendienstler unterschrieben zähneknirschend mindestens vier Nächte die Woche nicht zuhause zu schlafen, Führungskräfte machten zusätzlich zu den täglichen Überstunden oft auch noch unbezahlte Wochenendarbeit und sich permanent telefonisch erreichbar.

Die Leute gehorchten, der Profit stieg.

Flemming de Graaf wurde eine große Nummer in der kleinen *Binaural*-Welt, getrieben von absurden, selbstgesteckten Zielen und zerfressen von hirnlosem Ehrgeiz.

Business-Klons

Individualität von Führungskräften war bei Flemming de Graaf verpönt.

In Benehmen und Sprache sowieso.

Darüber hinaus trug man die modisch angesagten Anzüge, Hemden, Krawatten, Socken und Schuhe. Man nutzte die Smartphones der neuesten Generation und fuhr nur bestimmte Automarken.

Und man redete seinem Chef nach dem Maul.

Tat Flemming auch.

Und Wim auch.

Wim war Holländer.

Holländer stellten besonders gern Holländer ein, was man Holländern nicht verdenken kann.

Wim wurde einer der x Verkaufsleiter, die Flemming innerhalb weniger Jahre verheizte, aber der einzige, der von sich aus kündigte. Und der einzige, dessen Abgang Flemming sehr bedauerte, denn Wim war perfekt:

Oben die Haare glatt, unten die Schuhe glatt, Hemd glatt, Anzug glatt und innen aalglatt. Von schweren Duftwolken umhüllt. Sehr höflich und zuvorkommend. Zu höflich und zuvorkommend, fand nicht nur der kleine M. Er versuchte mehrfach mit Wim ein paar private Worte zu wechseln – und gab jedes Mal nach der dritten Standardphrase auf. Man spricht in aalglatten Kreisen scheinbar nicht wirklich privat miteinander. Auch abends im Hotel nicht. Selbst nach zwei kleinen Bieren nicht.

Wim war dem kleinen M überhaupt nicht unsympathisch, ganz im Gegenteil, aber im wahrsten Sinne des Wortes unfassbar.

Er zeigte beispielhaft, wie Menschen zu „Humankapital" werden. Sie lösen ihre Individualität auf und machen sich zum störungsfreien Funktionselement - wie ein Schreibtisch.

Dafür dürfen sie sich teure Wünsche erfüllen: „Ich habe den neuen *Q7* als Geschäftswagen bekommen. Das Fahrzeug bietet höchste Lebensqualität."

Lebensqualität!

Schlagzeile aus 1999

- **Das Internet Dotcommt**

Ab Mitte der 1990er Jahre begann das Internet immer schneller zu wachsen. In Deutschland boten die *Deutsche Telekom* und viele Wettbewerber Internet-Zugänge zu immer günstigeren Konditionen an. Die Geschwindigkeit der Modems stieg und in Europa wurde mit dem ISDN-Anschluss eine Lösung angeboten, die für eine schnelle direkte Datenübertragung ausgelegt war. Auch die Geschwindigkeit der allgemeinen Übertragungsnetze stieg immer weiter an und so wurde das Internet bei vielen Menschen schnell immer beliebter.

Dies, wiederum, machte es als Werbeträger interessant und viele große Unternehmen begannen ihre Produkte auf Homepages darzustellen und zu bewerben. Dadurch wurden dann Privatleute motiviert „Unternehmen" zu gründen, die nur im Internet agierten und dort Waren und/oder Dienstleistungen anboten. Solche Start-Ups brauchten schnell neues Kapital, um ihr Geschäft auf- und auszubauen. Viele besorgten es sich über einen Börsengang. Da die Internet-Adresse solcher Unternehmen häufig mit „.com" endete, wurde diese Zeit auch als „Dotcom-Boom" bezeichnet.

Klaas, Gott und die Welt

„Konfer oder Jugendweihe, das ist mir egal, aber eins von beidem wird gemacht!"

Klaas und der kleine M wunderten sich gleichermaßen über diese ungewöhnlich entschiedene Ansage von Heidrun, die, wie sie erklärte, davon genervt war, dass Klaas nur noch vor dem PC hockte:

„Nur Computerspiele im Kopf – das ist mir nicht gut genug für den Start ins Leben. Ich möchte, dass du dich auch mal mit Sinnfragen beschäftigst, wie du zum Beispiel zu Gott und der Welt stehst. Wäre es interessant für dich, mal die Frage nach Gott zu durchdenken?"

„Nö," presste Klaas durch die Zähne, „glaub ich nich´ dran."

„Genügt dir das als Antwort? Hast du dich damit einmal beschäftigt?"

„Ja."

„Gut, dann ist Konfer wahrscheinlich nichts für dich, dann gehst du zur Jugendweihe. Die beschäftigen sich auf weltlicher Basis mit ethischen Fragen."

„Aha."

Nach Rücksprache im Freundeskreis wurde es dann doch Konfer. Die Unterstellung, dass es auf dem Wege mehr Geld gäbe, verbat sich Klaas.

Als er sich auf Nachfrage Bruchstücke des Inhalts vom Konfirmandenunterricht aus der Nase ziehen ließ, waren Heidrun und der kleine M angenehm überrascht, dass dort nicht mehr nur klassische „Bibelkunde" gemacht wurde, sondern dass man auch relevante Menschheits-Fragen erörterte und zudem, im Rahmen einer Italienreise, den Jugendlichen Verantwortungsbewusstsein und Freude am Leben nahe brachte. Hätten sie „Kirche" gar nicht zugetraut.

Lag auch nicht an „Kirche", lag am Pastor.

Im Frühjahr 1999 wurde der 14jährige Klaas konfirmiert – und der kleine M von Oma geadelt.

„Omi", war Heidruns Mutter, „Oma" war die Mutter von Klaas´ leiblichem Vater. Sie hatte ihren Enkel immer ermahnt daran zu denken, dass Joachim sein eigentlicher Vater sei und nicht der kleine M - eine Tatsache, die nie von jemandem infrage gestellt worden war. Vielleicht hatte Oma das inzwischen auch mitbekommen, jedenfalls sagte sie dem kleinen M vor dem Einmarsch in die Kirche: „Ich danke Ihnen für alles, was Sie für unseren Klaas getan haben."

Nach dem Konfirmations-Gottesdienst gingen Klaas, Oma, Opa, ihr Sohn, ihre ehemalige Schwiegertochter mit dem kleinen M, Schwester Helene samt Lebensgefährten, Omi Börner und Lissi in den Ginsterring, um zu feiern. Auch die schwierigen Nachbarn von nebenan waren geladen - hielten es in der fröhlichen Runde aber nicht lange aus.

Gegen 17 Uhr kam Pastor Andreas Regner. Er war auf der üblichen Runde, alle Konfirmierten zuhause zu besuchen. Klaas war der Viertletzte.

„Glas Wein?" - Der Pastor hatte nichts dagegen.

Vermutlich schon leicht angeschiggert von den vorhergehenden Besuchen, sah er die Gitarren in einer Ecke des Wohnzimmers: „Hier wird Musik gemacht?"

„Ja," antwortete Krauti, wie der Lebensgefährte von Helene genannt wurde, „für viele hier ist Musik ein wichtiger Teil ihres Lebens."

„Für Sie auch?", fragte Regner zurück. „Spielen Sie ein Instrument?"

„Ja, Saxophon und Gitarre."

„Wollen wir ein Lied zusammen singen?"

„Ja!!!", die Runde freute sich.

Krauti und der Pastor schnappten sich je eine Gitarre und rockten die Feier. Mit noch´m Wein und noch´m Wein - bis der heilige Mann beschloss die letzten drei Termine sausen zu lassen und den Abend mit der Familie von Klaas zu Ende zu bringen.

Andi Regner

„Andi" Regner und der inzwischen bekennend ungläubige kleine M wurden Freunde.

Eine tiefe Verbindung lag in der angenehmen und entspannten Wesensart von Andi und seiner Frau, in Wein, Fleisch, Fisch und Musik. Etliche Nächte gingen mit herrlichen eingekochten Saucen und passenden Getränken bis in den frühen Morgen. Diskutiert wurde über Glaubensfragen, die ebenso auseinandergehenden politischen Ansichten und auch immer ein bisschen über die verschiedenen Fußball-Vereine, denen sie die Daumen drückten. Nebenbei bereicherte Andi das Leben des kleinen M um den Jazz.

Andererseits machte der kleine Werbe-M dem Pastor Vorschläge, wie man mehr Leute ins Gemeindehaus bringen könnte, von denen einige erfolgreich umgesetzt wurden. Außerdem machten sie eine Bibel-CD zusammen, einige Jazz-Produktionen und „Es kommt Regen, sagte Arche Noah", ein Video, in dem Kinder Geschichten erzählen, die denen der Bibel recht nahekommen.

Der kleine M staunte über sich selbst, dass er solche kirchlichen Produktionen mitmachte, aber Andis lebensfrohe Ausstrahlung, der Umgang mit seiner Frau, deren Umgang mit ihm, der Umgang der beiden mit ihren Söhnen, den Menschen im Allgemeinen und Andis Art tagtäglich das Leben zu feiern, ließen den kleinen M hoch über alle gehirnakrobatischen Grenzzäune hinwegschweben.

Man liebte die Liebe zum Leben und damit sich.

Stellvertretender Pastor

Schwere Stiefel, schwarze Lederklamotten, Nieten, rote, lila und grüne Haare in wilden Stylings, Ringe durch Nasen und Ohren, Antifa-Aufnäher. Die jungen Leute vom Norderstedter *Sozialen Zentrum (SZ)* sahen ziemlich furchterregend aus.

Ihr *Zentrum* war ein altes Haus mit kleinen Nebengebäuden an der Kreuzung Segeberger Chaussee und Ulzburger Straße, es lag also sehr zentral. Dort gab es Gemeinschaft, politische Informationen und Diskussionen, die Planung von Aktionen, Konzerte und Unterschlupf für Menschen in Not. Und ein sehr alternatives Aussehen der stark getaggten Gebäude.

Dieses Zentrum sollte weg.

Die Stadt brauchte das Areal „dringend als Parkplatz".

In alter Hafenstraßentradition wurde gegen die Schließung demonstriert, gesprayt und am Ende wurden Häuser und Gelände besetzt.

Das hatte dann zu einem zeitlich befristeten Mietvertrag geführt.

Der nun abgelaufen war.

Was zu neuen Protesten der Besetzer führte.

Und zu entsprechenden Debatten in der Stadt.

Der Bürgermeister bot eine öffentliche Diskussion an. Um dabei Schreiereien zu vermeiden, wurde ein Moderator gesucht. Man einigte sich auf Pastor Regner.

Der nach seiner Zusage feststellte, dass er den Termin nicht wahrnehmen konnte.

Da die Leute aus dem *SZ* auch die *Omi Börner Band* kannten, hatten sie auch schon mal den kleinen M als Moderator für eine Veranstaltung angefragt.

Was Andi wusste.

Kurz und gut: Der kleine M fand sich, ohne eine Ahnung vom Stand der Debatten zu haben, auf dem Podium des *SZ* wieder, zwischen dem Anführer der Jugendlichen und dem Bürgermeister, sowie den Abgesandten aller im Rathaus vertretenen Parteien. Im Saal saßen etwa 20 schwarz gekleidete junge Leute und 10 schwarz denkende Herren, die der *CDU*-Bürgermeister zu seiner Unterstützung mitgebracht hatte. Und vielleicht fünf Menschen der „breiten Öffentlichkeit", für welche die Veranstaltung gedacht war.

Bei Anpfiff ging gleich mal ein junger Mann in schwarz steil und pöbelte ziemlich unsachlich los. „Diskussionsleiter! Diskussionsleiter!!", riefen die *CDU*-Claqueure, und der kleine M musste sich gegen beide Seiten mächtig aufblasen, um seiner Rolle gerecht werden zu können.

Der Bürgermeister, den man nicht sympathisch finden musste, hatte eine klare Position: Der nach der Besetzung ausgestellte Mietvertrag sei nun ausgelaufen und damit sei Feierabend für die Nutzung – sonst brauche man keine Verträge zu machen.

Dagegen ließ sich schlecht etwas sagen, fand der kleine M.

Wurde aber trotzdem gemacht.

Also hin und wieder her, rauf und wieder runter, die Herrschaften kamen in Fahrt.

Frau *SPD* suchte eine eigene Position, die den Jugendlichen natürlich etwas näher sein musste als die der *CDU*, man ist ja schließlich links: „Herr Bürgermeister, ich wäre dafür, den Mietvertrag noch einmal um sechs Monate zu verlängern."

„Was soll das denn?", fragte dieser zurück. „Erstens brauchen wir die Fläche schnell und zweitens haben wir dann in sechs Monaten dieselbe Diskussion wie heute."

„Ja aber trotzdem! Ich finde wir sollten hier nicht so Knall auf Fall handeln."

„Wir handeln nicht Knall auf Fall, wir handeln gemäß eines Vertrages, der seit zwei Jahren besteht und dessen Ende damit seit zwei Jahren feststeht."

„Ich finde, wir könnten aber trotzdem doch wenigstens um ein Vierteljahr verlängern."

Ja, so links können Sozialdemokratinnen sein, wenn es um die Abwägung zwischen Jugendhaus und Parkplatz geht!

Der kleine M konnte die Diskussionen im gewünschten Rahmen halten und der Bürgermeister hielt seine Meinung:

Das *Soziale Zentrum* wurde zum Parkplatz.

Den jungen Leuten wurden neue Standorte angeboten.

Letztlich wurde einer davon angenommen.

Moderator?

Und dann hatte der kleine M hatte tatsächlich die Anfrage einer international tätigen Eventagentur, ob er als Moderator für sie tätig sein wolle. Leider kam diese Anfrage in einem Moment, in dem sein Chef Flemming ihn mal wieder völlig durchgeschüttelt hatte. Auf der Anfahrt zu einer monatelang geplanten Veranstaltung für die 100 wichtigsten Kunden von *Binaural* hatte er den kleinen M plötzlich genötigt, die Begrüßungsansprache zu übernehmen.

Dieser hatte im allgemeinen Aufbau-Chaos 30 Minuten Zeit, sich einen Text zu überlegen und selbigen in einem Innenhof vorzutragen, der ungefähr so hallig war, wie der Kölner Dom. Der kleine M sprach überdeutlich und in Zeitlupentempo, sodass die Damen und Herren verstehen konnten, was er sagte. Form und Inhalt dieser Begrüßung hatten den Eventmanager begeistert – aber der kleine M war immer noch sauer und gestresst als er von der Bühne kam, so dass er das in dem Moment formulierte Angebot ablehnte.

Was er später bedauerte.

Er hätte doch gern mal ausprobiert, eine Diskussion auf einer Leberwurst-Fachmesse oder bei einem Dessous-Festival zu moderieren. War nun nicht.

INFO Gottschalk

Thomas Gottschalk war der angesagte Fernsehmoderator jener Jahre.

Der kleine Gottschalk vom Borsigplatz

Bei einem der *UZ*-Festivals in Dortmund hatte der kleine M zugesagt, den Moderator auf der Hauptbühne zu geben. Das wurde ein Erlebnis der besonderen Art: Erstens waren die Genossinnen und Genossen schnell sauer, weil der kleine M auf dem Festival der Zeitung *UZ* gern und häufig auch von dem (Konkurrenz-)Magazin *konkret* sprach. Zweitens war es schön zu sehen, wie die medial vermeintlich gut unterrichteten Dortmunderinnen und Dortmunder staunten, wenn er Meldungen und Artikelausschnitte aus beiden Zeitungen vortrug. Das, was „der kleine Gottschalk vom Borsigplatz" vorlas (wie er sich selbst dort nannte), hatten sie in ihren Medien noch nie gehört, gesehen oder gelesen.

Kapitalissimo: Der Süllwester-2000-Hype

Dieses Kapitel musste ich mir gönnen, weil es exemplarisch zeigt, welche (in diesem Fall ungefährlichen) Blüten der Kapitalismus und seine Medien treiben. Es geht um die Feiern zur Jahrtausendwende und um den Stand des weltweiten Wettbewerbs zu diesem Ereignis, vier Jahre zuvor, 1996!

Womit wir beim ersten Lacher wären, denn nach christlicher Zeitrechnung (und nur von der reden die Veranstalter) fand die Jahrtausendwende nicht am 31.12.1999, sondern erst ein Jahr später statt. Macht aber nix, wann das Jahrtausend wechselt, bestimmt der Markt.

Und wie das dann heißt, auch:

Mark Mitten aus Chicago hatte sich bereits 1991 das Kunstwort „Billenium" als geschütztes Warenzeichen sichern lassen. Mark und seine Konkurrenten gingen ab dann daran Locations für die verfrühte Jahrtausend-Nacht anzumieten, die für TV-Sender und gut situierte Kundschaft besonders attraktiv sind.

Für reiche Leute und Medien-Präsenz stritten sich auch Staaten und Inselgruppen in der Südsee bereits darum, wo der Ort sein würde, an dem das Jahr 2000 zuerst beginnt. Das Königreich Tonga liegt zwölf Stunden vor unserer Zeit und war bereits dabei, sich auf die Nacht der Nächte vorzubereiten, da wurde bekannt, dass die Chatham-Inseln 45 Minuten Vorsprung vor Tonga hatten. Also beschloss Tonga die Uhren eine Stunde vor zu stellen. Diese Idee hatte man im Inselstaat Kiribati aber bereits 1994 in die Tat umgesetzt – was allerdings noch nicht weltweit akzeptiert worden war.

Egal von wo, sicher war, dass alle Zeitzonen mit wunderbaren TV-Bildern des ersten 2000der Sonnenaufgangs und phantastischer Feierlichkeiten beglückt werden würden. Alle Satelliten, die seinerzeit die Erde umkreisten, waren 1996 bereits komplett ausgebucht. Allein in den USA und in Großbritannien waren etliche Unternehmen mit „Millennium" im Namen dabei, fast identische Konzepte des TV-Events zu realisieren. So schien es zeitweilig möglich, dass an allen vier Ecken der Cheops-Pyramide konkurrierende Veranstaltungen laufen würden.

Bereits buchen konnte man 1996:

Berlin-Tempelhof „Feuerzauber 2000", eine Riesenparty auf dem Gelände des alten Berliner Flughafens für DM 2.500.

Pegnitz (Franken) „Gourmet-Oper" mit einem sechsgängiges

Menü, Gesang, Schauspiel und Schaltungen nach New York. Inklusive Übernachtung ab DM 950.

Wien, Hofburg „Kaiserball" in 15 Festsälen mit verschiedenen Orchestern und Musikgruppen. Karten mit Diner ab ca. DM 700.

Die britische *Millennial Foundation* plante Feiern in allen Zeitzonen mit einer jeweils sechstägigen Luxus-Kulturreise und einer landestypischen Festgala an Silvester. Wahlweise in St. Petersburg, Moskau, Athen, Barcelona, Paris-Versailles, Berlin, London, Glasgow, Reykjavik für ca. DM 4.300.

Oder in Sydney, Papua-Neuguinea, Tokio, Hongkong, Kuala Lumpur, Jakarta, Dhaka, Tadsch Mahal, Abu Dhabi, Kapstadt, Kapverdische Inseln, Rio de Janeiro, Antarktis, Bermudas, New York, New Orleans, Lake Louise, San Francisco, Beverley Hills, Anchorage für ca. DM 6.100.

Oder mit neun Tagen auf den Fidschiinseln für ca. DM 14.000.

Der britische Rockstar Phil Collins soll am Ende mit einem Überschall-Jet von einer Zeitzone zur anderen gerast sein, um den falschen Beginn des Jahrtausends mehrfach zu erleben.

Und Millionen Menschen können weder mit (ausreichend) frischem Wasser und/oder Nahrung versorgt werden.

Silvester 2000 in Norderstedt

Heidrun und der kleine M feierten Silvester mit zwei befreundeten Paaren, in ihrem halben Haus. Ohne Fernsehen, mit Fondue, ein paar Spielchen und ganz wenig Aufregung.

Meldungen aus 2000

- Wladimir Putin wird Präsident der Russischen Föderation.
- George W. Bush (jr.) wird Präsident der USA, nach einer „Wahl mit Geschmäckle" (Stichwort Florida).
- Bundesregierung und Energiewirtschaft einigen sich auf einen Ausstiegstermin aus der Atomenergie.

- Die Dänen lehnen die Einführung des Euro ab.

- Sogenannte „Soziale Netzwerke" wie *Myspace* und *Facebook* gewinnen an Beliebtheit, vor allem bei Jugendlichen.

- Die Online-Enzyklopädie *Wikipedia* verdrängt zunehmend klassische Lexika

- Erste Jugendliche der Generation Y (kurz Gen Y), die 1980 bis 1999 geboren wurden, erscheinen in der Welt der Erwachsenen. Sie sind die ersten „Digital Natives".

- **Die Dotcom-Blase platzt**

Jetzt bitte die Internet-Start-Ups mit der Endung „.com" erinnern. Und ihren märchenhaften Aufstieg vor rund einem Jahr, der die Börse aufs Fröhlichste befeuerte. Die Medien nutzten diese Zeit, um den wenig börsenaffinen Deutschen vom der Glück der Zukunftssicherung per Aktie zu künden. Dadurch und durch eine massive Werbung für Papiere der *Telekom*, hatten sich viele kleine Mse erstmalig für den Kauf von Wertpapieren entschieden. Die *T-Aktie* galt als sowas wie eine „Volks-Aktie".

Leider entpuppte sie sich jedoch als eine Aktie, die mit dem Börsenabsturz infolge des Zusammenbruch der *Dotcom*-Firmen genauso in den Keller rauschte, wie andere Aktien auch. Einige Kolleginnen und Kollegen des kleinen M verloren viel Geld mit ihren (T-)Aktien. Denn: Zu viele Start-Ups hatten zu viele Dinge übers Internet verkaufen wollen, die Leute damals noch nicht übers Internet kaufen wollten. Total verrechnet hatte sich diejenigen, die sich allein über Werbung finanzieren oder ihre Kundschaft sogar für den Konsum von Werbung bezahlen lassen wollten. Sie konnten ihre Kredite nicht bedienen, gingen pleite und der *Dotcom-Boom* hatte ein jähes Ende, sodass man ihn im Nachhinein als *Dotcom-Blase* bezeichnete.

Alfi

Seit der Trennung von Lissi und dem kleinen M hatte Alfi immer mal wieder versucht Kontakt zu seinem Sohn zu bekommen.

Vergebens.

In den ersten Jahren hatte Lissi die Begegnungen verhindert und später konnte er es seinem Sohn nicht recht machen, wenn es mal zu einer Begegnung kam: Entweder fing Alfi an von der Fußballmannschaft *Hertha BSC* zu erzählen, was der kleine M als viel zu banal empfand, weil er lieber einmal Alfis Version der Trennung von Lissi gehört hätte. Oder sein Vater verkündete, dass Adolf so schlimm ja nun auch wieder nicht gewesen sei und der Job als Bombenwerfer bei der Luftwaffe auch nicht. Dazu gab´s Fotos in Uniform.

„No, thank you," dachte sich der kleine M, „das brauche ich wirklich nicht" und verzichtete auf weitere Treffen. Als sein Vater eines Tages erfuhr, dass sein Sohn sich ein Haus gekauft hatte, schickte er ihm 100 Mark. Die er umgehend zurückerhielt: „Du kannst meiner Mutter Unterhalt nachzahlen, mir nützen 100 DM gar nichts."

Dann folgten wieder lange Jahre ohne jeglichen Kontakt.

Bis im Jahr 2000 ein Brief von seiner Frau kam: „Alfi wird in diesem Jahr 90 Jahre alt. Es wäre sein schönstes Geschenk, wenn du uns mit deiner Frau besuchen würdest."

„Der kann mich mal!"

„Also," meinte Heidrun, „ich würde ihn gern einmal kennenlernen. Er ist schließlich dein Vater und mich interessiert, was ein Mann wie du, für einen Vater hat."

„Äh ... ja ...?"

„Hättest du etwas dagegen, wenn ich nach Berlin fahren würde?"

„Äh ... - ohne mich?"

„Ja – du willst ja nicht."

„Also mit dir zusammen kann ich mir das schon vorstellen."

Ein paar Wochen später fuhren sie.

Lissi fand´s doof.

In Berlin angekommen, war der kleine M erstaunt, in welch normaler Wohnstraße sein Vater lebte. Wenn er mal eine Nachricht von ihm bekommen hatte, war die, neben ein paar Zeilen, immer von Fotos seines neuesten (dicken) Autos dominiert. Was den kleinen M zu der irrigen Annahme geführt hatte, dass sein Vater in besonders guten Verhältnissen lebte.

Jetzt standen Heidrun und der kleine M in Tempelhof, in der Podewilsstraße, vor einem der vielen gleichförmigen Mietshäuser Marke Scheideweg – nur grau verputzt.

Inge, Alfis Frau, stand auf dem Balkon und winkte ihnen überschwänglich entgegen. Als sie klingelten, summte der Türöffner fast zeitgleich. Sie betraten das Treppenhaus und hörten eine Mundharmonika. Alfi stand im zweiten Stock und blies eine Empfangsmelodie. Hörte sich nicht direkt an wie Stevie Wonder, sah aber ähnlich aus: Alfi war im Laufe der Jahre erblindet.

„Merkwürdig", blitzte es dem kleinen M durch den Kopf, „es ist oft so, dass es Menschen genau an den Stellen trifft, die für sie besonders wichtig sind: angefangen bei Beethovens Gehör und am anderen Ende der Genialität nun bei den Augen von Uhrmacher Alfi."

Er war nicht aufgeregt, als er und sein Vater sich in die Arme nahmen. Der kleine M maß der Begegnung keine große Bedeutung bei. Die musikalische Begrüßung hatte seine Erwartungen allerdings übertroffen.

Als sie gemeinsam den Flur der kleinen Zwei-Zimmer-Wohnung betraten, bekam Alfi einen Herzanfall. „Ja, ja – das ist die Aufregung", erklärte Inge cool. „Angina Pectoris. Hier Alfi, nimm mal zwei von den Roten, dann wird ditt gleisch wieda."

Alfi kam tatsächlich schnell wieder auf Touren und fing mächtig an zu weinen: „Ich freu mich so, dass ihr gekommen seid. Dass ich das noch erleben darf, das ist das Schönste in diesem Jahr."

Im schmalen, klassisch deutsch eingerichteten Wohnzimmer, war neben der Schrankwand ein kleines Brett waagerecht an die Wand geschraubt: „Das war mein Arbeitsplatz im Ruhestand. Habe hier aus Hobby-Gründen edelste Uhren aus vergangenen Zeiten repariert. Hat Spaß jemacht, aber nu kann ick nüscht mehr seh´n."

Inge trat mit einem Tablett Kaffee und Kuchen an den Tisch. Alfi holte aus und gab ihr einen liebevollen Klaps auf den Po: „Aber um zu wissen, wo die janz juten Sachen sind, brauche ick nüscht kieken können", grinste er.

Als sie am nächsten Tag nach Hause fuhren, war Heidrun platt: „Also ihr seid euch ja sowas von ähnlich, ich fasse es nicht." Der kleine M war noch platter: „Das ist wirklich erstaunlich. Wir sind uns nicht nur äußerlich ähnlich, sondern wir haben auch den gleichen Humor - obwohl wir uns fast nicht kennen!"

Trotz aller Vorbehalte spürte er Zuneigung zu dem lebenslustigen alten Mann.

Memoiren

Zurück in Norderstedt hatte Lissi eine Überraschung parat: „Wenn ihr denn schon den Kontakt zu Alfi hergestellt habt, kann ich euch ja auch dies hier geben". Auf 17 Seiten hatte er „Mein Lebensbericht bis zum 85. Geburtstag" verfasst und (unter anderem?) an Lissi geschickt. Geheftet zwischen zwei Klarsichtfolien mit Kunststoff-Schieberücken.

Rührend. Da war nix von dicker Hose.

Der kleine Lebensbericht beschreibt Erlebnisse in zwei Weltkriegen, dem ersten als Kind, dem zweiten als Soldat. Er berichtet von Armut, Hunger, drei Ehen und vor allem von seiner ganz großen Liebe: dem Beruf des Uhrmachers. Und von der Anerkennung, die er durch seine Arbeit bekam.

Seine erste „Ehe" war eine Kriegs-Ferntrauung gewesen, die er mit einer Frau einging, weil er mit der, bei einem Heimaturlaub, ein Kind gezeugt hatte. Diese „Verbindung" wurde unmittelbar nach seiner Rückkehr aus der Kriegsgefangenschaft geschieden, weil die Frau seit Jahren mit einem anderen Mann lebte und weitere Kinder bekommen hatte.

Das war also die Geschichte von der Frau, mit der Alfi, der „Hurenbock", vor Lissi „verheiratet" gewesen war! Sollte Lissis

Übergabe von Alfis Lebensbericht der Versuch sein, ein paar ihrer grimmigen Märchen zu entgruseln?

Alfis zweite Ehe waren die knapp vier Jahre mit Lissi.

Was Inge, seine dritte Frau, Heidrun und dem kleinen M über diese Zeit und die Umstände der Trennung erzählte, war ziemlich genau das hundertsiebenfache Gegenteil der Version, die der kleine M von seiner Mutter kannte. Das war interessant, nicht so furchtbar überraschend und dem kleinen M inzwischen auch ziemlich egal.

Eine weitere Neuigkeit im Lebensbericht von Alfi waren die Zeilen über die Nicht-Zahlung von Unterhalt, die Lissi lebenslänglich beklagte. Im Bericht von Alfi las sich das so, dass er nach der Scheidung von Lissi aufgrund äußerer Umstände als selbstständiger Uhrmachermeister Pleite ging und die daraus entstandenen Schulden allein abstottern musste, also ohne die eigentlich anstehende Beteiligung der Ex-Ehefrau.

Im Gegenzug wurden ihm dann angeblich die Unterhaltszahlungen erlassen.

Vielleicht war es so.

Laut Lissi zog Alfi nach der Scheidung nach Berlin „um sich bei seinem reichen Bruder einzuschmarotzen". Auf die Frage an Inge, wieso der Bruder eigentlich so reich war, zuckte sie mit den Schultern: „Man wees it nich so jenau."

„Aber?"

„It jibt Leute, die sagen er sei jroßer Nazis jewesen und hätte den Betrieb im Zuge der Arisierung jüdischer Unternehmen jekrischt. Aber sach man nüscht, ditt iss jroßes Tabu-Thema…!"

Irgendwann in dieser Zeit, also Anfang der 2000er, ergab es sich, dass der kleine M mit einer Psychologin über seine Eltern ins Gespräch kam; über die Zuneigung seines Vaters zu Lissi, die für den kleinen M immer noch spürbar war, und über den unvermindert großen Hass seiner Mutter auf diesen Mann.

Die Einschätzung von Frau Seelendoktor war überraschend:

„Da geht es ja noch ordentlich zur Sache, Jahrzehnte nach der Trennung. Ich könnte mir vorstellen, dass die beiden sich außerordentlich geliebt haben und die Trennung nie wirklich verwinden konnten."

Erinnerung, Verantwortung und „Wiedergutmachung"

Deutsche hatten von 1933 bis 1945 in vielen Ländern Zivilisten ermordet, gefoltert, vergewaltigt, zu Zwangsarbeit genötigt, hatten Infrastruktur, Städte, Fabriken und Ländereien zerstört. Überlebende, Angehörige von Opfern, betroffene Städte und Staaten drängten bei Kriegsende auf Entschädigungen und Reparationszahlungen.

Die juristische Nachfolgerin der Täter, die Bundesrepublik Deutschland, war seit Kriegsende bemüht diese Forderungen so weit wie möglich abzuwehren. In internationalen Verträgen wurden sie vertagt und in nationalen Gesetzen als geleistet und für nicht mehr einklagbar erklärt. Dafür klopfte man sich selbst auf die Schulter, wie fein man doch die Zeit des Nationalsozialismus´ aufgearbeitet und wie brav man finanzielle „Wiedergutmachung" geleistet habe.

Im *Londoner Abkommen* waren mit staatlichen Anspruchstellern große Reparationszahlungen ab dem Tag vereinbart worden, an dem ein Friedensvertrag den Krieg auch formal beendet. Gedacht war hier sicher an den Tag der Wiedervereinigung Deutschlands. Die erfolgte 1990 - aber im Rahmen eines Zwei-plus-Vier- „anstatt eines Friedensvertrages" (so die Vertragsformulierung). War also wieder nix mit Entschädigungen.

Erst als die USA aufmuckten und dort lebende ehemalige Zwangsarbeiter die *Allianz-Versicherung,* die *Dresdner* und die *Deutsche Bank* mit einer Sammelklage bedrohten, musste die BRD etwas tun.

In 1990er Jahren begann der Volksvertreter Otto Friedrich Wilhelm Freiherr von der Wenge Graf von Lambsdorff mit dem Aufbau der *Stiftung Erinnerung, Verantwortung, Zukunft.* Es wurden 10 Millionen D-Mark benötigt. Graf L. übernahm es, bei der Industrie um fünf Milliarden DM zu betteln, da sie mit Kriegswirtschaft und

Zwangsarbeitern ja auch eine Menge Profit erwirtschaftet hatte. Die anderen 5 Milliarden zahlten die Steuerzahler, die vom Krieg ja auch mächtig profitiert hatten …

Der kleine M konnte die Meldungen nie vergessen, die von den Schwierigkeiten kündeten, die Graf L bei der Beschaffung des Industrieanteils hatte. Es war ein jahrelanges Gewürge bis endlich gut 6.000 Firmen (!), die Jahr für Jahr dutzende Milliarden Profite machten, zusammen (!) einmal (!) fünf (!) Milliarden in die Stiftung eingezahlt hatten.

Am 2. August 2000 wurde die Stiftung gegründet und Auszahlungen an ein paar der Zwangsarbeiter, die noch lebten, konnten unter bestimmten Voraussetzungen beginnen.

Das zweite Mal

„An Hitlers Geburtstagsdatum?" Sie sahen sich fragend an.

„Warum nicht?", fragte der kleine M.

„Genau! Dieser Tag muss irgendwann auch wieder für schöne Erinnerungen stehen", ergänzte Heidrun, „und unsere Hochzeit wird sicher eine schöne Erinnerung für uns und unsere Familie."

Na …? Abwarten.

Der kleine M hatte den Wunsch gehabt Heidrun zu heiraten. Er wurde in wenigen Wochen 50 Jahre alt, rauchte seit Jahrzehnten täglich viele Zigaretten, trank zu viel Alkohol, war beruflich häufig mit Auto und Flugzeug unterwegs. Da konnte immer mal etwas passieren. Und er wollte sicher sein, dass Heidrun und Klaas dann zumindest problemlos weiter in dem halben Haus wohnen konnten und Zugriff auf seine Ersparnisse hatten - auch um für Tom da sein zu können.

Bei dem wenig Ehe-affinen Paar war kein großes Trara geplant als sie und ihre Entourage Richtung Langenhorner Standesamt aufbrechen wollten: die Söhne als Trauzeugen, Omi Börner, Schwester Helene und ihr Krauti und fünf Freundinnen und Freude.

Als das Taxi mit Lissi vorfuhr, marschierten alle aus dem Haus, um gemeinsam zum Amt zu fahren.

Doch dem kleinen M stockte der Atem, als er vor die Haustür trat: Lissi stand breitbeinig in hellbrauner Hose vor der Auffahrt. An den Innenseiten liefen dunkle Streifen bis hinunter zu den Füßen.

Was tun? Es war zu spät für frische Klamotten.

„Willst du mit?", fragte der kleine M sie diskret.

„Ja natürlich", erwiderte sie mit falscher Heiterkeit.

Er wollte im Erdboden versinken.

Sie stiegen in sein Auto, Heidrun hatte noch schnell ein Handtuch aus dem Haus geholt, auf das Lissi platziert wurde.

Vor dem Standesamt bat sie Tom einen Brautstrauß zu besorgen. „Dafür ist es jetzt zu spät, Lissi", drängten sie zur Pünktlichkeit.

„Nein mein Sohn, ein Brautstrauß muss sein, beeil dich Tom!"

Tom ging in die Richtung, in der allgemein ein Blumenladen vermutet wurde.

Kurz nach dem geplanten Beginn der Prozedur kam er mit einem schönen Strauß auf den Platz vor dem Amt zurück.

„Seht ihr!", triumphierte Lissi aus nasser Hose, „jetzt kann geheiratet werden."

Die Ansprache des Standesbeamten war entspannt und heiter. Alle im Raum ignorierten den unangenehmen Geruch, der von Lissi aufstieg. Als sie das Zimmer verließen, ertönte aus einem Kassettenrekorder „When a man loves a woman", das Lied, von dem Klaas wusste, dass seine Mutter es so sehr mochte. Selbige war von dem Song und von Klaas´ Initiative gleichermaßen gerührt.

Zurück im halben Haus hatten sich weitere Gäste eingefunden und einen lustigen Hindernis-Parcours aufgebaut. Lissi kleckerte vor sich hin, Heidrun wischte ihr diskret hinterher.

Irgendwann fuhr die feuchte Mutter im Taxi nach Hause und auch die anderen Gäste verließen nach und nach das Fest, ohne, dass jemand ein Wort über die schrägen Umstände dieser Feier verlor.

Zurück blieb ein frisches Ehepaar.

Das sich fragend ansah.

Was war mit der Angst, dass sich in ihrer schönen freiwilligen Verbindung etwas verändern könnte, wenn man sich amtlich aneinander band? Gab es bereits ein Gefühl der Unsicherheit, der Enge, der Bedrängnis? Wie würde sich die Sorge entwickeln, dass man im Umgang miteinander nachlässiger werden könnte, weil man sich nicht mehr so leicht trennen konnte?

„Ich fühle mich dir näher denn je", sagte er.

„Ich finde es auch schön, dass wir uns getraut haben unserem Zusammenleben etwas Verbindliches zu geben."

„Ich liebe dich."

„Ich liebe dich."

Versöhnung?

Flemming de Graaf trat ruhig und in kollegialem Tonfall neben den Schreibtisch des kleinen M und fragte: „Hast du mal ein paar Minuten?" So begann beinahe jedes Gespräch, das dann durchaus auch mal Stunden dauern konnte.

Klar hatte er ein paar Minuten. Wollte Flemming, am 50. Geburtstag des kleinen M, das Verhältnis entspannen?

Sie marschierten in einen Konferenzraum, nahmen Platz und Flemming fragte: „Findest du, es hat Sinn mit uns?"

„Ich verstehe nicht?"

„Findest unsere Zusammenarbeit konstruktiv?"

„Äh … nein", der kleine M war wieder einmal völlig überrascht. De Graaf liebte es, gut vorbereitet in Gespräche zu gehen, von denen andere nicht einmal ahnten, dass sie stattfinden würden.

„Das finde ich gut, dass wir beide das so sehen. Ich schlage deshalb vor, dass wir unsere Zusammenarbeit beenden."

Der kleine M fiel aus allen Wolken.

Trotz all des Übels zwischen Flemming und ihm hatte er nicht mit so etwas gerechnet.

Er war, gemeinsam mit seinem Freund Hans, für viele Kundinnen und Kunden die personifizierte *Binaural*-Firma, das hatte ihm immer ein Gefühl der Sicherheit gegeben. Und nun das Aus?

Mit 50? Als Werbemensch?

Da war man am Arbeitsmarkt klinisch tot.

Und arbeitslos bis zur Rente in 15 Jahren und 7 Monaten? Das war finanziell nicht zu wuppen, wenn man das Haus halten und einen angenehmen Lebensstandard bewahren wollte. Jetzt arbeitslos zu werden ging weder jetzt, noch mit all den Abschlägen, die das für die Rentenhöhe bedeuten würde.

Und das sagte er Flemming.

„Ich mache dir ein Angebot", entgegnete dieser gut vorbereitet: „Ich lasse dich noch ein Jahr bei vollem Gehalt hier arbeiten und dann gehst du raus."

„Das ... das ist nicht dein Ernst", stammelte der kleine M. „Ich bin 20 Jahre im Betrieb, das macht mich fast unkündbar und ich bin Betriebsrat, das macht mich nochmal fast unkündbar. Und ich muss über 15 Jahre bis zum Rentenbeginn überbrücken - da müssen wir schon über sehr nennenswerte Abfindungssummen sprechen, bevor ich zu meinem Ausscheiden ja sagen kann."

„Du hast mein Angebot gehört - lass dir Zeit mit deiner Entscheidung.

Geburtstagsfeier

Heidrun und eine Freundin hatten sich mächtig Mühe gegeben, dem kleinen M eine schöne 50-Jahr-Feier zu schenken. Sie hatten ein Haus mit zwei großen Räumen organisiert, um das Fest so zu gestalten, wie der kleine M es liebte: Ein Zimmer fürs Essen und Klönschnacken und eins für laute Musik und Tanz. Der kleine M hasste es, sich bei *Tina und den Tornados* anzubrüllen und das Ganze ein Gespräch zu nennen. Er war glücklich, dass man sich im Buffet-Raum gut unterhalten und im Nebenraum tanzen konnte, obwohl ...

Er war ein Zombie auf seiner eigenen Party.

Zu sehr beschäftigte ihn das Gespräch mit Flemming.

Noch lange erinnerten sich viele der 50 Gäste an diese Feier:

„War schön, aber du warst nicht gut drauf."

Der Kompromiss

Hatte Flemming mit Leuten aus Rotterdam gesprochen? Hatte ihm jemand gesagt, dass er den kleinen M nicht wie einen räudigen Hund vom Hof jagen konnte? Oder hatte ihm sein Arbeitgeberverband verklickert, dass eine Kündigung des kleinen M rein juristisch gar nicht machbar war?

Jedenfalls hatte der Chef zum zweiten Gesprächstermin Kreide gefrühstückt:

„Ich weiß um die Verdienste, die du für *Binaural* hast. Ich schlage vor, dass wir deinen Arbeitsplatz zu dir nach Hause verlegen, dann müssen wir uns nicht täglich sehen. Du behältst dein Gehalt und den Firmenwagen - auch zur privaten Nutzung. Du bekommst ein Firmentelefon und für das Schriftliche kommunizieren wir über das Internet. Was hältst du davon?"

„Viel."

Der kleine M war sehr erleichtert.

Sicher hätte er mit Hilfe des Betriebsrats sogar seinen Platz in der Firma vorerst behalten können, aber die Solidarität mancher Kollegin und manches Kollegen war keineswegs gewährleistet. Viele unterstellten Betriebsratsmitgliedern, dass sie den Ärger mit dem Amt nur deshalb in Kauf nahmen, weil sie damit „unkündbar" waren. Schon deshalb schied es für den kleinen M aus, dieses Ehrenamt für Privilegien zu nutzen.

Außerdem hatte der Rausschmiss des schwerbehinderten PR-Mannes Frank Schmitt gezeigt, dass Flemming im Falle eines Falles alles tat, um jemanden loszuwerden, sei der scheinbar auch noch so gut abgesichert. Und die Perspektive, sich nicht mehr jeden Morgen in den Schreckensbereich des Tyrannen begeben zu müssen, sondern in Frieden zuhause arbeiten zu können, schien durchaus verlockend.

Ab Juli 2001 war die akzeptierte Verbannung ins Homeoffice angesagt.

Der kleine M hatte sich einen Stapel laufender Arbeiten mitgenommen und genoss es, ohne sechs Dauer-Telefonierende im Ohr und ohne den Kontrollblick des Chefs im Nacken, arbeiten zu können. Eine Woche, die zweite Woche.

Dann ging die Arbeit langsam aus.

Er rief in der Marketingabteilung an und sagte, er habe Kapazitäten frei. Das wurde freudig zur Kenntnis genommen, aber es passierte wenig. Ein paar Dokumente zur Übersetzung wurden ihm gemailt und die Help-Files einer neuen Software. Nichts, was man als eine auslastende und gar nichts, was man als kreative Arbeit bezeichnen konnte.

Leere kam auf.

Und wenn es gerade sehr leer war, klingelte das Telefon und Flemming fragte: „Woran arbeitest du im Moment?"

„Äh .. äh ...", es war nicht immer leicht etwas zu erfinden, wenn grad gar nichts zu tun war. Manchmal begann der kleine M den Tag damit, sich zu überlegen, was er Flemming erzählen könnte, wenn der wieder überraschend anrief. Er wollte ja gern arbeiten für sein Geld, seinetwegen auch Help-Files übersetzen, aber es kam einfach kaum etwas aus der Abteilung.

So entstand zu viel Zeit, um sein Grübeln weiterhin in Arbeit begraben zu können.

Was war eigentlich passiert?

Wieso saß er jetzt eigentlich zuhause?

Wieso war er von „Mister *Binaural*" auf „Mister Nobody" gestürzt?

Er hatte nie wirklich begriffen, was Flemming an seiner Arbeit zu kritisieren gehabt hatte, denn der hatte es ihm nie erklärt. Viele in der Firma glaubten, dass de Graaf vor allem eifersüchtig auf den kleinen M war, weil er innerhalb und außerhalb der Firma hundertzweiundvierzigmal beliebter war als der Chef: bei Kundinnen, Kunden, Kolleginnen, Kollegen, Agenturen und Druckereien. Und auch bei Frauen, auf die Flemming scharf war. Aber war Eifersucht Grund genug ihn quasi rauszuschmeißen, wenn er mit der Arbeit des kleinen M zufrieden gewesen wäre?

Wer Eingeweide und zu viel Zeit zum Grübeln hat, kann sich schon mal etwas ansomatisieren. Die Seele hing dem kleinen M bis ins Gedärm, die Zeiten auf der Toilette wurden länger, die körperlichen Beschwerden größer.

Er wandte sich an seine Gewerkschaft und äußerte den Verdacht Mobbing-Opfer zu sein.

Man schickte ihm einen Fragebogen, in dem Verhaltensweisen aufgeführt waren, die man als Mobbing bezeichnen kann. Bei mehr als 50 Prozent Zustimmung wurde man gemobbt. Der kleine M machte hinter 90 Prozent der Fragen einen Haken: Er war volles Rohr gemobbt worden!

Am Ende des Blattes stand dann noch etwas Überraschendes, was er anfangs wieder für typisch sozialdemokratisch hielt: „Mobbing hat meist Ursachen auf beiden Seiten."

Hä?

Der Satz blieb ihm im Gedächtnis.

Durch ein Gestrüpp von Abwehrgefühlen und -argumenten kam der kleine M im Laufe von Tagen zu der Erkenntnis, dass er womöglich tatsächlich seine Anteile hatte. Flemming konnte einfach nicht verstehen, dass er seine Vier-Tage-Woche behalten und nicht Tag und Nacht für mehr Erfolg der Firma kämpfen wollte. Flemming hasste das ständige Singen und Flöten auf dem Flur, seine langsame Art zu gehen, seine Angewohnheit, zur Zerstreuung mal ein Computerspiel zu spielen und und und.

Da waren zwei aneinandergeraten, die zueinander passten wie Ying und Ping - da war nix mit Yang.

Meldungen aus 2001

- **Frauen dürfen zur Bundeswehrmacht**

„Fraglos der schönste Erfolg der Frauenbewegung", kommentierte der kleine M ironisch. „Herzlichen Glückwunsch, Soldatinnen!

Bringt eure Kinder gleich mit und auf geht´s in die weite Welt hinaus, Transportwege …äh Menschenrechte zu verteidigen."

- Handys erreichen die Massen. Gegen Ende des Jahrzehnts werden Farbdisplays, Touchscreen-Technologien und Kamerafunktionen als neue Standards bei Mobiltelefonen gelten, die dann unter dem Begriff „Smartphones" verkauft werden.

- In Deutschland wird die „Eingetragene Partnerschaft gleichgeschlechtlicher Partner" rechtskräftig. Sie ist der Ehe zwischen Frau und Mann nicht gleichgestellt.

- **Flugzeug-Anschläge auf das *World Trade Center* (*WTC*) und das Pentagon.**

Klaas riss, entgegen der häuslichen Übung, die Tür zum Home-Office auf: „Hast du schon gesehen?"

„Was?", fuhr der kleine M leicht verärgert herum, der gerade etwas zu tun hatte.

„Das *World-Trade-Center* brennt. Ist ein Flugzeug `reingeflogen, vielleicht ein Terroranschlag."

„Woher…?"

„Kam als Meldung im Internet! Kann man wahrscheinlich auch im Fernsehen sehen."

Das *World-Trade-Center*! Eines der symbolträchtigsten Gebäude der USA. Da lag der Verdacht eines Anschlags nahe.

Der kleine M ließ sein bisschen Arbeit sein, tobte mit Klaas hinunter ins Wohnzimmer und schmiss den Fernseher an. Tatsächlich! Er sah dicken Qualm aus einem der beiden Türme des *WTC* aufsteigen. Zwei Reporter diskutierten, ob es ein Anschlag sei oder ein Unfall, ob das Feuer vor den Bürozeiten entstanden war oder ob schon viele Menschen in dem Turm wären.

Plötzlich rief einer der beiden: „Oh Gott, da kommt noch eine Maschine!" Der kleine M sah ungläubig wie ein Flugzeug auf den zweiten Turm zuflog, hineinraste und explodierte.

Jetzt war klar, dass es sich nicht um ein Unglück handeln konnte. Etwa 3.000 Menschen kamen ums Leben als beide Türme in sich zusammenstürzten.

Die Bilder des brennenden *WTC* wurden weltweit endlos wiederholt. Tag für Tag, Woche für Woche, Monat für Monat, Jahr für Jahr. Jeder Mensch, der irgendwie Zugang zu TV, Internet oder Print-Medien hatte, wird sie gesehen haben.

Soll sie gesehen haben!

Die USA nahmen sie als Freibrief um „im Kampf gegen den Terrorismus" innenpolitisch und außenpolitisch alte Saiten aufzuziehen: vom Heimatschutz-Ministerium und extremer Überwachung der nationalen und internationalen Kommunikationskanäle, bis hin zur Einteilung vieler Staaten in Gut und Böse, von der Verschärfung des Krieges in Afghanistan, bis hin zum Angriff auf den Irak und später die Zerlegung der Staaten Nordafrikas.

Heidrun und der kleine M gehörten wahrscheinlich zu den ersten in Deutschland, die den Film *Loose Change* erhielten, der in einer Mischung aus Fakten und Vermutungen unterstellt, dass der Anschlag mit Wissen und Unterstützung führender Kreise der USA stattgefunden haben muss.

Nach und nach tauchten auch im deutschen Staatsfernsehen Teilaspekte von *Loose Change* auf, die natürlich nicht die Integrität der US-amerikanischen Regierung infrage stellten, aber doch die Überlegungen aufgriffen, warum die Gebäude erstens überhaupt und zweitens so senkrecht in sich zusammengesunken waren. Noch nie war weltweit ein Hochhaus mit der Konstruktion des *WTC* aufgrund eines Feuers eingestürzt. Die Flugzeuge hatten zwar einige Stockwerke in Brand gesetzt, aber es war sicher, dass die Metallkonstruktionen der Gebäude dem Stand halten würden. Doch sie stürzten ein – und zwar nicht da, wo sie brannten, sondern vom Dach her, das etliche Etagen darüber lag. Und: sie fielen nicht um und machten Manhattan zum Riesen-Domino, sondern sanken wie Kartenhäuser in sich zusammen – so, wie Sprengmeister es mit Gebäuden oder Fabrik-Schornsteinen innerhalb einer bewohnten Region machen. In

Loose Change wird gezeigt, wie in den einstürzenden Gebäuden von Stockwerk zu Stockwerk ein Blitz nach dem anderen aufscheint.

Sieben Stunden nach dem Anschlag sank noch ein Gebäude auf dem Gelände des *WTC* sauber in sich zusammen (Nr.7) - und das sogar, ohne dass es von einem Flugzeug oder einem der Türme getroffen worden war. Um diesen besonders schwer erklärbaren Einsturz ranken sich ebenfalls viele Verdächtigungen. Es gibt in *9/11 Loose Change Final Cut, Full Documentary* von 2017 namhafte Architekten, Statiker und Sprengmeister zu sehen und zu hören, die mit großer Sicherheit behaupten, (auch) das *WTC 7* könne nicht aufgrund eines Feuers eingestürzt sein, wie die US-Regierung behauptet.

Im *WTC 7* waren Regierungs- und Geheimdienststellen untergebracht. Manche Leute vermuten, es könnte die Kommandozentrale der Anschläge gewesen sein, die nach erfolgreicher Mission nachhaltig entsorgt wurde. Zunächst von Menschen, denn das Gebäude war komplett evakuiert, und dann vielleicht von allen Indizien - durch den Einsturz.

Wie auch immer:

Bei allen wichtigen Ereignissen gibt es immer auch Verschwörungstheorien. In diesem Fall sind sich jedoch viele unterschiedliche Informationsquellen sicher, sogar hiesige Staatsmedien, dass die Ereignisse an *Nine Eleven* nicht so gewesen sein können, wie sie offiziell dargestellt werden.

Schlagzeile aus 2001

- **Der russische Präsident Putin spricht im Deutschen Bundestag.**

(Aus *www.mdr.de/ Heute im Osten,* gefunden am 02.06.2017:) *Am 25. September 2001 spricht der russische Präsident Wladimir Putin im Bundestag und erobert die Herzen der Deutschen.*

Wladimir Putin hält eine viel beklatschte deutschsprachige Rede, in der er eindringlich um eine vertrauensvolle Zusammenarbeit wirbt, in einem gemeinsamen „Haus Europa".

Er tut dies nicht zuletzt unter dem Eindruck, dass die *NATO* seinem Land zunehmend auf die Pelle rückt.

Schlagzeile aus 2002

- **Am 1. Januar 2002 wird der Euro offizielle Währung in Deutschland und in elf weiteren europäischen Staaten.**

Elf europäische Länder öffneten per Währungsunion ihre Märkte für Waren aus Deutschland, ohne sich, wie in den Jahrzehnten zuvor, durch Abwertungen der eigenen Währung schützen zu können.

Hä?!

Und zwar gegen den Widerstand ihrer Bevölkerungen ...

What?

Alles war so schön demokratisch geplant gewesen, Land für Land sollte sich in einer Volksabstimmung für den Euro entscheiden. Aber: die Abstimmungen in den beiden ersten Ländern gingen krachend in die Hose.

Die Leute wollten den Euro nicht, wahrscheinlich nirgendwo. Auch in Deutschland war der Widerstand gewaltig – angeführt von der *Bild-Zeitung*.

Deshalb wurden die demokratischen Abstimmungen in weiteren Ländern demokratisch abgeblasen.

Helmut Kohl:
„Bei der Euro-Einführung war ich ein Diktator."

(Aus *Deutsche Wirtschafts-Nachrichten* vom 09.04.2013:) *Helmut Kohl räumt ein, bei der Einführung des Euro undemokratisch vorgegangen zu sein: Hätte es eine Volksabstimmung über den Euro gegeben, hätten zwei Drittel der Deutschen gegen den Euro gestimmt. „Demokratie kann nur erfolgreich sein, wenn sich einer hinstellt und sagt: So ist das."*

Meinte Kohl.

Zur Demokratie.

Der Umtausch von D-Mark zu Euro betrug ziemlich genau 2:1, für 2 D-Mark gab es 1 Euro. Anfangs war es dem Handel verboten, die D-Mark-Preisschilder einfach mit dem €-Zeichen zu versehen, also bei Halbierung der Gehälter die Preise unverändert zu lassen. Aber dieses Verbot sollte nur verhindern, dass sich die Empörung über die ungeliebte Umstellung anfangs noch mehr aufschaukelte. Es dauerte nicht lange bis viele Preise wieder das Niveau hatten, das man gewohnt war. Nur jetzt halt in Euro.

Bei halbem Gehalt.

2015 brauchte der kleine M ein Paar besondere Schuhe, die 260 Euro kosten sollten. „260 Euro?", fragte der kleine M die Verkäuferin geschockt.

„Ja, aber Sie sollten das nicht mehr in D-Mark umrechnen", empfahl sie, „dann wird einem ganz schlecht."

<u>**Meldungen aus 2003**</u>

- Eine so genannte „Hartz-Kommission" entwirft die *Hartz-Gesetze*, die im Zuge der „Agenda 2010" beschlossen werden sollen. Der federführende Denker, Peter Hartz, ist Manager im *VW*-Konzern - unterschreiben wird Kandesbunzler Schröder.
- Von der Antarktis löst sich ein über 3.000 km² großes Eisschelf.

Von Klima und Wetter

Ich erinnerte mich, dass *Wandsbek* schon auf ihrer LP von 1975 zwei Songs zum Thema Umweltschäden hatten. Inzwischen lassen sich die klimatischen Veränderungen nur noch aus polit-ökonomischen Gründen leugnen, zum Beispiel von den Präsidenten der USA. In Deutschland und anderen Staaten erkannten Teile der Regierenden die Problematik an, fanden die Entwicklung auch gaaanz schlimm, versprachen große Taten, nur tun taten sie nix - jedenfalls stiegen die klimaschädlichen Emissionen immer weiter an.

Kleine Mse lernten in dieser Zeit den Unterschied zwischen Klima und Wetter: „Klima" beschreibt die langfristige Entwicklung von Temperaturen, Niederschlägen, Stürmen, Luft und Wasserströmungen; „Wetter" beschreibt die Gegenwart, also die kommenden Stunden und Tage.

Natürlich hängen beide Phänomene eng zusammen, denn der schon lange anhaltende Klimawandel führt inzwischen zu anderem Wetter: 2003 raste beispielsweise zum ersten Mal ein Tornado durch

Norderstedt und rasierte dicke fette Bäume wie Streichhölzer weg. Natürlich gab es auch vorher schon Stürme, aber fast immer zwischen Herbst und Frühjahr. Die „neuen Stürme" kommen jetzt auch im Sommer, wenn die Bäume voller Laub und deshalb viel gefährdeter sind. Neu ist auch so genannter „Starkregen". Er lässt Straßen zu Flüssen und Flüsse zu Wildwasser anschwellen, das beispielsweise den Keller von Heidrun und dem kleinen M mehrfach zum zehn Zentimeter tiefen Watbecken machte.

Von Ehrung und Achtung

Lissi machte es ihrem Sohn nicht leicht.

„Du sollst Vater und Mutter ehren", verlangt die Bibel. „Wenn sie es verdient haben", ergänzte der kleine M gern. „Und lass dir nicht erzählen, dass sie dir das Leben geschenkt haben. Sie haben *sich* dein Leben geschenkt. *Sie* wollten ein Kind haben um ein Kind zu haben, das *ihr* Leben bereichert.

Wenn sie dich dann in Liebe angenommen und aufgezogen haben, kannst du sie ehren."

Und er ehrte Lissi dafür, dass sie ihn in Liebe aufgezogen hatte.

Aber er nörgelte auch: „Dass die Liebe, die ein Kind für seine Eltern empfindet, sich im Laufe des Lebens ändert, ist natürlich. Dass sie weniger wird, vielleicht auch. Dass sie deutlich weniger wird, vielleicht auch noch. Dass man im Alter von Zweiundfünfzig aber nur noch ehren kann, dass man als Kind in Liebe aufgezogen wurde, das muss nicht sein."

Doch Lissi tat alles dafür:

Nachdem sie sich vor Jahren ein Sprunggelenk gebrochen hatte, brachte sie trotz zahlreicher Hilfsangebote von Heidrun und dem kleinen M nie die Energie auf, wieder laufen zu lernen. Der kleine M nötigte sie, mit ihm das Treppensteigen zu üben. Solange er da war, blieb ihr nichts anderes übrig als mitzumachen – aber ohne ihn gab es dann wieder nur das Sofa. In ihrer Wohnung quälte sie sich mit Hilfe von Krücke, Teewagen und Rollator nur noch mühsam vom Wohnzimmer in die Küche und von der Küche ins Bad. Sie war an ihre Bleibe im dritten Stockwerk gefesselt und ließ sich Pizzas,

Weine, chinesische und sonstige Gerichte, sowie alle Einkäufe per Lieferservice schicken. Hauptsache, sie musste ihre Wohnung nicht verlassen.

Auch gegen ihre Inkontinenz mochte sie nichts unternehmen.

Der kleine M rief nach einem erpressten Einverständnis einen Frauenarzt an, erklärte den ungepflegten Zustand seiner Mutter und fragte, ob er trotzdem mit ihr kommen könne. Der Arzt gab ihm wenig begeistert einen Termin.

Als der große Tag da war, lag Lissi krank vor Angst und Scham in ihrem Flur und jammerte. Es war ihr nicht zuzumuten, die Vereinbarung wahrzunehmen. Jetzt nicht und niemals.

Um ihre Klamotten nicht ständig waschen zu müssen, verzichtete sie danach auf Über- und Unterhose und thronte fortan mit nacktem Hintern auf einem dicken Stapel übel riechenden Handtücher, der seinen beißenden Geruch bis ins Treppenhaus verbreitete.

Die Haare wurden nicht mehr gemacht, die Zähne nicht mehr gepflegt. Ein brauner Stumpen nach dem anderen löste sich aus ihrem Kiefer.

Home schiet Home

Lissi wollte nicht ins Altenheim, aber sie wollte in den dunklen Monaten von November bis April auch nicht allein in ihrer Bude hocken. So wurde sie Teilzeit-Altenheimerin. Ab November zog sie jedes Jahr in das schöne *Seniorenzentrum Sankt Markus*, etwa 500 Meter von ihrer Wohnung entfernt. Sanis trugen sie dann im Scheideweg die Treppen hinunter und fuhren sie mit dem Auto zu ihrer Winterresidenz. Dort päppelte man sie wieder auf, soweit es ging.

Lissi nannte *Sankt Markus* ihr „Luxushotel".

Aber dauerhaft dort wohnen wollte sie auf keinen Fall.

Sie weinte, wenn es Ende April zurück in ihre Wohnung ging, aber trotzdem wollte sie unbedingt zurück. Niemand verstand das – zumal die Kosten für das Heim (zirka 3.000 Euro im Monat) und die Mietwohnung (zirka 800 Euro im Monat) plus vollumfänglichem Lieferservice ihre finanziellen Möglichkeiten überstiegen.

Heidrun und der kleine M genossen Lissis Zeiten im Heim ebenso wie sie selbst. Sie empfing die beiden, von ihrem türkischen Pfleger bestmöglich restauriert, geduscht und voll bekleidet, um stolz mit ihnen bis zum Fahrstuhl zu gehwagieren, im Parterre des Hauses ein paar Schritte ins Café zu humpeln und dort bei duftendem Kaffee und leckerem Kuchen ein normales Gespräch zu führen.

Zurück in ihrem Zimmer wurden eines Tages ein paar Fotos gemacht. Sie zeigen Heidrun, Klaas und den kleinen M abwechselnd neben der klein gewordenen zahnlosen Lissi auf dem Bett sitzend und „Bunt sind schon Wälder" singen.

„Und der Herbstwind weht ..."

Meldungen aus 2003

- Der unsoziale Demokrat und Kanzler Schröder verkündet den Start der Agenda 2010, mit den *VW*-Gesetzen von Herrn Hartz. Sie lassen ungeschützte Arbeitsverhältnisse und Ketten-Zeitverträge zu und entfesseln das Finanzmarkt-Unwesen auch in Deutschland.

Die eine Seite der Agenda 2010

Rund ein Jahr nachdem einige wirtschaftlich bedeutende Länder auf den Euro-Leim gekrochen waren (und sich gegen Exporte aus Deutschland weder durch Zölle noch durch Währungsabwertungen schützen konnten), ging die deutsche Industrie mit der „Agenda 2010" daran, die Lohnstückkosten in Deutschland drastisch zu senken – und damit ihren ohnehin vorhandenen Wettbewerbsvorteil noch einmal erheblich zu vergrößern.

Natürlich gingen diese „Reformen" auf Kosten der Leute, die noch viel kleiner waren als der kleine M (im Sinne von ökonomisch schlechter abgesichert): Die Regierung aus *Grüne* und *SPD* verkündete die Zulassung von Leiharbeit, Lockerung des Kündigungsschutzes, wiederholte Fortschreibung befristeter Arbeitsverträge, die Zusammenlegung von Sozial-und Arbeitslosenhilfe, die erst in

Anspruch genommen werden darf, wenn man eigene Ersparnisse aufgebraucht hat. Auch, wenn man zuvor jahrzehntelang Sozialabgaben gezahlt hat. „Entsparen" nennt sich das. Es geht also darum, dass die Menschen ihre persönliche finanzielle Absicherung aufbrauchen und sich völlig in die Abhängigkeit von Lohnarbeit begeben müssen. All dies erhöht die Angst vor einem sozialen Absturz und damit die Bereitschaft, auch zu miesen Bedingungen Arbeit und verschärfte Ausbeutung in Kauf zu nehmen.

Mit diesen „rot"/grünen *VW*-Gesetzen kehrte die Armut nach Deutschland zurück, auch die Kinderarmut:

Spendenaufruf *Deutsches Kinderhilfswerk e.V.* (2017):

Jedes fünfte Kind in Deutschland lebt in Armut. Diese zeigt sich meist in schlechten Bildungschancen, einer mangelhaften Gesundheit, dem Gefühl der Scham und wenig Selbstvertrauen. Wir tun viel, um Kindern ein würdevolles Leben mit fairen Chancen zu ermöglichen. Bitte helfen Sie mit.

Kurz: Wenn es richtig weh tut, wie bei zum Beispiel bei massivem Sozialabbau, muss die *SPD* das machen, denn dann halten die (sozialdemokratischen) Gewerkschaften still. Und nicht nur das: Sie verhinderten bei Einführung der *VW*-Gesetze eine breite Protestbewegung, die zu entstehen drohte. Begründung: An den spontan entstandenen „Montags-Demos" beteiligten sich auch extrem Rechte, deshalb könnten die Gewerkschaften diese Aktionen nicht unterstützen. Man hat also nicht versucht die Rechten zu dominieren, was leicht möglich gewesen wäre (wie *alle* Gegendemos zu Nazi-Aufmärschen bis 2018 zeigen), sondern hat ihnen das Feld überlassen, um die Proteste gegen die „rot"/grüne Regierung abzuwürgen.

Mit der wehrlosen Inkaufnahme der *Hartz*-Gesetze marschierten die Gewerkschaften Seit an Seit mit ihrer SPD in eine weitgehende Marginalisierung.

Die andere Seite der Agenda 2010

Senkung des Spitzensteuersatzes von 53 auf 42 Prozent, Abschaffung der Steuern auf Aktiengewinne, Legalisierung von

Hedgefonds. Die „kleinen Leute" sind seither von (Alters-)Armut bedroht und die Reichen von schwer beherrschbaren Reichtumszuwächsen von durchschnittlich 12 Prozent pro Jahr.

Meldungen aus 2003

- Die Bevölkerung Schwedens votiert dagegen, ihre Landeswährung durch den Euro zu ersetzen.
- Die Raumfähre *Columbia* zerbricht beim Landeanflug auf Cape Canaveral.
- Die Produktion des *VW Käfer* wird eingestellt. Insgesamt wurden über 21,5 Millionen Fahrzeuge dieses Typs gefertigt.
- Der in Österreich geborene Bodybuilder und Schauspieler Arnold Schwarzenegger wird Gouverneur des US-Staates Kalifornien.
- In Deutschland wird nach rund 30 Jahren Widerstand gegen Atomkraftwerke der Ausstieg allmählich Realität: Das Kraftwerk Stade wird abgeschaltet. Weitere werden folgen.

Offen blieb die Frage: Wohin mit dem Jahrtausende strahlenden Müll? Eine sprachlich sehr schöne Idee war die Schaffung so genannter „Entsorgungsparks". Kumpel Konrad und der kleine M ehrten diese Wortschöpfung mit folgendem Liedertext:

Die hohen Herrn im Land / ha´m ´ne lange Nacht gemacht
und haben sich für uns / etwas Tolles ausgedacht
sie wollen dass wir sorgenfrei / in die Zukunft seh´n
dafür sollen jetzt / zig Entsorgungsparks entsteh´n

Refrain: *Stadtpark, Tierpark, Vergnügungspark*
doch der größte Quark ist der Entsorgungspark
sind deine Sorgen heut' auch noch so groß
im Entsorgungspark da wirst du sie bald los

Die neuen Parks sind wunderschön / und gerne aus Beton
und jeder Wachturm hat ´ne kleine Pflanze am Balkon
Damit den Blumen nichts passiert / hat man sich überlegt
dass jeder der in´ Park geht einen Schuhutzanzug trägt

Refrain: *Stadtpark, Tierpark, Vergnügungspark*
doch der größte Quark ist der Entsorgungspark
sind deine Sorgen heut' auch noch so groß
im Entsorgungspark da wirst du sie bald los

Mittendrin in so ´nem Park / da ist ein tiefer Schacht
da werden dann die Sorgen / aller Menschen reingebracht
Auf Schildern steht es wär´ da auch/ein Rundfunkteam zuhaus
„Radio Aktiv" / strahlt von hier ganz mächtig aus

Refrain: *Stadtpark, Tierpark, Vergnügungspark*
doch der größte Quark ist der Entsorgungspark
sind deine Sorgen heut' auch noch so groß
im Entsorgungspark da wirst du sie bald los

Rundherum um jeden Park / da steht ein hoher Zaun
damit nicht Sorgenfreie die Atompilze dort klau´n
Wasserwerfer, Natodraht, Kameras und Graben
wenn man gegen Sorgen kämpft/ muss man das alles haben

Der dritte Golfkrieg der USA

Nach den Anschlägen auf das *World Trade Center* hatte US-Präsident George W. Bush einen internationalen „Krieg gegen den Terror" ausgerufen. Dieser richtete sich zunächst gegen die damals starke islamistische Gruppierung al-Qaida mit ihrem Anführer Bin Laden. Sie unterstützte das (einst indirekt von den USA installierte) Taliban-Regime in Afghanistan.

Darüber hinaus entdeckte Bush in der Welt „eine Achse des Bösen", zu der er eine Reihe von „Schurkenstaaten" zählte, zum Beispiel auch den Irak. Nachdem man den Krieg im bösen Afghanistan angeblich beendet hatte (was de facto bis heute, 2018, nicht der Fall ist), wandte man sich dem bösen Irak zu. Leider war die Welt insgesamt so schlecht geworden, dass es sogar für die USA günstiger war einen guten Grund für einen Angriffskrieg vorzutragen, wenn kein Terror in Sicht war. Dieser war in den Massenvernichtungswaffen gefunden, die der Irak angeblich besaß, und von denen die USA fanden, dass der Irak sie nicht haben sollte.

Um einem Krieg aus dem Wege zu gehen, überreichte die irakische Regierung der UNO eine Aufstellung ihres Waffenarsenals. Massenvernichtungswaffen waren nicht dabei. Daraufhin lieferte der US-amerikanische Kriegsminister Collin Powell eine lächerliche „Bilder-Show" vor der UNO ab, die im TV gezeigt wurde, und die beweisen sollte, dass der Irak doch Massenvernichtungswaffen habe. Also schickten die UN eigene Inspekteure in den bedrohten Staat und fanden ... nichts.

However, die USA hatten keinen Bock mehr auf weitere Rechtfertigungen und griffen an. Nachdem sie das Land in Schutt und Asche gelegt, einen Bürgerkrieg inszeniert und es damit unregierbar gemacht hatten, konnten leider immer noch keine Massenvernichtungswaffen entdeckt werden.

- Nelson Mandela (Johannesburg): „If there is a country that has committed unspeakable atrocities in the world, it is the United States of America. They don´t care for human beings." (Zitiert nach Prof. Dr. Rainer Mausfeld) = "Wenn es ein Land gibt, das unsagbare Gräueltaten begeht, sind das die Vereinigten Staaten von Amerika. Menschenleben sind ihnen egal."

Sie wollen keinen Frieden

Angesichts der ungebrochenen Kriegsbereitschaft der USA regte der kleine M sich darüber auf, dass die *NATO* immer mehr Länder rund um Russland in ihren Verein einlud: „Es heißt, bei den Gesprächen zur Wiedervereinigung Deutschlands habe der Westen Russland zugesichert, die *NATO* nicht nach Osten zu erweitern. Unabhängig davon, ob das so ist oder nicht, ist es folgendermaßen" - und damit knallte er diese Ausdrucke auf meinen Tisch:

NATO-Gipfel Madrid 1997: Angebot von Beitrittsverhandlungen an Polen, Tschechien und Ungarn. 1999: Polen, Tschechien und Ungarn treten der *NATO* bei.

Prag 2002: Angebot von Beitrittsverhandlungen an Bulgarien, Estland, Lettland, Litauen, Rumänien, Slowakei und Slowenien. 2004 treten diese sieben Länder der *NATO* bei.

NATO-Gipfel Bukarest 2008: Beitritt Albaniens und Kroatiens offiziell beschlossen. Beitritt wurde 2009 vollzogen.

Beschluss Beitrittsverhandlungen mit Bosnien und Herzegowina aufzunehmen. Die *NATO* stuft Serbien ebenfalls als Beitrittskandidaten ein. Der Kosovo möchte 2008 so schnell wie möglich beitreten.

Treffen der Außenminister der NATO-Staaten, Brüssel 2015: Offizielle Einladung an Montenegro sich dem Bündnis anzuschließen. Der Beitritt erfolgte 2017.

Jeder Beitritt zur *NATO* muss durch alle *NATO*-Mitgliedsstaaten ratifiziert werden - also auch durch Deutschland ...

Aus russischer Sicht hat ein neuer kalter Krieg begonnen

(Aus *www.mdr.de/ Heute im Osten*) *In seiner Bundestagsrede im Jahr 2001 sagte Putin noch: „Der Kalte Krieg ist vorbei". Heute* (2003) *spricht sein Vertrauter Dimitri Medwedew von einer „neuen Zeit des Kalten Krieges".*

In einem offenen Brief an den damaligen US-Präsidenten Bill Clinton vom 26. Juni 1997, äußerten mehr als 40 ehemalige Senatoren, Regierungsmitglieder, Botschafter, Abrüstungs- und Militärexperten ihre Bedenken gegenüber der von ihm geplanten Osterweiterung der NATO *und forderten ihre Aussetzung... Der Brief bezeichnet die Beitrittsangebote der* NATO *als „politischen Irrtum von historischen Ausmaßen". ...*

Als Alternative zur Osterweiterung forderten die Unterzeichner eine ökonomische Öffnung im Sinne einer Osterweiterung der EU, *eine Verstärkung des* „Partnerschaft für den Frieden-Programms", *eine engere Kooperation zwischen Russland und* NATO *und eine Fortsetzung der Abrüstungsbemühungen.*

Noch eine warnende US-amerikanische Stimme

(https://de.wikipedia.org/w/index.php?title=NATO-Osterweiterung&oldid=202882607, 14.03.2017) *Die Entscheidung der Regierung Clinton, die* NATO *bis zu den Grenzen Russlands zu erweitern, wurde von dem Historiker und Diplomaten George F. Kennan 1997 als „verhängnisvollster Fehler der amerikanischen Politik in der Ära nach dem Kalten Krieg" beurteilt, weil „diese Entscheidung erwarten lasse, dass die nationalistischen, antiwest-*

lichen und militaristischen Tendenzen in der Meinung Russlands entzündet werden; dass sie einen schädlichen Einfluss auf die Entwicklung der Demokratie in Russland haben, dass sie die Atmosphäre des Kalten Krieges in den Beziehungen zwischen Osten und Westen wiederherstellen und die russische Außenpolitik in Richtungen zwingen, die uns entschieden missfallen werden."

Es sollte sich schon bald zeigen, wie Recht diese Leute hatten.

Meldungen aus 2004

- Die *EU* nimmt 10 neue Staaten auf,
  vor allem ehemalige Ostblock-Länder.

Berlin, Berlin, jährlich nach Berlin!

Seit dem ersten Besuch bei Inge und Alfi fuhren Heidrun und der kleine M einmal jährlich die beiden besuchen. Es waren jedes Mal herzliche Begegnungen, bei denen heikle Themen allerdings unberührt blieben.

2004 übergab der 94jährige Alfi seinem Sohn einen Umschlag: „Ich bin kein reicher Mann und werde nicht viel hinterlassen. Hier sind 2.000 Euro, damit ihr zu meiner Beerdigung kommen könnt."

Schlagzeilen aus 2005

- Der Deutsche Joseph Ratzinger wird Stellvertreter
  von Petrus. *Bild* dazu: „Wir sind Papst!"
- **Angela Merkel wird Bundeskanzlerin.**

Ihr sozialdemokratischer Vorgänger Gerhard Schröder hatte sich beim kleinen M und Millionen anderer mit seiner Kriegsbeteiligung, seinen unsozialen Reformen und unerträglichen Fettsprüchen, die er regelmäßig absonderte, unbeliebt gemacht. Auch Angela Merkel sollte in ihrer langen Kanzlerschaft nur wenig von dem umsetzen, was dem kleinen M politisch gefiel, aber er empfand sie in ihrer Sachlichkeit und Professionalität geradezu wohltuend gegenüber dem Wichtigtuer Schröder.

➢ ***Hurrikan Katrina* überschwemmt weite Teile der Stadt New Orleans.**

Die US-Regierungen weigerten sich seit Jahrzehnten, ihren Beitrag zum Schutz des Klimas zu leisten. Immer wieder wurden die Vereinigten Staaten von heftigen Naturereignissen heimgesucht, so, als wolle die Natur ihnen zeigen, was davon zu halten ist, wenn man sie nicht achtet. Diesmal führte der *Hurrikan Katrina* zu einer Sturmflut, die große Teile New Orleans überflutete und zwar die tiefliegenden Gebiete der ärmeren und armen, überwiegend schwarzen Bevölkerung. Es bestand also nach wie vor kein Anlass, mit aktiver Umweltpolitik zu beginnen.

Zwei Fremdelnde in Norderstedt

Dänemark? Klar.

Portugal? Gern.

Mallorca? Immer!

Aber New York?

Für alle, deren Herz auch politisch links schlägt, zählen die US-Regierungen zu den schlimmsten Feinden der Menschlichkeit. Die bekannteste Stadt dieses weltweit mit Boykotten, Blockaden, Putschen und Kriegen wütenden Staates heißt New York. Dahin reisten anständige Leute nicht.

Zumal die Stadt zeitweise im Gewalt- und Drogensumpf zu versinken drohte (schrieben zumindest westdeutsche Medien), was Angst machte.

Jedenfalls Leuten wie Heidrun und dem kleinen M.

Außerdem war New York furchtbar weit weg.

Die Welt war noch groß damals.

Jedenfalls für Leute wie Heidrun und den kleinen M.

Inka, die Tochter von Heidruns Schwester Helene, flog derweil gern mal übers Wochenende rüber, zu ihrem Freund Paul. Und der kam gern für ein paar Tage zu Besuch nach Deutschland.

„Unglaublich", staunten Heidrun und der kleine M. Die jungen Leute verbanden völlig andere Gefühle mit den USA, mit New York und mit der Überquerung des Atlantiks als ältere europäische Büro-Hippies.

Zwar war der kleine M beruflich schon mal in Richmond und San Francisco gewesen, aber das zählte seiner Meinung nach nicht als USA-Reise. „Beruflich" war was anderes. „Beruflich" hieß aus dem Flugzeug ins Hotel, zum Dinner, zu Messen oder Konferenzen und wieder zurück. Alles im „Business-Kokon" und nicht in freier Wildbahn – und vor allem nicht in New York!

Doch nun sollte es ernst werden.

Inkas Freund Paul, mit dem sie auch ein paarmal in Norderstedt zu Gast gewesen war, hatte die beiden eingeladen, bei sich und seinem Lebensgefährten in New Jersey zu wohnen, 30 Bahnminuten entfernt von Manhattan. Er würde ihnen gern „sein New York" zeigen.

Zwei Stranger in New York

Paul holte sie am Flughafen *JFK* ab und nahm sie mit in sein Haus in Montclair, New Jersey.

Haus?

Es war ein Palazzo Grande im irischen Findlings-Baustil. Mit drei riesigen Garagen für die dicken Autos, die die zwei Herren fuhren, welche im Palazzo residierten. Er war so groß, dass der kleine M die gesamten zehn Tage Probleme hatte, die Toilette im Parterre zu finden. Für Gäste gab es drei Schlafzimmer zur Auswahl, natürlich mit eigener Toilette und eigenem Bad: im 50er-Jahre-Stil, im 80er Stil oder modern. In dem modernen Raum, den Heidrun erwählte, lag ein Handy, das die Jungs da offenbar vergessen hatten. „Nein, nein – das ist für euch! Da sind unsere privaten und geschäftlichen Telefonnummern drin gespeichert – falls ihr mal Hilfe braucht."

Zwei Leutchen aus Norderstedt sahen sich dann alles in Manhattan an, was sie seit Jahren aus Film und Fernsehen kannten. Er schenkte ihr bei *Tiffany´s* ein wenig Schmuck, was vermutlich alle männlichen Touristen für ihre weiblichen Frauen machten, was die, in Erinnerung an den Film „Frühstück bei Tiffany´s", vermutlich alle besonders romantisch fanden. Paul führte die beiden in „seine“ Cafés, Restaurants und Parks.

Besonders bemerkenswert fanden die Norderstedter, wie außerordentlich freundlich die New Yorker Bevölkerung war. Sowohl als Bedienung (für Norddeutsche meist ein bisschen überfreundlichst) als auch als Passanten: Man brauchte nur ratlos von links nach rechts zu gucken oder einen Stadtplan zu zücken, schon wurde man gefragt, ob man Hilfe brauche.

US-Politik hin oder her – von den Männern und Frauen in New York waren sie nur hin- und kein bisschen hergerissen.

Heimkehr

Seit der kleine M bei ihr ausgezogen war, wollte Lissi, dass er zumindest vorübergehend wieder zurückkommt, jedenfalls jedes Mal, wenn er sich von einer Frau getrennt hatte. Da das auch dann nicht geschah, sollte er wenigstens so oft wie möglich zu Besuch kommen. Und er kam oft. So oft, dass Freunde sich schon wunderten.

Aber Lissi war das nicht oft genug.

Und jetzt auch noch New York! So etwas Herzloses von Sohn!

„In dieser schweren Zeit, in der ich in der dritten Etage, ohne Fahrstuhl, mit funktionsuntüchtigen Beinen, ohne Zähne und mit undichter Blase an die Wohnung gefesselt bin!!“, hat sie nicht gesagt, aber ziemlich sehr wahrscheinlich gedacht. Oder „Undank ist der Welten Lohn!“

Hatte sie nicht alles für ihn getan?!

Doch, das hatte sie – ohne Frage – und er hatte ihr das auch des Öfteren gesagt.

Und er hatte sich auch immer brav bemüht, sich zu revanchieren.

Als er mit Heidrun nach New York wollte, hatten die beiden, mit Lissis Betreuern aus dem Teilzeit-Heim, eine Hauspflege vereinbart. „Wir lassen unsere Handynummern hier. Wenn etwas sein sollte, rufen Sie uns bitte an, wir kommen dann so schnell wie möglich zurück.“

Kaum waren sie wieder in Norderstedt, klingelte das Telefon: „Ihre Mutter liegt im Sterben."

„Waaasss??? Sie wollten doch anrufen, wenn ihre Lage sich verschlechtert!"

„Wir konnten Sie nicht erreichen. Die europäischen Handys funktionieren nicht ohne weiteres in den USA."

„Oh, das haben wir nicht gewusst, wir kommen sofort!"

Sie liefen zum Auto und fuhren zum Scheideweg. Lissi lag in ihrem Bett auf der Seite, beide Hände übereinander, vor sich auf dem Kopfkissen. Das Zimmer war voller Flaschen mit Elektrolytlösungen, falls sie etwas zu sich nehmen wollte.

Wollte sie aber nicht.

Lissi war voll bockig geworden.

Sie hatte in letzter Zeit viele ihrer Freundinnen und Freunde verprellt und war nun in einen Ess- und Trinkstreik getreten. Sie ließ sich von den Pflegerinnen, die rund um die Uhr bei ihr waren, lediglich die Lippen benetzen.

„Hallo Lissi!"

Keine Reaktion.

„Hallo Lissi, kannst du mich hören?", fragte er.

Ein abweisendes Kopfschütteln war leicht wahrnehmbar. Sie wollte nicht angesprochen werden. Heute nicht, morgen nicht und übermorgen auch nicht.

Das Paar versuchte es täglich, aber Lissi muckschte in ihr Kissen. Die sollten mal sehen, was sie davon hatten, sich in New York zu vergnügen und sie in ihrem Zustand allein gelassen zu haben.

Nach fünf, sechs Tagen sagte sie, Stunden vor ihrem Ableben, noch einen Satz:

„Grüßt Tom von mir."

Erst nach Lissis Tod erfuhr der kleine M, dass es so etwas wie eine Altersdepression gibt. Er war ziemlich sicher, dass seine Mutter in ihren letzten Monaten so etwas befallen hatte und bedauerte sehr, nichts davon geahnt zu haben.

Der Stern der Bethlehem

Lissi war 77 Jahre alt geworden. Die Kirche, die sie nie hatte betreten wollen und dann jahrelang zu Gottesdiensten, zum Chorsingen und zu sonstigen Freizeitgestaltungen besucht hatte, wurde keine fünfzig. Der Stern der Bethlehem-Kirche ging 2005 unter und ging im selben Jahr als Kita wieder auf: Geschlossen mangels Erwachsener, auferstanden dank vieler Kinder.

Es war das erste Gebäude, das der kleine M hatte entstehen und in seiner Funktion wieder vergehen sehen.

Alfis Tod

„Dein Vater ist gestorben. Er ist 95 Jahre alt geworden“, weinte Inge, seine ihn so sehr liebende Ehefrau, in die Telefonleitung.

Die Beisetzung fand Ende Januar 2006 im Schnee von Berlin Tempelhof statt – acht Monate nach Lissis Tod. Während der Trauerfeier dachte der kleine M an die Vermutung der Psychologin, dass seine Eltern sich wahrscheinlich zu sehr geliebt hatten, um über ihre Trennung hinwegzukommen.

Nun waren beide innerhalb weniger Monate gestorben.

Alfi hatte das Glück gehabt, mit Inge eine neue große Liebe gefunden zu haben.

Ob Lissi das auch gewollt hatte?

Klar, da war ihre langjährige Liebesbeziehung zu dem verheirateten Krawczyk, aber wenn der kleine M sie gefragt hatte, ob sie nicht gern mal wieder mit einem Partner *zusammenleben* würde, hatte sie geantwortet: „Nie wieder stellt ein Mann seine Puschen unter meinen Tisch, um sich von mir bedienen zu lassen.“

Europa der Menschenrechte

SPIEGEL online berichtete am 7.10.2005 unter Berufung auf *Ärzte ohne Grenzen*, die sich wiederum auf Flüchtlingsberichte beziehen: Die spanische Polizei habe aus den im Norden Afrikas gelegenen Exklaven Ceuta und Melilla über 500 Menschen vom EU-Gebiet vertrieben. Anschließend habe die marokkanische Polizei diese

Menschen aufgegriffen und in Bussen und Lastwagen hunderte Kilometer nach Süden transportiert, dort sollen seither rund 1.000 Menschen in der Wüste unterwegs sein - ohne Wasser...

Zu Gast bei Freunden

Deutschland hatte die Ausrichtung der Endrunde der Fußballweltmeisterschaft 2006 zugesprochen bekommen. Wie später bekannt wurde, wohl durch die dabei üblichen Bestechungen.

Der Slogan für die Veranstaltung war das Erste, was dem kleinen M gut gefiel: „Die Welt zu Gast bei Freunden". (Die *konkret* wies allerdings stets auf die „No go area" im Osten Deutschlands hin, wo verbreitet eine gewalttätige Fremdenfeindlichkeit herrscht.)

Und dann kamen sie, die Mannschaften von allen Kontinenten mit allen Hautfarben. Überall in deutschen Landen wurden sie aufs Freundlichste begrüßt, mit Klatschen, Jubel, dem regionalen Lied- und Grillgut, mit den lokalen Tänzen, Dialekten und Bräuchen.

„Na also", freute sich der kleine M, für den das wie ein Stück vom ersehnten Weltfrieden wirkte, „geht doch!"

Typisch deutsch?

„Aber", fragte sich mein Freund angesichts all der regionalen Vielfalt, die ihm im TV entgegenstrahlte, „was ist nun eigentlich das typisch Deutsche bei all diesen Empfangszeremonien – mal abgesehen von der über all den Mundarten schwebenden Amtssprache? Ich habe da nichts entdeckt."

„Es gibt keine nationale Identität" (die sich an Ländergrenzen bemisst), wusste Rosa L. schon vor 100 Jahren, „ nur eine kulturelle".

Und die ist lokal, höchstens regional.

Meldung 2007

- Bankenkrise, die Xte

Zehn Jahre nach der großen Finanz-, Währungs- und Wirtschaftskrise Ostasiens kommt der Kapitalismus auch in den USA und Europa mal wieder ins Schleudern. Der kleine M versuchte mir die komplexe Lage so zu erklären:

„Die Weltwirtschaft stottert seit Jahren. Deshalb verschafften sich die USA seit 2003 ein künstliches Wirtschaftswachstum, indem die dortigen Banken massenhaft (Immobilien-)Kredite vergaben, auch wenn die in vielen Fällen mit Sicherheit nicht zurückgezahlt werden würden. Sie bündelten diese ‚faulen Kredite' mit guten und verkauften die Pakete an Banken in aller Welt.

Jetzt, 2007, wo es ans Zurückzahlen der Kredite geht, gibt es eine völlig neue Erkenntnis: Nackten Menschen kann man nicht in die Taschen greifen. ‚Oh, das Geld fließt nicht zurück?', staunten zuerst die Banken in den USA. Daraufhin guckte man sich auch in Europa genauer an, was für Kredit-Pakete man erworben hatte: Einen weitgehend uneinbringlichen Zettel-Schrott in zig-Milliarden-Höhe.

Vielen Banken beiderseits des Atlantiks droht nun die Pleite."

„Können die Regierungen da nichts machen?", fragte ich.

„Doch, aber die Anhänger des freien Nehmertums sind ja bekanntlich ganz energisch gegen staatliche Eingriffe in die Wirtschaft!"

„Auch jetzt, wo ja scheinbar die Hütte brennt?"

„Nee, jetzt sieht die Welt natürlich gaaanz anders aus, jetzt sieht man den Staat in der *Pflicht* zu helfen! Entweder soll er nun die Pleite-Banken zu Lasten der Steuerzahler so lange verstaatlichen, bis sie wieder profitabel sind, oder er schafft die rechtlichen Voraussetzungen um eine Bank zu teilen: In eine Schrott-Bank (Bad-Bank), die die uneinholbaren Kredite übernimmt und für die Tilgung der absehbaren Verluste staatliche (Steuergeld-) Garantien bekommt, und in eine ‚gesunde Bank', die wieder fette Gewinne machen kann."

„Scheiße."

Womit die regierenden Bankenretter bei all dem vermutlich nicht gerechnet hatten, war die „Dankbarkeit" der Geretteten: Ihre Führungsriegen belohnten sich mit Millionen-Boni für ihre schlechte

Geschäftspolitik, dafür vergaben sie aber kaum noch Kredite an die Wirtschaft, ohne die diese sich aber nicht erholen konnte.

Die Bankenkrise weitete sich dadurch zu einer Wirtschaftskrise aus.

Und damit war auch sie dann wieder da: die Angst des kleinen M vor seiner persönlichen Wirtschaftskrise. Mit der er natürlich nicht allein war. Unter anderem kam es zu großen Demonstrationen:

INFO Schwarzer Block

Längst nicht jede große Demonstration wird von den führenden Medien wahrgenommen. Das ist und war schon immer sehr ärgerlich für die in der jeweiligen Sache engagierten Leute. Schnell konnten die jedoch lernen, dass sich das änderte, sobald zwei Fensterscheiben einer Bank eingeworfen wurden. Diese Erkenntnis führte zu der ewigen Diskussion: *Mit* Gewalt und in die Medien oder *ohne* Gewalt und unbemerkt bleiben?

Leute, von denen sich wohl viele Anarchisten nennen, folgerten für sich, bei Demos zumindest immer mit gewaltsamen Aktionen zu drohen. Komplett schwarz gekleidet, mit schwarzen Helmen und schwarzen Tüchern vermummt bilden sie seither den so genannten „Schwarzen Block“. Wenn der sein Kommen ankündigt, jaulen die Medien schon mal auf, womit das erste Ziel erreicht wird: mediale Aufmerksamkeit. Zwar eine negative, aber wie sagte Graf Lambsdorf senior einst? „Besser eine negative Presse als gar keine“

Schlagzeile 2007

- G8 in Heiligendamm – ein Treffen von Regierenden aus acht Staaten, die sich als wirtschaftlich führend betrachten.

Tagesschämen

Die Repräsentanten wirtschaftlich (und damit auch politisch) führender Staaten, wollen sich von Zeit zu Zeit mal zusammensetzen. Mal mit mehr, mal mit weniger teilnehmenden Ländern. Egal in welcher Zusammensetzung und wo immer sie sich treffen, hagelt es Proteste gegen die herrschende Wirtschaftspolitik, die Banken mit Steuergeldern rettet, Reiche megareich und Arme bettelarm macht, Kriege verursacht, Umwelt und soziale Strukturen zerstört.

Für Anfang Juni 2007 waren große Demonstrationen gegen ein solches Treffen mit Gremien aus acht Staaten (= G8) in Heiligendamm angekündigt. Ein paar Tage vorher gab es eine entsprechende Demo in Hamburg, an der Heidrun und der kleine M teilnehmen wollten.

Sie stiegen am U-Bahnhof St. Pauli aus, um zum Sammelpunkt auf dem Hans-Albers-Platz zu marschieren. Statt, wie bei anderen Demos, gleich mal vor eine Polizei-Kamera zu laufen, liefen sie diesmal vor ein polizeiliches Absperrgitter. „Der Sammelplatz ist von den Bullen gesperrt worden", klärten Umstehende sie auf, „wir sollen uns hier sammeln."

Überall um sie herum formierten sich Gruppen unter ihren jeweiligen Fahnen und auch der „Schwarze Block" nahm Aufstellung. Zu Heidrun und dem kleinen M gesellte sich Steffen Siebert.

„Gehören Sie zu einer Gruppe oder sind Sie privat hier?" Eine attraktive junge Frau hielt ein Mikro mit blauem Windschutz und weißer „1" in der Hand.

„Wir sind privat hier", antwortete der kleine M.

„Wir sind von den *Tagesthemen* und machen einen Bericht über die Verhältnismäßigkeit des Polizei-Einsatzes. Dabei wollen wir mit einem Teilnehmer vor und nach der Demonstration Aufnahmen von seinen Eindrücken machen. Wären Sie bereit, dieser Jemand zu sein?", wandte sie sich an den kleinen M.

„Ja, gern", entgegnete er mal wieder arglos und trotz seiner Erfahrungen, die er mit den Medien bereits gemacht hatte: „Ihr Kameramann braucht ja nur einmal im Kreis zu schwenken, dann ist zum Thema eigentlich schon alles gesagt. All die Mannschafts- und Panzerwagen sehen aus, als würde gleich ein Krieg beginnen und nicht die Wahrnehmung des demokratischen Rechts auf Meinungsäußerung mittels einer angemeldeten Demonstration."

Sie lächelte süßsauer und brachte ihr Mikrofon zum Einsatz: „Warum nehmen Sie an den Protesten gegen den G8-Gipfel teil?"

„Weil ich die kapitalistische Marktwirtschaft für die primitivste Art des Wirtschaftens halte. Sie ist vollkommen unintelligent, denn sie funktioniert nur nach dem Recht des Stärkeren. Damit hat sie zu einer hirnlosen Ausbeutung von Mensch und Natur geführt, zu einigen wenigen Superreichen und Milliarden Leuten in sozialer Angst und nackter Not. Ich demonstriere für das Recht auf ein gutes Leben für alle und für einen bedachten Umgang mit den Ressourcen der Erde."

Er war selbst überrascht, wie fließend ihm dieses Statement von den Lippen gekommen war. Steffen nickte anerkennend im Hintergrund.

Sie stellte noch ein paar weitere Fragen, die nur am Rande mit dem Anlass der Demo zu tun hatten. Dann ging der Marsch los.

Und ein erstes Staunen:

Heidrun, Steffen und der kleine M standen zufällig so, dass sie eigentlich an der Spitze des Zuges gelandet wären - aber weit gefehlt. Die Polizei hielt alle Gruppen und Einzelpersonen auf und winkte zuerst den von den Medien so gefürchteten „Schwarzen Block" durch, so, dass er an der Spitze des Zuges landete und die medialen Bilder dominieren würde.

Das *Tagesthemen*-Team filmte den Abmarsch von Heidrun, Steffen und dem kleinen M, die sich ziemlich am Ende des Zuges wiederfanden. Eines Zuges, der auf seine gesamte Länge rechts und links von einer doppelten Polizeikette eingefasst war.

Als es an der Elbe entlang Richtung Landesbrücken ging, sah der kleine M das TV-Team auf einer Brücke stehen und die Kamera auf sie richten. Passte ihm gut. Heidrun hatte sie in die unmittelbare Nähe von *Tuten und Blasen* dirigiert, einer tollen Band, die vielen Demos Drive und gute Laune verlieh. Vor denen musste kein *Tagesthemen*-Zuschauer Angst haben.

Dann kam der Zug ins Stocken. Wieder und wieder. Man stand minutenlang auf der Stelle und fragte sich, was an der Spitze des

Zuges wohl los sei. (Twitter, Twatter und Twotter wurden erst Jahre später erfunden.)

Es sickerte durch, dass die Demonstrationsleitung sich gegen die Route durch die leere Innenstadt und gegen die Einkesselung durch die Polizei wehre und eine freie Demo auf der genehmigten Route fordere.

Was wohl nicht gewährt wurde.

Jedenfalls entschied die Leitungsgruppe den Marsch auf der Willy-Brandt-Straße unter der U-Bahn-Brücke Rödingsmarkt zu stoppen und die Veranstaltung vorzeitig für beendet zu erklären. Man sehe keinen Sinn darin von Polizeimassen durch menschenleere Straßen geführt zu werden.

Von all dem hatte man am Zug-Ende keine Ahnung als das erste und nagelneue Handy des kleinen M klingelte. *(Nokia!)* Die TV-Tante war dran und bat ihn an die Spitze des Zuges.

Je näher Heidrun und er ihr kamen, desto beängstigender wurde die Szene.

Die Polizei hatte sich mit vielen Leuten, gepanzerten Fahrzeugen und Wasserwerfern im Kreis um die Kreuzung aufgebaut. Exakt in der Mitte stand Frau *Tagesthemen* mit Kamera- und Ton-Mann, geschützt durch das blaue Schaumgummi mit der weißen 1 über dem Mikrofon.

Ängstlich betraten Heidrun und der kleine M die Kreuzung.

„Und? Ist Ihnen etwas Besonderes an der Polizei aufgefallen?"

„Wie jetzt Besonderes? Fast alle Demos, an denen wir in den letzten Jahren teilgenommen haben, verlaufen so wie diese."

Das war leider eine blöde Antwort, wenn man an die angebliche Intention der Journalistin denkt, das musste sich der kleine M später eingestehen. Aber die junge Frau half ihm auch kein bisschen auf die Sprünge. Sie hätte den Kameramann nur einmal im Kreis drehen müssen, um beeindruckende Bilder von der „Verhältnismäßkeit der Mittel" zu bekommen. Stattdessen fragte sie noch ein wenig zu Themen, die nur am Rande mit dem Anlass der Demo zu tun hatten. Der kleine M versuchte in seinen Antworten immer wieder zurück zum Thema „unsoziale Wirtschaftsform“ zu kommen, was die Journalistin mit zunehmend genervtem Minenspiel quittierte.

Abends gab´s dann das große Staunen vor dem Fernseher.

Die so schön gelungene Formulierung vom Anfang der Demo war weder zu hören, noch zu sehen. Stattdessen gab es Antworten zu dem Potpourri an bunten Fragen, das Frau *Tagesthemen* dort angerichtet hatte.

Beim Demo-Abschnitt, der von der Brücke am Hafen gefilmt worden war, gingen unsere Drei zwar am Ende des Zuges - aber von den fröhlichen *Tuten und Blasen* war nichts zu hören und zu sehen. „Hä?“, fragte der kleine M, „träume ich? Wir sind doch direkt hinter der Kapelle marschiert - aber die ist nicht zu sehen!“

Beim seinem Schluss-Statement auf der Willy-Brandt-Straße gab es wieder einiges von den Potpourri-Antworten zu hören und zu sehen und dann sprach die Journalistin das Fazit des Beitrags: „Angesichts der Gefahr gewaltsamer Auseinandersetzungen, haben die beiden Angst zur Demonstration nach Heiligenhafen zu fahren. Sie werden zuhause bleiben.“

Sekunden nach der Ausstrahlung war Steffen am Telefon und meinte zornig: „Da musst du unbedingt gegenangehen! Das ist ja eine unglaubliche Schweinerei, was die da aus den Interviews gemacht haben! Das Fazit war ja das Gegenteil dessen, was du der Welt verkünden wolltest!“

„Ach Steffen“, hörte sich der kleine M weltmännisch sagen, „gesendet ist gesendet, das Ding holt nichts mehr zurück.“

Freund und Helfer

Der Heinrich Himmler zugeschriebene Spruch „Polizei - dein Freund und Helfer“ wurde auch nach dem Krieg noch lange verwendet. Vom kleinen M und seinen Freunden aber nur ironisch, denn sie erlebten Polizei meist (also nicht immer) als eine gegen sie gerichtete Gewalt, die bei Park-Knöllchen begann, über die Lüge eines Polizisten führte und bei so wilden Einsätzen wie anlässlich einer Anti-AKW-Demo in Brokdorf endete.

Die ersten „Freunde und Helfer", an die sich der kleine M erinnern konnte, trugen zu kurze kackbraune Stoffhosen an grüner Jägerjacke mit schwarz-weißer Schirmmütze. Das war noch echter Kumpel-Look.

Eines Tages trugen sie bei Demos dann Schlagstöcke am Gürtel. Später auch Pistolen.

Dann kamen Ganzkörperkondome hinzu: Halbrunde Plastikschilde, gut einen Meter hoch, die sie zu einer Schutz- oder Ramm-Mauer zusammenhalten konnten.

Später trugen sie hinter den Schilden Vollhelme mit Plastikvisier.

So schritt die „Verhältnismäßigkeit der Mittel", zu der die Polizei angehalten war (oder ist?), im Laufe der Jahrzehnte fröhlich voran. Ab etwa 2010 standen Demonstrierenden schwarze gepanzerte Kampfritter „zur Seite", die unter ihren schwarzen Helmen mit verdunkeltem Gesichtsschutz von keinem Zivilisten mehr identifiziert werden konnten, sondern nur noch anhand der weißen IP-Adresse (Scherz!), die jeder RoboCop auf seiner Rüstung trug. Neben mehreren Waffen, die seither jeder (?) bei sich hat, sprühen sie statt mit Tränengas jetzt mit Pfefferspray. Über die Anschaffung von Elektroschockwaffen wird diskutiert.

Womit man zusammenfassend fast wieder bei dem Ausgangsslogan ist: „Polizei! Wir werden euch helfen, Freunde!"

INFO zur Verhältnismäßigkeit der (polizeilichen) Mittel

Laut Polizeibericht vom 31. Dezember 2010 war die Hamburger Polizei damals wie folgt ausgerüstet: 9.145 Reizstoffsprühgeräte, 5.847 Pistolen *SIG Sauer P6*, 3.179 Pistolen *Walther P99 Q*, 25 Pistolen *Walther P5*, 575 Pistolen *Heckler u. Koch P2000 V2*, 7.278 ballistische Unterziehschutzwesten, 671 Maschinenpistolen *Heckler u. Koch MP5*, 111 Mannschaftswagen und Kleinbusse, 144 Sonder- und Spezialfahrzeuge, 491 zivile PKW, 237 Funkstreifenwagen, 44 Motorräder, 29 Nutzfahrzeuge und Hänger

Omi allein zu Haus

Heidruns Mutter, Gisela Börner, war inzwischen 86 Jahre alt und ein bisschen tüddelig geworden. Sie hielt ihr großes Haus aber gut in Schuss, inklusive Vorgarten (wegen der Nachbarn), und dem Garten hinter dem Haus, der dem eigenen Vergnügen diente. Sogar die Hecken schnitt sie noch selbst.

Aufgrund einer beginnenden Demenz war dennoch zu vermuten, dass Omi nicht bis ans Ende ihrer Tage allein im eigenen Haus würde leben können. Ihre Töchter hatten ihr schon mal einen Essen-Bringdienst verordnet, den sie nach anfänglichen Protesten sehr genoss. Monate später drängten Heidrun, Helene und der kleine M sie dazu, sich wenigstens zwei, drei Altenheime anzusehen, die im Fall des Falles für sie akzeptabel wären.

Wie fast alle älteren Leute damals fand Omi Börner es eine Zumutung, überhaupt an ein Leben in einem Heim zu denken, aber „die Jugend" ließ ihr keine Wahl: Angucken ist ein Muss!

Sie besuchten drei Häuser, die Omi alle ganz gut gefielen, aber sie war weit davon entfernt sich in ihrem jugendlichen Alter irgendwo die Möglichkeit eines Einzugs zu reservieren. Das Haus in relativer Nähe zu ihren Töchtern gefiel ihr am besten – aber jemals dort einziehen? „Wieso das denn? Wollt ihr mich abschieben??"

Techno-Schub

Um das Jahr 2007 herum war die Techno-Musik, die Ende der 1980er Eltern genervt hatte, vollkommen out. Dafür kamen eine Menge anderer Techno-Produkte auf den Markt, die teilweise völlig neuartig waren: Tragbare MP3-Player, DVDs, Digitalkameras, Smartphones, Navigationsgeräte, Flachbildschirme, PC-Spiele, Online-Games, YouTube, eBay, Blu-ray, HD-TV, Smart-TV …

Quiz: Versuche aus diesen zwölf Produktgruppen sechs zu finden, die die Menschheit gebraucht hat.

Aufbau Ost

2007 fanden wir einen Artikel von Dieter Bauer, Mitarbeiter des *Senioren-AK der IG Metall, Erfurt*. Er bezieht sich auf die Aussage von Kanzler Kohl, man werde im Osten wirtschaftlich „blühende Landschaften schaffen". Anlass für seinen Beitrag war ein aktueller Bericht vom *Deutschen Institut für Wirtschaftsforschung (DIW)*, der von zunehmender Verarmung im Osten sprach und von einem bedrohlichen Armutspotential von 30 Prozent der Bevölkerung.

Als Ursachen benannte das *DIW:*

- Anhaltend hohe Arbeitslosigkeit

- Niedriglohngebiet

- Regelungen von ALG II (= Hartz IV) und Grundsicherung zwingen zum Aufbrauchen aller Reserven (Entsparen)

- Permanente Abwanderung gut ausgebildeter Menschen wegen Perspektivlosigkeit …

Bauer sieht den ehemaligen Bereich der DDR als verlängerte Werkbank des Westens, als ein Niedriglohngebiet, das Unternehmen hohe Gewinne sichert. Das mache den Osten Deutschlands, auch fast 20 Jahre nach der Eingliederung, statt zu einer wirtschaftlich blühenden Landschaft, zu einer europäischen Problemzone.

The air that I breathe (Song von *The Hollies*)

In manchen Jahren verreisten Heidrun und der kleine M vier Mal. Dennoch sind sie keine „Reisefreaks", keine Leute, für die das Reisen extrem wichtig und bedeutsam ist. Heidrun meinte „Wir sollten uns das Leben so einrichten, dass wir uns nicht von Urlaub zu Urlaub hangeln, sondern jeden Tag genießen – auch bei uns, in unserem schönen Zuhause."

Und das bekamen sie sehr gut hin, wie noch zu lesen sein wird.

Aber sie reisten halt auch.

Gen Norden ebenso gern wie gen Süden und sehr gern auch an die nur eine Stunde entfernte Ostsee. Flugreisen waren eher selten; Ziele außerhalb Europas gab es nur einmal: New York. Menorca findet deshalb besondere Erwähnung, weil sie es dort schafften, mit dem Rauchen aufzuhören.

Der kleine M hatte schon etliche Anläufe genommen, die allesamt früher oder später gescheitert waren. Inzwischen 56 Jahre alt, merkte er seinem Körper an, dass die Qualmerei ein Ende haben musste. Mindestens 30 Zigaretten pro Tag, machte rund 1.000 pro Monat, machte 12.000 pro Jahr. Angefangen mit zwölf Jahren, abzüglich Ruderei, den Jahren mit Ingrid und etlichen Stopp-Versuchen kam er auf gut 30 Raucherjahre mal 12.000 Stück, insgesamt also auf etwa 360.000 Zigaretten, die er durch seinen Körper gezogen hatte. Logisch, dass das nun Wirkung zeigte.

Heidrun hatte immer unbeschwert geraucht und gemeint, dass sie nie aufhören würde – und es deshalb auch gar nicht erst versucht.

Sie hatte aber schon mehrfach erlebt, dass der kleine M sein Nichtraucherziel nicht erreicht hatte, wenn sie, sei es auch noch so diskret, weiterhin geraucht hatte. Solange er wusste, dass sie zum Rauchen war, mochte es auch in 100 Metern Entfernung sein, lebte die Sucht in ihm weiter. Er musste das Rauchen vergessen! Das ging aber nicht mit einer Raucherin neben sich. Deshalb erklärte diese sich bereit, den Rauchstopp gemeinsam mit ihm im Urlaub zu versuchen: „Aber mache dich darauf gefasst, dass ich Heulkrämpfe kriege und vielleicht auch furchtbar zickig werde."

„Rauchen hat viel mit Gewohnheit zu tun", wusste der kleine M. Nach dem Frühstück: eine rauchen. Während des Bootens des Computers: eine rauchen. Beim Blick auf das leere *Word*-File: eine rauchen. Keine Einstiegs-Idee?: eine rauchen. Nach dem Mittagessen: eine rauchen - und so weiter.

„Im Urlaub gibt es diese Routinen nicht. Da ist die Gewohnheit schon mal aus dem Spiel – da geht es dann ‚nur' noch um die Bekämpfung der Sucht."

Sie reisten ohne Zigaretten, aber mit reichlich Nikotinpflastern.

Als sie nachhause kamen, waren sie Raucher, die nicht rauchten.

Je mehr sie in den folgenden Monaten und Jahren den Gedanken ans Rauchen vergaßen, desto mehr wurden sie Nichtraucherin und Nichtraucher.

Meldungen aus 2008

- Fidel Castro, seit Jahrzehnten der wichtigste Mann auf der sozialistisch wirtschaftenden Insel Kuba, und für viele Linke ein Weltdenkmal, tritt wegen einer Erkrankung von allen politischen Ämtern zurück. Nachfolger wird sein Bruder Raúl Castro.

- Am 17. Februar erklärt der Kosovo, unterstützt vom „Westen", einseitig seine Unabhängigkeit von Serbien. *(Wird noch wichtig!)*

- Barack Obama wird am 4. November zum 44. Präsidenten der USA gewählt. Er ist der erste Afroamerikaner in diesem Amt.

Omis Umfaller

Sie wollte am frühen Morgen aufstehen, da machte es knarz - und sie sackte vor ihrem Bett zusammen. Die Osteoporose hatte ein paar Wirbel des Rückgrats zusammengeschoben. Mühsam robbte sie sich in Richtung Telefon und rief nach einem Notarzt.

Als sie die Augen wieder aufschlug, war sie im Krankenhaus, hatte Wortfindungsprobleme und redete teilweise krauses Zeug. Sie war in der fremden Umgebung plötzlich in die vermutlich schlimmste Phase einer Demenz geraten - in der man sie nämlich selbst heraufziehen sieht: „Die Bettnachbarn sagen ich tüddel", erzählte sie mit ängstlichem Blick, „tüddel ich?"

Nach einer OP am Rückgrat verbesserte sich ihr körperlicher Zustand schnell - ihr geistiger nicht.

Bei einem der nächsten Besuche in der Klinik nahm der kleine M den Prospekt vom Altenheim in Norderstedt mit und hielt ihn ihr unter die Nase: „Erinnerst du dich an dieses Haus? Das hast du mit Helene und Heidrun besichtigt."

„Ja!", versicherte sie glaubhaft, „das war schön, wie in meiner Kindheit auf dem Lande!"

„Würdest du da wohnen wollen?"

„Gerne. Sehr gerne!"

Irisches Farewell

Omi Börners Sohn Dietmar war ein Aussteiger, der sich auf einer irischen Insel in Clew Bay niedergelassen und sein Geld als Fischer verdient hatte. Er wird hier erwähnt, weil er und der kleine M sich gut verstanden und sein Abschied von unserer Welt eine phantastische Geschichte ist, die mein Freund immer mal wieder erzählte.

Kurz nachdem seine Mutter ins Altersheim gezogen war, erkrankte Dietmar unheilbar an einem Raucherkrebs und starb mit 66 Jahren. Helene, Heidrun und der kleine M glaubten, dass sie der zunehmend demenziellen Omi Börner die schlimme Nachricht zehn Mal hätten überbringen müssen, bevor sie in ihrem Gedächtnis gespeichert worden wäre. Sie hätten sie also viele Male in tiefe Trauer stürzen müssen und beschlossen deshalb, ihr das zu ersparen.

Vor dem Tod des Bruders waren die Schwestern zu ihm ins Krankenhaus nach Galway gereist, um ihn ein letztes Mal zu sehen. Heidrun und der kleine M hatten sich bereit erklärt, nach seinem Ableben zur Trauerfeier nach Dublin zu fliegen.

Am Abend vor der Trauerfeier war in Westport, dem Wohnort von Dietmars Freundin Airin, etwas passiert, was man wortwörtlich als Abschieds"feier" bezeichnen muss. Es soll eine Nacht voller Frohsinn und Wehmut gewesen sein. Dietmars Freundinnen und Freunde sollen mit vielen Geschichten, Gesängen und noch mehr Getränken um seinen Sarg herum Abschied von ihm genommen haben. Um den Sarg, der rund 12 Stunden später auf der anderen Seite Irlands zur christlichen Trauerfeier bereitstehen sollte: in Dublin, denn nur dort gab es ein Krematorium.

Heidrun und der kleine M trafen Dietmars Lebensgefährtin und ihre Familie vor der Kapelle. Bunt gekleidet, überaus herzlich und viel gefasster als die Norderstedter erwartet hatten. Alle waren zu 13 Uhr auf den Friedhof bestellt worden, weil die Trauerfeier um 13 Uhr 30 beginnen sollte.

Um 13 Uhr 45 guckten sich die Ersten fragend an: „Where is Dietmar?"

Airin lachte offen: „Das ist typisch! Immer mussten wir auf ihn warten – warum sollte das heute anders sein?"

Man stand noch weitere 30 Minuten in der Gegend herum, bis der Zeremonienmeister des Bestattungsunternehmens ein Telefonat beendete, das Handy in die Hosentasche steckte und seinen Bowler zurechtrückte: Es schien loszugehen.

Die Familie stellte sich an der langen Zufahrt zur Kirche im Spalier auf, um den Leichenwagen gebührend zu empfangen. Ein silbergraues Fahrzeug rollte langsam die Zufahrt herauf. Einer der Männer aus Westport kniff die Augen zusammen, nahm den Wagen genau in Augenschein und meldete: „That´s not Diddi! Sein Wagen hat ein ganz anderes Nummernschild."

Das Spalier löste sich auf.

Der Fahrer des Wagens bremste, stieg aus, kam die Auffahrt herauf, flüsterte etwas mit den Leuten aus Westport und verkündete dann laut: „Ja, dies ist ein anderer Wagen, wir mussten Diddi umquartieren, denn das erste Auto hat auf der Fahrt einen Motorschaden bekommen und der Einzige, der den hätte reparieren können, lag hinten drin!"

Die Trauergäste stellten sich wieder links und rechts der Zufahrt auf. Der Wagen fuhr die letzten Meter hindurch und hielt vor einer Seitentür der Kirche. Der Fahrer öffnete die Heckklappe und stellte sich für einen Plausch zu seinen Westportern.

Nichts geschah, ob wohl man schon weit hinter dem Zeitplan lag.

Airin ging zum Zeremonienmeister und erkundigte sich, wo es denn nun wieder hake. Es stellte sich heraus, dass weder ein Rollgestell noch eine Trägergruppe zum Transport des Sarges bestellt worden war. Kurzerhand ernannte Airin vier Männer zu Sargträgern, darunter den kleinen M. „Have you ever done it before?", fragte ihn einer der anderen.

Nein, sowas hatte er noch nie gemacht.

Der Träger-Kollege erklärte wie man den Sarg anhob und ihn sich dann auf die Schulter setzte. Heidrun zählte sechs Griffe am Sarg und nur vier Männer. Airin entgegnete der Sarg sei nicht besonders schwer, da er ja nicht für eine Erdbestattung gedacht sei.

Das empfand der kleine M deutlich anders.

Sie schafften es Dietmar in der Kapelle auf einem Podest zu platzieren, das links und rechts mit gerafften goldfarbenen Gardinen geschmückt war.

Heidrun trat an den Sarg ihres Bruders und legte die Hände darauf.

Musik setzte ein. Konserve. Schwermütig, in den ersten Minuten, dann zunehmend beschwingter.

Der kleine M assoziierte die Reise von den Sorgen des Alltags hinein ins Himmelreich, aber außer sehr viel Musik und sehr vielen Assoziationen passierte sehr wenig.

Nach etwa 20 Minuten tauchte ein Berufsgläubiger auf, wie man dessen Kleidung entnehmen konnte. Ein kleiner Mann von etwa 70 Jahren, mit einem runden, roten, fröhlichen Gesicht. Er hielt einen wild bekritzelten Zettel in der Hand und checkte mit Airin flüsternd, ob die darauf vermerkten Namen mit den anwesenden Personen übereinstimmten. Beim Stichwort „Hamburg“ nickte er erfreut und berichtete, dass er in Wien studiert habe, was Airin zu der trockenen Aussage führte, dass es außerordentlich interessant sei, das jetzt zu erfahren.

Der Kleine verstand die Ironie und machte sich auf den Weg zur Kanzel.

Dort angekommen donnerten ein paar schwere Schläge durch das große Kirchenschiff: Er prüfte, ob das Mikrofon angeschaltet war. Es war sehr angeschaltet!

Während der Pastor mit Zetteln und Büchern auf dem Pult vor sich kämpfte, erklärte er seine Verspätung: „Nachdem der Sarg nicht pünktlich hier war, wusste ich auch nicht, wie der Zeitplan aussah. Die Bestatter sind alle gleich. Immer dieselben Ausreden. Die einen erzählen, ihr Wagen sei unterwegs kaputtgegangen, die anderen haben im Stau gestanden, die dritten behaupten, sich in Dublin nicht auszukennen und die Kapelle auf der anderen Seite der Stadt gesucht zu haben. Deshalb habe ich erstmal zu Mittag gegessen – aber nun kann´s losgehen.“

Es begann so etwas wie eine christliche Trauerfeier, wobei der vom Mittagstisch Auferstandene die verwandtschaftlichen Verhältnisse trotz Notizzettels ziemlich durcheinanderwirbelte. Der Mann hatte viel Routine - und viel Herz. Er kam langsam in Fahrt und begann Liebe zu verströmen - mehr als der kleine M auf vergleichbaren Veranstaltungen bisher sonst erlebt hatte.

Dann durfte ans Mikrofon, wer wollte.

Es wollten nur wenige, aber eine Frau hatte eine Reihe Briefe aus Westport mitgebracht, die sie verlas. Alle Gedichte und Berichte bezeugten dem Verstorbenen, dass er ein sehr freundlicher, zugewandter, liebenswerter Mensch gewesen sei.

Der kleine M hatte ohnehin immer Achtung vor Dietmar gehabt: Er war einer der Vielen, die „ihre Insel" gesucht hatten - und einer der Wenigen, der sie und den Mut gefunden hatte, diesen Traum auch wahr zu machen.

Der Berufsgläubige sprach das letzte Amen, das Licht auf dem Podest mit dem Sarg erlosch und die bis eben links und rechts gerafften Gardinen fielen in der Mitte zusammen: The final curtain.

Dust in the wind (Nach einem Song von *Kansas*)

Zu Dietmars „Beisetzung" reisten der kleine M mit Heidrun und Klaas sowie Schwester Helene und Krauti nach Westport. Von dort ging es zum Rosmoney Pier, wo Dietmars Boot immer gelegen hatte. Zusammen mit einigen irischen Freunden kletterten sie an Bord eines größeren Schiffes, das Airin gemietet hatte. Der Verstorbene war in einer etwa 40 Zentimeter hohen graugrünen Plastikurne dabei, die Airin unter dem Arm trug.

Sie tuckerten etwa eine Stunde zu seiner Insel und gossen viele Tränen ins Meer, weil alle die Strecke x-mal mit dem Verstorbenen gefahren waren. Er hatte dabei, fröhlich grinsend wie immer, gern eine Angelschnur mit vielen blanken Haken außenbords gehalten und sie von Zeit zu Zeit mit drei bis fünf doofen Makrelen an Bord geholt.

Auf der Insel angekommen, gab es erstmal was zu Essen und auf jeden Fall zu trinken. Airin stellte die Urne an den Platz, von dem aus Diddi immer aufs Meer geguckt hatte und umkränzte ihn mit Flaschen voller alkoholischer Getränke ihres verstorbenen Partners.

Nachdem sich alle etwas Mut angetrunken hatten, ging es an die „Beisetzung". Dietmar hatte sich gewünscht, dass seine Asche an den Lieblingsstellen „seiner" Insel verstreut werden sollte. Alle nannten Island More „seine Insel", weil er sie allein bewohnt hatte - gehört hatten ihm nur gut 2.000 Quadratmeter.

Wer würde sich trauen die Urne zu öffnen und als Erste oder Erster in der Asche zu graben?

Heidrun.

Airin holte den Holzlöffel, mit dem Diddi sein home-brew-Guiness gerührt hatte.

Die kleine Schwester öffnete den Deckel der Urne und alle sahen einen grauen und überraschend grobkörnigen Diddi. Beherzt steckte sie den Löffel hinein und streute eine erste Ladung in den Garten vor dem Haus. Der Wind wehte den Staubanteil in Richtung Meer.

Die Gruppe folgte dem Staub die paar Meter zum Wasser.

Helene nahm sich die Urne und schippte zwei Löffel Diddi an den Strand, der direkt vor seinem Grundstück begann.

Dann schritten sie weinend und lachend seine Lieblingsplätze ab, um überall eine Spur von ihm zu hinterlassen. Airin achtete darauf, dass trotzdem ein nennenswerter Teil ihres Diddis in der Urne - und dort vermutlich lebenslänglich bei ihr blieb.

Meldungen aus 2009

- Nach Ungarn, Tschechien, Polen, Bulgarien, Estland, Lettland, Litauen, Rumänien, Slowakei und Slowenien treten am 1. April auch Albanien und Kroatien der *NATO* bei. An der Grenze zu Russland fehlen nur noch Weißrussland und die Ukraine.
- Der EU *Vertrag von Lissabon* (als Verfassungsersatz) und die *Charta der Grundrechte der Europäischen Union* treten in Kraft.

Der bleiche *Stern von Mykonos*

(Ohne „bleich" ein Schlagertitel von Katja Epstein)

Die griechische Regierung hatte sich bei Gründung der Europäischen Währungsunion mit Hilfe der Bank *Goldman Sachs* ihre Verschuldung schön rechnen lassen, um beim Euro dabei sein zu können. Der Schummel flog auf und die offizielle Staatsschuldenquote stieg von angeblichen 3,7 auf 12,7 Prozent des Bruttoinlandsprodukts (BSP). 3% waren laut *EU*-Regularien erlaubt.

Nach diesen Entdeckungen bat der griechische Regierungschef Papandreou den *Internationalen Währungsfonds (IWF)* um ein Hilfsprogramm für Griechenland. Wider Erwarten lehnte der ab und verwies an die *EU*-Partner. Diese bereiteten ein großes Kreditpaket vor, das in der deutschen Propaganda über alle Jahre als „Hilfe für Griechenland" bezeichnet wurde, sich bei gut Informierten aber schnell als Hilfe für europäische und insbesondere deutsche Banken herausstellte.

Für diese Bankenrettung wurde der griechischen Bevölkerung ein böses Privatisierungs- und Sozialabbau-Programm auferlegt.

Papandreou, der griechische Ministerpräsident, wollte diesem Programm nur nach einer Volksabstimmung zustimmen, was die europäischen Demokratien für unbotmäßig demokratisch hielten. Schließlich ging es hier um Geld – da muss mit Demokratie auch mal Schluss sein. So wurde auch in Deutschland, das besonders viel Banken-Kapital im Feuer hatte, viel Empörung gegen die geplante Volksabstimmung geschürt, die Papandreou dann auch tatsächlich abblies, um anschließend, am 9. November 2011, sein Amt als Ministerpräsident zur Verfügung zu stellen.

Sozialstaatlichkeit

Es wird niemanden überraschen, dass der kleine M vieles in der Welt und in Deutschland kritisch sah, wenn man, wie er, mit dem Wunsch nach Gleichberechtigung und Wohlergehen für alle lebt. Wo immer er auf der Bühne stand, appellierte er an die menschliche Solidarität in Deutschland und sonstwo auf der Welt. Hierzulande gab es wieder Kinderarmut und Erwachsene wurden ihrer

Würde beraubt, indem man ihnen, wenn sie auf staatliche Unterstützung angewiesen waren, Zimmer in ihrer „zu großen" Wohnung versperrte oder sie zwang ihre Einkaufsbons beim Amt vorzulegen, damit geprüft werden konnte, wofür sie das Geld ausgegeben hatten.

Wer im Umgang mit der Behörde zu viele Fehler machte, bekam die ohnehin magere Unterstützung gekürzt.

Da dies aber nur die üble Seite der deutschen Wirklichkeit widerspiegelte, sagte der kleine M bei Auftritten auch: „Es wirft ein bezeichnendes Licht auf die Lage der Menschheit, dass man trotzdem sagen muss, dass wir hier auf der Insel der Glückseligen leben. Neben den geschilderten Skandalen, die meines Erachtens Artikel 1 des Grundgesetzes widersprechen, gehört zur Wahrheit in diesem Land auch, dass Menschen wie unser älterer Sohn das Wohnen in einer betreuten Einrichtung zu fast 100 Prozent von staatlichen Einrichtungen bezahlt bekommen. Miete, Heizung, Wasser - alles! Plus der unglaublich teuren Medikamente! Da können wir allen, die Steuern und Krankenkassenbeiträge zahlen, nur ganz klein und demütig Danke sagen.

Danke Leute!

Und dieser Dank richtet sich auch an die Politikerinnen und Politiker, die an diesem Punkt noch ein gutes Stück Sozialstaatlichkeit bewahren. Danke!"

Proben

An den etwa zehn Probenabenden, die es für die *OBB* neben all den Oldie-Bands im Laufe eines Jahres noch gab, passierte es, dass der Gitarrist mit einer fünfsaitigen Gitarre kam, weil eine Saite irgendwann gerissen war.

Ersatzsaite?

„Nicht dabei."

Plektrum?

„Kann mir jemand eins leihen?"

Stimmgerät?

„Gib mal deins."

Kapodaster?

„Verlegt."

Geübt?

„Wie denn, warum denn? Ist doch keine schwarze Kunst, was wir hier machen."

Der Versuch, neue Songs zu proben scheiterte. War zu anstrengend. Sie wiederholten meist nur noch mal die Lieder des bestehenden Programms, um für einen anstehenden Auftritt gewappnet zu sein.

Feierabend, oder?

Aus Eversen erhielt der kleine M versehentlich die Einladung zu einem Konzert von *Früherwarsschöner,* der Oldie-Band von Hans und Jan. Es wurden 30 neue Songs angekündigt, die innerhalb des letzten Jahres einstudiert worden waren.

Es ging also durchaus neue Songs zu erlernen, nur mit der *Omi Börner Band* nicht mehr.

Der kleine M war beleidigt.

Er hängte die *OBB* an den Nagel, der natürlich zunächst einmal Heidrun hieß. Und die wollte mit der Hängung nicht leben. Jan und Hans waren ihre langjährigsten Freunde - und die ließ sie nicht hängen. Es begannen lange Jahre in denen der kleine M nicht mehr wollte und Heidrun ihn immer wieder besänftigte und zu gelegentlichen Auftritten motivierte.

INFO Inhalte der *OBB*-CD von 2008

01 Anti-Kapitalismus-Song, **02 Ü**ber einen Sozialbetrüger, **03** Über ein Arbeitsleben in 2008, **04** Über eine Bar, in der sich Erfolgreiche und Erfolglose aus unterschiedlichen Gründen treffen, **05** Über die Abschottung der Reichen vor den Armen, **06** Deine Schuld, wenn die Welt bleibt, wie sie ist (von *Die Ärzte*), **07** Thema Ozon, **08** Thema Innere Sicherheit, **09** Über die Musik im NDR, **10** Die US-Amerikaner sind an vielem Schuld, aber nicht an allem, **11**

„Im selben Boot" - von Arbeitgebern und Arbeitnehmern, **12** Zu viele Menschen auf der Welt, aber zu wenige Deutsche, **14** Anti-Nazi-Song, der einige der Herrschaften direkt ansprechen sollte **15** Vom Aufgeben und Durchhalten von Widerstand

Nazi-Nähe 2009

Der kleine M war wieder Moderator auf dem Methfesselfest in Hamburg-Eimsbüttel.

Einige der Verantwortlichen hatten Handy-Kontakt zu dem nahegelegenen Vorort Pinneberg, wo Neo-Nazis demonstrieren wollten. Es bestand die Sorge, sie könnten nach Eimsbüttel kommen, um das linke Straßenfest zu zerlegen. Glücklicherweise waren in Pinneberg, wie fast überall in Deutschland, wieder zehnmal mehr Gegendemonstrantinnen und -demonstranten auf der Straße als die 300 Nazis. Daraufhin blies die Polizei die Demonstration der Rechtsaußen in Pinneberg ab. Sie durften einen Zug nach Itzehoe besteigen, um dort ihren Hass zu versprühen.

Auf dem Methfesselfest war man erleichtert und begann von persönlichen Erfahrungen mit Rechten zu erzählen. Die Jungs von der linken Band *Pepperoni* berichteten, dass ihnen in Hamburg-Wandsbek der Info-Tisch der *MLPD* von Nazis umgetreten worden sei. Eine Bekannte des kleinen M erzählte, dass sie per Gerichtsbeschluss Nazis den Zugang zu einer Anti-Nazi-Veranstaltung gewähren müsse, weil diese in einem öffentlichen Gebäude stattfinden soll. Sie habe die Räume daraufhin für eine „private Veranstaltung" gemietet und schlottere jetzt ängstlich dem Veranstaltungstag entgegen. Die auf dem Methfesselfest ebenfalls anwesende Band *Rotdorn* erlebte in Hamburg-Harburg, dass eine Veranstaltung der *Verfolgten des Nazi-Regimes (VVN)* von einer Gruppe Nazis gestört wurde, die dabei Fotos von den Anwesenden machte. Die herbeigerufene Polizei erklärte die Vorgänge für unbedenklich, es handele sich ja um eine öffentliche Veranstaltung. In der Zeitung las der kleine M, dass der Demonstrationszug des Deutschen Gewerkschaftsbundes am 1. Mai in Dortmund von etwa 400 Nazis angegriffen worden sei. Im Internet riefen Nazis dazu auf, das *UZ-Pressefest* in Dortmund zu (zer)stören, zu dem die *Omi Börner Band* in 14 Tagen anreisen wollte.

„Rechts = links" zum Ersten

(Zum Zweiten und Dritten in „Gegenrede" Seite 639 - 640)

Regierung und Hofberichterstattung bemühen sich rechte Gewalt zu relativieren. Dazu gehört seit eh und je, dass Rechte und Linke gleichgesetzt werden. In der „Statistik des Bundesinnenministeriums zu politisch motivierter Gewalt 2009" wurden 33.900 Fälle gezählt, wovon ein Drittel (!) auf Linksextreme entfiel. Deren „Gewalt" bestand *nicht* im Anzünden von bewohnten Heimen oder dem Ermorden von Menschen mit schwarzen Haaren, sondern meist in Gewalt gegen Sachen oder im Widerstand gegen die Staatsgewalt. Dennoch entwickelte der Innenminister aus den Zahlen eine „Warnung vor Linksextremismus!"

Laut *taz.de* vom 24.3.2010 sagte dazu der ehemalige Regierungssprecher Uwe-Karsten Heye als Vorsitzender der Initiative „Gesicht zeigen": "Seit der Wende gab es mehr als 140 Todesopfer rechter Gewalt. Ich kann mich an keinen einzigen Toten durch linke Gewalt erinnern." Er warnte davor, die Gefahr des Rechtsextremismus durch "merkwürdige Parallelitäten" herunterzuspielen.

Bei den über 20.000 Gewalttaten der Rechtsextremen von 2009 ist zudem zu beachten, welche Fälle überhaupt als „rechte Gewalt" in die Statistik kommen.

Dazu fand ich bei *ZEIT* ONLINE vom 22.5.2015 die Information, dass in Dortmund Jahre zuvor drei Polizisten von dem Neonazi Michael Berger erschossen worden waren. Die Dortmunder Kameradschaft hatte diese Morde mit einem Flugblatt und mit Aufklebern gefeiert: *„Berger* (der Mörder, der sich am Ende selbst erschoss) *war ein Freund von uns. 3:1 für Deutschland. KS Dortmund".*

Dieser Fall ist nicht als rechte Gewalttat in die offizielle Statistik aufgenommen wurden - und ist nur ein Beispiel von vielen.

„Solidarität mit Griechenland"

Der kleine M staunte, wie schnell seine Angst vor einem sozialen Absturz Wirklichkeit werden kann. Das deutsche Staatsfernsehen zeigte Bilder aus Athen, die er nicht für möglich gehalten hatte: Sperrung der Konten und Geldautomaten für Normalos, massenweise Zwangsräumungen von Wohnungen. Diese Räumungen trafen auch viele Familien, die noch ein Jahr zuvor zum Mittelstand gehört hatten, inzwischen arbeitslos geworden waren und nun auf der Straße lebten. Es herrschte zum Teil die nackte Armut. Medikamentenmangel, geschlossene Krankenhäuser, Entlassung kritischer Journalistinnen und Journalisten, Schließung kritischer Rundfunk- und TV-Stationen und so weiter.

Die Forderungen, die die europäischen „Partner" zur Rettung zahlreicher Banken an Griechenland stellten, hatten, neben den bereits geschilderten sozialen Katastrophen, auch dies zur Folge:

- Die meisten Griechinnen und Griechen verloren rund ein Viertel ihres Einkommens.

- Die Steuern wurden erhöht.

- Die Renten insgesamt um 45 Prozent gekürzt.

- Das Renteneintrittsalter wurde erhöht.

- Hunderttausender staatlicher Bediensteter wurden entlassen.

- Jede/r Fünfte wurde 2018 arbeitslos.

- Mehr als 400.000 gut ausgebildete meist junge Menschen, darunter viele Ärzte und Ingenieure, waren bereits ausgewandert.

(Mehr in „Gegenrede", Seite 656)

Euro-Krise

„Die **Bankenkrise** von 2007 wurde unter anderem deshalb zu einer **Wirtschaftskrise**, weil die Unternehmen kein Geld mehr von den Banken bekamen. 2010 wurde das Ganze dann auch noch zu einer **Eurokrise**, weil viele hochverschuldete europäische Staaten aufgrund der Krisen sinkende Steuereinnahmen hatten und die Verschuldungsgrenzen der Euro-Staaten nicht mehr einhalten und deshalb Gefahr liefen, aus der Währungsunion ausgeschlossen zu werden, was wiederum zum Aus des Euro hätte führen können.

Das war zumindest die Erklärung, die der kleine M sich mehr oder weniger selbst gebastelt hatte.

Rette sich wer kann?

Nicht nur der kleine M hatte im großen Krisenstrudel soziale Ängste, sondern viele Menschen, die etwas zu verlieren hatten.

Die meisten retteten ihre Ersparnisse in Gold. Der Preis verdoppelte sich innerhalb weniger Monate von rund 800 US-Dollar pro Feinunze (ca. 31 g) auf über 1600. Aber was soll man mit Gold, wenn am Tag eines finalen Finanzkollaps´ alle ihr Gold auf den Markt schmeißen um sich ´ne Wurst kaufen zu können, aber die Menschheit wahrscheinlich nichts weniger braucht als Tonnen von Gold?

Also Aktien.

Er hatte bereits ein Aktienpaket in dänischen Kronen und dänische Kronen sollten es auch bleiben! Er kaufte noch norwegische hinzu, denn auch wenn der Euro verdampfen würde, könnten sich die skandinavischen Währungen vielleicht halten.

Ansonsten suchte er nach Aktien von Firmen, die aller Voraussicht nach erfolgreich bleiben würden. Energiefirmen zum Beispiel. Energie würde man immer brauchen. Außerdem wusste er, dass viele Städte und Gemeinden Aktien von den großen Stromkonzernen hielten – die würde der Staat bestimmt so ziemlich zuletzt fallen lassen. Er kaufte *E.ON* und *RWE* …

„Das Schönste im Leben kommt zum Schluss"

Omi Börner lebte seit knapp zwei Jahren im Altenheim. Dort passierten tolle Dinge: Ihre Kinder brachten ihr einen Fernseher. „Was ist das denn für ein Fernseher?"

„Das ist nicht *ein* Fernseher, das ist *dein* Fernseher."

„Mein Fernseher? Wo soll der denn gewesen sein?"

„In deinem Haus in Osdorf."

„Haus?"

Omis Eltern kamen oft zu Besuch! (Sie müssten weit über 100 Jahre alt gewesen sein.)

Fast täglich.

Per Fahrrad.

Und sie sagten es sei sehr schön, dass sie in dem schönen Heim leben könne.

Ihr Tagesablauf bestand angeblich darin, dass sie morgens ihren Garten machte und die Einkäufe erledigte, damit sie nachmittags Zeit für Gäste hätte. Wer allerdings das schöne Essen zubereiten, die Getränke heranschaffen und das alles bezahlen würde, das blieb trotz gelegentlicher Erklärungen immer rätselhaft.

Als sie eines Tages, eingehakt zwischen Heidrun und dem kleinen M, mal wieder eine Runde um das Haus machte, sagte sie strahlend: „Ach ihr Lieben, das Schönste im Leben kommt zum Schluss! Ich muss mich hier irgendwie um gar nichts kümmern, alles klappt wie von alleine, ich weiß auch nicht wie das geht, hihi, aber es ist wunderbar!"

Ja, Omi Börner war dement, aber sie konnte ihre Würde behalten. Stets gepflegt und adrett gekleidet setzte sie sich nach der Hausumrundung auf ihr Bett und schenkte den Anwesenden ihr mildes Lächeln und ihren positiven Blick auf das Leben, den sie Heidrun vererbt hatte und für den der kleine M die beiden Frauen so sehr liebte.

Am 25. August 2010 war eine Mitarbeiterin des Heims in Omis Zimmer beschäftigt, als sie bemerkte, dass Giesela Börner aufgehört hatte zu atmen.

Schlagzeile aus 2010

- Am 31. Mai Horst Köhler tritt als Bundespräsident zurück

Wenn Winke-Männer die Wahrheit sagen

Der kleine M nannte den Bundespräsidenten Horst Köhler stets den „Sparkassen-Präsidenten", weil er ein uncharismatischer Graumann war, der zuvor der *Deutschen Sparkassen-Vereinigung* präsidial vorgestanden hatte.

Sein Abschied als Bundes-Winke-Horst kam plötzlich.

Er hatte in einem Interview über die zunehmenden Auslandseinsätze der Bundeswehrmacht, insbesondere im Blick auf Afghanistan, gesagt (wörtliches Zitat!):

„... Meine Einschätzung ist aber, dass wir insgesamt auf dem Wege sind, auch in der Breite der Gesellschaft zu verstehen, dass ein Land unserer Größe mit dieser Außenhandelsorientierung und damit auch Außenhandelsabhängigkeit auch wissen muss, dass im Zweifel, im Notfall auch militärischer Einsatz notwendig ist, um unsere Interessen zu wahren, zum Beispiel freie Handelswege, auch um zum Beispiel regionale Instabilitäten zu verhindern, die mit Sicherheit dann auch negativ auf unsere Chancen zurückschlagen in Handel, Arbeitsplätzen und Einkommen."

Man ahnt, was der Mann sagen will.

Allerdings sagt man das erstens nicht so wirr und zweitens überhaupt nicht, denn, wie wir täglich erfahren können: Die deutsche Bundeswehrmacht ist für weltweiten Frieden und die Wahrung der Menschenrechte im Einsatz!

Und nicht für die Handelsströme der deutschen Wirtschaft.

Schlimmer Fehler:

Wegtreten Horst!

Seinen Nachfolger, Christian Wulff, sollte es ein paar Jahre später noch heftiger treffen. Auch der hatte einen falschen Satz gesagt: *„Der Islam gehört zu Deutschland"*.

Das war eigentlich nicht mehr als die Feststellung einer unbestreitbaren Tatsache: Etwa 4,5 Millionen Muslime hatten damals in Deutschland gelebt und wenn man die nicht ausgrenzen wollte, gehörten sie dazu.

Kann sein ... - aber nicht im Land der Glaubensfreiheit!

Muslime?! Unter ihnen sind Hassprediger und Terroristen!

Was leider stimmt.

Für 0,01 Prozent von ihnen. Oder 0,02?

Hingegen gibt es unter Christen keinerlei Schwachmaten; sie sind zu 100 Prozent friedlich – außer, beispielsweise, jemand gefährdet deren Handelswege …

Christian Wulff trat, trotz einer großen Medienkampagne gegen sich, nicht von seiner Aussage zurück. Daraufhin wurden er und seine Frau auf übelste Weise mit journalistischem Qualitäts-Dreck beworfen. Jede Reise, jede Pralinenschachtel und das bescheidene Haus, das sie bewohnten, wurden auf Bestechlichkeit zurückgeführt. Frau Wulff habe im Rotlichtmilieu gearbeitet. Für ein Wochenende im Ferienhaus eines Freundes hätte sich Präsidentenfamilie Wulff bestechen lassen?

Medial zermartert und zerbröselt gaben die beiden irgendwann auf. Er trat vom Amt zurück, die Ehe wurde geschieden, die Wulffs zu Unpersonen.

Jahre später gewannen sie in erfolgreichen Gerichtsverfahren gegen die medialen Unterstellungen ein Stück ihrer Ehre zurück. Und ihre Liebe.

Das freute den kleinen M.

Wenn die Wahrheit auf den Schirm kommt

Julian Paul Assange … ist Sprecher der Enthüllungsplattform *WikiLeaks*. Der Australier ist politischer Aktivist, Journalist, ehemaliger Computerhacker und Programmierer. Auf *WikiLeaks* wurden mehrfach interne Dokumente von US-Armee und Behörden veröffentlich, unter anderem zu den Kriegen in Afghanistan und im Irak. Assange droht deshalb ein Strafprozess in den USA. Einige US-amerikanische Journalisten und Politiker haben öffentlich seine prozesslose Hinrichtung oder gezielte Tötung gefordert.

Assange ist für den kleinen M ein Held, weil er aus der journalistischen Kollaboration mit den Herrschenden ausgebrochen war und unter Lebensgefahr unerwünschte Wahrheiten öffentlich machte.

(Mehr in „Gegenrede", Seite 676)

Genauso wie **Bradley Manning**, der sich später Frau Chelsea Manning nannte. Manning hatte Dokumente über die US-Kriege in Afghanistan und im Irak an *WikiLeaks* gegeben. In einer langen Rede dazu wies sie dennoch weit von sich, eine Staatsfeindin zu sein, sie habe die Dokumente an *WikiLeaks* gegeben, weil die US-Medien auf entsprechende Angebote nicht reagiert hatten: *„Ich halte diese Dokumente nach wie vor für einige der wichtigsten Dokumente unserer Zeit. Ich glaubte, die Depeschen würden uns nicht schaden, aber sie würden peinlich sein. Ich glaubte, dass die Öffentlichkeit, insbesondere die amerikanische Öffentlichkeit, eine allgemeine Debatte über das Militär und unsere Außenpolitik im Irak und in Afghanistan führen wird, wenn sie denn einmal diese Dokumente lesen könnte. Es wäre damit eine Chance für unsere Gesellschaft gegeben, sich Rechenschaft über diese Form des Gegen-Terrorismus abzulegen, in dem wir die menschliche Seite der Bewohner in diesen Ländern Tag für Tag missachten."*

(Mehr in „Gegenrede", Seite 674)

Schon wieder Frühlinge

- Der tunesische Gemüsehändler Mohamed Bouazizi verbrennt sich selbst, um dagegen zu protestieren, dass ihm durch staatliche Auflagen die ökonomische Existenzgrundlage genommen wird. Seine Selbsttötung entfacht am 17. Dezember 2010 wochenlange Massenunruhen in **Tunesien**. Präsident Zine el-Abidine Ben Ali wird entmachtet und zur Flucht gezwungen. In den anschließenden Monaten breiten sich die Aufstände in weiten Regionen Nordafrikas sowie dem Nahen Osten aus.

Diese Aufstände wurden in den Qualitätsmedien nach altem Muster „Arabischer Frühling" genannt. Die Berichterstattung klang so, als ginge es den Aufständischen darum künftig auch zwischen *FDP* und *CDU* wählen zu können, aber nein:

Sie wollen besser leben!

Zum Beispiel in **Ägypten**, wo der nächste „Frühling" ausbrach. Nach Wissen des kleinen M war die Hauptursache des dortigen Aufstands der Mangel an Weizen. Kaum waren die Massen in Fahrt, versprachen Nachbarländer Weizenlieferungen. Zu spät. Das alte Regime wurde hinweggefegt aber, wie fast überall kamen nicht die

Aufständischen an die Macht, sondern andere Schweinehunde, die die alten Verhältnisse wiederherstellten.

In den Jahren danach kam es dann auch in **Libyen** (aufgrund direkten militärischen Eingreifens des Westens) und im **Jemen** (aufgrund militärischer Unterstützung der Angreifer durch den Westen) zu Umstürzen und dem Ende jeglicher staatlichen Ordnung.

Ist das der Plan der USA: viele unregierbare Länder zu schaffen, die damit als internationale Akteure aus dem Spiel sind? Aus denen dann Millionen gen Europa flüchten und für innenpolitische Unruhen sorgen?

In **Syrien** dauert das Zerlegen des Staates schon etwas länger (auch 2018 noch). Russland versucht aus Eigeninteresse und auf Bitten der syrischen Regierung zu verhindern, dass auch dieses Gebiet in Anarchie versinkt, aber die USA, Israel, die Türkei, Saudi-Arabien, England und Frankreich bombardierten das Land nach eigener Interessenlage, so, als gäbe es kein Völkerrecht mehr. Trotzdem konnten sie nicht verhindern, dass Russland und die syrischen Regierungstruppen den Krieg (vorerst?) gewannen und Initiativen zu Frieden und Wiederaufbau ergriffen.

Diese militärisch/diplomatischen Siege brachten Russland, das von US-Präsident Obama als Regionalmacht bezeichnet worden war, zurück ins Spiel der Weltmächte.

Schalom!

Eines Tages kam von Pastor Christoph Liegner die Anfrage, ob die *OBB* nicht mal in „seinem" *Schalom* auftreten würde.

„In einer Kirche?"

Sieben mehr oder weniger atheistische Musikschaffende schauten sich fragend an.

Und sagten zu.

Erstens erinnerte sich der kleine M an die Chile-Solidarität, die im *Schalom* geleistet worden war. Zweitens galt das Haus als „Rote Kapelle", weil dort versucht wurde „Kirche demokratisch" zu leben, wie gleich noch näher erläutert wird. Drittens war Sönke Wandschneider, einer der Gründungsväter des Hauses, der zweite „Feldpastor" bei der '76er Demo in Brokdorf gewesen. Viertens gaben dort bereits Mitte der 1970er 45 Ehrenamtliche Schularbeitenhilfe für „Gastarbeiter"-Kinder – was damals in rechten Kreisen ein Skandal war. Fünftens gewährte die Leitung des *Schalom* Anfang der 1990er über 70 Geflüchteten aus aller Herren Länder Kirchenasyl. Und sechstens führte Christoph Liegner das Haus in diesem Geiste fort.

Mehr gute Gründe dort aufzutreten brauchte kein Mensch.

„Das *Schalom*", wie man in Norderstedt sagt, weil eigentlich noch das Wort „Gemeindezentrum" davor gehört, ist kein kirchenähnliches Gebäude: Kein Turm, keine Kanzel, keine Orgel und sehr wenige Pfeifen, die darin verkehr(t)en. Mit Teppichboden und Sesseln für die Besucherinnen und Besucher. Der Pastor predigt auf Augenhöhe mit seinem Publikum und verkündete in den Gründerjahren nicht die himmlische Wahrheit, sondern stellte sie im Gottesdienst zur Diskussion.

So wenig wie die Pastorinnen und Pastoren im Schalom über den Menschen standen, so wenig tat es auch die Band. Ihr Bühnen-Podest war gerade einmal so hoch, dass sie von allen Gästen gesehen werden konnten, ein Aufbau, den der kleine M sehr mochte. Dank Teppichboden, Sesseln und kahlen Wänden hatte der Saal einen tollen Sound. Das waren gute Voraussetzung, um den kleinen M fliegen zu lassen.

Und er flog.

Und predigte. Seine Litanei von der Ungerechtigkeit der Reichtumsverteilung und so weiter.

Und die Leute waren ganz Ohr.

Auch wenn er das kapitalistische System als primitiv und barbarisch beschrieb: Applaus, Applaus, Applaus!

An diesem Abend lernte der kleine M zwischen „der Kirche" und „Kirchen-Besucherinnen und -Besuchern" zu unterscheiden.

Meldungen aus 2010

- Die Regierung Merkel stoppt den mittelfristigen Ausstieg aus der Atomenergie und verlängert die Laufzeiten der AKW um viele Jahre.

Kohlekraft

Der kleine M gratulierte sich sehr herzlich. War doch klar, dass die Regierung die Energiekonzerne nicht im Regen stehen lassen würde. War schon richtig, die Entscheidung für die Aktien von *E.ON* und *RWE*, sie gibt seiner angelegten Kohle Kraft – leider auch mit Kohlekraft. Und AKWs. Beides Scheiße, aber unter staatlicher Obhut – und die zu nutzen, war ja der Plan für eine sichere Geldanlage.

Schlagzeile aus 2011

- In Fukushima (Japan) gerät ein Atomkraftwerk außer Kontrolle. Der so genannte Super-Gau tritt ein, den die Atom-Lobby immer ausgeschlossen hatte. Die Regierung Merkel beschließt die Stilllegung vieler AKW und den kompletten Ausstieg aus der Atomenergie bis 2020.

Kohleabbau

Die Bundesregierung beschloss den Ausstieg aus dem Wiedereinstieg in die Atomenergie und die Aktienkurse von *E.ON* und *RWE* rauschten so schnell nach unten, dass der kleine M nicht reagieren konnte. Damit atomisierte sich dieser Teil der Altersvorsorge um (vorerst?) 50 Prozent.

Klaasse!

Klaas, der Schulverweigerer mit seiner mittelmäßigen Mittleren Reife, wurde im Berufsleben ein Überflieger: Dem Schulpraktikum (noch durch Heidrun und den kleinen M angeschoben), folgte gegenseitige Begeisterung bei Klaas und dem Praktikums-Betrieb, folgte die Übernahme in die Lehre, folgte ein Abschluss nach verkürzter Lehrzeit, folgte die Pleite der Lehrfirma, folgte die Übernahme von guten Kunden durch Klaas und zwei Kolleginnen, die sich damit selbstständig machten und viel Geld durch viel Selbstausbeutung verdienten. Dann traf er seine große Liebe, erhielt das Einstellungsangebot eines renommierten Verlages mit geregelten Arbeitszeiten (inklusive Überstunden abbummeln!!) und zeugte eine entzückende Tochter.

Möge ihm und seiner Familie das Glück hold bleiben!

60. Geburtstag

Er saß in seinem Zwangs-Home-Office als es an der Tür klingelte. Der Kurier überreichte ihm eine DVD: „Zum 60sten".

Nanü? Wer hatte sich denn da etwas einfallen lassen?

Alle!

Alle Abteilungen von *Binaural* und einige holländische Kolleginnen und Kollegen gratulierten ihm mit je einem eigenen Filmbeitrag. Bei der Betrachtung musste man den Eindruck gewinnen, dass der kleine M auch nach zehn Jahren körperlicher Abwesenheit bei den alten *Binauralen* noch nicht vergessen und immer noch beliebt war.

Total nett!

Sehr rührend!

Heidrun war schon morgens aufgebrochen, um eine Abendfeier zu organisieren. Rund 100 Leute hatten sich angemeldet. Leider gab es mit dem Buffet in letzter Minute noch Stress, denn nach Rinderwahn, Schweinepest, Vogelgrippe und Gammelfleisch-Skandalen waren jetzt Obst und Gemüse dran: EHEC hieß die Zauberformel eines Kolibakteriums, das lebensgefährliche Darminfekte verursachen konnte und von dem noch niemand wusste, auf welchem Grünzeug es zuhause war. Also: Alles Frische und Grüne raus aus dem Buffet.

Dann brach statt Darminfekt der Wahnsinn aus:

Heidrun hatte allen Gästen gesagt, dass sie entweder eine kurze Rede halten oder maximal drei Lieder spielen könnten, wenn sie wollten.

Von den rund 100 Gästen wollten gut 99.

Fast alle Gäste waren in irgendeiner Form kulturschaffend.

Es gab Musikbeiträge von Heidruns Chor, zwei Duette, zehn Bands, eine Rede und eine Live-Comic-Zeichnung, die per Beamer für alle zu sehen war: Steffen Siebert zeichnete ein Gemälde, das seine Liebe zum kleinen M bekundete.

Manche Gäste meinten das Programm des Abends sei so abwechslungsreich und qualitativ anspruchsvoll gewesen, dass es eine Live-Übertragung im TV verdient gehabt hätte.

Gemeiner Betriebsrat

10 Jahre hat Flemming de Graaf den kleinen M im Home-Office ertragen.

Warum, weiß kein Mensch.

Zumal ihm der kleine M das Leben nicht eben leicht machte.

Die Zeitung des Betriebsrats und dessen Aushänge trugen deutlich seine Handschrift und waren gelegentlich so offen, dass sie zu wilden öffentlichen Wutanfällen des Chefs führten. Er trommelte dann die gesamte Belegschaft in der Kantine zusammen, die verlorene Arbeitszeit von etwa 100 Leuten spielte dann keine Rolle, und polemisierte mit roten Wangen, blassen Lippen und sehr feuchten Augen gegen die Arbeitnehmervertretung.

Wobei er das Geschriebene nie entkräften konnte.

Trotzdem guckten die Kolleginnen und Kollegen nach so einem Anfall nicht den Chef, sondern die Betriebsratsmitglieder vorwurfsvoll an.

Die hielten dagegen: „Habt ihr gar nicht gemerkt, dass er unsere Argumente inhaltlich überhaupt nicht entkräftet hat? Er ist nur beleidigt, das ist alles!"

„Ja, das ist aber auch starker Tobak, was ihr da geschrieben habt."

„Es ist einfach nur wahr und entspricht den Gesetzen dieses Landes. Den Gesetzen, die zu eurem Schutz gemacht worden und ihm scheißegal sind!"

„Trotzdem fies.

Die Einberufung

Im Frühsommer 2011 fragte Fromann, Leiter der Buchhaltung und damit die rechte Hand von Erbsenzähler Flemming, was der kleine M davon hielte, wieder im Büro zu arbeiten.

„Hallo, ich bin 60 Jahre alt und soll zurück in diese Tretmühle? Wollt ihr mich umbringen? Nein, bitte erspart mir das!"

Die Marketingabteilung war nach wie vor räumlich nur wenige Meter und akustisch gar nicht von der Telefonzentrale getrennt, in der den ganzen Tag an mehreren Apparaten telefoniert wurde. Das schuf eine Geräuschkulisse, in der man sich nur schwer auf Kreatives konzentrieren konnte. Und in der Abteilung selbst limmelte es auch pausenlos, E-Mails kamen rein und mussten schnell beantwortet werden, Konferenzen rissen einen zum falschen Zeitpunkt aus den richtigen Gedanken.

Mehrere Kollegen hatten bereits einen Tinnitus bekommen und einer war ja nach seinem Burn-Out schon vor Jahren „freigesetzt" worden.

Und in diesen Trubel wollten sie den kleinen M nach zehn Jahren Home-Office wieder reinstecken? Er bat um Gnade.

Zwei Wochen später kam die Anweisung per Mail, den Arbeitsplatz im Büro zum nächsten Ersten einzunehmen. Die Marketingabteilung brauche Verstärkung vor Ort. Es war (nach dem Mobbing im Büro und der anschließenden Verbannung ins Home-Office) der nächste Versuch ihn ohne Abfindung los zu werden: durch Nicht-Erscheinen im Büro oder Eigenkündigung.

Aber sein Ziel hieß 65,7 – das Erreichen seines offiziellen Renteneintrittsalters und damit der Rente in voller Höhe.

Das waren noch fast sechs Jahre.

Wenn er jetzt gehen würde, bekäme er knapp 20 Prozent weniger Rente und das wollte er nicht.

Also: zurück ins Großraumbüro.

„Ich werde versuchen mich wieder einzufinden", sagte er Heidrun. „Ich versuche nicht bitter, sondern positiv aufzutreten, mich vernünftig in die Arbeit einzubringen und noch ein paar Jahre durchzuhalten."

Und es lief besser als gedacht.

Die 38jährige Abteilungsleiterin Imke und er lagen gedanklich auf einer Linie. Sie freute sich über seine Branchen-Erfahrung und seine Kreativität, die ihr junges fünfköpfiges Team bereicherte und das junge fünfköpfige Team seinerseits kam mit dem neuen Opa auch gut zurecht.

Grundsätzlich.

Es freute sich allerdings weniger, dass er sich weigerte Kunden telefonisch eine „kostenlose" Zeitungsbeilage anzubieten, wenn die dafür x Hörgeräte pro Tausender Auflage bestellten:

„Leute, ich habe mit diesen Kunden ihr Unternehmenskonzept erarbeitet. Ich mache mich in deren Augen auf meine alten Tage doch nicht noch zum Klinkenputzer, tut mir leid."

„Das ist aber unsolidarisch! Das müssen hier alle machen."

„Ja, in dem Punkt bin ich unsolidarisch, das stimmt. Ich war mir nie zu schade im Versand mit anzupacken oder sonstwo auszuhelfen. Ich stelle hier intern 1.000 dreißigteilige Aussendungen zusammen, wenn das gebraucht wird, aber niemand kann von mir erwarten, dass ich ‚meine' alten Kunden anrufe und ihnen zu verstehen gebe, dass ich vom Held der Arbeit zu Karl dem Doofen gemacht worden bin."

Nie würde Flemming ihn so klein kriegen.

Auch nicht über den Druck der jungen Kolleginnen, die natürlich ganz anders in die Welt blickten als der kleine M. Drei von ihnen hatten schon „Praktika" in anderen Firmen hinter sich, bei denen sie richtig gekeult hatten. Ohne Bezahlung; war ja nur ein Praktikum. Flemming winkte ihnen jetzt mit einem Festvertrag zu einem Scheißgehalt – aber immerhin: mit einem Festvertrag!

Dafür waren sie bereit 24 Stunden am Tag zu schuften, jede Aufgabe zu akzeptieren und sich nicht zu beschweren, wenn er sie mal wieder begrabbelt hatte. Diese Frauen mussten (?) sich erniedrigen lassen um im Menschenmarkt der Gehaltsabhängigen Fuß zu fassen

– das hatte der kleine M nicht mehr nötig – und deshalb mussten sie dessen Weigerung leider ertragen, „sich auf den letzten Metern des Berufslebens noch zum Affen zu machen“.

Von solchen Reibereien abgesehen, begann ihm die Arbeit wieder richtig Spaß zu machen: Videos zu konzipieren und zu drehen, CDs auszudenken und zu realisieren, Broschüren zu gestalten und zu texten - herrlich! Die fälligen Diskussionen mit Flemming führte seine Vorgesetzte. Wunderbar!

Die Anerkennung für den beim jüngeren Kollegium weitgehend unbekannten Opas stieg in Hamburg und Rotterdam schnell auf ein mittleres Hoch. Der vermutliche Plan von Flemming geriet damit in sein Gegenteil: Statt entnervt seine Sachen zu packen und aus der Firma zu flüchten, lief der kleine M wieder fröhlich pfeifend durch die Flure.

Der Abschuss

„Wenn wir ihn nicht klein kriegen, müssen wir halt zahlen“, wird Flemming de Graaf sich gedacht haben. Er beauftragte den Chefbuchhalter Fromann mit dem kleinen M zu besprechen, zu welchen Konditionen der zum Ausstieg bereit wäre.

Fromann sagte dem kleinen M zu Beginn des Gesprächs „die Firma“ wolle, dass er mit seinem Ausstieg ökonomisch nicht schlechter gestellt sei als wenn er bis zu seinem Rentenalter arbeiten würde.

Das war ja mal eine Ansage!

Leider hatte Fromann vergessen vorher zu rechnen. Allein der Ausfall an Renteneinzahlungen belief sich auf mehr als 25.000 Euro netto. Plus etwa fünf Jahresgehälter á 90.000 Euro für die Vier-Tage-Woche (= 450.000 €) plus Auto, plus Fahrzeugunterhalt.

Flemming wurde kreideweiß als er die Summe hörte, die sein Chefbuchhalter und der kleine M errechnet hatten. Er sah Fromann an, als ob er an dessen Zurechnungsfähigkeit zweifelte – bekam feuchte Augen und hektische Flecken, versuchte sich aber an einem Lächeln, als er zum kleinen M sagte: „Du glaubst nicht im Ernst, dass wir auf der Ebene weiterkommen. Ich sehe mir die Zahlen noch mal an und dann reden wir beide."

„Wenn das nicht die totale Verarschung wird, nehme ich sein Angebot trotzdem an", erklärte der kleine M zuhaus. „Du weißt wie er ist, wenn er die Raserei kriegt. Der versetzt mich in den Außendienst oder nach Rotterdam oder nach Polen um mich mürbe zu machen. Natürlich könnte ich dann gegen all solche Schikanen angehen, aber das kostet so viel Kraft, schafft so viel Frust. Meinst du, ich sollte mir das noch antun?"

„Auf keinen Fall, mein Lieber. ‚Es geht nur um Geld', wie du immer sagst. Und wir werden auch ohne dein Gehalt und mit weniger Rente über die Runden kommen. Ich verdiene schließlich auch! Außerdem hat Flemming sich den Zeitpunkt deines Ausscheidens sicher gut überlegt: Du gehst ziemlich genau zu deinem 61. Geburtstag. Dann hast du Anspruch auf zwei Jahre Arbeitslosengeld 1, das ist ganz anständig und fließt auch in die Rentenberechnung noch mit ein. Dann bist du 63 und Frührentner. Das ist die große Freiheit und kostet dich 9 Prozent von der Maximal-Rente – das sind doch gute Aussichten."

Flemmings Angebot betrug knapp 20 Prozent der Summe, die der kleine M mit Fromann errechnet hatte. Trotzdem schlug der kleine M ein, die Firma Ende Juni 2012, mit dann 61 Jahren, zu verlassen.

Imke, seine Abteilungsleiterin, sagte unter Tränen: „Das ist meine schlimmste berufliche Niederlage, dass ich dich nicht halten konnte."

Überholt

Wenn ein Mensch 60 Jahre alt geworden ist, sind im Laufe seines Lebens viele Kinder geboren und erwachsen geworden. Und sitzen dann zum Beispiel im selben Großraumbüro mit dem 60jährigen. 20, 30 oder 40 Jahre jünger als er. Junge Leute mit anderen Idolen, anderen Idealen, mit anderer Sprache, mit anderen Umgangsformen, mit wenig Erfahrung und viel aktuellem Wissen.

Klar hatte der kleine M gelernt mit einigen PC-Programmen sicher umzugehen, aber im Kreise seiner jungen Kolleginnen staunte er, mit welcher Selbstverständlichkeit die fünf Programme auf einmal bedienten, dabei Neuigkeiten aus dem Internet sammelten, Web-Adressen kannten, wo man Fotos zu welchen Konditionen kaufen konnte, wie man eine Homepage erstellt, oder einen digitalen Newsletter - und wie man misst, wer wie oft auf welchen Artikel zugegriffen hat.

Sie sprachen über die Notwendigkeit von „Werbung in den Sozialen Medien". Der kleine M wusste was das war, hatte aber noch nie eine Facebook-Seite gesehen, geschweige denn eine Idee davon, ob und wie man dort erfolgreich für Hörgeräte werben könnte.

Schon seine Mutter war am Ende ihres Berufslebens ein Zombie in der für sie neuen Welt gewesen, jetzt erging es dem kleinen M ähnlich und vielen seiner gleichaltrigen Bekannten auch. Scheinbar entwickelt sich die Kombi von Technik, Sprache und Umgangsformen in einem Tempo, dass man im Alter von zirka 60 Jahren im wahrsten Sinne des Wortes „überholt" worden ist.

Das waren aber ganz sicher nicht die Gründe, warum der Chef ihn loswerden wollte. Der kleine M war überwiegend im Bereich der klassischen Werbung aktiv - und da gab es nach wie vor messbare Erfolge. Aaaber:

Telefonakquise? Lehnte er ab.

Überstunden? Nur in Maßen.

Ständige Handy-Erreichbarkeit? Nein Danke.

Chef in den Arsch kriechen? No way!

Betriebsratsarbeit? Pragmatisch, aber mit dem Gesetz im Auge.

Diese Einstellungen waren auch überholt.

Die letzte Messe

In den letzten zehn Jahren war der kleine M zu keiner Messe mehr mitgenommen worden. Über die Gründe konnte man rätseln, aber fest stand, dass seine Beliebtheit bei treuen *Binaural*-Kundinnen und -kunden nirgends so offensichtlich gewesen war, wie auf der Messe: Handshakes, Schulterklopfen, Umarmungen ohne Ende.

Und fest stand wohl auch, dass Flemming de Graaf das schlecht mit ansehen konnte.

Doch im Oktober 2011, ein halbes Jahr vor seinem Abschied vom Berufsleben, sollte der kleine M dann plötzlich noch einmal mit.

Mit dem wahrscheinlich gewünschten Resultat:

Die alten Spezis kamen nur noch sehr vereinzelt.

Ihre Söhne und Töchter, die inzwischen den Einkauf übernommen hatten, kannten den kleinen M nicht. Sie steuerten die *Binaural*-Leute an, die in den letzten zehn Jahren die Gesichter des Unternehmens geworden waren. Der kleine M blieb manchmal für Stunden ohne Kundenkontakt und schlich ziellos durch die Hallen.

Auch da gab es kaum noch einen Gruß von der Standbesatzung anderer Unternehmen - sie kannten den Typen nicht, der sich mit den Massen an ihren Ständen vorbeischob.

Da sah er Herrlich!

Gerd Herrlich, den Mitinhaber von *Mini-Elektronik*, den großen Zampano vom ehemaligen Werbebeirat und Lektor der Branchenzeitung. Wenn der durch die Hallen schritt bekam er Aufmerksamkeit wie die Queen bei einer Kutschfahrt durch London. Alle kannten ihn, alle wussten, der ist wichtig, alle kamen auf ihn zu und wer gerade in ein Kundengespräch verwickelt war, machte zumindest winke, winke.

Früher.

Herrlich war seit zehn Jahren nicht mehr im operativen Geschäft und den meisten Leuten an den Messeständen damit so wichtig wie der kleine M, nämlich gar nicht. Es sah so aus, als hätte Herrlich an der neuen Bedeutungslosigkeit noch schwer zu tragen. Er steuerte mit seinen gut 75 Jahren leicht wackelig aber zielsicher auf jeden Stand zu, so, als erwarte er dort wie früher mit viel Hallo begrüßt zu werden. Er machte vor der ersten Vitrine Halt, warf kurz einen uninteressierten Blick hinein, bemerkte, dass er nicht bemerkt wurde, steuerte den nächsten Stand an, machte vor der ersten Vitrine Halt, warf kurz einen uninteressierten Blick hinein, bemerkte, dass er nicht bemerkt wurde und steuerte den nächsten Stand an.

Herrlich hatte nicht loslassen können.

Er turnte immer noch in irgendwelchen Gremien herum, auf der Suche nach alter Herrlichkeit, aber er war kein Faktor mehr, den man auf dem Zettel haben musste.

Der Anblick seines alten Kumpels wirkte trostlos auf den kleinen M. Er schloss nicht zu ihm auf, sondern schlenderte im eigenen Messe-Tempo weiter, bis er ihn im Gedränge aus den Augen verlor.

Der Abschied

Am 29. Juni 2012 war für den 61jährigen kleinen M nach 44 Berufsjahren, und 31 bei *Binaural,* der letzte Tag gekommen. Er hatte zuvor seinen Resturlaub abgebummelt und fuhr nur zur Abschiedsfeier noch einmal in die Firma.

Sie hatten es noch größer gemacht, als er geahnt hatte:

Viele Kolleginnen und Kollegen waren da, obwohl der pünktliche Feierabend an einem Freitag für viele sehr wichtig war. Kolleginnen aus Holland waren gekommen, Mitarbeiterinnen, Mitarbeiter und Chefs der Agenturen und Druckereibetriebe mit denen er gearbeitet hatte, Gerd Herrlich war da und auch Steffen Siebert hatte sich die Freiheit genommen, beim Firmenabschied dabei zu sein. Flemming de Graaf hatte eine schwierige Begegnung vermieden, indem er kurzfristig Urlaub nahm.

In der Kantine hing ein Poster von etwa 1 x 2 Metern mit Fotos des kleinen M aus den drei Jahrzehnten seines Seins bei *Binaural.* Dazwischen hatten viele Kolleginnen und Kollegen einen Abschiedsgruß geschrieben. Es gab eine ausführliche *PowerPoint*-Show über viele seiner Arbeiten, die ihm in Auszügen auch als Fotobuch überreicht wurde. Eine eigens gegründete Firmen-Band spielte auf. Ganz besonders freute er sich über eine DVD, auf der Kolleginnen und Kollegen aus mehreren Ländern sich in Bild und Ton von ihm verabschiedeten. Unter anderem sang der spanische Geschäftsführer ein selbstgetextetes Lied über den kleinen M zur Gitarre, eine ehemalige Kollegin, die inzwischen Gesundheitsministerin geworden war, hüpfte durch ihr Regierungsbüro und der Ex-Präsident und große Massa van Eck sprach von Freundschaft.

Arbeitslos zum Zweiten

Ab dem 2. Juli 2012 war der kleine M zum zweiten und ganz sicher letzten Mal arbeitslos. Er marschierte zur *Agentur für Arbeit*, wie das Arbeitsamt seit den *VW*-Reformen hieß und wurde dort nicht als „finanzielle Unterstützung suchender Arbeitsloser" sondern als „Arbeitssuchender Kunde" begrüßt. Nein, wie schön modern!

Er hatte viel Deprimierendes über die vielen hoffnungslosen Leute auf den Fluren und die Behandlung auf dem Amt gehört. Umso mehr war er von dem modernen lichtdurchfluteten Gebäude in Norderstedt überrascht, der freundlichen Begrüßung an der Rezeption und der Tatsache, dass er mit nur zwei weiteren Nasen im Wartebereich saß. Der „Horror auf dem Amt", von dem ihm berichtet worden war, betraf das *Jobcenter*. Dort geht es um Arbeitslosengeld II und Hartz-IV-Zahlungen und dort, bei den Arbeitslosen 2. Klasse, drängelte man sich wohl oft stundenlang auf vollen Fluren, um dann von einem „Fallmanager" oder einer „Fallmanagerin" nicht selten fallengelassen zu werden.

Er, der kleine M, war da etwas Besseres, ein Fall von Arbeitslosengeld 1:

„Normalerweise empfehlen wir unseren Kunden zunächst die Teilnahme an einem Bewerbungstraining, also: Wie schreibe ich eine Bewerbung und wie trete ich in einem Bewerbungsgespräch auf", erklärte ihm eine verbindliche und dabei sehr zeitökonomisch sprechende junge Frau. „Bei einem Blick in Ihre Unterlagen glaube ich jedoch, dass Ihnen da nicht viel gezeigt werden kann, was Sie nicht schon wissen. Also erspare ich Ihnen diesen Schritt und bitte Sie gleich mit dem Bewerben zu beginnen. Schreiben Sie jede Woche zwei Bewerbungen und dokumentieren Sie diese so, dass wir sie nachvollziehen können."

„Kann ich das auch per E-Mail machen?"

„Auf jeden Fall! Mir geht es mehr um den Nachweis Ihrer Aktivität als um die Form der Bewerbung." Sie sah ihn so an als würde sie fragen „Verstehen Sie?"

Er schrieb seine Mails, wies sie weisungsgemäß nach und saß drei Monate später wieder vor seiner Beraterin von dem Amt, das jetzt *Agentur* heißt und fragte: „Wie lange muss ich dieses Spiel noch spielen? Wir sind uns doch sicher einig, dass mich in meinem Alter und bei meiner beruflichen Vergangenheit niemand zu einem akzeptablen Gehalt einstellen wird."

„Sind wir das? Wie sind denn Ihre Zukunftspläne, wenn ich fragen darf?"

„Meine Zukunftspläne sind Rente mit 63."

„Sicher?"

„Wie? Sicher? Sicher! Oder spricht was dagegen?"

„Nein, nein. Es wäre nur so: Wenn Sie mir verbindlich zusichern, dass Sie nach den zwei Jahren bei uns in die Rente gehen, dann würde ich mich darauf verlassen und Ihnen weitere Bewerbungen ersparen."

Es war das alte Spiel in diesem Land.

Niemand dachte „volkswirtschaftlich", sondern alle dachten nur an „ihre" Kasse. Auch in den Behörden. Wenn der kleine M ab 63 weder *Agentur* noch *Jobcenter* auf der Tasche liegen würde, sondern der Rentenkasse, dann war das ein guter Deal für seine „Arbeitsbeschafferin".

Man einigte sich entsprechend.

When I'm 64 (Song der *Beatles*)

Am ersten Tag seiner Arbeitslosigkeit, an dem er sich nicht mehr proforma bewerben musste, ging er um 11 Uhr auf einen Wochenmarkt, um einzukaufen.

Schock!

Alle weiß auf dem Kopf – wie er.

Und viele rund im Rücken – wie er noch nicht.

Sein neues gesellschaftliches Umfeld schlich im Schneckentempo durch die Gegend, zog einen Hackenporsche hinter oder eine Gehhilfe vor sich her und nahm sich die Freiheit beim Bezahlen zwei Minuten nach dem Portemonnaie und im Portemonnaie nach den passenden Münzen zu suchen, um festzustellen, dass man doch einen Schein zücken musste.

Außerhalb des Marktes stellte der kleine M fest, dass er Unsichtbar geworden war - für Frauen unter 40. Je jünger desto Luft.

Berit Sokoloff

Berit war eine Freundin seit Jugendtagen. Sie hatte viele Jahre mit Frank gelebt und die *Wandsbek*-Bands oft bei Live-Auftritten abgemischt. Das mit Berit war eine von diesen Freundschaften, die nur ganz sporadisch mal zu Treffen führen, aber doch unverbrüchlich sind.

Die letzte Zusammenkunft war sicher schon wieder Jahre her gewesen als der kleine M ihre Stimme aus dem Telefon vernahm: „Wir haben hier in Billstedt lange Zeit eine Roma-Familie betreut. Der Vater ist quasi in Hamburg aufgewachsen, hat sich damals aber nicht um die Staatsbürgerschaft bemüht und musste Deutschland deshalb mit Frau und Kindern verlassen.

Jetzt sind sie zurück, können aber nicht erneut in Hamburg wohnen. Sie müssen in ein anderes Bundesland. Wir haben für sie in Norderstedt ein Kirchenasyl besorgt, in einer Kirche namens *Schalom*, kennst du die?"

„Klar kenne ich die."

„Ich werde den Kontakt zu der Familie nicht abreißen lassen, aber ich kann mich in Norderstedt nicht so intensiv um sie kümmern wie bisher. Wärest du bereit in einer Unterstützergruppe mitzumachen?"

„Ja .... Ich denke schon. Bin grad arbeitslos und kann sicher helfen."

Kirchenasyl

Die Unterstützergruppe für die Roma-Familie im Norderstedter Kirchenasyl war anfangs etwa 12 Personen groß. Nach gut zwei Jahren bestand sie primär aus Pastor Christoph Liegner und dessen Frau, sowie dem kleinen M. Die vierköpfige Asyl-Familie, mit einem pubertierenden Jungen und einem pubertierenden Mädchen, mussten die Jahre in zwei Zimmern von zirka 12 qm plus Kochnische verbringen. Die Jugendlichen schliefen im Doppelstockbett, die Eltern auf Matratzen auf dem Fußboden.

Der Pastor und seine Frau hatten im *Schalom* schon so manches Kirchenasyl durchgezogen; für den kleinen M war es Premiere. Die Zeit und die Kosten, die das für ihn mit sich brachte, wurden mit sechs neuen Freundschaften belohnt: Zum Pastor, zu seiner Frau und zur betreuten Familie.

Die juristische Beratung übernahm die ebenfalls kirchliche Einrichtung *Fluchtpunkt* in Hamburg.

Der kleine M begleitete die Familie bei den regelmäßigen Besuchen dort und gelegentlich auch zur *Ausländerbehörde*. Einen außergewöhnlich unangenehmen Besuch bei diesem Amt hat er für den Unterstützerkreis damals festgehalten:

Ihr Lieben,

es geht nicht darum zu klagen; es geht darum die skandalöse Behandlung von Menschen (in Not!) bekannter zu machen.

Vorgeschichte: Letzte Woche war meine Freundin Berit mit der Roma-Familie beim Ausländeramt in der Sportallee gewesen. Dort wurden sie nach stundenlangem Warten an das Amt in der Amsinckstraße verwiesen. Dort wurden sie zurück an die Sportallee verwiesen, woraufhin Berit sich über das Hin und Her empörte und die gewünschten Aufenthaltspapiere auch tatsächlich erhielt.

Für Mutter und Tochter.

Für Vater und Sohn war die Akte nicht zu finden.

Sie erhielten eine Vorladung, sich erneut in der Sportallee einzufinden. Ich habe die beiden begleitet:

Um 9 Uhr betraten wir das Haus. Ein unfreundlicher Pförtner blaffte wir sollten rechts um die Ecke an der Treppe unsere Papiere abgeben, wir würden dann aufgerufen. Rechts um die Ecke tat sich ein etwa 20 Meter langer kahler Flur mit hellem Steinfußboden auf, der allerdings schwarz von Menschen war. (Die dort Tätigen schätzten die heutige Besucherzahl auf etwa 700 Personen, es war Zahltag.) Wir wühlten uns zu der Treppe vor, die zu der Sachbearbeiterin führt, bei der wir den Termin hatten. An der Treppe standen Security-Hünen, die unfreundlich fragten, was wir wollten.

Der Vater erzählte sein Anliegen.

Man nahm ihm die Vorladung ab: „Sie werden aufgerufen".

Für 700 Personen gab es etwa 7 Sitzplätze. Wir standen drei Stunden im Gedränge. Eine Schallisolierung gab es nicht, geschweige denn irgendein kindgerechtes Eckchen. Also plärrte, stand, schwatzte und telefonierte alles durcheinander – das war sehr laut.

Über den allgemeinen Lärm hinweg wurden von der Security-Treppe Namen gebrüllt, wenn jemand zur Sachbearbeitung in den ersten Stock durfte, oder über die Köpfe hinweg seine Papiere oder sein Geld zugeworfen bekam. War gar nicht leicht in dem Radau mit all den unbekannten Namen zu verstehen, ob unsere „…itsche" endlich dran waren.

Nach drei Stunden Stehen konnte der Roma-Vater einen der 7 Stühle für mich ergattern. Auf diesem hockte ich zwei weitere Stunden, also bis 14 Uhr.

Dann leerte sich der Flur. Man forderte uns auf, im Wartezimmer im ersten Stock Platz zu nehmen.

An der Security waren wir also endlich vorbei.

Gegen 14.30 Uhr guckte eine Sachbearbeiterin nach der Anzahl der Wartenden und meinte tröstend „Alle Akten sind bereits bei den Sachbearbeitern auf dem Tisch – es kann also nicht mehr lange dauern." (Um 15 Uhr ist Behörden-Feierabend.)

Um 14.40 Uhr betrat ein Herr das Wartezimmer, rief die Roma-Familie auf, trat vor uns und gab dem Vater die Vorladung zurück: „Heute nicht mehr."

„Wieso heute nicht mehr?", empörte ich mich. „Wir warten hier seit sechs Stunden und Sie schicken uns jetzt einfach so nach Hause?" „Mit mir müssen Sie nicht meckern, ich bin nur der Dolmetscher." „Okay – und warum heute nicht mehr?"

„Es gibt keine Begründung seitens der Sachbearbeiterin!"

„Wir erwarten aber eine – bitte gehen Sie nochmal rein und fragen Sie."

Nach 37 Sekunden war er zurück: „Der Fall ist zu kompliziert – der kann heute nicht mehr entschieden werden. Kommen Sie Donnerstag wieder."

Und so kompliziert ist unser Fall:

Die Mutter hat aufgrund der von zwei Psychologen bescheinigten schweren Traumatisierung ein Abschiebeverbot und eine befristete Aufenthaltsgenehmigung bekommen. Das bedeutet für ihre minderjährigen Kinder, dass sie bleiben können und der Ehemann auch. Das Problem ist also nicht die Sachlage, sondern dass die Bundesregierung höchstwahrscheinlich angeordnet hat, Südost-Europäer allesamt nach Hause zu schicken – was in unserem Fall, aus den erklärten Gründen, nicht ohne Weiteres machbar ist.

Herr Baumann vom Fluchtpunkt *wird sich mit der Sachbearbeiterin in Verbindung setzen und versuchen für die Familie einen verbindlichen Termin in der Sportallee zu erreichen. Bitte jetzt bewerben, wer sie dabei begleiten möchte!*

G-Dur an Kasse

Wieder mal einer der selten gewordenen Auftritte, wieder mal im *Schalom*. Krachevolle Hütte.

Die *Omi Börner Band* präsentierte einen Stargast: Branko, den Sohn der Roma-Familie, die im Kirchenasyl hockte. Branko spielte Saxophon. Er spielte sehr gut Saxophon – nur leider auf sehr stark südost-europäisch, was für nordwestdeutsche Ohren orientalisch klingt. Mit einer der raffinierten börnerischen G/C/D-Akkordfolge (Ironie) tat er sich irgendwie schwer. Trotzdem versuchte man zwei Songs miteinander, was musikalisch ziemlich schief ging, aber bei der Zuhörerschaft emotional voll reinschlug. Es gab Leute, die noch jahrelang von der Wirkung dieses Konzerts beeindruckt waren.

Der Abend, zur Unterstützung der Familie, spülte Spenden in Höhe von 1.700 Euro in die Kasse.

Das Erbe der fantastischen Bewältigung

Viele Linke werfen den deutschen Behörden und Medien vor, seit Gründung der Bundesrepublik auf dem rechten Auge blind zu sein. Auch der kleine M hatte erlebt, dass eine angenommene „Gefahr von links" viel hysterischer und konsequenter verfolgt wurde als sogenannte „Rechtstendenzen". (Man beachte die sprachlichen Unterschiede, die den Qualitätsmedien entnommen sind.)

Wer noch die geringsten Zweifel daran hatte, sollte 2011 eines Besseren belehrt werden. Selbst jüngere Menschen, die die *RAF*-Zeit nicht erlebt haben, als die Medien totale Panik verbreiteten und ganz normale Bürgerinnen und Bürger an Polizeisperren in MP-Mündungen guckten, mussten entsetzt darüber sein, wie die Sicherheitsbehörden ihre Aufgaben bezüglich des *Nationalsozialisten Untergrunds (NSU)* erledigt hatten.

Aufgaben? Was heißt „Aufgaben"? Ist die Finanzierung des Aufbaus rechtsradikaler Gruppen Aufgabe der Sicherheitsbehörden? Das Nicht-Aufklären von zehn Morden, drei Sprengstoffanschlägen und 15 Raubüberfällen unter den Augen von V-Leuten? Das Nicht-Bemerken eines Mordes in einem Lokal, in dem ein Verfassungs-„schützer" anwesend war? Das Vernichten von Unterlagen?

Der *Nationalsozialistische Untergrund* (NSU)

(https://de.wikipedia.org/w/index.php?title=Nationalsozialistischer_Untergrund &oldid=203075435 - 11/ 2017, Auszug):

Der NSU war eine neonazistische terroristische Vereinigung in Deutschland, die um 1999 zur Ermordung von Mitbürgern ausländischer Herkunft aus rassistischen und fremdenfeindlichen Motiven gebildet wurde und bis 2011 bestand ...

Der NSU wurde erst durch den Suizid von Mundlos und Böhnhardt am 4. November 2011, das Abbrennen ihrer Zwickauer Wohnung und das Versenden von Bekennervideos durch Beate Zschäpe bekannt. Bis dahin hatten die Ermittler ... rechtsextreme Hintergründe der Mordserie weitgehend ausgeschlossen und die Täter im Umfeld der Opfer gesucht. Verfassungsschutzämter und der Militärische Abschirmdienst (MAD) hatten die rechtsextreme Szene jahrelang beobachtet und durch bezahlte V-Leute im NSU-Umfeld indirekt finanziell gefördert ... Einige Verfassungsschutzmitarbeiter vernichteten nach Bekanntwerden des NSU relevante Akten ...

Das Ganze erinnerte den kleinen M fatal an die Arbeit der Sicherheitsbehörden nach dem Anschlag auf das Münchner Oktoberfest 1980.

„Die Omi-Börner-Band will keiner mehr hören."

Jan kopierte in seiner Oldie-Band den kleinen M 1:1, sodass dieser sich schon vorkam wie eine Kopie der Kopie, wenn sie in Eversen und Umgebung auftraten. Er beklagte sich bei Jan, dass er mit dem Kopieren des Auftrittsstils eine wichtige Attraktion der Polit-Band austauschbar mache. Jan antwortete, dass mein Freund einfach stolz darauf sein solle, dass er ihn sich zum Vorbild genommen habe.

Wenn der kleine M dann enttäuscht sagte, dass in der Folge die Polit-Band kaum noch Auftritte bekomme, meinte Jan provozierend: „Tja, die *Börner Band* will einfach keiner mehr hören."

Was natürlich Unsinn war.

Das Grundgesetz für eine Band, die auf anderen Wegen als über das Internet Verbreitung suchte, hieß auftreten. Bei nahezu jedem Auftritt ergaben sich Kontakte für weitere Engagements. Bei sporadischen Auftritten, ergaben sich nur noch sporadisch neue Auftrittsmöglichkeiten. Ohne Auftritte kaum noch welche.

Schüttel den M

Jan faszinierten Bekannte, die er als „innerlich total zerrissen" beschrieb. Vielleicht kamen sie seinen eigenen Fragen und Zweifeln näher als „sein bester Freund", der kleine M. Der stand einfach zu entspannt im Leben, hatte mit Heidrun sein Glück gefunden, war beruflich erfolgreich gewesen, ein anerkannter Texter und Entertainer. Es reizte Jan, diese Sicherheit zu erschüttern. Mit Geschichten von Heidruns früheren Affären, mit Spott über Äußerlichkeiten des kleinen M, mit den Erfolgen seiner Oldie-Band und - auch auf der Bühne - mit Versuchen, dem kleinen M im wahrsten Sinne des Wortes die Hosen runter zu lassen.

Entfreundet

Dreimal versuchte mein Freund mit Jan ein offenes und ehrliches Gespräch zu führen, über ihre Freundschaft, über die Sache mit den beiden Bands, ihre Konkurrenz zu einander und seine Gefühle mit alldem. Es begann immer schriftlich, weil er dann in Ruhe abwägen konnte, welche Formulierungen er wählen sollte.

Nach der ersten Mail war Jan so traurig, dass der kleine M im Laufe des Gespräches zurückruderte und sich am Ende entschuldigte, dass er die Themen auf den Tisch gebracht hatte.

Nach der zweiten Mail, beim zweiten Treffen, kam Jan mit einer Gegenklage: Seine Frau, die beste Freundin von Heidrun, sei vom kleinen M so gekränkt worden, dass sie nichts mehr mit ihm zu tun haben wolle.

Das war ein Schock.

Niemals hätte der kleine M Hanna verletzen wollen. Er wollte ohnehin niemanden verletzen, schon gar nicht eine Freundin und schon mal überhaupt nicht die beste Freundin von Heidrun.

Aber Jan hatte nur geblufft, geblufft um über den Abend zu kommen, ohne Stellung zu den Verletzungen seines angeblichen Freundes nehmen zu müssen.

Also kam die Sache nicht zur Ruhe und damit die dritte Mail. Die war jetzt in einer Schärfe formuliert, dass Jan zum ersten Mal inhaltlich und schriftlich reagierte. Er schrieb, dass er von Konkurrenz unter Männern noch nie etwas gehört hätte und ihm sowas völlig fremd sei. Die Oldie-Band habe für ihn klar die zweite Priorität hinter der *OBB* und die weitere Verletzungen, die er seinem „besten Freund" angetan hatte, seien im Übermut passiert.

Danach brach er den Kontakt zum kleinen M ab.

<u>Schlagzeilen aus 2013</u>

- Xi Jinping wird neuer Staatspräsident der Volksrepublik China.
- Kroatien wird das 28. Mitglied der *Europäischen Union*.
- CDU/ CSU gewinnt unter A. Merkel erneut die Bundestagswahl.
- USA und Großbritannien hören (auch) alle Deutschen ab.
- Edward Snowden outet sich als Whistleblower

Noch ein Held

Nach Assange und Manning trat ein weiterer Whistleblower und Held in die Wahrnehmung des kleinen M: Edward Snowdon. Der folgende Text stammt aus Wikipedia*. Er wurde sprachlich leicht verändert und stark gekürzt:

Edward „Ed" Snowden *ist ein US-amerikanischer Whistleblower und ehemaliger CIA-Mitarbeiter. Seine Enthüllungen gaben Einblicke in das Ausmaß der weltweiten Überwachungs- und Spionagepraktiken von Geheimdiensten – überwiegend jenen der Vereinigten Staaten und Großbritanniens …*

Snowden: „Ich erkannte, dass ich Teil von etwas geworden war, das viel mehr Schaden anrichtete als Nutzen brachte." Und an anderer Stelle: „Ich möchte nicht in einer Welt leben, in der alles was ich tue und sage aufgezeichnet wird. Solche Bedingungen bin ich weder bereit zu unterstützen, noch will ich unter solchen leben." …

„Individuen haben internationale Verpflichtungen, die die nationalen Verpflichtungen des Gehorsams übersteigen." Daher habe jeder einzelne Bürger die Pflicht, inländische Gesetze zu verletzen, um Verbrechen gegen den Frieden und die Menschlichkeit zu verhindern.

Er wurde für seine Veröffentlichungen mehrfach von nichtstaatlichen Organisationen ausgezeichnet und für den Friedensnobelpreis nominiert.

Und von den USA weltweit verfolgt.

Am 2. Juni 2013 wurde von *WikiLeaks* eine Liste mit insgesamt 21 Ländern veröffentlicht, bei denen Snowden ein Asylgesuch gestellt haben soll. Alle lehnten ab. Darunter auch Menschenrechts-Tabellenführer Deutschland. Am 1. August 2013 meldete die Presse, dass Snowden von Russland Asyl erhalten habe. Seither lebt er dort.

*https://de.wikipedia.org/w/index.php?title=Edward_Snowden& odid=202227001 11/2017

Na und?

Am 18. März 2014 fand ich die folgende Meldung aus dem *Magazin* der *Süddeutschen Zeitung*: *„Der amerikanische Geheimdienst*

NSA ist offenbar in der Lage, ‚100 Prozent' der Telefonanrufe eines Landes mitzuschneiden und sich die Gespräche im Nachhinein anzuhören."

Die Mainstream-Medien fanden diese Meldung ganz schlimm.

Dann wurde bekannt, dass auch die Kanzlerin zu den Abgehörten zählt. Das war natürlich noch viel schlimmer schlimm als das Abhören der restlichen Millionen! Die Sache wurde medial nur noch ein *NSA*/Merkel-Skandal und bald darauf journalistisch zu den Akten gelegt.

Und da bekam der kleine M es allmählich mit der Angst zu tun: „Wenn die führenden Medien nicht einmal mehr die von dem Insider Edward Snowden beklagte ‚Schaffung einer Architektur der Unterdrückung' dauerhaft skandalisieren, hat die journalistische Unterwerfung ein Ausmaß angenommen, die zu größter Sorge Anlass gibt."

Nix zu verbergen

„Mir ist das egal, ob jemand mich abhört oder meine Daten sammelt. Wer nichts zu verbergen hat, muss auch keine Angst vor Überwachung haben." So argumentierten viele, die keine Lust hatten sich gegen Schnüffelstaaten und -konzerne zu wehren; gern auch solche, die das Ausspionieren in der DDR ganz schlimm fanden.

„Du hast nichts zu verbergen?", fragte der kleine M die Leute dann freundlich.

„Nö, ich bin weder politisch aktiv, noch plane ich ein Verbrechen oder sowas. Warum soll keiner wissen, dass ich mich mit Tante Elsa zum Kaffeetrinken verabredet habe?"

„Ist Tante Elsa politisch aktiv?"

„Nö, ich glaube sie hat höchstens mal eine Petition gegen Waffenexport unterschrieben oder sowas."

„Ach? Und mit so einer triffst du dich zum Kaffeetrinken?"

„Ist Kaffeetrinken verboten?"

„Natürlich nicht, ich frage mich nur warum ihr das, was ihr zu besprechen habt, nicht am Telefon besprechen könnt. Warum müsst ihr euch treffen?"

„Na, das ist jetzt natürlich an den Haaren herbeigezogen ..."

„... Macht es dich nervös, wenn man dir ganz normale Fragen stellt?"

„Es macht mich weder nervös, noch sind die Fragen normal. Wenn eine Verabredung zum Kaffeetrinken schon zu einer Verdächtigung führt, dann gute Nacht Marie."

„Genau. Und nun stell dir mal vor, die linke Bewegung in Deutschland würde wieder an Bedeutung gewinnen - und eine rechtsradikale Regierung beschlösse mal wieder, deren Mitglieder in den Knast zu stecken - und hätte alle Namen und Adressen parat. Stell dir vor, so eine rechtsradikale Regierung würde den Frust der Bevölkerung über sich verschlechternde Lebensbedingungen wieder auf Menschen jüdischen Glaubens kanalisieren wollen - und hätte alle Namen und Adressen parat. Stell dir vor ein ‚Interessenverband Einzelhandel' könnte eine Regierung davon überzeugen online gekaufte Waren nachträglich zu besteuern. 30 Prozent auf alle in den letzten zehn Jahren online gekauften Produkte ..."

„... Quatsch!"

„Ja, natürlich Quatsch. Meine kleine Aufzählung soll ja nur deutlich machen, dass man weder Attentate noch Einbrüche planen muss, um möglicherweise in irgendeiner unerwarteten Form durch abgelauschte Informationen in Bedrängnis zu geraten."

Orwell

1948 schrieb George Orwell den weltberühmten Roman *1984*, der deshalb als apokalyptisch wahrgenommen wurde, weil er den totalen Überwachungsstaat schildert, der seine Macht mittels „Big Brother" sichert.

Um 2013 beginnt die Menschheit von „Big Data" zu sprechen - einer Überwachungs-, Erfassungs- und Auswertungsmaschinerie, die unter dem Kürzel SCS nicht nur politische oder kriminelle Vorhaben melden soll, sondern auch unsoziales Verhalten. Und die unerwünschtes Verhalten automatisch sanktionieren kann.

Das erste Land, das diese Technik voraussichtlich in großem Stile nutzen wird, ist die angeblich sozialistische Volksrepublik China. Und natürlich unterstellen die Qualitätsmedien, dass China diese Technik nur zu übelsten Zwecken nutzen wird.

Wir werden sehen.

Doch egal, was da China passieren wird: Die Länder der Freiheit und der Menschenrechte werden sich diese Gelegenheit der Machtsicherung gegenüber einer zunehmend armen und unzufriedenen Bevölkerung auch nicht nehmen lassen.

AfD zum Ersten

2013 gründete sich die Partei *Alternative für Deutschland (AfD)*. Es war die 48. in Deutschland zugelassene Partei und kümmerte den kleinen M herzlich wenig. Keine der 42 kleinen Parteien hatte dauerhaft eine größere Öffentlichkeit für sich interessieren können.

Umso erstaunter hörte er im Radio immer mal wieder, dass die *AfD* der *CDU* gefährlich werden könne. Wie sollte die 42ste Mini-Partei, die kein Mensch kannte, der führenden Volkspartei *CDU* gefährlich werden?

Samstag, 30.11.2013

Er war lebenslänglich ein Spätinsbettgeher und morgendlicher Langschläfer. Am Samstag den 30. November 2013 stand er gegen 10 Uhr 30 auf, um mit Heidrun einen Spaziergang um die Außenalster zu machen.

Um 10 Uhr 45 war Berit Sokoloff am Telefon und teilte mit, dass sie eine vorübergehende Mitwohngelegenheit für das Roma-Mädchen gefunden hatte. Die 16jährige drehte in der Miniwohnung des Kirchenasyls mit Vater, Mutter und Bruder völlig am Rad und musste da dringend für eine gewisse Zeit raus. Berit, doppelt so atheistisch wie der kleine M, hatte eine Lösung: wieder bei einer Pastorin.

Um 10 Uhr 50 rief Jan Sokoloff an, der Bruder von Berit, und fragte, wann er mit der CD-Produktion weitermachen könne, die im Home-Studio von Heidrun und dem kleinen M auf eine Fortsetzung wartete.

Um 11 Uhr war Anne, die Frau von Andi Regner, am Telefon: „Ich habe gestern unser Auto geschrottet. Bin zwar noch nach Hause gekommen, aber nun geht gar nichts mehr. Könnt ihr mich zur Werkstatt schleppen?"

„Klar, wir haben aber kein Abschleppseil, habt ihr eins?"

„Keine Ahnung, ich schau mal nach und rufe gleich zurück."

30 Minuten passierte gar nichts. Das war doof, weil sie ja um die Alster wollten. Also rief Heidrun bei Anne zurück, aber niemand nahm ab. Fünf Minuten später noch ein Versuch: niemand nahm ab.

„Also gut, das hat sich wohl erledigt, komm, dann gehen wir jetzt erstmal um die Alster."

Klingeling, Telefon! „Hier ist Hein vom Shantychor *Weltenschipper*. Wir haben einen großen Auftritt am soundsovielten, könnt ihr uns mischen?"

„Tut uns leid Hein, da sind wir ein paar Tage an der Ostsee."

Also jetzt auf zur Alster!

Telefon. Andi Regner: „Ihr hattet zweimal angerufen?"

„Ja, ich wollte Anne..."

„... ach da kommt sie gerade. Was? Abschleppseil? Ja, haben wir, aber Anne muss erst noch schnell zur Post; dann bitte abschleppen, in etwa 20 Minuten."

„Okay."

20 Minuten später treffen sowohl Anne als auch ihre Abschlepper auf dem Grundstück der Regners ein.

Das kaputte Auto springt an: „Oh!"

Anne fährt ein paar Manöver mit dem Wagen und macht ihn wieder aus. Er steht nun aber so, dass Heidrun und der kleine M mit ihrem Fahrzeug nicht mehr vom Hof kommen.

„Wollt ihr noch einen Kaffee bei uns trinken?"

„Nein danke, wir wollen an die Alster."

„Gut, dann muss ich den Wagen eben wegfahren, damit ihr rauskommt. - Scheiße, springt nicht an! Könnt ihr schieben?"

„Leider nicht", erklärte der kleine M, „ich hab´ Rücken."

„Gut, dann hole ich Andi aus dem Haus."

Anne klingelte einmal, zweimal, dreimal und schimpfte, ohne echt sauer zu sein: „Warum macht er denn nicht auf? Ich höre ihn doch Gitarre spielen. Wahrscheinlich spielt er wieder halb nackt und muss sich erst eine Hose suchen."

Sie ging zurück zu ihrem Wagen und versuchte erneut ihn zu starten.

Keine Erregung im Motorraum.

Zurück an der Haustür, klingelte sie sturm. Die Tür ging auf:

„Was machst du denn für eine Panik?"

„Warum machst du denn nicht auf?"

„Wo ist denn dein Schlüssel?"

„Hilf bitte schieben, die beiden wollen an die Alster und der kleine M hat Rücken!"

„Ja, ganz mit der Ruhe."

Andreas trat vor die Tür und begrüßte die beiden. Dann ging er zu dem beschädigten Wagen und sagte zu seiner Frau: „Au weia, da hast du ja wieder voll zugeschlagen." Die raunte dem kleinen M zu: „Den letzten hat *er* geschrottet."

Aber nichts ist Anne und Andi so egal wie ein Auto: „Die Schrottkarre ist Schrott? Dann holen wir uns eben ´ne neue. Sollte aber möglichst nicht über 750 Euro kosten." (Ein guter gebrauchter Mittelklassewagen kostete damals gut das Fünffache.)

Mit vereinten Kräften schoben sie den kaputten Wagen nicht nur von der Ausfahrt, sondern so lange, bis der Motor alle stotternd in eine dicke blaue Wolke hüllte. Abschleppen war also nicht mehr erforderlich, lediglich Geleitschutz. Nach erfolgreicher Ablieferung bei der Werkstatt brachten sie Anne nach Hause und …

… fuhren Richtung Außenalster.

Christoph Liegner

Durch die Zusammenarbeit im Unterstützerkreis der Roma-Familie lernten sich Christoph und der kleine M näher kennen. Der kleine M war irritiert von äußerst weltlichen Sprüchen des Pastors, der zudem seinen Weg zum Glauben als das Ergebnis einer rationalen Abwägung schilderte. Der kleine M war regelrecht ein bisschen geschockt über so wenig pastorales bei einem Pastor.

Und sagte das auch.

„Was ist denn deine Vorstellung von einem Pastor?", fragte Christoph - und der kleine M kam ins Schleudern. Wenn er ehrlich war, hatte er das innere Bild von dem guten Onkel im schwarzen Talar, mit dem weißen Beffchen, der mit sanfter Geste die konkreten Sorgen der Menschen mit göttlicher Milde hinfortlächelt.

Allerdings hätte er wahrscheinlich kein Interesse an einer Freundschaft mit so einem gehabt.

Fußball?

Seit der kleine M den Glauben an Gott und das Beten besiegt hatte, haderte er mit einer weiteren Gewohnheit, die rational nicht zu erklären ist: Fußball - genauer: Mit seiner „Liebe" zum *HSV*, dem *Hamburger Sport Verein.*

Es ist bekannt, dass die meisten Fußball-Fans nicht von dem Verein lassen können, bei dem sie ihre ersten Spiele erlebt haben. Beim kleinen M war das eigentlich der *FC St. Pauli*, zu dem er als Knirps immer mal mit dem Fahrrad gefahren war und, seiner Erinnerung nach, einfach hinter dem Tor stehen konnte, ohne Eintritt zahlen zu müssen. Gern bei einem der (jährlichen?) Aufstiegsspiele gegen den *1. FC Saarbrücken* in irgendeine höhere Liga.

Aber dann war die Bundesliga gegründet worden und er war zum ersten Mal im *Volkspark-Stadion* gewesen. Wahnsinn! Diese große Arena, diese Menschenmassen und diese Atmosphäre inmitten emotional kochender Männer! Der Gegner, Meidericher SV, führte zur Halbzeit 0:1. In der 56. erhöhten sie auf 0:2, in der 75. auf 0:3. Das tat weh. Aber dann das 1:3 in der 76. und das 2:3 in der 79. Der kleine M schickte heimlich ein Gebet zum Himmel - und das brachte die Wende (Scherz!): In der 89., eine Minute vor Schluss, erzielte Charly Dörfel das 3:3.

Dass ihn dieses Einstiegserlebnis vereinsabhängig machte, wird jeder Fußballfan verstehen. Nicht nur wegen des Spielverlaufs, sondern vor allem auch wegen des ekstatischen Gegröles beim Ausgleich in letzter Minute.

Später, als sich viele Hamburger mit Herz zum *FC St. Pauli* bekannten, war´s für den kleinen M zu spät. Er hat nie zu den Pauli-Hassern gehört, aber sein Fußballherz gehörte nun mal dem *HSV*. Allerdings bekam es mehr und mehr Rhythmusstörungen:

In den Anfängen der 1. Bundesliga hatten die Vereine Mannschaften, die sich über Jahre hinweg kaum veränderten. Mit Spielern, die viele Jahre für „ihren Verein" kämpften und dabei von örtlichen Fans unterstützt wurden.

Aber der Kapitalismus schafft auch den Sport:

Heute kann eine Fußball-Mannschaft in einer neuen Saison ganz anders aussehen als eine Saison vorher. Während man früher sagte „Geld schießt keine Tore" heißt es heutzutage: „Ohne Geld gibt´s keine Tore". Deshalb werden seither Spieler für ein-, zwei- und dreistellige Millionenbeträge zusammengekauft, die mit dem Verein, der sie „gekauft" hat, nichts zu tun und oft auch nichts am Hut haben. Der *HSV* wurde für viele Spieler zu einer Durchgangsstation auf dem Weg zu reicheren und deshalb erfolgreicheren Vereinen.

Wem oder was drückt man also die Daumen, wenn man zum Beispiel für den *HSV* fiebert? Der „ruhmreichen" Vergangenheit? Der heutigen Mannschaft? Dem Trainer? Dem Logo? Utschiliano Ratschewicz, der in 14 Tagen vielleicht schon gegen „uns" spielt?

„Keine Ahnung", sagt der Verstand, der in diesem Zusammenhang so wenig erreichbar ist, wie in Sachen Glauben.

Im Museum

„Wenn die Platte fertig ist, bekommst du natürlich dein Belegexemplar, das ist ja klar."

Der knapp 50 Jahre jüngere Nachbarssohn des kleinen M hatte bei einer Produktion mitgesungen und saß jetzt beim Abmischen neben ihm im Studio. „Du sagst immer ‚Platte', wieso sagst du immer ‚Platte'?", fragte er.

„Ach, das ist so eine Angewohnheit. Früher haben wir immer ‚Platte' zu Tonträgern gesagt, heute muss es natürlich CD oder MP3-File heißen. Eine Platte ist eine etwa 30 Zentimeter große ..."

„... Ach, jetzt weiß ich was du meinst - hatten wir gerade in Physik! Platten waren so schwarze Vinylscheiben mit Rillen, in denen die Abspielnadel lief und ihre Schwingungen in Musik umwandelte."

„Genau."

„Kann ich mir irgendwie gar nicht vorstellen."

„Ich habe nebenan noch zweihundert davon stehen."

„Mega, zeig mal!"

Sie gingen in den Kellerraum neben dem Studio und der Junge zog ehrfurchtsvoll eine LP aus dem Cover. „Irre! Und in diesen kleinen Rillen ist dann die Nadel gelaufen?"

„Ja, genau. Wir haben oben noch einen Plattenspieler, willst du mal gucken wie der funktioniert und hören wie das klingt?"

Er wollte - und er wollte aus dem Staunen gar nicht mehr herauskommen. Da hatte sein großer Freund, der kleine M, doch tatsächlich ein echtes Museum in seinem Haus.

Neues vom Unrechtsstaat

DDR und UdSSR waren 2013 längst Geschichte. War der Kalte Krieg gegen die Anti-Kapitalisten damit beendet?

Bernd Neumann (damals „Vorsitzender des Aufsichtsrates der Kulturveranstaltungen des Bundes", also sowas wie ein „Bundes-Kulturminister") musste sich rund 25 Jahre nach dem Beitritt der DDR gegen den Vorwurf verteidigen, dass kulturpolitisch zu wenig gegen die sogenannte „Ostalgie" unternommen werde, gegen ein von Ex-DDRlern verbreitetes Zurücksehnen nach ihrem Staat.

Seine Antwort: „Wir haben 100 Millionen Euro jährlich im Etat, nur zur Aufarbeitung der DDR-Vergangenheit."

25 Jahre nach dem „Sieg der Freiheit" über den „Unrechtsstaat", gab der Bund jährlich immer noch 100 Millionen allein für DDR-„Aufklärung" aus (also zum Beispiel für Schreckensfilme über die Stasi)!

War das nötig?

Sind eine soziale Absicherung von Geburt bis ans Lebensende, staatlich subventionierte Grundnahrungsmittel, eine kostenlose Gesundheitsfürsorge und ein garantiertes Dach über dem Kopf vielleicht doch etwas wert?

Könnten allein diese vier Punkte heute Milliarden Menschen wie das Paradies erscheinen?

Gezielte Irreführung

Die ehemals sozialistischen Staaten werden jetzt in den führenden Medien stets als „kommunistisch" bezeichnet. Da die Erinnerung an diese Staaten inzwischen absolut negativ besetzt werden konnte, erreicht man, dass auch die Idee des „Himmels auf Erden", die Idee des Kommunismus, negativ besetzt wird. Viele ehemals nicht-kapitalistische Staaten führten den Begriff „Sozialistisch" im Namen, kein einziger nannte sich kommunistisch, denn:

Nach Karl Marx geht die Entwicklung vom Kapitalismus über den Sozialismus zum Kommunismus. Die ehemaligen Staaten waren also gerade mal dabei, die ersten Schritte nach der Zeit des Kapitalismus zu gehen und waren weit davon entfernt das große Ziel zu erreichen, das da (nach Marx, aber in meinen Worten) heißt:

Jeder Mensch bringt sich nach seinen Möglichkeiten in eine geldlose Gesellschaft ein und bekommt von der Gesellschaft alles, was seinen Bedürfnissen an Nahrung, Gesundheitsfürsorge, Bildung, kultureller Teilhabe entspricht.

Funktionsfunk

Der kleine M und ich saßen entspannt beim Frühstück, als uns zwei überfröhliche Menschen aus dem Radio belästigten. Sie hatten sich fest genommen, ihren Hörerinnen und Hörern den Tag zu verzuckern:

„Hallo zur Morning-Show mit Tina und Toni und ganz viel mega guter Laune, hahaha. Wir starten mit *Bumm-Bumm-Bumm-I-love-you*! Kommen Sie gut in den Tag! *CDB 3* ist immer dabei: Wir spielen die Hits von Morgen und Übermorgen! Apropos ‚spielen': Heute Abend spielt der *BCD* gegen den *FLV* und wir sind live dabei!"

Werbung.

Vor dem Mittags-Mix mit Mira und Marc hatten wir das Radio längst abgeschaltet, aber wir wussten auch so, wie der Tag akustisch weiterging: „13 Uhr, Bergfest! Hahaha. Müde nach dem Essen? *Trilli Tilly* mit Bumm-*Bumm-Bumm-I-love-you-too* werden Sie wieder munter machen. Hahaha. Wir spielen die Hits von Morgen und Übermorgen! Heute bei uns im Talk: Machen Diäten wirklich schlanker? Diskutieren Sie mit! Ihre Meinung, Ihre Erfahrung ist gefragt! *CDB 3* – ganz nah am Leben!"

Werbung.

Dann die Afterwork-Show mit Pitt und Patt: „Leider staut es sich im Feierabendverkehr hier auf 10 und dort auf 12 Kilometer Länge, aber wir versüßen Ihnen die Wartezeit mit *Silly Dilli* und *Bumm-Bumm-Bumm-Do-you-love-me-true*. Bei uns immer die Hits von Morgen und Übermorgen. *CBD 3* – immer dabei!"

Zwischendurch dann immer mal die Nachrichten, die im Prinzip ja auch bekannt sind:

„Russland ist böse – die USA sind gut.

Putin ist böse – Obama ist gut.

China achtet die Menschenrechte nicht - Saudi-Arabien ist ein verlässlicher Partner des Westens.

Und damit zum Arbeitsmarkt:

Die Arbeitslosenzahlen sind im Vergleich zum Vormonat gesunken.

Die Arbeitslosenzahlen sind im Vergleich zum entsprechenden Monat des Vorjahres gesunken.

Die Arbeitslosenzahlen sind im letzten Halbjahr im Vergleich zu den vorherigen sechs Monaten gesunken.

Die Arbeitslosenzahlen sind in irgendeinem Vergleich immer gesunken."

Es sei denn, sie sind gestiegen:

„Die Arbeitslosenzahlen sind leider in jedem Vergleich gestiegen, aber entsprechen den normalen saisonalen Einflüssen und werden sich schnell wieder normalisieren.

Und damit zum Wetter:

Heute und morgen ist es kühl und bedeckt mit einzelnen Regenschauern, aber ab übermorgen sieht es schon viel besser aus, da rechnen wir mit bis zu vier Sonnenstunden und steigenden Temperaturen. Ich glaub, da kommt er, der Sommer!"

„Lügenpresse"

Seit 2013/ 2014 bezeichnen vor allem rechte Kreise die Mainstream-Medien als Lügenpresse. Das ist nicht nur ein sprachlicher Rückgriff auf schlimme Zeiten, sondern nach Ansicht des kleinen M auch viel zu plump:

Nach seiner Wahrnehmung wird nicht gelogen, sondern über vergleichbare Ereignisse nicht gleich intensiv, nicht gleich detailliert und nicht gleich kritisch berichtet, was auch ganz ohne Lüge zu dem gewünschten Meinungsbild führen würde. Er brachte folgendes Beispiel: „Krieg im Irak, mit Beteiligung der USA und Krieg in Syrien, mit Beteiligung Russlands.

Die USA hatten den Irak angegriffen und einen unregierbaren ‚Failed State' geschaffen, in dem radikale Islamisten des *Islamischen Staates (IS)* dann schnell viel Land besetzen konnten. Das US-Militär begann diese Gotteskrieger in dem vom US-Militär ruinierten Land zu bekriegen."

Russland sei hingegen von der syrischen Regierung um Hilfe gebeten worden, sie im Kampf gegen den *IS* und zahlreiche andere regierungsfeindliche Verbände zu unterstützen.

Schon diese sehr unterschiedliche Ausgangslage für die Beteiligung der Großmächte an den Konflikten habe in der Kriegsberichterstattung der hiesigen Medien kaum eine Rolle gespielt.

„Egal. In beiden Ländern ging es also darum, von (Staats-)Feinden erobertes Gebiet zurückzugewinnen.

Ganz schlimm gingen dabei die Russen vor: Sie bombardierten die Stadt Aleppo, in der sich ‚Freischärler des Widerstands gegen Präsident Assad' unter zigtausenden Zivilisten verschanzt hatten. Und: Die regierungstreuen Soldaten schossen auf diese Freischärler zwischen den Zivilisten.

Schlagzeile:

Assad lässt auf sein eigenes Volk schießen!

Die Folge:

Tote Zivilisten! Verletzte Kinder! Not und Elend!

In der irakischen Stadt Mossul hat es zur selben Zeit eine vergleichbare Ausgangslage gegeben: Die ‚Terroristen' des *IS*, die Menschen die Köpfe abschneiden, hatten sich in der Stadt unter der Zivilbevölkerung verschanzt. Die Anti-IS-Koalition unter der Führung der USA bombardierte die Stadt. Soldaten beschossen die ‚Terroristen', die sich unter die Zivilbevölkerung gemischt hatten.

Schlagzeile:

Internationale Koalition befreit Mossul!

Die Folge:

Sieg über die Terroristen des *Islamischen Staates*!

Lügenpresse?

Wer hat gelogen?

Niemand.

Man hat die Bilder, die Sprache, die Meldungen und Kommentare lediglich so gewichtet, dass die Irak-Angreifer USA ihren Krieg als Befreiungskampf führen konnten, während Assad und die Russen primär als Schlächter der Zivilbevölkerung wahrgenommen werden mussten."

Wahrheitspresse

„Große private Medien gehören immer großen Firmen und reichen Leuten, die natürlich wollen, dass die grundlegenden Verhältnisse so bleiben wie sie sind, damit sie so reich bleiben, wie sie sind. Oder Regierungen, die natürlich wollen, dass die grundlegenden Verhältnisse so bleiben wie sie sind, damit sie so einflussreich bleiben, wie sie sind. Deshalb mögen weder die großen privaten noch die staatlichen Medien grundlegende Kritik nicht so gern und setzen neben den inhaltlich gewünschten Gewichtungen gern auf Ablenkung", führte der kleine M seinen Medien-Monolog fort.

„Was wir zuhauf bekommen sind Quiz- und Unterhaltungsshows, Fußball, Promi-Geschichten, Mode, Königshäuser, Reiseberichte, Gesundheits-Tipps und so weiter.

Aber auch Reportagen über Korruption, Verschwendung von Steuergeldern, unwürdige Bedingungen in sozialen Einrichtungen, Falschaussagen Prominenter und so weiter sind systemerhaltend, weil sie den Eindruck von „kritischen Medien" untermauern und damit zugleich krasse Fehlentwicklungen (unterhalb der Reichtumsverteilung) beheben können, bevor soziale Unruhen entstehen."

(Mehr in „Gegenrede – Das *BILD*-Phänomen", Seite 642)

Apropos Quiz-Shows

Hier kommt ein Quiz mit 14 Fragen und einer Zusatzfrage:

1. Nennen Sie fünf Großstädte in den USA.
2. Nennen Sie vier Großstädte in Russland.
3. Nennen Sie fünf aktuelle Filmstars der USA.
4. Nennen Sie einen aktuellen Filmstar aus Russland.
5. Nennen Sie fünf US-amerikanische Kinoproduktionen, die nach 2000 entstanden.
6. Nennen Sie eine russische Kinoproduktion, die nach 2000 entstand.
7. Nennen Sie fünf US-amerikanische TV-Serien, die nach 2000 entstanden.

8. Nennen Sie eine russische TV-Serie, die nach 2000 entstand.

9. Nennen Sie drei US Talkshow-Moderatoren oder - innen.

10. Nennen Sie eine/n russische/n Talkshow-ModeratorIn.

11. Nennen Sie drei typisch US-amerikanische Sportarten.

12. Nennen Sie drei typisch russische Sportarten.

13. Nennen Sie zwei typisch US-amerikanische Speisen.

14. Nennen Sie zwei typisch russische Speisen.

Vor der Zusatzfrage noch dieser Hinweis: Am zufällig ausgewählten 24. Mai 2017 gab es in der Programmzeitschrift *TV-Digital* 28 Sender, deren „Prime-Time"-Angebot (20:15h) mit einem Foto hervorgehoben war. 20 davon waren Produktionen aus den USA.

15. Bitte beantworten Sie sich die Frage, ob Sie den USA und Russland etwa gleich viel Empathie entgegenbringen (können).

AfD zum Zweiten

Die unbekannte Partei *Alternative für Deutschland* fand medial weiterhin viel Beachtung, im Unterschied zu den zahlreichen anderen unbekannten Parteien, die es bereits seit Jahren gab ...

Ein Zufall?

Die *FDP* hatte sich jedenfalls über die Jahre so geschwächt, dass sie die Interessen der Adligen, Superreichen und Wirtschaftsradikalen womöglich nicht mehr lange vertreten konnte. Aber die Abschaffung der Vermögens- und Erbschaftssteuer blieb natürlich weiter ein dringendes Anliegen dieser Leute - und die *AfD* hat´s im Programm. Vielleicht bekam sie inzwischen sogar höhere Spendenbeträge als die *FDP,* aber mit Sicherheit viel mehr Wahlstimmen:

Landtagswahlen 2014, Brandenburg = *FDP* 1,5%, *AFD* 12,2%, Sachsen *FDP* 3,8% *AfD* 9,7% Thüringen *FDP* 2,5%, *AfD* 10,6%.

Ist es demagogisch, wenn man festhält, dass in den genannten Bundesländern viele Adlige und Vermögende ihre Vorkriegsanwesen zurückerhalten haben?

Ja!

Speisekarte 2007 bis 2017

Portugiesisch, italienisch, griechisch, italienisch, deutsch, italienisch, japanisch, italienisch, indisch, italienisch, thailändisch, italienisch, syrisch, italienisch, afghanisch, italienisch, libanesisch, italienisch, Steak (argentinisch), italienisch, spanisch, italienisch, chinesisch, italienisch, französisch.

Auf nach Bonn?

Der kleine M hielt sich an die mündliche Vereinbarung, die er mit der Frau von der *Agentur für Arbeit* getroffen hatte und meldete sich per 1. Juli 2014, also mit 63 Jahren, bei der *Deutschen Rentenversicherung* als „Rentner wegen Arbeitslosigkeit". Damit wechselten seine staatlichen Bezüge vom Arbeitslosengeld 1, in „Rente wegen Arbeitslosigkeit", einen Status, der nicht berechtigt die Rente in voller Höhe zu bekommen, sondern, in seinem Fall, lebenslänglich mit rund 9% Abzug, weil vor dem (damaligen) Eintrittsalter von 65,7 Jahren beantragt.

Kurz gab es die Hoffnung, dass er von einer sozialdemokratischen Neuregelung profitieren könnte: Volle Rente nach 45 Arbeitsjahren. Die *CDU* zwang aber noch den Passus in den Gesetzentwurf, dass es diese Regelung nur für Leute geben soll, die nicht zuvor Arbeitslosenunterstützung bekommen hatten. Für Leute also, die von ihren Chefs mit genau dem Timing gefeuert werden, wie der kleine M – und sicher tausende nach ihm.

Und nu?

Was bedeutete der Renten-Paragraphenzauber in Euro und Cent? Musste er mit der Erbsenpistole nach Bonn? So, wie er es sich als heißblütiger junger Mann für den Fall vorgenommen hatte, falls die Rente nicht so ausfiel wie damals gedacht – als er den Musiker-Traum im Rentenpunkteheft abgelegt hatte?

Erstens: Einen Erbsenpistolen-Anschlag in Bonn hätte niemand verstanden, denn die Regierung saß bereits seit rund 25 Jahren überwiegend in Berlin.

Zweitens: Für einen Erbsenpistolen-Anschlag in Berlin ging es ihm deutlich zu gut, obwohl seine Bezüge mit 68 Prozent vom letzten Brutto-Jahresgehalt (wie zu Beginn seines Berufslebens angenommen) monatlich etwa 4.800 Euro betragen hätten und nicht knapp 2.300, die er jetzt bekam. Minus 15 Prozent an Steuern und etwa 250 Euro anteiligem Krankenkassenbeitrag, also etwa 1.700 Euro netto.

Trotzdem: in einem bezahlten halben Haus, einigen Ersparnissen, rund 1.700 Euro netto und einer wundersamen Altersmilde, die ihn überkommen hatte, fand er es unangemessen seine Rentenminderung mit einer Politikerminderung zu sühnen.

Allerdings kam ihm doch die Galle hoch, wenn er sich ansah, wie sehr anders die Leute, die die Rentenhöhe für kleine Mse festlegen, für sich selber sorgen.

Sozialneid?

„Nee, ich bin einfach empört, wie Volksvertreterinnen und -vertreter, die vor dem Gesetz ja mit dem Volk ja gleich sein sollten, sich selbst nicht ein soziales, sondern ein asoziales Netz gewoben haben, während es für ehemals Werktätige heißt:

„Weniger ist manchmal mehr"

Diesen Satz las der kleine M für sich und all die anderen kleinen Mse 2017 auf der Internetseite der *Deutschen Rentenversicherung*. Der ganze Absatz ging so:

*„**Weniger ist manchmal mehr.** Für mich steht fest, dass ich auch als Rentner noch arbeiten möchte. … Natürlich erkundige ich mich vorher, welche Verdienstgrenzen ich einhalten muss, um keine Abstriche bei meiner* (maximal 2.400 Euro brutto) *Rente machen zu müssen."*

Tu es dir mal an, nachzulesen, was deine Vertreter und -innen sich zum Beispiel in Sachen „Zuverdienst" selbst genehmigt haben:

(Mehr in „Gegenrede, Die Rentenregelungen …", Seite 643)

Der kleine M als Rentner

In ein Loch der Sinnlosigkeit fallen?

Das konnte sich der kleine M nie vorstellen.

Passierte ihm auch nicht.

Als Rentner entspannter durch die Tage gehen und die freie Zeit genießen?.

Ging leider auch nicht.

Das innere Schwungrad, das ihn in den letzten 50 Jahren auf Touren gehalten hatte, verlor nicht von heute auf morgen an Umdrehungen. Er verbrachte weiterhin viel Zeit im Home-Office, nur textete, power-pointete, recherchierte und produzierte er jetzt nicht mehr für *Binaural,* sondern für ein paar andere Firmen und Organisationen und eine Reihe privater Aktivitäten.

Das acht Quadratmeter Büro platzte aus allen Nähten. Da waren die *Binaural*-Hinterlassenschaften, die bisher unberührt geblieben waren, Berge von Zeitungen mit Artikeln, die seines Erachtens für meinen „Biograman" über ihn und seine Zeit interessant waren, bereits ausgeschnittene Beiträge und Ausdrucke, sowie eine Unzahl von handschriftlichen Zetteln mit Notizen und Ideen.

Er beschloss aufzuräumen.

Er räumte nicht gerne auf, aber er war immer sehr zufrieden, wenn er denn mal aufgeräumt und wieder Übersicht über alle Zettel und Papiere gewonnen hatte.

Das Schöne an der *Binaural*-Entsorgung war, dass an jedem Stück aus der Flemming-Zeit schlechte Erinnerungen hingen, die jetzt mitentsorgt werden konnten. Er grub sich zurück in die Dreher- und die Hachfeld-Zeiten und bekam seine Kopie des Konzepts für die Firma *Mann* in die Finger.

Von 1987!

Rührend:

Sechs DinA4-Seiten, jeweils in einer Zellophan-Hülle. Titelseite und Grafiken waren mit Filzstiften kolorierte Fotokopien. Sahen eigentlich erstaunlich gut aus. Aber die Optik war natürlich nicht das Primäre gewesen, sondern es war ja um die Ideen gegangen, die in den verfilzten Seiten gestanden hatten. Naja …

Und zack - ab in die Tonne.

Freudig blickte der kleine M auf einen papierfreien Fußboden und auf größere Lücken auf dem Schreibtisch und im Regal. In die Genugtuung mischte sich allerdings die Gewissheit, dass sich der Zustand des Zimmers schnell wieder verzetteln würde.

Oh Mannomann

War es einen Monat später, oder zwei?

Er traute seinen Sinnen nicht, als er im Werbeblock des Radios hörte „Ich hab ´nen kleinen *Mann* im Ohr".

Hä? Das war doch der Spruch, den er damals in dem Konzept vor-geschlagen hatte, das danach gut 25 Jahre in seinem Regal vor sich hingeschimmelt hatte und das erst vor Kurzem in seinem Papierkorb gelandet war!

Im Fernsehen lief der Slogan auch und zwar, wie ebenfalls angeregt, in der Anfangsphase mit Promis.

Auch die Schaufenster der Ladenkette *Mann* sahen so aus, wie einst vorgeschlagen.

Was war passiert?

Er ist der Frage nie nachgegangen.

Fest steht: Werbeagenturen unterschieden früher (?) zwischen einer bezahlten Präsentation ihrer Ideen und dem viel teureren tatsächlichen Einsatz der erdachten Werbung.

Herr Mann hatte nur für die Präsentation bezahlt.

Vielleicht ist es so, dass der „Erfinderschutz", der sich in der Präsentation ausdrückt, nach 25 Jahren abgelaufen ist, wenn der Erfinder ihn nicht erneuert? Damit wäre dann die Zeit gekommen gewesen, die komplette Strategie des kleinen M kostenlos nutzen zu können?

Oder Mann Junior hatte bei Übernahme der Unternehmensführung die alten Unterlagen gefunden, für nach wie vor gut befunden und realisiert?

Sollte der kleine M sich in der Sache nochmal schlau machen?

Er hatte seit seiner kürzlichen Aufräumaktion nichts mehr zum Thema in der Hand, außer ein paar Briefen, die er im Keller noch gefunden hatte, die aber nicht seine Urheberschaft beweisen konnten, sondern nur, dass zu der fraglichen Zeit Geld zwischen Firma *Mann* und ihm geflossen war.

„Warum wühlt mich die Sache so auf?", fragte er sich.

Ging es um Geld?

Eigentlich nicht, obwohl hier im Zweifel sicher eine große Summe zur Diskussion gestanden hätte.

Ging es um Eitelkeit?

Ja, das war es wohl, musste er sich eingestehen.

Das Konzept *Mann* war die Arbeit seines bisherigen Lebens, die jetzt die größte Verbreitung fand und allgemein sehr positiv bewertet wurde. Es tat einfach ein bisschen weh, wenn ihm Freunde und Bekannte von dem geilen Werbespruch der Hörgerätefirma *Mann* erzählten.

Er beschloss, damit zu leben.

Meldung 2015,
deren Bedeutung noch niemand absehen kann

- Die Bankenkrise von 2007 hat sich zu einer Wirtschafts- und anhaltenden Eurokrise (ab 2010) entwickelt. Die *Europäische Zentralbank (EZB)* versucht jetzt (zusammen mit der US-amerikanischen *FED*) durch den massiven Ankauf von Staatsanleihen einen Kollaps des internationalen Finanzsystems zu vermeiden.

Geldregen

Am Freitag den 6. März 2015 lese ich in *SPIEGEL online,* dass die *Europäische Zentralbank (EZB)* ein gigantisches Projekt starten wird: Künftig sollen jeden Monat Staatsanleihen und andere Wertpapiere im Wert von 60 Milliarden Euro gekauft werden. Auf unbegrenzte Zeit. 2018 ist das Ding noch am Laufen, also im dritten Jahr =

60.000.000.000 x 12 = 720.000.000.000 pro Jahr x 3 = 2.160.000.000.000 Euro - bisher!

Zweck dieser und anderer Maßnahmen (beispielsweise null Prozent Zinsen) ist es, eine Deflation zu verhindern, also den weitgehenden Zusammenbruch von Wirtschaft und Arbeitsmarkt, der bei wirklich freien Märkten längst fällig wäre.

Immerhin sind die Märkte so frei, dass die Reichen durch diese Entwicklung immer reicher werden, um zirka 12% jährlich.

Wie reich ist reich?

„Reich" ist relativ. In den jungen Jahren des kleinen M war „eine Million" eine unvorstellbar große Summe gewesen - und ein Millionär war märchenhaft reich.

2017 sind reiche Menschen Milliardäre und Multi-Milliardäre.

Wie zum Beispiel Susanne Klatten, die folgende Informationen im Staats-TV lange verhindern konnte, bis sie eines nachts dann doch ausgestrahlt wurden:

Ihre Familie (Quandt) war durch Textil- und Rüstungsproduktion, durch Zwangsarbeit und Arisierungen zu großem Reichtum gekommen. Der Vater, Herbert Quandt, wäre laut dem „Quandt-Historiker" Joachim Scholtyseck wahrscheinlich als Kriegsverbrecher verurteilt worden, wenn „die Engländer" ihn nicht davor geschützt hätten.

Susanne Klatten trat 1997 zusammen mit ihrem Bruder Stefan das Erbe ihres Vaters bei *BMW* an. Sie war dort über eine Holding im Aufsichtsrat vertreten und besaß um 2017 etwa 13 Prozent der Aktien. Über ihre weitere Holdinggesellschaft *SKion* ist sie zu 100 Prozent an dem Chemiekonzern *Altana AG*, zu 5,7 Prozent am Windturbinenhersteller *Nordex SE* und zu 27 Prozent an dem Kohlenstofffaserspezialisten *SGL Carbon* beteiligt.

Ihr Vermögen wurde Anfang 2018 auf ungefähr 26,9 Milliarden US-Dollar geschätzt.

Und das ist mehr Geld, als es sich anhört. Gönnen wir dazu eine Bühnen-Predigt des kleinen M, in der er versucht diese abstrakte Zahl begreifbar zu machen:

„Denken wir uns eine Frau hieße Suse Klett, sie besäße 22,8 Milliarden Euro und bekäme dieses Geld unter anderem aus dem Automobil-Geschäft. Unterstellen wir, nur mal so, der Bundestag würde ein Gesetz planen, das die Profite der deutschen Automobilbauer nennenswert schmälern könnte. Und denken wir für den Moment das Undenkbare: Abgeordnete wären dankbar, wenn ihnen der Zeitaufwand für die Informationsbeschaffung zu diesem Thema mit einer Sonderzahlung vergütet würde. Zum Beispiel durch Suse Klett (die so etwas natürlich nie tun würde).

Anfang 2017 hatten wir rund 600 Bundestagsabgeordnete.

Wenn Frau Klett den 600 Leutchen den Zeitaufwand mit je 1.000 Euro vergüten würde (was sicherlich verboten und zumindest unmoralisch und deshalb eigentlich unvorstellbar ist), dann müsste sie 600.000 Euro berappen. Dieser Betrag würde die Zahl von 22,8 Milliarden Vermögen nicht verändern.

Zahlte sie allen Abgeordneten je 10.000 Euro, insgesamt also 6.000.000 – würde auch dieser Betrag die Zahl von 22,8 Milliarden nicht verändern.

Zahlte sie allen Abgeordneten je 100.000 Euro, insgesamt also 60.000.000 – würde sich selbst dann die Zahl von 22,8 Milliarden nicht verändern.

Erst wenn sie allen 600 Abgeordneten je 1 Million Euro zahlte, würde sich die Zahl hinter dem Komma verändern: auf 22,2 Milliarden Euro."

Eigentum verpflichtet Artikel 14 (2) Grundgesetz
Sein Gebrauch soll zugleich dem Wohle der Allgemeinheit dienen.

Dazu ein paar Zahlen:

2015 gab es für die Spareinlagen von kleinen Msen null Prozent Zinsen. Die 500 reichsten Deutschen erzielten durch ihre Geldanlagen einen Zuwachs von 12,6 % = 665,2 Milliarden im Jahr.

Am 11. Februar 2016 berichtete der *Deutschlandfunk*, dass 1% der Deutschen über 30% des Vermögens in Deutschland besäßen, in einem Wert von 9 Billionen Euro!

Bereits am 27. März 2018 hört der kleine M von einem Jens Berger (Autor von „Wem gehört Deutschland?"), dass 1% der Deutschen inzwischen 45% des Vermögens gehören sollten, während 40 Millionen Deutsche von 1,4% des Gesamtvermögens leben mussten.

Laut *www.spiegel.de › Wirtschaft › Staat & Soziales › Weltwirtschaftsforum in Davos 2018* hat ein Team vom *Deutschen Institut für Wirtschaftsforschung (DIW)* für Deutschland 2018 ermittelt, das 45 Haushalte (!) so viel besäßen wie die ärmeren 40 Millionen Menschen in Deutschland zusammen, nämlich 214 Milliarden Euro.

Regierungsseitig wird nicht der kleinste Versuch unternommen, diese Entwicklung umzudrehen, zumindest durch entsprechende Erbschaftsregelungen, die ja niemandem etwas wegnehmen, sondern nur Geschenke verkleinern würden. Statt dessen sank die Kapitalertragssteuer dank der „rot"/grünen Regierung nach und nach von 53 auf 25 Prozent.

Die Hilfsorganisation *Oxfam* berichtete, dass weltweit 80 Haushalte (!) so viel besitzen, wie 3,5 Milliarden Menschen, also die Hälfte der Menschheit. Ebenfalls von *Oxfam*: 1% der Weltbevölkerung habe mehr Vermögen als die restlichen 99% zusammen."

„Die freie und soziale Marktwirtschaft"

Ab 2015 nahm Kanzlerin Merkel die alte Floskel von der „freien und sozialen Marktwirtschaft" wieder öfter in den Mund.

An wenigen Aussagen hat sich der kleine M in seinem politischen Leben so gerieben, wie an der seit seiner Geburt mantra-artig wiederholten Behauptung, die Marktwirtschaft führe zu Freiheit und Wohlstand. Denn natürlich meinten ehemalige Kanzler und Frau Merkel nicht Chinas sozialistische, sondern die kapitalistische „Marktwirtschaft des freien Westens".

- Führt der Kapitalismus zu freien Gesellschaften?

War die Wirtschaftsform des Faschismus kapitalistisch?
Ja – und wie!

Bedeutet Faschismus Freiheit?
Im Gegenteil.

Sind heutige Diktaturen und „illiberale Demokratien" mit kapitalistischer Marktwirtschaft freie Gesellschaften?
Keineswegs.

Ist es also Schwachsinn zu behaupten der Kapitalismus führe zu gesellschaftlicher Freiheit?
Genau.

- Führt der Kapitalismus zu individueller Freiheit?

Fast alle Menschen in der freien Marktwirtschaft müssen sich zu abhängiger Arbeit oder zur Selbstausbeutung verdingen, wenn sie nicht im gesellschaftlichen Abseits landen wollen. Als abhängig Beschäftigte wird ihnen fast lebenslänglich vorgeschrieben, 1. wann sie sich an fünf Tagen in der Woche, 2. wo und 3. wie lange aufzuhalten haben.

Und 4. Was sie da zu tun haben.

Ist das Freiheit?

Dabei haben diese Menschen wenig Einfluss darauf, wie sie für ihre Arbeitsleistungen entlohnt werden. Was bedeutet, dass Dritte darüber entscheiden, wie 1. die Wohnbedingungen sind, wie es 2. um Bildung und 3. Gesundheit steht, wie also 4. das gesamte Familienleben aussieht.

Ist es also Schwachsinn zu behaupten der Kapitalismus führe zu individueller Freiheit?

Genau.

- Führt der Kapitalismus zu Wohlstand?

Da wir uns ein Wirtschaftssystem leisten, bei dem einige Wenige fast alles Geld aufsaugen, bleibt einem Wohlstand für „die Menschen" viel zu wenig. Mehrere hundert Millionen hungern.

Nicht nur heute - seit Jahrzehnten! Millionen Flüchtlinge sind auf der Welt unterwegs, um einen Platz zu finden, an dem sie auskömmlich leben können. Sie werden als „Wirtschaftsflüchtlinge“ diskriminiert und von den reichen Staaten abgewiesen, weil sie ein paar Krumen vom Reichtum der Welt abhaben wollen. Sie ertrinken zu tausenden in Flüssen, Meeren und Ozeanen. Sie sterben auf Märschen durch Wüsten und in den Zäunen, die reiche Staaten gegen sie aufstellen lassen.

Wohlstand?

Wie soll man es nennen, wenn ein Mensch in eine Welt geboren wird, die total privatisiert ist, sodass es keine Gewähr für ein Dach über dem Kopf gibt?

Mit viel Glück kommt ein Neugeborenes in eine Familie, die zu den wenigen gehört, die eine eigene Wohnung besitzen oder sogar ein Stück Land. Die Masse der Menschheit steht zunächst mal im Regen (beziehungsweise in zu viel Sonne) und muss ihr Leben lang darum kämpfen, ein (behagliches) Zuhause zu haben. Millionen enden in Flüchtlingslagern, Slums und auf Müllhalden.

Ist es also Schwachsinn zu behaupten der Kapitalismus führe zu Wohlstand?

Genau - jedenfalls, wenn man „die Menschheit“ betrachtet.

- Ist der Kapitalismus sozial?

Aus purer Geldnot stellen viele Mädchen und Frauen Männern ihre Körper für Sex zur Verfügung. Sie stellen ihre Körper als Leihmütter zur Verfügung, die in vielen Fällen nur dann Geld bekommen, wenn das Kind gesund geboren wird. Manche müssen ihre eigenen Kinder verkaufen, um selbst zu überleben oder ihren Kindern ein Überleben bei Wohlhabenderen zu sichern. Menschen in Not leihen Kleinkinder an Pädophile aus. Sie verkaufen eigene Körperteile oder die ihrer Kinder als Organspenden oder werden überfallen und Teile ihrer Eingeweide beraubt, die dann zu Verkauf angeboten werden.

Massen junger Männer werden Söldner. Sie führen Kriege in Ländern, die sie nicht kennen, gegen Menschen, die ihnen nichts getan haben - für Menschen, die nur eins haben: Geld.

Das Elend, das die kapitalistische Marktwirtschaft produziert, ist unermesslich. Nicht nur unter den Menschen, sondern auch unter den Tieren, am Wasser und an der Luft.

Rosa Luxemburg sagte einst ‚Sozialismus oder Barbarei.'

Man hat uns in die Barbarei geführt.

Die Kraft

(von der CD 2005)

Der Mensch möchte leben und braucht dazu
Wasser, Korn und vielleicht ´ne Kuh
Und um sich zu schützen, denkt er noch „Ach,
schön wär´n vier Wände mit ´nem Dach!"

Das ist schon alles, was nötig wär´
und man sollte denken, das ist nicht schwer,
doch eine Form Wirtschaft ist da verkehrt,
die eine, die täglich bejubelt wird:

Marktwirtschaft, schalalaleiß Marktwirtschaft,
das ist die Kraft, die alles schafft

Ein paar dutzend Leute sind steinreich,
Millionen geh´n dafür über´n Deich,
verhungert, verdurstet und kaltgestellt,
denn Leben gibt´s nur für bares Geld

und wer sich Nahrung nicht kaufen kann,
macht sich an leere Dosen ran
und wenn es nicht für ´ne Miete reicht,
dann zieht man in einen Karton (vielleicht)

Marktwirtschaft, das ist die Kraft, die alles schafft

Da gibt´s nur eins – und das bin Ich,
teilen gibt es nich´,

es ist der Markt, der diese Welt bestimmt
und es gewinnt, wer am meisten nimmt.

Der nebenan ist Konkurrent,
den nimmt man aus, wenn der grad pennt
ich find´die Marktwirtschaft ´ne scheiß Idee
und die *FDP*.

Marktwirtschaft, das ist die Kraft, die alles schafft

(Mehr in „Gegenrede, Eine solidarische Weltwirtschaft ist möglich", Seite 658
und „Die sozialistische Marktwirtschaft in China", Seite 659)

Spaziergänge

Seit April 2011 hatte Norderstedt einen Stadtpark, der seinen Namen verdiente. Anfangs war seine teure Herrichtung heftig umstritten gewesen, aber schon bald konnte man dort viele Leute treffen, die man lange nicht gesehen hatte. Alle pilgerten, walkten oder radelten ihre Runden um den neuen Stadtparksee.

Auch Heidrun und der kleine M gingen gerne mal hin, obwohl sie schnell schon jede Pflanze persönlich kannten.

Beim Betreten des Parks entschieden sie, ob sie den See-Rundweg nach links oder nach rechts beginnen wollten: nach links war gegen den Hauptbesucherstrom mit der größeren Chance Bekannte zu treffen, nach rechts versprach mehr Ruhe für eigene Gespräche.

Oft starteten sie nach rechts, mit dem Gang über die Brücke, um in Ruhe zu latschen und zu labern.

Dabei schaute der kleine M immer mal wieder leicht beleidigt auf die Frau an seiner Seite, die ihn von schlecht begründeten extremen Ansichten auf Normalmaß herunterholte. Aber viel öfter blickte er schwer verliebt auf sie, weil sie bei Schilderung eigener Erlebnisse manchmal stehenblieb und mit den Händen rudernd und den Füßen trippelnd unterstrich, was sie zu sagen hatte. Gelegentlich mussten per Schuh in den Sand gekratzte Darstellungen bei der Schilderung helfen und bei besonders witzigen Geschichten klatschte sie selbst vor Lachen in die Hände und machte kleine Hüpfer.

Heidrun war Mitte 50 und sowas von lebensfroh, lebendig, offen, ehrlich, kritisch und heiter – sie war das große Glück seines Lebens.

Schlagzeile 2015

- **„Flüchtlingskrise!"**

„Hilfe, Ausländer im Anmarsch!"

Es war so, wie es immer war: Führten Deutsche Krieg in Irgendwo, nahm man das in Deutschland knapp zur Kenntnis. Führten solche Einsätze zu Folgen in Deutschland, ist man entsetzt:

Die Länder Ex-Jugoslawiens lagen nach dem *NATO*-Angriff wirtschaftlich danieder und nach wie vor im Streit miteinander. Also machten sich die Menschen auf den Weg in ein sicheres Land, und um Geld zu verdienen. Zum Beispiel nach Deutschland.

Afghanistan lag nach den „Friedensmissionen" von Ost und West in Trümmern und die „besiegten" Taliban machten zahlreiche Anschläge und übernahmen wieder weite Gebiete in ihre Herrschaft. Betroffene machten sich auf den Weg in ein sicheres Land, und um Geld zu verdienen. Zum Beispiel in Deutschland.

In Syrien herrschte ein Krieg, in dem „der Westen" heftig mitbombte und Freischärler unterstützte, die er in anderen Ländern Terroristen nannte. Gequälte Menschen aus zerstörten Städten machten sich auf den Weg in ein sicheres Land, und um Geld zu verdienen. Zum Beispiel nach Deutschland.

In Libyen war die staatliche Ordnung dank der Freunde von Demokratie und Freiheit in Chaos verwandelt. Menschen machten sich auf den Weg in ein sicheres Land, und um Geld zu verdienen. Zum Beispiel in Deutschland.

Leute aus (ehemals europäischen Kolonien und anderen) Ländern südlich von Libyen sahen die Chance, durch das chaotische Land an die Mittelmeerküste und von dort nach Europa zu kommen. Sie machten sich auf den Weg, um die Not ihrer Familien zu lindern und Geld zu verdienen. Zum Beispiel in Deutschland.

Die großen Fluchtbewegungen, die auf der Welt seit Jahren im Gange waren, erreichten jetzt also auch Europa und somit auch Deutschland. Erst an dem Punkt beginnt dann bei uns „die Krise".

Zehntausende marschierten über Landstraßen und Autobahnen via Griechenland und Italien nach Norden. Der kleine M starrte erschüttert auf das irreale TV-Bild, auf dem eine endlos scheinende Reihe teils notdürftig gekleideter und schlecht oder gar nicht beschuhter Menschen mit ein paar Mülltüten voller Habseligkeiten heranzog.

Teresa Merkel?

Einige Balkanstaaten „des westlichen Wertekanons" machten den Flüchtlingen, die via Türkei und Griechenland kamen, die Grenzen zu - gern mit Natodraht.

Diejenigen, die von Italien aus nach Norden liefen, kamen an Absperrungen in Serbien, Österreich und Ungarn nicht weiter, unter anderem deswegen, weil auch Deutschland die Einreise nicht erlaubte. Am Bahnhof von Budapest, in dem Tausende auf eine Weiterreise warteten, drohte die Situation zu eskalieren.

Da ließ Kanzlerin Merkel Deutschlands Grenzen öffnen.

Für viele Geflüchtete wurde sie damit zur Heiligen; für viele Rechtsradikale zur Totengräberin Deutschlands: „Überfremdung! Islamismus, Terrorimport und und und ..."

Zu den Wenigen, die die Ankunft von etwa 1 Million Geflüchteter öffentlich begrüßten, gehörten die deutschen Arbeitgeberverbände. Sie sahen eine Kolonne billigster Arbeitskräfte auf sich zukommen. Herrlich! Leichter würde man den neuen Mindestlohn nicht umgehen können.

Hatte Merkel es für sie getan?

Deutschland rätselte.

Was war bloß in die Kanzlerin gefahren?

Der kleine M hatte mal wieder eine eigene exotische Idee: „Ungarn? War da nicht was gewesen? Ungarn? Hatte nicht die ungarische Regierung 1989 hunderten DDR-Bürgerinnen und Bürgern die Ausreise in den Westen gestattet? Hatte nicht die ungarische Regierung danach die Grenzanlagen für die Menschen aus den sozialistischen Ländern geöffnet?

Und nun saßen ausgerechnet in Ungarn wieder Menschen fest, von denen viele in die BRD wollten! Kann sich Deutschland als das ‚Flaggschiff der Menschenrechte' gerieren und tausende vor seiner Grenze im Dreck darben lassen – wenn die Kameras darauf gerichtet sind?"

Nach Meinung des kleinen M war Angela Merkel ein zu politisch denkender Mensch, als dass sie diesen historischen Vergleich verantworten wollte.

Das große Bheördenchoas

2015 kamen gut eine Million Flüchtlinge nach Deutschland. Vielfach ohne Geburtsurkunden, Pässe oder Ausweise, was sie für deutsche Verwaltungen schwer verwaltbar machte. Es kamen „Nicht-Berechtigte" (auch „Illegale" genannt), Säuglinge, Kindergarten- und Schulkinder, Erwachsene und Alte, Gesunde und Kranke von denen unklar war, ob und wie lange sie nach Gesetzeslage bleiben und welche Hilfe sie erwarten konnten.

Zigtausend Menschen mit Herz halfen den Neuankömmlingen und den Behörden zueinander zu kommen; sie bemühten sich, Fremde und hier Lebende miteinander in Kontakt zu bringen. Auch der kleine M brachte sich in einem Willkommen-Team ein.

Die rechte Szene um die *AfD* kritisierte die Kanzlerin heftig für die Aufnahme der Geflüchteten. Sie malten eine „Überfremdung" an die Wand. Gruppierungen wie *Patriotische Europäer gegen die Islamisierung des Abendlandes (Pegida),* organisierten große Demonstrationen. Es wurden erste Brandanschläge auf Flüchtlingsunterkünfte gemeldet.

AfD zum Dritten

Die *AfD* machte die gesellschaftlichen Herausforderungen, die durch die Geflüchteten zu sehen und abzusehen waren, zu ihrem

Kernthema. Was von führenden Medien in großem Maße aufgegriffen wurde.

Andreas´ Festsaal

Andreas war, wie der kleine M, einer der Neuen im Norderstedter *Willkommen-Team,* das im Jahre 2015 von etwa 30 Personen auf etwa 400 angewachsen war. Andreas´ Antwort auf die Behauptung einer Überfremdung ging so:

„Deutschland hat rund 80 Millionen Einwohnerinnen und Einwohner. Nun kommt eine Million neuer Menschen hinzu. Ich stelle mir dazu einen Festsaal vor, in dem 80 Menschen feiern. Da geht unerwartet die Tür auf und ein Fremder betritt den Raum. Würde man da von Überfremdung reden oder ist da einfach nur einer mehr im Raum?"

Recht und Gesetz

Branko, der junge Mann der Roma-Familie aus dem *Schalom,* hatte inzwischen einen Schulabschluss, eine abgeschlossene Lehre, einen festen sozialversicherungspflichtigen Arbeitsplatz und das Problem, das er 18 Jahre alt geworden war. Damit fiel er nicht mehr unter das Aufenthaltsrecht seiner Mutter. Er galt ab sofort als Einzelperson und musste sich selbst um ein Bleiberecht kümmern.

Er bekam einen entsprechenden Termin bei der Ausländerbehörde in der Admiralitätsstraße, zu dem er den kleinen M mitnahm. Es war klar, dass er alle Voraussetzungen erfüllte, um bleiben zu können und das wollte er anschließend mit seinem deutschen Freund ein bisschen feiern. Mit viel Ausländeramts-Erfahrung steuerte der junge Mann die beiden an vielen Menschen und Tresen vorbei zu einer wenig belagerten Theke und folgender Auskunft: „Dritter Stock, Raum 324, beachten Sie die elektronische Tafel, Sie werden aufgerufen."

Trotz eines festen Termins warteten sie eine Stunde, bevor ihre Glücksnummer aufleuchtete. In Zimmer 324 sah eine sehr junge Frau den sehr jungen Mann sehr traurig an: „Für Sie habe ich eine schlechte Nachricht. Sie können nicht bleiben. Ich habe hier Ihre

Papiere zur Ausreise vorbereitet, die Sie bitte gleich unterschreiben. Wenn Sie nicht unterschreiben, werden wir Sie auf der Stelle festsetzen und bis zur Abschiebung in Gewahrsam behalten. Ein Bus nach Belgrad fährt in einer Woche um 12 Uhr ab ZOB, bitte finden Sie sich eine halbe Stunde vor Abfahrt dort ein. Sollten Sie nicht erscheinen, werden Sie polizeilich gesucht. Bitte unterschreiben Sie jetzt hier", sie wies auf die Pünktchen unter einem längeren Text.

Der junge Roma war völlig überrumpelt und den Tränen nah: „Aber ich habe doch eine Festanstellung, damit darf ich nach Paragraph XY (er kannte die amtliche Bezeichnung) bleiben."

„Nein, das Problem ist, dass Sie noch keine fünf Jahre in Deutschland sind, das ist die erste Voraussetzung."

„Aber doch! Ich bin fünf Jahre hier! Über zwei Jahre im Kirchenasyl, danach ein Jahr zum Schulabschluss, dann zweieinhalb Jahre Ausbildung und jetzt seit drei Monaten in Festanstellung!"

„Die Zeit des Kirchenasyls zählt nicht mit. - Bitte unterschreiben Sie und finden Sie sich rechtzeitig beim Bus ein. Das Ticket bezahlen wir, sie bekommen es in Raum 212."

Natürlich unterschrieb er, um nicht vom Fleck weg verhaftet zu werden.

Beim Verlassen des Raumes hatten sowohl der junge Roma als auch die junge Sachbearbeiterin Tränen in den Augen.

Branko und der kleine M fuhren direkt zur diakonischen Beratungsstelle *Fluchtpunkt*. „Das ist Quatsch!", konstatierte Herr Baumann dort. „Erstens zählt die Zeit des Kirchenasyls sehr wohl ab dem Zeitpunkt, an dem das Asyl polizeilich gemeldet wird. Das hatte Pastor Liegner seinerzeit sofort gemacht. Zweitens hat die Festanstellung Priorität vor der Aufenthaltsdauer. Wir reichen Klage gegen den Abschiebebescheid ein. Solange die Klage anhängig ist, darf nicht abgeschoben werden."

Nun sind Weinbergschnecken echte Sprinter im Vergleich zu den Geschwindigkeiten deutscher Gerichte. Während der Monate Wartezeit auf sein Verfahren erhielt der junge Mann noch zweimal die schriftliche Information, wann er zur Ausreise am Busbahnhof zu sein habe.

Dann erhielt die Familie eine Mitteilung über den Streitwert: 50.000 Euro. Der kleine M konnte sie aus der Ohnmacht erwecken, indem er erklärte, dass diese Summe nicht gezahlt werden müsse, sondern nur den Streitwert darstelle, nach dem sich die Gerichtsgebühren berechnen.

Dann meldete sich das Gericht.

Telefonisch: „Wenn Sie die Klage fallenlassen, bekommen Sie Ihr Aufenthaltsrecht."

Branko ließ die Klage natürlich fallen, war aber doch erstaunt über das deutsche Rechtswesen.

„Das ist die übliche Vorgehensweise", erklärte ein Berater der Diakonie Norderstedt. „Es war klar, dass du das Verfahren gewonnen hättest. Das wäre nicht nur gut für dich gewesen, sondern auch für die Guten in der Ausländerbehörde, denn dann wäre per Gerichtsentscheidung klargestellt, dass die Aufenthaltszeit eines gemeldeten Kirchenasyls zählt und eine feste Arbeitsstelle Vorrang vor der Aufenthaltsdauer in Deutschland hat. Die brauchen solche Urteile, um entsprechend agieren zu können. Und genau deshalb bekommen sie diese Urteile nicht, weil das Gericht dafür sorgt, dass die Klagen im Vorwege zurückgezogen werden."

Mit der Zusendung seiner auf zwei Jahre befristeten Aufenthaltserlaubnis erhielt der junge Roma eine Rechnung über 320 Euro Gerichtsgebühren. Hätte er seinen Prozess bis zum Ende durchgezogen, hätte die Staatskasse gezahlt …

Sonntag, 17. Januar 2016

Um kurz vor 10 Uhr trat Heidrun mit einem großen Frühstückstablett ans gemeinsame Bett, in dem der kleine M noch friedlich schnarchte. Als sie ihn wachküsste, stieg ihm der Duft von Kaffee und aufgebackenen Brötchen in die Nase. Er setzte sich auf und lehnte sich an die hohe gepolsterte Rückwand des Bettes. Sie legte ihm das Tablett auf die Knie, lief ums Bett herum und krabbelte unter ihrer Decke an seine Seite. Dann wurde das Tablett so hingejuckelt, dass beide an all die schönen Dinge herankamen: Obstsalat mit Joghurt, selbst gemachte Avocado-Creme, Omelett mit Schinken und Käse.

Er schaltete das Radio ein.

Sie hörten gern die Sendung mit Interview und Musik, die Frau Tietgen Sonntagmorgens auf *NDR 2* zelebrierte. An diesem Sonntag war eine Schauspielerin namens Sophie Rois zu Gast.

„Hast du ein Gesicht dazu?“, fragte er.

„Hier!“ Sie hielt ihm ihr Smartphone unter die Nase.

Als das Frühstück beendet und Frau Tietgen mit Frau Rois fertig war, las Heidrun dem kleinen M ein paar Passagen aus dem Buch vor, das sie per eBook-Reader gerade verschlang: Ildiko von Kürthys „Sternschanze“, ein Buch über das Heimatrevier des kleinen M. Inzwischen ein angesagtes Szeneviertel. An den vorgelesenen Passagen gefiel ihm besonders, wie beiläufig von Kürthy die Dekadenz mancher Bewohnerinnen und Bewohner aufs Korn nahm, wenn sie „Langustenschwänze in Chicorée-Schiffchen“ als Teil einer Mahlzeit erwähnte oder einen „Trüffelhobel aus Zedernholz“ als Geschenk.

Nach dem Essen stellte er das Tablett auf eine Kommode am Fenster. Als er zurückkam, empfing sie ihn mit offenen Armen.

Dann war Schweigen.

Und mit seligem Grinsen in den Himmel glotzen – das ging vom Bett aus wunderbar.

„Hör mal“, sagte sie nach einer Weile und spielte eine Nachricht von ihrem Smartphon ab, „Diana hat mir eine Aufnahme geschickt, was sie schon alles auf der Gitarre kann. Die hat richtig geübt.“ Heidrun war eine gute Gitarrenlehrerin.

„Tja üben. Das war ja nie mein Ding“, meinte der kleine M ohne ernsthaftes Bedauern. Er war zufrieden mit seiner Musiker-„Karriere“ – auch ohne, dass er je ein Instrument hatte wirklich gut spielen können.

„Na komm! Schlagzeug spielst du doch wirklich gut!“

„Ach Schatz, du bist zu gnädig. Gemessen an guten Schlagzeugern ist mein Spiel etwa so raffiniert wie ein Spiegelei zum Mittag. Ich kann mein Schlagzeug ja nicht einmal amtlich stimmen.

Ich prügel da einfach auf die toten Felle ein, die seit Jahren aufgespannt sind."

Sekunden später hielt sie ihm ihr Smartphone erneut unter die Nase: „Hey, hier ist John, ich zeige euch jetzt mal, wie ich mein Schlagzeug stimme." Sie guckten sich ein zwanzigminütiges Tutorial an, wie ein Mensch all die Trommeln an seinem Set nach der immer gleichen Methode stimmte. Dann spielte er eine kurze Passage, die an ein Lied aus längst vergangenen Tagen erinnerte.

„Mensch, was war das man noch für ein Song?", überlegte Heidrun.

„Deep Purple?"

„Genau! - *April!* Das fand ich immer das beste Stück von denen."

„Ja, das fand ich auch so toll", sagte er und summte eine Melodie daraus.

Sekunden später kam aus ihrem Smartphone das Vorspiel der Orgel. Sie schwiegen und lauschten 12 Minuten und 11 Sekunden *April*. Dann küsste er sie, stand auf und machte sich tagfein.

Im Studio, wo er in einer Produktion mit einer Band steckte die südamerikanische Musik machte, stimmte manches im Timing nicht ganz und er hatte Lust, die Schwachstellen jetzt auszubügeln.

Kurz vor 16 Uhr nahmen sie einen Nudelimbiss, dann ging es zu den Nachbarn in der anderen Haushälfte, bei denen sie zu einem Spiele-Nachmittag eingeladen waren. Sie spielten „Zug um Zug" und „6 nimmt!" Der kleine M verlor beide Spiele mit Pauken und Trompeten, was ihm nichts ausmachte. Nach ein paar lustigen Stunden gingen sie wieder zu sich und aßen den Rest Nudeln. Dann legte sie sich vor den Fernseher und er ging in sein Zimmer, um an einem Text zu arbeiten.

Als ihr Fernsehfilm zu Ende war, kam sie kurz herein, küsste ihn und ging zu Bett.

Eine halbe Stunde später war er auch so weit.

Sie las noch.

Ihr Gesicht war vom schwachen Schein des Reader-Bildschirms bläulich beleuchtet.

Er krabbelte unter seine Decke, sie machte den Reader aus, schnappte sich wie jeden Abend seinen linken Arm, legte ihren Kopf hinein, schnurrte wohlig und begann schon nach Sekunden tief und ruhig zu atmen.

Meldungen aus 2016

- **China hat den Hunger in seinem Land besiegt.
1,3 Milliarden Menschen haben ausreichend zu essen**

Dazu China-Fan Steffen Siebert: „Stell dir das mal vor! Die haben in nicht einmal 20 Jahren den millionenfachen Hunger in ihrem Land besiegt. Das hat meines Wissens noch keine andere Regierung überhaupt mal als Ziel gehabt, geschweige denn wahr gemacht! Dass die UN einen ‚weltweiten Rückgang' von Hunger und Armut verkünden können, ist allein auf die Zahlen aus China zurückzuführen. Die Weltbank ordnet des Einkommensniveau in China im oberen Mittelfeld aller Staaten ein."

Ja, wenn der Staat die Marktwirtschaft im Griff behält – und nicht andersherum – kann sie auch für Gutes genutzt werden.

- Die Briten stimmen für einen *EU*-Austritt.
- **Donald Trump wird 45. Präsident der Vereinigten Staaten von Amerika.**

Ein Stammtisch-Bruder wurde mit Hilfe von Industrie-Milliarden und Millionen missbrauchter Facebook-Daten Anführer der schönen, freien westlichen Welt!

AfD zum Vierten

Die *Alternative für Deutschland (AfD)* profilierte sich nicht mit ihrem Wirtschaftsprogramm für Reiche, sondern mit ihrer strikten Ablehnung eines längeren Aufenthalts von Geflüchteten in Deutschland. In den Medien gab es fast keine Talkshow mehr ohne einen Gast von der *AfD*, obwohl Prominente der Partei ganz klar Neo-Nazis waren und in vielen Bereichen viele Kontakte zu nazistischen Gruppierungen bestanden. Bei Landtagswahlen 2016 erzielte die drei Jahre alte Partei in Baden-Württemberg 15,1%, Berlin 14,2%

Mecklenburg-Vorpommern 20,8%, Rheinland-Pfalz 12,6% und in Sachsen-Anhalt 24,3%. Ihre Umfrageergebnisse für die im kommenden Jahr anstehenden Bundestagswahlen stiegen in enorme Höhen.

Willkommen bei den Menschenrechtlern

Laut *ZDF/Heute* vom 28.2.2018 waren 2016 in Deutschland 3.500 Anschläge auf Flüchtlings-Unterkünfte verübt worden. Der kleine M fügte hinzu: „Oft Brandanschläge, bei denen Menschen verletzt wurden oder zu Tode kamen."

Demokratur

Der Abbau an Demokratie hatte, vom kleinen M weitgehend unbemerkt, eine neue Dimension angenommen: Wirtschaftsverträge wie CETA und TTIP wurden vom Europarat inzwischen in Geheimverhandlungen (!) vorbereitet, vorbei an den nationalen Parlamenten und am Volk sowieso.

Als das ruchbar wurde und rund 250.000 Menschen dagegen und gegen die vermeintlichen Inhalte der Verträge in Berlin auf die Straße gingen, wurde „dem Bundestag" Einblick in die verhandelten Papiere gewährt: 20 (!) ausgewählte Abgeordnete und Regierungsmitglieder (von über 600) durften nacheinander an Diens- und Donnerstagen für jeweils zwei Stunden in den Raum, in dem die Papiere auslagen – ohne Smartphone und ohne Kuli. HÄ?!

In den Vertragsentwürfen stand unter anderem, dass Firmen, die auf Basis dieser Verträge miteinander kooperieren, ihre Rechtsstreitigkeiten nicht mehr vor ordentlichen Gerichten austragen müssen, sondern vor Wirtschaftskammern, die nicht notwendigerweise mit Juristen besetzt sein müssen.

Außerdem sollten Firmen vor diesen Privat-Kammern klagen können, wenn ihnen erwarteter Gewinn entgeht. Zum Beispiel wenn die Regierung ein neues Umweltgesetz erlässt, das den Einsatz bestimmter Gifte verbietet. Dann ist der Hersteller des Gifts womöglich traurig – und soll den Gewinn, der dann ausbleibt, zumindest teilweise vom Steuerzahler ersetzt bekommen. - WHAT?!!

Fünfundsechzig

An seinem 65. Geburtstag blickte der kleine M recht glücklich auf sein bisheriges Leben. Er war immer noch ziemlich fit, was nicht nur dem Zufall, sondern auch seinen täglichen Kilometern auf dem Fahrrad zu verdanken war. „Du siehst zehn Jahre jünger aus als du bist“, war ein Kompliment, das er nicht selten hörte. Und doch spürte er in sich deutliche Veränderungen. Zum Beispiel stellte er beim Anziehen der Socken fest, dass seine Arme scheinbar eingelaufen waren. Er meldete sich beim Volkshochschulkurs „Fit mit 60+“ an.

Während die körperliche Elastizität also der Nachhilfe bedurfte, wuchs die geistige durch zunehmende Toleranz.

Auch sich selbst gegenüber.

Wenn er bisher beispielsweise bei jeder handwerklichen Tätigkeit höchstmögliche Qualitätsmaßstäbe und Ewigkeitsansprüche anlegte, werkelte er mit zunehmendem Alter zunehmend irisch. Er nannte es „irisch“, weil er von Iren das Bild hatte, dass sie alles hinkriegen - aber gern auf möglichst unanstrengende Art. Und überhaupt nicht für die Ewigkeit.

Vorbildlich - wie er jetzt fand!

Außerdem gewann er die Altersweisheit, dass man sich nicht in zwecklosen Diskussionen aufreiben sollte. Rechte Rechte sind sehr selten Argumenten zugänglich, hatte er gelernt. Ihre Haltung speist sich oft aus großer Unsicherheit, Angst und manchmal aus Hass - also aus Gefühlen - und gegen die ist in einer argumentativen Diskussion wenig auszurichten. In solchen Fällen sagte er seither einmal seine Meinung und wartete dann ab, wie sich das Gespräch entwickelte. Wenn es konstruktiv wurde, blieb er am Ball, wenn es wild wurde, hielt er die Klappe.

Aber auch mit Linken, Halblinken und Mediengläubigen hatte er sich immer gut in die Haare kriegen können - damals - als er noch jünger war! Jetzt konnte er manches ignorieren, um solchen Leuten nicht einen netten Abend zu verderben.

Neu war auch, dass ihn vieles viel tiefer berührte als früher: schöne Begegnungen, Musik, bewegende Geschichten, Filme, gute Nachrichten ...

Er fragte sich allerdings, wie lange dieser bis hierhin als schön erlebte Alterungsprozess schön sein würde.

In der Nachbarschaft war ein Ehepaar sehr alt geworden.

Die Frau starb.

Der Mann kam alleine nicht zurecht. Er wurde tüddelig, ging an Krücken und brauchte intensive externe Betreuung. Bei Familienfeiern wurde er dazugesetzt, aber niemand kümmerte sich besonders um den alten Herrn. Im allgemeinen Trubel ein Gespräch mit ihm und seinen schlecht eingestellten Hörgeräten zu führen, wäre allen zu anstrengend gewesen. Er schien dem kleinen M im Kreis der vielen besonders allein zu sein.

Gemeinschaft

Der kleine M hatte sich in den letzten Jahren mit viel Christenheit umgeben: mit Pastor Andi Regner, mit dessen pastoralen Eltern, mit Pastor Christoph Liegner und mit einer Pastorentochter und deren Vater in direkter Nachbarschaft. Andi hatte ihn außerdem mit dem überaus herzlichen Professor Hans-Martin Gutmann bekannt gemacht, der an der Hamburger Uni Theologie lehrte und mit dem ebenfalls sehr liebenswerten Professor Fulbert Steffensky, dem Ehemann der verstorbenen Dorothee Sölle, den Andi dem kleinen M für CD-Aufnahmen ins Haus geschickt hatte.

Neben diesen wunderbaren Menschen spielte vor allem das kirchliche Gemeindehaus eine zunehmend wichtige Rolle für den kleinen M, denn dort tobte das Leben: Viele interessante und zugewandte Menschen waren am Kochen, am Filme gucken, am Diskutieren, am Musizieren und am Philosophieren. Und natürlich am Gottesdienieren, was den kleinen M nur bei besonders interessanten Themen aus den Federn bewegen konnte, etwa zweimal jährlich.

Viel öfter bewegen konnte ihn Christoph Liegner.

Sie hatten ihren Weinkonsum auf ein ansehnliches Niveau gebracht – und die Tiefe ihrer Gespräche auch. Der kleine M lernte mehr über Christentum, Bibel, Gott und Glauben als je zuvor. Nicht, dass er gläubig geworden wäre, er blieb einer derjenigen in der Gemeinde, die nicht an Gott glaubten. Christoph meinte dazu: „Man muss weder in der Kirche noch gläubig sein, um christlich zu leben. In meinen Augen lebst du christlicher als viele, die sich gläubige Christen nennen."

Das hatte der kleine M schon mal gehört: damals, als es ums „Genosse sein" ging.

Christentum und Sozialismus

Die höchste Stufe der gedanklichen Einigkeit mit Christenmenschen erreichte der kleine M als im Gemeindehaus ein Text von Dorothee Sölle verlesen wurde. Er besagte sinngemäß, dass ein tiefes christliches Mit- und Füreinander immer an den Punkt kommen wird, an dem das kapitalistische System der Mitmenschlichkeit Schranken setzt. Und dass es darum ein christliches Anliegen sein sollte, dieses System zu überwinden, zugunsten eines humaneren.

Wilde Diskussionen der Anwesenden: „Der Sozialismus war auch inhuman!" „Stasi!" „Bautzen!" „Mauer!" „Er ist gescheitert, weil er nicht funktioniert!"

Der kleine M hörte sich das Pro und Kontra an und meinte dann erfreulich unaufgeregt: „Egal wie wir die bisherigen Versuche beurteilen einen lebens- und liebenswerten Sozialismus auf die Beine zu stellen, der Traum von einer humanen und solidarischen Menschheit wird immer lebendig sein. Wenn wir diesen Traum nicht mehr träumen, und wenn niemand mehr darum kämpft ihn wahr zu machen, dann ist das, was wir heute an Gesellschaften und Zuständen haben, das Ende der menschlichen Entwicklung.

Ich hoffe, das möchte niemand."

Letzte *OBB*emühungen

Der Drummer der *Omi Börner Band* hatte sich vollständig den Oldies zugewandt und war bei der *OBB* ausgestiegen. Das war in den Ohren des kleinen M ein schlimmer Verlust, denn eine Reihe Songs waren auf das Schlagzeug zugeschnitten.

Viele in der Band machten dann viele Sprüche über viele Schlagzeuger, die sie kennen würden. Gekommen ist keiner.

Um dennoch wieder Leben in die Kapelle zu kriegen, schlug der kleine M vor, die alten Lieder der internationalen Arbeiter- und Friedensbewegung mit aktuellen „Übersetzungen“ zu versehen, sie bei den Moderationen in den historischen Kontext zu stellen und halt ohne Schlagzeug vorzutragen. Als Folk-Band.

Begeisterung bei allen Börnern und Börnerienen. Ja Börnerienen, denn es war außer Heidrun seit ein paar Jahren noch zweite Weiblichkeit in der Band: Katharina, die Geige!

Der kleine M hockte sich hin und schrieb schnell zehn Texte.

Alle fanden alle gut.

Es fand genau eine Probe statt, auf der alle alles toll fanden.

Das war´s dann wieder.

Schönes kleines Finale

Einen Auftritt hatte die *Omi Börner Band* noch zugesagt und der wurde dann auch durchgezogen. Beim *Weltladen* am Norderstedter Rathausmarkt. Unverstärkt und an der frischen Luft.

Vor etwa 80 Zuhörerinnen und Zuhörern, die sich zum Teil spontan vom angrenzenden Wochenmarkt dazugesellten, schmetterten die *Börner* ihre Ansichten zu Banken, Konzernen und dem Kapitalismus in die anwesende Menschheit.

Und bekamen donnernden Applaus! Von der berühmten gesellschaftlichen Mitte! Applaus, Applaus, Applaus.

Das wäre 20 Jahre zuvor undenkbar gewesen.

DPK ...?

... oder wie hieß die Partei man noch, der der kleine M so viele Jahre nahegestanden hatte? Sie war komplett von der Bildfläche verschwunden. ‚Mediales totschweigen‘ heißt der Begriff, mit dem so etwas bewirkt wird. Eine Folgeerscheinung der daraus resultierenden Erfolglosigkeit ist die „Selbst-Atomisierung" per interner Auseinandersetzungen.

Der kleine M hat nie wirklich kapiert, entlang welcher inhaltlichen Linien sich die Rest-*DKP* weitgehend zerlegte. Irgendwie ging es wohl wieder um die alte Frage was echt richtig gute Kommunisten sind und was nicht. Er stellte jedenfalls fest, dass die ihm besonders vertrauten Damen und Herren diejenigen waren, die austraten oder ausgetreten wurden. Und dass damit seine letzten Verbindungen zur *DKP* verschwanden.

„Bist du eigentlich zu irgendeiner Zeit selbst Kommunist gewesen?", fragte ich ihn.

„Nein. Aus meiner Sicht nicht und aus Sicht richtig strammer Kommunistinnen und Kommunisten wohl erst recht nicht: Erstens war ich ja nur ein paar Monate Mitglied in der Partei und ein Kommunist, der nicht in der Kommunistischen Partei ist, kann meines Wissens kein Kommunist sein. Außerdem habe ich kaum Ahnung vom Marixsmus. Drittens war ich ein Mensch der Lieder sang und dabei mit dem Hintern wackelte, das konnte in den Augen vieler kein wahrer Kämpfer der Arbeiterklasse sein. Der hatte ja nicht mal einen Helm auf!

Ich selbst verstehe mich auch nicht als Kommunist, sondern als Kapitalismus-Gegner. Ich möchte, dass alle Menschen gut, also nicht im Überfluss, sondern würdig leben können, und dass niemand Krieger in der Bundeswehrmacht oder beim *IS* sein muss, um seinen Lebensunterhalt zu bestreiten. Die beste Beschreibung, die mir für meine politische Haltung einfällt, ist Radikal-Humanist."

Donnerstag, 7. April 2016

11 Uhr, der kleine Rentner-M ließ langsam die Beine aus dem Bett.

War wieder spät geworden gestern.

Langsam begann sein Gehirn zu arbeiten, da:

Schock!!!

Beate, Toms Mutter, hatte gestern Geburtstag gehabt! Am 7.5. - aber erst seit gut 60 Jahren, da kann man sowas schon mal vergessen. Anruf: „Nachträglich …"

Dann zum Frühstück im Parterre.

Dann runter ins Studio, die Bongos für Knud Voss´ neuen Song einklopfen.

Dann rauf an den *Office*-Rechner im ehemaligen Büro. Aufwändige Power-Point-Show für einen öffentlichen Vortrag anfangen: „Gut hören und schlecht verstehen, ein Widerspruch?"

Dann aufs Fahrrad.

Er machte fast täglich knapp 20 Kilometer auf einem normalen Herrenrad, ohne E-Hilfe.

Dann, als Mitglied des Willkommen-Teams, per Auto in die Flüchtlingscontainer am Harksheider Weg.

Ganz harte Szene!

Beim Betreten des kaum möblierten, schrecklich kahlen Gemeinschaftsraums, zeigte er auf einen neuen großen braunen Fleck an der Wand und auf dem Boden: „Was ist das denn? Ist das Blut?"

Die Anfang zwanzigjährigen eritreischen Jungs, mit denen er verabredet war, nickten schulterzuckend.

„Wieso floss da denn so viel Blut? Das muss ja eine Riesenlache gewesen sein!"

Zwei Knaben drehten ihren linken Arm so, dass der Handrücken zum Boden zeigte. Rechts streckten sie den Zeigefinger aus der Faust und fuhren damit über die Hauptschlagader des linken Arms.

Alle grinsten milde, wissend und resigniert: „That´s life".

Nach zwei Stunden Schularbeitenhilfe fuhr er zur IT-Gruppe des Willkommen-Teams. Der Verein war 2015 innerhalb weniger. Monate von etwa 30 auf etwa 400 Hilfsbereite angeschwollen. Da brauchte es neue Kommunikationsformen, zum Beispiel über ein Intranet. Der kleine M hatte von der Technik keine Ahnung, konnte sich aber einbringen, um eine logische Struktur zu schaffen, die nötigen Texte und ein passables Design.

Dann ging´s zurück nach Hause. Donnerstags kam Heidrun immer erst gegen 20 Uhr von der Arbeit und manchmal hatte er Lust, sich und ihr etwas zu kochen. So auch heute.

Sie kam, man aß, flätzte sich vor die Glotze, stellte fest, dass es auf 117 TV-Kanälen nichts gab, was man mit einem gewissen Leiden hätte ertragen mögen. Also Glotze aus und *Rummikub* auf den Tisch.

Dazu noch drei Wein. Salznüsse konnte er sich heute verkneifen: Diät-Abend!

Dann noch ein Gläschen zum Tagesabschlussgespräch – also gut, noch eins – aber denn: ab inne Heia.

Schlagzeile aus 2017

- **Regierungschefs der *EU* feiern in Rom die Unterzeichnung der *Römischen Verträge*.**

Am 25. März 2017 wurde in Rom das 60jährige Jubiläum der *Europäischen Verträge* gefeiert. Bundeskanzlerin Merkel benannte die Europäischen Werte (laut Radio-Meldung):

„Erstens der Binnenmarkt ..."

- **Der Bundestag verabschiedet ein Standortauswahlgesetz zur Auffindung eines geeigneten Lagers für Atommüll.**

Sicher ist sicher

„Unser Bundestag! Der kümmert sich!" Der kleine M konnte seeehr ironisch sein. Das neue ‚Standortauswahlgesetz' soll dazu führen, dass man ein Endlager für den Jahrtausende strahlenden Atommüll sucht.

Mein Freund verglich die Nutzung von Atomenergie in Deutschland gern mit Bomben-Flugzeugen, die man 1962 hatte starten lassen, ohne, dass eine geeignete Landebahn bekannt gewesen wäre. Und die seither über Deutschland kreisen. Und für die man 2017, also 55 Jahre später, ein Gesetz zur Suche einer geeigneten Landebahn beschließt:

„Das nenne ich Verantwortungsbewusstsein!"

Man hatte den Betrieb der Atom-Kraftwerke einst genehmigt, ohne eine Ahnung zu haben, wie man den dort entstehenden Giftmüll entsorgen kann. Den Müll einer, laut Konzernen und Staat, günstigen Energiequelle, die für die Gesellschaft jedoch so teuer wird, wie wenig zuvor. Angefangen beim Bau auf Hochsicherheitsgrundstücken bis hin zu Abriss und Entsorgung: Kosten, Kosten, Kosten. Nur eines hat wieder geklappt: Bauherren, Betreiber und Großaktionäre haben viele schöne Jahre viele schöne Taler verdient.

G 20 in Hamburg

Mal wieder ein Gipfeltreffen der Weltbestimmerstaaten: G 20, diesmal in Hamburg, direkt zwischen St. Pauli und dem „alternativen" Schanzenviertel. Schon nach der Beschlussfassung kam die Diskussion auf, ob der Austragungsort nicht die reine Provokation für die Gegnerinnen und Gegner solcher Veranstaltungen sei.

Und genauso haben die es dann auch empfunden.

Die Hamburger Polizei kündigte „die harte Linie" an. Der oberste Freund und Helfer meinte im Vorfeld, es müsse mit Toten gerechnet werden.

Beim Beginn einer polizeilich als besonders bedrohlich eingestuften Groß-Demonstration (mit dem *Schwarzen Block*) weigerten sich ein paar Jugendliche trotz Vermummungsverbots ihre Gesichter in die Polizeikameras zu halten. Deshalb wurde die Demo gleich nach dem Abmarsch von der Polizei gestoppt und schwarze Robocops versuchten der Vermummten habhaft zu werden. Die Leute flüchteten in die Seitenstraßen. Dort zündeten einige wild Gewordene etliche Autos und Müllcontainer an und raubten etwa zehn Geschäfte aus. Sie zogen vandalierend durch die Straßen und zertrümmerten so ziemlich alles, was ihnen an Scheiben, Fahrrädern und Kneipenbestuhlung in die Quere kam.

Das wurde von den Mainstream-Medien aber sowas von schön ins Bild gesetzt!

Eine brennende Barrikade in der Schanze sah im Fernsehen aus, wie Hamburg nach einem Bombardement im 2. Weltkrieg: Das Schanzenviertel in Flammen! Im Hintergrund sah man ein paar

Leute mit den Händen in den Hosentaschen das „grauenhafte Inferno" entspannt begucken. Es brannten ein paar Bretter, mitten auf einer Straße.

Und weil der Qualitätsjournalist ja immer noch einen draufsetzen kann, schufen die Herren Berbner und Liebold den *NDR*-Film „Als Hamburg brannte". Im Vorspann sieht man eine schwarz/weiße Bildkollage von Stadt und Robocops in einem digitalen Flammenmeer.

Von den friedlichen Umzügen mit jeweils zehntausenden Demonstrierenden schafften es nur wenige Bilder ins TV. Tagelang sah man fast nur die paar Jugendlichen mit ihrer Randale.

Endlich!

Nach tausenden rechtsradikaler Anschläge auf Menschen in Ausländerheimen mit Verletzten und Toten und den NSU-Morden gab es endlich Bildmaterial, das „linksextreme Gewalt" dokumentierte. Die *Hamburger Morgenpost* veröffentlichte auf der Titelseite Fahndungsfotos der Täter. Fahndungsfotos von Linken (?), die in einem Land, in dem Rechtsradikale tausendfach Unterkünfte von Frauen, Männern und Kindern anzündeten, ein paar Dutzend Autos abgefackelt hatten. *Die* wurden nun international gesucht …

Ein junger Mann, der einen gut geschützten Robocop mit einer kaputten Bierflasche beworfen hatte, was laut Polizeibericht (!) zu einer „leichten Verletzung am Arm" geführt hatte, bekam dafür dreieinhalb Jahre Knast vom Hamburger Richter Johann Krieten.

Keine Frage für den kleinen M:

„Hier wurde von Medien, Polizei und Politik ein Exempel an der (angeblich?) linken Szene statuiert. Sie sollten schon mal eine Ahnung davon bekommen, was abgehen würde, wenn sie versuchen sollten statt Autos die Besitzverhältnisse zu kippen."

Willkommen bei den Menschenrechtlern

Laut *ZDF/Heute* vom 28.2.2018 wurden 2017 rund ein Drittel weniger Anschläge auf Flüchtlings-Unterkünfte verübt als im Vorjahr. Die Zahl sank von 3.500 Anschlägen 2016 auf 2.219 im Jahre 2017.

Man könnte auch sagen, es gab 5.719 Anschläge auf Flüchtlings-Unterkünfte in zwei Jahren …

AfD zum Fünften

Bei der Bundestagswahl 2017 erhielt die *AfD* 12,8% der abgegebenen Stimmen und wurde damit drittstärkste Partei im Bund. In Sachsen wurde sie mit 27% der Stimmen stärkste politische Kraft, in Mecklenburg-Vorpommern kam sie auf 20,8%.

Make Laff not Blaff

Der kleine M wusste nicht, ob es typisch norddeutsch sei, sich gegenseitig anzublaffen, im Supermarkt und im Straßenverkehr, ob Norddeutsche lieber meckern und nörgeln und grundsätzlich eher unzufrieden sein wollen als glücklich, aber viele Mitdeutsche um ihn herum wirken so.

Deshalb hatte er schon früh begonnen fröhlich gegen die Miesepetrigkeit anzupfeifen – im Büro, auf der Straße, im Supermarkt. Und es war erstaunlich, wie viele Leute positiv auf ein Liedchen reagierten.

Und lächelten.

„Everyone smiles in the same language" war der wunderbare Leitspruch des Willkommen-Teams in Norderstedt. Schon immer hatte er versucht Blickkontakte mit einem Lächeln aufzulösen. Im Auto, wenn er an einer roten Ampel gedankenverloren in die Gegend glotzte und plötzlich bemerkte, dass er aus dem Nebenfahrzeug gedankenverloren angeglotzt wurde. Dann machte er winke winke, oder kniff ein Auge zu oder nickte grüßend.

Das wurde in 82,6 Prozent der Fälle freundlich beantwortet.

Desgleichen auf dem Fußweg: Manchmal trafen sich die Blicke mit jemand anderem - und dann?

Ein Lächeln und/oder ein „Moin", wurde in 93,7 Prozent aller Fälle positiv beantwortet.

Frau Hasenschön an der Kasse des Supermarktes trägt ein Namensschild.

Das noch weniger beachtet wird als sie.

Ein „Guten Abend Frau Hasenschön" zauberte in 88,3 Prozent der Fälle ein erstauntes Lächeln ins Gesicht so einer Frau.

Und kostete nix.

Im Gegensatz zum Griff in den *Raffaelo*-Karton, der vor jeder Kasse steht und manchmal *Milka* heißt. Wenn der kleine M sah, dass die Kassiererin trotz aller Routine die Schlange an ihrer Kasse nicht verkürzen konnte und davon sichtlich gestresst war, nahm er eine Süßigkeit raus, zahlte die 60 Cent mit seinem Einkauf und sagte den Zauberspruch: „Das ist für Sie, Frau Hasenschön. Bleiben Sie stark bei all dem Stress!"

Es ging darum, dem atmenden Funktionsteil hinter Förderband und Scanner einmal kurz zu zeigen, dass er als Mensch gesehen wurde.

„Moin, wie geht´s?"

„´n bisschen besser als sehr gut", antwortete der kleine M dann gerne.

Was stets Erstaunen auslöste: „Bitte?"

„Ja, worüber soll ich mich beklagen? Ich bin gesund, habe mehr zu essen und zu trinken als mir gut tut, eine schöne Wohnung und Frieden. Damit befinde ich mich in der hauchdünnen Sahneschicht der Menschheit, die auf dem riesen Berg Elend schwimmt, den man angerichtet hat."

„Ja … so gesehen …"

Check-up

Vom dritten bis zum neunzehnten Lebensjahr hatte er in der scheidewegschen Schimmelkemenate gelebt. In der Zeit von 11 bis 13 Jahre hatte er ganze Zuckerdosen leergenascht, literweise Milch getrunken und in stark verqualmten Pfadfinder-Kothen geschlafen. Mit 12 angefangen zu rauchen und das, mit längeren Unterbrechungen, bis 55 durchgezogen. Mit 16 begonnen Alkohol zu trinken und (bisher) 50 Jahre drangeblieben. Oft sehr große Mengen konsumiert.

Gern und lange in Spanplattenburgen mit giftigen Ausdünstungen gewohnt und geschlafen. Mit 30 einen viel zu hohen Cholesterinspiegel gehabt und lebenslänglich bei etwa 350 Gesamt-Cholesterin (statt max. 200) stabilisiert. Die Triglyzeride glyzerten im Alter von 66 immer noch in vier Mal so hohen Höhen, wie von der Pharma-Industrie empfohlen. Mit Ende 50 gab´s Diabetes Typ 2.

War er stolz auf diese „Gesundheits-Bilanz"?
Nein.

Konnte er sich selbst über seinen guten Zustand wundern?
Ja.

Seit Jahrzehnten erzählten ihm alle Medien, dass das Leben, das er führte, ziemlich tödlich sei. Hingegen sah er in Kürze seinem 67sten entgegen und alle Ärzte, Freunde, Bekannte und Fremde bescheinigten ihm, dass er sehr agil, fit und lebensfroh wirke. Ist das Leben womöglich gar nicht so gefährlich, wie die Gesundheits-Lobbyisten glauben machen wollen?

Immerhin: Seit seinem sechzigsten Lebensjahr ging der kleine M einmal jährlich zu einer Vorsorge-Untersuchung. Nachdem die ersten fünf Jahre nix gewesen war, linste der Hausarzt Ende 2016 angestrengt auf den Bildschirm seines Ultraschall-Gerätes.

Der kleine M linste auch. Was er sah war hellgraues Wischiwaschi vor dunkelgrauem Wischiwaschi.

Der Doc glitschte mit dem Handteil des Gerätes unter dem rechten Rippenbogen entlang. Zweimal, dreimal, viermal.

„Nanü", dachte sich der kleine M „is was?"

„Da ist etwas, was da nicht hingehört", murmelte der Onkel Doktor schließlich. „Ich besorge Ihnen kurzfristig einen MRT-Termin, das muss schnell näher abgeklärt werden."

Was da nicht hingehörte, entpuppte sich nach mehreren MRTs, CTs, nach Magen- und Darmspiegelung und einer Punktierung als bösartiges Gallengangs-Karzinom. Ein noch sehr kleines, das mitsamt Gallenblase und einem guten Stück Leber voraussichtlich sauber entfernt werden konnte. Aber man weiß ja nicht …

Die Beschäftigung mit dem Tod trat jedenfalls intensiver in das Leben von Heidrun und dem kleinen M als je zuvor.

Dabei tat ihm seine geliebte Frau mehr leid als er sich selbst.

Er tat sich gar nicht leid.

„Warum gerade ich?", was für eine absurde Frage. „Warum gerade ich nicht?" konnte er sich angesichts seines Lebensverlaufes genauso gut fragen.

Sollte bei der Operation sein Tod eintreten, wäre es der sanfte Abgang, den sich alle wünschen.

Sollte der Krebs ihn langsam wegnagen, würde es vermutlich der harte Abgang, den viele fürchten.

So oder so: Am schlimmsten wäre es in jeden Fall für Heidrun, die sich tapfer hielt und so entspannt gab, wie immer.

Aber beiden war klar: Im Falle seines Todes würde sie ziemlich sehr allein sein.

Ganz furchtbar doll schlimm allein.

Schwester, Söhne, Freundinnen, Freunde hin oder her - wer so zu zweit war wie Heidrun und der kleine M, der würde vom Tod des anderen halbiert werden.

Nix offen

„Was hat sich seit der Krebs-Diagnose in deinem Leben verändert?", hatte ich meinen Freund gefragt.

„Nichts, würde ich sagen, nichts dessen ich mir bewusst wäre."

„Du hast keinen Wunsch, den du dir noch erfüllen willst?"

„Nein, ehrlich nicht. Ich habe so ein schönes Leben leben können, das mich derart erfüllt hat, da muss ich jetzt weder kreuzschiffen noch malidivieren oder ins Weltall fliegen – aber möglichst auch noch nicht ins Nirwana."

Und doch gab es etwas, das sich verändert hatte: Er zog mit mir zum ersten Mal ein Zwischen(?)fazit für jeden wichtigen Bereich seines Lebens.

Zwischenfazit Gesundheit

Er war sich sehr bewusst, dass er ziemlich ungesund gelebt und ziemlich viel Glück gehabt hatte, dass erst mit Ende 65 der erste größere Schadensfall eintrat.

Zwischenfazit Endabrechnung

Ihm war es lebenslänglich immer um die Absicherung von gutem Wohnraum, gutem Essen und guter Teilhabe am gesellschaftlichen Leben gegangen - also um das nötige Geld dafür. Aber „ob und wie man ökonomisch über die Runden kommt, bleibt bis zum letzten Atemzug fraglich", war er sich sicher.

Anfang 2017, kurz vor seiner OP, sah es gut aus.

Einige Euronen und ein paar dänische und norwegische Karonen lagen in der Welt herum und das halbe Haus war ganz bezahlt.

Aaaber: Hält sich der Euro??

Krachen die Börsenkurse oder auch nur die Kurse der eigenen Aktien (weiter) zusammen?

Muss man in ein (teures) Altenheim?

Braucht man (teure?) externe Pflege?

Was wird die private Kranken-Versicherung zukünftig an Beiträgen verlangen?

Zwischenfazit der norddeutschen Wörk-Leif-Bellänts

Momentan war Ruhe an der Taler-Front.

Das war tröstlich für ihn.

Tröstlich für die vielen Jahre des abhängigen Arbeitens.

Freunden und Bekannte, die sich als selbstständige Kreative über Wasser gehalten hatten, ließen den kleinen M viele Jahre zweifeln, ob er mit dem Verkauf seiner Freiheit an *Schlottke* und *Binaural* den richtigen Lebensweg eingeschlagen hatte.

Solange es den Freunden und Bekannten wirtschaftlich gut ging.

Aber keinem von ihnen war es wirtschaftlich durchgängig so gut gegangen, wie dem kleinen M.

Sie lebten all die Jahre zwischen Bergen von viel zu viel Arbeit, die unbedingt geschafft werden musste, um die Kundschaft zu halten - und Tälern mit viel zu wenig Arbeit, was in regelmäßigen Abständen existenzielle Ängste auslöste.

„Selbstständig Kreativ vom Tellerwäscher zum Millionär?"

Selbstständig von der Fremdausbeutung zur Selbstausbeutung!

Wer nicht schon wohlhabend ins Leben startet, hat es sehr schwer als ‚Unternehmerin' als ‚Unternehmer' zu einem sozial gut abgesicherten Leben zu kommen. 2017 gab es 4,3 Millionen Selbstständige in Deutschland, davon waren 60 Prozent Ein-Personen-Unternehmen, davon viele vermutlich mit den oben beschriebenen Lebensumständen.

Die für den kleinen M überhaupt nicht akzeptabel gewesen wären.

Insofern meinte er rückblickend, dass er eine gute Mischung aus ökonomischer Sicherheit und persönlicher Freiheit hinbekommen hatte. Er konnte viel in gut bezahlter Teilzeitarbeit arbeiten und hat dadurch viel Raum zur Selbstentfaltung gehabt. „Momentan stehe ich unter dem Eindruck, dass ich mich ökonomisch so über die Ziellinie retten kann, dass in meinem Staffelholz noch ein paar Taler für Verbleibende und/oder Nachkommende stecken werden."

Zwischenfazit: Glück und Freude

Der kleine M hatte oft gehört Glück sei eine Sache von besonderen Momenten. Für sich konnte er sagen, dass er in den Jahrzehnten mit Heidrun fast durchgängig ein Dauerglücksgefühl hatte. Ein stetes inneres Lächeln. Das gute Gefühl angekommen zu sein.

Die Höhepunkte, die aus diesem Dauerglück herausragten, hat der kleine M als Momente der Freude bezeichnet.

Zwischenfazit: Liebe

Liebe, meinte er gelernt zu haben, lebt 1. von Freiheit, 2. von Austausch und 3. von gegenseitigem Bestärken. Gern predigte er zu dem Thema noch einmal wie folgt:

„1. Freiheit ist ganz wichtig. Mein Leben mit Heidrun ist zwar eine vollkommene Symbiose aber halt so eine, wie zwischen Clownfisch und Seeanemone, aus der sich zumindest der Fisch jederzeit lösen könnte. Weil sich aber ihre Leben auf so wunderbare Weise ergänzen, bleibt er Frau Anemone gern treu.

Ich denke es ist halt so, wie ich es schon als junger Mann gespürt hatte: Nichts bindet mehr als die Freiheit - nicht nur bei Fischen, sondern auch bei Stieren."

2. Austausch. - „Im Gegensatz zu Fisch und Anemone können Menschen miteinander reden. Diesen Vorteil sollten sie auch nutzen. Frei, ehrlich und lösungsorientiert. Sprechen, um zu einem besseren gegenseitigen Verstehen zu kommen. Niemand muss raten müssen, was der oder die Andere wohl denkt oder gemeint haben könnte, niemand muss sich unerklärliches Verhalten selbst erklären. Wir können, sollten und müssen miteinander reden."

3. Bestätigungen machen stark. „Heidrun und ich haben uns im Laufe der Jahre tausende Male gegenseitig kleine und große Bestätigungen gegeben: Über unsere innere und äußere Wirkung aufeinander und auf Dritte, über das Schöne an ihrer Weiblichkeit, über das Schöne an meiner Männlichkeit, über ihr Wissen, über meine Gedankengänge und Einfälle, über die Pflege von Haus und Garten, über handwerkliches Geschick, über Künstlerisches, Kochen, Zuverlässigkeit, gelebte Toleranz und über die Liebe, die wir fühlen. Nicht nur für einander, sondern auch für andere und für alles Leben."

Zwischenfazit seines gesellschaftlichen Engagements

Jahrzehnte hatte er sich für eine gerechtere Welt engagiert, aber angesichts der sich immer mehr verschärfenden Umweltbedingungen, der nationalen und globalen Verteilungsungerechtigkeit, der riesigen Fluchtbewegungen auf der Welt, der zahlreichen Kriege, der gigantischen Aufrüstung (2017 laut *statista*: USA 610 Mrd., China 228 Mrd., Saudi-Arabien 69,4 Mrd., Russland 66,3 Mrd.), der erneuten Propaganda-Welle gegen Russland, der Ausländerfeindlichkeit und dem Rechtsruck in vielen Staaten, war er müde geworden.

Sein Glaube an das Gute in den Menschen, das am Ende gewinnen wird, hatte sich zumindest soweit verändert, dass er das Gewinnen in weiter Ferne sah. Viel näher sah er die die Frage, ob die Menschheit überhaupt noch eine weite Ferne vor sich hat.

War also alles politische und soziale Engagement vergebens?

„Ja, fast", gestand er mir. „Jedenfalls, was meine gesellschaftlichen Ziele anlangt. Trotzdem bereue ich keinen Tag meines Engagements. Es hat mir außer den Augen auch das Herz geöffnet und mit diesem offenen Herzen habe ich viele wunderbare Menschen kennengelernt, die mein Leben reich gemacht haben."

Als er sich so ähnlich auf einer Veranstaltung im Gemeindehaus geäußert hatte, sagte ihm eine kommunistische Gast-Pastorin: „Wir sagen immer Sozialismus oder Kapitalismus, hundert Prozent in die eine oder in die andere Richtung. Damit vermasseln wir uns unsere eigenen Erfolge. Die liegen natürlich längst nicht bei 100 Prozent, aber auch nicht bei null. Schau dir die Frauenrechte an! Schau dir die Akzeptanz anderer sexueller Partnerschaften an, als die Paarbeziehungen zwischen einem Mann und einer Frau. Gleichgeschlechtlich Liebende sind hier vor 40 Jahren noch ins Gefängnis gekommen, heute spricht man öffentlich von einem neuen Geschlecht: Inter. Schau dir die Atomkraftwerke an – abgeschaltet! Schau dir das Ozonloch an: Es schließt sich, weil die FCKW so stark reduziert werden konnten. Schau dir die Entwicklung bei umweltfreundlicher Energiegewinnung an. Schau dir die Entwicklung umweltverträglicherer Antriebe an! Schau dir die Schutzgebiete für Tier- und Umwelt an. Ich könnte dir mit einigem Nachdenken sicher noch weitere Punkte aufzählen, bei denen wir als Grüne und Linke wesentlich zu einer fortschrittlichen Entwicklung beigetragen haben.

Vielleicht gibt es eines Tages doch noch den großen Aufstand, bei dem Millionen gegen die Verhältnisse aufstehen, aber bis dahin sollten wir nicht vergessen, uns an den errungenen Erfolgen zu freuen."

Zwischenfazit Wertschätzung

Er hatte als Texter, Moderator, Musik- und Videoproduzent, Werber, Betriebsrat, Mitwirkender in sozialen Gruppen und politischen Initiativen, als Laien-Handwerker, als Nachbar, Freund, Liebhaber, Ehemann und Vater Anerkennung gefunden.

Viele mochten ihn.

Manche sehr.

Welch ein Geschenk!

Einige sagten ihm sogar, dass sie an ihm gewachsen seien.

Zwischenfazit 66

Eigentlich wollte mein Freund, dass ich dieses Buch „Glück gehabt!" nenne. Aber zum Glück hatten schon einige Herrschaften vor ihm Glück gehabt - und ihre Erinnerungen so genannt.

Trotzdem:

Von einer liebenden Mutter erzogen.

In einem Land zu einem Zeitpunkt geboren, ab dem es wirtschaftlich nur aufwärtsgehen konnte.

Immer gute und gut bezahlte Arbeit gehabt.

Wenig krank gewesen.

Zwei wunderbare Söhne miterzogen.

Von vielen gemocht, von Einigen geliebt.

Und: die Große Liebe erlebt - für Jahrzehnte.

Was für ein Zwischenfazit!

Er wünschte, Millionen könnten es so ziehen.

Auch solche, die nicht aussehen wie Schafskäse auf zwei Beinen.

Und um das Zwischenfazit überschön zu machen:

Er hatte immer vorgehabt seine Sicht auf sein Leben, auf das Leben, auf Deutschland und auf die Welt zu hinterlassen und damit seinen winzigen Beitrag zu der kollektiven Erinnerung der Jahre zwischen 1950 und 2018 zu liefern - den Beitrag des sprichwörtlichen **kleinen M**annes.

Dieses Geschenk konnte ich ihm machen.

Kurz nach der (vorerst?) erfolgreichen Krebs-OP.

Gegenrede

Die Geschichte des Büro-Hippies hätte ihren „roten Faden" vollends verloren, wenn ich noch mehr geschichtliche Ereignisse und persönliche Sichtweisen ausgebreitet hätte, die dem kleinen M wichtig sind. Wir haben deshalb gemeinsam einige davon in diesem Anhang gesammelt und überwiegend nach Themen (weniger nach Jahreszahlen) zusammengestellt.

Das Ganze trägt die Überschrift „Gegenrede", weil wir hier den Welterklärungen der Staats- und Qualitätsmedien unsere Sicht entgegenstellen. Nicht, um den bösen Feinden Recht zu geben, sondern um zu dokumentieren, dass man manches auch anders sehen kann oder muss.

Deutschland gestern, heute (und morgen?)

„Hitler hat Deutschland ins Verderben geführt" - Seite 631
„Es folgte eine Entnazifizierung" - Seite 632
2016: Neues zur Entnazifizierung - Seite 632
„Der Osten hat Deutschland gespalten" - Seite 633
„Alle hatten die gleichen Startchancen" - Seite 634
„Wir wollen Frieden" - Seite 634
Der Bau der Mauer - Seite 634
Der Unrechtsstaat - Seite 636
Von der Unterlegenheit
sozial verträglichen Wirtschaftens - Seite 637
„Ein Sieg der Freiheit" - Seite 638
„Lex NPD" - Seite 639
„Rechts = links" zum Zweiten - Seite 639
„Rechts = links" zum Dritten - Seite 640
Normalität und Linksextremismus - Seite 641
Das *Bild*-Phänomen - Seite 642
Die Rentenregelungen der Volksvertreter*innen
und der Vertretenen um 2014 - Seite 643
„Weniger ist manchmal mehr" - Seite 644

Der Jugoslawien-Krieg - Seite 645
„Serbien muss sterbien" - Seite 645
Die *UÇK* - Seite 645
Slobodan Milosevic - Seite 649
Milosevic in der Justricksia - Seite 650
Milosevics Tod im Gefängnis und Freispruch - Seite 651

Die aktuelle Ukraine-Krise - Seite 653

Die Krim-Krise - Seite 655

„Solidarität“ mit Griechenland - Seite 656

Eine solidarische Weltwirtschaft ist möglich - Seite 657

Die ‚Sozialistische Marktwirtschaft‘ in China - Seite 658

Die Diktatur des Proletariats - Seite 659

USAaah!

Knapp an einer guten Welt vorbei? - Seite 661

Wie würde die Welt heute aussehen, wenn 1945 die „Truman-Bande“ nicht gegen Henry A. Wallace geputscht hätte und er US-Präsident geworden wäre?

Der Plan zum globalen Frieden - Seite 663

Roosevelt will einen „Marshallplan“ für Sowjetunion.

Uhhh SA

Beginn des „Amerikanischen Jahrhunderts“ und des Kalten Krieges - Seite 664

Die USA verkünden die Truman-Doktrin.

Info Anti-Kommunismus - Seite 665

Presse(un)freiheit - Seite 666

Nach Kriegsende beginnen die „Roosevelt-USA“ in Deutschland mit dem Aufbau einer unabhängigen anti-faschistischen Presse, bis die Truman-Administration sie zurück in die Abhängigkeit von Anzeigenkunden, Auflagenhöhe und Investoreninteressen führt.

Das US-amerikanische Jahrhundert - Seite 667

Die USA entwickeln sich zum größten „Schurkenstaat" (US-Wortschöpfung für Gegner) der Erde.

Einige Kriege der USA seit dem 2. Weltkrieg - Seite 668

Auflistungen, die wir 2017 im Netz gefunden haben, umfasst knapp 60 große und kleine US-Interventionen nach 1945. Ein Teil davon wird in diesem Kapitel aufgeführt.

Im Namen der Menschenrechte - Seite 671

Die USA setzten in ihren Kriegen Verbände wie die *Joint Special Operations Command* und *Tiger Force* ein, die dazu da waren, blanken Terror unter der Zivilbevölkerung zu verbreiten.

Im Namen der Rechtsstaatlichkeit - Seite 672

Über den immer noch laufenden Drohnenkrieg der USA

War der kleine M anti-amerikanisch? - Seite 673

„Ich war nicht mal ‚Anti-USA-sisch'!"

„I have a media dream" - Seite 673

Eine US-amerikanische Journalistin zur ökonomisch/ politischen Abhängigkeit der Medien und deren Folgen.

Manning und Assange - Seiten 673 + 675

Zwei neue Helden

Warum griff der Westen so spät in den 2. Weltkrieg ein? - Seite 677

Eine gewagte These des kleinen M

<u>DIE MENSCHENRECHTE</u>

Auszüge, die für dieses Buch relevant sind - Seite 679

Deutschland gestern, heute (und morgen?)

„Hitler hat Deutschland ins Verderben geführt“

„Hitler war ein Verrückter, der Deutschland ins Verderben geführt hat.“ So oder so ähnlich sprach man in der Jugendzeit des kleinen M über das Deutschland von 1933 bis 1945.

Hitler als Einzeltäter.

Die Wahrheit ist, dass Hitler alles andere als allein war, sondern dass er große Teile der deutschen Industrie, der Presse, der Kinos und des Radios hinter sich hatte, zum Beispiel

Alfred Hugenberg. Er war ein Politiker der *Deutschnationalen Volkspartei (DNVP)*, der Koalitionspartei der *NSDAP*. Hugenberg wurde in Hitlers Kabinett Minister für Wirtschaft, Landwirtschaft und Ernährung. Der Millionär war ein Unternehmer der Eisen-, Stahl- und Rüstungsindustrie, ein Kino- und Pressemogul. Seine marktbeherrschenden Medien hatten die Nazis zum Wahlsieg geführt (44% der abgegebenen Stimmen) und die Profite seines Ex-Arbeitgebers („Kanonen“-) Krupp damit auf „gigantisch“ getrimmt, wovon ein Teil dann den „Adolf-Hitler-Spenden der deutsch Wirtschaft“ zufloss.

„Es folgte eine Entnazifizierung"

INFO Entnazifizierung

(Aus *wikipedia.org*) Als Entnazifizierung wird die ab Juli 1945 umgesetzte Politik der *Vier Mächte* bezeichnet, die darauf abzielte, die deutsche und österreichische Gesellschaft, Kultur, Presse, Ökonomie, Justiz und Politik von allen Einflüssen des Nationalsozialismus zu befreien.

Die genannten Gesellschaften „von allen Einflüssen des Nationalsozialismus' zu befreien" war kurzfristig unmöglich, denn die Köpfe und Herzen von Millionen waren nationalsozialistisch verseucht, was auch den Müttern von Heidrun und dem kleinen M lebenslänglich anzumerken blieb.

Der Versuch einer „Entnazifizierung" erfolgte in den vier Besatzungszonen unterschiedlich konsequent, in der Sowjetischen am entschiedensten. Auch die USA machten anfangs Ernst, stellten aber schon zum 31. März 1948 alle Verfahren ein - auch die noch anhängigen.

Stattdessen halfen Westdeutschland, die West-Alliierten und wohl auch der himmlische Vatikan führende Nazis und ihre Helfer irgendwo auf der Welt zu verstecken - und weniger prominente Schweinehunde hierzulande wieder in Amt und Hochwürden zu bringen.

2016: Neues zur Entnazifizierung

Kaum war 2016 der vorletzte Nazi-Täter gestorben, konnte man sich seitens des Bundesinnenministeriums (BMI) daran wagen, die eigene Vergangenheit und die der DDR nach 1949 zu erforschen. Die ersten Ergebnisse einer „Vorstudie" ergaben, das im ersten BMI der BRD die Hälfte aller neu eingestellten Mitglieder ehemals in der *NSDAP* waren. Dieser „Neuanfang der jungen Demokratie" konnte in den Jahren von 1956 bis 1961 auf 66 Prozent gesteigert werden. Das Bundeskriminalamt (BKA), das dem BMI unterstellt ist, brachte den Nazi-Anteil sogar auf 75 Prozent. Der Anteil der SA, der paramilitärischen Kampforganisation der *NSDAP*, belief sich zunächst auf 17 Prozent, konnte im Zuge des „Neuanfangs“ aber auf 45 Prozent gesteigert werden. Der Anteil ehemaliger *SS*-Männer* betrug im BMI Anfang der 1970er Jahre acht Prozent.

***INFO** *Die SS*

Die sogenannte Schutzstaffel (= *SS*) verbreitete Angst und Schrecken in den von Deutschland beherrschten Gebieten. Sie war 1923 als Leibgarde Adolf Hitlers gegründet worden und stieg unter Heinrich Himmler zur mächtigsten Organisation im nationalsozialistischen Regime auf. Zu den Gräueltaten der SS, die sich selbst als Elitetruppe sah, gehörten unter anderem die Ermordung von Millionen Menschen in den Konzentrationslagern und schlimmste Kriegsverbrechen.

Auch in der DDR, sagt die „Vorstudie“, seien mehr Nazis in Staatspositionen übernommen worden, als von dortigen staatlichen Statistiken angegeben. Mit 14 Prozent war ihr Anteil aber deutlich niedriger als die 66 Prozent in der Bundesrepublik. Auch seien in der DDR nur rund 7 Prozent frühere *NSDAP*-Mitglieder bei den bewaffneten Organen des Ministeriums des Inneren tätig gewesen (BKA 75 Prozent). In den zivilen Bereichen, wie Wissenschaft und Kultur, waren es rund 20 Prozent …

„Der Osten hat Deutschland gespalten“

Am 24. Juni 1948 führte Adenauer, gegen den Willen der Sowjetunion, in den Westzonen die „D-Mark“ ein. Damit löste er die Berlin-Blockade aus, weil mit einer eigenen Währung im Westen die Teilung Deutschlands vollzogen wurde, was gegen das *Vier-Mächte-Abkommen* verstieß.

Kurz darauf reagierte die (Achtung!) *Sozialistische Einheitspartei Deutschlands (SED)* am 24. Juli mit einer ebenfalls neuen Währung namens „Deutsche Mark“.

Am 1. September 1948 trat der *Parlamentarische Rat* unter dem Vorsitz Adenauers zusammen und arbeitete das *Grundgesetz* für eine Bundesrepublik Deutschland (BRD) aus. Im Mai 1949 haben die

West-Alliierten den westlichen Separatstaat BRD dann gegründet. (DDR-Gründung Oktober 1949.)

„Alle hatten die gleichen Startchancen"

Nach der einseitigen Währungsreform erhielt Jede und Jeder im Westen Deutschlands, neuerdings BRD, ganz gerecht 40 D-Mark von dem neuen Geld - und alle behielten ihren Grundbesitz, ihre Fabriken, Schlösser, Kunstsammlungen und Auslandsguthaben.

„Wir wollen Frieden,
die Aggressoren sitzen im Osten." Unsinn:

Gleich nach der Gründung der BRD plante der Westen die Wiederaufrüstung Westdeutschlands zur Fortführung des Kampfes gegen das sozialistische Wirtschaftsmodell des Ostens. Sowjetische Vorschläge für ein demilitarisiertes und neutrales Deutschland lehnte Adenauer ohne Verhandlungen ab. 1955, nur zehn Jahre nach dem monströsen II. Weltkrieg, wurde die nächste deutsche Armee gegründet und trat der *NATO* bei.

Bau der Mauer

Dadurch, dass der Westen einen Teil Deutschlands politisch abgespalten und zur Bundesrepublik gemacht hatte, sah sich die *SED* genötigt, die für die Einheit Deutschlands gearbeitet hatte, entsprechend zu reagieren, und ebenfalls ein autonomes Gebiet zu schaffen:

Die Deutsche Demokratische Republik, DDR.

Dort versuchte man, unter viel schlechteren Voraussetzungen als in der BRD, ebenfalls einen funktionierenden Staat auf die Beine zu stellen.

Durch den *Marshallplan* und (endlosen?) Aufschub von Reparationszahlungen wuchs der Wohlstand in der BRD viel schneller als in der DDR. Das führte dazu, dass viele im Osten gut ausgebildete Fachkräfte in den Westen zogen.

Ohne Ärzteschaft, Ingenieurswesen und Wissenschaft ist aber kein Staat zu machen. Die DDR verhinderte die weitere Abwanderung dieser Leute durch die Errichtung „der Mauer".

Dazu sagte ein Mensch wie der (DDR-)Schauspieler Manfred Krug um 1980 im West-Fernsehen sinngemäß: „Als unsere Leute die Mauer bauten, dachten wir: Jetzt geht es los. Jetzt ist endlich Ruhe im Karton, jetzt können wir ungestört den Sozialismus aufbauen." Vielleicht eine Einzelmeinung, aber doch eine bemerkenswerte von jemandem, der sein Land zu dem Zeitpunkt bereits aus politischen Gründen verlassen hatte.

Im Westen war, auch bei den meisten Linken, spätestens seit dem Bau der Mauer, der Traum von einer besseren Welt im real existierenden Sozialismus im Eimer. Sie träumten von einer anderen „neuen Welt" als die der DDR; freiheitlicher, bunter, attraktiver, offensiver.

Der kleine M auch.

Allerdings hatte er den *Kalten Krieg*, im Gegensatz zu anderen, als Waren- und Rüstungswettlauf und als Propagandakrieg des Westens gegen den Osten wahrgenommen. Und in dem hatte die DDR von Beginn an die deutlich schlechteren Karten: Ohne milliardenschwere Aufbauhilfen, mit der Last von Reparationsleistungen an die UdSSR, mit einem Start-Rückstand von etwa 50 Jahren Industrialisierung (der UdSSR gegenüber den USA), ohne gewaltsamen Zugriff auf die Bodenschätze anderer Länder, eingemauert, repressiv, von alten Männern mit Pepitahut und Ziegenbart repräsentiert und mit Medien, die die Realität viel ungeschickter verbogen als die im Westen, war das wie der Wettlauf zwischen Hase und Igel.

Insofern war für Eingeweihte der Untergang der DDR wohl lange absehbar, wollte von den dort Regierenden aber unbedingt verhindert werden. Überwachung und Unterdrückung wuchsen. An „der Mauer" kamen in rund 30 Jahren etwa 140 Menschen ums Leben, weil sie die DDR verlassen wollten.

Die Ideen des Sozialismus, die mehr Humanität und mehr Freiheit verheißen, wurden in weiten Teilen in ihr Gegenteil verkehrt.

Der Unrechtsstaat

Der kleine M mochte nicht in der DDR gelebt haben. Für ihn war das gefühlt preußische in dem Staat das Gegenteil von Hippietum: „Dort fehlte die 68er-Bewegung."

Er war oft genug zu Gast um sich ziemlich sicher zu sein, dass er dort genauso in die Opposition geraten wäre, wie in der BRD. Nur in der DDR wahrscheinlich mit erheblichen Konsequenzen. Im „freien Westen" bleibt abzuwarten, wie man sich gegenüber Oppositionellen verhalten wird, wenn das System noch stärker in Schwierigkeiten gerät. Man muss entsprechenden Entwicklungen mit großer Sorge entgegensehen:

Viele Freiheitsrechte wurden bereits eingeschränkt. Neue martialische Polizeigesetze werden erlassen. Verhaftungen und Gefängnisaufenthalte von mehreren Tagen oder Wochen sind ohne Angabe von Gründen möglich. Die Überwachung von Telefonaten, Chats, Mails und so weiter ist unbegrenzt, bei jedermann und ohne Anlass erlaubt.

Die USA gestatten sich die globale Totalüberwachung aller Kommunikation, weltweit verstreute Geheim-Gefängnisse (in die Menschen ohne jegliche rechtliche Grundlage geworfen werden), Guantanamo und Folter als „rechtsstaatliche" Elemente. In dem Buch *Die Weltbeherrscher* (*Westend-Verlag*, Frankfurt 2015) werden auf neun Seiten, ohne Zwischentexte, nur die Namen derjenigen aufgelistet, die im Jahre 2010 irgendwo auf der Welt ohne Recht und Gesetz von US-Drohnen getötet worden sind. Man kann sich also durchaus Sorgen machen als Oppositioneller.

Wenn angesichts dieser Fakten westliche Medien die DDR wieder und wieder als Unrechtsstaat bezeichnen, dann, so der Appell des kleinen M, lasst uns konsequent sein und sagen:

„Ja, die DDR war ein Unrechtsstaat, weil an den Landesgrenzen Dutzende getötet wurden, weil die Menschen dort mit ‚intimer Überwachung' verunsichert wurden, weil dort in alltäglichen und juristischen Zusammenhängen häufig politisch bewertet und geurteilt wurde, was zu schlimmen Einzelschicksalen führte …

… und lasst uns die USA einen Terrorstaat nennen, in dem es (zum Beispiel für Indianer und Farbige) furchtbare Einzel- und Massenschicksale gab und gibt, weil er Waterboarding für rechtmäßig erklärt, an der Todesstrafe festhält, weltweit Kriege und Umstürze schürt und selber durchführt, die Rüstungsspirale immer weiter dreht und weil er neuerdings ökologische, humanitäre und friedensstiftende Verträge außer Kraft setzt, die für die gesamte Menschheit von großer Bedeutung sind."

Von der Unterlegenheit sozial verträglichen Wirtschaftens

Deutschland hatte gegen die Sowjetunion keinen klassischen Krieg geführt, sondern einen Vernichtungsfeldzug:

Millionen Menschen waren bombardiert, massakriert, bei lebendigem Leibe verbrannt, vertrieben, vergewaltigt, erhängt oder erschossen worden. Viele Menschen in Russland waren verhungert, weil die Deutschen die Nahrungsmittel für sich und die Leute in der Heimat verwandten oder die Felder verwüstet hatten, damit die Einheimischen ohne Nahrung dastanden. Gas- und Ölfelder waren angezündet, Fabriken, Brücken und Straßen gesprengt, Eisenbahnschwellen auf tausende Kilometer des Rückzugs zerschreddert worden.

Dort, wo die Deutschen in der Sowjetunion gewesen waren, war die Vernichtung der Arbeits- und Lebensbedingungen mit deutscher Gründlichkeit erledigt worden: Sie nannten es die „Politik der verbrannten Erde". Sie hatte zum Ziel, Russland und die Sowjetunion „zurück in die Steinzeit" zu katapultieren.

Der „Wettbewerb der Systeme" begann auf der einen Seite also in der „Steinzeit" und auf der anderen mit milliardenschweren Aufbaukrediten des Marshallplans. Der Westteil Deutschlands sollte zum „Schaufenster des Westens" gemacht werden. So sollte in der Bevölkerung im Osten Deutschlands Unzufriedenheit über die eigene Konsum-Lage entstehen, denn es war klar, dass sich die sozialistischen Länder wirtschaftlich aus eigener Kraft lange nicht von dem „Krieg der verbrannten Erde" erholen würden; schon gar nicht mit der, im Vergleich zur Marktwirtschaft, wenig dynamischen Planwirtschaft.

Die Planwirtschaft der DDR war unter anderem deshalb weniger dynamisch, weil alle Werktätigen sozial abgesichert waren:

Grundnahrungsmittel, Wohnung, Bildung, Gesundheitswesen und Kindergartenplätze waren für alle immer gesichert. Warum also sich den Arm ausreißen? Zumal, wenn es dafür nur wenig zu kaufen gibt.

Die Dynamik der Marktwirtschaft speist sich hingegen aus der Angst der Leute vor sozialer Zweitklassigkeit. Weder nennenswerte Bildung, noch Wohnung, noch ausreichend zu essen oder eine gute Gesundheitsversorgung sind in kapitalistischen Ländern gewährleistet. Wer all das haben will, muss sich reinhängen, muss, in Kladde gesprochen, doppelt so schnell laufen, wie Leute, die das von Haus aus haben. – Wie die in der DDR, beispielsweise.

Von dem enormen Reichtumsvorsprung westlicher Staaten aus den Zeiten der Kolonien und des Sklaventums wollen wir hier ebenso wenig anfangen, wie von der gewaltsamen Ausbeutung der Rohstoffe fremder Länder.

„Ein Sieg der Freiheit"

„Die Verhältnisse, die jetzt auf der Welt Realität sind", dozierte der kleine M, „waren lange absehbar. Der Sozialismus ist besiegt und wir haben das Stadium der Barbarei erreicht: Konzentration unfassbaren Reichtums in ganz wenigen Händen bei gleichzeitigem Massenelend.

1% der Weltbevölkerung soll so reich sein, wie die restlichen 99% zusammen. 9 Familien sollen so viel Reichtum besitzen, wie die Hälfte der Weltbevölkerung zusammen. 1% der Deutschen soll die Hälfte des Reichtums dieses Landes besitzen, der sich auf etliche Billionen (!) Euro belaufen soll.

Und diese Verhältnisse werden sich weiter zuspitzen.

Die Reichen und die politisch-militärischen Kräfte, die ihren Reichtum verteidigen, tun dies durch Kriege, Demokratie-Abbau, die Zerschlagung staatlicher (Sozial-)Systeme, Inkaufnahme von hunderten Millionen Hungernder, von Armuts-Bürgerkriegen, von Angst- und Not-Flüchtlingsströmen und von riesigen Slums mit oft bestialischen Hygiene- und Macht-Verhältnissen, die die Hölle als angenehmen Ort erscheinen lassen.

Wir fragen nochmal:

Waren die Leistungen der DDR vielleicht doch etwas wert? Soziale Sicherheit von der Geburt bis ans Lebensende, kostenlose Bildungseinrichtungen, umfassende Gesundheitsfürsorge, ein leicht bezahlbares festes Dach über dem Kopf - mit fließend Frischwasser und Heizung (auch in Form eines Plattenbaus), Teilhabe an Kulturveranstaltungen ...?

Könnte ein Land, das nur diese Punkte gewährleistet, heutzutage hunderten von Millionen Menschen wie das Paradies erscheinen?"

„Lex *NPD*"

Die Bundesländer sind vor dem Verfassungsgericht zwei Mal mit dem Versuch gescheitert, die *Nationaldemokratische Partei Deutschlands (NPD)* als verfassungsfeindlich verbieten zu lassen. „Selten so gelacht", kommentierte der kleine M:

„Das Gericht hat die Partei zwar als verfassungsfeindlich eingestuft, aber nicht verboten, im Gegensatz zur *KPD*. Begründung: Die Partei sei zu klein um die Demokratische Grundordnung zu gefährden! Man dürfe sie aber von der für alle Parteien geltenden staatlichen Finanzierung ausschließen.

In den Mainstream-Medien wird diese Entscheidung als ‚Lex *NPD*' bezeichnet – zugleich wird aber davon gesprochen, dass man ‚radikalen Parteien' jetzt die Finanzierung nehmen könne."

Der kleine M befürchtet, dass letzteres die demokratische Wahrheit ist.

„Rechts = links" zum Zweiten

Immer, wenn es in Deutschland einen rechtsradikalen Anschlag gibt, der von den Massenmedien in größerem Maße wahrgenommen wird, warnen Minister, Polizei und Kommentatoren vor den ‚Gefahren von rechts wie links.' Es gehört längst zur journalistischen

Grundordnung, rechte und linke Gruppen gleichzusetzen, das sind alles ‚Extremisten'. Wahrscheinlich machen viele Medienschaffende das nicht einmal mit Berechnung, sondern schlicht aus Dummheit. Eine bekannte TV-Frau sagte 2018 in einer der Sendungen von *Markus Lanz* „... egal ob nun Nazi oder Stasi."

Hallo?!

Die Nazis haben einen Weltkrieg angezettelt bei dem zig Millionen ums Leben kamen, haben Millionen Menschen industriell und durch Arbeit vernichtet und bestialische Menschenversuche durchgeführt. Da gibt es gar keinen Vergleich zu gar nichts und schon mal überhaupt nicht zur Stasi! Natürlich hat auch die menschliche Beziehungen zerrüttet, sicher psychische und physische Gewalt ausgeübt, wahrscheinlich auch mit Todesfolge, aber wenn man das auf eine Ebene mit industrieller Menschenvernichtung und Weltkrieg stellt, muss man doof sein.

Oder eben die gängige Vergangenheitsbewältigung der BRD genossen haben:

Bei einem Besuch der Gedenkstätte des KZ Buchenwald wurden Heidrun und der kleine M in einer größeren Gruppe durch die Folter- und Massenmordkammern der Nazis und ins Krematorium geführt, um abschließend vom Präsentator zu hören: „Und diese Gebäude, mit dieser Geschichte, sind dann von der Stasi als Gefängnis genutzt worden."

Das hörte sich fast noch schlimmer an als das, was die Nazis in Buchenwald verbrochen hatten.

„Links = rechts" zum Dritten

Linke und Rechte kritisieren oft die gleichen Zustände – und an dem Punkt wird dann die Gleichheit festgemacht. In ihren Zielen aber sind sie das politische Gegenteil voneinander:

Linke wollen 365 Weihnachtstage im Jahr, also eine Welt voller Menschlichkeit, Besinnlichkeit, mit fürsorglichem Blick und Gaben für die Schwachen. Sie wollen gleiche Bildungschancen für alle. Gute Nahrung für alle. Lebenswerten Wohnraum für alle. Eine gesunde Umwelt für Menschen, Tiere und Pflanzen. Keinen Zwang seine Arbeitskraft verkaufen zu müssen. Kleinteilige Kontrollen zur Erreichung und Bewahrung der gesellschaftlichen Ziele, also eine lebendige kleingliedrige Demokratie.

Rechte, vor allem die Arbeitgeberverbände, wollen tendenziell 365 Arbeitstage im Jahr, ohne Mindestlohn, ohne Arbeitszeitbeschränkungen, ohne Kündigungsschutz und ohne Umweltauflagen. Wer arm geboren wird, hat Pech gehabt und wird ausgegrenzt. Eliteschulen sollen soziale Unterschiede festigen.

Egal ob Arbeitgeberverbände zu Zeiten von Hitler & Co oder von heute, zusammen mit den Wirtschaftsradikalen in *FDP, AfD* und *CDU/CSU* sind sie Verfechter des asozialen Kapitalismus und viele ihrer Anhänger träumen von dem starken Mann, der ohne viel demokratisches Hickhack die Ziele seiner Klientel durchsetzt.

Linke Linke wollen das Wirtschaften revolutionieren, in den Dienst der Menschheit stellen und nicht in den Dienst einiger Weniger. Sie wollen den Reichtum der Welt möglichst fair-teilen und damit wichtige Ursachen für Armut, Neid, Kriminalität und Kriege beseitigen.

Deshalb sind sie es, die von den herrschenden Wirtschaftsradikalen in Politik und Medien totgeschwiegen oder diskreditiert und bekämpft werden. Deshalb sind sie von den Nationalsozialisten als erste in Gefängnisse und KZs geworfen worden und werden es im Falles des Falles wieder sein. Deshalb sind sie überall in der Welt millionenfach ermordet worden. Deshalb haben europäische Staaten und die USA gegen emanzipatorische und soziale Regierungen auf der ganzen Weltdutzende Boykotte, Blockaden und Putsche inszeniert, heiße und kalte Kriege geführt.

Und werden das weiterhin tun.

Im Namen von Demokratie und Menschenrechten.

Normalität und Linksextremismus

„Was ist eigentlich das Nicht-Extreme, das Normale, also das vom Staat durch Gesetze, Gerichte und Sicherheitsbehörden unbedingt Verteidigenswerte?", fragte mich der kleine M, um die Antworten gleich selbst zu liefern:

„Das Normale und gegen linke Linke Verteidigenswerte ist eine Welt mit gewaltigen Flüchtlingsbewegungen: 2017 sollen etwa 60 Millionen Menschen ihre Heimat aus Not und wegen Kriegen verlassen haben. Menschen, die von den Ländern, in denen sie Zuflucht und/oder ein lebenswertes Leben suchen, durch Mauern, Zäune und Militärschiffe abgehalten werden.

In unserem Partner- weil Flüchtlingsabwehrland Libyen soll es wieder einen klassischen Sklavenhandel geben: 1 Stück Mensch soll dort 2017 für 400 Dollar zu haben gewesen sein. Weltweit werden Hunderttausende zur Prostitution gezwungen, oder entscheiden sich aus blanker Not selbst dazu, oder sie geben ihre Kinder dafür her. Wilderer schlachten seltene Tiere ab, um Teile davon verkaufen zu können. Arme Leute müssen Regenwälder abholzen, um billige Agrarflächen zu bekommen.

Die ‚Nicht-Extremen' verteidigen eine Landwirtschaft, in der Tiere oft aufs Übelste gequält und Boden und Grundwasser vergiftet werden müssen, damit die Bauern in einem weltweiten Preiskampf bestehen können. Sie verteidigen eine Landwirtschaft, die zum Tod vieler Insektenarten führt, die das Leben in überdüngten Flüssen, Seen und Meeren vernichtet.

Wer sich gegen diesen Horror auflehnt, ist Linksextremist und wird medial und staatlich bekämpft."

Das *Bild*-Phänomen

Jeder erwachsene Mensch in Deutschland kennt das schlechte Image der *Bild*-Zeitung. Sie hat es sich im Laufe von Jahrzehnten verdient, denn ihre Schreiberlinge gewichten ihre Meldungen und Kommentare so, dass wunderbar undifferenzierte, einseitige Welt- und Meinungsbilder entstehen. Regelmäßige Konsumenten entwickeln deshalb ein erstaunliches Selbstbewusstsein, wenn sie anderen Leuten die Welt erklären.

Insofern stehen sie dem kleinen M in Nichts nach - nur, dass *Bild*-Informierte die Welt aus der Sicht von reichen Zeitungseigentümern erklärt bekommen und deshalb denken, dass mehr

Polizeigewalt und mehr Überwachung mehr Sicherheit bringen als mehr soziale Gerechtigkeit.

Die Rentenregelungen der Volksvertreter*innen und der Vertretenen um 2014

1. Abgeordnete (und alle Beamte) sind lebenslang von Rentenabgaben befreit. Das Volk, das sie vertreten (verwalten und belehren), zahlt ein Arbeitsleben lang rund 10 Prozent vom Bruttogehalt.

2. Dafür bekommen Volksvertreter und -innen im Ruhestand entsprechend mehr als diejenigen, die gezahlt haben – wie gleich noch ausgiebig belegt wird. (Auch Beamte sind vergleichsweise auf Rosen gebettet, ihre Mindestpension betrug damals 2.700 Euro. Viele kleine Mse bekamen 2017 hingegen weniger Rente als die Grundsicherung, = € 409 + Miete + Strom + Krankenversicherung;.)

3. Die *Bild*-Zeitung behauptete 2017, dass Bundestagsabgeordnete nach 4 Jahren bereits 825 Euro Pensionsanspruch erworben hätten, wofür Durchschnittsverdiener 29 Jahre arbeiten müssten.

4. *N24* berichtete am 27.04.2016, ebenfalls unter Bezugnahme auf die *Bild*-Zeitung, dass Abgeordnete des Bundestages bereits mit 56 Jahren und vollen Bezügen in Pension gehen könnten. Zwar gelte auch für sie die schrittweise Anhebung des Rentenalters auf 67 Jahre, doch wer länger als acht Jahre im Bundestag säße, zöge mit jedem zusätzlichen Jahr seinen Pensionsbeginn ein Jahr vor - bis um maximal zehn Jahre.

Das würde bedeuten, dass ein Abgeordneter, der 1960 geboren wurde und 18 Jahre Parlamentarier war, mit 56 Jahren und einer Pension von 4087 Euro in den vorzeitigen Ruhestand gehen kann. (Für das Volk diskutierten diese Leute zu der Zeit einen Renteneintritt ab 70 Jahre.) Private Einkünfte, wenn der Abgeordnete etwa in der Wirtschaft weiterarbeitet, werden nicht auf die Pension angerechnet.

5. Zu den privaten Einkünften, die nicht auf die Pension angerechnet werden, zählt unter anderem die Lobbyarbeit. In *Focus* Nr. 31 von 2009 lesen wir, dass der Tagessatz für Leute mit besonders guten Verbindungen leicht bei 10.000 Euro liegt und das solche

Lobbyisten meist für 20 bis 30 Tage gebucht werden. (Jetzt besser nicht rechnen!) Im Erfolgsfalle gäbe es noch eine Prämie im sechsstelligen Bereich. Festanstellungen seien eher selten, denn dann würde das Gehalt mit den Politikerpensionen verrechnet, und da spielt keiner mit.

6. Volksvertreter/innen können, zusätzlich zu den oben aufgeführten Einkünften, viel Geld mit Vorträgen verdienen. Peer Steinbrück *(SPD)* hat laut Selbstauskunft (neben seiner Pension) in drei Jahren rund 1,25 Millionen an Honoraren eingenommen.

7. Außerdem können (Ex-) Politiker(innen?) gern in Aufsichtsratssesseln Platz nehmen – so man denn überhaupt jemals in so einem Sessel physisch Platz nimmt – und Geld für politische Gefälligkeiten einstreichen.

8. Der kleine M konnte sich mir gegenüber nicht für die Richtigkeit der folgenden Behauptung verbürgen, war sich aber sehr sicher, dass so fantastische Volksvertreter wie Kriegsminister Rudolf Scharping mehrere Renten gleichzeitig einstreichen: Eine für ein Amt im Landesparlament und eine für ein Amt im Bundesparlament. Plus Vorträge, plus Vorstandsaufgaben, plus Lobbyarbeit.

Unversteuert.

Wie übel müssen Gestalten drauf sein, die eine solche Geldschwemme für sich als geltendes Recht beschließen – und zugleich Hunderttausende in Altersarmut stürzen?

Ach, dazu :

„Weniger ist manchmal mehr“

2017 lasen wir auf der Internetseite der *Deutschen Rentenversicherung* an uns adressiert:

*„**Weniger ist manchmal mehr.** Für mich steht fest, dass ich auch als Rentner noch arbeiten möchte. … Natürlich erkundige ich mich vorher, welche Verdienstgrenzen ich einhalten muss, um keine Abstriche bei meiner* (maximal 2.400 Euro brutto) *Rente machen zu müssen.“*

Der Jugoslawien-Krieg

Dem kleinen M wurde erschreckend deutlich, wie gnadenlos auch im demokratischen Nachkriegsdeutschland desinformiert wird, wenn es beispielweise um die Rechtfertigung eines Angriffskrieges geht. Deshalb dokumentieren wir vieles um diesen Krieg herum relativ ausführlich.

„Serbien muss sterbien" (Kriegsparole von 1914)

Außenminister Genscher soll bereits in den 1980er Jahren für eine Zentralisierung der Geldströme gesorgt haben, die von internationalen Geldgebern nach Jugoslawien flossen. Statt dass jede einzelne Region ihre Fördergelder weiterhin direkt erhielt, sollen die Zahlungen dann zentral über Serbien gelaufen sein. Geld ist immer ein guter Hebel für Streitigkeiten - gerade auch zwischen mehreren Volksgruppen, die sich ohnehin nicht grün sind.

Im zweiten Schritt hat Genscher 1991 die jugoslawischen Teilrepubliken Slowenien und Kroatien in Namen Deutschlands als autonome Staaten anerkannt. Diese Anerkennung war ausschließlich mit Österreich abgestimmt, lief einem EG-Übereinkommen zuwider und bedeutete die erste flagrante Verletzung der Schlussakte der KSZE ... Genscher wurde vorgeworfen, damit den Zerfall Jugoslawiens maßgeblich gefördert und die Gräuel des anschließenden Krieges mit verschuldet zu haben. UN-Generalsekretär Javier Pérez de Cuéllar hatte die deutsche Bundesregierung gewarnt, dass eine Anerkennung von Slowenien und Kroatien zu einer Ausweitung der Aggressionen im bisherigen Jugoslawien führen werde.

Die *UÇK*

Die ***Ushtria Çlirimtare e Kosovës (UÇK)*** war eine paramilitärische Organisation, die für die Unabhängigkeit des Kosovo von Serbien kämpfte - im wahrsten Sinn des Wortes.

Diese militärisch kämpfende Truppe wurde von der Jugoslawischen Regierung mit militärischen Mitteln bekämpft, so wie jede Regierung bewaffnete Verbände bekämpft, die Teile aus dem von ihr beherrschten Staat herauslösen wollen.

Die „Rot"/ Grüne Bundesregierung sah aber nicht den Kampf einer Regierung gegen bewaffnete Separatisten, sondern ethnische Säuberungen, die der jugoslawische Staatspräsident Milosevic zu verantworten habe. Tote in Rugovo, ein Massaker in Srebrenica und ein *Hufeisenplan,* der Massenvertreibungen und womöglich Pogrome in weiten Teilen Jugoslawiens zum Ziel haben sollte, waren die öffentlich genannten Gründe für die deutsche Beteiligung am *NATO*-Angriff.

Keiner dieser Angriffsgründe war zutreffend, hier erste Teil der Gegenbeweise:

(Aus *www.daserste/ndr.de/Panorama/archiv2000/erste7422,* Auzug:)

TV-Kommentar: *... Ende Januar 1999, knapp zwei Monate vor Kriegsbeginn, gehen diese Leichenbilder um die Welt. Allgemeines Entsetzen. 23 tote Albaner, nebeneinander. Für* (Verteidigungsminister) *Scharping ist damit klar: ein Massaker der Serben. Im Tagebuch notiert er:*

O-Text Rudolf Scharping *(Verteidigungsminister)*: *„Auf dem Flug zum NATO-Gipfel in Washington hatten mir Mitarbeiter die Bilder von getöteten Kosovo-Albanern gezeigt. Beim Anschauen der Fotos Übelkeit. Ist Entsetzen steigerbar? Später bitte ich meine Mitarbeiter, die Bilder für eine der Pressekonferenzen vorzubereiten."*

TV-Kommentar: *Dort präsentiert der Minister dann seine Beweise. Und tatsächlich: Viele Leichen nebeneinander, wie nach einem Massaker. Scharping ist sich anhand seiner Bilder ganz sicher, was am 29. Januar in dem kleinen Örtchen Rugovo passiert ist.*

O-Ton Rudolf Scharping *(Verteidigungsminister)*: *"Wir haben sehr gut recherchiert und uns Bildmaterial besorgt, das OSZE-Mitarbeiter am Morgen gemacht haben, zwischen sieben und acht Uhr."*

TV-Kommentar:

Fernsehbilder von genau diesem Morgen. Tatsächlich: ein OSZE-Mann, mit grüner Jacke, Henning Hensch, ein deutscher Polizeibeamter, erster internationaler Ermittler vor Ort.

O-Ton Henning Hensch *(OSZE-Ermittler): „Es war nicht so. Die Leichen haben da zwar gelegen, aber sie sind dort hingebracht worden von den* *serbischen Sicherheitsbehörden, nachdem die eigentliche Tatortaufnahme ... abgeschlossen war, nachdem beschlossen war: wir bringen die Leichen jetzt weg."*

TV-Kommentar: *Der Beweis durch Fernsehbilder: Zuerst liegen die Leichen verteilt im Ort, wie nach einem Gefecht. Keine Zivilisten, sondern UCK-Kämpfer. Nach diesen Aufnahmen dann werden die Leichen zusammengetragen und fotografiert. Und genau diese Fotos hält Minister Scharping für Beweise eines Massakers. Tatsachen, die dem Experten für Sicherheitspolitik, Professor Lutz, genau bekannt sind. Und er kennt die Bedeutung der Massaker für die damalige Diskussion.*

O-Ton Prof. Dieter Lutz *(Institut für Friedensforschung und Sicherheitspolitik): „Die Massaker waren, wenn Sie so wollen, der berühmte Tropfen, die Wende zum Krieg, der berühmte Tropfen, der das Fass zum Überlaufen gebracht hat. In der damals moralisierenden Argumentation sehr verständlich. In der Folgezeit sind dann auch nicht zufälligerweise die Massaker immer gleichgesetzt worden mit Auschwitz."*

TV-Kommentar: *Die Behauptung zum Kriegsbeginn: Die humanitäre Katastrophe. Am 24. März beginnt die NATO den Krieg gegen die Serben. Scharping liefert die Begründung.*

O-Ton Rudolf Scharping *(Verteidigungsminister): „Meine Damen und Herren, ich will zunächst einmal zwei Punkte unterstreichen: 1. Die militärischen Aktivitäten der NATO dienen einem politischen Ziel, nämlich die Abwendung einer humanitären Katastrophe bzw. die Verhinderung ihres weiteren Anwachsens."*

TV-Kommentar: *Eine humanitäre Katastrophe? Jetzt kommt heraus, wie die Lage wirklich war kurz vor Kriegsbeginn.*

O-Ton Prof. Dieter Lutz *(Institut für Friedensforschung und Sicherheitspolitik): „Also es gibt insbesondere zwei Lageanalysen, die in diesem Zusammenhang erwähnt werden müssen. Das eine ist der Lagebericht des Auswärtigen Amtes vom 19. März, also fünf Tage vor Kriegsbeginn. Und das Zweite ist die Lageanalyse des Bundesverteidigungsministeriums vom 23. März, also unmittelbar ein Tag vor Kriegsbeginn. Und beide Lageanalysen gehen davon aus, dass keine humanitäre Katastrophe unmittelbar bevorsteht."*

TV-Kommentar: *PANORAMA liegen diese Dokumente vor. In dem Lagebericht des Verteidigungsministeriums heißt es am Tag vor dem Kriegsbeginn: Die Serben seien zwar zu einer großangelegten Operation noch gar nicht fähig. Bisher gebe es nur örtlich und zeitlich begrenzte Operationen gegen die UCK. Und nach dem internen Bericht des Auswärtigen Amtes hätten die Serben die Zivilbevölkerung vor ihren Angriffen gewarnt. Nach Abzug der serbischen Sicherheitskräfte kehre die Bevölkerung dann meist in die Ortschaften zurück. Es gebe keine Massenflucht in die Wälder, auch keine Versorgungskatastrophe.*

O-Ton Prof. Dieter Lutz *(Institut für Friedensforschung und Sicherheitspolitik): „Äußerst bestürzt ist man sogar, wenn man liest, dass einzelne UCK-Kommandeure sogar die eigene Bevölkerung am Verlassen der Dörfer hindert, damit es Opfer gibt, damit die NATO mit Luftschlägen eingreift. Dieses alles finden Sie in den Lageanalysen."*

TV-Kommentar: *Die "humanitäre Katastrophe", der Grund für die deutsche Beteiligung am Krieg, findet sich also in den internen Berichten der deutschen Regierung nicht wieder. Dennoch: das Bombardement beginnt* … (Damit) *ist sie dann wirklich da, die Katastrophe: Riesige Flüchtlingsströme, Folter und Mord. Und zu allem Überfluss: Milosevic gibt nicht auf. Langsam wächst die öffentliche Kritik: Wären Verhandlungen nicht doch besser als Krieg? Scharping steht politisch mit dem Rücken an der Wand. Da scheint die Rettung zu kommen:*

O-Ton Rudolf Scharping *im März: „Mich elektrisiert ein Hinweis, dass offenbar Beweise dafür vorliegen, dass das jugoslawische Vorgehen einem seit langem feststehenden Operationsplan folgt."*

TV-Kommentar: *Ein Hinweis, wenn auch aus dubiosen Quellen. Keine zwei Wochen später präsentiert Scharping stolz einen kompletten Plan: den Hufeisenplan. Milosevic wollte demnach die Albaner von Anfang an vertreiben. Das offene Ende des Hufeisens ist links unten, nach Albanien gerichtet: einziger Fluchtweg für die Bevölkerung. Für Scharping der Beweis: Die Serben planten schon immer die ethnische Säuberung, die deutsche Kriegsbeteiligung sei also gerechtfertigt. Stolz notiert er in seinem Tagebuch:*

O-Text Rudolf Scharping *im April: „Die Auswertung des Operationsplanes ‚Hufeisen' liegt vor. Endlich haben wir den Beweis dafür, dass schon im Dezember 1998 eine systematische Säuberung des Kosovo und die Vertreibung der Kosovo-Albaner geplant worden war, mit allen Einzelheiten und unter Nennung aller dafür einzusetzenden jugoslawischen Einheiten."*

TV-Kommentar: *Gab es diesen Hufeisenplan tatsächlich? Wien, Sitz der OSZE. Von hier wurde die Beobachtung des Kosovo geleitet. Zuständig für die militärische Beratung damals: General a.D. Heinz Loquai aus Deutschland. Heute sein erstes Fernsehinterview:*

O-Ton Heinz Loquai *(General a.D.): „Man hat mir im Verteidigungsministerium bei einem ausführlichen Gespräch über den Hufeisenplan gesagt, es lag kein Plan vor, sondern was vorlag, war eine Beschreibung der Operationen der serbischen Polizei und des serbischen Militärs in einem Bürgerkrieg."*

Interviewer: *„Wo ist diese Grafik entstanden?"*

O-Ton Heinz Loquai *(General a.D.): „Diese Grafiken sind entstanden im deutschen Verteidigungsministerium, das hat man mir jedenfalls gesagt."*

TV-Kommentar: *Der schlimme Verdacht: Der Hufeisenplan wurde gar nicht in Belgrad, sondern in Bonn geschrieben. Und für diesen Verdacht spricht ein weiteres Dokument, das PANORAMA vorliegt. Es stammt aus dem Verteidigungsministerium: das Ausgangspapier des angeblich genau bekannten Hufeisenplans. Doch dort heißt es ausdrücklich, der Plan sei "in seinen Details nicht bekannt". Das Fazit des Generals ist vernichtend.*

O-Ton Heinz Loquai *(General a.D.): "Ich kann nur sagen, dass der Verteidigungsminister bei dem, was er über den Hufeisenplan sagt, nicht die Wahrheit sagt."*

Slobodan Milosevic

Immer wenn sich Politik und Hofberichterstattung hysterisch auf einen staatlichen Führer fokussieren, ist Kriegsgefahr im Verzug. Das war in den letzten Jahren so bei Slobodan Milosevic, dem Präsidenten Jugoslawiens (1999), Saddam Hussein (Irak 2003),

Mohammad al-Gaddafi (Libyen 2011) und Baschar al-Assad (Syrien ca. 2012).

Wir wissen nicht ob Slobodan Milosevic ein Guter oder ein Böser war, die Berichte darüber gehen sehr weit auseinander. Für deutsche Qualitätsmedien (wie z.B. den *SPIEGEL*) war er, ganz im Duktus des Ministers Scharping, „Der Schlächter vom Balkan".

Die Wahrheit sah deutlich anders aus:

Milosevic in der Justricksia

Eine Milliarden-Aufbauhilfe zur Behebung einiger durch ihn angerichteter Kriegsschäden in Ex-Jugoslawien machte „der Westen" von der Auslieferung Milosevics abhängig. Deshalb ließ ihn sein Nachfolger, der serbische Ministerpräsident Zoran Djindjic, am 1. April 2001 festnehmen und nach Den Haag an den Internationalen Strafgerichtshof ausliefern.

Dazu sollte man wissen, dass es den renommierten *Internationalen Gerichtshof in Den Haag* gibt, der 1945 mittels der *Charta der Vereinten Nationen* gegründet worden war. Wenn in deutschen Medien im Falle Milosevics vom „Internationalen Gerichtshof in Den Haag" berichtet wurde, war das somit richtig und irreführend zugleich. Es handelte sich nicht um das angesehene Gericht nach der UN-Charta, sondern um den von den Angreifern auf Jugoslawien selbst initiierten *Internationalen Strafgerichtshof für das ehemalige Jugoslawien (ICTY)*.

Wolfgang Schomburg, zwischen 2001 und 2008 erster deutscher Richter am *ICTY*, wird in einem Internetbericht der Heinrich-Böll-Stiftung vom 26.03.2018 so zitiert, dass eine unabhängige Arbeit dadurch maximal erschwert worden sei, dass das Gericht auf der Basis des anglo-amerikanischen Strafverfahrensrechts aufgebaut gewesen war. Dort erschienen Richterinnen und Richter nicht mit Papier, sondern sie hörten lediglich zu und hätten zudem auch keinen Zugriff auf Datenbasen mit relevantem Material. Dadurch blieben sämtliche Informationen in den Händen der Staatsanwaltschaft, die entscheidet was sie offen vorlegt und was nicht, und die sehr gut von außen, also politisch kontrolliert werden könne.

Wir ergänzen: zum Beispiel durch die Länder der NATO, die am Krieg gegen Serbien teilgenommen haben ...

Weil Slobodan Milosevic dieses Gericht nie als rechtmäßig anerkannt hatte, verzichtete er auf Rechtsanwälte, die dem Ganzen einen juristisch einwandfreien Anstrich gegeben hätten, und verteidigte sich selbst.

Am 27. Mai 1999 wurde er von den Angreifern seines Landes wegen „Verbrechen gegen die Menschlichkeit" angeklagt.

Neues Deutschland vom 13. März 2006 hatte eine Frage zu der Anklage*: ... *Es muss deshalb auch erlaubt sein, die Frage zu stellen, warum sich niemand an die entscheidende Rolle erinnert, die Milosevic beim Zustandekommen des Daytoner Abkommens gespielt hat oder an seine Unterstützung für die verschiedenen Pläne seitens der UN-Vermittler für eine Friedensregelung in Bosnien. »Vergessen« wurde auch das von ihm verhängte Embargo gegen die bosnischen Serben, was ihm den Vorwurf einbrachte, »Verräter serbischer Interessen« zu sein. Möglicherweise ist das auch der Grund dafür, dass erst kürzlich der Antrag abgelehnt wurde, den ehemaligen USA-Präsidenten Bill Clinton, als Zeugen der Verteidigung vorzuladen. Teilnehmer an den Verhandlungen von Dayton wissen von mehreren Gesprächen zwischen Clinton und Milosevic. Sie gehen davon aus, dass Fragen Milosevics zu dem Inhalt der Gespräche und der dort gemachten Versprechungen sehr peinlich hätten werden können.*

Milosevics Tod im Gefängnis und Freispruch

Überrascht las der kleine M Jahre nach der Anklageerhebung einen Artikel in *konkret*, der etwa so überschrieben war: „Anklage gegen Milosevic zusammengebrochen." In den Mainstream-Medien nahm er kein Wort davon war (aber Bekannte beteuerten ihm, es sei gemeldet worden).

Kurz nach dieser Meldung, die jedenfalls seeehr viel dezenter kommuniziert wurde als einst die lautstarken Anschuldigungen, meldete der Staatsfunk: „Milosevic im Gefängnis verstorben."

Dazu weiter aus *Neues Deutschland* vom 13. März 2006*: *Nicht zuletzt bleibt auch die Frage, ob Slobodan Milosevic tatsächlich hätte sterben müssen. Eine Antwort darauf ist sicher schwer zu geben. Es ist bekannt,* *dass der Ex-Präsident seit langem ernsthaft herzkrank war. Obwohl dafür klare Beweise von international anerkannten Spezialisten vorlagen, wurde seitens der Anklage immer wieder versucht, ihn als Simulanten darzustellen. Im Ergebnis wurde Milosevic Ende Februar verweigert, sich in einer Moskauer Spezialklinik behandeln und heilen zu lassen. Dabei lag dem Tribunal eine Garantieerklärung der russischen Ärzte und sogar der Regierung vor, die seine Sicherheit betraf und die Verpflichtung enthielt, Milosevic nach Abschluss der Behandlungen nach Den Haag zurückzubringen. Neben der Tatsache, dass das eine unverantwortliche Brüskierung der russischen Regierung war, trägt das Tribunal in Den Haag, das von Slobodan Milosevic nie anerkannt wurde, ein hohes Maß an Verantwortung für dessen Tod.*

* Zitate mit Genehmigung vom 8. September 2020

Objektive Qualitätsmedien hatten stets den Eindruck vermittelt, dass *Der Schlächter vom Balkan* zurecht bombardiert und vor dem *Internationalen Strafgerichtshof in Den Haag* angeklagt worden sei und dass nur sein Tod eine Verurteilung verhindert habe. Noch am 29.11.2017 wiederholte *DER SPIEGEL*, dass sich vor dem Gericht die hochrangigsten Verbrecher der postjugoslawischen Kriege verantworten mussten, darunter der ehemalige serbische Staatspräsident Slobodan Milosevic, gegen den kein Urteil mehr erging, weil er kurz vorher verstarb.

Was richtig und dennoch sehr irreführend ist. Wissen musste der Schreiber, das Milosevic nicht mehr als Verbrecher bezeichnet werden konnte, aber vielleicht wusste er nicht, dass das hohe Gericht den „Freispruch" am Ende des 2.590 Seiten-Urteils über Radovan Karadzic „versteckt" hatte?

Die *Junge Welt* vom 12.09.2016 beruft sich auf den australischen Journalisten John Pilger, der wohl als erster entdeckt hatte, dass Slobodan Milosevic „in aller Stille von Kriegsverbrechen freigesprochen (wurde), die während des bosnischen Krieges von 1992 bis 1995 begangen wurden, einschließlich des Massakers von Srebrenica". Er sei weit entfernt davon gewesen, sich mit dem verurteilten Führer der bosnischen Serben, Radovan Karadzic, zu verschwören. Im Gegenteil: Wie in *konkret* schon vor Kriegsbeginn zu lesen war, opponierte Milosevic gegen ihn und »verurteilte ethnisches Säubern«. Er versuchte, den Krieg zu stoppen, der Jugoslawien auflöste.

Die aktuelle Ukraine-Krise

Der pro-westliche Putsch gegen den gewählten Präsidenten der Ukraine, vom Februar 2014, wurde von den Qualitätsmedien nicht als Putsch verkauft, nicht als der nächste politische „Frühling", sondern als die „Orangene Revolution", also als etwas Bunteres, Fröhlicheres und Neueres als die gewählte Regierung.

US-amerikanische Firmen wie *Burton & Marsteller* werben laut Professor Mausfeld damit, in nahezu jedem Land der Welt eine „Farben-Revolution" auslösen zu können. Der ehemalige *CIA*-Mitarbeiter Robert Helvey schrieb dazu das schöne *Handbuch für bunte Revolutionen.*

Das Prinzip ist immer dasselbe:

Erstens braucht man viel Geld und zweitens viele Kontakte, zum Beispiel zu Nicht-Regierungs-Organisationen (NGOs). Die unterstützt man in ihren oft sehr respektablen Anliegen, besonders gern natürlich, wenn die sich gegen die Interessen von Regierungen richten, die der Westen beseitigen will. Schön ist es aber auch, wenn man mehrere NGOs gegeneinander aufbringen und dem Volk so den Eindruck vermitteln kann, dass die Regierung das Land nicht mehr im Griff habe. Wenn dann auch noch ein oder zwei bekannte Oppositionelle auf die eine oder andere Weise ums Leben kommen, ist schon viel gewonnen.

Natürlich spielen auch hier Medien-Kampagnen die ganz wesentliche Rolle, um geschürte Konflikte zu international beachteten Krisen zu machen.

An welchem Zeitpunkt man den Beginn der vielen Ukraine-Krisen festlegen kann, haben wir nicht herausgefunden. Sie könnten in der Bronzezeit begonnen haben. (Scherz!) Fest steht, dass *EU* und *NATO* seit dem Ende des sozialistischen Blocks für einen Beitritt der Ukraine kämpfen. Die Ukraine ist das letzte europäische Land, das noch fehlt, um den militärisch-ökonomischen Ring des Westens um Russland zu schließen. (Man bedenke in diesem Zusammenhang die

Weltkriegsgefahr namens „Cuba-Krise“, als die UdSSR 1962 versuchte Raketen an *einer* Flanke der USA zu stationieren.)

Auslöser der „Orangenen Revolution“ war die Präsidentschaftswahl von 2004. Die Proteste gegen den damals wiedergewählten eher Russland zugeneigten Janukowytsch und seine Oligarchen gingen von Anhängern des westlich orientierten Wahlverlierers Wiktor Jutschenko und seinen Oligarchen aus, deren Wahlkampagnen-Farbe orange war.

In den wählerstärksten Gebieten der Süd- und Ostukraine wurden die anhaltenden Demonstrationen und Aktionen der Orangenen als ein Umsturzversuch gegen den gewählten Präsidenten gesehen. Viele glaubten schon damals, dass sich der Westen an den hervorragend organisierten und gut ausgestatten Dauer-Demonstrationen planerisch und finanziell beteiligte. Laut *DER SPIEGEL* wurde für die Orangenen im Kiewer *Hilton*-Hotel kofferweise Geld aus den USA angeliefert.

Der deutsche Außenminister Westerwelle besuchte die von den einheimischen Gerichten verbotene Maidan-Platzbesetzung der Orangenen.

Was für eine diplomatische Provokation!

Aber Janukowytsch konnte nicht gestürzt werden.

Was 2004 noch misslang, war zehn Jahre später erfolgreich. Am 22. Februar, nach mehrtägigen Unruhen mit zahlreichen Todesopfern, hatte das ukrainische Parlament Präsident Janukowytsch für abgesetzt erklärt und den von den USA unterstützten Kandidaten installiert. Daraufhin kam es im Osten und Süden des Landes, wo Janukowytsch die meisten Stimmen erhalten hatte, zu Separationsbestrebungen von der neuen (dem Westen zugewandten) Ukraine. Die Aufrührer und -innen wollten entweder unabhängig sein, oder sich der Russischen Förderation anschließen.

Die Regierung in Kiew schickte Truppen, um eine Abspaltung zu verhindern. Es ist zu vermuten, dass Russland seinerseits Soldaten in die umkämpften Gebiete schickte, weil es seine Sympathisanten und seine Grenze vor der *NATO* schützen will. Dies (!) führte zu anhaltenden politischen Spannungen und zu Wirtschaftssanktionen des Westens gegenüber der Bevölkerung Russlands - und nicht, wie man vermuten sollte, der Putsch gegen eine gewählte Regierung.

Die Krim-Krise

Russlands Präsident Putin musste nach dem pro-westlichen Putsch in der Ukraine befürchten, dass nun, wie in etlichen Fällen zuvor, der *EU*- und *NATO*-Beitritt des Nachbarlandes erfolgen würde. Damit wäre Russland dann nicht nur militärisch umzingelt, sondern zudem von seiner Schwarzmeerflotte abgeschnitten worden, die im Hafen von Odessa beheimatet ist. Also auf der damals ukrainischen Halbinsel Krim, die die Sowjetunion zu Zeiten des Sozialismus der Ukraine geschenkt hatte.

Um den Zugriff auf die Schwarzmeerflotte nicht zu verlieren, lies das russische Parlament auf der Krim eine im Westen sehr umstrittene Abstimmung durchführen. Sie sollte per Volksentscheid die Unabhängigkeit der Krim von der „neuen" Ukraine herbeiführen, damit sie dann wieder Russland beitreten konnte.

Und so wurde es durchgezogen.

Das Ergebnis war wie erwartet: *DER SPIEGEL* meldete, unter Bezugnahme auf die russische *Interfax*, eine Wahlbeteiligung von über 80 Prozent. 96,77 Prozent der abgegebenen Stimmen sollen sich für die Unabhängigkeit der Krim ausgesprochen haben, woraufhin das dortige Parlament die Insel für unabhängig erklärte um anschließend der Russischen Föderation beizutreten.

Der Westen tobte: „Annexion!" - „Völkerrecht!"

Die Russen beriefen sich auf das Rechtsgutachten des *Internationalen Gerichtshofes der UN* vom 22. Juli 2010, wo geurteilt worden war, dass eine einseitige Unabhängigkeitserklärung (im Falle des Kosovo) nicht gegen das Völkerrecht verstoße.

Spätestens damit war die Sache mit dem „Europäischen Haus", das schon Gorbatschow und später auch Putin beschworen hatte, erstmal wieder im Eimer. Der Westen griff zu den bewährten „Friedensmitteln": Abbruch vieler diplomatischer Kontakte, Teilnahmeverbot für viele russische Sportlerinnen und Sportler an Olympia (weil bekanntlich nur in Russland gedopt wird), dem

Versuch, die Ausrichtung der Fußball-WM 2018 in Russland zu annullieren oder zu boykottieren, durch Wirtschaftssanktionen und natürlich der Verlegung von *NATO*-Truppen in die neuen Mitgliedsländer an den Grenzen Russlands.

„Solidarität" mit Griechenland

(Auszüge *aus oxiblog.de 29.06.2018)*

„Es ging niemals um die Rettung Griechenlands, es ging immer um die Rettung bestimmter europäischer Banken."

Der Linkspartei-Abgeordnete Fabio De Masi ... : Es sei »Zeit, sich ehrlich zu machen! 95 Prozent der Griechenland-Kredite in Höhe von 274 Milliarden Euro flossen in den Schuldendienst, auch an deutsche und französische Banken, nicht an griechische Krankenschwestern oder Rentner.«

... De Masi tat, was man nicht eben oft hört: Er entschuldigte sich bei den Griechinnen und Griechen für die Politik der Bundesregierung, »die so viel unnötiges Leid verursacht hat«. Der Bundesregierung sagte er: *»Sie haben* Deutsche Bank und Co *Zeit gekauft, damit die Rettungsschirme das Risiko einer griechischen Pleite übernehmen« ... Eine Studie der privaten Hochschule* ESMT *(hat) vorgerechnet, dass »nur 9,7 Milliarden Euro und damit weniger als fünf Prozent« aller Kredite aus den »Rettungsprogrammen« im griechischen Haushalt landete ...*

Auch die *FAZ* bezog sich auf *ESMT*-Präsident Jörg Rocholl, der damals dem *Wissenschaftlichen Beirat beim Bundesfinanzministerium* angehörte und sagte, dass die europäischen Steuerzahler mit 37,3 Milliarden die privaten Investoren herausgekauft hätten.

Mehr als die Hälfte dieser 37,3 Milliarden, nämlich 23 Milliarden Euro, gingen allein an deutsche Banken.

Deshalb (?) war der härteste Hund gegenüber Griechenland Deutschlands Finanzminister Schäuble. Niemand führte das Wort der „Solidarität mit Griechenland" öfter im Mund als der gnadenlose Deutsche. Er machte eine Politik, die für Deutschland sehr profitabel war* und Griechenland immer tiefer in die Krise trieb. Bis 2017 stiegen die Schulden des Landes von 129,7 Prozent (in 2009) auf 180 Prozent des Brutto-Inlands-Produktes (BIP).

* Mehrere EU-Staaten machten mit Griechenland-Krediten Zinsgewinne. Deutschland hatte laut Finanzministerium bis 2018 1,34 Milliarden Euro daran verdient.

Merksatz des kleinen M zum Thema: „Unter kapitalistisch wirtschaftenden Staaten gibt es keine Solidarität. Es gibt gemeinsame wirtschaftliche Interessen. Wo es keine gemeinsamen wirtschaftlichen Interessen (mehr) gibt, herrscht gnadenlose Konkurrenz."

Eine solidarische Weltwirtschaft ist möglich

Die sozialistischen Länder verband unter anderem der *„Rat für gegenseitige Wirtschaftshilfe (RGW)"*, also so etwas wie eine Ost-EU, aber in solidarischer Form. Er sollte eine Arbeitsteilung durch Spezialisierung der sozialistischen Mitgliedsländer erreichen und eine allmähliche Angleichung der sehr unterschiedlichen wirtschaftlichen Bedingungen.

In Sachen Arbeitsteilung und Spezialisierung wurden größere Busse für den *RGW* bei *Ikarus* in Ungarn gebaut, die leistungsstärksten Traktoren, schwere Diesellokomotiven, wie die DR-Baureihe 130 und Flugzeuge in der UdSSR, Fischverarbeitungsschiffe in der DDR, Straßenbahnen kamen von *ČKD Tatra*, Großdiesellokomotiven wie die *M62* entstanden in der *Lokomotivfabrik Woroschilowgrad* und Bergbau-Lokomotiven wie die *EL2* wurden unter anderem vom Lokomotivbau Elektrotechnische Werke „Hans Beimler" Hennigsdorf geliefert. Ab 1976 importierte die *Deutsche Reichsbahn* der DDR ihre mittelschweren Diesellokomotiven (Baureihe 119) von der *„Lokomotivfabrik 23. August"* aus Rumänien. Eine Unterorganisation war der Gemeinsame Güterwagenpark *(OPW)*, der vom 1. Juli 1964 bis zum 31. August 1990 bestand. Geplant war auch ein PKW der unteren Mittelklasse als Gemeinschaftsprojekt der RGW-Staaten unter Federführung der DDR und der ČSSR, das so genannte RGW-Auto. Der Vertrag über ein *Einheitliches System Elektrischer Rechentechnik (E-SER)*, zielte auf die Entwicklung einer standardisierten Rechentechnik ab.

Eine weiterer Gewinn der ‚gegenseitigen Wirtschaftshilfe' bestand darin, dass die wirtschaftlich verhältnismäßig starken Länder Sowjetunion, DDR, Tschechoslowakei, Ungarn, die schwächeren

Länder wie Bulgarien, Rumänien, Kuba, Mongolei und Vietnam wirtschaftlich unterstützten.

Die „Sozialistische Marktwirtschaft" in China

(URL: https://de.wikipedia.org/w/index.php?title=Sozialistische_Marktwirtschaft&oldid=194570894(Abgerufen: 6. September 2020, 17:06 UTC)

Privatsektor

Der größte Teil des Wirtschaftswachstums in China wird dem privaten Sektor zugeschrieben, der zweimal so schnell wächst wie die offiziellen Wachstumszahlen insgesamt und der kontinuierlich größer wird …

Öffentlicher Sektor

2006 erklärte die chinesische Regierung, dass die Rüstungsindustrie, Energieerzeugung, die Öl- und Petrochemie, Telekommunikation, Kohleabbau, Luft- und Schifffahrt unter der „absoluten Kontrolle des Staates" verbleiben müssen und auch weiterhin gesetzlich öffentliches Eigentum bleiben. Der Staat behält auch die indirekte Kontrolle bei der Anleitung der nichtstaatlichen Wirtschaft über das Finanzsystem, das finanzielle Mittel nach staatlichen Interessen verleiht.

Der Staatssektor konzentriert sich in den Großindustrien…, während der wachsende Privatsektor primär im Bereich der Waren- und Konsumgüterproduktion und der Leichtindustrie zu finden ist. Zentralisierte Planung, die auf obligatorischen Produktionsmengen und -quoten basiert (wie in der klassischen Planwirtschaft), *wurde für den Großteil der Wirtschaft durch einen freien Marktmechanismus … ersetzt.*

Ein großer Unterschied zur alten Planwirtschaft ist die Umstrukturierung der Staatsunternehmen auf einer kommerziellen Basis mit der Ausnahme von nur 150 sehr großen Staatsunternehmen, die weiterhin direkt von der Zentralregierung verwaltet werden … Diese Staatsunternehmen besitzen eine hohe Autonomie, sodass sie selbst ihre eigenen CEOs wählen und ihren selbst erwirtschafteten Profit behalten können. Sie unterscheiden sich aber von den Privatunternehmen darin, dass sie notfalls vom Staat gerettet werden, wenn sie in wirtschaftliche Probleme geraten. Bis zum Jahr 2008 haben diese staatseigenen Unternehmen eine große Dynamik erfahren und konnten so einen Beitrag zur Steigerung der Staatseinnahmen leisten.

Dieser Typ eines Wirtschaftssystems wird aus chinesisch-marxistischer Perspektive verteidigt, die argumentiert, dass eine sozialistische Planwirtschaft nur möglich sei, nachdem zunächst eine umfassende Warenwirtschaft mit marktwirtschaftlichen Elementen etabliert wurde. Erst nach deren vollständiger Entwicklung wird sie sich schließlich selbst erschöpfen und graduell in eine Planwirtschaft verwandeln.

INFO „Chinas große Umwälzung"
Buch von Felix Wemheuer bei *PapyRossa*

Die Diktatur des Proletariats

„Wir brauchen eine Wirtschaft, die nicht auf Profit und damit auch nicht auf den Zwang ausgerichtet ist, permanent wachsen zu müssen. Sie muss sich allein an den Bedürfnissen des Menschen und der Menschheit ausrichten. Kriege, Hunger, Armut, Obdachlosigkeit, Bildungsferne, Neid, Hass, Rassismus, Überlebens- und Beschaffungskriminalität werden dann größtenteils der Vergangenheit anhören" verkündete der kleine M.

Karl Marx verkündete: *„In dem Maß, in dem der Fortschritt der modernen Industrie die Kluft zwischen Reichen und Armen immer weiter vertieft, in dem selben Maße erhält die Staatsmacht mehr und mehr den Charakter einer öffentlichen Gewalt zur Unterdrückung von Aufständen"*.

Diese staatliche Gewalt, die mit Polizei, Soldaten, Geheimdiensten und Justiz die Interessen der Oberschicht verteidigt, versuchte die *Pariser Kommune* 1871 durch eine „Verwaltung des Volkes" zu ersetzen. Für Friedrich Engels war die *Pariser Kommune* das gelebte Beispiel für die von Marx postulierte „Diktatur des Proletariats", die nichts mit unserem heutigen Verständnis von Diktatur zu tun hat:

Als „Pariser Kommune" wird der spontan gebildete, revolutionäre Stadtrat bezeichnet, der vom 18. März 1871 bis 28. Mai 1871, gegen den Willen der konservativen Zentralregierung versuchte, Paris nach sozialistischen Vorstellungen zu regieren.

Die Mitglieder dieser kommunalen Verwaltung (=Kommune) wurden durch ein allgemeines Stimmrecht in den Bezirken von Paris gewählt. Sie waren direkt verantwortlich und jederzeit absetzbar.

Ihre Mehrzahl bestand aus „einfachen Leuten", weil sie nun mal die Mehrheit der Bevölkerung waren und sind.

Diese Verwaltung sollte nicht eine parlamentarische Körperschaft sein, sondern eine an der Basis aktive, gesetzgebende und vollziehende zugleich. Die Polizei, bisher Werkzeug der Staatsregierung, wurde sofort aller ihrer politischen Aufgaben enthoben und in das verantwortliche und jederzeit absetzbare Werkzeug der Kommune verwandelt. Ebenso die Beamten aller anderen Verwaltungszweige.

Die Justizbeamten verloren ihre scheinbare Unabhängigkeit. Wie alle übrigen öffentlichen Dienste, sollten sie gewählt werden, direkt verantwortlich und absetzbar sein.

Der öffentliche Dienst musste für Arbeiterlohn erledigt werden – auch von den Mitgliedern der Kommunalverwaltung. Die Sonderrechte und die Repräsentationsgelder staatlicher Würdenträger verschwanden mit diesen Würdenträgern selbst. Die öffentlichen Ämter hörten auf, das Privateigentum der Handlanger der Zentralregierung zu sein. ...

Nach der Entmachtung von Armee und Polizei ging die Kommune daran, das geistliche Unterdrückungswerkzeug, die Macht der Kirchen, zu brechen. Sie befahl die Auflösung und Enteignung aller Kirchen. Die Berufsgläubigen wurden in die Stille des Privatlebens zurückgesandt, um sich dort, nach dem Vorbild der Apostel, von den Almosen der Gläubigen zu ernähren.

In der Wochen der Pariser Kommune entstand die erste feministische Massenorganisation mit der Union des femmes pour la défense de Paris et les soins aux blessés (= Frauenunion für die Verteidigung von Paris und die Pflege der Verwundeten). Die Frauen verlangten und bekamen erstmals das Recht auf Arbeit und gleichen Lohn wie Männer und erstritten Gleichstellung ehelicher und nicht ehelicher Kinder sowie die Entkirchlichung von Bildungs- und Krankenpflegeeinrichtungen.

Auch sämtliche Unterrichtsstätten wurden und von der Einmischung von Staat und Kirche befreit und dem Volk kostenlos geöffnet.

USAaah!

Knapp an einer guten Welt vorbei?

Der US-amerikanische Präsident Franklin D. Roosevelt wollte die Lehren aus der Katastrophe des Zweiten Weltkrieges ziehen und die Welt einen. 1945 sah er in den Trümmern der Häuser und der Herzen die Chance für globale Kooperation statt Konfrontation. Die Chance weg vom Nationalismus hin zu dem Gedanken des Zusammenwirkens aller mit allen.

Er setzte die Gründung der „Vereinten Nationen", der *United Nations (UNO)* durch.

Um das Ziel einer friedlichen Welt weiter verfolgen zu können, entschied sich Roosevelt zu einer nie dagewesenen vierten Amtszeit. Ohne innerparteiliche Opposition gewann er die Nominierung der

Demokraten und besiegte den Kandidaten der *Republikaner* im Wahlkampf deutlich.

Aufgrund einer schweren Erkrankung war es jedoch denkbar, dass er die Amtszeit nicht durchstehen könnte. Dies führte zu einer heftigen politischen Auseinandersetzung über die Besetzung des Postens des Vizepräsidenten, der, im Fall des Falles, automatisch Präsident werden würde. Dieser hieß seit mehreren Jahren Henry Wallace und stand vollkommen hinter der innenpolitischen Sozialpolitik Roosevelts (New Deal) und dessen außenpolitischen Plänen für eine globale Kooperation.

(Frei erzählt nach Oliver Stones Video-Trilogie
„*The untold History of the United States*".)

Vor dem Nominierungs-Parteitag der *Demokratischen Partei* im Juli 1944 stand fest, dass Henry Wallace gegen seine Mitbewerber Burns und Truman wieder als Vizepräsident gewählt werden würde. Er genoss ein außerordentlich großes Ansehen in weiten Teilen der US-amerikanischen Bevölkerung, seit 1942 seine Rede vom „Century of the Common Man" (dem „Jahrhundert des Kleinen Mannes") zum ersten Mal im Radio übertragen worden war.

Sie widersprach den Bestrebungen der Konservativen allerdings vollkommen. Die wollten ein „Amerikanisches Jahrhundert" durchsetzen, das nicht das Wohlergehen der kleinen Leute im Auge hatte, sondern einen weitgehend ungeregelten Kapitalismus unter US-amerikanischer Weltherrschaft.

Wallace rief zu einer weltweiten Revolution der Völker gegen ihre soziale Unterdrückung auf, zum Ende von Kolonialismus und Imperialismus.

Seine Popularität war riesig. In einer Umfrage unter Mitgliedern der *Demokraten* lag er bei 65% Zustimmung, seine Mitbewerber Burns bei 3% und Truman bei 2%. Kandidat Burns gab noch vor der Parteitagsentscheidung auf.

Zur anstehenden Wahl war die Parteitagshalle voller Wallace-Anhänger. In seiner Rede sagte dieser: „In Zukunft muss gleiche Arbeit auch gleichen Lohn bedeuten, unabhängig welcher Rasse oder welchem Geschlecht man angehört." In der Halle erschallten „Roosevelt and Wallace"-Sprechchöre.

Man hätte zur Abstimmung schreiten können, aber hinter den Kulissen machten Wallace-Gegner Druck auf die Parteiführung, die Wahl durch Vertagung zu verhindern.

Die große Mehrheit der Anwesenden sprach sich gegen eine Vertagung aus - aber es wurde vertagt. Um einen Tag.

Senator Pepper notierte später: „Für mein Verständnis wurde in dieser Nacht in Chicago die Geschichte auf den Kopf gestellt." Jedenfalls wird in dieser Nacht viel gelogen, gedroht und bestochen worden sein. Von Leuten mit viel Geld, die sicher kein ‚Jahrhundert des kleinen Mannes' wollten. Es wurden höchst attraktive Posten vergeben - für alle, die am nächsten Tag für den 2%-Kandidaten Truman stimmen würden.

Der neue Tag.

Sitzungsleiter Jackson entschuldigte sich für die Vertagung, und bat zur Wahl.

Wallace gewann den ersten Wahlgang.

Polizei erschien.

Tausende Wallace-Anhänger wurden aus der Halle gedrängt.

Den zweiten Wahlgang gewann der 2%-Truman und wurde damit „demokratisch gewählter" Vizepräsident von Franklin D. Roosevelt.

Der Plan zum globalen Frieden

Auf der Konferenz von Jalta (1945) hatte Roosevelt gehofft, den „Globalen Frieden" herbeiführen zu können. Dazu wollte er die Sowjetunion als Partner und kündigte großzügige Wirtschaftshilfe für das zerstörte Land an, man sprach von 10 Milliarden US-Dollar, was damals eine ungeheuer große Summe war.

Laut Oliver Stone´s Trilogie entfalteten die Ergebnisse von Jalta eine große Euphorie unter weiten Teilen der Menschheit: Endlich dauerhafter Frieden!

UhhhSA!

Beginn des „Amerikanischen Jahrhunderts" und des „Kalten Krieges"

US-Präsident Roosevelt starb am 12. April 1945, so dass der von den Wirtschaftsradikalen ins Amt geputschte Vizepräsident Truman nur 82 Tage nach seinem Amtsantritt als neuer Präsident nachrückte. Wallace wurde rund ein Jahr später als Handelsminister aus der Regierung entlassen, er hatte Truman in einer öffentlichen Rede für dessen harte Haltung gegenüber der Sowjetunion kritisiert.

Am 12. März 1947 verkündete der US-amerikanische Präsident die *Truman-Doktrin.* Nach dieser sollte es zum außenpolitischen Grundsatz der USA werden, „freien Völkern beizustehen, die sich der angestrebten Unterwerfung durch bewaffnete Minderheiten oder durch äußeren Druck widersetzen". Er verlieh sich und den USA also die Möglichkeit dort einzugreifen, wo unerwünschte Entwicklungen stattfanden. Zum Beispiel in Staaten, die erwogen künftig nach sozialistischen Prinzipien zu wirtschaften.

Truman beendete die amerikanische Kriegskoalition mit der Sowjetunion, was laut *wikipedia* den Beginn des „Kalten Krieges" markiert.

Für den kleinen M hatte der Kalte Krieg aber bereits in der bewussten Nacht in Chicago begonnen. Die Leute, die Wallace verhindert und Trumans Wahl erzwungen hatten, verhinderten ein „Jahrhundert des kleinen Mannes" und erzwangen eine weltweite ungebremste unsoziale radikal-kapitalistische Marktwirtschaft unter US-amerikanischer Führung.

Mit Anti-Kommunismus, Putschen und offenen Kriegen.

INFO Anti-Kommunismus

Truman begann damit die ganze Welt auf Kapitalismus zu trimmen, indem er zunächst die nationale Opposition ausschalten ließ. Menschen, die wie Roosevelt und Wallace für ein soziales Wirtschaften und ein friedliches Miteinander der Nationen standen, wurden nun der kommunistischen Staatsfeindschaft verdächtigt. Es begann die McCarthy-Ära, gegen deren Denunziation und öffentliche Schauprozesse die Stasi beinah dezent wirkt. Prominente Künstlerinnen (?) und Künstler wurden öffentlich im TV verdächtigt und verhört. Der Schriftsteller Arthur Miller und der Folk-Sänger Pete Seeger wurden jeweils zu einer Gefängnisstrafe verurteilt, weil sie sich mit Verweis auf ihre verfassungsmäßigen Rechte weigerten, vor dem *Komitee für unamerikanische Umtriebe* auszusagen.

Harry Truman ordnete eine Überprüfung der politischen Loyalität sämtlicher Angestellten der Bundesbehörden an. Drei Millionen Staatsbedienstete wurden überprüft, 1.210 entlassen, 6.000 reichten ihre Kündigung ein.

Auch international wurde ein radikaler Anti-Kommunismus Grundpfeiler US-amerikanischer Politik, denn in vielen Länder erfreuten sich die Ideen des Sozialismus großer Beliebtheit:

In der Tschechoslowakei gewann die KP 1946 die Wahlen. In Jugoslawien und Albanien konnten sich die kommunistischen Parteien durch den nationalen Befreiungskampf gegen die faschistischen Besatzungsmächte im Zweiten Weltkrieg als führende Kräfte der Nachkriegsordnung etablieren. Auch in Italien und Frankreich hatten die Kommunistischen Parteien durch ihren Widerstand gegen die deutsche Besatzung große Unterstützung in der Bevölkerung gewonnen. Sie traten dort wie auch in Belgien und Österreich in Koalitionsregierungen ein, mussten diese auf Druck der USA aber 1947 wieder verlassen.

In einem westeuropäischen Land wurde die Kommunistische Partei sogar verboten: In Deutschland. Dort wo Kommunistinnen und Kommunisten im Mutterland des Nationalsozialismus Widerstand geleistet hatten, ist die KPD bis heute nicht wieder erlaubt.

Die Stellschrauben für diesen radikalen Kurswechsel wurden schon unmittelbar nach Trumans Amtsübernahme gestellt, wie das aus vielen Gründen unbedingt lesenswerte Buch *Zensur ohne Schere* von Emil Carlebach belegt:

Presse(un)freiheit

Um den komplexen Bericht von Carlebach kurz zu umreißen: Anfangs waren die US-Amerikaner sehr darum bemüht, vom Nationalsozialismus unbelastete Personen mit dem Neuaufbau der Presselandschaft in Deutschland zu betrauen. Zum Beispiel beim ersten Projekt, der *Frankfurter Rundschau.* Sie stellten eine Redaktion zusammen, die paritätisch mit Kommunisten (u.a. Carlebach) und Sozialdemokraten besetzt war, weil deren Parteien als einzige ganz oder teilweise im Widerstand zum „Dritten Reich" gestanden hatten.

Ziel war es, eine Zeitung zu entwickeln, deren Gewinne im Hause verbleiben, um die Bezahlung von Mitarbeiterinnen und Mitarbeitern zu sichern und um Druck und Vertrieb in Eigenregie betreiben zu können. Es ging um die Unabhängigkeit der Journalistinnen und Journalisten von Verlegern und von Anzeigenkundschaft. - Es ging um eine nicht profit-orientierte Presse.

Kaum war jedoch der Wechsel von Roosevelt zu Truman vollzogen, wurde der US-Führungsoffizier der *Frankfurter Rundschau* des Sympathisantentums mit Kommunisten bezichtigt, in die USA beordert und für seine (bis dahin) vorschriftsmäßige Vorgehensweise bestraft („McCarthy-Ära").

Die *Frankfurter Rundschau* und die weiteren Blätter, die dann auf den Markt kamen, wurden ihrer ökonomischen Unabhängigkeit beraubt und wieder der Gewinnerzielung durch Anzeigen-Einnahmen, Auflagenhöhe und Verleger-Interessen unterworfen.

Auf Seite 186 des Carlebach-Buches finden sich folgende Zeilen, die von Paul Sethe stammen, einem langjährigen Mitarbeiter der *Frankfurter Allgemeinen Zeitung*, der diesen Leserbrief schrieb, der am 5. Mai 1965 im *DER SPIEGEL* erschien:

„Das Verhängnis besteht darin, dass die Besitzer der Zeitungen den Redaktionen immer weniger Freiheit lassen, dass sie ihnen immer mehr ihren Willen aufzwingen. Da aber die Herstellung von Zeitungen und Zeitschriften immer größeres Kapital erfordert, wird der Kreis der Personen, die Presseorgane herausgeben können, immer kleiner. Damit wird unsere Abhängigkeit (gemeint ist sicher „als Journalisten", Hrsg.) immer größer und immer gefährlicher ... sie halten es für selbstverständlich, dass Journalisten nicht ihre Bundesgenossen, sondern ihre willenlosen Gefolgsleute sind ... Pressefreiheit ist die Freiheit von 200 reichen Leuten (1965!, Hrsg.), ihre Meinung zu verbreiten ..."

Und genau das, davon sind der kleine M und ich überzeugt, war das Interesse der Männer, die den Parteitag der *Demokraten* 1944 in einer Art Putsch von Wallace zu Truman kippten: Das verbliebene nicht-sozialistische Europa mit Hilfe der Medien stramm auf kapitalistische Gewinn-Maximierung zu trimmen. Sie wollten durch einen Propaganda-, Wirtschafts- und Hochrüstungswettlauf (= Kalten Krieg), die Alternative zum Kapitalismus in die Knie zwingen (nachdem die Sowjetunion 1949 auch eine Atombombe besaß und ein heißer Krieg zu gefährlich geworden war).

Das US-amerikanische Jahrhundert

Irgendwer schickte dem kleinen M den Link zu einem Video, das einen Professor Mausfeld zeigt, der in dem gut einstündigen Vortrag „Warum schweigen die Lämmer?" unglaubliche Dinge behauptet - und dazu seine Quellen nennt:

Zum Beispiel habe ein Tirman J. in *Oxford University Press* publiziert, dass die USA in ihren militärischen Maßnahmen nach (!) dem 2. Weltkrieg 20 bis 30 Millionen Zivilisten getötet haben sollen. Titel des Artikels: „The fate of civilians in America´s wars". Wenn man sich vor Augen hält, wo die Amis allein nach 1945 zugange waren und sind, kann man sich solche Zahlen vorstellen.

In der kommenden Auflistung der Interventionen sind die indirekten Einmischungen in nahezu allen Staaten Südamerikas nicht enthalten, die in Persien nicht, die in der Ukraine nicht. Als ein

Beispiel, welch verheerende Folgen selbst indirekte Einmischung gehabt haben, hier Indonesien:

(Im April 2018 gefunden unter www.theatlantic.com/international/...the-us.../543534/) *A trove of newly declassified diplomatic cables reveals a surprising degree of American involvement in a brutal anti-communist purge in Indonesia half-a-century ago.* = Ungefähr übersetzt "Neu freigegebene diplomatische Dokumente zeigen ein überraschendes Ausmaß Amerikanischer Beteiligung an einer antikommunistischen Säuberungsaktion in Indochina, vor 52 Jahren."

Die USA installierten den feinen Herrn Suharto, der Indonesien von der linksnationalistischen Politik seines Vorgängers Sukarno (mit planwirtschaftlichen Elementen) zu einer (pro-amerikanischen) „Neuen Ordnung" schlachten ließ. Suharto schaltete jegliche Opposition aus. Im Zuge seines Putsches wurden 1965 und 1966 zwischen 500.000 und 3.000.000 Kommunistinnen, Kommunisten und regierungskritische Studierende ermordet. Das gefiel dem freien demokratischen Westen der Menschenrechte sehr gut, denn die „Neue Ordnung" war der alte Kapitalismus.

1975 ließ Suharto zudem Osttimor völkerrechtswidrig besetzen und mehr als ein Drittel der dortigen Einwohner umbringen. In Westneuguinea ließ er die einheimischen Papua ermorden und vertreiben.

Suharto und Bundeskanzler Kohl soll eine enge Freundschaft verbunden haben. Kohl reiste während seiner Amtszeit vier Mal nach Indonesien. Suharto wurde 1970 und 1991zweimal als Staatsgast in der Bundesrepublik empfangen. So ein paar hunderttausend Ermordete sind da kein Hinderungsgrund.

Einige Kriege der USA seit dem 2. Weltkrieg

Die Auflistung, die wir 2017 in *wikipedia.org* gefunden haben, umfasst knapp 60 große und kleine US-Interventionen nach 1945. Darunter auch Einsätze im Rahmen der UNO, in der die USA den wesentlichen Einfluss auf entsprechende Entscheidungen hatten.

Jede(r) kann diese Auflistung in verschiedenen Portalen des Internets finden, deshalb hier nur die besonders bemerkenswerten

Aktionen für das von der USA offen angestrebte „Jahrhundert der US-Weltherrschaft."

- 17. April 1961: Kuba – Eine von den USA ausgebildete und ausgerüstete Guerillagruppe aus Exilkubanern scheitert bei dem Invasionsversuch in der Schweinebucht auf Kuba. Die Operation wird durch die us-amerikanische Bombardierung kubanischer Luftabwehrstellungen vorbereitet.

- Mai 1964: Laos – US-Flugzeuge und Bodentruppen (etwa 10.000 Mann) starten Angriffe auf die Gebiete des Pathet Lao, einer laotischen militärischen Widerstandsbewegung mit kommunistischer Ausrichtung.

- 1964 bis 1975: Vietnam – Die USA beteiligen sich massiv. Auf dem Höhepunkt des Vietnam-Krieges sind rund 550.000 amerikanische Soldaten im Einsatz.

- 1964 bis 1982: Bolivien – Die USA sind in eine Vielzahl von militärischen Staatsstreichen und Revolten verwickelt.

- April bis September 1965: Dominikanische Republik (Operation Power Pack) *– Nach dem Sturz des linksgerichteten Präsidenten Juan Bosch und der Installation einer mit us-amerikanischer Hilfe eingesetzten Militärjunta entbrennt ein Bürgerkrieg. Die USA intervenieren mit 42.000 Marines und veranlassen Neuwahlen, aus denen Joaquin Balaguer als Sieger hervorgeht. Er bestimmt, in enger Zusammenarbeit mit den USA, die folgenden 35 Jahre die Dominikanische Politik.*

- Mai 1965: Kambodscha – Die USA bombardieren Grenzdörfer entlang der vietnamesischen Grenze. Das Land wird dadurch in den Vietnam-Krieg verwickelt.

- März 1970: Kambodscha – Mit us-amerikanischer Unterstützung putscht sich General Lon Nol an die Macht.

- Angola: Die USA unterstützen die UNITA-Rebellen in ihrem Kampf gegen die marxistisch-leninistische MPLA-Regierung.

- 1977 bis 1992: El Salvador – Die USA unterstützen die von ihnen eingesetzten oder gebilligten Regierungen im Kampf gegen die marxistisch-leninistische Opposition. In der Folge zerfällt das Land in einem zehnjährigen Bürgerkrieg.

- Ab 1981: Nicaragua – Die USA setzen nach der erfolgreichen sandinistischen Revolution von 1979 die finanzielle, militärische und logistische Unterstützung der Anhänger der gestürzten Diktatur von Anastasio Somoza Debayle fort und bekämpfen die Sandinisten, nachdem diese auf einen marxistisch-leninistischen Kurs umschwenken.

- Ab 1981: Afghanistan – Die USA gewähren den Mudschahedin und anderen afghanischen Widerstandskämpfern massive finanzielle, militärische und logistische Hilfe.

- Ab 1982: Nicaragua – Die Contras, von Honduras aus operierende Gegner der sandinistischen Regierung in Nicaragua, erhalten militärische und logistische Hilfe seitens der USA.

- September 1983: Libanon – Die USA greifen als Teil einer internationalen Friedenstruppe in den libanesischen Bürgerkrieg ein.

- 25. Oktober 1983: Grenada – Die Annäherung der neuen Regierung an die Sowjetunion führt zu einer militärischen Intervention der USA. Der linksorientierte Premierminister Maurice Bishop wird gestürzt und exekutiert.

- 14. April 1986: Libyen – Als Vergeltung für libysche Terrorakte bombardieren die USA Ziele in Tripolis und Bengasi (Operation El Dorado Canyon).

- 3. Juli 1988: Iran – Ein Passagierflugzeug vom Typ Airbus A300 *der* Iran Air *wird über der Straße von Hormus vom Lenkwaffenkreuzer* USS Vincennes (CG-49) *abgeschossen. 290 Menschen sterben. Nach amerikanischen Angaben war es der Besatzung nicht möglich, den zivilen Airbus von einem iranischen Kampfflugzeug zu unterscheiden oder mit dem Piloten Kontakt aufzunehmen.*

- 20. Dezember 1989: Panama wird besetzt (Operation Just Cause).

- Ab 1990: Im Drogenkrieg in Kolumbien unterstützen die USA paramilitärische Einheiten zur Bekämpfung kommunistischer Rebellen.

- Januar/Februar 1991: Kuwait: US-geführte Koalitionstruppe marschieren in Kuwait ein und beenden mit der Operation Wüstensturm *die irakische Besetzung des Landes.*

- 27. August 1992: Irak – Die USA nehmen den Luftkrieg eingeschränkt wieder auf, zehn Jahre lang.

- 9. Dezember 1992: Somalia – Die USA entsenden 28.000 Soldaten nach Somalia.

- 27. Juni 1993: Irak – US-Kriegsschiffe unternehmen einen Einsatz gegen den Irak und feuern 23 Marschflugkörper auf Bagdad ab.

- März bis Juni 1999: Kosovokrieg – Die NATO *führte unter dem Kommando der USA umfangreiche Bombardements gegen Ziele in Jugoslawien durch, um einen Abzug serbischer Streit- und Polizeikräfte aus dem Kosovo zu erzwingen.*

- November 2001, Operation Enduring Freedom*: Afghanistan – In der Folge der Terroranschläge islamistischer Fundamentalisten in New York und Washington unterstützen US-Soldaten die Afghanische Nationalarmee beim Kampf gegen die Taliban.*

- 20. März 2003, Operation Iraqi Freedom*: Irak – Streitkräfte einer 48 Nationen umfassenden Koalition greifen im Dritten Golfkrieg den Irak an und stürzten die Regierung von Saddam Hussein.*

- Frühjahr 2011 Libyen – Luftschläge und Marineeinsätze mit Marschflugkörpern, um eine Flugverbotszone gegen die libysche Regierung durchzusetzen und somit Angriffe gegen die von den USA unterstützen Aufständischen im Land zu verhindern.

- 2016/ 2017 Irak – *„Schlacht um Mossul" in dem von den USA zum „failed state" gemachten Irak.*

- 7. April 2017: Luftangriff auf den Militärflugplatz asch-Schaʿirat in Syrien.

Im Namen der Menschenrechte

Die USA setzten in ihren Kriegen Verbände wie die *Joint Special Operations Command* und *Tiger Force* ein, die nur dazu da waren, blanken Terror unter der Zivilbevölkerung zu verbreiten. Im *SPIEGEL* fanden wir folgende Auflistung von Verbrechen der *Tiger Force*:

Diebstähle, Brandschatzungen, Vergewaltigungen, Folterungen, Maschinengewehr-Salven auf bewohnte Dörfer, das Zielschießen auf Zivilisten, die wahllose Erschießung von Bauern, die Ermordung von zufällig angetroffenen Menschen, Zu-Tode-Prügeln von Wehrlosen, Einzel- und Gruppenexekutionen, das Erdolchen, Skalpieren, Bajonettieren und Strangulieren, die Enthauptung eines Babys, die Verstümmelungen von Leichen, sowie das Schmücken mit Leichenteilen."

U.S. General Stanley A. McCrystal sagte (übersetzt): *„Wir haben eine erhebliche Anzahl („an amazing number") von Menschen getötet, die meines Erachtens keinerlei Gefahr für unsere Soldaten dargestellt hatten."*

Im Namen der Rechtsstaatlichkeit

Manchmal sah der kleine M Überraschendes im deutschen Staatsfernsehen, gern gegen 23 Uhr und später.

Am 4. April 2018 sendete die ARD ab 22 Uhr 45 den Dokumentarfilm „Amerikas Drohnenkrieger". In ihm sprachen Menschen, die im internationalen Drohnenkrieg der USA als Drohnenführerinnen und -führer eingesetzt gewesen waren. Sie müssen seit diesen Einsätzen mit einem so schlechtem Gewissen leben, dass sie psychisch schwer leiden und einen großen Offenbarungsdrang verspüren. Sie wissen, dass sie wegen ihrer öffentlichen Aussagen unter Umständen von US-amerikanischen Behörden fertiggemacht werden – was in einem Fall auch schon passiert ist und in dem TV-Bericht auch dokumentiert werden konnte.

Während der Schilderungen dieser Menschen sah man Originalaufnahmen von Bombardements auf Menschengruppen und Häuser, die sich nicht notwendigerweise in Kriegsgebieten befunden haben, sondern irgendwo auf der Welt. In diesen Gruppen und Häusern war manchmal nur eine einzige Person, die von den Amis als Feind eingestuft war – ohne jede rechtliche Basis, versteht sich. Getötet wurde immer die ganze Gruppe – in Autos, auf dem Fußweg oder in einem Haus, in dem sich auch etliche Unverdächtige befinden konnten. Nach dem Angriff, so verlangte es die Dienstvorschrift, musste die Drohnenkamera so lange am Zielpunkt bleiben, bis sich der Staub gelegt hatte und die Leichenteile sichtbar wurden.

Eine der Drohnenführerinnen zeigte eine interne Statistik, die besagte, dass die USA, nur in Iran und Irak (!), in zwei Jahren (2008-2010) 2.400 Objekte angegriffen hatten, wobei „ins Leben von 121.000 Menschen eingegriffen wurde", wie sie sich ausdrückte. „In zwei Jahren", fuhr sie sinngemäß fort. „Und seit wann führen wir diesen Krieg? Seit 2002? Und jetzt, 2014, führen wir ihn immer noch! Rechnen Sie sich mal aus, wie viele Opfer in diesen 12 Jahren allein in diesen zwei Staaten zu beklagen sind!"

Rechnerisch wären es bis 2014 sechsmal 121.000 Menschenleben in die „eingegriffen" worden sein könnte = 726.000. Und da sind noch viele weitere Staaten auf der US-Abschussliste …

War der kleine M anti-amerikanisch?

„Überhaupt nicht!, ich war nicht mal ‚anti-USA-sisch', denn Pete Seeger, Stevie Wonder, Michael Jackson, Prince, Jimi Hendrix und unzählbar viele Hippies und andere Friedensbewegte waren und sind schließlich auch Nordamerikaner und -innen.

Ich bin Gegner der über Jahrzehnte global vandalierenden US-amerikanischen Regierungen und der Tatsache, dass davon in ‚unseren' Massenmedien wenig zu finden war und ist. Im Gegenteil: die USA stehen in der Berichterstattung immer noch für das Gute, während Russland, das in den letzten 100 Jahren zweimal von Deutschland angegriffen wurde, uns stets als Bedrohung vorgeführt wird. Gegen diesen Käse singe, schreibe und rede ich an."

„I have a media dream"

Eine US-amerikanische Journalistin, die in Opposition zur vollkommen privatisierten Medienlandschaft ihres Landes steht, sagte sinngemäß im deutschen Staats-TV: ‚Wenn alle Journalistinnen und Journalisten ohne Rücksicht auf ihre Arbeitgeber und Regierungen umfassend, offen und ehrlich berichten würden, hätten wir eine friedliche Welt.'

Neue Helden

1. Manning

Bekannt wurde der Fall unter dem männlichen Vornamen „Bradley". Später lebte er als Frau unter dem Namen Chelsea, der hier verwendet wird.

Manning hatte Dokumente über die US-Kriege in Afghanistan und im Irak an die Internet-Plattform *WikiLeaks* gegeben. In einer langen Rede dazu wies sie klar von sich, eine Staatsfeindin zu sein, sie habe die Dokumente an *Wikileaks* gegeben, weil die US-Medien auf das Material nicht reagiert hatten:

(Aus *www.heise.de/Wikilekas-Whistleblower-Bradley-Manning:) „Ich halte diese Dokumente nach wie vor für einige der wichtigsten Dokumente unserer Zeit. Ich glaubte, die Depeschen würden uns nicht schaden, aber sie würden peinlich sein. Ich glaubte, dass die Öffentlichkeit, insbesondere die amerikanische Öffentlichkeit, eine allgemeine Debatte über das Militär und unsere Außenpolitik im Irak und in Afghanistan führen wird, wenn sie denn einmal diese Dokumente lesen könnte. Es wäre damit eine Chance für unsere Gesellschaft gegeben, sich Rechenschaft über diese Form des Gegen-Terrorismus abzulegen, in dem wir die menschliche Seite der Bewohner in diesen Ländern Tag für Tag missachten."*

Manning wurde inhaftiert und zunächst im „Camp Arifjan" in Kuwait festgehalten und dann Ende Juli 2010 in ein Gefängnis auf der Marine Corps „Base Quantico" verlegt. Dort war sie unter sehr scharfen Haftbedingungen in Einzelhaft. Sie musste sich 23 Stunden am Tag in ihrer Zelle auf-halten und hatte auch in der restlichen Stunde keinen Zugang zu Nachrichten und aktuellen Informationen. Bettlaken und Kissen wurden ihr verwehrt. Die Bedingungen entsprachen denen eines Supermax-Gefängnisses mit Isolationshaft, die zu psychischen, kognitiven und körperlichen Schäden führen können.

Im März 2011 wurde über ihren Verteidiger David Coombs bekannt, dass Manning ohne Erklärung ihre Kleidung abgenommen worden und sie gezwungen worden sei, nachts sieben Stunden lang nackt in ihrer Zelle auszuharren. Danach habe sie nackt vor ihrer

Zelle an-treten müssen. Die gleiche erniedrigende Form der Behandlung werde bis auf weiteres wiederholt. Brian Villiard, ein Sprecher des Gefängnispersonals, bestätigte den Vorfall unter Berufung auf die Gefängnisregeln. Eine schriftliche Beschwerde Mannings über ihre Haftbedingungen wurde sechs Monate später abgelehnt. Sie wurde zu einer sehr langen Haftstrafe verurteilt, aber im Mai 2017 von US-Präsident Obama begnadigt.

2. Julian Paul Assange

Julian Paul Assange ist politischer Aktivist, investigativer Journalist, ehemaliger Computerhacker, Programmierer und Sprecher der Enthüllungsplattform WikiLeaks. Assange ist Australier mit einer Weltanschauung, die für eine teilweise bis vollständige Abschaffung des Staates steht. Er veröffentlichte 2006 den Aufsatz *„Conspiracy as Governance“* (etwa: Konspiration als Regierungsmittel). In ihm bezeichnet er jede Regierungstätigkeit als „Verschwörung“ zum Schaden der Bevölkerung.

Die „Verteidiger von Wahrheit, Liebe, und Selbstverwirklichung“ hätten diese Verschwörungen zu bekämpfen.

WikiLeaks hat interne Dokumente von US-Armee und Behörden veröffentlicht, unter anderem zu den Kriegen und im Irak. Dafür droht Assange ein Strafprozess in den USA. Einige US-Journalisten haben statt dessen seine Hinrichtung oder gezielte Tötung durch Militär oder Geheimdienste gefordert:

Am 30. November 2010 empfahl Tom Flanagan, ehemaliger Berater des kanadischen Premierministers Stephen Harper, einen Anschlag auf Assange, mit einer bewaffneten Drohne (orig.: *"use a drone or something [...] Assange should be assassinated"*). Nach einer Strafanzeige durch einen kanadischen Rechtsanwalt zog er diesen Vorschlag zurück.

Am 6. Dezember 2010 forderte der Fox-Business-Moderator Bob Beckel in der Sendung *Follow The Money: „Ein toter Mann kann keine Sachen veröffentlichen. Der Typ ist ein Verräter, er ist verräterisch, und er hat jedes Gesetz der Vereinigten Staaten gebrochen. [...] Und ich bin nicht für die Todesstrafe, also [...] gibt es nur einen Weg, es zu tun: den Hurensohn illegal erschießen."*

Der landesweit ausgestrahlte Radiomoderator Rush Limbaugh empfahl, *WikiLeaks*-Gründer Assange „aufzuknüpfen." Sarah Palin stellte die Frage, warum man Assange nicht wie „einen Führer der al-Qaida oder der Taliban" behandle, die bekanntlich gern von US-Sondereinheiten getötet werden.

Der in den Staten sehr bekannte Fernsehmoderator Bill O'Reilly sagte sagte, dass er sich sehr freuen würde, wenn Assange „von einer kleinen Drohne getroffen würde".

Assange nennt diese Aussagen „Anstiftung zum Mord". Er forderte in der britischen Zeitung *The Guardian,* Flanagan und andere, die ähnliche Drohungen ausgesprochen hätten, sollten wegen Aufforderung zum Mord strafrechtlich verfolgt werden: „Wenn wir in einer Zivilgesellschaft leben wollen, können nicht hochrangige Leute im nationalen Fernsehen dazu aufrufen, das Justizwesen zu umgehen und illegal Menschen zu ermorden." Er fragte zudem, ob die USA nicht schon in „Anarchie" verfallen sein müssten, wenn sich Prominente öffentlich zu solchen Aussagen hinreißen ließen.

Im Herbst 2010 wurden in Schweden Vergewaltigungsvorwürfe gegen ihn erhoben. Sein Gastland Großbritannien traf Vorbereitungen, ihn dorthin zu überstellen. Assange nennt die schwedischen Vorwürfe Teil eines Komplotts gegen ihn und befürchtet, dass er in der Folge an die USA ausgeliefert werden könne, wo ihn kein fairer Prozess erwarten würde. Als seine Auslieferung von Großbritannien an Schweden nicht mehr zu verhindern war, floh er im Juni 2012 in die Botschaft Ecuadors in London und bat dort um politisches Asyl. Im August 2012 wurde es bewilligt. Seitdem lebt er in dieser Botschaft, auch im Sommer 2017 noch, obwohl die schwedische Staatsanwaltschaft am 19. Mai 2017 die Einstellung des Vergewaltigungs-Verfahrens bekannt gab.

Was aber würde passieren, wenn er die Botschaft verließe?

Warum griffen die Westmächte so spät in den 2. Weltkrieg ein?
(Nach wenig fundierten Überlegungen eines kleinen M)

„Warum eröffneten die Westmächte nicht früher eine zweite Front, um Hitler zu stoppen und den Massenmord in den Kriegsgebieten und den KZ zu beenden?", fragten viele Menschen nach dem Krieg.

Weil es, nach Ansicht des kleinen M, den reichen und wirtschaftlich/militärisch mächtigen Personen und Gruppen noch nie um „die Menschen" gegangen ist, sondern immer nur um ihren Reichtum, ihr Land, ihre Märkte, ihre Macht und ihre Privilegien.

Und die deutschen Nationalsozialisten waren nun mal alles andere als die Feinde dieser Leute.

Im Gegenteil sah es durch deren Goldrand-Brillen lange so aus als könnten die Nazis dem Kommunismus den Garaus machen! Sie verfolgten und ermordeten Sozialisten und Kommunisten in Deutschland und den besetzten Gebieten, sie marschierten sogar hinein ins Mutterland des Bösen, in die Sowjetunion! Dort lagen und liegen riesige Mengen an Bodenschätzen. Dort lebt ein riesiges „Menschenpotenzial", das arbeiten und kaufen kann. Wie käme man dazu in einem solch vielversprechenden Krieg zu intervenieren?

(Und jetzt Vorsicht an der Bahnsteigkante,
in diesem Absatz wird ganz wild spekuliert:)

Erst als das Blatt sich wendete, als sich die Deutschen von der Niederlage bei Stalingrad nicht mehr erholten und vor der *Roten Armee* Stadt für Stadt, Land für Land zurückweichen mussten, änderten die USA und England ihre Haltung. Sie erkannten die Gefahr, dass die Sowjets bis an den englischen Kanal durchmarschieren könnten und damit auch noch Westeuropa als Markt verloren gehen könnte. Erst dann raffte man sich auf, „die Nazis zu bekämpfen".

Was in den Augen des kleinen M die nächste große Lüge ist.

Die Westmächte kämpften seines Erachtens so wenig gegen den deutschen Faschismus, wie gegen den griechischen, den spanischen, den portugiesischen, den südamerikanischen oder den asiatischen, sondern einfach dafür, möglichst viel Territorium als „freien Markt“ zu retten. Der Umgang mit den Nazis nach 1945 spricht Bände.

Churchill wurde nach Kriegsende der Satz in den Mund gelegt: „Wir haben das falsche Schwein geschlachtet.“ Und aus seiner Sicht hätte er dann völlig Recht gehabt. Eigentlich hätten die Freunde des Kapitalismus´ gemeinsam mit Deutschland die Sowjetunion vernichten müssen, um dem Spuk eines wirtschaftlichen und sozialen Gegenmodells zum individuellen Raffen viel früher ein Ende zu bereiten.

Das wäre den Briten nach den Angriffen Deutschlands auf Großbritannien aber wohl schlecht zu vermitteln gewesen.

Die Menschenrechte

Einige der 30 Artikel aus der Liste der Vereinten Nationen

- **Artikel 7 (Gleichheit vor dem Gesetz)**

Alle Menschen sind vor dem Gesetz gleich und haben ohne Unterschied Anspruch auf gleichen Schutz durch das Gesetz. Alle haben Anspruch auf gleichen Schutz gegen jede Diskriminierung, die gegen diese Erklärung verstößt, und gegen jede Aufhetzung zu einer derartigen Diskriminierung.

- **Artikel 9 (Schutz vor Verhaftung und Ausweisung)**

Niemand darf willkürlich festgenommen, in Haft gehalten oder des Landes verwiesen werden.

- **Artikel 12 (Freiheitssphäre des Einzelnen)**

Niemand darf willkürlichen Eingriffen in sein Privatleben, seine Familie, seine Wohnung und seinen Schriftverkehr oder Beeinträchtigungen seiner Ehre und seines Rufes ausgesetzt werden. Jeder hat Anspruch auf rechtlichen Schutz gegen solche Eingriffe oder Beeinträchtigungen.

- **Artikel 13 (Freizügigkeit und Auswanderungsfreiheit)**

1. Jeder hat das Recht, sich innerhalb eines Staates frei zu bewegen und seinen Aufenthaltsort frei zu wählen.

2. Jeder hat das Recht, jedes Land, einschließlich seines eigenen, zu verlassen und in sein Land zurückzukehren.

- **Artikel 14 (Asylrecht)**

1. Jeder hat das Recht, in anderen Ländern vor Verfolgung Asyl zu suchen und zu genießen.

- **Artikel 15 (Recht auf Staatsangehörigkeit)**

1. Jeder hat das Recht auf eine Staatsangehörigkeit. 2. Niemandem darf seine Staatsangehörigkeit willkürlich entzogen noch das Recht versagt werden, seine Staatsangehörigkeit zu wechseln.

- **Artikel 18 (Gedanken-, Gewissens-, Religionsfreiheit)**

Jeder hat das Recht auf Gedanken-, Gewissens- und Religionsfreiheit; …

- **Artikel 19 (Meinungs- und Informationsfreiheit)**

Jeder hat das Recht auf Meinungsfreiheit und freie Meinungsäußerung; dieses Recht schließt die Freiheit ein, Meinungen ungehindert anzuhängen sowie über Medien jeder Art und ohne Rücksicht auf Grenzen Informationen und Gedankengut zu suchen, zu empfangen und zu verbreiten.

- **Artikel 22 (Recht auf soziale Sicherheit)**

Jeder hat als Mitglied der Gesellschaft das Recht auf soziale Sicherheit und Anspruch darauf, durch innerstaatliche Maßnahmen und internationale Zusammenarbeit sowie unter Berücksichtigung der Organisation und der Mittel jedes Staates in den Genuss der wirtschaftlichen, sozialen und kulturellen Rechte zu gelangen, die für seine Würde und die freie Entwicklung seiner Persönlichkeit unentbehrlich sind.

- **Artikel 23 (Recht auf Arbeit, gleichen Lohn)**

1. Jeder hat das Recht auf Arbeit, auf freie Berufswahl, auf gerechte und befriedigende Arbeitsbedingungen sowie auf Schutz vor Arbeitslosigkeit.

2. Jeder, ohne Unterschied, hat das Recht auf gleichen Lohn für gleiche Arbeit.

3. Jeder, der arbeitet, hat das Recht auf gerechte und befriedigende Entlohnung, die ihm und seiner Familie eine der menschlichen Würde entsprechende Existenz sichert, gegebenenfalls ergänzt durch andere soziale Schutzmaßnahmen …

- **Artikel 24 (Recht auf Erholung und Freizeit)**

Jeder hat das Recht auf Erholung und Freizeit und insbesondere auf eine vernünftige Begrenzung der Arbeitszeit und regelmäßigen bezahlten Urlaub.

- **Artikel 25 (Recht auf Wohlfahrt)**

1. Jeder hat das Recht auf einen Lebensstandard, der seine und seiner Familie Gesundheit und Wohl gewährleistet, einschließlich Nahrung, Kleidung, Wohnung, ärztliche Versorgung und notwendige soziale Leistungen gewährleistet sowie das Recht auf Sicherheit im Falle von Arbeitslosigkeit, Krankheit, Invalidität oder Verwitwung, im Alter sowie bei anderweitigem Verlust seiner Unterhaltsmittel durch unverschuldete Umstände.

2. Mütter und Kinder haben Anspruch auf besondere Fürsorge und Unterstützung. Alle Kinder, eheliche wie außereheliche, genießen den gleichen sozialen Schutz.

- **Artikel 26 (Recht auf Bildung)**

1. Jeder hat das Recht auf Bildung. Die Bildung ist unentgeltlich, zum mindesten der Grundschulunterricht und die grundlegende Bildung. Der Grundschulunterricht ist obligatorisch. Fach- und Berufsschulunterricht müssen allgemein verfügbar gemacht werden, und der Hochschulunterricht muss allen gleichermaßen entsprechend ihren Fähigkeiten offenstehen.

2. Die Bildung muss auf die volle Entfaltung der menschlichen Persönlichkeit und auf die Stärkung der Achtung vor den Menschenrechten und Grundfreiheiten gerichtet sein. Sie muss zu Verständnis, Toleranz und Freundschaft zwischen allen Nationen und allen rassischen oder religiösen Gruppen beitragen und der Tätigkeit der Vereinten Nationen für die Wahrung des Friedens förderlich sein ...

- **Artikel 28 (Soziale und internationale Ordnung)**

Jeder hat Anspruch auf eine soziale und internationale Ordnung, in der die in dieser Erklärung verkündeten Rechte und Freiheiten voll verwirklicht werden können.

Danke!

Max Müller